BRIGITTE RIEBE | Die Sünderin von Siena

Über das Buch

Als Gemma sich aus den Fängen ihres Mannes befreit, weiß sie, dass ihr ein Leben als ehrbare Frau für immer verwehrt sein wird. Scheidungen sind ein Sakrileg, und so bleibt ihr nur die Flucht. Wie ein Geschenk des Himmels erscheint ihr da die Begegnung mit Lina. Aufopferungsvoll kümmert sich die junge Witwe um die Waisen von Siena und bietet Gemma an, sie zu unterstützen. Doch dann sterben kurz hintereinander auf mysteriöse Weise zwei Kinder, die in Linas Obhut standen. Eine heimliche Obduktion ergibt lediglich, dass die Kinder ohne sichtbare Anwendung von Gewalt zu Tode kamen. Wer ist für die ungeheuerlichen Taten verantwortlich? Einflussreiche Stadtväter, die Lina aus unerfindlichen Gründen zum Schweigen bringen wollen? Gemmas Vater, der Salzhändler mit dunkler Vergangenheit? Ein Wahnsinniger, der nachts auf den Straßen sein Unwesen treibt? Schließlich gerät Gemma selbst in Verdacht, sie wird verhaftet, verhört und als Mörderin angeklagt. Nur ein mutiges Bekenntnis im allerletzten Augenblick könnte sie noch retten …

Über die Autorin

Brigitte Riebe, 1953 geboren, ist promovierte Historikerin und arbeitete zunächst als Verlagslektorin. Zu ihren bekanntesten historischen Romanen zählen *Die Hüterin der Quelle*, *Schwarze Frau vom Nil* sowie der große Mittelalterroman *Pforten der Nacht*. Zuletzt erschienen bei Diana die Romane *Liebe ist ein Kleid aus Feuer* und *Die Hexe und der Herzog*.

BRIGITTE RIEBE

Die Sünderin von Siena

Roman

Diana Verlag

FSC
Mix
Produktgruppe aus vorbildlich
bewirtschafteten Wäldern und
anderen kontrollierten Herkünften

Zert.-Nr.SGS-COC-1940
www.fsc.org
© 1996 Forest Stewardship Council

Verlagsgruppe Random House FSC-DEU-0100.
Das für dieses Buch verwendete
FSC-zertifizierte Papier *Holmen Book Cream*
liefert Holmen Paper, Hallstavik, Schweden.

Taschenbucherstausgabe 12/2008
Copyright 2007 und dieser Ausgabe 2008 by Diana Verlag, München,
in der Verlagsgruppe Random House GmbH
Redaktion | Herbert Neumaier
Umschlaggestaltung | Hauptmann & Kompanie Werbeagentur,
München – Zürich, Teresa Mutzenbach, unter Verwendung
von Gemälden von akg-Images und Bridgeman Berlin
Herstellung | Helga Schörnig
Satz | Leingärtner, Nabburg
Druck und Bindung | GGP Media GmbH, Pößneck
Printed in Germany 2008
978-3-453-35287-2

www.diana-verlag.de

Zur Erinnerung an Andrea,
unsere Künstlerin

Salz ist das Geschöpf der lautersten Eltern –
der Sonne und des Meeres
Pythagoras

Cum sale panis latrantem stomachum bene leniet
Salz und Brot macht die Wangen rot,
schlägt den Hunger tot
Horaz

ERSTES BUCH

Lecorno

Contrade des Einhorns

Eins

Wenn du dieses Haus verlässt, bist du tot!«

Niemals zuvor hatte sie ihn so gesehen, die Züge wächsern, die Augen zornige Schlitze. *Das* ist sein wahres Gesicht, schoss es Gemma durch den Kopf, und nicht die freundliche Maske, mit der er uns alle anfangs getäuscht hat. Unwillkürlich umklammerte sie das Treppengeländer fester. Nur ein Stoß – und sie läge womöglich schon im nächsten Augenblick mit gebrochenem Genick am Fuß der Stufen. Es hatte durchaus Augenblicke gegeben, in denen sie sich nach einem raschen Ende gesehnt hatte, einem Tod, den man nach außen hin als tragischen Unfall hätte ausgeben können, und endlich wären Kummer und Scham, wären alle Albträume für immer vorbei gewesen.

Doch jetzt war Widerstand in ihr erwacht, spät, dafür aber umso heftiger, und ihr war bewusst, dass Lupo das ebenfalls spüren musste. Bevor er sie weiter bedrängen konnte, wich sie rasch nach oben aus und stand jetzt auf dem Treppenabsatz, um einiges sicherer als zuvor, was ihn nur noch wütender zu machen schien.

»Wo solltest du auch hin?« Seine Stimme gellte in ihren Ohren. »Etwa wie eine Bettlerin zurück zu deinem Vater? Was, glaubst du, hielte ein Mann wie Bartolo Santini von solch gebrauchter Ware, die ihm nichts als Schande einbringen würde?«

Zielsicher hatte er ihren wundesten Punkt getroffen, denn diese Frage rumorte schon seit Langem in ihr. Nichts lag Gemma ferner, als den Ruf der Familie zu beflecken, doch diesen Hort der Dunkelheit konnte und wollte sie nicht länger ertragen.

»Ich gehe«, sagte sie. »Und du wirst mich nicht aufhalten.«

Wie ein Raubtier sprang er sie an, riss sie zu Boden, kauerte nun drohend über ihr. »Du bist meine Frau – und damit mein Eigentum. Ich kann also mit dir machen, was ich will. Soll ich es dir gleich an Ort und Stelle beweisen?«

Er ließ sich auf sie fallen, drückte sie hart auf den Boden, mit diesem feisten Körper, den er sich in letzter Zeit angefressen hatte. Seine jungenhafte Schlaksigkeit, die sie einst so anziehend gefunden hatte, gehörte der Vergangenheit an, denn Lupo di Cecco legte sich keinerlei Zurückhaltung mehr auf. Einem nimmersatten Dämon gleich verschlang er alles, was ihm in den Weg kam: Bratenstücke, Weinberge, Silberkisten, Weiber. Zu Gemmas Schrecken begann er nun ihren Hals mit fiebrigen Küssen zu bedecken, und seine Hände zerrten an ihrer Kleidung.

»Ist es das, was du vermisst hast? Bist du deshalb so mürrisch und verbissen? Das können wir ändern!« Seine Zungenspitze schnellte in ihr Ohr, bei dieser Überrumpelung eine geradezu obszöne Liebkosung, die ihr Tränen der Wut in die Augen trieb.

»Lass mich sofort los!« Sie wollte sich wehren, doch ihre Beine steckten zwischen seinen stämmigen Schenkeln wie in einer Zwinge, und ihre Arme hielt er, als sie auf ihn einschlagen wollte, fest. »Du widerst mich an, Lupo!«

»Ach, du willst es härter? Ganz nach deinem Wunsch, *tesoro*!« Er mühte sich nicht länger mit Bändern und Schleifen ab, sondern packte fest zu. Unter seinem wütenden Griff zerriss ihr Mieder. Gemma spürte plötzliche Kühle auf der Haut, dann schrie sie auf, denn er hatte sie so fest in die Brustspitze gebissen, dass sie blutete.

»Du Teufel! Du tust mir weh. Hör sofort damit auf!«

»Das gefällt dir, nicht wahr?« Er schien wie von Sinnen, das helle Haar zerzaust, die Lippen zu einem wüsten Grinsen verzogen. »Komm, sag es schon, und wenn nicht, dann soll es mir auch egal sein! Ich wusste, du würdest irgendwann so weit sein. Hast dich immer wie ein prüdes Nönnlein aufgeführt, aber das scheint ja zum Glück vorüber. Uns beiden stehen wunderbare Zeiten bevor, jetzt, wo du offenbar endlich kapiert hast, wer hier der Herr im Haus ...«

Ihr Knie traf ihn direkt ins Gemächt.

Er jaulte auf, ließ Gemma los, was ihr genügend Zeit gab, um sich zur Seite zu wälzen. Blitzschnell war sie auf den Füßen, schaute jetzt auf ihn hinunter.

»Fass mich nie wieder an!«, sagte sie. »Sonst kann ich für nichts garantieren.«

»Das wirst du noch bereuen«, gurgelte Lupo, beide Hände auf den schmerzenden Leib gepresst. »Wie eine Laus werde ich dich zerquetschen, bis du ...«

Gemma rannte los, die Treppe hinunter. Vor der Küchentüre hielt sie inne. Drinnen trafen die Mägde Vorbereitungen für das Abendessen. Das Ende der Fastenzeit war noch nicht erreicht, und die dafür gültigen Speisegebote waren ebenso zahlreich wie streng, doch Lupo hatte sich auch hierfür etwas einfallen lassen. Nach seinen Anordnungen wurden große Teigfladen ausgerollt, in denen sich so mancherlei versteckt einwickeln ließ, ganze Enten beispielsweise, die bei günstiger Auslegung der heiligen Regeln notfalls als Wassergetier gelten konnten und wiederum mit Tauben gestopft waren. Dazu sollte es *pasta* geben, kandiertes Zwiebelgemüse und Konfekt. Übelkeit stieg in Gemma hoch, als sie an diese Völlerei dachte, während jetzt zum Winterende viele Menschen in Siena darben mussten. In der Küche hörte sie die Frauen reden und lachen, und das nur allzu vertraute Gefühl von Einsamkeit schloss sie ein wie eine zweite Haut.

Die Bediensteten um Hilfe bitten? Das konnte und wollte sie nicht. Sie standen ebenfalls unter Lupos Gewalt, wie sie selber es viel zu lange getan hatte. Von oben hörte sie mühsame Schritte.

Ihr Blick glitt Hilfe suchend umher, da sah sie an einem Nagel an der Wand ihren alten braunen Umhang, den sie erst unlängst an eine der Mägde abgetreten hatte. Sie griff nach ihm, warf ihn sich um die Schulter und drückte fest auf die Klinke. Die Haustüre war nicht abgeschlossen wie so oft in letzter Zeit, der Madonna sei Dank!

Wie im Traum stolperte sie hinaus auf die Straße und konnte gerade noch einem hoch beladenen Geflügelkarren ausweichen, indem sie sich rasch an die Mauer drückte. Erst als er vorübergerumpelt war, bemerkte sie, dass die Tür hinter ihr ins Schloss gefallen war.

Sie war draußen – in Freiheit.

Ein letzter Blick auf das dreistöckige Haus mit der reich gegliederten Fassade und den Bogenfenstern, nach außen einem Palast ähnlich, innen jedoch beherrscht von Kälte und Hass. Eine kräftige Böe fuhr in die Fahne der

Contrade, die vom ersten Stock herabflatterte, und ließ das Emblem des Einhorns tanzen. Damals, als die Hochzeit immer näher rückte, war Nonna Vanozza nicht müde geworden, ihr die alten Geschichten über jenes scheue Fabeltier zu erzählen, und Gemma hatte aufgeregt Wort für Wort in sich aufgesogen. Da allerdings hatte sie noch nicht ahnen können, dass das Horn vergiftet war und wie heftig und anhaltend diese Wunde bluten würde.

Sie begann zu laufen, um diese Gedanken wieder loszuwerden, und die Bewegung tat gut, denn der Wind, der ihr entgegenfauchte, war noch immer kalt, selbst hier, in den engen Gassen, wo sich während der Sommermonate die Hitze wie eine unsichtbare Wand stauen konnte. Anfangs merkte Gemma kaum, wohin sie gelangte, ihre Füße aber schienen den Weg zu kennen, und sie war zu sehr mit sich selber beschäftigt, um auf die neugierigen Blicke zu achten, die sie streiften. Die Kapuze weit ins Gesicht gezogen, ließ sie Lupo di Cecco und alles, was mit ihm verbunden war, Schritt für Schritt hinter sich.

Von einer der schmalen Nebenstraßen aus sah sie kurz den Campo, der ihr leer und ungewohnt öde vorkam, und erst als er schon hinter ihr lag, wusste Gemma plötzlich, weshalb. Die Mauersegler fehlten, jene rußigen Federakrobaten der Lüfte, die bis in den Herbst hinein ihre rasanten Flugmanöver um die Turmspitzen veranstalteten. Sie würde auf ein Wiedersehen noch warten müssen, denn obwohl das Osterfest nicht mehr fern war, hielt der Winter die Stadt so fest in seinem Griff, als sollte es niemals wieder Frühling werden.

Erst als sie atemlos vor dem Domportal stand, begriff Gemma, dass die Kathedrale von Anfang an ihr Ziel gewesen war. Lupo zu Gefallen hatte sie seit ihrer Hochzeit die heilige Messe meist in der Basilika San Francesco besucht, doch nirgendwo sonst in Siena fühlte sie sich Gott näher als zwischen diesen strengen schwarz-weißen Säulen, die alles Alltägliche nach draußen verbannten und zur inneren Sammlung mahnten. Dämmerlicht umfing sie, als sie das riesige Kirchenschiff betrat, langsam und ehrfürchtig, genau so, wie die Mutter es ihr in frühesten Kindertagen beigebracht hatte.

Sie tauchte die Fingerspitzen in ein Weihwasserfass und schlug das Kreuzzeichen. Plötzlich hatte sie weiche Knie. Obwohl der Tod der Mutter eine halbe Ewigkeit zurücklag, vermisste Gemma sie plötzlich, als hätte sie sie gerade erst verloren.

»Ich wollte dir doch keine Schande machen«, flüsterte sie, nachdem sie sich vergewissert hatte, dass niemand da war, der sie hätte belauschen können. »Niemals! Und Vater natürlich ebenso wenig. Aber du warst schon lange nicht mehr da, als Lupo um mich geworben hat. Sonst hättest du mich sicherlich vor ihm gewarnt. Lavinia dagegen konnte es gar nicht schnell genug gehen, mich endlich loszuwerden. Und ich wollte ihn ja selber unbedingt haben, diesen Dämon!«

Es tat so gut, dieses inbrünstige Flüstern, beinahe, als würde die Mutter ihr wirklich zuhören.

»Nach der Hochzeit hab ich mich nur noch geschämt und nächtelang geweint, weil ich glaubte, es liege einzig und allein an mir. Und dennoch hörte ich nicht auf zu hoffen, Lupo würde sich eines Tages ändern. Er aber dachte nicht einmal im Traum daran. Ganz im Gegenteil – meine Duldsamkeit hat ihn zu einem noch wüsteren Teufel werden lassen. Wie ein Kainsmal stand es auf meiner Stirn geschrieben …«

Sie hielt inne, hörte, wie das Portal geöffnet und wieder geschlossen wurde, dann vernahm sie schnelle Schritte und Kinderstimmen. Ohne lange zu überlegen, schlüpfte sie in eine der Nebenkapellen und sank vor der Madonna del Voto auf die Knie.

Eine Weile war alles um sie herum vergessen. Zuerst tobte es noch wirr hinter ihrer Stirn, dann aber begannen ihre Gedanken sich zu klären, als hätte ein kräftiger Windstoß mit all den dunklen Gewitterwolken aufgeräumt. Doch mit der Klarheit kehrte auch ihre Verzweiflung zurück.

Ihre Flucht aus Lupos Haus machte sie zu einer Gezeichneten. Den ehrenhaften Status einer verheirateten Frau hatte sie damit aufgegeben – und würde doch bis zum Tod das Weib dieses verhassten Mannes bleiben. Niemand konnte die Zeit zurückdrehen und aus ihr wieder Bartolos behütete, wissbegierige und oftmals reichlich vorlaute Älteste machen, für die die ganze Welt ein aufregendes Fest gewesen war. Und sie müsste sich neuerlich der Vormundschaft des Vaters beugen, wollte sie Unterschlupf unter seinem Dach finden. Der Gedanke an die fassungslosen Mienen der jüngeren Schwestern, die sich bei der Hochzeit darum gezankt hatten, ihre Schleppe zu tragen, war kaum weniger unerträglich als der an Lavinias Häme.

Nein, sie konnte nicht zurück, solange sich noch ein Quäntchen Stolz in ihr regte.

Wenn du dieses Haus verlässt, bist du tot. Sollte Lupos grausame Drohung sich tatsächlich bewahrheiten?

Sie hatte zu weinen begonnen, und die Tränen fielen auf ihren Umhang, als sie plötzlich ein zaghaftes Zupfen spürte. Links von ihr standen drei Kinder, ein magerer

Junge mit geschorenem Kopf, von dem die Ohren wie zwei übergroße bräunliche Segel abstanden, und zwei kleinere Mädchen, die sie nicht weniger neugierig anstarrten. Die kräftigere von ihnen hatte ein rosiges Vollmondgesicht, und ihr Lächeln erinnerte Gemma an eine Abendbrise.

»Angelina meint, du sollst nicht weinen«, sagte der Junge. »Und Cata will dich unbedingt trösten. Denn du bist hier im Haus der allerheiligsten Jungfrau. Und außerdem bist du doch schon viel zu groß, um so zu flennen!«

Die beiden Mädchen nickten bedächtig zu seinen Worten, obwohl sie Gemma kaum alt genug schienen, um diese auch wirklich zu verstehen. Besonders die mit dem runden Gesichtchen wirkte plötzlich abwesend und begann nervös an ihren Händen zu zupfen, als durchliefen sie innerlich heftige Schauder. Zuerst wollte Gemma sich einfach abwenden, als hätte sie nichts gehört, dann jedoch rührte sie die unerwartete Anteilnahme der fremden Kinder.

»Manchmal muss man aber trotzdem weinen«, sagte sie und erhob sich. »Auch wenn man schon erwachsen ist, denn das Leben kann auch für Große sehr grausam sein. Und ich finde, hier in der Kathedrale ist ein besonders guter Platz dafür.«

»Lelio? Angelina? Cata? Wo steckt ihr drei denn schon wieder?«

Die Frau, die schnellen Schritts näher kam, war hochgewachsen und schlank. Ein dunkler Umhang verhüllte ihr Gewand, und auch das Haar war züchtig mit einem dichten weißen Schleier bedeckt.

»Hier sind wir, Mamma Lina«, rief der Junge. »Hier, bei einer wunderschönen Signora, die aber leider sehr, sehr traurig ist.«

»Verzeiht, wenn meine kleinen Racker Euch gestört haben«, sagte die Fremde. Selten zuvor hatte Gemma eine angenehmere Stimme gehört, voll, ein wenig guttural, der alle Schärfe fehlte. »Sie müssen noch lernen, wie man sich in einem Gotteshaus richtig benimmt.« Sie nahm die Mädchen bei der Hand. »Und du, Lelio, komm jetzt auch!«, sagte sie. »Zuvor aber entschuldigt ihr euch. Und zwar schnell!«

»Lasst nur«, sagte Gemma. »Sie haben mich aus trüben Gedanken gerissen, und das war genau das Richtige.«

Lelio lächelte erleichtert.

»Das da sind meine neuen Schwestern«, sagte er. »Die schlaue Angelina und die liebe kleine Cata. Manche glauben, sie sei dumm, aber täusch dich bloß nicht – die versteht nämlich viel mehr, als man denkt!«

Catas Lächeln kehrte zurück, und auch Angelina sah plötzlich viel fröhlicher drein.

»Außerdem sind sie doch noch viel zu jung, um ein schlechtes Gewissen zu haben«, sagte Gemma. »Das kommt irgendwann von ganz allein und fast immer zu früh, glaubt Ihr nicht?«

Die Frau senkte den Kopf, als hätten diese Worte etwas in ihr ausgelöst, das sie lieber für sich behalten wollte, und als sie sie wieder ansah, wirkte sie plötzlich befangen.

»Meine Kinder sollen schon von klein auf alles ganz genau lernen«, sagte sie. »Damit sie später einmal Menschen werden, die jeder achtet und schätzt.«

»Ihr müsst schon jetzt sehr stolz auf sie sein«, sagte Gemma, »Monna …«

»*Mamma*«, verbesserte sie die andere. »Mamma Lina. So nennen mich alle hier in Siena.«

»Die Kinder sind noch so jung an Jahren und schon

voller Mitgefühl für Fremde, Mamma Lina«, fuhr Gemma fort und ließ sich ihr Erstaunen über die ungewohnte Anrede nicht anmerken. »Nein, Eure drei kleinen Engel haben mich nicht gestört, ganz im Gegenteil, Ihr könnt völlig beruhigt sein.«

Sie sank zurück auf die Knie, nachdem die Frau und die Kinder sich verabschiedet hatten, doch so sehr sie sich auch bemühte, rechte Sammlung wollte sich nicht mehr einstellen. Und die dunklen Gedanken von zuvor überfielen sie nur noch heftiger, rasten nun in ihr wie ein Schwarm wilder Bienen.

Was nur sollte sie tun?

Die geliebte Stadt verlassen, in der sie aufgewachsen war, und irgendwo in der Fremde auf neues Glück bauen? Sich zu entfernten Verwandten flüchten, bis die Kunde von ihrem verzweifelten Schritt auch dort eintraf und sie erneut vertreiben würde? Oder sich lieber gleich irgendwo außerhalb der roten Mauern Sienas in die Felder legen und hoffen, später Nachtfrost würde sie gnädig erfrieren lassen und damit alle Probleme lösen?

Jetzt erschienen ihr sogar die schwarz-weißen Säulen als stumme, unerbittliche Mahnmale. Gemma konnte ihren Anblick auf einmal nicht länger ertragen, machte kehrt und stolperte fast blindlings ins Freie.

»Signora?« Im ersten Augenblick glaubte sie zu träumen. Aber sie standen tatsächlich im Abendlicht vor ihr, Mamma Lina und die Kinder. »Da bist du ja endlich!« Der Junge trat auf sie zu, die Mädchen folgten ihm beherzt.

»Sie haben darauf bestanden, auf Euch zu warten«, sagte Lina entschuldigend. »Vor allem Lelio war durch nichts davon abzubringen. ›Sie braucht uns‹, hat er immer wieder gesagt. ›Sie ist ebenso allein, wie wir es waren. Sie weiß nicht, wohin, das kann ich spüren. Ich bin mir sicher, dass sie uns braucht.‹«

Eine warme Welle erfasste Gemma. Wie lange war es her, dass jemand sich so rührend um sie gesorgt hatte? Sie beugte sich zu Lelio hinunter, legte die Hand auf seinen runden Kopf.

»Du bist ein ganz besonderer Junge, Lelio«, sagte sie. Jetzt erst fiel ihr auf, dass sein rechtes Ohr eine tiefe Kerbe spaltete. Wie ein junger Kater, der sich mit Artgenossen um Futter und Rangfolge balgen muss, dachte sie, plötzlich erneut gerührt. »Und außerdem ein sehr kluger dazu, weißt du das?«

Lelio nickte, sprachlos vor Entzücken.

»Und natürlich hast du recht. Ich hab mein Zuhause verloren und weiß tatsächlich nicht, wohin. Hast du vielleicht eine Idee?«

»Klar.« Sein Grinsen entblößte schief gewachsene, starke Zähne. »Hab ich. Aber erst, wenn du mir gesagt hast, wer du bist.«

Seine unverblümte Art ließ nun auch sie lächeln.

»Ich bin Gemma«, sagte sie, ohne auch nur einen Moment zu zögern. »Gemma Santini.«

Während Gemma noch die eigenen Worte im Ohr klangen, drückte Angelina vertrauensvoll den warmen Kinderbauch gegen ihren Schenkel, und auf der anderen Seite patschte Cata so selbstverständlich nach ihrer Hand, als hätte sie es schon viele Male zuvor getan.

»Warum kommst du nicht mit uns, Gemma?«, sagte Lelio. »Wir bringen dich hinüber, ins Hospital Santa Maria della Scala, das so lange auch unsere Heimat war.«

❧

»Bist du die neue Köchin?«

Gemma hob den Kopf von den brodelnden Töpfen und schaute in ein Paar dunkle Augen. Dann wanderte ihr Blick weiter: Stoppelige Wangen, als sei er gerade erst aus dem Bett gekrochen. Dazu dichtes Silberhaar, wirr allerdings und ausgewachsen, doch das Männergesicht darunter erschien ihr überraschend jung.

»Die Köchin hat der Zahnwurm befallen. Ich bin nur eine Hilfskraft und fürchte, ich werde sie bei Weitem nicht ersetzen können.«

Sie sprang zur Seite, denn kochende Brühe quoll über den Topfrand und hätte ihr beinahe die Hand verbrannt. Seit den frühen Morgenstunden arbeitete sie schon in der Küche, hatte Bohnen geputzt, Lauch gewaschen, Zwiebeln gehackt, Teig geknetet, ausgerollt und schließlich zu breiten Nudeln geschnitten, die nun fast gar waren. Ihr Rücken schmerzte, und die Beine spürte sie kaum noch, doch alles war um Vieles besser als das Stöhnen und Ächzen der Kranken im Großen Saal, den sie gestern fluchtartig verlassen hatte.

»Ich hab dich hier unten noch nie gesehen.«

Jetzt sprachen nur noch seine Augen, was ihr die Röte ins Gesicht trieb. Lupo hatte ihr nach der Hochzeit untersagt, mit fremden Männern zu reden, und um des lieben Friedens willen hatte sie sich auch dieser Anordnung gefügt. Jetzt kam sie sich plötzlich linkisch und plump vor, jeder noch so geläufigen Höflichkeit viel zu lange entwöhnt.

»Ich bin auch erst seit ein paar Tagen da.«

Er machte noch immer keine Anstalten zu gehen, sondern stand einfach da und sah sie unverwandt an. Unwillkürlich schielte Gemma an sich hinunter. Das ungefärbte

Gewand der Oblaten, das sie von Celestina als Ersatz für ihr zerfetztes Kleid aus der Kleiderkammer erhalten hatte, hing an ihr wie ein Sack, in der Taille von einem Strick nur notdürftig zusammengebunden. Auf der Brust prangte als Stickerei die gelbe Leiter, unverwechselbares Signum von Santa Maria della Scala, das sich überall hier fand, sogar auf dem Brot, das in der ganzen Stadt als gesuchte Köstlichkeit galt. Mehl, Fett und Eier hatten ihre Spuren auf dem groben Stoff hinterlassen, und Gemma fühlte sich so schmutzig und verschwitzt wie die niedrigste Dienstmagd.

»Warum starrst du mich so an?«, entfuhr es ihr, weil sie sich plötzlich schämte. »Hast du nichts Besseres zu tun?«

»Ich kann gar nicht anders. Denn endlich habe ich gefunden, wonach ich so lange suchen musste.«

Eine glühende Welle durchschoss sie. Und wenn Lupo ihn beauftragt hatte, sie gewaltsam zurückzuholen? Gemma hatte diesen unrasierten Kerl noch nie zuvor gesehen, aber das hieß gar nichts. Lupos Verbindungen reichten weiter, als ihr lieb sein konnte, das hatten bittere Erfahrungen sie in den vergangenen Jahren gelehrt. Vielleicht waren nicht einmal die Mauern des Hospitals stark genug, um ihn aufzuhalten.

»Hat jemand dich geschickt, um mich auszuspionieren? Dann kannst du gleich wieder abziehen. Ich werde nämlich hierbleiben – und damit Schluss!«

Jetzt lachte er, fröhlich und ausgelassen wie ein großer Junge.

»Kann mir nur recht sein«, sagte er. »Denn was sollte sonst aus meinen Plänen werden?«

Im allerletzten Moment riss Gemma einen weiteren Topf vom Feuer. Der würzige Duft von Bohnen, Zwiebeln und Knoblauch erfüllte die ganze Küche. Ein Schmerzensschrei entfuhr ihr, denn sie hatte vergessen, das Tuch zu nehmen, das von ihrem Gürtel baumelte, und sich an den heißen Griffen verbrannt. Sie hob die Hände zum Mund und begann heftig zu pusten.

»Matteo!« Plötzlich stand Celestina vor ihnen. »Da also steckst du! Hab dich schon überall gesucht.«

»Ich wollte nur noch schnell ...«

»Das kannst du mir später erzählen. Der Rektor wartet voller Ungeduld auf dich, oben, in seinem Uffizium. Und mach schnell, das rat ich dir, denn Barnas Laune war schon den ganzen Morgen über rabenschwarz!« Sie wandte sich an Gemma, während Matteo eilig die Küche verließ. »Lass mal sehen, Mädchen! Tut es sehr weh? Soll ich dir Salbe holen?«

»Halb so schlimm.« Gemma versuchte das Pochen in den Fingerkuppen zu ignorieren, so gut es ging, denn sie war plötzlich befangen vor dieser kleinen Frau mit dem Krötengesicht und den klugen Augen, die so viel größer wirkte, als sie eigentlich war. »Ich komm schon einigermaßen zurecht. Wenigstens geb ich mir die allergrößte Mühe, *madre*.«

Celestina, von zahllosen Warzen gezeichnet, die auf ihrem blassen Gesicht wie eine hässliche Milchstraße wucherten, schien die Seele des Hospitals zu sein, eine aufmerksame, unbestechliche Seele, ohne deren Zustimmung hier offenbar nichts entschieden wurde. Jetzt tauchte sie einen Löffel in den Topf, fischte nach Bohnen und Nudeln und blies, bis sie kühl genug waren, um zu kosten, dann nickte sie anerkennend.

»Salbei fehlt«, sagte sie. »Und natürlich könnte eine ordentliche Portion *pancetta* nicht schaden, aber Kochen scheint dir zu liegen. Offenbar um vieles mehr als die

Krankenpflege.« Ihr Blick gewann an Schärfe. »Ekeln dich Auswurf und Geschwüre? Das Elend der Menschen, ihre sterbliche Armseligkeit – ist es das, was dich schreckt?«

»Nein.« Gemmas Kehle wurde enger. »Es ist nur so, dass ich …« Sie verstummte.

Celestinas fester Blick zwang sie zum Weitersprechen.

»All das dort oben im Krankensaal erinnert mich zu sehr an meine Mutter. Sie ist schon seit vielen Jahren tot, aber für mich ist es, als sei sie erst gestern gestorben.«

»Jeder, der bei uns bleiben will, muss hart arbeiten können«, sagte Celestina. »Und beileibe nicht nach seinen eigenen Vorlieben und Wünschen, sondern genau dort, wo er gerade gebraucht wird. Dieser Regel haben wir uns alle unterordnen müssen.«

»Das macht mir nichts aus«, sagte Gemma schnell. »Und gehorchen kann ich auch. Meistens jedenfalls. Wenn Ihr mich erst einmal aufgenommen habt, werdet Ihr bald sehen, dass ich …«

»Wir sollten nichts überstürzen.« Celestina klang plötzlich kühl.

Jetzt bereute Gemma, dass sie ihr von Lupo erzählt hatte, auch wenn es nur das Nötigste gewesen war. Aber wie sonst hätte sie sie dazu bringen sollen, ihr ein Bett zuzuweisen und die Kleiderkammer extra für sie aufzusperren?

»Dem Hospital zu dienen«, fuhr Celestina fort, »ist eine Lebensentscheidung. Und wie bei jeder Weggabelung kann man auch hierbei die falsche Wahl treffen.«

Gemma spürte, wie erneut Tränen in ihre Augen drängten. Was war nur plötzlich los mit ihr? All die Zeit unter Lupos Dach hatte sie sich besser beherrschen können. Erst mit ihrer Flucht schienen die Dämme gebrochen. Was, wenn auch hier niemand sie haben wollte? Plötzlich fühlte sie sich genauso verlassen wie zuvor. Zu ihrer Überraschung spürte sie auf einmal Celestinas warme Hand auf ihrem Arm.

»Wir sind nun mal allein«, sagte sie. »Daran solltest du dich beizeiten gewöhnen. Aber Gott, der unsere Geschicke lenkt, ist freundlicher, als du vielleicht denkst.« Ein heftiger Niesanfall erschütterte sie, und als ihre Augen endlich wieder klar waren, klang ihre Stimme sanfter. »Ein Spaziergang wird deine Gedanken klären«, sagte sie. »Wasch dich und zieh ein frisches Kleid an. Aber such dir dieses Mal eines aus, das besser passt!«

»Weshalb?«

»Weil wir weder Bettler noch Vogelscheuchen sind, sondern dem Hospital stets Ehre machen, egal, wo immer wir uns auch befinden. Allerdings solltest du lernen, sorgsamer mit unseren Sachen umzugehen. Bei diesen Temperaturen ist die große Wäsche wahrlich kein Kinderspiel!«

»Ihr schickt mich also fort?«

Jetzt waren die braunen Augen voller Mitgefühl. »Davon kann keine Rede sein. Du wirst vielmehr unsere Speisung zu einem der neuen Kinderhäuser bringen. Und ich wette, dort erwartet man dich bereits ungeduldig!«

Er hatte die enge weiße Haube abgelegt, die er sonst stets unter der steifen Kappe trug, und im Gegenlicht umgab das störrische rotblonde Haar seinen schmalen Schädel wie eine Aureole. Vor ihm auf dem Tisch lag ein Laib Brot, dem er schon kräftig zugesprochen hatte, daneben standen Salznapf, eine Schale mit grünlichem Öl sowie Becher und Weinkrug.

»Ich störe Euch – verzeiht!« Matteo wollte die Türe schon wieder schließen, als das ungeduldige Winken des Rektors ihn innehalten ließ.

»Nur herein mit Euch, Messer Minucci!«, knurrte er zwischen zwei Bissen. »Ich hatte die Hoffnung bereits aufgegeben, Euch heute noch leibhaftig zu Gesicht zu bekommen.«

»Die Hoffnung aufgeben sollten wir niemals«, erwiderte Matteo. »Denn was wären wir schon ohne sie?«

Er kam langsam näher, lächelnd, innerlich jedoch auf der Hut. Nardo Barna, der seit einigen Jahren Santa Maria della Scala vorstand, entstammte einer der reichsten Familien der Stadt, deren Ländereien, Weinberge und Olivenhaine bis hin zur Crete reichten. Noch am Tag seines Amtsantritts waren Wetten abgeschlossen worden, dass einer wie er niemals sein gesamtes Vermögen dem Hospital übereignen würde. Doch zur Überraschung aller hatte Barna getan, was die Regel vorschrieb, und schien seitdem die verordnete Armut regelrecht zu genießen. Es hieß, er verschmähe sogar die Annehmlichkeiten der wohnlichen Räume, die seine Vorgänger stets genossen hatten, und verbringe die meisten Nächte auf dem schmalen Feldbett neben dem Fenster. Allerdings hatte er nichts von seinem früheren Geschäftssinn verloren, sondern verwendete ihn nun ausschließlich zugunsten und im Interesse des Hospitals.

Matteo sah unter einem schönen, im Lauf der Jahre allerdings stark nachgedunkelten Fresko, das das Gleichnis vom verlorenen Sohn darstellte, bei seiner Heimkehr vom Vater tränenreich umarmt, einen von Pergamenten überquellenden Schreibtisch, der wie auch diverse Federkiele und gleich mehrere Tintenfässer vom unermüdlichen Fleiß des Rektors zeugte.

»Seid Ihr hungrig?« Barna deutete auf seine einfache Mahlzeit. »Dann greift zu! Mehr als hier steht, kann ich Euch allerdings nicht anbieten.«

Matteo schüttelte den Kopf.

»So seid Ihr sicherlich gekommen, um mir mitzuteilen, dass Ihr morgen in aller Frühe mit dem Wandgemälde beginnen werdet.« Die hellen Augen des Rektors musterten ihn kühl.

»Bestimmt nicht morgen«, erwiderte Matteo, dem nicht entging, wie sich bei diesen Worten das Gesicht seines Gegenübers verdüsterte. »Doch gewiss sehr bald.«

Nardo Barna erhob sich so heftig, dass er beinahe den Stuhl umgeworfen hätte. Jetzt sah er aus, als habe er etwas Verkehrtes gegessen.

»Das alte Spiel?«, fragte er. »Aber mit mir spielt man nicht. Habt Ihr das noch immer nicht gelernt, Minucci?«

»Nichts läge mir ferner, als zu spielen«, erwiderte Matteo sehr ruhig. »Wie aber könnte ich mit dieser Arbeit beginnen, wenn die entscheidenden Fragen noch immer ungeklärt sind?«

»Wenn Ihr jetzt wieder mit dem leidigen Vorschuss anfangen wollt, so …«

»Von dem rede ich jetzt nicht. Ihr wisst genau, was ich meine.«

Der Rektor starrte ihn wütend an. »Einem störrischen Feldesel gleich beharrt Ihr so lange auf Eurer Meinung, bis der andere irgendwann zermürbt aufgibt, nicht wahr?«, sagte er. »Keine üble Taktik. Muss ich mir merken! Denn ich kann förmlich spüren, wie sie selbst bei mir zu wirken anfängt.«

»Ihr seid also damit einverstanden, dass ich jene Szenen aus dem Leben der Gottesmutter male, so wie ich sie Euch mehrmals vorgeschlagen habe?«

Barna ließ sich schwer auf seinen Stuhl fallen.

»Ihr werdet ja vorher doch keine Ruhe geben«, sagte er. »Aber ich dulde nichts Anstößiges, nichts Skandalöses, verstanden? Die Botschaft des Engels, wie besprochen, meinethalben auch noch die Begegnung an der Goldenen Pforte …«

»Meint Ihr nicht auch, dass die kleine Maria geatmet und gespielt hat wie jedes andere Kind?«, unterbrach ihn der Maler. »Dass sie weinte, nach der Mutter rief und sich gern vor ihren Freunden versteckte? Dass sie wuchs im Lauf der Jahre und dabei an Schönheit und Wissen dazugewann? Was also könnte es Sinnvolleres geben, als genau das alles darzustellen – in einem Haus, wo so viele mutterlose Kinder leben?«

»Ihr habt mich ganz genau verstanden«, sagte der Rektor. »Ich dulde nichts, das von der Tradition abweicht und im schlimmsten Fall sogar unziemlich irdisch daherkäme. Was heilig ist, muss auch heilig bleiben – und damit basta! Außerdem ist es seit jeher recht und billig, dass der Auftraggeber auch den Inhalt bestimmt. Und Euer Honorar stammt aus der Kasse von Santa Maria della Scala, vergesst das nicht!«

Er rümpfte seine schmale Nase.

»Vielleicht würde es schon helfen, wenn ein geachteter Vertreter der *artes minores* wie Ihr etwas mehr auf sich selber schauen würde? Was hieltet Ihr von diesem Vorschlag? Äußerliche Ordnung kann sehr wohl dazu beitragen, auch die innere Gedankenwelt etwas mehr in Ordnung zu bringen.«

Lautes Klopfen, dann traten zwei Männer ein, der erste feingliedrig und mittleren Alters, der andere ein junger, ungeschlachter Hüne, der einen schweren Sack über der Schulter trug.

»Savo!« Der Rektor schien erleichtert über die Unterbrechung. »Messer Savo Marconi, welch unerwartete Freude!«

»Hier kommen endlich die versprochenen Medikamente«, sagte der Apotheker mit feinem Lächeln. Seine Züge waren scharf, aber gut geschnitten, als hätte ein kundiger Bildhauer mit sicherer Hand den Meißel gesetzt, und abgesehen von ein paar Linien um Augen und Mund kaum gezeichnet von den Spuren des Alters. Er war in Wolle und Damast gekleidet, trug seidene Beinlinge und glänzend gewienerte Schnabelschuhe. Sein ausgefallener Geschmack war stadtbekannt; Savo Marconi galt als wohlhabend, gebildet und äußerst kultiviert. Nach dem frühen Tod seiner Frau hatten zahlreiche Damen der Gesellschaft gehofft, die Gunst der Stunde nutzen zu können und so bald wie möglich deren Stelle einzunehmen. Er jedoch, scheinbar unbeeindruckt von all ihren Anstrengungen, war bis zum heutigen Tag Witwer geblieben und schien sich dabei äußerst wohl zu fühlen. »Und da das Osterfest nicht mehr fern ist, erscheint es mir als eine angebrachte Geste der Demut, sie in diesem Fall dem Hospital kostenlos zu überlassen.« Ein Wink zu seinem Begleiter. »Abladen, Leo!«

Mit gleichmütiger Miene setzte der junge Mann seine Last ab und begann Tiegel und Töpfchen herauszukramen.

Nardo hob erschrocken die Hände. »Aber doch nicht hier in meinem Uffizium – beim letzten Mal bin ich schier erfroren, weil ich nach Eurem Besuch tagelang lüften musste, um die üblen Miasmen wieder loszuwerden. Er soll alles gleich nach drüben in den Krankensaal bringen. Dort wird Celestina sich um die Medikamente kümmern.«

»Du hast gehört, was der Rektor gesagt hat, Leo?«

Tiegel und Töpfchen wanderten kommentarlos zurück in den Sack.

»Ich gehe gleich?«, fragte Leo. Seine Stimme war überraschend hoch und kaum weniger ausdruckslos als seine Mimik.

»Natürlich tust du das«, sagte der Apotheker. »Oder hast du plötzlich etwas mit den Ohren?«

Für einen kurzen Augenblick sah Matteo einen Schatten über die Züge Leos huschen, dann kehrte der gleichmütige Ausdruck wieder zurück. Fasziniert starrte er den Gehilfen an. Niemals zuvor war ihm ein derart leeres Gesicht begegnet. Ob er ihn bitten konnte, ihm gelegentlich Modell zu sitzen? Es müsste eine Herausforderung sein, ihn zu zeichnen.

»Wo habt Ihr ihn eigentlich her?«, wollte der Rektor wissen, als Leo wortlos zur Tür gegangen war.

»Aus einem Kaff im Süden, wo es offenbar mehr Esel als Einwohner gibt. Sein früherer Herr wollte ihn dringend loswerden, da hab ich ihn eben aufgenommen. Inzwischen dient er mir schon einige Jahre.«

Sie redeten über den Jungen, als sei er nichts anderes als ein Stück Vieh! Matteo spürte, wie Hitze in ihm aufstieg, so erging es ihm immer, wenn er Zeuge von Ungerechtigkeiten wurde, und er begann unruhig von einem Bein auf das andere zu treten.

Jetzt erst schien den beiden Männern bewusst zu werden, dass der Künstler noch immer anwesend war.

Nardo Barna räusperte sich. »Spätestens am kommenden Montag finde ich Euch also in der Kapelle vor, Messer Minucci, mit Euren gesamten Malutensilien. Sonst werdet Ihr ...«

Eine angedeutete Verneigung, die in ihrer Knappheit fast aufsässig wirkte. »Ich werde da sein, Rektor.«

Die beiden Männer warteten, bis die Tür hinter dem Maler ins Schloss gefallen war.

»Warum bist du wirklich hier, Savo?«

»Das werd ich dir gleich verraten, alter Freund.« Auf der hohen Stirn des Apothekers glitzerten Schweißperlen. »Es gibt Neuigkeiten. Gute Neuigkeiten, stell dir vor! Unsere Sache scheint endlich wieder in Schwung zu kommen. Es ist mir gelungen, wichtige Verbündete zu gewinnen.«

Während Marconi weiterredete, hoben sich die buschigen Brauen des Rektors vor Erstaunen. »Und du bist dir ganz sicher?«, sagte er schließlich. »Sie werden nicht gleich wieder abfallen? Man kann ihnen also tatsächlich trauen?«

Der Apotheker nickte.

»Genügt der Name Salimbeni nicht, um dich vollständig zu überzeugen? Unsere Ziele sind auch die ihrigen. Und dennoch ist es nicht viel mehr als ein Anfang. Vor uns liegt noch jede Menge Arbeit, wenn wir jemals erreichen wollen, was wir uns erträumt haben.«

»Das weiß ich. Aber wissen die anderen auch schon davon?«

»Du bist der Erste, zu dem ich mit der Neuigkeit komme. Bice wartet ebenfalls auf ihre Medizin. Dabei ergibt sich sicherlich Gelegenheit, im Hause di Nero ein paar Worte mit Enea zu wechseln.«

»Es geht ihr doch inzwischen hoffentlich wieder etwas besser?«

Eine vage Geste. »Wir dürfen die Hoffnung niemals aufgeben.«

»Und Domenico?«, fragte der Rektor. »Wann wirst du es ihm sagen?«

»Weißt du denn nicht Bescheid?« Die Stimme des Apothekers klang plötzlich matt. »Domenico wird bis auf Weiteres als Vertreter der Domherren unabkömmlich sein. Der Prozess hat gestern begonnen. Noch vor Ostern soll das Urteil gefällt werden.«

»Die stumme Sünde?«

»So zumindest lautet die Anklage.«

»Sollte sie sich als wahr herausstellen, werden die Delinquenten erhalten, was sie verdienen.« Der Rektor nahm einen tiefen Schluck. »Siena kann sich keine Florentiner Verhältnisse leisten. Erst recht nicht, was die Moral seiner Bürger betrifft. Der Teufel versucht die Menschen durch die Lenden der Männer – eine ebenso alte wie leidige Geschichte.«

Savo Marconi bekreuzigte sich rasch.

»Gott sei ihrer Seele gnädig«, sagte er. »Denn vor dem Angesicht des Herren sind wir alle arme Sünder.«

❧

Den Weg hinunter nach Fontebranda war Gemma schon sehr lange nicht mehr gegangen, und als sie das holprige, wie stets von Lauge und Farben leicht schmierige Pflaster unter ihren Sohlen spürte, wurde ihr erst richtig bewusst, dass sie die letzten Jahre nichts anderes als eine Gefangene gewesen war – auch wenn der Käfig nach außen hin golden ausgesehen hatte. Sie sog begierig die Luft ein, genoss die unterschiedlichen Gerüche, ihr seit Kindheitstagen vertraut. Das stattliche Haus ihres Vaters lag nur ein paar Straßen weiter; von klein auf hatte sie zusammen mit ihm die Färber besucht und dabei fasziniert beobachtet, was Krapp, Waid, Schwarzdorn, Berberitze, der kostbare Saft der Kermesläuse und vieles andere mehr aus ungebleichter Wolle machen konnten. Hier waren die Häuser schmaler als gewöhnlich in der Stadt und viele der Fenster gegen die Kälte noch mit Schweinsblasen verschlossen, weil das neumodische Glas unerschwinglich teuer war. Man sah es auch an der Kleidung, dass hier einfachere Leute wohnten, und die meisten der Kinder, die auf der Straße spielten, trugen die billigen Holzschuhe.

Keinen Steinwurf entfernt stand das Haus der kinderreichen Färberfamilie Benincasa, deren Letztgeborene namens Caterina viele in Siena bereits als Heilige verehrten, obwohl sie kaum zwanzig war und weder lesen noch schreiben konnte. Es hieß, sie habe sich in eine winzige Zelle zurückgezogen, lebe nur noch von Wasser und Hostien und lehne jeglichen Kontakt mit der Welt ab. Dennoch wuchs die Zahl ihrer Anhängerinnen auf wundersame Weise. Sie nannten sich wie auch Caterina Mantellatinnen, gehörten zum Dritten Orden des heiligen Dominikus und waren tätig in der Armenfürsorge und Krankenpflege. Jede einzelne von ihnen strebte offenbar danach, Caterina an Vollkommenheit gleichzukommen. Manchmal hatte es den Anschein, als wolle jedes zweite junge Mädchen in Siena nun auch Heilige werden.

Gemma hatte sich stets in diesem Viertel besonders wohlgefühlt, unter anderem auch, weil an den meisten Häusern das rot-weiß-grüne Banner der Gans flatterte, das sie liebte. Bartolo Santini war es gelungen, seine Tochter beizeiten davon zu überzeugen, dass die Färber und ihr altes Handwerk Achtung verdienten.

»Als Stoffhändler haben wir ihnen viel zu verdanken«, pflegte er zu sagen. »Alles sogar, wenn du so willst. Sie und wir gehören untrennbar zusammen; einer wäre ohne den anderen gar nicht denkbar. Dabei haben sie ohne Murren den schwierigeren Part übernommen. Denn würden sie sich nicht Tag für Tag im Gestank der Laugen schinden, unser Tisch könnte niemals so reich gedeckt sein. Daran solltest du immer denken!«

Für einen Augenblick setzte Gemma den schweren Korb ab und richtete sich stöhnend auf. Dabei drückte die hölzerne Kraxe auf ihrem Rücken unerbittlich auf die Nieren; sie konnte es kaum erwarten, die Last endlich loszuwerden. Eigentlich wollte sie jetzt keinesfalls an den Vater denken – und musste es wider Willen dennoch tun.

Ob Lupo ihn schon über ihre Flucht in Kenntnis gesetzt hatte? Wie würde Bartolo reagieren? Sie verdammen? Oder jemanden aussenden, um sie so schnell wie möglich zurückzuholen?

Oder hatte Lupo beschlossen, sie allein aufzuspüren? Falls ihm das gelang, musste sie mit seiner Rache rechnen.

Unwillkürlich drehte sie sich um und spähte die steile Straße hinauf und hinunter, aber zu ihrer Erleichterung war weit und breit kein Verfolger zu sehen. Und dennoch hatte es sie regelrecht Überwindung gekostet, das Hospital zu verlassen. Wäre da nicht Celestinas wacher Blick gewesen, dem nichts zu entgehen schien, sie hätte sich bestimmt im letzten Moment eine Ausrede zurechtgezimmert.

Sie nahm den Korb wieder auf und setzte sich erneut in Bewegung.

»Das schmale Haus mit den blauen Läden«, hatte Celestina gesagt. »Du kannst es gar nicht verfehlen ...«

»Gemma? Gemma Santini!« Es war Lelio, der ihr entgegenrannte, das Gesicht erhitzt, die Augen blank vor Freude. »*Du* bringst uns heute die Vorräte!« Wie ein aufgeregter Welpe sprang er um sie herum, so ungestüm, dass sie aus dem Gleichgewicht geriet und beinahe über ihren Rocksaum gestolpert wäre.

»Wenn du so weitermachst, werden wir beide auf der Nase landen«, sagte sie lachend.

Jetzt riss er ungeduldig an ihrem Korb.

»Hast du vielleicht Angst, ich würde es mir noch einmal anders überlegen?«, sagte Gemma. »Brauchst du nicht. Ihr sollt ja alles haben. Lass los, Lelio, wir sind doch ohnehin gleich da!«

»Mamma Lina!« Sein Enthusiasmus blieb unbesiegbar. »Gemma ist gekommen. Gemma Santini!«

Die angelehnte Tür öffnete sich ganz, und eine Schar von Kindern umringte Gemma.

»Werft sie nicht gleich um!«, rief Mamma Lina. »So lasst sie doch erst einmal ihre Lasten loswerden!«

Nur allzu gern befreite sich Gemma von dem ungewohnten Gewicht, und die Kinder stürzten sich neugierig auf den Inhalt von Korb und Kraxe.

»Sie hat Brot mitgebracht, Öl und Grieß«, sagte das größte Mädchen, und ein scheues Lächeln verschönte ihr blasses Gesicht. »Dazu noch Zwiebeln, Lauch und Salz. Und da ist ja auch noch ein ganzer Sack Kirchererbsenmehl! Wir können wieder *farinate* backen, Mamma Lina, so viel, bis wir platzen!«

»Das ist Mia«, sagte Mamma Lina. »Lelio und sie sind meine beiden Großen.«

Angelina und Cata wühlten eifrig weiter in dem Korb.

»Mandelkekse«, sagte Angelina genießerisch und linste im Kauern zu Gemma hinauf. »Die mag ich am allerliebsten.«

»Aber erst zum Osterfest!« Mamma Lina nahm ihr das Säckchen freundlich, aber energisch aus der Hand. »Jetzt ist nämlich noch Fastenzeit.«

Die Kleine legte ihre Stirn in so drollige Falten, dass Gemma unwillkürlich lachen musste. Jedes Mal, wenn sie dieses Kind ansah, hatte sie das Gefühl, es schon zu kennen. Lag es an der runden Stirn, der kurzen, aufgeworfenen Nase, dem kleinen dunklen Fleck neben dem linken Auge? Oder war es die Art, wie Angelina sie ansah? Irgendwann würde sie sicherlich noch darauf kommen, an wen das Mädchen sie erinnerte.

»Das ist Mauro.« Mamma Lina gab einem kleinen Jungen einen sanften Stoß. »Und das hier unser Raffi.« Der war größer, aber ebenso mager, schien nur aus Locken, riesigen Augen und Knochen zu bestehen.

»Habt Ihr noch mehr davon?«, fragte Gemma, als die Kinder mit ihren Schätzen in die Küche gelaufen waren.

»Sechs – und das sind mehr als genug.« Lina klang für einen Augenblick erschöpft. »Denn sie halten mich von früh bis spät auf Trab. Manchmal bin ich so müde, dass ich im Sitzen einschlafe. Doch am nächsten Morgen ist meine Kraft wieder da. Mit ihnen hier zu leben ist, wovon ich stets geträumt habe.« Sie lächelte. »Wenn alles sich erst einmal richtig eingespielt hat, werde ich vielleicht eine Magd anstellen, und dann können es meinethalben noch mehr werden.«

Sie schob sich eine vorwitzige Strähne hinters Ohr. Wenn sie keinen Umhang und Schleier trug, sah man erst, wie jung sie noch war – und wie anziehend. Ein ovales Gesicht mit großen Augen, heller, makelloser Haut, zarten Lippen. Nur das braune Haar wollte nicht so recht dazu passen, wirkte stumpf und glanzlos.

»Das alles sind angenommene Kinder?«, entfuhr es Gemma. »Oder ist eines davon Euer eigenes?«

»Nein. Und Ihr? Habt Ihr Kinder?«

»Nein«, sagte Gemma und spürte, wie sie errötete.

»Wollt Ihr nicht hereinkommen?«, schlug Lina vor, die über die Antwort irgendwie erleichtert schien. »Ihr habt so schwer geschleppt. Ich würde Euch gern einen kühlenden Schluck anbieten.«

»Danke.« Es war mehr Neugierde als Durst, was Gemma dazu brachte, die Einladung anzunehmen.

»Dann lasst uns nach nebenan gehen! In der Küche ist jetzt erst einmal bis auf Weiteres die Hölle los.«

Sie führte Gemma in einen schmalen Raum, den ein großer Tisch mit vielen Stühlen beinahe ausfüllte, und ging wieder hinaus. Nebenan hörte Gemma sie mit erhobener Stimme ein paar Sätze sagen, danach wurde es hinter der Wand deutlich ruhiger, und es dauerte nicht lange, bis Lina mit einem Krug und zwei Bechern zurückkehrte.

»Manchmal kommen sie mir vor wie ein Sack Flöhe«, sagte sie. »Aber die Kinder geben sich so viel Mühe und lernen schnell. Und ich strenge mich an, es ihnen gleichzutun.«

Sie schenkte stark verdünnten Wein in die Becher. Beide tranken.

»Dann lebt Ihr hier also allein mit ihnen? Oder gibt es irgendwo noch einen Ehemann dazu?«

»Ich bin verwitwet«, sagte Lina, und es klang abschließend.

»Und offenbar noch nicht sehr lange in Siena«, sagte Gemma. »Woher kommt Ihr?«

Die geraden dunklen Brauen zogen sich über der Nasenwurzel zusammen. »Eigentlich hatte ich vor, mich in Venedig niederzulassen, dann aber gab es Gründe, es doch lieber nicht zu tun.« Ein prüfender Blick zu Gemma. »Ihr kennt Venedig?«

»Leider nein. Aber mein Vater hatte dort oft zu tun.« Es entging ihr nicht, wie geschickt die andere ausgewichen war.

»Eine schöne, aber sehr kalte Stadt. Stets geht es dort um Geld und Profit, als sei das das Allerwichtigste auf der Welt. Deshalb hab ich mich schließlich doch lieber für Siena entschieden. Außerdem gibt es weit und breit keine andere Einrichtung wie Santa Maria della Scala, die so viele verschiedene Möglichkeiten eröffnet. Ich wollte ein Haus führen, in dem Waisen aufwachsen können – und hier ist mir dies möglich, dank des Hospitals.«

»In Venedig sind sehr viele Händler zu Hause«, sagte Gemma. »Sie müssen an Profit denken, sonst gehen sie früher oder später unter. Das bringt dieser Beruf mit sich.«

»Das klingt ja beinahe, als hättet Ihr besonders viel Verständnis für diese Leute.«

Gemma lächelte. »Vielleicht, weil ich die Tochter eines tüchtigen Händlers bin«, sagte sie. »Und von klein auf daran gewöhnt, wie er zu denken.«

»Was hat Euch dann nach Santa Maria della Scala geführt?«

Plötzlich schienen die Rollen vertauscht. Ich war doch die, die die Fragen stellen wollte, dachte Gemma erstaunt, und jetzt ist sie es, die mich gezielt in die Ecke treibt.

»Eheangelegenheiten«, sagte sie schließlich knapp. »Und keine sonderlich angenehmen, wie Ihr Euch vielleicht vorstellen könnt. Ich hoffe, ich werde fürs Erste im Hospital bleiben können. Und falls nicht, dann ...« Sie verstummte.

Für ein paar Augenblicke war es still im Raum, und auch das Kindergeschrei nebenan schien vollends verstummt.

»Ihr habt vorhin meine Große gesehen?«, sagte Lina plötzlich.

»Das scheue Mädchen mit den schwarzen Locken?«

Lina nickte. »Man hat sie halb tot aus einem Hurenhaus an der Küste gerettet«, sagte sie. »Dort war sie über mehrere Monate eingesperrt gewesen. Mia war nur noch Haut und Knochen, als ich sie bekommen habe. Jede Nacht hat sie vor Angst ins Bett gemacht. Erst seit ein paar Tagen bleibt das Laken trocken.«

»Aber sie ist doch noch ein Kind!«, rief Gemma erschrocken.

»Keine zwölf«, sagte Lina ruhig. »Habt Ihr gesehen, dass sie beim Gehen hinkt? Ihr linkes Bein ist nach einem Fieber lahm geblieben. Das übt auf manche Männer einen ganz besonderen Reiz aus.«

»Wer sind nur diese Tiere!«

»Tiere? Jedenfalls gibt es mehr davon, als Ihr vielleicht glaubt. Überall.« Linas Hand fuhr energisch über die Tischplatte, als gäbe es dort etwas Unsichtbares wegzuwischen. »Lebt Euer Vater noch, dieser tüchtige Händler, der so oft in Venedig war?«, fragte sie plötzlich.

Gemma nickte.

»Hier? In Siena? Und er ist gesund und wohlauf?«

Gemma nickte abermals.

»Warum geht Ihr dann nicht zu ihm, wenn Ihr in Schwierigkeiten steckt?«

»Ganz und gar unmöglich!«

»Weshalb?«

»Weil ich … Weil er …«

»Weil Ihr zu stolz dazu seid?« Linas Stimme war eindringlich geworden. »Ist das nicht blanker Hochmut, Monna Santini – und damit eine schwere Sünde?«

Was bildete sich diese Fremde ein, die doch nichts über sie wusste! In wortloser Empörung starrte Gemma sie an, Mamma Lina jedoch schien noch nicht am Ende angelangt.

»Diese Waisen nebenan, die sich nach Essen und Liebe, nach Schutz und einem Zuhause sehnen, sind so viel schlimmer dran als Ihr. Nichts und niemanden haben sie mehr auf der Welt. Ihr aber besitzt eine Familie, einen Vater, der Euch gewiss von ganzem Herzen liebt. Geht zu ihm, bittet ihn um Hilfe, und er wird Euch sicherlich nicht von der Schwelle weisen. Das müsst Ihr tun – versprecht es mir!«

Die beiden Frauen musterten sich stumm. Ein stummes Messen der Kräfte, das wussten beide, doch keine war bereit, als Erste aufzugeben.

»Immerhin haben die Kinder Euch«, sagte Gemma nach einer Weile und wollte nicht zeigen, wie aufgewühlt sie innerlich war. »Ihr seid doch jetzt ihre neue Familie, Mamma Lina!«

❧

Sein Haus stank wie ein Schweinestall, und plötzlich hatte Matteo genug davon. Er ging zum Fenster, öffnete den

Riegel und lehnte kurz seine erhitzte Stirn gegen das gewölbte Glas, froh darüber, dass ihm der große Auftrag im Baptisterium von San Domenico vergangenes Jahr diese kostspielige Anschaffung ermöglicht hatte.

Ein Schwall kühler Luft strömte herein, empfindlich kühler Luft sogar – und doch konnte er zum ersten Mal den Frühling riechen. Kinderlachen drang gegenüber aus dem schmalen Haus mit den blauen Läden, das so lange leer gestanden und nun offenbar neue, lebhafte Bewohner gefunden hatte. Kinderlachen, das ihn kurz lächeln ließ, dann aber wieder traurig machte.

Er durfte nicht schon wieder in dumpfen Trübsinn verfallen!

Mit einem Male von seiner Schlampigkeit angeekelt, schaute Matteo sich um. Die Küche – ein Dreckloch, angefüllt mit schmutzigem Geschirr, auf dem Speisereste vor sich hin schimmelten. Halbherzig schichtete er ein paar Teller und Näpfe aufeinander, dann ließ er es wieder bleiben. Hier zu beginnen erschien ihm uferlos.

Er stieß einen Seufzer aus. Das bedeutete, vor Ornela Panizzi einen tiefen Katzbuckel machen und sie untertänigst bitten zu müssen, sich seiner wieder anzunehmen. Wenigstens konnte er bei dieser Gelegenheit Eier bei ihr kaufen, die er als Vorbereitung für das Fresko brauchte. Vor dem blinden, halb abgeschlagenen Spiegel im Flur setzte er schon mal probeweise eine leutselige Miene auf.

Es würde gehen. Es *musste* gehen.

Ornela freilich ließ ihn zappeln, als er an ihre Tür klopfte.

»Sieh an, der große Meister höchstpersönlich!«, sagte sie spöttisch. »Was ist denn geschehen, dass er sich so plötzlich wieder auf uns niederes Volk besinnt?«

»Es wird Frühling, und ich sitze bis zum Hals im eigenen Dreck«, sagte Matteo ohne Umschweife. »Wie sollte ich da ohne Hilfe jemals wieder rauskommen?«

»Deine Angelegenheit.« Um ein Haar hätte sie ihm die Türe vor der Nase zugeschlagen.

»Auch, wenn ich dir dafür drei Lira anbiete?«

Der Spalt wurde eindeutig größer.

»Und deinem Nevio Arbeit als Gehilfe in Aussicht stelle?«, setzte er hinzu.

»Wo ist das Geld?«, sagte Ornela missmutig. »Ich will es sehen. Und keine Mätzchen, sonst wirst du mich kennenlernen!«

Er zählte ihr die Münzen in die raue Hand. Jetzt waren nur mehr noch drei solche in seiner kleinen Holzkiste, die bis zur hoffentlich baldigen Aushändigung des Vorschusses reichen mussten.

Ornela verschwand nach drinnen und kam dann mit Eimer, Lumpen und einem bis oben gefüllten Pottaschetrog zurück.

»Einen Besen hast du? Oder ist der inzwischen auch schon als kümmerliche Einlage im Suppentopf gelandet?«

»Einen Besen gibt es. Und Nevio soll dich auch gleich begleiten«, sagte er. »Mindestens zwei Dutzend Eier brauch ich noch dazu von dir. Die kann er mir gleich bringen. So verlieren wir keine Zeit.«

Zurück im Haus verschwand Ornela kopfschüttelnd in der Küche, während Matteo sich mit ihrem Sohn über die anderen Räume hermachte. Das größte Zimmer glich einem aufgelösten Feldlager; in den letzten Monaten hatte Matteo hier geschlafen, gegessen, gesoffen und gegrübelt. Er hievte die spärlichen Möbel nach draußen und hieß den Jungen den Steinboden gründlich mit einer Bürste schrubben. Nebenan hörte er Ornela schimpfen und stöhnen, aber er wusste, er konnte sich auf sie verlassen. Irgendwann schaute sogar die schwarze Nachbarkatze mit den weißen Pfoten herein, die bislang stets unverrichteter Dinge wieder abgezogen war. Heute jedoch bekam sie in einem Schüsselchen einen Eidotter kredenzt, den sie bis zum letzten Tropfen aufschleckte.

Es kostete ihn Überwindung, seine Schlafkammer zu betreten, aber schließlich gelang es ihm doch. Dieser Raum war zur Rumpelkammer verkommen; Malutensilien standen und lagen in wüstem Durcheinander herum, nur eine Ecke wirkte halbwegs aufgeräumt. Vor einer beschlagenen Eichentruhe lag auf zwei auseinandergerückten Stühlen, wonach er gesucht hatte. Matteo hob den Zeichenkarton behutsam hoch und trug ihn nach nebenan. Dort wäre der Boden zwar inzwischen wieder trocken gewesen, aber er schleppte zunächst mit Nevio alle Möbel wieder herein, bis er den Karton schließlich vorsichtig auf dem abgeräumten Tisch ausbreitete.

»Das alles werden wir also malen?«, fragte der Junge mit großen Augen und betrachtete die exakt eingetragenen Quadrate mit den Entwürfen. »Wie aufregend!« Sein schmutzig blondes Haar hing ihm tief in die Stirn; Hände und Füße, stets in Bewegung, schienen viel zu groß für den knochigen Körper.

»*Ich*«, korrigierte Matteo, »falls du gütigerweise erlaubst. Denn vorerst bin hier noch immer einzig und allein ich der Maler.«

Nevios fleischige Unterlippe sackte herab.

»Was nicht heißt, dass ich in absehbarer Zeit nicht einen Lehrling gebrauchen könnte«, fuhr Matteo fort. »Vorausgesetzt natürlich, dieser Kandidat ist tüchtig und fleißig und erweist sich meiner Kunst und allem, was dazugehört, tatsächlich auch als würdig.«

»Ich mache alles, was Ihr verlangt«, stieß Nevio hervor. »Tag und Nacht werde ich für Euch schuften, Meister …«

»Fürs Erste genügt, wenn du mich weiterhin Matteo nennst und meine Pinsel gründlich auswäschst. Damit wäre ich bereits hochzufrieden.«

Er nahm Rötelkreide zur Hand und begann ein paar Striche auf ein altes Stück Pergament zu werfen. Zuerst sah es aus, als solle es ein Jungenkopf werden, doch je länger Matteo zeichnete, desto weicher wurden die Züge. Die Augen hatte er noch genau im Gedächtnis, bei den Brauen aber stockte er. Waren sie nicht höher gewesen? Dichter? Zur Mitte hin stärker gewölbt? Bei nächster Gelegenheit musste er sich von allem ganz genau vergewissern.

»Wird das deine neue Madonna?« Er hatte gar nicht bemerkt, dass Nevio hinter ihn getreten war und ihm neugierig über die Schulter schaute. »Die heilige Maria, wenn sie noch ein kleines Mädchen ist?«

»Sag das doch noch einmal!«

»Ich hab nur gefragt, ob das deine neue Madonna …«

Matteo sprang auf, begann im Raum herumzutanzen, während der Junge ihm fassungslos zusah.

»Schlauer Kerl!«, rief der Maler dabei. »Pfiffig und einfallsreich – hätte ich dir gar nicht zugetraut. Glaube fast, aus uns beiden könnte tatsächlich etwas werden.«

»Dein Saustall ist jetzt beseitigt«, sagte Ornela irgendwann und wirkte erschöpft, aber zufrieden. »Falls du allerdings vorhast, in absehbarer Zeit wieder einen solchen anzurichten, kannst du dir jemand anderen suchen, der diese Drecksarbeit übernimmt!«

»Das wird nicht nötig sein«, sagte Matteo schnell. »Denn ab jetzt machst du ja jede Woche einmal gründlich bei mir sauber, einverstanden, Ornela?«

Anerkennendes Knurren. Sogar Nevio sah auf einmal beinahe glücklich aus.

Dennoch war Matteo froh, als er wieder allein war. Der Junge sollte am nächsten Morgen wiederkommen, um ihm bei der Aufbereitung von Kalk und Mörtel zu helfen, bevor er mit dem Mischen der Farben beginnen konnte. Matteo hatte sich angewöhnt, zahlreiche Probedurchgänge zu machen, um so die optimale Zusammensetzung zu finden. Manche seiner Kollegen verachteten diese einfachen Tätigkeiten, die in ihren Augen zu viel mit gewöhnlicher Maurerarbeit gemein hatten, er aber liebte es, die rauen Materialien aufzutragen, als Basis für das spätere Strahlen der Farben.

Er wusch sich gründlich, schabte sich den Bart, zog sogar ein frisches Hemd an. Danach goss er sich einen Becher Wein ein und briet sich ein paar der Eier auf dem Herd, die er so kräftig salzte, wie er es am liebsten hatte. Nachdem er den Teller mit Brot sauber gewischt hatte, spürte er, wie die altbekannte Unruhe erneut in ihm aufstieg.

Eine Weile kämpfte er dagegen an, schließlich gab er sich geschlagen. Er ging zu der Truhe in der Schlafkammer, um die er den ganzen Tag über einen großen Bogen gemacht hatte. Inzwischen begann es zu dämmern; und er brauchte einen Leuchter, um besser sehen zu können. Sein Herz begann schneller zu schlagen, nachdem er den schweren Deckel geöffnet hatte. Gefaltete Leinwand, alte Kleider, das war die erste Tarnungsschicht. Darunter noch mehr Stoff.

Schließlich ertastete er, wonach er gesucht hatte. Seine Hände zitterten, während er die erste der Rollen herauszog und sie langsam öffnete. Nach all den Jahren hatten die Worte, die er im Kerzenlicht las, noch immer die gleiche Wirkung auf ihn wie damals.

Der Salamander lebt im Feuer und nährt sich von den Flammen. Seine Kraft ist so stark, dass in seiner Gegenwart manchmal sogar Wasser brennen kann. Verliert er einen Körperteil, so wächst dieser wie durch ein Wunder wieder nach…

Die Buchstaben verschwammen vor seinen Augen. Er rollte das Pergament weiter auf, erblickte jetzt die Zeichnungen, die so frisch und lebendig wie eh und je waren.

Manche sagen auch, im Feuer verwandle er sich bisweilen in eine schöne rothaarige Frau, die alle um den Verstand bringen kann, indem sie …

Ein Windstoß ließ den Fensterladen klappern.

Wie ertappt zuckte Matteo zusammen und rollte das Pergament schnell wieder ein. Diese Schriften stammten aus dem Nachlass seines verstorbenen Meisters, für den er sie damals eigenhändig kopiert hatte, und galten als ebenso begehrt wie gefährlich. Niemand in Siena durfte wissen, dass sie in seinem Besitz waren. In Florenz genügte, wie er erfahren hatte, schon sehr viel weniger an Beweisstücken, um am Galgen zu landen.

Er schloss die Augen und hörte auf einmal Fionas Stimme, spürte ihren Atem an seinem Hals. Ihr Lachen, die Beugung ihres Nackens, der Ansatz ihrer vollen Brüste, der betörende Duft, der aus dieser Kuhle aufgestiegen war – ihr Seufzen, wenn er sich leidenschaftlich in ihr bewegt hatte. Niemals hatte sie die Lider geschlossen, während sie sich liebten, sondern ihn stets aufmerksam dabei angesehen, manchmal fast fragend – so jedenfalls hatte er es stets empfunden, als ob ein allerletztes Geheimnis noch zwischen ihnen bestehe –, mit ihren sprechenden grauen Augen, die sich nun niemals mehr für ihn öffnen würden.

Es war, als stehe sie direkt neben ihm. Er glaubte, sie zu riechen, bildete sich ein, plötzlich ihre lang entbehrte Wärme wieder zu spüren.

»Matteo«, hörte er sie sagen, mit dieser brüchigen, stets ein wenig heiseren Stimme, für ihn jedoch die allerschönste der Welt. »Matteo – mein Liebster!«

All das war mehr, als er ertragen konnte. Der vertraute Schmerz war zurück, schneidend und brennend wie einst.

»Warum hast du mich verlassen?«, flüsterte Matteo und grub tiefer in der Truhe, obwohl er doch genau wusste, dass er dies besser lassen sollte. »Ich konnte nichts dagegen tun, war ebenso verzweifelt wie du. Niemals hättest auch *du* noch mich verlassen dürfen!«

Dann hielt er plötzlich in der Hand, was am Boden der Truhe versteckt gewesen war: die Rötelzeichnung, die ein Kind zeigte, nur eines von vielen weiteren Blättern, die erst recht niemals eine lebende Seele zu Gesicht bekommen durfte. Auf den ersten Blick hätte man fast glauben können, das Kind schlafe nur, wären da nicht der schmerzliche Zug um den Mund gewesen und das Leichentuch, das den kleinen Körper halb bedeckte.

Matteo ließ die Zeichnung sinken, kauerte sich auf den harten Fußboden, schlang die Arme um sich. Die Frische und der Schwung des heutigen Tages waren mit einem Nu verschwunden. Jetzt umgab ihn dunkle, sternenlose Nacht.

Was hatte er getan?

Er hatte sie gerufen, und die grausamen Geister der Vergangenheit waren zu neuem Leben erwacht.

❦

Vor Bartolo Santinis Laden angekommen, zögerte Gemma und strich den alten Umhang wieder und wieder glatt, obwohl schon längst kein einziges Fältchen mehr zu sehen war. Sie atmete tief aus. Und wenn der Vater seine Gewohnheiten geändert hatte und sie außer dem alten Luca, der ihm schon seit vielen Jahren diente, hier niemanden vorfinden würde?

Sie musste das Risiko auf sich nehmen, das erste nur von vielen anderen, die unweigerlich folgen würden. Einfach die Straße zu überqueren, ins Wohnhaus zu stolzieren und sich dort den neugierigen Blicken der ganzen Familie auszusetzen war mehr, als sie jetzt aushalten konnte.

Er war allein, schien Luca zu einer Besorgung fortgeschickt zu haben und stand mit dem Rücken zu ihr vor dem großen Kasten mit Schlössern und Beschlägen. In ihm wurden die wertvollsten Stoffe aufbewahrt, nur ausgesuchten Kunden vorbehalten, während die einfachere Ware ringsum in offenen Regalen gestapelt wurde. Die restliche Einrichtung bestand aus gezimmerten Wandbänken aus Zedernholz, das als besonders mottenunfreundlich galt, dazu kamen ein Schreibpult mit ein paar einfachen Hockern und zwei kleinere Tische zum Präsentieren der Tuche.

Ihre Blicke glitten über die Leitern, mit denen sich auch noch die höchsten Fächer erreichen ließen, die Waage, die Scheren und den Abakus, Bartolos alte Rechenmaschine, mit dem sich so viel schneller addieren oder subtrahieren ließ – ihr alles bis in jede Faser vertraut und doch auf einmal so fremd. Plötzlich musste sie an das Kellergeschoss denken, in dem sie als Kind so gerne gespielt hatte, wo Wein- und Ölfässer ruhten und die trockensten Plätze nicht nur der Aufbewahrung von teuren Gewürzen, sondern auch der von Salz dienten, das der Vater in eigenen Salzgärten an der Küste gewann. Bis hinüber zum Wohnhaus auf der anderen Straßenseite führten diese alten, von Holzbalken mehrfach gestützten unterirdischen Gänge, und Gemma hätte nichts dagegen gehabt, sich wie früher in ihnen zu verstecken.

»Vater?« Ihre Stimme war auf einmal nur noch ein Wispern, so befangen fühlte sie sich. Was war ihr nur eingefallen? Niemals im Leben hätte sie auf die trügerischen Einflüsterungen jener Fremden hören sollen!

Bartolo Santini ließ sich Zeit, bis er sich zu ihr umdrehte, und als er es tat, erschrak Gemma. Sein Gesicht erschien ihr fahl und auffallend gedunsen, mit schweren Säcken unter den Augen, die ihn müde aussehen ließen.

»Da bist du also«, sagte er. Nichts als diese vier kümmerlichen Worte!

Gemma spürte, wie ihre Kehle eng wurde. Sie nestelte an ihrem Umhang, weil ihr plötzlich glühend heiß war, beinahe wie in Kindertagen, wenn sie ihm einen ihrer zahlreichen Streiche hatte beichten müssen. Doch dieses Mal war es anders. Sie hatte nichts Unrechtes getan. Lupo war der Schuldige, nicht sie, das musste sie Bartolo nur noch klarmachen.

»Vater, ich …« Sie hielt inne.

Unzählige Male hatte sie sich die richtigen Sätze zurechtgelegt, aber plötzlich war alles verschwunden. Da war nur noch ein schwarzes Loch, das sich mit rasender Geschwindigkeit weiter in ihr ausbreitete.

»Ich habe Lupos Haus verlassen«, fuhr sie fort. »Ich musste es tun. Ich konnte dort nicht weiter mit ihm leben. Du kannst dir gar nicht vorstellen, was er …«

Warum lief es so schief?

Alles, was sie in anklagendem Ton hervorstieß, klang sogar in ihren eigenen Ohren nur beschränkt und klein und dumm. Es gab keine Worte für das, was sie unter Lupos Dach ausgestanden hatte, das wurde ihr mit einem Schlag bewusst – keine jedenfalls, die ihren Vater erreicht hätten. Die Scham hielt sie wieder fest im Griff, jene abgrundtiefe Scham, die ihr auch bislang den Mund verschlossen hatte.

Er musterte sie, kühl, beinahe abschätzig, als sei sie jemand, der seinen Frieden störte.

»Du trägst das Kleid der Oblaten?«, fragte er schließlich. »Kannst du mir verraten, was diese Maskerade soll?«

»Sie haben mir Unterschlupf in Santa Maria della Scala gewährt, als ich einen Platz zum Schlafen suchte und nicht wusste, wohin sonst ich mich wenden sollte.«

»Dein Platz ist im Haus von Lupo di Cecco. Er ist dein Mann vor Gott und der Welt. Es konnte dir doch damals nicht schnell genug gehen, oder hast du auch das vergessen?«

»Mein Mann? So einer wie er ist nicht mehr mein Mann!«

Erregt machte Gemma ein paar Schritte auf ihn zu, doch zu ihrem Erschrecken wich Bartolo zurück, als verströme sie üble Gerüche. Die Tür hinter ihm, die ins Kontor führte, stand halb offen. Gemma war, als wolle er sich am liebsten dorthin zurückziehen, anstatt ihre Gegenwart noch länger zu ertragen.

»Du musst wissen, er hat uns die ganze Zeit nur getäuscht«, fuhr sie fort, heftiger als zuvor, weil ihre Verzweiflung wuchs. »Uns alle, nicht nur mich. Ja, ich wollte ihn heiraten, aber ich war jung und unerfahren und wusste doch gar nicht, wer er wirklich war. Keiner von euch kennt sein wahres Gesicht, ich aber hab es gesehen, und ich kann dir versichern, kein Teufel könnte schlimmer …«

»Willst du mir das alles nicht lieber selber sagen?« Lupo hatte sich aus dem Schatten der Kontortür gelöst und stand plötzlich vor ihr. Sein Mund lächelte, die Augen aber waren kalt. »Also, was hast du auf dem Herzen, mein Engel?«

»Du? Hier?« Sie war wie erstarrt.

»Wo sonst sollte ich sein, nachdem mich die Sorgen um dich halb um den Verstand gebracht haben – und deinen alten Vater dazu? Meine geliebte Frau vom Erdboden verschwunden, und das seit Tagen! In meiner Fantasie habe ich mir schon die allerschlimmsten Szenen ausgemalt, habe dich verschleppt gesehen, geschändet, ja sogar tot. Aber zum Glück lebst du ja, bist zwar in seltsame Lumpen gekleidet, aber doch offenbar gesund und munter – der Madonna sei Dank!«

Bevor sie es verhindern konnte, war er schon bei ihr und drückte sie so fest an sich, dass sie kaum noch atmen konnte. Er roch nach Wein und Schweiß und nach einem fremden Weib, dessen billiges, süßliches Öl sie nicht zum ersten Mal wahrnahm. Vor allem aber stank er nach Lupo, was für sie das Allerschlimmste war. Stocksteif machte Gemma sich in dieser verhassten Umarmung.

»Lass mich sofort los!«, zischte sie. »Sonst schreie ich die ganze Straße zusammen.«

Zu ihrer Überraschung gehorchte er.

»Meine arme Kleine ist ganz durcheinander«, sagte er halb über die Schulter zu Bartolo, der alles schweigend beobachtet hatte. »Sie weiß ja kaum noch, was sie sagt, kein Wunder nach all diesen Schrecknissen! Aber macht Euch keine Sorgen, werter Schwiegervater, ich nehme sie jetzt erst einmal mit nach Hause, und dort werden wir schon …«

»Du nimmst mich nirgendwohin mit!«, sagte Gemma und war erleichtert darüber, wie fest ihre Stimme klang. »Niemals wieder!«

»Was soll das heißen?«, sagte Bartolo. »Bist du jetzt vollkommen kopflos geworden, Gemma?«

»Ich weigere mich, mit ihm zu gehen. Ich will zurück zu dir, zu meinen Schwestern. Ich möchte nach Hause!«

Sie sah, wie die beiden Männer vielsagende Blicke tauschten. Was hatten sie bereits hinter ihrem Rücken besprochen? In Gemma begann ein schlimmer Verdacht zu keimen.

»Was hat er dir erzählt? Dass ich manchmal den Verstand verliere? Dass ich verzogen und verwöhnt bin und seine Güte nicht zu schätzen weiß? Was es auch war, du darfst ihm nicht trauen!«, sagte sie. »Alles, was ihn jemals interessiert hat, waren meine Mitgift und die Aussicht, nach der Hochzeit dein Handelspartner zu werden. Das weiß ich jetzt.«

»Meinst du nicht, dass es allmählich gut ist, Mädchen?«, sagte Bartolo müde.

Er glaubte ihr nicht – nicht ein einziges Wort glaubte er ihr!

Der Vater ließ sie nur reden, weil sie eine Frau war, eine dumme, launische, unberechenbare Frau. Die Enttäuschung war so groß, dass Gemmas Augen feucht wurden. Aber sie würde jetzt nicht weinen, nicht einmal diese heißen Tränen der Wut.

»Woher hast du nur diesen Unsinn, *tesoro*?«, hörte sie Lupo sagen. Er wandte sich erneut an Bartolo. »Irgendein Verbrecher muss ihr diesen Schwachsinn in den hübschen Kopf gesetzt haben.«

Jetzt wandte er sich wieder Gemma zu. »Verrat mir, wer dieser Kerl war – und wenn ich ihn in die Finger bekomme, werd ich ihn lehren, so etwas niemals wieder zu tun, das verspreche ich dir. Nichts könnte mir wichtiger auf der Welt sein als du. Wäre ich sonst ...«

»Schweig!« Zornig war Gemma zu ihm herumgefahren. »Halt endlich den Mund! Ich will deine widerlichen Lügen nicht mehr hören.«

Sie sah Bartolo eindringlich an, der inzwischen noch fahler geworden war.

»Nimm mich auf, auch wenn du mir jetzt nicht glaubst! Ich bin dein Kind, Vater, du musst es tun – bitte!« Sie fiel auf die Knie, schaute flehentlich zu ihm auf, wie sie es als kleines Mädchen getan hatte. Als er sich noch immer nicht rührte, küsste sie seine Hand, ganz die pflichtbewusste, demütige Tochter, die sie freilich nie gewesen war.

Bartolo zog seine Hand weg und räusperte sich mehrmals. Die Schultern waren herabgesackt. Unübersehbar, wie sehr ihm diese Situation zusetzte, ihm, der alles am liebsten stets harmonisch und ausgeglichen hatte. Aber sie hatte ihn mit ihrer Bitte erreicht. Etwas in seinem Blick sagte Gemma, dass ihr dies tatsächlich gelungen war.

»Steh auf, mein Mädchen, ich bitte dich!«, sagte er schließlich. »Du weißt, wie ich derartige Auftritte verabscheue.«

Gemma tat wie geheißen und trat einen Schritt zur Seite.

»Ein Vorschlag zur Güte«, fuhr Bartolo nach abermaligem Räuspern fort. »Nachdem ihr mich schon in diese leidige Lage gebracht habt. Gemma kehrt auf ihren Wunsch hin zurück in ihr Elternhaus, für einige Zeit …« Sie wollte sofort einen Einwand bringen, er aber ließ sie nicht zu Wort kommen. »… um hier in Ruhe nachzudenken. Drei Monate erscheinen mir eine angemessene Frist. Lang genug, damit alle Seiten wieder einen kühlen Kopf bekommen, kurz genug, um auf Dauer dummes Gerede zu vermeiden. Wir werden sagen, sie sei gekommen, um Lavinia nach einer schweren Krankheit hilfreich zur Seite zu stehen, dagegen kann niemand einen vernünftigen Einwand erheben.«

Selbst in dieser Situation dachte der Vater noch an seine Reputation! Aber er hatte recht, denn Siena war eine Stadt mit tausend Augen, und immerhin hatte Gemma somit einen Aufschub gewonnen. Ein Anflug von Erleichterung machte sich in ihr breit. Erst einmal in Sicherheit, würde sich bald eine passende Gelegenheit ergeben, ihm alles zu erzählen, dafür würde sie sorgen.

»Lupo seinerseits wird diese Bedenkzeit respektieren.« Bartolos Tonfall ließ keinen Widerspruch zu. »Das werdet Ihr doch, Messer di Cecco, nicht wahr?«

Lupos Miene wurde immer finsterer, aber er zwang sich ein Nicken ab.

»Erst danach kommt es zur endgültigen Entscheidung. Eines allerdings gebe ich zu bedenken: Was immer auch geschieht, Lupos Frau bleibst du ohnehin, Gemma. Nur der Tod kann euch beide trennen.«

»Glaubst du, das könnte ich jemals vergessen, Vater?«, flüsterte sie. »Glaubst du das wirklich?«

❦

»Sie werden sie also hinrichten?« Bices tief liegende Augen wanderten von einem zum anderen, doch keiner der Tischgenossen schien willens, ihr zu antworten. »*Peccatum mutum*?«

»Hast du kein anderes Thema?«, sagte Enea schließlich mit gerunzelter Stirn. »Sieht ja aus, als wolltest du unseren Gästen unbedingt den Appetit verderben.«

Das war leicht übertrieben, wie alle wussten, denn Bice war es gelungen, unter gewitzter Umgehung der Fastengesetze ein geradezu fürstliches Mahl aufzutischen, wie man es allerdings im Hause di Nero nicht anders gewohnt war. Nach einer kräftigen Morchelpasta hatten die Gäste Brotsuppe mit Safran genossen, danach Kraut mit gesottenen Forellen und in Wein geschmorten Krebsen, in Öl gebratene Steinpilze und schließlich süßes Mandelmus. Die leer geräumten Teller waren von fleißigen Mägden längst abgetragen. Man sah es an den geröteten, leicht gedunsenen Gesichtern, dass keiner hungrig geblieben war – und durstig ebenso wenig, wie die zahlreichen leeren Weinkrüge bezeugten. Sogar der füllige und edlen Speisen überaus zugeneigte Domherr Domenico Carsedoni schien gesättigt, obwohl alle wussten, welch bemerkenswerte Ausmaße sein Appetit annehmen konnte.

Die Hausherrin ließ sich jedoch nicht abbringen, sondern fasste nun ihren jüngeren Vetter schärfer ins Auge.

Domenico saß leicht zusammengesunken am anderen Ende der langen Tafel, die auf Bices besonderen Wunsch hin angefertigt worden war, damals, als sie noch inständig darauf gehofft hatte, um den Tisch eines Tages eine zahlreiche Kinderschar zu versammeln. Das dünne helle Haar, das an den Schläfen bereits zurückzuweichen begann, war Carsedoni in die Stirn gefallen, und seine Unterlippe hing entspannt herab.

»Du warst doch als Vertreter der Domherren von Anfang an beim Prozess dabei«, sagte Bice. »Glaubst du, sie haben es tatsächlich getan? Sind die beiden schuldig in deinen Augen – der Bäcker und sein hübscher junger Gehilfe?«

Derart in die Enge getrieben, nestelte Domenico an seinem wie stets zu engen Kragen. Jetzt wirkte er plötzlich angespannt.

»Das Gericht jedenfalls scheint letztlich zu dieser Ansicht gelangt zu sein«, sagte er schließlich mit belegter Stimme. »Geständnisse allerdings gab es keine, falls du darauf hinauswillst. Nicht einmal nach der peinlichen Befragung. Keiner der beiden hat auch nur ein Wort gesagt. Und mehr darüber kann und darf ich nicht verraten.«

»Keine Geständnisse? Nicht einmal unter der Folter?« Bice schüttelte den Kopf. »Dann *müssen* sie unschuldig sein! Was aber, Domenico, wenn ihr zwei Unschuldige hinrichten lasst?«

Jetzt wurden einige der Männer am Tisch langsam unruhig, vor allem die beiden jungen Kaufleute aus Pisa, die heute Station in der Stadt machten, ebenso wie Piero Roncaglio, der als Verwalter des Gastgebers ergiebige Eisenerzmine auf Elba leitete, die dessen Reichtum speiste.

»Nun lass es aber gut sein!«, verlangte Enea, und die bläuliche Ader an seiner Stirn verriet, wie aufgebracht er war. »Hast du auf einmal jeden Anstand vergessen? Was ist denn nur in dich gefahren, Weib? Du verausgabst dich ja regelrecht – und das alles ausgerechnet heute, wo es dir endlich wieder besser geht!«

Einen Augenblick lang blieb Bice still, ihre farblosen Augen aber wanderten nach wie vor aufmerksam von einem zum anderen. Sie war niemals schön gewesen, auch nicht in jungen Jahren. Dafür war ihr Hals zu mager, waren die Schultern zu knochig, die Brüste zu flach. Flusiges helles Haar stand um ihren kantigen Schädel; von hinten hätte man sie in der passenden Kleidung mühelos für einen Mann halten können. Nicht einmal die späte Schwangerschaft hatte sie weiblicher gemacht. Dabei vergötterte sie Giovanni, ihren einzigen Sohn, und verteidigte ihn gegen jeden und alles wie eine Löwin.

»Dann kannst du ja froh sein, dass du in diesem Verfahren nicht der Richter warst«, erwiderte sie ihrem Mann. »Gab es eigentlich einen besonderen Grund, weshalb man dich ausgetauscht hat?«

»Man hat mich gar nicht erst berufen. Ich bin nämlich, wie du am besten wissen dürftest, mit anderen Fällen bereits mehr als belastet«, sagte Enea. »Das allein war der Grund und nichts anderes.«

»Wird man sie hängen?« Der junge Giovanni, der bislang geschwiegen hatte, schien langsam Interesse am Thema zu bekommen.

»Jetzt auch noch der Junge!«, sagte Enea strafend. Seine sehnigen Hände flogen abwehrend nach oben. Früher war er muskulös und kraftvoll gewesen, ein schlanker, beweglicher Mann mit dem kühnen Profil eines Seeräubers. Inzwischen jedoch hatte das unerbittliche Gesetz der Schwerkraft überall seine Spuren hinterlassen. »Da siehst du, was du mit deiner Neugierde angerichtet hast!«

Bice musterte ihren Mann unbeeindruckt. Sie hatte ein schmales, bräunliches Gesicht, aus dem die fleischlose Nase als unverwechselbares Kennzeichen herausstach.

»Ich denke, man wird sie wohl verbrennen«, sagte sie in provozierendem Ton. »Auf dem Campo jedenfalls hab ich Derartiges läuten hören, und was die Leute dort munkeln ist leider meistens wahr. Auf einem großen, prächtigen Scheiterhaufen. Um alle anderen abzuschrecken. Ja, genau das wird man tun.«

Es wurde lähmend still in der Runde.

Bice griff zu dem kleinen Tongefäß, ohne das sie niemals zu einer Mahlzeit erschien, und träufelte etwas daraus auf einen Löffel. Ihr Mund verzog sich, als sie sich die Medizin in den Mund schob. Es war ihr anzusehen, mit welch übergroßer Verachtung sie sie hinunterwürgte. Ihr Leiden kam und ging, zeigte sich mal stärker, dann wieder schwächer, aber richtig gesund war sie schon lange nicht mehr. Offenbar wusste nicht einmal Savo Marconi, der langjährige Freund der Familie, der nicht müde wurde, ihr immer wieder neue Tränklein und Tinkturen zu mischen, was ihr wirklich fehlte.

»Alle Wollust der Kreaturen ist gemengt mit Bitterkeit«, sagte plötzlich der Domherr. »Und der Tag der Wahrheit ist das Jüngste Gericht. Auch wenn es schon einige Zeit zurückliegt, so erinnere ich mich doch noch genau, wie entsetzlich es riecht, wenn menschliches Fleisch in Flammen aufgeht. Keiner, der einmal eine Verbrennung erleben musste, könnte das jemals vergessen.«

Domenico leerte seinen Becher und erhob sich.

»Aber was haben sie denn getan, diese Bäcker?«, rief Giovanni. »Und was bedeutet *peccatum mutum* überhaupt?«

»Woher hast du das?«, fuhr sein Vater ihn an, der Bices unbeantwortete Frage vergessen hatte. »Antworte gefälligst! Mit welchen Kreaturen treibst du dich heimlich herum? Das hört mir auf, und zwar sofort, verstanden?« Er sprang auf, versetzte ihm eine Kopfnuss.

»›Die stumme Sünde‹, mein Sohn«, klärte Bice den Jungen auf. »Etwas, das so schrecklich ist, dass man es nicht einmal in den Mund nehmen darf.« Sie zeigte ein dünnes Lächeln. »So jedenfalls hat der barfüßige Prediger es genannt, der im vergangenen Frühjahr in San Domenico die Massen begeistert hat. Das Zweite, worüber er in harten Worten gewettert hat, waren übrigens die Wucherer, jüdische wie erst recht christliche.«

Enea hob die Hand, als wolle er sie zum Schweigen bringen oder lieber noch züchtigen, doch seine Frau saß zu weit entfernt und konnte folglich ihrer Zunge weiterhin freien Lauf lassen. Man hätte beinahe glauben können, sie genieße jedes einzelne Wort.

»Es heißt, der Prediger sei bereits wieder auf dem Weg zu uns, wolle Siena auch heuer wieder in der Osterzeit heimsuchen, um jedem Einzelnen seine verderbte Sündhaftigkeit vor Augen zu führen. Habt ihr auch schon davon gehört? Helft mir einmal, wie war noch mal sein Name? Bartolo? Nein! War es Bruno? Nein, das auch nicht. Wartet – jetzt hab ich es: Bernardo nannte er sich, *padre* Bernardo, wenn ich mich nicht irre.«

Alle starrten sie an. Jeder schien auf einmal wieder den mageren Mann mit der ausgewachsenen Tonsur und den wilden schwarzen Augen gegenwärtig zu haben, der bei seinem letzten Besuch ganz Siena in helle Aufregung versetzt hatte. Der Zwölferrat hatte sich schließlich nicht anders zu helfen gewusst, als ihn gewaltsam der Stadt zu verweisen. *Padre* Bernardo freilich hatte sich mit Händen und Füßen gewehrt, die Rache des Himmels herabbeschworen und lautstark verkündet, sein Gotteswerk, wie er es nannte, unbeirrt fortzusetzen.

»Schmalzgebäck mit Rosinen gefällig?« Bice schien mehr als zufrieden mit dem, was sie erreicht hatte. »Ist noch irgendjemand hier hungrig?«

❧

Der Hengst, den sie ritt, war schwarz und stark, und er galoppierte so schnell, dass es sich für Gemma anfühlte, als ob sie flögen. Farben, Menschen, Kopf an Kopf zu beiden Seiten der Straße, laute Freudenschreie.

Sattellos ritt sie, presste ihren Körper enger an den Rücken des Tieres und spürte, wie seine Hitze tief in sie drang. Es war schwierig zu sehen, wo der Hengst hinlief, aber sie vertraute ihm auch so, die Arme um seinen Hals geschlungen, eins mit dieser herrlichen Kreatur, die sie sicher ins Ziel bringen würde.

Jubel brandete auf, gemischt mit ein paar spitzen Schreien, denn nun war plötzlich ein Verfolger hinter ihr, der sein Reittier unbarmherzig voranpeitschte. Sie hörte das Schnauben, die herrische Stimme des Reiters, die sie sofort erkannte – Lupo!

Als sie sich umdrehte, um den Abstand zwischen ihnen einzuschätzen, sah sie das blutige Horn. Ihr Verfolger ritt das Fabeltier seiner Contrade und holte unerbittlich auf.

Ihr Hengst wurde immer unruhiger, das fühlte sie instinktiv, noch bevor sie es wusste, wollte ausscheren.

Plötzlich begann er zu steigen. Sie griff in seine Mähne, suchte verzweifelt nach einem Halt, doch ihre Kraft erlahmte nur zu schnell und sie …

Schweißgebadet erwachte Gemma. Es dauerte, bis ihr Herzschlag sich beruhigt hatte und sie begriff, wo sie war. Ihr altes Mädchenzimmer im obersten Stockwerk war unverändert bis auf die lichtblauen Wände mit dem neuen Gobelin, ein Wunsch von Teresa, die ihr mittlerweile angestammtes Reich nur unter Protest wieder an die große Schwester abgetreten hatte. Tatsächlich schien auch sonst niemand von der Familie sonderlich begeistert über ihre Rückkehr, sah man einmal von der kleinen Lucia ab, die die ersten Tage nicht mehr von ihrer Seite gewichen war. Inzwischen jedoch hatte sie sich offenbar daran gewöhnt, dass Gemma wieder bei ihnen lebte, und warf ihr, bevor sie sich wieder ihrem kindlichen Spiel zuwandte, nur noch hie und da eine verstohlene Kusshand zu, die ihre Mutter Lavinia besser nicht zu Gesicht bekam.

Bartolos Gattin hielt sich mühsam in Schach, das war ihr anzumerken. Mehr als ein paar unfreundliche Sätze hatte sie der ungeliebten Stieftochter gegenüber bislang noch nicht geäußert, doch in der Abgeschiedenheit der ehelichen Schlafkammer legte Lavinia sich offenbar weniger Zurückhaltung auf. Seit ihrer Krankheit im letzten Herbst war sie noch launischer und anspruchsvoller geworden; in ihren Augen war die ganze Welt dazu da, um auf sie Rücksicht zu nehmen und ihr zu Gefallen zu sein – und wehe, das geschah einmal nicht!

Jedenfalls sah Bartolo Santini Morgen für Morgen so trübsinnig und zerknittert drein, dass Gemma sich langsam um ihn sorgte. Dabei gelang ihm das Kunststück, niemals länger als ein paar Augenblicke allein mit ihr zu bleiben, als würde er derartige Situationen geradezu meiden. Gemmas anfängliche Zuversicht, sie könne ihm schon bald in Ruhe darlegen, was sie dazu bewogen habe, Lupo für immer zu verlassen, hatte mittlerweile tiefe Risse bekommen.

Auch an diesem Morgen zögerte Gemma aufzustehen, sich zu waschen und anzukleiden, um zu den anderen hinunterzugehen. Wenn sie halbwegs ehrlich mit sich selber war, kam sie sich im Haus ihres Vaters wie eine Fremde vor, eine Fremde zwar, der man einigermaßen höflich begegnete, aber das war auch schon alles. Die meiste Aufmerksamkeit schenkte ihr noch Nonna Vanozza, die mit der Heirat ihrer Tochter Lavinia zur Familie gekommen war und seitdem nicht müde wurde, alles und jeden zu kommentieren.

»Du wirkst schon jetzt erschöpft, Kind«, sagte sie beispielsweise, als die Rede darauf kam, dass Gemma in der Küche von Santa Maria della Scala gearbeitet hatte. »Und du solltest wissen, dass nicht alle Menschen gleichermaßen für jede Tätigkeit geeignet sind.«

Wohlgefällig betrachtete sie ihre zarten Hände mit den polierten, mandelförmigen Fingernägeln, die noch nie im Leben bei harter Arbeit gesplittert waren.

»Wenn du schon unbedingt den Rücken krumm machen willst, warum dann nicht zum Wohle deiner eigenen Familie? Meine liebe Lavinia könnte etwas Unterstützung sehr wohl gebrauchen, jetzt, wo du wieder in ihrem Hause lebst. Du weißt doch genau, wie delikat es um ihre Gesundheit bestellt ist, nachdem sie sich seit Jahren zu viel zumutet.«

Die Spitze saß, doch Gemma gab sich Mühe, sie nicht

zu ernst zu nehmen. Sollte Nonna Vanozza nur reden! Oftmals geriet sie ja selber mit ihrer herrschsüchtigen Tochter hart aneinander, bis sich die beiden irgendwann wieder versöhnten und dann gemeinsam auf den Rest der Familie losgingen. Lavinia und Gemma – das waren zwei linke Schuhe, so war es von Anfang an gewesen und bis heute geblieben. Besser, sie gingen sich aus dem Weg. Besser, sie ließen es erst gar nicht zu einem handfesten Streit kommen.

So wartete Gemma ab, bis sie sicher sein konnte, dass die morgendliche Tafel aufgehoben und Bartolo sich zusammen mit dem alten Luca, der ihn Tag für Tag abholte, nach gegenüber ins Kontor verzogen hatte. Erst dann schlich sie in die Küche, holte sich einen Becher Milch und ein Stück Brot und schwatzte der Köchin zwei große Rosinenfladen ab. Sie hatte beschlossen, dem Kinderhaus von Mamma Lina einen Besuch abzustatten, weil die Kleinen mit ihrer ansteckenden Lebendigkeit ihr fehlten.

Alle umringten sie, als sie dort ihre Köstlichkeiten auspackte, und heute war keine Rede mehr von strengen vorösterlichen Fastengeboten, sodass die mitgebrachten Fladen in Windesweile verputzt waren. Cata kletterte auf Gemmas Schoß, nachdem sie satt war, und lehnte den Kopf an ihre Brust.

»Liebe Gemma!« Genießerisch schloss sie ihre Augen mit der seltsamen Falte, die sie so fremd aussehen ließen. Sie lispelte und spuckte manchmal beim Sprechen, doch Gemma genoss das warme und freundliche Gewicht auf ihrem Schoß.

»Sie macht mir den größten Kummer von allen, denn unsere Cata wird niemals allein für sich sorgen können.« Zärtlich strich Mamma Lina das helle Haar aus der Stirn des Mädchens. »Für den Rest ihres Lebens bleibt sie ein Kind, ein Kind dazu mit einem schwachen Herzen, das kaum noch Luft bekommt, wenn es einmal schneller läuft. Und doch gibt es niemanden, der ein größeres Herz als sie hat und mehr Liebe verströmt.«

»Von mir aus kannst du jeden Tag kommen«, rief Raffi. »Dann kannst du uns immer Kuchen mitbringen.«

»Oder du ziehst gleich bei uns ein«, schlug Lelio vor. »Ganz oben haben wir noch ein Kämmerchen frei.«

Gemma lachte, fühlte sich fröhlich und unbeschwert.

»Sie mögen Euch«, sagte Mamma Lina, »und sie meinen es ehrlich. Ich hab noch nie erlebt, dass sie sich verstellt hätten.« Sie begann, die Minestrone umzurühren. »Habt Ihr es eigentlich bereut?«

»Was meint Ihr?« Gemmas Wachsamkeit war sofort wieder da.

»Dass Ihr nach Hause zurückgegangen seid. Ihr seid doch nach Hause zurückgegangen, Monna Santini – und das, obwohl Ihr Euch sehr über mich geärgert habt.«

»Nein und ja zugleich«, sagte Gemma, ohne auf Letzteres einzugehen. »Wir sind uns fremd geworden, alle miteinander. Es verwirrt sie, dass ich auf einmal wieder da bin. Damit hatte keiner gerechnet.«

»Ihr müsst Geduld haben!«, sagte Lina. »Es wird sich sicherlich alles wieder einspielen.«

»Geduld ist das eine. Das andere, was ich dringend brauche, ist eine Aufgabe. Ich kann nicht einfach untätig zu Hause herumsitzen und darauf warten, dass die Zeit vergeht.«

Gemma schüttelte den Kopf, als sie den zwingenden Blick der anderen bemerkte.

»Vergesst es! *Das* würde niemals gut gehen.«

»Weshalb? Man muss nicht erst ein Gelübde ablegen, um Gutes zu tun.«

Linas Worte gingen Gemma nicht mehr aus dem Sinn, als sie nach Hause lief. Zum ersten Mal seit Monaten hatte sie heute auf einen Umhang verzichten können und sich nur einen breiten Wollschal umgelegt; man konnte spüren, wie die Sonne jetzt von Tag zu Tag mehr an Kraft gewann. Die Landschaft jenseits der Mauern hatte sich verändert: Das karge Winterbraun gehörte der Vergangenheit an, jetzt gab es sanfte Wellen in Terrakotta, Ocker und frischem Grün. Die ersten Bäume blühten, später als sonst, dafür umso prächtiger.

Ihre Zuversicht stieg, als sie eintrat und Bartolo in seinem bequemen Stuhl entdeckte. Lavinia war mit Nonna Vanozza und den jüngeren Schwestern noch bei der Abendandacht.

Endlich, endlich würde sie den Vater für sich allein haben!

»Gut, dass ich dich sehe, Mädchen.« Er schaute kaum auf, las weiter in den Pergamenten, die sich auf seinem Schoß rollten. »Die anderen wissen es schon. Nun sollst auch du es erfahren.«

Gemma blieb stehen, plötzlich auf der Hut.

»Er wird bald eintreffen, vermutlich bereits gegen Ende dieser Woche, sofern alles nach Plan läuft. Die beschwerliche Reise über die Alpen scheint er gut überstanden zu haben. Das spricht schon mal für ihn.« Er lächelte. »Allerdings wird hier in Siena alles neu für ihn sein, eine andere Welt, die er nach und nach begreifen muss. Angeblich spricht er unsere Sprache, aber seine Mutter ist schon seit vielen Jahren tot, also wird er notgedrungen vieles vergessen haben. Deshalb appelliere ich an dein Herz ebenso wie an deine Vernunft: Du bist meine Große und wirst es ihm doch leicht machen, nicht wahr, Gemma, das wirst du doch?«

»Ich verstehe kein Wort ... Wer wird hier sein? Welche Reise? Wovon redest du überhaupt?«

»Mario Lauinger. Albas Sohn aus dem fernen Augsburg. Der Junge mit den goldenen Augen. So jedenfalls hat meine Nichte ihn mir in ihren Briefen stets beschrieben. Ich werde ihn bei uns als Lehrling ausbilden. Das war der letzte Wunsch seiner verstorbenen Mutter, den ich gerne erfülle.«

Sein Lächeln vertiefte sich. Plötzlich sah Bartolo Santini wieder so verschmitzt wie früher aus.

»Angeblich ein kleines Rechengenie. Mal sehen, ob er sich in der Buchhaltung tatsächlich so gut macht, wie sein Vater es vollmundig prophezeit hat.«

Albas Sohn. Der deutsche Junge mit den goldenen Augen. Der männliche Erbe, den er niemals gehabt hatte und den endlich kennenzulernen er offenbar kaum erwarten konnte.

Jetzt wusste Gemma plötzlich, was sie tun würde: zu Celestina gehen und sie fragen, ob sie so bald wie möglich wieder in der Küche von Santa Maria della Scala aushelfen könnte.

❧

Sie hatten sich für den falschen Weg entschieden, und als sie es bemerkten, waren sie schon zu weit gekommen, um auf dem steilen Pfad noch einmal umzukehren. Mühsam schoben sich die Karren der Kaufleute die Steigung hinauf. Im Abendlicht erhoben sich über ihnen die stolzen Türme der roten Stadt.

»Siena«, sagte einer der Reisenden ehrfurchtsvoll. »Und beim Allmächtigen, ich hab noch selten zuvor auf der Welt einen schöneren Ort gesehen!«

Mario Lauinger schwieg. Dazu hatte der Vater dringend geraten, als sie sich in Laufen getrennt hatten, und es gab nach wie vor keinerlei Anlass, an seiner Empfehlung zu zweifeln. Die anderen hatten sich längst an seine Einsilbigkeit gewöhnt und ihren schweigsamen jungen Begleiter nach ein paar derben Späßen meistens in Ruhe gelassen.

Mario hob den Kopf, seine Nasenflügel zuckten.

Die letzten Tage hatte es überall nach feuchter Erde und Frühling geduftet, auf einmal aber war da ein widerwärtiger, süßlicher Gestank, der alles überdeckte und sich in jede Faser fraß.

Was konnte das sein?

Tief in ihm stieg eine Erinnerung auf. Es roch nach …

»Non ci guardare, ragazzo, non è roba per te!«

Einer der Kaufleute, ein gutmütiger Bär aus Bergamo, der unterwegs zu ihnen gestoßen war und darauf baute, mit seinen Schildpattwaren im Süden das große Glück zu machen, packte Marios Kopf, hielt ihn zwischen seinen großen Händen und zwang ihn, in die andere Richtung zu schauen.

Gut gemeint, doch leider einen Augenblick zu spät.

Der Junge hatte das Schreckliche bereits gesehen: die vermummten Männer mit Schaufeln und Rechen, die sich dort zu schaffen machten, den rußigen Holzstoß, der noch glimmte, die Pfähle, an die zwei verkohlte Leichen gebunden waren. Jemand hatte sie mit frischem Grün bedeckt, was die grausame Szene gespenstig lebendig machte.

»Was ist das?« Marios Lippen bewegten sich nahezu lautlos.

»*Peccatum mutum*«, sagte der Bär. »Die stumme Sünde. Aber nicht einmal ein ganzes Feld voller Fenchelkraut könnte diese beiden Kerle jemals wieder lebendig machen.«

Zwei

Der feuchte Schwamm erwies sich schließlich als Rettung, und obwohl Matteo inzwischen bleierne Müdigkeit in den Armen spürte, setzte er ihn großzügig ein. Anstatt wie bei seinen bisherigen Fresken die Pigmente lasierend zu verwenden, hatte er erstmals buttrigen Kalk gewählt, was einen gut deckenden Auftrag erlaubte und gleichzeitig viele Lichter setzte. Durch die zusätzliche Nässe gelang es ihm nun, erstaunlich weich zusammenklingende Farben zu erzielen. Fast schien es, als wollten das Blau des Frauengewandes und das leuchtende Goldgelb des Männermantels ineinander verschmelzen – und doch war es bei genauerem Hinsehen eher eine Sinnestäuschung, falls die reichlich aufgestellten Wachsstöcke mit ihrem flackernden Licht nicht trogen.

Jedenfalls mochte er die beiden Gestalten, die da unter seinen Händen auf der sorgfältig vorpräparierten Wand entstanden: die zur Fülle neigende, mütterliche Anna, die von innen zu strahlen schien wie ein junges Mädchen, jetzt, da endlich ihr sehnlichster Wunsch sich erfüllte, ebenso wie Joachim, der sie in freudiger Aufregung umfing, kein Greis, wie in zahlreichen traditionellen Darstellungen, sondern ein kraftvoller, würdevoller Mann jenseits der Lebensmitte. Aber das war erst der Anfang, das prominente Mittelstück, das zunächst die Augen aller Betrachter auf sich ziehen würde, während Matteo für die versteckteren Ecken, die erst später an der Reihe waren, ganz andere Überraschungen parat hatte.

Er trat zurück, um sein Werk aus einiger Entfernung zu begutachten, und stieß dabei einen Fluch aus, denn die heruntergebrannte Kerze, die er sich auf den Kopf gebunden hatte, träufelte ihm heiße Wachstränen in die Augen. Ungeduldig riss Matteo sich die provisorische Konstruktion herunter und wäre dabei fast versehentlich auf Nevio getreten, der hinter ihm auf einem Lumpenbündel schnarchte. Der Junge hatte sich geweigert, nach Hause zu gehen, nachdem Matteo angekündigt hatte, die Osternacht durchzumalen, um die besondere Stimmung dieser Stunden einzufangen.

»Kein anständiger Lehrling verlässt seinen Meister«, hatte Nevio gemurmelt, die Lider schon schwer vor Müdigkeit. »Solange du bleibst, werde natürlich auch ich durchhalten.« Kurz danach war er allerdings wie ein gefällter Baum umgesunken und hatte sich seitdem nicht mehr gerührt.

Liebevoll betrachtete ihn Matteo. Von Tag zu Tag mochte er ihn mehr, diesen anhänglichen, aufgeweckten Kerl, der geschickte Hände hatte und vor allem so schön staunen konnte. Als er ihm erklärt hatte, dass die Begegnung von Anna und Joachim an der Goldenen Pforte als symbolische Zeugung der göttlichen Jungfrau betrachtet werde, röteten sich Nevios Wangen.

»Das lass aber besser meine Mutter nicht hören!«, hatte er gesagt, sichtlich verlegen. »Die glaubt nämlich ohnehin, dass du mich verderben wirst. Ständig liegt sie mir in den Ohren, ob bei dir nicht doch heimlich Frauen ein- und ausgehen. Dabei hab ich die ganze Zeit außer ihr noch kein anderes weibliches Wesen in deinem Haus gesehen.«

Das Rascheln von Stoff ließ Matteo aufhorchen.

»Wie schön!«, sagte eine weibliche Stimme, ihm so vertraut, dass er sich nicht umdrehen musste, um zu wissen, wer ihn da in der nächtlichen Kapelle unverhofft besuchen kam. »Die beiden sehen so innig aus. Und ich kann spüren, wie groß ihre Freude ist.«

»Nichts könnte bewegender sein, als gemeinsam die Ankunft eines Kindes zu erwarten«, sagte er. »Lass uns nur hoffen, dass Barna ähnlich denkt. Beim Auszahlen des Vorschusses war er noch äußerst zögerlich. Ginge es nach ihm, so müssten der Junge und ich bis zur Fertigstellung des Freskos von Luft und Wasser leben.«

»Der Rektor ist ein schwieriger Mann und ein sehr geiziger dazu«, sagte Celestina. War sie aufgeregt? Ihre Stimme klang höher als sonst. »Seitdem die gesamte Verwaltung von Santa Maria della Scala in seinen Händen liegt, ist er sogar noch knauseriger geworden. Doch seine Macht reicht weit. Und er hat einflussreiche Freunde, vergiss das nicht!«

Jetzt stand sie neben ihm, zu seiner Überraschung nicht wie gewohnt im schlichten Habit des Hospitals, sondern in einem Kleid aus schwerer weißer Seide, über dem sie eine ärmellose *giornea* mit roten und weißen Rosen auf blassgelbem Grund trug. Ihr schwarzes Haar war in der Mitte gescheitelt und locker nach oben genommen, was den kräftigen Hals vorteilhaft streckte. Leider jedoch machten die ungewohnt hellen Farben ihr Gesicht fahl und ließen vor allem die Warzen umso auffälliger hervortreten. Celestina hatte sogar Rosenöl aufgelegt, das in weichen Wellen zu ihm flutete.

Nichts davon entging dem Maler, während er sie aufmerksam musterte, weder ihr zunächst erwartungsvoller Ausdruck noch die jähe Resignation, die diesem folgte, als er offenbar nicht die gewünschte Reaktion zeigte. Nicht um der Osternacht willen hatte sie sich so fein gemacht, das wurde Matteo bewusst, sondern einzig und allein seinetwegen.

»Wie könnte ich das jemals?«, antwortete er.

»Von diesem Auftrag hängt einiges für dich ab.« Celestinas Stimme war schärfer geworden. »Man beobachtet dich, hat dich nie wieder aus den Augen gelassen. Seit damals ...« Sie legte die Hand auf den Mund, deutete auf Nevio.

»Damals ist lange vorbei. Ich lebe – und du hast mich nicht verraten. Allein das zählt. Und was den Jungen betrifft: Wenn der einmal schläft, dann schläft er.«

Celestina trat zur Seite, dabei fiel ihr Blick auf den Packen Zeichnungen, die eigentlich nicht für ihre Augen bestimmt waren. Zu gern hätte er das vermieden. Doch jetzt war es zu spät, um den Packen wegzuräumen.

»Sie?«, sagte Celestina und klang erstaunt. »Von allen Frauen in Siena ausgerechnet sie – weshalb, Matteo?«

»Ich weiß es nicht«, erwiderte er wahrheitsgemäß. »Es ist einfach so.«

»So, wie es damals auch bei Fiona war?«

»Celestina, lass uns dieses Thema lieber ...«

»Und wenn es das hier nicht gäbe?« Sie hatte seine Hand gepackt und an ihre Wange gepresst. »Wenn ich glatt wäre? Makellos und ebenmäßig wie sie, was dann?«

Er spürte die unregelmäßigen Erhebungen auf der erhitzten Haut, die ihr das Leben von Anfang an so schwer gemacht hatten, und Mitgefühl stieg in ihm auf.

Matteo kannte keine Scheu, die Warzen zu berühren; für ihn waren sie ein Teil Celestinas, der zu ihr gehörte wie das dunkle Haar oder die wachen Augen. Doch er wusste, dass kaum einer so dachte wie er, und welch üble Kapriolen die Fantasie der meisten Menschen bei diesem Anblick schlagen konnte. Man hatte Celestina ausgelacht, verspottet, sogar bespuckt. Mütter zogen ihre Kinder enger an sich, sobald sie ihr begegneten; andere kreuzten heimlich die Finger hinter dem Rücken, als wäre sie eine Ausgeburt der Hölle und ihr Makel ansteckend, und waren sichtlich erleichtert, wenn sie endlich an ihr vorbei waren. Die Mauern des Hospitals boten einen gewissen Schutz und hatten ihr im Lauf der Zeit größeres Selbstvertrauen geschenkt. Dennoch musste sie mit ihrem Aussehen leben, Tag für Tag, Jahr um Jahr.

»Du bist meine kluge Vertraute, meine treueste Verbündete.« Müdigkeit lag in seiner Stimme, ebenso wie Zärtlichkeit. »Du weißt alles von mir. Ist das nicht schon sehr viel?«

Sie wich zurück, als könne sie die Berührung plötzlich nicht mehr ertragen.

»Weiß ich das wirklich, Matteo?«

»Nur ein Wort von dir – und mein Leben wäre verwirkt. Mein Schicksal ruht in deinen Händen. Auf ewig werde ich dir dankbar sein, Celestina.«

Sie zwang sich ein Lächeln ab.

»Lass uns lieber vom Augenblick reden. Du kannst sie wiedersehen, deine Gemma. Denn das möchtest du doch, oder etwa nicht? Ich nehme an, du hast sie bereits gesucht?«

»Woher weißt du das schon wieder?«

»Weil ich dich inzwischen beinahe so gut kenne, als hätte ich dich geboren.«

»Gemma heißt sie?« Sein Blick wurde weich. »Der Name passt zu ihr.«

Celestinas Lächeln erlosch. »Vermutlich musst du dich nicht einmal mehr allzu lange gedulden. Sie bereitet seit Mitternacht zusammen mit ein paar anderen Frauen das Festessen für die Waisenkinder vor.«

»Dann wird sie später auf dem Domplatz sein?« Plötzlich klang er wie ein aufgeregter Junge. »Bist du sicher?«

Sie wiegte langsam den Kopf. »Ich denke, ja. Gut möglich allerdings, dass dort noch jemand anderer nach ihr Ausschau halten wird. Du kennst doch Cecco, Lupo di Cecco?«

»Nur dem Namen nach. Ein Kaufmann, wie ich glaube, oder?«

»Ein vermögender Handelsherr mit großen Ambitionen. Jemand, der, wie die Leute hier sagen, mit allen Wassern gewaschen ist. Jemand, der nicht lange fackelt, wenn etwas seinen Vorstellungen zuwiderläuft.«

»Und was hat Gemma mit diesem Cecco zu tun?«

»Einiges, Matteo, leider. Denn dieser Lupo di Cecco ist ihr Ehemann«, sagte Celestina bedächtig.

Jetzt begannen die Glocken zu läuten, die dunkel, voll klingenden des gegenüberliegenden Doms, die so mächtig hallten, dass das lang gestreckte Gebäude des Hospitals zu erzittern schien; kurz danach fielen die heller klingenden der anderen Kirchen ein.

Nevio fuhr schlaftrunken hoch.

»Die Glocken!«, rief er. »Sie sind zurück aus Rom geflogen und rufen uns zur Messe. Wir müssen sofort …«

Matteo bekam ihn gerade noch am Hemd zu fassen.

»Wir gehen ja«, sagte er. »Und natürlich zusammen, wie es sich für Meister und Lehrling gehört. Aber erst, wenn wir uns gründlich gewaschen und frische Kleidung angelegt haben.«

Celestinas Worte wirkten in Matteo weiter, obwohl es ihm zunächst gelang, äußerlich ruhig zu wirken. Hatte sie ihm das erzählt, um sich für seine Gleichgültigkeit ihr gegenüber zu rächen? Oder war die versteckte Warnung freundschaftlicher Natur und daher sehr ernst zu nehmen?

Fest stand jedenfalls, dass Gemma nicht mehr frei war. Keinen Augenblick hatte er diese Möglichkeit bislang in Betracht gezogen. Dennoch blieben viele Fragen offen. Wenn sie das Weib eines reichen Händlers war, was in aller Welt hatte sie dann in der Armenküche von Santa Maria della Scala zu suchen?

Die ganze Zeit konnte Matteo an nichts anderes mehr denken, fühlte sich aufgekratzt und erschöpft zugleich. Alles ringsumher flog an ihm vorüber wie im Traum oder im Fieberwahn: das Entzünden des riesigen Feuers vor dem Domportal, das Weihen der Osterkerzen, die feierliche Prozession in das dunkle Kirchenschiff, in das jetzt das Licht der Welt zurückkehrte. Die österliche Liturgie, die er von allen Feierlichkeiten im Jahreskreis am meisten liebte, erschien ihm heute endlos, obwohl der füllige, blonde Domherr, der die Messe zelebrierte, dies feierlich und ruhig tat. So stark stieg die Spannung in Matteos Körper, dass er fürchtete, sie könne sich womöglich in unkontrollierten Zuckungen entladen.

Der Junge neben ihm schien zu spüren, dass etwas nicht in Ordnung war. Auch er rutschte unruhig hin und her, sah ihn immer wieder besorgt an und einmal berührte er ihn sogar kurz mit seiner schwieligen Hand.

Matteo aber blieb ein Gefangener seiner inneren Welt. Wer war sie, jene Frau, die dem Gesetz nach einem anderen gehörte, von ihm aber nach und nach immer mehr Besitz ergriff?

Die Frauen im Dom hatten offenbar ihre Festkleider aus den Truhen geholt. Anstatt der dunklen Umhänge des Winters leuchteten ihm nun die schönsten Farben entgegen, doch er war blind dafür, konnte nur an Gemma denken.

Welche Farbe würde sie tragen?

Rosenholz, das den Ton ihrer leicht bräunlichen Haut vorteilhaft unterstrich? Helles Grün, das sie frisch und mädchenhaft aussehen ließ? Jungfräuliches Weiß wie eine keusche Braut? Nein, es musste Rot sein, das wusste er plötzlich, starkes, leuchtendes Rot, die Farbe des Lebens, des Blutes und der Liebe. Doch das Rot allein war noch nicht genug. Blau gehörte unbedingt dazu, das Blau des Himmels, des unendlichen Meeres, der Treue. Rot und Blau – die ewigen Farben der Muttergottes.

Seine Aufregung wuchs.

Vielleicht war sie ja schon ganz nah, und er wusste es bloß noch nicht. Mit neu erwachtem Interesse bohrte Matteos Blick sich in all die weiblichen Rücken in den langen Kirchenbänken vor ihm, vor allem in all diejenigen, die rot oder blau waren. Wenn sich Gemma unter ihnen befand, dann musste sie sein stummes Flehen doch hören!

Doch nichts geschah. Keine Einzige wandte den Kopf, bis nach einer halben Ewigkeit schließlich eine Frau in einem blassblauen Gewand sich langsam umwandte.

Für einen Augenblick glaubte er zu schweben.

Große Augen, braunes, glattes Haar, das unter dem

weißen Schleier hervorquoll. Damit jedoch erschöpften sich bereits alle Ähnlichkeiten, und Matteos Enttäuschung fiel ins Bodenlose. Ein flächiges Gesicht, faltenreich, mit einem harten Mund. Das war sie nicht, die Madonna seiner Träume!

Beinahe hätte er vor Verzweiflung aufgeschrien.

Kaum hatte der Priester den Segen erteilt, stürzte er hinaus und holte im Freien erst einmal tief Luft. Der Morgen war frisch und kühl, das Licht so sanft, dass man es fast als zärtliche Berührung spüren konnte. Der Ostersonntag versprach ein sonniger Tag zu werden. Ringsherum war man schon eifrig dabei, Tische und Bänke für das mittägliche Festmahl auf den Domplatz zu schleppen; eiserne Spieße und Roste wurden daneben aufgestellt, auf denen die Ferkel und Lämmer gebraten werden sollten, damit sich die Ärmsten der Stadt an diesem hohen Feiertag ausgiebig satt essen konnten.

»Was ist los?« Nevio war ihm nachgelaufen und betrachtete ihn stirnrunzelnd. »Bist du krank, Meister? Kann ich etwas für dich tun?«

»Allerdings. Lass mich einfach in Ruhe, ja?«, herrschte er den Jungen an und bereute im gleichen Augenblick seine Heftigkeit. Was konnte Nevio für sein aufgewühltes Inneres? »Alles, was ich brauche, sind ein paar Stunden Schlaf«, setzte er versöhnlicher hinzu. »Dann bin ich wieder ganz der Alte.«

»Aber ich könnte doch vielleicht …«

Matteo ließ ihn einfach stehen und ging eilig davon.

❦

Die Gaukler sah Gemma als Erstes, eine vielköpfige Gruppe von Erwachsenen und Kindern in abgerissenen Kleidern, die ihre Kunststücke vorführten. Der Auffallendste unter ihnen, ein dürrer Riese mit einem Adamsapfel, dick wie ein Hühnerei, warf bunte Lumpenbälle in die Luft. Gemmas Blick folgte dem geschickten Flug. Drei zählte sie, dann vier und schließlich fünf, was dem Mann noch immer keine größeren Schwierigkeiten zu bereiten schien. Allerdings verrenkte er dabei seinen ausgemergelten Körper in gespielten Qualen und verzog das Gesicht zu seltsamen Grimassen, bis der kleinste Junge anschließend die Bälle emsig aufklaubte und zurückbrachte.

Lachend blieb sie stehen und spürte, wie beim Zuschauen der Verdruss der vergangenen Stunden langsam aus ihrem Körper schwand.

Was war dieser hinterlistigen Lavinia nicht alles eingefallen! Weckte sie erst absichtlich nicht, nachdem Gemma ob der nächtlichen Anstrengung todmüde ins Bett gesunken war – und machte dann eine große Szene, als sie mit Nonna Vanozza, Bartolo und dem Rest der Familie von der Ostermesse zurückkehrte. Als ob es nicht ein mindestens ebenso gottgefälliges Werk war, für Waisenkinder *pasta* zu kochen und Gemüse zu schneiden, als scheinheilig auf einer Kirchenbank zu knien!

Besonders gestört hatte Gemma, dass die ganze Zeit über der kleine *tedesco* dabeigestanden und sie mit halb offenem Mund angestarrt hatte, als sei sie ein seltenes Tier. Sie konnte ihn nicht leiden, diesen Mario Lauinger aus Augsburg, und wenn sie zehnmal miteinander verwandt waren. War er nicht gerade dabei, ihr auch noch das letzte Quäntchen von Bartolos einstiger Liebe zu stehlen?

Den Vater schien er regelrecht verzaubert zu haben, ebenso wie Teresa, die ihn ständig anstrahlte. Klug und erheiternd fanden sie, was immer dieser schüchterne Junge an Schiefem und Halbem hervorbrachte, und Bartolo hatte ihn vom ersten Augenblick an, als die fremden Kaufleute ihn müde und verdreckt an der Schwelle ablieferten, wie ein rohes Ei behandelt. Scheinbar alles durfte Mario sich herausnehmen: bekam am späten Abend ein heißes Bad zubereitet, das er dann stundenlang hinter verschlossener Türe genoss; ließ niemanden an seine Sachen und führte sich auf, als wäre er ein Prinz aus dem Morgenland und nicht der Sohn eines deutschen Kaufmanns, der nicht einmal genug Silber besaß, um aus eigener Tasche die Anreise seines Sohnes über die Alpen zu bezahlen.

»Ist er nicht drollig?«, rief Bartolo, wenn der Junge bei den Mahlzeiten alles so gierig in sich hineinschaufelte, als würde er am liebsten auch noch den Teller verschlingen. Teresa war natürlich ebenso begeistert, während Lavinia sichtlich entnervt die Augen verdrehte, bis nur noch das Weiße zu sehen war. »Und so klug und hübsch geraten dazu! Die feine Nase, die zarten Lippen und erst die Augen. Ja, Mario hat wirklich die goldenen Augen seiner Mutter Alba geerbt.«

Goldene Augen? Zum Totlachen, wie Gemma fand. Marios Augen zeigten ein helles Braun und waren kein bisschen goldener als ihre eigenen.

Schon aus Trotz hatte sie ihr bestes Kleid angezogen, bevor sie grußlos gegangen war, ein faltenreiches Gewand in kräftigem Rot mit überlangen Ärmeln. Darüber trug sie das neue Überkleid in jenem besonderen Blau, das wie von silbernen Lichtern durchwirkt schien. Dazu hatte sie den Perlenschmuck ihrer Mutter Francesca angelegt, der ihre Haut schimmern ließ. Bartolo hatte ihr eine kleine, pelzbesetzte Stofftasche nähen lassen, die nun an einer langen Seidenkordel an der Hüfte baumelte.

Vielleicht etwas gewagt für jemanden wie sie, die gerade ihrem Mann davongelaufen war – und wenn schon! Man würde sie ohnedies anstarren. Alle würden das. Klatsch verbreitete sich in Siena rasend schnell, und so war vermutlich die ganze Stadt bereits bestens im Bilde. Ein Grund mehr, die Brust herauszustrecken und den Kopf besonders hoch zu tragen.

»*Signorina bellissima*!« Der dürre Gaukler warf ihr einen seiner Lumpenbälle zu, den sie geschickt auffing. Dann den zweiten, schließlich einen dritten, der allerdings auf den Boden rollte. »Tanzt du später mit mir, mein saftiges Schätzchen?«

Ihr Lachen erstarb, als seine Zunge plötzlich in einer obszönen Geste in den Mundwinkel fuhr und seine Hand im gleichen Augenblick an den Hosenlatz. War sie derart herausgeputzt, dass er sie für eine Hure halten konnte? Oder stand ihr das Unsagbare noch immer so deutlich im Gesicht, dass selbst ein Dahergelaufener sich solche Dreistigkeiten erlaubte?

Die altbekannte Angst war zurück, zusammen mit ihrer dunklen Begleiterin, der Scham. Abrupt drehte Gemma sich um und machte, dass sie zu den Bänken kam, auf denen kaum noch ein freier Platz zu finden war. Ihr Atem ging rasch; am liebsten wäre sie auf der Stelle nach Hause gelaufen, doch was sie dort erwartete, war vermutlich nicht viel besser. Sie musste bleiben, wenn sie weiterleben wollte, bleiben – und bestehen lernen.

Die Luft war geschwängert vom Duft gebratenen Fleisches und würziger Saucen. Es roch so verführerisch, dass Gemma hungrig wurde, und sie dachte sehnsüchtig an die Schüsseln voller Nudeln, die sie vorbereitet hatten, an Safranpudding, Mandelmus und geschlagene Eiercreme, die nun darauf warteten, verschlungen zu werden.

»Gemma! Gemma Santini!« Lelio hatte sie entdeckt und kam ihr entgegengerannt, in der Hand ein riesiges Stück Lammkeule, von dem fettiger Saft tropfte. Gefährlich nah wedelte er damit vor ihrem Kleid hin und her. »Es schmeckt wie im Himmel. Und man darf so viel essen, wie man will, wusstest du das? Komm schnell und greif zu, solange noch genügend da ist!«

»Sind die anderen auch gekommen?« Vorsichtshalber brachte Gemma sich und ihr neues Kleid in sichere Entfernung.

»Klar. Dort hinten. Siehst du? Mamma Lina mit ihrem Schleier?«

Aus der festlich gekleideten Menge hob sich der schmale, weiß verhüllte Kopf der jungen Frau wie eine kostbare Schnitzerei ab. Als Gemma auf sie zuging, nickte sie kurz zur Begrüßung, dann schaute sie sofort wieder in die entgegengesetzte Richtung. Gemma folgte ihrem Blick – und plötzlich glaubte sie zu verstehen.

Das war das Anliegen von Mamma Lina!

An einem kleineren Extratisch saßen dicht gedrängt die Mantellatinnen, Caterinas Gefolge, eine Gruppe ernster, junger Frauen in weißen Schleiern und dunklen Umhängen, die kaum von der allgemeinen Fröhlichkeit angesteckt schienen. Eine von ihnen wollte Mamma Lina offenbar werden, daher das seriöse Auftreten, die Kleidung, das Benehmen. War sie deshalb nach Siena gekommen – und das Kinderhaus war lediglich ein Schritt dorthin?

Gemma fühlte, wie Neugierde in ihr erwachte. Sie war fasziniert von dieser jungen Frau, die ungewöhnlich erfahren für ihre Jahre schien. Sie wirkte so gesammelt, so gelassen, und dennoch konnte Gemma dahinter etwas anderes spüren, das genauer zu benennen ihr nicht gelingen wollte. Wie ein geheimnisvoller dunkler Engel war sie plötzlich in Gemmas Leben aufgetaucht, hatte sie mit sanftem Druck dazu gebracht, nach Hause zurückzukehren und trotzdem dem Hospital ihre Hilfe anzubieten, eine Entscheidung, die ihre Familie aus ganzem Herzen verabscheute, die für Gemma aber genau richtig gewesen war.

Hätte sie ohne Mamma Linas Eingreifen auch so gehandelt?

Spitze Kinderschreie holten sie in die Wirklichkeit zurück. Ein Stück entfernt sah sie einen muskulösen jungen Mann, an dessen ausgestreckten Armen Angelina und Mauro schaukelten, beide mit seligen Gesichtern, während die kleine Cata ungeduldig vor ihnen hin und her trippelte. Wer die beiden hielt, als seien seine Muskeln aus Eisen, war Leo, der Gehilfe des Apothekers, der gelegentlich auch in Lupos Haus Medikamente geliefert hatte, doch niemals zuvor hatte Gemma ihn derart glücklich gesehen. Seine Augen strahlten, und seine Lippen waren zu einem breiten Grinsen verzogen; es schien ihm seltsamerweise höchstes Vergnügen zu bereiten, als menschliches Klettergerüst zu dienen.

Irgendwann setzte er die beiden ab, die lauthals protestierten, aber jetzt kam endlich Cata an die Reihe, und es überraschte Gemma, wie behutsam er das Mädchen hochhob und sich auf die Schultern setzte. Ihr kleines Mondgesicht schien zu leuchten, als sie nun hoch über allen anderen thronte; die Füße trommelten gegen seine

Brust, und Leo schien sofort zu verstehen, was das zu bedeuten hatte. Wie ein gehorsamer Gaul setzte er sich in Bewegung, begann zu traben, schließlich zu galoppieren und wieherte dabei so hingebungsvoll, dass es verblüffend lebensecht wirkte.

»Einen Narren hat er an ihnen gefressen«, sagte Mamma Lina, als Gemma neben Mia und Raffi, die noch immer mit Essen beschäftigt waren, auf der Bank Platz nahm. Lelio sprang irgendwo mit seinem Keulenstück herum. »Und alle Kinder lieben ihn. Vielleicht, weil er selber bis heute ein großes Kind geblieben ist.«

Gemma sah sie überrascht an. Niemals zuvor hatte sie sich Gedanken über diesen ungeschlachten jungen Mann gemacht, der keine Miene verzog und in dessen Gegenwart man sich eher verkrampfte, als sich zu entspannen, weil seine Kraft so einschüchternd wirkte.

»Woher weißt du so viel über die Menschen?«, sagte sie zu Lina. »Wer hat dir das beigebracht?«

»Ich bin eine gute Beobachterin«, sagte Lina und schien sich über die vertrauliche Anrede zu freuen. »Und ganz schön herumgekommen. Da lernt man so einiges.«

Sie schob die halb geleerten Schüsseln näher zu Gemma.

»Du solltest dich beeilen«, sagte sie. »Schließlich habt ihr das alles gezaubert, während wir noch friedlich geschlummert haben. Willst du nicht endlich zulangen, Gemma, bevor sie alles verschlungen haben?«

Gerade noch hatte er eifrig dem blonden Kanonikus gelauscht, dessen Name Domenico Carsedoni lautete, wie Matteo inzwischen erfahren hatte, doch plötzlich war da nur noch ein dumpfes Rauschen. Während der Geistliche weiter über Anna, Joachim und die sündenlose Kindheit der Muttergottes räsonierte, ein für alle erstrebenswertes Vorbild, hämmerte das Blut in Matteos Ohren.

Da war sie, seine Madonna, und sah genauso aus wie in seinen süßesten Träumen! Natürlich trug sie Rot und Blau, dazu eine schmale weiße Perlenschnur, die elegant wirkte. Das braune, in Wellen hochgesteckte Haar entblößte ihren schlanken Hals, den er am liebsten auf der Stelle geküsst hätte. Wie es sich wohl anfühlen würde, die weiche Pracht zu lösen und die Hände darin zu vergraben?

»Ihr solltet ruhig mutig sein, Messer Minucci. Was Ihr mir anvertraut habt, gefällt mir. Und ich will gerne versprechen, meinen alten Freund Barna ganz in Eurem Sinn zu bestärken. Denn was ich da vorhin an der Wand in seiner Entstehung gesehen habe, verspricht ein ganz …«

Das Rauschen verstärkte sich. Genauso gut hätte Carsedoni zu einem Tauben reden können. Matteo wusste, wie unhöflich sein Benehmen war, und dennoch konnte er nicht anders, er musste sie weiterhin anstarren. Gemma saß neben einer jungen Frau, die einen dichten Schleier trug, doch für die hatte er kaum mehr als einen flüchtigen Blick. Und jetzt trat auch noch Celestina zu den beiden, beugte sich halb über sie und begann eifrig auf sie einzureden.

Was sie wohl gerade sagte? Was hätte er nicht alles gegeben, um das zu erfahren!

Der rundliche Domherr war verstummt, vielleicht sogar schon eine ganze Weile, aber Matteo fiel das erst jetzt auf. Mit einer Geste des Bedauerns wandte er sich zu ihm – und erschrak.

Domenico Carsedoni sah aus wie vom Blitz getroffen, das Gesicht aschfahl, die Lippen erschlafft. Die frische Jugendlichkeit war aus seinen Zügen gewichen. Plötzlich konnte man sich vorstellen, wie er einmal als älterer, hinfälliger Mann aussehen würde.

»Was habt Ihr?«, fragte der Maler. »Was ist auf einmal mit Euch? So redet doch, ich bitte Euch, Monsignore!«

Unverständliches Gurgeln war die Antwort. Dabei starrte der Domherr ebenso in jene Richtung, die ihn selber so unwiderstehlich anzog.

Die Frauen schienen nichts von dem ungewöhnlichen Interesse bemerkt zu haben, das sie auslösten; sie unterhielten sich lebhaft weiter, scheinbar so ins Gespräch vertieft, dass keine von ihnen den zerlumpten Jungen wahrnahm, der sich ihrer Bank näherte. Er fasste sich an die Brust, zog dann etwas aus seinen Fetzen, das im Sonnenlicht silbrig aufleuchtete. Während er noch die blitzschnelle Bewegung ausführte, ahnte Matteo bereits, was er im Schild führte.

»Achtung!«, rief er und sprang ungestüm auf. »Die Tasche! Er hat sie einfach abge…«

Da rannte der kleine Dieb bereits davon, als sei ihm Beelzebub höchstpersönlich auf den Fersen.

Matteo setzte ihm nach, doch der Kleine war flink und schlug Haken wie ein Feldhase, der in Bedrängnis gerät. Seine magere Statur ließ ihn überall leicht durchkommen, was für den erwachsenen Mann, der ihn verfolgte, schwieriger war. Jedenfalls vergrößerte sich sein Vorsprung unablässig, bis ihn schließlich ein umgefallenes Fass abrupt aufhielt.

Der Maler bekam ihn am Arm zu packen und hielt ihn fest, obwohl der Junge sich schlangengleich wand und dabei wild um sich trat. Als er versuchte, seine spitzen Zähne in Matteos Hand zu schlagen, holte der aus und versetzte ihm eine schallende Ohrfeige.

Im nächsten Augenblick sackte der Maler zusammen und fiel zu Boden. Zwei Knüppel, die auf seine Nieren geprasselt waren, hatten ihm die Luft genommen.

»Genug! Lasst ihn in Ruhe!«, hörte er eine tiefe Stimme sagen. »Und du, erhebe niemals wieder die Hand gegen einen meiner Engel!«, fuhr sie schneidend fort. »Denn sie sind die Zukunft, die Posaunen des Jüngsten Gerichts, während du nichts anderes bist als Vergangenheit, Sünde und Staub.«

Matteo blickte schmerzverzerrt auf und schaute in ein ausgemergeltes, stoppeliges Gesicht, in dem schwarze Augen brannten. Doch er hatte sich getäuscht, wie er beim zweiten Blick feststellen musste, ein Resultat vorschnellen Einordnens, vor dem er seine Lehrlinge stets gewarnt hatte. Bei näherem Hinsehen waren die Augen aschgrau, mit einem weißen Ring um die Iris, und zudem nicht ganz auf gleicher Höhe, was ihrem Ausdruck etwas Verschlagenes gab.

»Der Dieb soll ein Engel sein?« Matteo versuchte die stechenden Schmerzen am Rücken zu ignorieren, so gut es ging. »Und Posaunen? Vielleicht Posaunen der Hölle, wo der Leibhaftige regiert. Aber hier, in unserer schönen Stadt, ist das ein Dieb.«

»Ein Dieb? Pass ganz genau auf, was du da sagst!«

Die Knüppel waren bereits wieder in Position.

»Nun, wie würdet dann Ihr jemanden bezeichnen, der heimlich fremde Taschen abschneidet?«, sagte Matteo.

Mit jedem Wort bekam er besser Atem. Als er wieder einigermaßen sicher auf den Füßen stand, überragte er den anderen um Haupteslänge. Die beiden Halbwüchsigen aus dessen Gefolge, die ihn angegriffen hatten, verzogen keine Miene, hielten ihre Knüppel aber noch immer einsatzbereit. Inzwischen waren mehr und mehr Schaulustige herbeigeströmt, die einen neugierigen Kreis um die Kontrahenten bildeten.

Der Bärtige griff nach hinten, zerrte den widerstrebenden Jungen vor Matteo und hielt ihn am Ohr fest.

»Ist es wahr, was dieser Mann behauptet, mein Sohn?« Die schwarze Kutte unterstrich die düstere Blässe seines Gesichts.

»*Padre,* ich wollte doch nur …«

»Schweig!« Er riss ihm die Tasche aus der Hand und streckte sie Matteo entgegen. »Er scheint da etwas verwechselt zu haben«, sagte er, »jung und unerfahren, wie er ist. Doch das Himmelreich ist nun einmal nicht für die Reichen gemacht. Selig sind die Armen, die Gottes Wort rein und demütig aufnehmen!«

Bei den letzten Worten hatte seine Stimme sich verändert. Man konnte deutlich hören, dass er daran gewöhnt war, vor großem Publikum zu sprechen – und dass er genau danach strebte. Auch seine Haltung war kaum wiederzuerkennen, der sehnige Körper gestrafft, der Rücken kerzengerade.

»*Padre* Bernardo!« Eine Frau hatte sich aus dem Kreis der Umstehenden gelöst und sank ihm zu Füßen. Sie packte seine schmutzige Kutte und begann sie mit Küssen zu bedecken. »Eine Ewigkeit habt Ihr uns dürsten lassen!«

Raunen und Tuscheln erhoben sich, der Prediger jedoch schien unbeeindruckt.

»Steh auf, meine Tochter!«, sagte er. »Erheb dich! Ich sehe einen glühenden Feuersee, der alles Böse schmelzen wird, doch die Zeit dafür ist noch nicht reif. Euer Ruf hat mich in der Ferne erreicht, und ich bin ihm gefolgt, da ich weiß, wie inbrünstig ihr Erlösung ersehnt. Und ich sage euch, Geschöpfe des Allmächtigen: Dieses Mal werde ich nicht weichen, solange Satan noch in euren Herzen wohnt.«

Eine gebieterische Geste, dann setzte sich der Trupp Kinder und Halbwüchsiger, der ein Stück abseits auf den Ausgang der Begegnung gewartet hatte, zusammen mit ihm in Bewegung.

»Aber wohin geht Ihr, *padre?*«, rief die Frau. »Wo finde ich Euch? Verlasst uns nicht, ich flehe Euch an!«

»Dorthin, wo die Finsternis am tiefsten ist, denn ich bin der Bote des Lichts. Kommt, meine Engel, folgt mir! Wir haben viel zu tun.«

Matteo starrte dem seltsamen Zug nach. Vor vielen Jahren war ihm in Lucca Ähnliches begegnet; damals waren es aufgebrachte Bauern gewesen, die der Hunger scharenweise von ihren Äckern vertrieben hatte und die sich einem ehemaligen Mönch angeschlossen hatten. Von Tag zu Tag war die Meute angewachsen, hatte den Rat der Stadt in arge Bedrängnis gebracht, Essen gefordert, Kirchen besetzt, schließlich sogar damit begonnen, die Häuser der Reichen zu stürmen. Ein blutiger Bürgerkrieg schien unausweichlich. Dann jedoch hatte sich wie durch ein Wunder plötzlich die allgemeine Stimmung gegen den Eiferer gewendet, und er war nur knapp mit dem Leben davongekommen.

»Ihr wart sehr schnell«, sagte Gemma, die auf einmal neben Matteo stand. »Und mutig dazu. Meinetwegen habt Ihr schlimme Prügel bezogen. Das tut mir leid.«

Aus der Nähe war sie noch anziehender als in seinen

Träumen, die Haut wie bräunlicher Samt, der glatt über Stirn und Wangen lag, die vollen Lippen leicht geöffnet. Auf der Nase entdeckte er winzige Sommersprossen, die für ihn aussahen, als hätte man dunklen Zimt durch ein feines Sieb gestäubt. Sie lächelte, doch dahinter war Traurigkeit zu spüren, obwohl sie sich alle Mühe gab, es zu verbergen. Matteo sah, wie ihr Busen sich unter all dem Blau und Rot rasch hob und senkte, und hätte sie am liebsten wortlos und bis zum Ende aller Zeiten in die Arme genommen.

»Ich bin in Eurer Schuld«, fuhr sie fort. »Gibt es etwas, das ich für Euch tun kann? Dann sagt es mir – bitte!«

Sie streckte die Hand aus, und er war so befangen, dass er nur langsam begriff.

»Eure Tasche!«, sagte er. »Verzeiht, ich benehme mich gerade wie ein ausgemachter Idiot!«

Ihr Lächeln vertiefte sich, als sie die Tasche entgegennahm, und dieses Lächeln machte die braunen Augen noch wärmer. Jetzt stand das Glück direkt vor ihm – und er bekam den Mund nicht auf.

»Meister!« Nevio kam atemlos angerannt. »Sie haben gesagt, man hat dich angriffen, und da bin ich natürlich sofort los. Eigentlich wollte ich ja schon viel früher kommen, aber Mutter ließ mich einfach nicht gehen ...«

»Mein Lehrling«, sagte Matteo in Gemmas fragenden Blick hinein. »Er heißt Nevio Panizzi und wird im Sommer fünfzehn.«

»Dann seid Ihr ...«

»... ein Maler namens Matteo Minucci und stets auf der Suche nach neuen Gesichtern. Wollt Ihr mir Modell sitzen, Monna ...«

»Gemma«, sagte sie, spürte, wie heiß ihr bei seinen Blicken wurde, und ärgerte sich im gleichen Atemzug über ihr Erröten. »Gemma Santini.«

❧

Der Junge hing an Bartolos Lippen und schien alles, was aus dessen Mund kam, wie Honig in sich aufzusaugen. Wie blass er war – und noch immer nicht viel mehr als ein Haufen hautbedeckter Knochen, obwohl er doch so gerne aß und selbst nach den größten Portionen niemals richtig satt zu sein schien. Anfangs war Bartolo insgeheim enttäuscht gewesen, wie klein und schmächtig Mario war, denn er hatte sich in all den Jahren, da er auf seine Ankunft gewartet hatte, eher einen jugendlichen Adonis zusammenfantasiert, mit breitem Kreuz und kräftigen Armen, schon fast an der Schwelle zum Mann.

Mittlerweile jedoch mochte er ihn genau so, wie er war. Obwohl er nicht viel sagte, schien Mario alles zu verstehen, was er hörte, und rasch dazu, das sah man an seinen großen, lebendigen Augen und der hohen Stirn, die sich bisweilen grüblerisch in Falten legte.

»Bin ich dir zu schnell?«, fragte Bartolo auch jetzt. »Ich weiß – die alte, neue Sprache, aber du kapierst so gut, und ich vergesse manchmal fast, dass du eigentlich ein kleiner *tedesco* bist. Hat Alba immer Italienisch mit dir und deiner Schwester gesprochen?«

»Mamma ist lange tot.« Die spitzen Schultern in der neuen roten Schecke, die ihm noch etwas zu groß war, schienen noch tiefer zu sinken. »Und ich hab leider vieles vergessen.«

»Stimmt ja gar nicht! Und das Wenige, das vielleicht

doch ein bisschen nach unten gesackt ist, werden wir gemeinsam ganz schnell wieder heben, nicht wahr, mein Junge?«

Warum sah Mario jetzt schon wieder so traurig drein? Weil er Alba erwähnt hatte? Oder weil den Jungen das Heimweh nach seiner Schwester Maria plagte?

Sie sind wie Zwillinge, hatte die Nichte in einem ihrer ersten Briefe Bartolo wissen lassen, damals, als sie endlich wieder begannen, miteinander in Kontakt zu treten, entschlossen, das schlimme Zerwürfnis zu beenden, das die Familie so lange entzweit hatte. Behutsam näherten sie sich einander an, bedacht darauf, den dünnen Faden des Verstehens nicht gleich wieder reißen zu lassen.

Obwohl sie altersmäßig ein gutes Jahr voneinander getrennt sind. Beide mit den Füßen voran geboren, was mir zweimal höllische Schmerzen bereitet hat. Doch wenn sie dann erst einmal in deinem Arm liegen, hast du alles bereits wieder vergessen. Die beiden sind sich sehr ähnlich und hängen derart aneinander, dass man fast glauben könnte, sie seien tatsächlich aus einem Ei geschlüpft. Niemals siehst du einen von ihnen lange allein. Taucht irgendwo Mario auf, kannst du sicher sein, dass im nächsten Moment auch Maria angetrabt kommt. Für mich sind sie ein Doppelgestirn, und ich liebe meine beiden kleinen Himmelskörper aus Fleisch und Blut von ganzem Herzen …

Er hatte nicht glauben können, dass Alba tot war, verblutet bei der Geburt ihres dritten Kindes, das ebenfalls nicht überlebt hatte. Doch nicht seine heitere, stets schlagfertige Nichte, die im Rausch der ersten Liebe vor sechzehn Jahren mit jenem blonden Augsburger Kaufmann fortgelaufen war!

Seine Schwester Tizia war darüber vor Kummer gestorben, die ganze Familie außer sich vor Sorge und Zorn gewesen. Noch heute hegte er äußerst zwiespältige Gefühle gegenüber jenem Mann, der diesen unfassbaren Schmerz über sie alle gebracht hatte. Ob Alba es wenigstens gut bei Ulrich Lauinger gehabt hatte, in den wenigen Jahren, die den beiden miteinander vergönnt gewesen waren?

»Soll ich weiterrechnen?« Marios helle Stimme holte Bartolo aus seinen Grübeleien. Der Junge überraschte ihn nicht zum ersten Mal. Das meiste, was er ihm voller Stolz gezeigt hatte, schien ihn zunächst eher kalt zu lassen: der Markt, der Laden, die Stoffe, Scheren und Leitern. Fast hatte Bartolo schon geglaubt, sich mit der Auswahl des neuen Lehrlings gründlich vertan zu haben, da hatte Mario den Abakus entdeckt und freudig zu strahlen begonnen.

»Soll ich nun, oder soll ich lieber nicht?«

Er war schon wieder abgeschweift! Aber seit Mario bei ihnen lebte, gingen seine Gedanken oft auf Reisen.

»Bist du denn noch immer nicht müde?«, fragte Bartolo. »Du hockst jetzt schon so lange über den Papieren!«

»Zahlen liebe ich«, sagte Mario mit einem winzigen Lächeln. »Sie sind klar. Man kann sich immer auf sie verlassen. Und sie bedeuten stets dasselbe. Das gefällt mir.«

So viele Worte am Stück hatte er bislang noch nicht von sich gegeben. Bartolos Brust weitete sich vor Entzücken.

Aber sie stehen nur für etwas, wollte er gerade erklären, sind nur Symbole, als die Ladentüre aufging und Lupo di Cecco eintrat.

»Ist er das?«, fragte der Besucher mit angestrengtem Lächeln in Marios Richtung.

»Woher wisst Ihr davon?«

»Die halbe Stadt spricht von nichts anderem.« Lupos Mund war wieder hart geworden. »Aber immer noch besser, sie zerreißen sich die Mäuler über einen *tedesco* als über eine treulose Gattin, meint Ihr nicht auch?«

»Geh nach drüben, Mario«, sagte Bartolo, »und hol mir aus der Küche einen Krug verdünnten Wein! Ich bin sehr, sehr durstig.«

Der Junge gehorchte sofort.

»Der muss aber noch tüchtig wachsen, bevor einmal ein richtiger Kerl aus ihm wird«, sagte di Cecco. »Wollt Ihr aus ihm den Enkel zimmern, den Eure Älteste Euch bislang verweigert hat?«

Bartolo erhob sich langsam.

»In meinem Laden dulde ich keine Anzüglichkeiten über eine meiner Töchter«, sagte er langsam. »Ihr habt kein Recht und keinerlei Anlass, derart über Gemma zu reden.«

»Vielleicht müsstet Ihr Eure Meinung ändern, denn es gibt möglicherweise etwas, das Ihr noch nicht wisst.«

»Ich bin Kaufmann und halte mich an Zahlen und Tatsachen«, sagte Bartolo. »Falls Ihr etwas Konkretes zu sagen habt, dann tut es. Falls nicht, dann haltet besser den Mund.«

Schweigend standen sie sich eine Weile gegenüber.

»Weshalb seid Ihr wirklich gekommen, Messer di Cecco?«, sagte Bartolo förmlich. »Was wollt Ihr?«

»Etwas zurück, das mir gehört, nicht mehr und nicht weniger.«

»Man kann einen Menschen nicht besitzen, es sei denn, es handelt sich um einen Sklaven. Und Gemma ist nicht Eure Sklavin, vergesst das nicht!«

»Aber sie ist meine Frau, und damit gehört sie in mein

94

Haus. Das ist mein gutes Recht, wie Ihr gewiss zugestehen werdet.«

»Ihr müsst Euch gedulden. Wir hatten vereinbart …«

»Ihr hattet vereinbart, *Ihr*! Und wenn mein Langmut bereits erschöpft wäre, was dann?«

»Fasst Euch weiterhin in Geduld, auch wenn es schwer fällt. Gemma ist noch nicht so weit. Sonst hätte ich Euch längst Bescheid gegeben.«

Bartolo drehte sich zum Fenster. Der Junge ließ auf sich warten, genau so, wie er es insgeheim erhofft hatte. Kluger Mario, dachte er zärtlich, kluger kleiner Mario!

»Mir gefällt nicht, was man sich über meine Frau erzählt«, begann Lupo erneut. »Die Leute sagen …«

»Die Leute haben immer etwas zu reden, das sollte jemand von Eurem Format doch wissen. Ich mag nicht mehr jung sein, aber meine Augen sind noch immer scharf, und sie beobachten meine Älteste genau. Daran könnt Ihr Euch halten, wenn Ihr wollt.«

»Auch, wenn sie sich im Hospital herumtreibt und ganz offen mit Lumpenpack verkehrt?«

Bartolos Gesicht glich plötzlich einem frisch gebleichten Betttuch.

»Alle menschlichen Wesen sind Kinder Gottes«, sagte er. »Auch die, die ihre Eltern verloren oder sie vielleicht sogar niemals gekannt haben. Wir sollten Mitleid mit ihnen empfinden und glücklich sein, dass wir in einer reichen Stadt leben, die ihr Überleben sichern kann.« Seine Hände kamen nicht mehr zur Ruhe. »Sonst noch etwas?«

»Allerdings.« Lupo di Cecco bemühte sich, ein Lächeln auf sein Gesicht zu bringen. »Ich habe Nachrichten erhalten, gute Nachrichten, Schwiegervater. Das Schiff mit unserer Ladung hat die Balearen heil erreicht. Wenn nun auch noch der Rückweg reibungslos verläuft, können wir mit ordentlichem Gewinn rechnen.«

»Wir sollten zur Madonna beten, die uns alle beschützt«, sagte Bartolo. »Nicht nur unsere Stadt, sondern jeden Einzelnen. Das vor allem sollten wir tun.«

»Beten? Weshalb ausgerechnet beten?«

»Weil die Frühlingsstürme heftig sein können und nicht jedes Schiff wieder in seinem Heimathafen ankommt. Ihr haltet mich doch auf dem Laufenden?«

»Selbstverständlich.«

Die Brust war Bartolo noch immer eng, als di Cecco gegangen war und der Junge mit dem Krug zurückkehrte. Er goss sich einen Becher ein, trank ihn in einem Zug aus, dann einen zweiten. Ganz leer fühlte er sich auf einmal innerlich, leer, alt und äußerst zerbrechlich. Mein Lebenskahn hat schon so manchen Sturm durchstehen und so manche Klippe umschiffen müssen, dachte er, und leider sieht es zurzeit nicht so aus, als sei das Schlimmste bereits glücklich überstanden.

»Du magst ihn nicht?« Marios Stimme war ganz zart.

»Woher weißt du das?«

»Ich mag ihn auch nicht. Er hat kein Herz, würde Maria sagen.« Tiefes Rot übergoss die schmalen Wangen des Jungen.

»Dann ist sie ein kluges Mädchen, deine Schwester«, sagte Bartolo. »Vielleicht holen wir sie ja eines Tages auch über die großen Berge, was meinst du? Ob sie sich bei uns in Siena wohlfühlen würde?«

Mario sah ihn schweigend an. Schließlich senkte er den Kopf und nahm die Additionen von vorhin wieder auf.

»Komm!«, sagte Bartolo, als er spürte, dass der Wein

ihn ruhiger gemacht hatte, und nahm ihm die Feder aus der Hand. »Ich will dir etwas zeigen.«

»Jetzt?«

»Jetzt!«

Er führte ihn in den hinteren Raum und ließ ihn die schwere Klappe aufziehen, die das Kellergewölbe verschloss, was dem Jungen nur unter größter Anstrengung gelang. Danach befahl er ihm, ein Öllicht anzuzünden. Bartolo stieg als Erster hinunter; Mario folgte ihm auf den engen Stufen in die Tiefe.

Zuerst blieb er stumm, nahm alles in sich auf, ohne auch nur einen Ton von sich zu geben, als sie aber auf die ersten Gewürzsäcke trafen, stieß er einen Seufzer aus.

»Das alles gehört dir?«, fragte er ehrfurchtsvoll.

»Pfeffer«, sagte Bartolo, »Zimt, Anis und noch vieles andere mehr. Dort hinten lagern Muskat, Ingwer und Safran, und das ist, wie du bald lernen wirst, noch um einiges kostbarer als Gold.«

Staunend lief der Junge zwischen den Gewürzsäcken, den Wein- und Ölfässern hin und her. Besonders angetan aber hatten es ihm die übereinander gelagerten Salzfässer im hintersten Teil, die er auf Anhieb erkannte.

»Kufen, so heißen sie bei uns. Sind sie alle ganz gefüllt?«

»Selbstverständlich. Aber woher weißt du das? Handelt dein Vater auch mit Salz? Damals hat er davon gesprochen, wenn ich mich recht erinnere. Aber das ist alles so lange her!«

Mario schien zu zögern.

»Wir haben gegenüber dem Salzstadel gewohnt«, setzte er schließlich zur Erklärung an, und es klang wie eine halbe Ausrede. »Da konnten wir jeden Tag sehen, wie die Kufen angeliefert und abtransportiert wurden.«

»In Siena nennen wir sie *cupe*. Fällt dir etwas am Holz auf?« Innerlich rechnete Bartolo bereits mit einer abschlägigen Antwort.

»Ich denke, ja. Es ist anders. Härter, richtig?«

Bartolo nickte. »Ahornholz, teuer und schwierig aufzutreiben, aber dicht in der Struktur, ohne störende Ausdünstungen und schlicht und einfach das Allerbeste.«

Die schmale Hand des Jungen betastete fast ehrfürchtig das Fass. »Salz darf nicht schwitzen, das ist wichtig. Sonst verliert es schnell an Qualität.«

Bartolo wurde warm ums Herz. Was aus diesem Mario noch alles werden konnte, wenn er nur genug Geduld aufbrachte! Sogar der alte Luca würde staunen, hätte er erst einmal begriffen, welch ungeschliffenen Diamanten sie hier ins Haus bekommen hatten. Bartolo hatte seinen treuen Diener für ein paar Tage in die Crete geschickt, wo dessen Bruder einen Bauernhof besaß. Offiziell, damit er sich über die Osterzeit von seinem Gliederreißen erholen sollte, in Wirklichkeit jedoch, weil er das erste Zusammensein mit Mario ohne Störungen genießen wollte.

Jetzt hatte der Junge die erste offene *cupa* entdeckt.

»Darf ich?«, fragte er zu Bartolo gewandt.

»Nur zu, bedien dich, mein Junge! Jeder Kaufmann sollte genau wissen, was er zu verkaufen hat.«

Fast schüchtern, dann aber mutiger fasste Mario mit beiden Händen hinein und begann im Salz zu wühlen. Schließlich nahm er ein paar Körner, steckte sie sich in den Mund und kostete.

»Das weiße Gold. So viel davon und alles so rein!« Schimmerten jetzt Tränen in seinen Augen? Bartolo war sich nicht ganz sicher. »Ich wünschte nur, mein Vater könnte jetzt hier sein!«

Enea di Nero war der Erste, der an das Verkaufsfenster der Apotheke klopfte, und als Marconi nicht sofort öffnete, fiel sein Blick auf den blauen Delfin, der als Emblem der Contrade *Onda* neuerdings neben dem Eingang hing. Lapislazuli, auf behandelten Stein aufgebracht und mit einer Oberflächenhärtung gegen die Witterung unempfindlich gemacht, das erkannte er sofort mit Kennerblick, weil er früher einmal mit Mineralien gehandelt hatte. Und natürlich von allerfeinster Qualität. Typisch für Savo, selbst für dieses Detail nur das Kostbarste zu verwenden! Er war und blieb ein Mann der feinen Lebensart, jemand, für den das Beste gerade gut genug schien.

Endlich hörte er Schritte, dann öffnete sich die Tür einen Spaltbreit.

»Hat dich jemand gesehen?«, sagte der Apotheker, während er Enea einließ. »Du warst doch hoffentlich vorsichtig?«

Mit raschen, fast tänzelnden Schritten ging er durch die Offizin voran, sein Heiligtum, in das er nur ungern Besucher führte. Die Wände bedeckten Regale voll unzähliger Fläschchen, Behältnisse und Krüge, in denen er die Ingredienzen für seine Medikamente aufbewahrte. Getrocknete Pflanzenbündel hingen von der Decke und verbreiteten die verschiedenartigsten Gerüche. Dazu kamen kleine und größere Truhen, die zum Teil gestapelt auf dem Boden standen. Kein Sonnenstrahl durfte in diesen Raum dringen, um die Wirkung all der verschiedenartigsten Separanda und der noch um einiges wertvolleren Venea nicht zu beeinträchtigen. Marconis Lieblingsthema, über das er sich sonst stundenlang verbreiten konnte. Heute allerdings schien ihn anderes zu beschäftigen.

»Wer sollte mich schon gesehen haben, zu dieser nachtschlafenden Zeit?«, erwiderte Enea. Er sah sich neugierig um. »Du hast deine Kreatur doch hoffentlich weggeschickt? Ich mag es nicht, wenn dieser grobe Kerl um uns herumschleicht!«

Savo runzelte die Stirn, als sei ihm die Einmischung unangenehm.

»Hab Leo an seinen früheren Dienstherrn ausgeliehen«, sagte er. »Mach dir keine Sorgen, er wird uns nicht stören! Mach dir lieber Sorgen über das, was du Bice sagst – am besten, du hättest die Frühmesse besucht.«

»Bice hat seit zwei Tagen das Bett nicht mehr verlassen. Sie fiebert, klagt über stechende Bauchschmerzen.« Eneas Stimme klang dumpf. »Und leider quält sie mich mit vielen Fragen …«

»Wir werden nach neuen Antworten suchen müssen. Und das schon sehr bald. Deine Frau ist zu klug, um sich auf Dauer mit Ausflüchten abspeisen zu lassen.« Er warf ihm einen prüfenden Blick zu. »Und was ist mit dir? Keinerlei Beschwerden?«

Ein Kopfschütteln.

»Du weißt aber, sie können jederzeit wieder auftreten. Dann musst du mich …«

»Daran will ich jetzt nicht denken.« Enea di Nero nahm auf einem der einfachen Hocker Platz. »Domenico ist noch nicht da?«

Es roch seltsam in der Offizin, das Durcheinander der Düfte von Kräutern, Essenzen, getrockneten Blüten und Gewürzmischungen stieg einem in den Kopf. In Eneas Augen herrschte hier ein einziges Chaos, das er nicht einen Tag lang ausgehalten hätte.

»Er kommt gleich nach der Frühmesse, hat er gesagt.

Unser Freund hat keine eifersüchtige Frau wie du, die jeden seiner Schritte überwacht, sondern stattdessen gleich eine ganze Gemeinde, die ihm am liebsten Tag und Nacht nachspionieren würde.« Sein Lächeln geriet dünn. »Da weiß ich doch, warum ich so gerne Witwer bin!«

»Weshalb er uns wohl so eilig zusammenbestellt hat? Hast du eine Idee?«

»Auf jeden Fall etwas Ernstes, nehme ich an. Denn nie zuvor hab ich seine akkurate Handschrift in solchem Aufruhr gesehen«, sagte der Apotheker.

»Ach, du weißt doch, wie schnell Domenico den Kopf verlieren kann …«

»Das ist er«, sagte Savo Marconi, als sie es ungestüm klopfen hörten. »Und er muss ordentlich gerannt sein, sonst könnte er noch nicht hier sein.«

Binnen Kurzem kam er mit dem Kanonikus zurück. Prustend ließ Carsedoni sich auf einen Hocker fallen, der unter seinem Gewicht bedenklich ächzte.

»Sie ist da!«, stieß er hervor. »Stellt euch das nur einmal vor! Ich hab sie gesehen.«

»Wen hast du gesehen?«, fragte der Apotheker.

»Sie. *Sie!*«

»Du musst dich irren«, sagte di Nero. »Sie kann nicht hier sein. Nicht hier in Siena.«

»Aber sie ist es! Kein Zweifel. Sie hat ihr Aussehen verändert, aber mich kann sie damit nicht täuschen. Sie ist es! Ich hab sie ganz genau erkannt!«

»Und wenn es doch nur deine überhitzte Fantasie ist, die dir einen Streich gespielt hat?«, sagte Savo. »Du warst damals so traurig. Und hast schließlich am meisten von uns allen an ihr …«

»Aber ich bin kein Idiot! Und ich weiß, was ich gesehen habe!«, begehrte Domenico auf.

»Wir waren damals doch überall, haben jeden gefragt, der sie kannte. Nicht eine Menschenseele konnte uns sagen, wo sie abgeblieben ist. Sie war verschwunden, von einem Tag auf den anderen. Beinahe, als hätte die Erde sich aufgetan und sie verschluckt.« Savo war sehr blass geworden.

»Dann hat die Erde sie jetzt wieder ausgespuckt. Und zwar genau auf unseren Domplatz, denn da saß sie gestern, inmitten von allen anderen Menschen, als sei es die normalste Sache der Welt.« Schweiß lief in Strömen über sein Gesicht, Schweiß, der auch sein blondes Haar dunkel gefärbt hatte, bis der Apotheker es nicht länger aushielt und ihm ein Tuch zuwarf, mit dem er sich abwischte. »Was, wenn sie plötzlich zu reden beginnt? Dann sind wir verloren, alle drei!«

»Sie darf nicht reden«, sagte Savo. »Vorausgesetzt natürlich, du hast dich nicht doch getäuscht.«

»Sie ist es – ich kenne jede einzelne Faser an ihr, genauso wie ihr auch!« Jetzt schrie der Kanonikus beinahe.

»Schon gar nicht jetzt, wo unsere Sache endlich eine so günstige Wendung zu nehmen verspricht.« Ungerührt nahm der Apotheker den Faden wieder auf. »Mit Unterstützung der Familie Salimbeni könnte unser Traum endlich Wirklichkeit werden. Es geht nicht nur um uns, Freunde, vergesst das nicht – es geht schließlich um ganz Siena! Dabei darf niemand uns hindern, erst recht nicht eine wie sie.«

»Savo hat recht!« Enea war aufgesprungen. »Sie muss die Stadt verlassen, so schnell wie möglich. Am besten sofort!«

»Und wie willst du sie dazu bringen? Kannst du mir das auch verraten? Denn freiwillig wird sie das ja wohl kaum tun«, sagte Savo. »Wenn sie ausgerechnet hier in Siena aufgetaucht ist, dann kann es kein Zufall sein, sondern ist eher von langer Hand geplant. Sie verfolgt eine Absicht, einen ganz bestimmten Zweck. Habt ihr daran schon einmal gedacht?«

»Das ist es! Sie ist nur gekommen, um uns zu erpressen. Sie wird freilich kaum reden, schon allein, um sich nicht selber in Gefahr zu bringen, aber nur, wenn wir bezahlen, sehr viel bezahlen …« Eneas Hand fuhr über sein Gesicht, als könne er mit ihr das Unfassbare wegwischen. »Sie kann mit uns machen, was sie will«, sagte er dumpf. »Uns melken und ausquetschen – bis zum Tag des Jüngsten Gerichts. Und wenn wir uns weigern, dann wird sie …«

»Dazu dürfen wir es nicht kommen lassen.« Savos Stimme war kalt geworden. »Nicht, solange noch ein Tropfen Blut in unseren Adern fließt.«

»Soll das heißen, du willst sie… Ihr wollt sie doch nicht etwa…« Der Blick des Kanonikus flackerte von einem zum anderen. Dann glitt er zu dem verschlossenen Schrank in der Ecke, den Savo bisher nur ein einziges Mal in ihrem Beisein geöffnet hatte. Allein der Gedanke ließ ihn schaudern. »Aber das wäre ja die schlimmste aller Todsünden!«

»Wir müssen einen kühlen Kopf bewahren«, sagte der Apotheker. Sein Gesichtsausdruck hatte bei Domenicos letzten Worten etwas Verächtliches bekommen. Manchmal hasste er diesen weichlichen Körper, der sich nur verlieren und verströmen wollte, anstatt straff und männlich zu sein – und auch so zu handeln. »Das ist jetzt das Allerwichtigste. Wir warten ab, bleiben in Deckung, beobachten, bis der richtige Augenblick gekommen ist, um zuzuschlagen.«

»Aber wenn sie uns zuvorkommt? Wenn sie den Spieß umdreht, was dann? Wenn sie aufsteht und dem Rektor und der ganzen Stadt sagt ...« Der Domherr schien unfähig weiterzureden, so ungeheuerlich erschien ihm allein die Vorstellung. Seine fleischigen Lippen sackten herab.

»Wir müssen eben schneller sein«, kam es von Savo. »Klüger. Und um vieles gewitzter. Aus dem Hinterhalt werden wir sie in die Knie zwingen. Das wäre doch die beste Lösung, meint ihr nicht auch?«

»Aber wie sollen wir das anstellen?« Jetzt ruhten die Augen der beiden anderen Männer auf dem Apotheker.

»Dazu brauchen wir Zeit und Gelassenheit.« Seine schmale, gepflegte Hand fuhr langsam auf und ab. »Zuerst müssen wir ausführliche Erkundigungen einholen und alles ganz genau abwägen. Aber vielleicht hab ich da sogar schon eine ganz brauchbare Idee.«

Und dann begann er zu reden.

Er kam nicht allein, wie sie es ausdrücklich in ihrem Brief von ihm gefordert hatten, sondern in der Begleitung des Jungen, der seit seiner flammenden Predigt in Lucignano nicht mehr von seiner Seite gewichen war. Natürlich erkannte er am Stirnrunzeln des Mannes, der ihn über die breite Treppe nach oben führte, dass ihnen das ganz und gar nicht passte, und bittere Genugtuung stieg in ihm empor.

Im letzten Jahr hatten sie ihn schmachvoll davongejagt. Jetzt würde er sie teuer dafür bezahlen lassen.

Als sie den Saal des Friedens betraten, stockte ihm beinahe der Atem. Nicht wegen des langen Eichentisches, an dem sie alle versammelt waren, jene Mitglieder des Zwölferrates, die quasi über Nacht die Macht in Siena an sich gerissen hatten, sondern wegen der prächtigen Gemälde, die hier die Wände bedeckten. Tagelang hätte man sie ansehen und doch immer wieder etwas Neues entdecken können. Für ein paar Augenblicke überließ er sich ganz dem Zauber dieser Darstellungen, dann kehrte sein alter Groll zurück. »Die gute und die schlechte Regierung«, so nannten sie die beiden Bilder voller Stolz, und er hatte unterwegs so manchen davon schwärmen hören.

Doch was sollte das schon heißen?

Weltlicher Tand, eitel, hohl, nichts anderes war es doch, was ihm da dreist und prall entgegenleuchtete – nicht das himmlische Reich Gottes, das weder Pinsel noch Farben bedurfte.

»*Padre* Bernardo?«, ergriff nun ein kräftiger grauhaariger Mann das Wort. »Ich bin Niccolo Strozzi und von den anderen Ratsmitgliedern als Sprecher auserkoren. Wir danken Euch, dass Ihr gekommen seid.« Sein Blick glitt zu dem Jungen mit dem verfilzten braunen Haar, der sich unwillkürlich fester an Bernardos Kutte klammerte, als würde er das Kommende bereits ahnen. »Wenngleich wir fest darauf gehofft hatten, Euch allein zu sehen.«

»Er ist taub«, sagte der Prediger, »und kann kein einziges Wort hören. Einer meiner kleinen Engel, den ein böses Schicksal getroffen hat. Leider gab es niemanden außer mir, der sich seiner erbarmt hätte.«

Er ließ sie ordentlich warten, bevor er weitersprach, denn nichts anderes hatten sie verdient. Als er es dann tat, war seine Stimme überraschend ruhig.

»Ich kann nur hoffen, dass eure Dankbarkeit bei diesem Besuch andere Formen annimmt als im vergangenen Jahr. Mein Rücken hat noch bis zum Herbst geschmerzt, so brutal seid ihr gegen mich vorgegangen. Und von den Schlägen auf die Brust hat sich meine Lunge bis zum heutigen Tag nicht ganz erholt.«

Voll ins Schwarze hatte er getroffen, das sah er an ihren verlegenen Gesichtern. Manche starrten vor sich auf den Tisch, als sei von dort eine Lösung zu erwarten, andere wieder begannen unsicher oder geradezu anbiedernd zu lächeln.

»Es war ein Fehler, derart mit Euch zu verfahren, das wissen wir heute«, begann Strozzi aufs Neue. »Und natürlich entschuldigen wir uns dafür in aller Form, denn ...«

»Was wollt ihr von mir?«, unterbrach der *padre* grob. »Denn allein, um mit mir fade Höflichkeiten auszutauschen, habt ihr mich doch sicherlich nicht gerufen.«

»Ihr sollt das Wort Gottes verkünden – auf Eure Weise.«

»Ich soll ihnen Angst machen, das ist es doch, was ihr wollt? Soll vom Teufel und dem Fegefeuer predigen, bis ihnen das Wasser aus den Augen spritzt? Weshalb?«

»Die Menschen in Siena sind nicht mehr fromm. Sie führen kein gottgefälliges Leben, und deshalb ...«

»Du meinst Hurerei, Ehebruch, Sodomie?« Die Stimme des Predigers war noch härter geworden. »Den Auswurf der Menschheit? Meinst du das?«

»Genau!«, rief Strozzi, während die anderen Ratsherren beifällig nickten. »Ich hätte es nicht besser sagen können.« Der Prediger hatte schon davon reden hören, dass die Mitglieder des Zwölferrates abgesehen von zwei Notaren und einem Richter niederer Abstammung waren. Und die, die das behauptet hatten, waren im Recht gewesen. An den Gesichtern konnte der *padre* es nur allzu deutlich erkennen. Dumpf blickten sie drein, wie der Großteil des Volkes, zu dem er in glühenden Zungen redete. »Ihr sollt sie zurück auf den rechten Weg bringen …«

Bernardo lief los und war so schnell am langen Tisch angelangt, dass einer der *dodici* erschrocken aufschrie. Beide Hände auf das Holz gestemmt, beugte er sich gefährlich weit vor und funkelte die Ratsherren zornig an.

»Die Wahrheit!«, schrie er. »Macht keinen Narren aus mir, oder ihr werdet es bitter zu büßen haben! Die reine, ungeschminkte Wahrheit – oder ich verlasse auf der Stelle den Saal und diese Stadt!«

Eine Weile blieb es still, dann beugte sich einer aus dem Rat zu Niccolo Strozzi und begann eifrig auf ihn einzuflüstern.

»Wir werden Euch die Wahrheit sagen«, fuhr jener fort und wirkte plötzlich um Jahre gealtert. »Damit Ihr seht, wie groß unser Vertrauen in Euch ist, *padre* Bernardo. Uns ist zu Ohren gekommen, dass heimlich Vorbereitungen für einen Aufstand getroffen werden. Versteht Ihr jetzt? Ein Aufstand, der alles und jedes in Siena auf den Kopf stellen würde …«

»… und sehr schnell Schluss machen könnte mit eurer ›guten Regierung‹«, sagte der Prediger.

»Dazu darf es niemals kommen. Denn die unausweichlichen Folgen wären Chaos und schreckliches Blutvergießen …«

»… sowie vor allem der Verlust eurer schönen, fetten Pfründe und Privilegien, nicht wahr?« Keiner antwortete ihm, doch ihre Mienen waren ihm Antwort genug. »Wie aber soll ausgerechnet ich euch davor bewahren können?«

»Nur Ihr allein seid dazu in der Lage! Indem Ihr nämlich das feurige Schwert des Wortes schwingt und über die schrecklichen Strafen predigt, die jeden erwarten, der etwas Derartiges auch nur im Sinn führt. Indem Ihr das göttliche Strafgericht beschwört mit Worten, heiß wie Pech und glühend wie ...« Strozzi ließ eine müde, wenig überzeugende Geste folgen, als seien ihm schon jetzt die Argumente ausgegangen.

»Was maßt du dir an, Elender? Gott allein legt mir die rechten Worte in den Mund. Kein Mensch darf es wagen, mich zu beeinflussen. Auch keiner, der sich Ratsherr nennt.« Der kleine Prediger stand jetzt sehr aufrecht. Seine dunklen Augen glühten.

»Ihr habt uns missverstanden, *padre*«, rief Strozzi, »gründlich missverstanden! Nichts läge uns ferner, als Euch in unserem Sinn lenken zu wollen. Natürlich werdet und müsst Ihr weiterhin predigen, was der Heilige Geist Euch eingibt. Doch wir sind bereit, Euch auf diesem schwierigen Weg mit all unseren Kräften zu unterstützen.«

»Gilt das auch für meine kleinen Engel?« Bernardo versetzte dem Jungen einen kräftigen Stoß zwischen die Schulterblätter. Angstvoll sah der Taube zu ihm auf.

»Welche Engel?«

»Er meint diejenigen, die mit ihm ziehen, Kinder und Heranwachsende, eine ganze Schar«, ergriff nun erstmals ein anderer das Wort. »Wie ein Schwarm hungriger Heuschrecken sind sie gestern über den Markt hergefallen. Manche Händlerinnen haben vor Schreck Reißaus genommen.«

»Sie müssen essen und brauchen ein Dach über dem Kopf«, sagte der Prediger. »Sie sind nicht wie die Vögel des Himmels, die ein buntes Gefieder schützt und wärmt, sondern bedürfen der Kleidung. Das alles kostet Geld.«

Strozzi hatte seinen Platz eilig verlassen und hielt ihm nun zwei prall gefüllte Beutel hin.

»Wäre das eventuell für den Anfang ausreichend?«

Der Prediger ließ seinen Blick zu den wohlbestellten Äckern der »Guten Regierung« wandern, auf denen brave Bauern ihrem Tagewerk nachgingen, Falkner jagten und sich gleich nebenan innerhalb der Mauern das geregelte Leben von Kaufleuten und Handwerkern abspielte. Danach betrachtete er nicht weniger eingehend den dämonischen Regenten der »Schlechten Regierung«, der auf einem Thron hockte und zu seinen Füßen die Gerechtigkeit gefangen hielt.

»Für den Anfang – eventuell.« Scheinbar unbeeindruckt reichte er die Beutel an den Jungen weiter. »Doch der kleinen Engel werden es mehr von Tag zu Tag, und sie alle sind sehr, sehr hungrig.«

»Macht Euch deswegen keine Sorgen, *padre*!«, rief Strozzi. »Der Rat von Siena wird es Euch an nichts fehlen lassen, ebenso wenig wie Euren kleinen Schützlingen. Ihr lasst uns einfach wissen, wenn Ihr weitere Mittel braucht. Dann wird die Angelegenheit schnell und diskret erledigt. Darauf habt Ihr unser Wort!«

Bernardos Gesicht verfinsterte sich, als habe der andere etwas Falsches gesagt. Schließlich entspannten sich die herben Züge wieder.

»Ich werde nachdenken«, murmelte er. »Lange und gründlich nachdenken.« Er packte den Jungen am Arm und zog ihn zur Türe.

»Aber Eure Antwort, *padre*!«, rief Strozzi. »Ihr habt uns ja noch gar nicht Euer Einverständnis …«

»Meine Antwort?« Der Prediger drehte sich um, wirkte plötzlich stark und gesammelt. »Keine Angst, ihr werdet sie rechtzeitig zu hören bekommen – auf den Plätzen und Straßen eurer Stadt.«

Damit ließ er sie, um vieles zufriedener als noch bei seiner Ankunft, allein. Er hatte Schlimmeres befürchtet. Diese Aussichten, die sie ihm gerade eröffnet hatten, waren alles andere als übel. Fürs Erste würde Ruhe herrschen, das konnte ihm nur recht sein. Dazu kam, dass die Engel zu essen hatten. Und, das Beste von allem, ihm war das Kunststück gelungen, sich nicht vorzeitig festzulegen.

Denn schließlich steckte in seiner Kutte ja noch das Angebot der Salimbeni, das ebenfalls einer eingehenden Prüfung bedurfte.

❦

Die Mahlzeiten gerieten Gemma von Tag zu Tag mehr zur Qual, denn Lavinia gab sich alle Mühe, Streit anzuzetteln. Nichts schien ihr zu passen, weder das Essen, das aufgetragen wurde, noch die Art, wie es serviert wurde. Eine Magd war schon weinend fortgelaufen, weil sie das ständige Genörgel nicht mehr ertrug, und die neue, die nach eifrigem Suchen ihre Nachfolgerin geworden war, schien schon nach wenigen Tagen nah daran, es ihr nachzumachen.

Bartolo tat lange, als würde er nichts davon bemerken, und plauderte tapfer weiter, während Gemma den Kopf gesenkt hielt und hoffte, dass sie nicht im nächsten Moment die Kontrolle verlieren würde. Mario aß alles, was man ihm vorsetzte, bis zum letzten Krümel auf, sichtlich entzückt von den unbekannten Genüssen, die sein schmales Gesicht allmählich voller werden ließen und Farbe auf seine blassen Wangen brachten. Er hatte sogar damit begonnen nachzufragen, was er da eigentlich in sich hineinstopfte, und wiederholte die Antworten fast ehrfurchtsvoll.

»*Garmugia*«, sagte er schwärmerisch und aus seinem Mund klang der Name dieser eher derben Suppe aus Gehacktem und Speck, die außer ihm niemanden in der Familie so recht begeisterte, beinahe wie der Anfang eines schönen Gedichts. »*Fagioli all' uccelletto.*«

»Ich kann Bohnen nicht ausstehen«, sagte Teresa patzig, die nicht verstehen konnte, warum Mario sich so wenig aus ihren heißen Blicken machte. »Und diesen bitteren Salbei erst recht nicht!«

»Er wird nur bitter, wenn man ihn zu früh dazugibt.« Lavinias tiefer Seufzer hätte Steine zum Weinen bringen können. »Hab ich das der Köchin nicht schon tausendmal gepredigt? Aber sie schaut sich ja lieber die Augen nach ihrem Schatz aus, als mir nur ein einziges Mal richtig zuzuhören!« Mit einem feinen Leinentuch tupfte sie sich über die Stirn. »Ich kann einfach nicht mehr, versteht ihr? Meine Kräfte sind verbraucht. Der Haushalt, die große Familie, und jetzt auch noch dieser fremde Junge …«

»Lavinia!« Bartolos schier endlose Geduld schien mit einem Schlag vorbei. »Jetzt nimm dich aber zusammen!«

»Als ob ich das nicht schon die ganze Zeit täte! Ständig soll ich Rücksicht nehmen auf diesen und jenen, aber wer nimmt eigentlich Rücksicht auf mich?«

Hilfe suchend schaute sie in die Richtung ihrer Mutter, doch dieses Mal ließ Nonna Vanozza die Tochter im Stich und löffelte seelenruhig die Bohnen weiter, was Lavinia noch mehr in Rage brachte.

»Und was erst die Leute reden!« Ihre Stimme stieg schrill an. »Ihr habt ja keine Vorstellung, was ich mir alles anhören muss!«

Jetzt war Gemma an der Reihe, wieder einmal, und sie konnte sich schon ausmalen, was nun folgen würde.

»Da sagte mir doch Margherita, als ich sie auf dem Campo traf, dein Gatte Lupo lasse überall verbreiten, er habe dich verstoßen, weil du unfruchtbar bist. Kannst du dir denken, wie ich mich dabei gefühlt habe?«

Es war genug, mehr als genug. Gemma stieß den Stuhl zurück und stand auf.

»Wohin willst du?«, rief Lavinia. »Doch nicht etwa schon wieder in dieses …«

Den Rest hörte Gemma nicht mehr. Draußen angelangt, fühlte sie sich sofort besser. Die Sonne wärmte ihren Rücken, eine schöne, helle Frühlingssonne, kraftvoll bereits, aber noch ohne den glühenden Hauch des Sommers.

Sie zuckte zusammen, als dicht über ihrem Kopf etwas vorbeischoss, und musste lachen, als sie den lange vermissten Ton erkannte. Der schrille Ruf »srii, srii« erschien ihr wie die allerschönste Musik. Die Mauersegler waren zurück, ihre gefiederten Freunde, die jetzt in Kirchtürmen und Hausgiebeln ihre Nester bauen würden!

Schneller schritt sie nun aus, und selbst die Steigung vor dem Domplatz nahm sie schwungvoll. Im Hospital gab es inzwischen viele, die sie freundlich grüßten; hier schien man sich an ihren Anblick gewöhnt zu haben, wenngleich es ihr manchmal vorkam, als sei ausgerechnet Celestina weniger freundlich als zu Beginn. Sie musste eine ganze Weile nach ihr suchen, bis sie sie endlich in der Kleiderkammer fand, wo sie auf einem Hocker saß und gerade mit strenger Miene den Bestand kontrollierte.

»Motten und anderes Ungeziefer haben über den langen Winter schwer gewütet«, sagte sie. »Das meiste, was ich hier vorfinde, kann nur noch als Putzlappen dienen. Wir müssen neue Kleider in Auftrag geben, und das auf der Stelle.«

Sie blickte kurz auf, dann setzte sie ihre Sichtung fort.

»Was willst du?«, sagte sie. »Und mach schnell, denn du siehst ja, ich habe alle Hände voll zu tun.«

»Ich könnte morgen wieder in der Küche helfen«, sagte Gemma, obwohl das nicht ihr eigentliches Anliegen war. »Und übermorgen auch.«

Celestina nickte.

»Sonst noch etwas?«, fragte sie, als Gemma sich nicht von der Stelle rührte.

»Nein. Das heißt, eigentlich ja. Ich wollte Euch etwas fragen. Dieser Maler ... Matteo Minucci ... Ihr kennt ihn näher, *madre*?«

»Wie kommst du darauf?« Der Nacken vor Gemma war auf einmal ganz steif geworden.

»Ich hab Euch beide reden hören, damals in der Küche. Es kam mir vor, als wärt Ihr sehr vertraut. Fast freundschaftlich sogar. Aber vielleicht hab ich mich ja getäuscht.«

»Wir *sind* Freunde, Matteo und ich. Was willst du von ihm?«

»Ich? Nichts!« Warum wurde ihr nur schon wieder glühend heiß? »Er hat mich nur gefragt, ob er mich zeichnen dürfe, und ich weiß nicht, ob ...«

Celestina erhob sich abrupt.

»Für dererlei Spielchen hab ich leider keine Zeit. Lass dich zeichnen oder lass es bleiben, ganz wie es dir beliebt! Ich muss jetzt abschließen und dann gleich weiter.«

Sie drängte Gemma aus der Kammer und wandte sich eilends ab.

»Aber ich hab Euch doch gesagt, dass ich verheiratet bin. Und obwohl ich das Hause meines Mannes verlassen musste, möchte ich nicht ...«

»Fällt dir das alles nicht ein wenig spät ein?«, sagte sie, drehte sich um und ließ Gemma einfach stehen.

Reichlich verdutzt sah diese ihr nach. Hatte sie etwas Falsches gesagt, etwas, das Celestina gekränkt oder verletzt haben könnte? Sie rief sich die ganze Unterhaltung ins Gedächtnis, blieb aber ebenso ratlos wie zuvor. Vielleicht war es am besten, sie wandte sich direkt an den Maler? Als er ihr die Tasche ausgehändigt hatte, war sie durcheinander gewesen und überglücklich dazu, sie wiederzuhaben. Vielleicht hatte sie daher zu schnell in seine Bitte eingewilligt. Jetzt könnte sie die ganze Angelegenheit ruhiger angehen.

Hatte sie nicht gehört, er arbeite an einem Fresko in der Kapelle? Dann würde sie ihn ja dort sicherlich antreffen.

Das Kirchenschiff war leer, als sie es betrat. Sonnenstrahlen fielen durch die großen Glasfenster und tauchten den Raum in warmes Licht. Sie ging weiter, bis sie die Kapelle erreicht hatte. Hier waren die Arbeiten schon sehr weit fortgeschritten, das große Hauptbild erschien ihr nahezu beendet.

Gemma ließ es auf sich wirken, und unwillkürlich begann sie zu lächeln, so stark berührt fühlte sie sich. Niemals zuvor hatte sie Anna und Joachim so freudig dargestellt gesehen, vereint in dem Glück, das sie erwartete. Er versteht viel von Frauen und Männern und dem, was zwischen ihnen sein kann, schoss es Gemma durch den Kopf. Vielleicht sogar gefährlich viel.

Der Gedanke war aufregend und schön zugleich – wie beinahe jeder Gedanke, der mit ihm zu tun hatte. Sie wollte schon gehen, da fiel ihr in der oberen Ecke der Wand die Gestalt einer jungen Frau auf. Das Gewand war erst mit wenigen Strichen angedeutet, das Gesicht jedoch beinahe fertig. Neben der Frau stand eine voll ausgearbeitete Engelsgestalt in gelbem Gewand und mit zierlichen Flügeln.

Erst stutzte Gemma, dann lachte sie nervös, dann sah sie noch einmal genauer hin.

Sie hatte sich nicht getäuscht. Es war die Muttergottes, die Minucci da gemalt hatte. Die junge Maria, die gerade den Erzengel Gabriel empfing.

Und sie trug exakt ihre Züge.

Später wusste sie nicht mehr genau, wen im Hospital sie nach dem Haus des Malers gefragt hatte, jedenfalls war die Beschreibung, die sie erhielt, präzise genug, um es zu finden. Als sie vor dem Gebäude stand, stieg ein leises Schwindelgefühl in ihr auf. Sie kannte es, war schon einige Male vorbeigelaufen, denn es lag genau gegenüber von Mamma Linas Haus.

Ein Fenster war geöffnet; mit klopfendem Herzen trat sie näher und schaute hinein. Sie sah einen großen Tisch, daneben ein Waschbecken und einige Kübel. Ein Stück entfernt auf einem kleineren Tisch Fläschchen, Schüsseln, Pinsel. Dazu eine große Platte mit Vertiefungen, die mit Pigmenten in verschiedenen Farben gefüllt waren. Und schließlich ihn.

Matteo saß auf einem Hocker und zeichnete. Das Modell war unsichtbar für ihre Augen, weil eine offene Tür ihr den Blick versperrte, aber es musste noch jemand im Raum sein, weil der Maler mit der Person sprach.

»Beweg dich nicht!«, hörte sie ihn sagen. »Ja, genau so ist es gut!«

Jetzt wollte sie nur noch weg, aber sie war zu verwirrt, um vorsichtig zu sein. Ein Stein löste sich unter ihren Füßen, begann zu rollen und machte ordentlichen Lärm auf dem unebenen Pflaster.

Und schon stand er neben ihr.

»Monna Gemma! Dass Ihr gekommen seid!«

»Ich will nicht stören. Ihr habt Besuch und …«

»Ihr stört nicht.« Seine Stimme war warm. »Ich schicke mein Modell schnell weg, und dann hab ich alle Zeit der Welt für Euch. Kommt doch bitte herein!«

»Ich weiß nicht … Ich wollte nur …« Warum hatte sie ihr altes grünes Kleid angezogen? Plötzlich kam sie sich hässlich vor. Schäbig und hässlich.

»Bitte!«, sagte er, nahm ihre Hand und zog sie sanft weiter. »Nur einen Augenblick.«

Es war Leo, den er gezeichnet hatte, der Gehilfe des Apothekers, der sie so unbeteiligt musterte, als sähe er sie zum allerersten Mal.

»Wir machen in ein paar Tagen weiter«, sagte der Maler. »Für heute kannst du gehen.«

Leo verschwand wortlos.

Jetzt wurde die Stille im Raum beinahe lastend.

»Ihr braucht keine Angst zu haben«, sagte Matteo schließlich. »Ich will Euch nur zeichnen, das ist alles. Manche fürchten sich davor, weil sie glauben, ich würde dabei auch etwas von ihrer Seele auf das Pergament bannen, aber das ist Unsinn.«

»Habt Ihr das nicht längst getan?«, fragte Gemma.

Sein Blick wurde flackernd. »Ich verstehe nicht ganz …«

»Ich denke, Ihr versteht sehr gut«, sagte sie und war

froh, dass ihre Stimme nicht zitterte. »Ich war gerade in der Kapelle. Das große Fresko ist wunderschön. Aber noch um vieles interessanter fand ich die kleineren Eckengemälde.«

»Ihr habt es gesehen? Aber es ist doch noch gar nicht fertig …« Er begann mit großen Schritten im Raum auf und ab zu gehen. »So ein Bild entsteht in vielen Schichten. Man muss …«

»… zumindest um Erlaubnis fragen, bevor man ein Gesicht an die Wand einer Kirche malt, meint Ihr nicht?«

»Aber es ist die göttliche Jungfrau«, sagte er stockend, »so, wie ich sie sehe.«

»Es ist mein Gesicht, das nun die ganze Stadt sehen wird. Ihr hattet kein Recht dazu.«

Sie war richtig ärgerlich, das konnte er spüren, aber das war es nicht allein. Sie schien auch enttäuscht, weil sie etwas anderes erwartet hatte. Er hatte alles verdorben, aus seiner Sehnsucht, seinem Überschwang heraus.

»Ich wollte Euch keinen Ärger machen«, sagte er und trat einen Schritt auf sie zu. »Es ist nur so, dass ich die ganze Zeit …«

»Bringt es wieder in Ordnung«, sagte sie steif. »Mein Leben ist zurzeit schon schwierig genug.« Der Gedanke an Lupo machte ihr die Kehle eng. Was er wohl tat? Ob er heimlich jeden ihrer Schritte überwachte? »Das seid Ihr mir schuldig, Messer Minucci.«

Damit ließ sie ihn allein.

❧

Er hatte zu viel getrunken, und er wusste es genau. An anderen Tagen machte er sich nicht viel aus der derben Lustigkeit in den billigen Tavernen, doch heute hatte er es gebraucht, dieses Grölen und Lachen und Witzereißen, das ihn sonst abstieß. Irgendwann war Nevio aufgetaucht wie ein kleiner blasser Wächter, um ihn nach Hause zu bringen, weil er sonst morgen nicht aufstehen wollte, doch Matteo hatte ihn so angefahren, dass er sich unverrichteter Dinge wieder verzogen hatte.

Egal. Alles egal.

Dieses Wort kreiste unentwegt in seinem Schädel, dazu kam die Wirkung des schlechten Rotweins, der ihm bestimmt Kopfschmerzen und Übelkeit bescheren würde. Doch was könnte ihm noch Schlimmeres geschehen? Er hatte sie verloren, noch bevor er sie richtig gefunden hatte, die Frau des reichen Händlers, die so entschieden nicht seine Madonna sein wollte.

Er leerte den Becher und war gerade dabei, einen neuen Krug zu bestellen, da fiel sein Blick auf eine Frau, die schon die ganze Zeit in seine Richtung starrte. Eine Hure, das verrieten ihr aufreizendes grünes Kleid und der Mund, der um einiges röter war, als die Natur es hervorzubringen pflegte. Sie lächelte nicht, wie die meisten ihrer Zunft es getan hätten, sondern sah ihn ernst an, beinahe prüfend. Dann hob sie die Hand und strich sich zart über die Brust.

Er spürte, wie das Blut in seine Lenden schoss. Sie hatte langes braunes Haar, nachlässig aufgesteckt und dunkler als das Gemmas, aber ihres würde er berühren dürfen.

Er nickte ihr kurz zu, fast beiläufig, warf seine Kupfermünzen auf den Tisch und stand auf.

Sie folgte ihm in einigem Abstand, blieb immer wieder stehen, darauf bedacht, dass niemand sie miteinander in Verbindung bringen konnte. Die neuen Sittengesetze, die der Zwölferrat erlassen hatte, waren so schwierig und vielfältig, dass niemand sich daran halten wollte. Dennoch drohten drakonische Strafen, wurde man bei einer Übertretung erwischt. Die Stadt hatte sich damit abgefunden. In Siena war hinlänglich bekannt, wie man Gesetze wirkungsvoll umgehen konnte.

Zu Hause angelangt, ließ Matteo die Türe offen und ging hinein. Leichte Schritte verrieten ihm, dass sie ihm gefolgt war.

Dann stand sie vor ihm. Er nahm ihren erdigen Geruch wahr und noch etwas Süßliches, das darüber gelagert war.

»Sechs Lira«, flüsterte sie, als er ihr Haar lösen wollte, und begann bereits die grünen Bänder ihres Mieders zu lockern. »Und du bekommst, was du willst.«

Er wollte lachen, doch es klang eher wie ein Knurren. Dennoch war er erregt. Ihre Nähe begann seine Sinne zu verwirren.

»Sollst du haben«, sagte er.

»Jetzt gleich«, verlangte sie. »Dann ist Zeit für die schönen Dinge. Und mach eine Kerze an! Du sollst doch sehen, was du für dein Geld bekommst.«

Die Münzen verschwanden in ihrem Beutel. Nun drückte sie sich eng an ihn, reizte ihn mit Lippen, Händen, ihrem ganzen Körper. Die Bänder fühlten sich seidig an wie eine bevorstehende Verheißung. Er spürte, wie erfahren sie war, wie routiniert sie vorging, und das war für diesen Abend genau das, was er brauchte. Sie war nicht die Erste nach Fionas Tod, aber er hatte eine lange Phase freiwilliger Enthaltsamkeit hinter sich und war froh, dass diese nun endlich vorbei war.

Er drückte sie auf den großen Tisch, schob die Röcke nach oben und begann ihren Schoß zu streicheln. Sie lachte, dann gurrte sie einladend.

Matteo riss sich die Hose vom Leib. Wenn er schon keine Madonna haben dufte, dann wenigstens eine Magdalena, eine Frau, die aus vollem Herzen sündigte! Dieser Satz flog wie ein Vogel in ihm auf. Er vergaß ihn nicht, als er ihre Pforte öffnete, und auch viel später nicht, als er sich mit einem Schrei in ihr ergoss.

❦

Aus dem Haus des Malers, aus dem man ihn heute weggeschickt hatte, drangen seltsame Töne. Leo blieb stehen, lauschte, dann verstand er.

So klangen die Menschen, wenn sie sich streichelten und berührten, die Frauen meist heller und spitzer, die Männer tiefer und derber. Er hatte noch nie eine Frau dazu gebracht, solche Laute von sich zu geben, und manchmal sehnte er sich danach.

Doch dann fiel ihm wieder ein, was der *padrone* ihm immer wieder einschärfte. »Du musst aufpassen mit deiner Kraft, Junge. Wenn du nur einmal zu fest zudrückst, machst du alles kaputt.«

Deshalb hatte er es bis jetzt lieber beim Zuschauen und Lauschen belassen, und genau das tat er auch jetzt. Dass das Fenster offen stand, machte alles einfacher. Die beiden hatten sogar eine Kerze angezündet, sodass er wirklich etwas zu sehen bekam.

Die Frau lag mit gespreizten Beinen auf dem Tisch, an dessen Ende einige Malutensilien standen. Ihr langes braunes Haar hing herab und schwang sanft hin und her, während der Mann sich in ihr bewegte. Beide ächzten und stöhnten; beide waren so in ihr Tun vertieft, dass sie den Zuschauer am Fenster nicht bemerkten. Das Gesicht der Frau konnte er nicht erkennen, weil es im Dunkel lag, aber ihr grünes Kleid, das sah er sehr gut – und erkannte es sofort.

Sie war es also, Gemma di Cecco, nach der er die Augen offen halten sollte! Der *padrone* hatte ihm den Auftrag erteilt. Und was der *padrone* verlangte, wurde prompt erledigt.

Drei

Der Atem des Kindes war brandig, und hinter dem faulig-süßlichen Schwall, der Gemma aus seinem geöffneten Mund entgegenschlug, glaubte sie den Tod zu riechen. Erschrocken wandte sie sich ab und ließ den Jungen vorsichtig zurück auf das zerwühlte Krankenlager sinken. Er stöhnte, hielt die Augen geschlossen und leckte sich dabei die aufgerissenen Lippen, die sie ihm mit einem Sud aus Honig und Rosenwasser betupft hatte. Halb benommen vor Müdigkeit richtete sie sich auf und versuchte den Schlaf aus den Augen zu reiben und ihren schmerzenden Rücken zu entspannen.

Drei Kinder waren in den Morgenstunden gestorben; zwei andere bereits am Abend zuvor. Gerade hatte man sechs weitere eingeliefert, die ebenfalls über Kopfschmerzen, bleierne Glieder und Schluckbeschwerden klagten. Fast schien es, als könnte es den kleinen *getatelli*, wie man die Waisenkinder von Santa Maria della Scala nannte, gar nicht schnell genug gehen, über die unsichtbare Leiter in den Schoß der Jungfrau Maria zu klettern.

»Geschwollener Rachen?«, zischte Celestina Gemma im Vorbeigehen zu. »Weißgräulichlicher Belag? Und er schnappt nach Luft wie ein Fisch auf dem Trockenen?«

Gemma nickte beklommen.

»Hast du auch genau hingesehen?«

»Hab ich«, sagte Gemma. »Leider.«

»Dann hält – die barmherzige Madonna sei uns armen Sündern gnädig! – auch ihn der Würgeengel der Kinder umklammert. Wo bleibt eigentlich dieser Apotheker?« Celestinas Stimme war schneidend geworden. »Ohne Marconis berühmte Pestwurzpillen werden wir sie womöglich noch alle verlieren.«

Danach war sie schon wieder unermüdlich auf einer ihrer Runden, ausgerüstet mit feuchten Tüchern gegen das Fieber und einem Wassereimer, so flink und behände, dass das pummelige Mädchen, das die Becher mit dem Tee aus gestoßenem Antonikraut hinter ihr hertrug, kaum nachkam. Jeder, der hier arbeitete, tat dies so schnell und gut er nur konnte, doch im Vergleich zu Celestina wirkten alle anderen wie Faulpelze.

Mit Worten schien sie dabei zu geizen. Eine knappe Geste hatte genügt, um Gemma aus der Küche hinauf in den Krankensaal zu beordern. Zuerst hatte Gemma dagegen protestieren wollen, als sie jedoch die grauen Gesichter der Mantellatinnen sah, die an den Betten wachten, willigte sie ohne Widerspruch ein. Viele von ihnen hatten tagelang nicht mehr geschlafen, und obwohl die Kräfte sie allmählich verließen, weigerten sie sich, sich auch nur für kurze Stunden hinzulegen.

Celestina war es schließlich, die die frommen Frauen dazu brachte zu rasten, mit dem besten Argument, das ihr hatte einfallen können: »Eure Caterina würde sehr böse sein, könnte sie sehen, wie leichtfertig ihr mit eurer Gesundheit umgeht. Wenn ihr nicht schlaft und esst – wie wollt ihr dann auf Dauer unsere kranken Kinder pflegen? Die Halsbräune ist nun mal keine Angelegenheit von Tagen, sondern kann sich wochenlang hinziehen. Ich will also vor dem Angelusläuten keine Einzige von euch hier sehen, verstanden!«

Jetzt kamen sie nach und nach zurück, sichtlich frischer und zuversichtlicher als noch am Morgen. Celestinas Strafpredigt schien die gewünschte Wirkung erzielt zu haben.

»Du kannst gehen«, hörte Gemma eine junge Mantellatin sagen, die so kindlich wirkte, als habe sie noch gestern mit bunten Murmeln vor dem väterlichen Haus gespielt. »Ich werde jetzt wieder übernehmen.«

Gemma erhob sich zögernd. Selbst aus der Entfernung glaubte sie Celestinas argwöhnische Blicke zu spüren. Sollte sie zurück in die Küche? Sie wusste genau, dass sie auch dort nicht mehr gern gesehen war. Celestina duldete sie lediglich im Hospital, weil augenblicklich jede Hand gebraucht wurde.

»Worauf wartest du noch?« Die Augen der Mantellatin waren blau und sanft. »Ohne ausreichend Schlaf und Essen wirst du womöglich selber krank. Also, ab nach Hause mit dir, bevor *madre* Celestina dich eigenhändig hinauswirft!«

Langsam durchquerte Gemma den großen Saal. Kaum ein Bett, das nicht doppelt belegt gewesen wäre. Die Kinder wimmerten und weinten; manche stießen ihre fiebrigen Wünsche in kloßiger, schwer verständlicher Sprache hervor, andere wieder schienen bereits halb im Delirium. Über allen aber schwang der durchdringende Gestank nach Fäulnis, der auch für die Gesunden das Atmen zur Qual machte. Sie war fast an der Türe angelangt, als sie dort auf Celestina traf.

»Du gehst schon?«, sagte die kleine Frau mit dem Krötengesicht, unter beide Arme je einen Packen besudelter Leinwand geklemmt.

»Nur etwas ausruhen«, sagte Gemma. »Die Mantellatin hat gesagt …«

»Schon gut!« Mit dem Fuß stieß Celestina die Türe auf und ließ nicht zu, dass Gemma ihr dabei behilflich war. »Lass dich nicht aufhalten!«

Ihre Feindseligkeit war fast mit Händen zu greifen, aber Gemma war entschlossen, sich nicht einschüchtern zu lassen.

»Ihr tragt so schwer. Lasst mich Euch doch helfen!« Sie griff nach einem der Packen, Celestina aber ließ ihn nicht los. »Was hab ich Euch eigentlich getan, *madre*?«, begehrte Gemma auf. »Ihr wart früher so anders zu mir.«

»Sie sterben. *Das* ist anders. Und jetzt lass mich in Ruhe meine Arbeit tun, damit wir wenigstens ein paar von ihnen retten!« Celestina schien entschlossen, nicht ein überflüssiges Wort zu verlieren.

»Und wenn ich geschlafen habe? Soll ich dann wieder zurück …«

»Nicht nötig. Was wir hier brauchen sind Frauen, die reinen Herzens sind«, fiel Celestina ihr ins Wort. »Frauen mit einem unbefleckten Leumund, die auch vor der himmlischen Jungfrau bestehen können.«

Was sie gerade gehört hatte, kam Gemma erst richtig zu Bewusstsein, als Celestina mit ihrer schmutzigen Leinwand bereits in einer der unzähligen Kammern verschwunden war. Ging es noch immer um Lupo und das, was sie ihr notgedrungen anvertraut hatte? Oder spielte sie inzwischen auf etwas anderes an?

Matteo Minucci kam ihr dabei als Erstes in den Sinn, ein Gedanke, den sie allerdings wieder energisch verbannte. Bisher hatte sie es von Tag zu Tag hinausgeschoben, erneut die Kapelle zu betreten und sich dort mit eigenen Augen davon zu überzeugen, dass er ihrer Aufforderung tatsächlich gefolgt war.

An den Maler zu denken ließ süße, wehmütige Empfindungen in ihr aufsteigen. *Nicht einmal damals war es so, als Lupo um mich gefreit hat,* dachte Gemma, während sie das Hospital verließ und die Augen zusammenkniff, weil die tief stehende Sonne sie blendete. *Damals, als er sich noch perfekt verstellen konnte und ich in der irrigen Überzeugung lebte, vor uns beiden liege künftig nichts als Glück.*

Sie stutzte, als sie eine junge, ärmlich gekleidete Frau sah, die ein Bündel im Arm hielt und sich zielstrebig der *pila* näherte, wie in Siena die Öffnung hieß, in die man ungewollte Kinder legen konnte, um sie der Obhut von Santa Maria della Scala zu übergeben. Ihr kam es vor, als weine die Frau, denn ihre mageren Schultern bebten. Sie zögerte einen Augenblick, dann war das Bündel in der zur Straße hin offenen Klappe verschwunden, und die Frau entfernte sich wieder ebenso eilig, wie sie gekommen war.

Sollte sie zurückgehen, fragte sich Gemma und sich um das Würmchen kümmern?

Sie entschied sich dagegen. Es gab andere, die sich seiner annehmen würden. Andere, die zurzeit im Hospital besser gelitten waren als sie.

Sie setzte ihren Weg fort, drehte sich jedoch unwillkürlich um, nachdem sie den Domberg hinter sich gelassen hatte. Weit und breit keiner, der etwas von ihr gewollt hätte. Dabei glaubte sie schon seit geraumer Zeit, Schritte hinter sich zu hören und immer wieder Blicke zu spüren, die sich in ihren Rücken bohrten. Regelrecht verfolgt fühlte sie sich, doch jedes Mal, wenn sie sich umdrehte, war da niemand. Dennoch ließ das Gefühl sie nicht los, ständig unter Beobachtung zu stehen, es drängte sich in ihre Träume und war wohl eine der Ursachen, weshalb sie Morgen für Morgen zerschlagen erwachte. Deshalb war ihr die Arbeit in Santa Maria della Scala als Ablenkung so willkommen gewesen, auch wenn stöhnende Kinder nicht das waren, was sie sich darunter vorgestellt hatte.

Immer noch in Gedanken versunken, bog sie in die nächste Gasse ein und blieb ein paar Augenblicke vor dem väterlichen Haus stehen. Bartolo Santini hatte vor einigen Jahren die Gesimse verbreitern und kostbare Glasfenster einsetzen lassen, die nun wie blank polierte Spiegel in der Abendsonne leuchteten. Selbst der Klopfer an der schweren Eingangstüre verriet den weit gereisten Kaufmann: ein Nashorn aus feinster Bronze, das er auf einem Markt in Nordafrika erstanden hatte, Reiseandenken und gleichzeitig Attribut der Contrade, zu der er sich seit Kindestagen zugehörig fühlte.

Noch als junges Mädchen war Gemma davon überzeugt gewesen, ihr Vater sei nicht nur der reichste, sondern auch der glücklichste Mann der Welt, gesegnet mit drei gesunden Töchtern, die er zärtlich liebte. Inzwischen jedoch hatte sie lernen müssen, dass er offenbar stets etwas Wesentliches entbehrt hatte: Erst ein männlicher Erbe zur Übernahme und Weiterführung seiner Geschäfte hätte sein Glück vollkommen gemacht.

Im dämmrigen Hausflur stieß sie beinahe mit Mario zusammen. Da war er ja, jener heiß ersehnte Glücksbringer, als hätte sie ihn gerufen, natürlich wieder mit gesenktem Kopf und so verdruckst wie am allerersten Tag. Aus der Nähe sah sie, wie verfilzt sein braunes Haar war. Fransig und so struppig, als hätte es jemand im Vorbeigehen mit einem stumpfem Messer einfach abgesäbelt. Außerdem musste sie abrupt den Kopf abwenden, so penetrant war der Geruch, den er verströmte.

»Wäscht man sich eigentlich gar nicht bei euch zu Hause in Augsburg?«, fragte sie spitz. »Du stinkst ja schlimmer als eine Herde brünstiger Ziegenböcke!«

»Du duftest auch nicht gerade nach Veilchen und Rosen«, lautete seine Antwort.

Verblüfft hielt sie inne, dann begann sie lauthals zu lachen.

»Wusste gar nicht, dass du auch schlagfertig sein kannst«, sagte sie.

»Und ich wusste nicht, dass du auch mal nicht tagein, tagaus beleidigt tun und ein finsteres Gesicht ziehen kannst.«

Zum ersten Mal seit seiner Ankunft betrachtete sie ihn ohne Vorbehalte. Es stimmte, was der Vater behauptete, Marios Züge waren in der Tat anziehend: die hohe, gewölbte Stirn, ein zierlicher Mund und lebendige Augen ergaben zusammen ein offenes, freundliches Gesicht, über dem die Schüchternheit lediglich wie ein dünner Schleier lag.

»Dann gibt es ja möglicherweise eine ganze Menge, was wir beide noch voneinander lernen könnten«, sagte Gemma. »Wo willst du eigentlich noch hin, so kurz vor dem Essen?«

»Das hat Monna Lavinia mich eben auch gefragt«, sagte Mario. »Aber der Einzige, dem ich Rechenschaft schuldig bin, ist und bleibt *zio* Bartolo.«

Seine selbstbewussten Worte gingen ihr noch durch den Kopf, als sie die steile Treppe zu ihrem Zimmer hinaufstieg, sich das schmutzige Kleid vom Leib riss und es anschließend genoss, sich von Kopf bis Fuß mit warmem Wasser zu waschen, das ihr die Magd in einer Wanne gebracht hatte. Vielleicht brauchte sie sich ja wegen des Jungen, der ihnen da unvermutet ins Haus geschneit war, gar keine so großen Sorgen zu machen. Vielleicht genoss Mario lediglich die Aufmerksamkeit des Großonkels und dachte nicht daran, ihr die Gefühle des Vaters abspenstig zu machen. Besser, sie sorgte sich um sich selber!

Ihre Hände zögerten, als sie beim Abtrocknen über die Brüste fuhren, die ihr schlaffer und freudloser vorkamen als noch vor wenigen Monaten. Auch der sonst stets leicht gewölbte Bauch erschien ihr eingefallen. Der Körper einer ungeliebten Frau, dachte Gemma. Wenn es so weitergeht, werde ich noch bei lebendigem Leibe vertrocknen. Vielleicht wird mich nach Lupo kein Mann jemals wieder zärtlich berühren.

Sie verscheuchte die hässlichen Gedanken, doch sie kehrten zurück wie eine Schar aufsässiger Stare. Sie fühlte sich besser, als sie sich angezogen hatte: ein frisches Leinenhemd, dann ein blaues Untergewand, über das sie eine leichte *cotta* aus hellem Damast streifte. Das Haar bürstete sie ausgiebig, dann schlang sie es nach oben und steckte es mit den schönen Kämmen aus Elfenbein fest, die sie als Kind stets an ihrer Mutter bewundert hatte.

Wie sehr sie Francesca gerade heute wieder vermisste! Gemmas Wehmut wuchs, als Lavinia sie gleich beim Eintreten scheel musterte.

»Oh, die *principessa* erweist uns heute ausnahmsweise die Ehre!«, sagte sie spöttisch. Dabei hätte ihr Gewand aus blauvioletter Seide und einem fliederfarbenen Überwurf, geschmückt mit breiten Brokatborten um Ausschnitt, Handgelenke und Saum, eher für festliche Gesellschaften getaugt als für einen warmen Frühlingsabend zu Hause. Freilich hatten es Schweißränder unter den zu knapp gewordenen Armausschnitten verdorben, und auch Lavinas blasses längliches Gesicht war von feinen Schweißperlen bedeckt. »Hat Eure Hoheit etwa die edle Nase bereits voll von Armensuppe und verwanzten Bälgern?«

Gemma setzte ein unbestimmtes Lächeln auf und schwieg.

An ihrer Stelle öffnete Teresa den Mund, als wolle sie etwas sagen, schloss ihn aber wieder. Dafür war ihr Gesichtsausdruck umso sprechender. Trauer lag darin, Neid, Gekränktsein. Es passte ihr offenbar ganz und gar nicht, dass die große Schwester auf einmal wieder da war und sie in allem auf den zweiten Rang verwies. Was hätte sie nicht darum gegeben, auch so wie Gemma auszusehen, anstatt sich mit fettigem Haar, Pickeln und widerspenstigen Brüsten abzuplagen, die einfach nicht wachsen wollten, obwohl sie doch schon fast vierzehn war.

»Du bist wunderschön«, flüsterte dagegen Lucia, und Gemma legte ihr im Vorübergehen für einen Augenblick die Hand auf den warmen Kopf. »Wie eine richtige Prinzessin. Hör einfach nicht hin! Ich glaube, sie sind alle nur ein bisschen neidisch auf dich.« Die Kleine grinste verstohlen, dann starrte sie mit ernstem Gesicht auf ihren leeren Teller.

»Wo ist Vater?«, fragte Gemma, um gute Stimmung bemüht. »Noch immer drüben im Kontor?«

»Woher soll ich das wissen?«, schnappte Lavinia zurück. »Seit dieser verdammte kleine *tedesco* seine gesamte Aufmerksamkeit in Anspruch nimmt, erfahre ich noch weniger als früher. Man könnte meinen, er habe ihm den Kopf verdreht wie eine fesche Braut, so verliebt führt dein Vater sich plötzlich auf. – Kannst du nicht besser aufpassen, du blindes Huhn?«, fuhr sie die Magd an. »Wirft hier mit meinem teuren Fleisch um sich, als wären es schmutzige Lappen!«

Die junge Frau hatte eine Platte mit kaltem Braten beim Hereintragen so ungeschickt gehalten, dass ein Teil davon auf dem Boden gelandet war. Teresa und Lucia machten sich einen Spaß daraus, niederzuknien, die Scheiben aufzusammeln und sie sich auf der Stelle in den Mund zu stopfen, während Lavinia weiterzeterte. Als auch noch Nonna Vanozza an ihrem Elfenbeinstock hereingehumpelt kam und in das Lamento einfiel, hatte Gemma genug.

»Das Hospital ist randvoll mit Kindern«, sagte sie, um einiges lauter und gereizter als gewöhnlich. »Sie röcheln, können kaum schlucken – viele von ihnen sind sterbenskrank. Schämst du dich da nicht herumzukeifen, nur weil ein bisschen Braten auf dem Boden gelandet ist?«

Lavinia fuhr zu ihr herum. Jetzt waren die Augen übergroß in ihrem blassen Gesicht. »Sie röcheln, hast du gesagt? Können kaum noch schlucken? Aber es ist doch nicht etwa …«

»… die Halsbräune, ja, das meint jedenfalls *madre* Celestina.« Beinahe gemächlich ließ Gemma die schwerwiegenden Worte fallen. »Ein Ende der Seuche ist leider noch nicht abzusehen.«

»Und da kommst du von ihnen direkt zu uns?« Lavinia wich zurück und riss dabei Lucia regelrecht vom Stuhl.

»Zu mir! Auch du, Teresa, und zwar sofort!« Sie zwang die Mädchen hinter sich, baute sich schützend vor ihnen auf, als könne ihr Körper das Schlimmste abwehren. »Du wirst sie mir nicht mehr anrühren, verstanden? Meine Kinder rührst du mir nicht mehr an, nicht, solange diese fürchterliche Epidemie in Siena wütet!«

»Ich hab mich gründlich gewaschen und ein frisches Kleid angezogen«, sagte Gemma, »falls dich das beruhigt. Hände, Hals …«

»Nichts beruhigt mich, gar nichts! So viele Kleine hab ich daran regelrecht verenden sehen – und du hast nichts Besseres zu tun, als uns den Würgeengel der Kinder ins Haus zu tragen.«

»Da musst du etwas falsch verstanden haben. Ich bin doch gar nicht krank …«

»Wer redet denn von dir? Gemma hier, Gemma da, Gemma überall – ich kann es nicht mehr hören! Keinen einzigen Gedanken verschwendest du an uns, deine Familie. Dabei könntest du von Herzen dankbar sein, dass wir dich wieder aufgenommen haben!«

Lavinas ganzer Stolz, ihr aschblondes Haar, hatte sich bei dem wilden Gestikulieren gelöst und fiel wie ein helles Gespinst über Brust und Rücken, sie aber schien es nicht zu merken.

»Doch solche Überlegungen kommen dir ja niemals in den Sinn. Du bist eben keine Mutter, sondern nur ein missgünstiges, unfruchtbares Weib!« Sie schnaubte, aber sie war noch längst nicht fertig. »Ich kann verstehen, dass Lupo genug von dir hatte, auch wenn er viel zu anständig ist, um das nach außen zu zeigen. Wahrscheinlich ist er insgeheim längst wieder auf Brautschau – und du bist die Einzige weit und breit, die noch nichts davon ahnt.«

Lavinias Spitzen saßen. Nur mit Mühe gelang es Gemma, die Beherrschung zu wahren.

»Ich werde mich nicht mit dir streiten«, sagte sie. »Nicht hier. Und erst recht nicht heute.«

»Ich streite nicht, du eingebildete Närrin, was redest du da für Unsinn! Ich verfluche dich! Für mich bist *du* der Todesengel, der die Saat des Verderbens in sich trägt. Hinaus aus diesem Zimmer! Ich dulde dich nicht länger an meinem Tisch, in meinem Haus. Verschwinde, Gemma!« Jetzt schrie sie, so aufgelöst vor Angst war sie. »Mir aus den Augen – und zwar gleich!«

Für einen Augenblick schien der Boden auf Gemma zuzukommen, und die hellen Wände schienen zu wanken. Sie schloss die Augen in jäh aufkeimender Furcht, öffnete sie nach einer Weile nur unter großer Anstrengung. Es war vorbei und alles wie immer. Der Boden unter ihren Füßen, die Wände dort, wo sie hingehörten.

Langsam ging sie zur Türe, danach die steile Treppe nach oben. Ihre Hände waren überraschend ruhig, als sie ein paar Kleinigkeiten zusammentrug: ihren alten Rosenkranz, Wäsche zum Wechseln, zwei schlichte Kleider, ein paar bequeme Schuhe, ein warmes Umschlagtuch, in das sich alles packen ließ. Schließlich schnürte sie das Bündel noch einmal auf und legte das rot-blaue Festkleid und Francescas Perlen dazu.

Beim Hinuntergehen waren ihre Beine wie Blei. Alle Türen blieben geschlossen; kein Laut drang zu ihr heraus, als ob Lavinia und die Mädchen dahinter den Atem anhielten.

Ob sie den Vater suchen und ihm alles erzählen sollte? Gemma verwarf den Gedanken wieder. Besser, die Lage beruhigte sich, bevor sie mit ihm sprach. Bartolo würde gewiss versuchen, sie zum Bleiben zu überreden, was Lavinia nur noch mehr in Rage gebracht hätte. Ihn jetzt auf ihre Seite ziehen zu wollen hieße lediglich, neues Öl ins Feuer zu gießen.

Zum Glück saßen die meisten Nachbarn offenbar bei der Abendmahlzeit, aber es gab doch einige, denen sie unterwegs begegnete, und die starrten sie mit unverhohlener Neugierde an.

Die Sünderin von Siena, dachte Gemma mit grimmiger Genugtuung, genau das werden sie jetzt denken! Erst ist sie ihrem Mann davongelaufen, dann verweist die Stiefmutter sie des Hauses, und nun muss sie wie eine Bettlerin ihre wenigen Habseligkeiten auf dem Rücken tragen.

Als das Haus mit den blauen Fensterläden in Sicht kam, beschleunigte sie ihre Schritte. Und obwohl Gemma sich fest vorgenommen hatte, es nicht zu tun, glitt ihr Blick dennoch als Erstes zur gegenüberliegenden Straßenseite.

Dünner Rauch kam aus dem Kamin. Er war also zu Hause, eine Vorstellung, die ebenso anregend wie gleichzeitig beunruhigend war. Sie würden sich begegnen. Allein schon auf die Straße zu treten, könnte bedeuten … Daran würde sie erst morgen denken.

Gemma zwang ein kleines Lächeln auf ihr Gesicht, als sie die Haustüre öffnete und die Küche betrat. Mamma Lina stand am Herd und rührte in einem großen Topf. Sogar von hinten schien alles an ihr in Auflösung, der Rücken, die Schultern, ihr zu einem schlampigen Zopf geflochtenes Haar, das noch struppiger wirkte als sonst. So müde und verzagt hatte Gemma sie noch nie zuvor gesehen, und der Anblick tat ihr in der Seele weh.

Mauro und Cata, die mit leeren Garnrollen gespielt

hatten, sprangen sofort auf und liefen zu ihr, während Angelina mit ihrer Flickenpuppe auf dem kleinen Hocker sitzen blieb und sie fröhlich anlachte.

Ich kenne dich, dachte Gemma und erwiderte das fröhliche Grinsen der Kleinen. Und irgendwann wird mir gewiss auch noch einfallen, woher.

»Ich hab die gute Suppe verdorben.« Mamma Lina drehte sich um und brach in Tränen aus. »Raffi und Lelio haben die ganze Nacht gehustet, und dann fing auch noch Cata damit an. Ich hab kaum geschlafen. Und jetzt ist mir auch noch das Salzfass ausgerutscht! Dabei haben sie doch schon solchen Hunger!«

Sollte sie sie umarmen und trösten? Da war etwas in Linas Haltung, was Gemma im letzten Augenblick davon abhielt. Aber sie wusste besseren Trost.

»Warum lässt du mich das nicht machen?« Ihr Bündel flog auf einen Stuhl. »Wo sind die Bohnen? Das Öl? Das Mehl? Am besten, ich merk mir schon mal, wo alles steht, damit ich dich künftig nicht immer wieder aufs Neue fragen muss.«

Inzwischen kamen auch die größeren Kinder hereingestürmt, allen voran Lelio.

»Gemma! Gemma Santini …« Er begann bellend zu husten. »Du kochst für uns?«, fragte er keuchend, als er wieder Luft bekam, den Blick auf ihr Bündel gerichtet. »Nur heute Abend?«

»Gehörst du nicht eigentlich sofort ins Bett?«, sagte Gemma. »Mit einem Senfwickel um den Hals?«

»Später! Kochst du auch morgen für uns?« Er wollte alles ganz genau wissen. »Und übermorgen? Und über- übermorgen? Ich glaube, dann würde es mir gleich noch viel besser schmecken.«

»Schon möglich«, sagte Gemma, beruhigt, dass Lina inzwischen zu weinen aufgehört hatte. »Vorausgesetzt, euer Dachkämmerchen hat inzwischen noch keinen würdigeren Bewohner gefunden.«

»Heißt das, du bleibst jetzt ganz bei uns?« Zum ersten Mal hatte die scheue Mia sich direkt an sie gewandt.

»Nur, wenn ihr mich haben wollt«, sagte Gemma und beobachtete dabei Mamma Lina sehr genau.

Die Augen der jungen Frau begannen zu lächeln.

»Aber ich hab die letzten Tage im Hospital geholfen, und da sind immer mehr Kinder eingeliefert worden«, fuhr Gemma fort. »Viele von ihnen sterben. Die Halsbräune, sie wütet so schlimm, wie nur irgend vorstellbar! Das musst du unbedingt wissen, Lina, bevor du dich entscheidest. Meine Familie hat mich deshalb ja auch …«

»Was mich betrifft, so hab ich mich längst entschieden«, sagte Mamma Lina. Ihre offene Geste schloss den Halbkreis der Kinder mit ein. »Und sie alle sich offenbar auch, wie mir scheint.«

»Warm nennt der Maler alle Farbtöne, die sich dem Gelben und damit dem Feurigen nähern; kalt all diejenigen, die sich zum Kühlen, Blauen neigen. Warme Töne zu warmen Tönen werden in ihrer Wirkung gesteigert und bleiben in Mischungen leuchtend. Durch ein Übergehen mit kalten Tönen dagegen werden sie abgeschwächt oder verfeinert, je nachdem, wie intensiv du die Farbe aufträgst. Vermischst du sie jedoch stark, so schwärzen sie sich …«

Längst hatte Nevio damit aufgehört, die Pinsel im

hohen Napf mit dem Kalkwasser zu reinigen, wie Matteo es ihm aufgetragen hatte. Stattdessen starrte er mit offenem Mund den Maler an, damit ihm ja nur kein einziges Wort entging.

»Du musst schon das Bild anschauen, wenn du etwas für die Praxis lernen willst«, sagte Matteo lächelnd, dem dieser Übereifer gefiel. »Nur am Bild selber kannst du Schritt für Schritt nachvollziehen, was ich dir soeben in der Theorie erläutert habe.«

»Da!«, stieß der Junge hervor. »Aber ich sehe es doch ganz genau. Wo der rote Mantel der Elisabeth und der blaue der Madonna sich berühren, ist es dunkler und damit um einiges geheimnisvoller. Schön, dass du die beiden Frauen mit so dicken Bäuchen gemalt hast! Sieht aus, als würden sie bald gemeinsam niederkommen ...«

Der unerwartete Anblick des Rektors ließ ihn verstummen. Nardo Barna, die enge schwarze Kappe auf dem schmalen Schädel, näherte sich langsam. Schließlich blieb er vor dem Fresko stehen und betrachtete es eingehend.

»Ihr seid noch nicht fertig, Messer Minucci.« Der Vorwurf war unüberhörbar. »Darf ich erfahren, was zu dieser neuerlichen Verzögerung geführt hat?«

»Wir hatten ungewöhnlich viel am Putz zu arbeiten. Die Wand war uneben und der Untergrund ...«

»Eure Mörtelgeschichten langweilen mich zu Tode«, unterbrach ihn Barna. »Die Wahrheit, Minucci! Meint Ihr nicht, Ihr seid sie mir schuldig?«

Matteo fühlte, wie seine Kehle eng wurde. Da war etwas in dem Blick des Rektors, das ihm ganz und gar nicht gefiel, etwas Kaltes, Angriffslustiges. Barna schien auf Streit aus zu sein, Streit, den er sich in seiner jetzigen Lage weniger denn je leisten konnte.

Lag es an den Szenen aus dem Leben der Muttergottes, mit denen er die Ecken gefüllt hatte? Die Themen waren entgegen seinen ersten Vorstellungen nun doch durchaus traditionell ausgefallen: Maria im Tempel, Verlobung mit Joseph, Verkündigung des Engels, schließlich die Begegnung mit Elisabeth. Daran gab es nichts zu bekritteln. Vielleicht aber an seiner Interpretation?

Denn auf allen vier Bildern trug die himmlische Jungfrau Gemmas Züge. So oft er sie inzwischen auch übermalt hatte, nach jedem Durchgang waren sie der Frau seiner Träume nur noch ähnlicher geworden.

»Ich hatte zunächst gewisse Mühe mit der Ausarbeitung der Motive«, begann er vorsichtig. »Es galt, eine Art der Balance zu finden zwischen dem, was ich ausdrücken wollte, und dem, was Ihr von mir erwartet. Solche heiklen Prozesse lassen sich, wie Ihr sicherlich versteht, nicht beliebig beschleunigen.«

»Und habt Ihr sie schließlich noch gefunden, Eure Balance?« Barnas Stimme klang kühl. »Nicht nur in der Kunst, sondern auch im Leben?«

Worauf wollte der Rektor hinaus? Matteo überlegte fieberhaft, fand aber keine schlüssige Antwort.

»Gefällt Euch denn, was Ihr hier seht?«, fragte er stattdessen mutig zurück.

»Was das Fresko angeht – im Prinzip, ja. Ein paar Kleinigkeiten, über die können wir noch sprechen. Was jedoch den Mann betrifft, der es geschaffen hat ...«

Barnas schmale Lippen schienen zu verschwinden, so fest presste er sie zusammen. Jetzt fixierte er Nevio, der sich unter dem strengen Blick sichtlich unbehaglich fühlte.

»Jeder, der sich den heiligsten Themen nähert, sollte dies notwendigerweise mit einem reinen Lebenswandel verbinden, meint Ihr nicht auch? Denn anderenfalls bestünde Gefahr, die Flecken auf der Seele könnten nach und nach auch die Kunst besudeln.«

»Ich hab mir nichts vorzuwerfen«, sagte Matteo trotzig und ärgerte sich im gleichen Augenblick, dass er sich überhaupt rechtfertigte. »Falls Ihr darauf hinauswolltet.«

»Ach nein?« Barnas wasserhelle Augen schienen den Maler regelrecht durchbohren zu wollen. Dann glitt sein Blick erneut zu Nevio. »Seid Ihr Euch da ganz sicher?«

Was wollte er von dem Jungen? Und dann, schlagartig, fiel Matteo die einzig mögliche Antwort ein: Ornela musste geredet haben. Ornela, die ihn über das grüne Hurenband ausgequetscht hatte, für das ihm auf die Schnelle keine plausible Ausrede eingefallen war. Ornela, die ihre eigenen Rückschlüsse gezogen und offenbar nichts Besseres zu tun gehabt hatte, als mit dem Seidenband zum Rektor zu laufen und ihn dort anzuschwärzen. Vielleicht aus der Befürchtung, sein in ihren Augen unmoralisches Verhalten könne auf den Jungen abfärben. Vielleicht aber hatte sich alles auch ganz anders zugetragen: Sie hatten die Frau beauftragt, ihn auszuspionieren und über jeden seiner Schritte ausführlich Bericht abzulegen.

Eine Vorstellung, die Matteo frösteln ließ.

Er war kein Mönch und erst recht nie ein Heiliger gewesen; weder band ihn eine Ehe noch die elterliche Sorge um ein Kind. Er war einsam, aber frei, konnte folglich tun und lassen, was immer er wollte. Natürlich gab es diese verschärften Sittengesetze, über die die Stadt sich das Maul zerriss und die tunlichst zu umgehen sich gleichzeitig jeder bemühte – aber reichte ihr strafender Arm tatsächlich so weit?

Bislang war ihm sein Haus stets als Schutz erschienen, ein sicherer, uneinnehmbarer Hort, in den er sich zurückziehen konnte, um seine Wunden zu lecken und neue Kraft zu schöpfen. Gefährliche Schätze hielt er dort versteckt. Darunter etwas, das ihn den Kopf kosten konnte, fiele es in die falschen Hände.

»Ich bin mir sicher«, sagte er so überzeugend er nur konnte. Jetzt auch die kleinste Schwäche zu zeigen, könnte schwerwiegende Folgen haben. »Ich bin ein ehrbarer Witwer, wie Ihr sicherlich wisst, Messer Barna. Seit ich meine Frau und mein Kind verloren habe, ist mir nichts als das Malen geblieben. Diesem Handwerk diene ich mit all meinen Kräften und in tiefster Demut – ebenso wie der himmlischen Jungfrau, die unsere schöne Stadt und ihre Menschen beschützt.«

»Es beruhigt mich, dies aus Eurem Mund zu hören«, erwiderte der Rektor. »Denn in unserer schönen Stadt entsteht leider nur allzu schnell hässliches Gerede. Und es gibt anderseits so viele andere begabte Maler, die Tag und Nacht auf Aufträge lauern. Wir haben uns also verstanden, Minucci? Denn sollte sich herausstellen, dass Ihr nicht …«

Er hielt inne, als Savo Marconi und sein Gehilfe Leo sich mit raschen Schritten näherten.

»Ich hab alles fertig!«, rief der Apotheker. »Aber Ihr plündert mich regelrecht aus. Sogar meine allerletzten Vorräte sind jetzt erschöpft, und es kann dauern, bis ich sie in der entsprechenden Qualität wieder ergänzen kann. Beten wir also, dass diese Medizin die Halsbräune tatsächlich eindämmt! Denn sollte morgen unversehens der

Schwarze Tod Siena abermals heimsuchen, stünden wir ohne ein einziges Pestkraut da und wären somit wohl oder übel samt Mann und Maus verloren.« Er runzelte die Stirn. »Wohin damit?«

»Alles sogleich in den Großen Saal«, befahl der Rektor. »Celestina und die Mantellatinnen werden überglücklich sein. Sie versprechen sich wahre Wunder von Euren Pillen, Messer Marconi.«

Leo, den Sack über der Schulter, starrte reglos zu Boden, als sei er kein atmendes Wesen aus Fleisch und Blut. Nicht einmal Matteo schenkte er einen Blick, als hätte er nie dessen Haus betreten und hier niemals dem Maler Modell gesessen.

»Leo! Schläfst du schon wieder im Stehen?«, sagte der Apotheker. »Deine Freunde, die Kinder, sind sterbenskrank. Willst du sie noch länger warten lassen?«

»Ich gehe also?«, fragte der Hüne.

Marconi nickte.

»Es wird immer schlimmer mit ihm«, sagte er resigniert, nachdem der massige Körper aus der Kapelle verschwunden war. »Man könnte fast den Eindruck haben, sein bisschen Hirn verdunste unaufhaltsam wie Essig an einem glühenden Sommertag. Aber was soll ich dagegen unternehmen? Ihn wegschicken? Wer würde jemanden wie Leo schon aufnehmen? Bleibt mir also nichts anderes, als damit zu leben. Schließlich bin ich sein Herr und für ihn verantwortlich.«

»Lasst uns in mein Uffizium gehen!«, sagte der Rektor, der plötzlich unruhig wirkte. »Das Hospital schuldet Euch einen stattlichen Betrag für Eure Aufwendungen.«

»Ein Drittel davon führt in Euren Büchern bitte als Spende eines frommen Christenmenschen, den das Leid der Kinder rührt«, sagte der Apotheker. »Und was den Rest betrifft, so …«

»Ihr sollt Euer Geld bekommen.« Jetzt wurde Barna fast hektisch. »Und zwar auf der Stelle. Kommt!«

Savo Marconi schien ihn nicht zu hören. Er war zurückgetreten und ganz in die Betrachtung des Freskos vertieft.

»Was für eine ungewöhnliche Arbeit!«, sagte er zu Matteo gewandt. »Vor allem die Farben – alles so frisch und leuchtend. Möchte wissen, woher Ihr Eure Pigmente bezieht, das muss eine gute Quelle sein. Und die Figuren …«

»Ja?«, unterbrach ihn der Maler, innerlich aufs Neue angespannt. »Was soll mit den Figuren sein?«

»So ungemein lebendig, findet Ihr nicht auch, Messer Barna? Als sei man ihnen gerade erst auf dem Campo begegnet.«

»Kommt Ihr jetzt?« Die Stimme des Rektors klang dringlich.

»Aber natürlich, geehrter Signore!« Marconi tat, als ziehe er einen unsichtbaren Hut, und folgte ihm.

❧

»Das mit dem Geld hat doch keine so große Eile!«, sagte Savo Marconi, als die Türe des Uffiziums sich hinter ihnen geschlossen hatte.

»Umso besser.« Der Rektor ließ sich auf einen Stuhl sinken, verschränkte die Hände und machte keinerlei Anstalten, die silberne Kassette aus ihrem Versteck zu holen. »Santa Maria della Scala ist dir mehr als dankbar, wenn es die teure Medizin erst später bezahlen muss. Die

Epidemie kostet uns ohnehin schon mehr als genug. Gäbe es nicht die unermüdlichen Mantellatinnen, die uns für Christi Lohn unterstützen, unsere Lage wäre noch um einiges vertrackter.« Sein Blick bekam auf einmal etwas Flackerndes. »Du hast ihn schon predigen gehört?«

»Wen meinst du?«

»Wen schon! Jenen Bernardo natürlich, der unsere Gassen und Plätze mit flammenden Worten aufheizt und mit der Schar seiner jugendlichen Engel unsicher macht.«

Der Apotheker schüttelte den Kopf.

»Ich lebe sehr zurückgezogen, wie du weißt«, sagte er. »Und alle Massenaufläufe sind mir seit jeher ein Gräuel.«

»Du solltest dir ihn aber anhören«, sagte Nardo Barna. »Und das so schnell wie möglich. Dieser Mann ist gefährlich. Gefährlich gut, könnte man ebenso sagen.«

»Weshalb?«

»Weil seine Worte die Seele des Volkes treffen – ohne Umschweife. Er weiß, was die Leute bewegt, was sie denken und fühlen. Worüber sie sich ärgern. Und wovor sie sich fürchten. Er könnte uns unter Umständen sehr nützlich sein, Savo.«

»Wir brauchen einen Volksaufwiegler, um mit unserer gerechten Sache Erfolg zu haben? Das kann doch nicht dein Ernst sein!«

Barna hielt es nicht länger auf seinem Stuhl. Er schoss hoch und baute sich direkt vor dem Apotheker auf. Dem war diese Nähe unangenehm, aber er ließ es sich nicht anmerken.

»Was er sagt, trifft mitten ins Schwarze«, sagte der Rektor. »Er führt den Menschen ihre Sünden vor Augen. Dazu gehören nicht allein Falschheit und Lüge, nicht nur

Neid, Missgunst und Betrug. Dieser Bernardo kennt nicht die geringste Scheu, auch die widerlichsten Vergehen unmissverständlich zu benennen, Vergehen wie Ehebruch und Sodomie. Und er malt in nicht minder glühenden Worten die Strafen aus, die über die reuelosen Sünder kommen werden wie flüssiges Feuer vom Himmel. Das gefällt mir!«

Jetzt war auch Savo Marconi aufgestanden.

»Spiele du nicht mit dem Feuer, mein Freund!«, sagte er. »Du willst dich dieser Kreatur bedienen, die der Rat noch im letzten Jahr mit Schimpf und Schande davongejagt hat? Du weißt genau, was ich im Allgemeinen von unserer Regierung halte. In diesem Fall aber hat sie richtig gehandelt. Denn Bernardo ist nichts anderes als ein Scharlatan, ein hohler Schwätzer, den das Bad in der Menge berauscht. Jetzt ist er mit einer Horde wilder Jugendlicher zurückgekehrt, vor denen man am liebsten auf der Stelle sein Haus verschließen möchte, so hungrig und verwahrlost kommen sie daher – und ausgerechnet ihn willst du für unsere Sache einspannen? Davor kann ich dich nur auf das Eindringlichste warnen, Nardo!«

Beschwörend sah der Rektor ihm in die Augen und legte ihm die Hände auf die Schultern. »Ach, das mit den Engeln ist doch nichts als eine Kleinigkeit, die man leicht in den Griff bekommt!«

»Und wenn du dich täuschst?«

»Ich kenne diese wilden Kinder! Sobald sie genug zu essen und zu trinken bekommen, werden sie unschuldig wie Lämmer. Siehst du denn nicht, was in unserer Stadt tatsächlich vor sich geht? Woran sie leidet? Die Schwäche der Ratsherren, gegen die wir angehen wollen, ist doch lediglich die Krönung aller Unordnung. Moral und Gesetz sind gänzlich aus dem Lot geraten. Alt wie jung hurt dreist herum, bricht ganz öffentlich die Ehe, als sei es nichts als ein lustiges Spiel, verkehrt sogar widernatürlich untereinander, ohne Scham, ohne jegliche Angst, anstatt sich eine brave Frau zu nehmen und Kinder für Siena zu zeugen.«

Schweiß rann von seiner Stirn, so sehr ereiferte er sich.

»Haben wir nicht erst vor Kurzem riesige Scheiterhaufen errichten müssen, um diese Pestilenz auszurotten? Sie sind kaum erloschen – und schon munkelt man erneut von Vorkommnissen dieser Abscheulichkeit! Wenn es so weitergeht, werden sie bald Tag und Nacht lodern müssen. Das, mein Freund, ist es, was unserem Siena bevorsteht, wenn nicht bald etwas Entscheidendes geschieht.«

Er schien keinen Widerspruch zu dulden, zum Äußersten entschlossen. Der Apotheker entschloss sich zum Einlenken, jedenfalls für den Augenblick.

»Du hast mich überredet, ich werde mir den Prediger also bei nächster Gelegenheit anhören«, sagte er. »Aber ich ersuche dich dringend, in der Zwischenzeit keine übereilten Schritte zu unternehmen! Vor allem sollten wir uns erst einmal ohne Hast mit den neuen Verbündeten abstimmen. Die Salimbeni beispielsweise …«

»… sind längst meiner Ansicht«, unterbrach ihn der Rektor. »Ihnen sind Chaos und moralische Auflösung offenbar ebenso zuwider wie mir.«

»Sie haben ihre Einwilligung bereits gegeben?« Die Stimme des Apothekers verriet seine Fassungslosigkeit. »Mit wem hast du gesprochen? Mit Cesare, meinem Gewährsmann? Mir gegenüber hat er kein Wort darüber verloren.«

»Nein, es war nicht Cesare direkt, sondern Rocco, der Zweitälteste, übrigens ein Mann ganz nach meinem Geschmack: zielstrebig, mit festen Grundsätzen und von rascher Entschlusskraft. Soviel ich weiß, liegt *padre* Bernardo ein ganz konkretes Angebot von seiner Seite vor. Dessen Antwort allerdings kenne ich noch nicht. Das ist alles, was ich dir zum jetzigen Zeitpunkt dazu sagen kann.«

Der Apotheker machte ein paar Schritte in Richtung Fenster. Von hier aus hatte er einen guten Blick auf die riesige Bauruine der Domerweiterung, die unvollendet geblieben war, seit die Pest vor zwanzig Jahren das Leben in Siena innerhalb weniger Tage zum Erliegen gebracht hatte. Tausende waren damals gestorben, Reiche ebenso wie Arme, hingerafft von der unerbittlichen Sichel des Schwarzen Todes, gegen den keine Medizin helfen wollte, kein noch so ausgefallenes Mittel stark genug gewesen war. Wie ein Mahnmal erhoben sich die Pfeiler in den wolkenlosen Himmel, zu Stein gewordene Erinnerung an menschlichen Größenwahn und an die tiefe Demut, zu der Gott seine sterblichen Geschöpfe schließlich gezwungen hatte.

»Wer sich rächt, an dem rächt sich der Herr; dessen Sünden behält er im Gedächtnis. Vergib deinem Nächsten das Unrecht, dann werden dir, wenn du betest, auch deine Sünden vergeben.« Marconi hatte sehr leise gesprochen.

»Was soll das heißen, Savo? Was in aller Welt zitierst du da?«

»Eine Passage aus dem Alten Testament. Ein kluger Mann hat sie mir einst in Salerno auf ein Pergament geschrieben, zusammen mit anderen Weisheitslehren, die mir in schwierigen Tagen stets Kraft und Mut gegeben haben.«

Nardo Barna beäugte den Apotheker argwöhnisch. »Irgendwie werde ich heute nicht richtig aus dir schlau. Du bist so anders, so ...«

»... nur tief besorgt über die kranken Kinder«, sagte der Apotheker schnell. »Das steht jetzt doch erst einmal im Vordergrund, meinst du nicht auch? Lass uns wieder reden, sobald ich Bernardos Predigt gehört habe! Danach sehen wir weiter.«

🙖

Mauro war schon am zweiten Abend zu ihr ins Bett geschlüpft, als sei es das Selbstverständlichste der Welt, war allerdings verschwunden, sobald es hell geworden war. Als Gemma ihn später bei der Morgenmahlzeit mit einem Lächeln darauf ansprechen wollte, drehte er ihr den Rücken zu und tat, als sei er plötzlich taub geworden.

Ein Geheimnis also, das verstand sie sofort. Etwas, worüber er nicht reden wollte, das er aber in schöner Regelmäßigkeit beibehielt, Nacht für Nacht.

Fast jedes der Kinder hier pflegte seine eigenen Rituale, entwickelt in schweren Zeiten von Not und Bedürftigkeit; aber jedes der Kinder besaß auch seinen Stolz. Gemma bekam schnell zu spüren, wenn sie Grenzen verletzte, ob sie sich nun unberechtigterweise in einen Streit einmischte oder eingreifen wollte, wenn eines der Kinder einem anderen etwas wegnahm. Wie kleine Erwachsene kamen sie ihr manchmal vor, viel zu früh mit einem Schicksal konfrontiert, das ihnen unbarmherzige Härten zugemutet hatte – und doch noch immer voller Mut und kindlicher Zuversicht.

»Sie sind stark«, sagte Mamma Lina, als sie abends beim Schein der Öllampe in der Küche beisammensaßen, während nebenan und im Stockwerk über ihnen allmählich Ruhe einkehrte. »Und dazu äußerst eigenwillig. Jedes von ihnen auf seine ganz persönliche Art.«

»Hast du keinen Liebling?«, fragte Gemma. »Sei ehrlich! Eines von ihnen rührt dein Herz doch sicherlich am meisten.«

»Und du? Wie steht es mit dir? Wer ist deiner? Sonst würdest du mich doch wohl kaum danach fragen.«

»Schwer zu sagen.« Gemma dachte an Mauros mageren, heißen Körper, der Nacht für Nacht ihre Nähe suchte. An die kleine Angelina, deren Anblick etwas in ihr auslöste, was sie gleichermaßen anzog und verwirrte. An Cata, die mit ihren Augenfalten und den unbeholfenen Gesten so fremdartig wirkte, gleichzeitig aber so ungemein liebenswert war. An Lelio, der …

»Lelios Husten wird und wird nicht besser«, sagte sie schließlich. »Ganz im Gegenteil. Gefällt mir gar nicht, wie er sich von Tag zu Tag mehr die Seele herausbellt. Heute Abend war er auch noch fiebrig. Wir müssen dringend etwas dagegen unternehmen.«

Mamma Lina lächelte.

»Dann ist es also Lelio, der heimlich dein Favorit geworden ist«, sagte sie. »Eine gute Wahl, wie ich glaube. Denn sie beruht ganz offenbar auf Gegenseitigkeit.« Sie spielte mit dem leeren Becher in ihrer Hand. »Wir haben ihm schon kannenweise Tee eingeflößt und dazu Wickel gemacht.«

»Ich hab seinen Schlund gründlich überprüft – bei den

anderen ebenso. Zum Glück ist bislang nichts von dem scheußlichen Belag zu sehen, der die Kinder im Hospital so plagt, aber das muss leider noch nichts heißen. Wir brauchen eine starke Medizin«, sagte Gemma. »Und ich weiß auch schon, woher wir sie bekommen werden.«

»Solche Medizin ist teuer«, gab Mamma Lina zu bedenken. »Und meine Ersparnisse sind leider nicht unerschöpflich. Ich wusste nicht, dass das Leben in Siena so aufwendig ist. Und wie knauserig die Zuwendungen von Santa Maria della Scala ausfallen würden.«

»Mach dir darüber keine Sorgen!«, sagte Gemma. »Ich hab da bereits etwas ganz Konkretes im Sinn.«

»Du meinst – deinen Vater?«

Gemma nickte.

»Höchste Zeit, dass er erfährt, wo ich jetzt lebe. Ich denke, er wird mich verstehen. Wäre es nach ihm gegangen, er hätte mindestens ein Dutzend Kinder aufgezogen.«

»Aber dazu ist es nicht gekommen.« Die junge Frau klang sehr ernst.

»Nein«, sagte Gemma. »Drei Töchter – das ist alles, was ihm vergönnt war. In gewisser Hinsicht könnte man sagen, dass er nicht gerade viel Glück mit seinen Ehefrauen hatte. Meine Mutter ist noch in jungen Jahren wegen eines verrosteten Nagels gestorben. Und Lavinia, die er nach ihr freite, brachte zwar schöne Weinberge und Olivenhaine mit in die Ehe, leider aber neigte sie zu allzu frühen Geburten. Teresa war so winzig, als sie auf die Welt kam, dass man sie in einen Krug stecken konnte, Lucia so kümmerlich und schwach, dass wir monatelang um ihr winziges Lebensflämmchen fürchteten. Meine Stiefmutter hätte diese Geburt beinahe nicht überlebt. Eine weitere Niederkunft hätte ihren Tod bedeutet. Ich denke, mein Vater hat sich inzwischen mit seinen drei Töchtern abgefunden.«

»So viel hast du noch nie zuvor über deine Familie erzählt«, sagte Lina.

»Beim nächsten Mal bist aber du an der Reihe.« Gemma erhob sich. »Wenn ich es recht bedenke, dann weiß ich eigentlich noch gar nichts über dich.«

Eine vage Geste. Plötzlich war es, als habe die junge Frau sich innerlich wie äußerlich vollständig zurückgezogen. Wieder einmal hatte Lina es verstanden, Gemmas Fragen nicht zu beantworten, aber das fiel dieser erst auf, als sie im Bett lag und bereits schlaftrunken das Tap-Tap der nackten Füße Mauros hörte, die sich vorsichtig näherten.

Am nächsten Morgen hatte sie es eilig aufzubrechen. Die frühen Stunden waren jene, die Bartolo und sie am meisten liebten. Da lag der ganze Tag noch vor einem, ebenso unverbraucht wie verheißungsvoll. Die Luft war angenehm kühl, der Himmel blank, weil es die halbe Nacht in Strömen geregnet hatte. Er leuchtete jetzt aber in diesem unvergleichlichen Azurblau, wie man es nur in dieser Jahreszeit zu sehen bekam. Sie hörte lautes Vogelgezwitscher und das Rauschen der großen Brunnen, die niemals schwiegen.

Natürlich glitt ihr Blick im Vorübergehen wieder zu dem Haus des Malers. Heute kam es ihr verlassen vor, als habe er es seit Tagen mehr nicht betreten. Ob es irgendwo in Siena eine Frau gab, mit der er seine Nächte teilte?

Der Gedanke war wie ein scharfes Messer, das sich in sie bohrte. Dabei ging er sie doch gar nichts an, dieser sonderbare Matteo Minucci, der zu tun schien, was immer er wollte, ohne sich um die Meinung anderer zu scheren.

Sie war schon fast am Haus des Malers vorbei, da sah sie aus den Augenwinkeln eine füllige Frau mit einem Ascheneimer, die sich an der Türe zu schaffen machte. Jemand, der bei ihm nach dem Rechten sieht, dachte Gemma, und keine heiße Liebhaberin. Mit einem Male fühlte sie sich so leicht, als könne sie fliegen.

Beschwingt nahm sie den Weg, der hinunter nach San Domenico führte, wo sie sich den Segen der Morgenandacht für ihr heutiges Unterfangen holen wollte. Da hörte sie plötzlich eine zornige Männerstimme, die die morgendliche Stille zerschnitt.

»Zwei Gruppen von Menschen aber häufen die Sünden, drei ziehen den Zorn des Allmächtigen auf sich herab ...«

Als sie weiterging, machte ihr in der nächsten Gasse viel Volk ein Fortkommen unmöglich. Die schmale Gasse war heillos verstopft. Nichts als Leiber und Köpfe, wohin sie auch schaute.

»Leidenschaftliche Begierde, sie brennt wie Feuer und erlischt nicht, bis sie sich verzehrt hat. Dann der Mensch, der am eigenen Leib Unzucht treibt und nicht aufhört, bis das Feuer verglüht. Und schließlich der Unbelehrbare, der Ehebruch treibt und denkt: Wer sieht mich ...«

Gemma konnte spüren, wie stark diese gebieterische Stimme die Männer und Frauen erfasst hatte. Manche schienen zu taumeln, als hätten sie zu viel Wein getrunken, andere senkten den Kopf, wieder andere schlugen sich an die Brust.

»... er aber, er bedenkt nicht, dass die Augen des Allmächtigen zehntausendmal heller sind als die Sonne. Dass sie alle Wege des Menschen sehen und die geheimsten Winkel durchdringen. Hört mich an, meine geliebten Schwestern und Brüdern im Herrn: Wer wären wir armselige Sterbliche, um uns diesen ewigen Augen Gottes zu entziehen?«

Die Pause kam so unvermittelt, dass es kaum auszuhalten war. Der Prediger dehnte sie aus, kunstvoll und genüsslich, bis es den Lauschenden fast wie eine Erlösung erschien, als seine Stimme erneut ertönte.

»Nur die, die Reue zeigen, können Erlösung finden. Nehmt euch ein Beispiel am Chor meiner kleinen Engel! Sie alle waren Sünder, doch nun sind sie geläutert – und damit frei. Nur wer von euch es ihnen gleichtut, wird eines Tages in die Gnade des göttlichen Erbarmens kommen …«

Gemma wollte mehr sehen, deshalb drängelte sie sich nach vorn. Der große Platz vor San Domenico war schwarz vor Menschen, aber sie gab nicht auf, bis vor ihr schließlich nur noch ein paar Kinder standen, die die Sicht nicht mehr versperrten.

Der *padre* stand auf der obersten Stufe vor dem Bronzeportal, die Arme weit ausgebreitet, als sei er wie einst Jesus ans Kreuz geschlagen. Um ihn herum in weitem Halbkreis die Schar seiner jugendlichen Anhänger, heute ausnahmslos in weißgraue Kutten gehüllt, die eher wie eine Uniform als ein mönchisches Habit wirkten. Einfache Stricke dienten als Gürtel. Die Häupter bedeckten Kapuzen, die die Heranwachsenden tief ins Gesicht gezogen hatten. Die einheitliche Aufmachung hatte alle Unterschiede zwischen ihnen verwischt. Unmöglich, jetzt noch Einzelheiten oder bestimmte

Charakteristika auszumachen! Gemma gelang es nicht einmal, den kleinen Taschendieb von neulich wiederzuerkennen.

Bruder Bernardo löste sich aus seiner Starre.

»Das könnte der erste Schritt zur Errettung eurer Seele sein.« Jetzt war sein Tonfall tief und einschmeichelnd. »Wer seine Sünden bereut, Tand und Torheit der Welt hinter sich lässt und mir, dem Diener des Herrn nachfolgt, der ...«

»Ich, *padre*, ich!« Mit diesem Schrei sank ein schlanker dunkelhaariger Junge vor dem Prediger auf die Knie.

Der beugte sich zu ihm hinunter, berührte seinen Kopf und half ihm dann, wieder aufzustehen.

»Wie lautet dein Name, mein Sohn?«, fragte er.

»Giovanni«, stieß der Junge unter Tränen hervor. »Giovanni di Nero.«

»Und du gelobst von ganzem Herzen, all deine Sünden zu bereuen?«

»Ich will Euer Engel sein«, brachte der Junge schluchzend hervor. »Lasst mich ab jetzt einer Eurer Engel sein – für immer!«

Die Menge begann zu murmeln, schließlich fingen die ersten zu klatschen an. Es wurde gelacht und gesprochen. Die feierliche Anspannung, die noch eben geherrscht hatte, war zerstoben. Mehr und mehr Bewegung kam in die Leute.

Gemma sah noch, wie der Junge von einigen der Engel seitlich weggeführt wurde, dann wurde sie rücksichtslos beiseite gedrängt. Der Prediger verkündete den Segen und schlug das Kreuzzeichen. Plötzlich war er im Kirchenschiff verschwunden.

Gemma lief sofort los, um der Menschenmenge voraus zu sein, die nun wieder zurück in die obere Stadt strömen würde. Glücklicherweise kannte sie seit Kindheitstagen unzählige Abkürzungen durch die verschiedenen Gassen, und so gelang es ihr, einigermaßen schnell voranzukommen.

Außer Atem erreichte sie schließlich den Laden des Vaters. Sie stürmte sofort hinein, damit sie es sich nicht noch einmal anders überlegen konnte, wurde jedoch gleich an der Schwelle von Luca abgefangen, der mit bedeutungsvoller Miene einen Finger auf seine breiten Lippen legte.

»Wie schön, Euch zu sehen, Monna Gemma«, flüsterte er. »Doch ich fürchte, Ihr kommt leider etwas ungelegen.« Sein kantiges Kinn sackte nach unten, als sei er dafür persönlich verantwortlich.

»Weshalb? Hat Vater etwa einen wichtigen Kunden?«

Kopfschütteln.

»Dann vielleicht anderen Besuch?«

Jetzt zog er die buschigen Brauen hoch, und eine wilde Ahnung durchfuhr Gemma. Er würde es doch sicherlich nicht wagen, den Vater …

Sie schob den alten Diener energisch zur Seite, durchquerte den Verkaufsraum und riss die Türe auf. Aber anstatt Lupo, wie sie befürchtet hatte, saß lediglich Mario am Tisch, die Augen mit einem Tuch verbunden. Vor ihm drei gleich hohe Häuflein weißer Körner. Bartolo stand daneben und starrte sie an.

»Was in aller Welt tut ihr da?«, entfuhr es Gemma. »Was sind das für seltsame Spiele, die du mit dem Jungen treibst?«

»Er lässt mich Salz kosten«, erwiderte Mario an Bartolos Stelle. »Meine Augen sind verbunden, damit ich mich ganz auf Riechen, Tasten und Schmecken konzentrieren kann. Und ich weiß auch schon die Antwort, *zio* Bartolo: Das in der Mitte muss das Beste sein.«

»Richtig erkannt, mein Junge. Das ist das kostbare *fleur de sel*, das wertvollste aller Speisesalze. Eines Tages werde ich dir zeigen, wie man es gewinnt und welche umfangreichen Vorsichtsmaßnahmen man unbedingt treffen muss, damit es auch weiterhin so rein und unverfälscht bleibt.«

Der Kaufmann klang müde.

»Du kannst dein Tuch jetzt wieder abnehmen. Wir machen später weiter. Luca wird inzwischen mit dir die neu eingetroffenen Stoffsorten durchgehen.«

Er wartete, bis der Junge nach nebenan gegangen war, dann schloss er die Tür.

»Nun«, sagte er. »Welche Geschichte ist es dieses Mal?«

»Keine Geschichte, Vater. Ich wollte bloß nicht, dass du dir Sorgen machst.«

»Indem du jetzt mir davonläufst, Gemma, meinst du etwa das?«

»Ich kam aus dem Hospital, und da hat Lavinia einen Streit …«

Seine ungeduldige Geste brachte sie zum Schweigen, und plötzlich fühlte Gemma sich wieder klein, geschwätzig und dumm.

»Lavinia hat mir natürlich bereits alles erzählt. Ich weiß also Bescheid.« Er fixierte die Salzhäuflein auf dem Tisch geradezu, anstatt nur einmal seine Tochter anzusehen.

»Aber du weißt noch nicht, wo ich jetzt lebe.« Gemma bemühte sich, ruhig und freundlich zu bleiben.

»Auch das weiß ich.«

»Vom wem?«

»Kannst du dir das nicht denken?« Sie wollte auffahren, er aber redete rasch weiter. »Sei froh, dass ein Lupo di Cecco es beim Beobachten belässt. Er könnte dich ebenso gut zwingen, zurückzukommen. Das Gesetz wäre ganz auf seiner Seite.«

Wildes, verzweifeltes Lachen stieg in ihr empor, ein Lachen, das auch in Schluchzen umschlagen hätte können. Sie zwang sich, es runterzuschlucken.

»Ich bin nicht seine Sklavin, das hast du selber einmal gesagt.«

»Das gibt dir noch lange nicht das Recht, alle Abmachungen zu brechen.«

»Was hab ich denn schon groß gebrochen?« Gemma spürte, wie sie langsam wütend wurde. »Lavinia hasst mich mehr denn je und zeigt es mir jeden Tag unvermissverständlich. Die kleinen Schwestern kommen auch ohne mich ganz gut zurecht, und du, du scheinst ohnehin vergessen zu haben, dass ich überhaupt existiere! Soll ich unter diesen Umständen weiterhin zu Hause herumsitzen und darauf warten, dass die Zeit vergeht? Während ich anderweitig gebraucht werde, dringend gebraucht sogar.«

»Lavinia sagte, im Hospital …«

»Vergiss das Hospital! Ich helfe einer Witwe, die sechs Waisenkinder aus Santa Maria della Scala aufgenommen hat und sie in ihrem Haus großzieht. Drei von ihnen sind bereits krank, und wenn wir nicht bald etwas dagegen unternehmen, erwischt es womöglich auch die anderen. Und jetzt schau mir in die Augen und sag mir, ob ich etwas Falsches mache!«

Bartolo folgte ihrer Aufforderung, doch sein Blick war matt.

»Du bist alt genug, um zu wissen, was du tust«, sagte er schließlich und begann, seine Hände zu reiben, als friere er. »Obwohl ich insgeheim gehofft hatte, die Ehe würde dich im Lauf der Zeit reifer machen.«

»Vater, ich …«

»Und langsam wärst du alt genug, wie ich finde, um auch die Konsequenzen deiner Handlungen zu tragen. Mein Schutz für dich endet an der Schwelle dieses Ladens und beginnt an der Schwelle meines Hauses auf der gegenüberliegenden Straßenseite. Mehr kann ich für dich zurzeit nicht tun, Tochter.«

Die Abfuhr klang so gleichgültig, dass es Gemma die Sprache verschlug. Der Vater, ihr Held, ihr großer Beschützer – und jetzt diese kargen, mitleidlosen Worte!

Von nebenan hörte sie Lucas tiefe Stimme und das fröhliche, helle Lachen Marios. Etwas Bitteres schoss in ihr empor.

»Ersatz hast du ja bereits«, sagte sie. »Und glücklicherweise hab auch ich eine neue Familie gefunden, die mich liebt und schätzt.«

Es war kein Trost für sie, dass er bei ihren Worten wie getroffen in sich zusammensackte. Am liebsten hätte Gemma sie sofort wieder zurückgenommen.

Doch dafür war es nun zu spät.

❦

Jetzt hatte das Fresko von ihm Besitz ergriffen, noch mehr als die Sehnen und Muskeln, die er in jenen fiebrigen Nächten des Wahnsinns und Schmerzes auf Pergament gebannt hatte. Es hielt sein Fühlen und Denken gefangen, raubte ihm den Schlaf, ließ ihn sogar Essen und

Trinken vergessen. Ornelas Mahlzeiten, von Nevio für-sorglich bereitgestellt, verdarben regelmäßig neben der Farbenpalette, den Kalktöpfen und den Malutensilien. Alles in Matteo drängte machtvoll der Vollendung entge-gen, und gleichzeitig wuchs seine Angst vor dem aller-letzten Pinselstrich.

Barna hatte ihn in Ruhe arbeiten lassen, bis auf den einen Abend, an dem er noch einmal in die Kapelle ge-kommen war, um mit bleierner Stimme ein paar kleinli-che Änderungen zu fordern. Matteo hatte sie umgehend und ohne Widerrede ausgeführt, weil sie ihm nichts bedeuteten. Und schließlich hatte er jenes geheimnis-volle Geschöpf doch noch gemalt, zu Füßen Elisabeths, vom Mantel leicht verdeckt, aber dennoch gut sichtbar. Den Salamander, von dem viele glaubten, Feuer könne ihm nichts anhaben, weil er sich von Flammen ernähre, das uralte Symbol der Transformation und Veredelung in einem.

Aus allen vier Ecken des Bildes leuchtete ihm nun Gemmas Gesicht entgegen: neugierig beim ersten Tem-pelbesuch, mädchenhaft-schüchtern bei der Verlobung mit Joseph, in heiligem Erschrecken, als der Engel sie mit seiner unerhörten Botschaft überfiel, schließlich in stiller, mütterlicher Vorfreude, während sie sich mit der vertrauten Base Elisabeth traf. Es gab nichts mehr daran zu ändern, nichts zu verbessern, sie war seine Madonna.

Das Fresko war für Matteo beendet, wenngleich der Trocknungsprozess erst nach Wochen das endgültige Ergebnis hervorbringen würde. Doch schon jetzt än-derte es je nach Tageszeit seinen Charakter, wirkte in den Morgenstunden vornehm zurückhaltend, um gegen

Mittag, wenn die hochstehende Sonne durch die bunten Glasfenster strömte, vor Kraft und Lebendigkeit regelrecht zu glühen, während die ersten Schatten der Dämmerung dann wieder neue, noch tiefere Schichten zum Vorschein kommen ließen, die selbst ihn überraschten. Alles war gemalt, und dennoch blieb alles ein umso größeres Geheimnis. Niemals zuvor hatte ihn ein Thema derart beansprucht. Er fühlte sich wie nach einer langen Krankheit, ausgezehrt und gleichzeitig federleicht.

Matteo legte den Pinsel beiseite und fing an, ohne wirklichen Plan aufzuräumen, ließ es dann aber schnell wieder bleiben. Dazu war morgen noch Zeit genug. Den heutigen Tag schuldete er, wie er aus früheren Erfahrungen wusste, der großen, dunklen Leere, die sich bereits in ihm auszubreiten begann. Schwerhörig gegenüber Nevios einfallsreichen Protesten, schickte er ihn nach Hause und ließ sich heute ausnahmsweise nicht einmal durch Bitten und Drängeln umstimmen.

Er wartete, bis der Junge ein gutes Stück entfernt sein musste, dann verließ auch er die Kapelle. Das späte Sonnenlicht traf ihn wie ein Hieb. In den letzten Tagen und Nächten war der Kirchenraum der einzige Ort gewesen, an dem er sich aufgehalten hatte, und er musste erst wieder lernen, sich dem Leben draußen zu stellen. Die Gesichter der Menschen, denen er begegnete, erschienen ihm grob, ihre Stimmen unerträglich laut, und als ihn schließlich auch noch zwei Halbwüchsige bei ihrer übermütigen Rangelei versehentlich anrempelten, hob er die Hand zum Zuschlagen, so in die Enge getrieben fühlte er sich auf einmal.

Beim Eintreten zögerte er. Die Eingangstür seines

Hauses schien zu schleifen, was ihm noch nie aufgefallen war; er musste so bald wie möglich Abhilfe dagegen schaffen. Dann aber nahm ihn endlich seine Heimstatt wieder auf, und er stieß geräuschvoll die Luft aus, so erleichtert fühlte er sich. Seine Freude jedoch währte nicht lange, denn schon nach ein paar Augenblicken hörte er im Nebenzimmer Ornela herumwerkeln. Sie schien etwas Schweres zu bewegen und pfiff dabei, lauthals und ohne jegliches Gefühl für Töne.

Bevor er noch richtig nachgedacht hatte, war er ärgerlich nach nebenan gelaufen. Mit einem Schrei fuhr sie zu ihm herum.

»Mach das nie wieder!«, rief sie grimmig. »Jetzt hättest du mich beinahe zu Tode erschreckt!«

»Es ist immer noch mein Haus«, sagte Matteo. »Vergiss das nicht!«

»Was soll das heißen?« Sie kam ihm ein paar Schritte entgegen, die Augen zusammengekniffen. »Hab ich dir etwa schon ein einziges Mal Anlass zur Klage gegeben? Wenn ja, dann auf der Stelle heraus damit!«

Jetzt stand sie vor ihm, breitbeinig, die Hände über den schweren Brüsten verschränkt: die gekränkte Rechtschaffenheit in Person. Tisch und Truhen standen, wo sie bisher gestanden hatten; die Malutensilien lagen in gewohnter Unordnung herum. Alles schien wie immer, davon hatte er sich mit einem prüfenden Blick überzeugt, und dennoch kam es ihm vor, als hätte allein Ornelas Gegenwart in dem Raum etwas verändert.

»Ich muss nicht bei dir putzen«, sagte sie. Dabei wusste er genau, wie notwendig sie das Geld brauchen konnte. »Und dein Essen kannst du dir gefälligst auch wieder selber kochen, wenn du ohnehin nur mäkelig in allem herumstocherst. Es gibt andere, *viele* andere, die mehr als froh wären, wenn ich zu ihnen käme.«

»Und warum tust du es dann nicht?«, sagte er und ärgerte sich im gleichen Moment über sich selber. »Allerdings hättest du dann auch weniger herumzuerzählen.«

»Ich – und eine Tratsche?« Jetzt schrie Ornela beinahe, so aufgebracht war sie. »Das nimmst du sofort zurück! Mein ganzes Leben hab ich alles immer hübsch bei mir behalten, das kannst du dir merken. Obwohl ich durchaus einiges zu erzählen gewusst hätte, einiges!«

Als er stumm blieb, was sie zu verblüffen schien, packte sie Eimer, Besen und ihre Lappen und stolzierte mit hochgerecktem Kinn an ihm vorbei, als sei er plötzlich Luft.

An der Tür hielt sie kurz inne.

»Das wird dir noch leidtun, Matteo Minucci«, sagte sie. »Sehr leid sogar.«

Er fühlte sich elend, nachdem sie gegangen war, und die dunkle Leere, die ihn bislang nur gestreift hatte, begann sich mehr und mehr seiner zu bemächtigen. Eine Weile half es noch, sich zu rasieren und zu waschen, auch wenn einige Farbflecken an den Händen hartnäckig blieben, frische Kleider anzulegen und ein paar Gegenstände lustlos hin und her zu räumen. Dann sank er auf sein Bett und starrte blicklos ins Nichts.

Er musste eingeschlafen sein, denn als er erwachte, lag der Raum bereits im Dämmerlicht.

Was genau hatte ihn geweckt? Jedenfalls war er nicht mehr allein, das wusste er, noch bevor er seine Augen geöffnet hatte.

»Steh auf!«, hörte er eine Männerstimme sagen. »Ich hab mit dir zu reden.«

Bevor er etwas erwidern oder sich auch nur rühren konnte, rissen ihn bereits grobe Hände hoch. Es waren drei Männer, zwei grobschlächtige Handlanger und einer, der offenbar die Befehle erteilte.

»Du bist das also«, sagte dieser, der helles Haar hatte und hochgewachsen war, und hielt die Öllampe näher, um ihn von oben bis unten zu betrachten. »Ein magerer Kerl mit weißen Haaren und schmutzigen Fingern. Ich habe mir eigentlich etwas Besseres erwartet.«

»Wenn ihr gekommen seid, um Beute zu machen, könnt ihr gleich wieder gehen«, sagte Matteo und bemühte sich, jeglichen Gedanken an die Truhe in seiner Schlafkammer so schnell wie möglich aus seinem Kopf zu verbannen. »Ich bin alles andere als reich. Ihr werdet folglich nichts von Wert bei mir finden.«

Der Anführer gab ein Handzeichen, darauf versetzte ihm einer der Grobschlächtigen den ersten Hieb in die Magengegend.

Der Schmerz war dumpf. Matteo schnappte nach Luft.

»Du redest ab jetzt nur noch, wenn du gefragt wirst. Verstanden?«

»Was wollt ihr?«, fragte Matteo. »Weshalb seid ihr hier?«

Der nächste Hieb in die gleiche Gegend, aber um einiges heftiger. Matteo presste die Lippen aufeinander. Beinahe hätte er aufgeschrien.

»Wir können beliebig so weiterverfahren«, sagte der Blonde, und es klang beinahe freundlich. »Stundenlang, meinetwegen bis morgen früh. Wir können die Prozedur aber auch abkürzen. Das liegt allein bei dir.«

Das flackernde Licht enthüllte ein flächiges, blasses

Gesicht. Kalte, helle Augen. Der Mund leicht schief, als sei er in ständiger Anspannung verzogen.

Matteo nickte schließlich, etwas anderes fiel ihm im Augenblick nicht ein.

»Dann lass uns zur Sache kommen! Du hast etwas gestohlen, das mir gehört. Und du musst wissen, ich hasse nichts mehr, als wenn jemand anderer sich an meinem Eigentum vergreift. Nimmst du deine Strafe an? Das würde die Sache einfacher machen – für uns und für dich.«

»Ich hab nichts getan …«

Jetzt prasselten vier Fäuste zugleich auf ihn herab, und sie trafen hart und präzise. Matteo glaubte schon, sich an den Schmerz gewöhnt zu haben, da griff einer der Männer hinter sich und begann mit einem Holzstock auf ihn einzuschlagen. Jetzt war es kaum mehr zu ertragen: Arme und Schenkel bekamen ihren Teil ab, bevor die Schläge sich abermals auf die Mitte konzentrierten. Matteo hatte das Gefühl, als würde sein Bauch anschwellen, so stark, dass er beinahe zu platzen drohte. Und plötzlich begriff er. Der Blonde war hier, um mit ihm abzurechnen, egal, was immer er tat oder sagte. Er konzentrierte sich nur noch darauf, irgendwie weiterzuatmen, kein einfaches Unterfangen, denn plötzlich wurde ihm speiübel und er sank kraftlos zu Boden.

»Macht weiter!«, hörte er den Anführer sagen. »Bis er richtig fertig ist. Überallhin – nur nicht ins Gesicht.«

Irgendwann verlor Matteo das Bewusstsein, doch er kam rasch wieder zu sich, als ein Schwall kaltes Wasser seinen Kopf traf. Er rang nach Luft, denn der Blonde kauerte jetzt über ihm und hielt seinen Hals umklammert.

»Ich könnte ihn dir umdrehen wie einer Gans, auf die

der Ofen wartet«, sagte er. »Ich könnte dir aber ebenso gut die Hände zerquetschen lassen, bis du vor Schmerzen wahnsinnig wirst und niemals wieder einen Pinsel halten kannst. Merk dir das gut!«

Er löste die Zwinge.

Matteo konnte wieder atmen, eine köstliche Empfindung, obwohl sein ganzer Körper schmerzte und brannte.

»Eines noch.« Die Zwinge war zurück und mit ihr die Todesangst. »Mein Name ist di Cecco. Lupo di Cecco. Und wenn du mein Weib nur noch ein einziges Mal ansiehst, gehörst du den Aasfressern.«

Dass sie ihn überrumpelt hatten, merkte Savo Marconi erst, als sie schon in seiner Offizin standen, die beiden Frauen mit den drei Kindern in ihrer Begleitung. Wäre die eine nicht Monna Gemma gewesen, die Tochter des Tuchhändlers Santini, die mit dem reichen Kaufmann di Cecco verheiratet war, hätte er den beiden den Zutritt verweigert.

»Lelio plagt ein böser Husten«, sagte Gemma. »Und das schon seit Tagen. Bitte gebt uns Eure beste Medizin!«

Der Apotheker wagte kaum den Blick zu heben, um bloß nicht wieder ins Gesicht der anderen Frau sehen zu müssen, jener, die so dreist und gleichgültig vor seinen Regalen stand, als hätte sie ihn niemals zuvor gesehen. Kein Lidschlag verriet, dass sie sich unbehaglich fühlte. Sie hatte etwas mit ihrem Haar angestellt, das ihn verwirrte. Ihr Gesicht aber war nach wie vor glatt und jetzt so ernst, durchaus einer Mutter angemessen, die sich um ihre kranken Kinder sorgt.

»So einfach ist das nicht«, brachte er endlich nach einigem Räuspern hervor. »Husten ist schließlich nicht Husten, wenn Ihr versteht, was ich meine.« Er spürte, dass er zu schwitzen begann, was er mehr als alles andere hasste. Sein neues Wams aus feinstem, leichtem blauen Leinen würde verderben, das er heute zum ersten Mal trug. Plötzlich war ihm sogar das ganz einerlei. »Klingt der Husten hohl, und ist er mit schnell und hoch ansteigendem Fieber, großem Durst und Angstzuständen verbunden …«

»Ich hab keine Angst«, unterbrach ihn der Junge. »Bloß Husten.«

»Hast du Schmerzen in der Brust? Kopfweh? Durst auf heiße Getränke?«

Lelio schüttelte den Kopf.

»Mach den Mund auf!«

Der Junge gehorchte, aber erst, nachdem Gemma ihm aufmunternd zugenickt hatte.

»Die Zunge ist weißlich belegt«, sagte der Apotheker und richtete sich wieder auf. »Zum Glück jedoch erscheint mir der Rachen normal. Halsbräune können wir ausschließen, denn er stinkt ja auch nicht aus dem Mund. Wird es abends schlimmer?«

»Ganz richtig«, sagte Gemma. »Er wird weinerlich und anlehnungsbedürftig und will um keinen Preis der Welt ins Bett. Denn kaum liegt er, beginnt er schon bellend zu husten. Und die anderen beiden fallen ein.«

»Soll ich sie mir auch ansehen?«

»Unbedingt«, sagte Gemma. »Deswegen haben wir sie ja alle mitgebracht.«

Erst sperrte Mauro geduldig den Mund auf; dann streckte Cata ihre spitze Zunge heraus.

»Sie haben alle offenbar das Gleiche.« Der Apotheker schien zu zögern, dann sprach er weiter, obwohl er die Antwort eigentlich schon kannte. »Eure Kinder?«

Gemma lächelte.

»Sozusagen. Zu Hause haben wir noch drei, die bis jetzt gesund geblieben sind, der gütigen Madonna sei Dank! Und damit es auch weiterhin so bleibt, brauchen wir jetzt dringend Eure Hilfe.« Sie warf ihrer Begleitung einen Blick zu, doch die blieb so stumm wie bisher.

»Ihr könnt Brustwickel mit Ricotta auflegen«, sagte Savo Marconi, »dazu Lindenblütentee kochen und …«

»Diese alten Hausmittel kennen wir selber. Wir haben sie bereits angewandt, doch geholfen haben sie leider nicht.« Gemmas Stimme war fest. »Was wir brauchen, ist richtige Medizin. Medizin, die schnell und gründlich wirkt.«

Sie schien zu überlegen, dann griff sie in ihr Haar und zog zwei wertvolle Elfenbeinkämme heraus.

»Ich kann Euch dies hier für Eure Aufwendungen anbieten«, sagte sie. »Vorausgesetzt, wir können jederzeit wiederkommen, sollten die Beschwerden sich verschlimmern oder die anderen Kleinen auch noch krank werden.«

Der Apotheker schluckte, schien plötzlich nach einem Halt zu suchen.

»Das wird nicht nötig sein«, erwiderte er rau. »Ganz sicherlich nicht. Ich hätte da etwas Spezielles für Euch.«

Seine Hand zitterte leicht, als er in das oberste Regal griff und ein bauchiges Gefäß herunterholte.

»Hanfsamen in Milch«, sagte er. »Dazu Melonenkraut, alles stundenlang gekocht und danach abgeseiht. Angereichert mit blauem Eisenhut, davon natürlich nicht mehr als eine Messerspitze. Die weitere Zusammensetzung ist ein Geheimnis. Bislang war es immer äußerst wirksam.«

»Was meinst du?«, wandte Gemma sich an ihre schweigsame Begleiterin. »Sollen wir es damit versuchen?«

Ein Achselzucken. Marconi spürte, wie die Frau penetrant an ihm vorbeischaute.

»Dann machen wir den Versuch!«

Savo Marconi konnte es kaum erwarten, bis die beiden endlich das Gefäß an sich genommen und mit den Kindern seine Offizin verlassen hatten. Monna Gemma verabschiedete sich sichtlich erleichtert; die andere dagegen blieb stumm.

Er ließ sich auf einen Hocker fallen, schlug die Hände vor das Gesicht. Er und seine Freunde mussten ihre Taktik ändern, das stand fest. Denn *sie* war zu allem fähig, das hatte ihr Besuch bei ihm bewiesen. Anstatt sich zu ducken und ins Verborgene zu flüchten, hatte sie auf dem Schachbrett des Lebens vor aller Augen einen weiteren kühnen Zug getan. Es gab nur eine einzige logische Schlussfolgerung: Die Zeit der heimlichen Beobachtung war vorbei. Jetzt galt es, Taten folgen zu lassen.

Der Apotheker tupfte sich den Schweiß von Stirn und Nacken. Am liebsten hätte er das neue blaue Wams augenblicklich auf den Abfall geworfen, so besudelt fühlte er sich. Doch zuvor musste er dringend mit Enea sprechen, obwohl es schon sehr spät war.

Den ganzen Weg bis hinüber nach San Francesco mahlten seine Kiefer, und in seinem Kopf überschlugen sich die Worte. Als er an die Pforte klopfte, öffnete ihm statt der alten Dienerin die Hausherrin selber.

»Du bist es.« Bice klang maßlos enttäuscht. »Und ich dachte, der Junge sei endlich zurückgekommen.« Sie hatte geweint, ihre Augen waren gerötet und die Tränensäcke dicker als gewöhnlich.

»Was ist mit Giovanni?«, fragte der Apotheker, innerlich bebend vor Ungeduld. Er war fest davon ausgegangen, dass Bice die Maiandacht besuchen würde, denn ihre glühende Verehrung der Madonna war stadtbekannt. Sie zu Hause anzutreffen, und verweint und ungewohnt mitteilsam dazu, passte ganz und gar nicht in sein Konzept.

»Enea und ich vermissen ihn seit den frühen Morgenstunden.« Sie musste nicht hinzufügen, dass sie seit Jahren getrennt schliefen; der Freund hatte es ihm längst berichtet. »Er muss das Haus verlassen haben, bevor wir wach geworden sind. Er hat nichts hinterlassen, kein Wort, keine Zeile.«

»Das sind gerade mal ein paar Stunden, und der Junge ist fünfzehn, Bice«, besänftigte sie Marconi. »In seinem Alter …«

»… stellt man, wenn du dich freundlicherweise erinnerst, die dümmsten und verrücktesten Dinge an«, unterbrach sie ihn scharf. »Es gab gestern Abend einen bösen Streit. Enea hat ihn geschlagen. Das hätte er nicht tun dürfen.« Ihre Unterlippe zitterte, und in den blassgrünen Augen standen schon wieder Tränen. »Wo kann er nur stecken? Ich vergehe vor Sorge!«

»Er wird nach Hause kommen, wenn er hungrig und müde ist. Das tun sie in der Regel alle. Nichts ist so überzeugend wie ein weiches Bett und ein gedeckter Tisch.« Der Apotheker musste sich anstrengen, um äußerlich ruhig zu bleiben. »Wo kann ich Enea finden? Ich hätte etwas mit ihm zu besprechen.«

»Jetzt? So spät? Was gibt es denn so Dringliches, das nicht bis morgen warten kann?«

Mit vorgerecktem Hals starrte sie ihn misstrauisch an. Sie zu küssen ist, wie einem toten Fisch die Zunge in den Mund zu stecken, hatte Enea einmal gesagt. Es gehörte nicht übertrieben viel Fantasie dazu, sich das vorzustellen.

»Geschäfte«, sagte er. »Und eilige dazu. Wir haben die Halsbräune in der Stadt, wie du sicherlich schon gehört hast, und ich musste alle meine Vorräte an das Hospital liefern. Bis ich Nachschub bekomme, kann es dauern, und da wollte ich ...«

»Komm herein!« Wie beabsichtigt, begann seine Geschichte sie zu langweilen, und sie ließ ihn endlich eintreten. »Du findest ihn natürlich wie immer im Dachzimmer.«

»Was ist geschehen?« Der Hausherr kam ihm sofort entgegen, kaum war Savo Marconi oben angelangt. Der Raum, erhellt von vielen Kerzen, war trotz der Schrägen hoch und luftig. »Wieso bist du hier? Doch nicht etwa schon wieder wegen la Sala ...«

»Bist du wahnsinnig geworden!«, zischte der Apotheker. »Nicht diesen Namen – und erst recht nicht hier! Kannst du sicher sein, dass dein misstrauisches Weib nicht hinter der Tür steht und lauscht?«

»Bice hat jetzt ganz andere Sorgen. Bin gestern mit dem Jungen etwas härter aneinandergeraten, und das hat Giovanni zum Anlass genommen, heimlich wegzulaufen. Der bekommt etwas zu hören, wenn ich ihn wieder in die Finger kriege!«

»*Sie* war bei mir«, sagte Marconi. »In meiner Offizin. Mit der ältesten Tochter von Santini und ein paar Kindern.«

»Welchen Kindern? Wieso taucht sie plötzlich mit Kindern auf?«

»Woher soll ich das wissen? Geredet hat sie kein Wort, das hat die andere besorgt. Aber geschaut hat sie, sage ich dir!« Er schüttelte sich. »Als wollte sie mich mit ihren dunklen Augen versengen.«

»*Sie* war bei dir – und was wollte sie?«

»Das ist es ja gerade. Ich weiß es nicht. Nicht die geringste Ahnung! Die andere hat Medizin gegen Reizhusten verlangt und mit teuren Elfenbeinkämmen bezahlt. Aber sie können wiederkommen – *jederzeit* wiederkommen, Enea, stell dir das nur einmal vor!«

Di Nero sah ihn eine Weile schweigend an.

»Das kann unser Ende sein«, sagte er dann. »Jetzt wird es wirklich eng für uns. Die Stadt ist in hellem Aufruhr. Du weißt, was dieser Prediger seit Tagen durch die Gassen brüllt? Und jeden Morgen werden es mehr, die ihm begierig zuhören.« Er ging zu dem Apotheker, packte ihn bei den Schultern. »Wo sind jetzt deine Pläne, Savo? Du hattest doch schon so treffliche Pläne geschmiedet!«

»Das Schlimmste daran ist, dass dieser Wahnsinnige auch noch die Salimbeni auf seine Seite gezogen hat«, erwiderte der andere dumpf.

»Das kann nicht wahr sein!«

»Ich weiß es vom Rektor höchstpersönlich. Rocco Salimbeni hat *padre* Bernardo ein Angebot unterbreitet. Dessen Antwort steht wohl noch aus. Doch wenn er einschlägt ...«

Beide starrten sich stumm an.

»Sie muss aus der Stadt«, sagte Enea di Nero. »Sie muss Siena verlassen – auf der Stelle!«

»Ich fürchte, das reicht nicht. Sie kann uns auch aus der Ferne Schaden zufügen, sogar noch größeren, denn da wäre sie selber außer Gefahr. Nein, wir müssen sie zum

Schweigen bringen. Nur, wenn sie den Mund nicht mehr aufmachen kann, sind wir gerettet.«

»Du willst sie …«

»Es gibt andere Mittel«, sagte der Apotheker. »Sie wirken zunächst eher im Verborgenen. Doch sie wirken ebenso gut.«

❦

Mamma Lina war mit den Kindern vorausgegangen, weil Lelio auf einmal über Schwindel klagte und Cata partout nicht mehr laufen wollte, sondern darauf bestanden hatte, getragen zu werden. Gemma genoss es, ein paar Schritte alleine zu machen, eine neuerdings ganz ungewohnte Erfahrung. Der Unterschied zwischen ihrer jahrelangen Einsamkeit und dem ständigen Trubel im Kinderhaus hätte größer nicht sein können. Sie liebte das Schreien und Lachen, das Zetern und Betteln der Kleinen – doch jetzt tat es gut, einige Augenblicke für sich zu sein.

Zunächst war sie zu vertieft, um zu bemerken, was um sie herum geschah, doch plötzlich nahm sie wahr, dass jemand hinter ihr ging – viel zu nah für ihren Geschmack.

Da waren sie, jene Schritte, die sie schon seit Langem zu hören glaubte! Sie drehte sich um und erschrak.

»Du?«, sagte sie. »Was willst du?«

»Was für eine unfreundliche Begrüßung!« Lupo di Cecco stieß ein kurzes Lachen aus. »Darf ich meine Frau nicht ein Stück begleiten?«

»Was willst du?«, wiederholte Gemma.

»Hab ich doch eben gesagt.« Er klang ungewohnt friedlich. »Es dunkelt, und da sollte eine anständige Frau nicht ohne männlichen Schutz auf der Straße sein.«

Gemma zuckte die Achseln, dann ging sie weiter. Er blieb an ihrer Seite, passte sein Tempo ihren Schritten an.

»Wie geht es dir?«, fragte er nach einer Weile.

»Bist du gekommen, um mich das zu fragen?«

»Unter anderem. Du weißt, wie sehr mir dein Wohlergehen seit jeher am Herzen liegt.«

»Hat Vater dich geschickt?«

»Bartolo? Nein. Der scheint im Augenblick ganz mit seinem Großneffen beschäftigt. Da wirst du wohl etwas eifersüchtig sein, wie ich mir denken könnte.«

»Was willst du, Lupo?« Gemma war abrupt stehen geblieben, sah ihn direkt an. »Rede!«

»Zum dritten Mal die gleiche Frage – nun gut.« Eine flackernde Öllampe warf seltsame Schatten auf sein Gesicht. »Du hast mich sehr verletzt mit deinem ungehörigen Verhalten, doch ich bin bereit, dir zu vergeben. Komm zurück, Gemma! Wir sind vor Gott und der Welt Mann und Frau – und das werden wir auch bleiben.«

Er klang so ernst, so wahrhaftig. Seine Züge waren ruhig und gelassen. Hätte sie ihn nicht so gut und ganz anders gekannt, sie hätte ihm fast glauben können.

»Wir werden sehen, Lupo«, sagte sie. »Und jetzt lass mich bitte allein weitergehen!«

»Wie du willst.« Nicht einmal die Stimme verriet seine wahren Gefühle. »Du wirst es nicht vergessen, Gemma?«

Da war sie schon an ihm vorbei, die Schultern hochgezogen, als würde sie plötzlich frieren. Am liebsten wäre sie sofort ins Haus geschlüpft, zu Mamma Lina und den Kindern, zu all dem Trubel und dem Leben, aber wie immer musste sie kurz verweilen und einen neugierigen Blick auf das Haus des Malers werfen. Alle Fenster dunkel, weder Licht noch Rauch.

Sie wollte sich schon abwenden, da fiel ihr auf, dass die Türe offen stand. Wie von einer unsichtbaren Hand geführt, näherte sie sich.

»Messer Minucci!«, rief sie, als sie drinnen war. »Ich bin es, Gemma Santini. Seid Ihr da? Jemand zu Hause?«

Zunächst blieb alles still, doch als sie weiterging, hörte sie leises Stöhnen.

»Messer Minucci – seid Ihr krank?«

Das Stöhnen wurde lauter, je näher sie kam. Dann stieß ihr Schienbein gegen den Pfosten der Bettstatt. Gemma unterdrückte einen Schmerzensschrei, um dennoch laut aufzuschreien, als sie im Halbdunkel den übel zugerichteten Maler erkannte.

»Matteo – was hat man Euch bloß angetan? Ihr seid ja klatschnass. Und Ihr zittert!«

»Sie waren zu dritt«, brachte er mühsam hervor. »Und ich ganz allein. Sie haben …«

»Wie kann ich Euch helfen? Blutet Ihr? Braucht Ihr Verbände?«

»Wasser … Ich sterbe vor Durst, und jede Bewegung …«

»Rührt Euch nicht! Ich bin gleich wieder bei Euch!«

Sie brachte einen Krug, einen Becher und eine Wasserschüssel. Mit einem leichten, kühlen Tuch fuhr sie ihm über Stirn und Lippen, er spürte die Berührung ihrer Finger durch den Stoff hindurch. Dann schob sie ihre Hand unter seinen Kopf und stützte ihn mit einem Kissen. Er überließ sich dankbar ihrer Fürsorge und trank, als sie den Becher an seinen Mund setzte.

»Mehr Licht!«, bat er. »Ich möchte Euch sehen.«

Sie zündete zwei Öllampen an und stellte sie auf die

Truhe. Er schien ruhiger, atmete jedoch noch immer viel zu schnell und verfolgte dabei jede ihrer Bewegungen.

»Jetzt ist es heller geworden«, sagte er, als sie wieder neben ihm saß. »Viel heller!«

»Das sind die Lampen. Ihr hattet mich doch darum gebeten.«

»Nein, das liegt allein an dir. Gemma, bitte …«

Sie beugte sich tiefer über ihn, schaute in sein schmerzerfülltes Gesicht, das ihr noch nie zuvor so lebendig, so männlich, so anziehend vorgekommen war. Jetzt hätte *sie* ihn malen können, so genau nahm sie jede Einzelheit in sich auf. Alles erschien ihr genau so, wie es sein musste: die Nase zu groß, der Mund zu beweglich, die Lider zu dünn, die Wimpern zu lang. Kein harmonisches Antlitz, in dem Maße und Proportionen stimmten, es war eher, als hätte jemand verschiedene Teile mit Kraft, Temperament und einer ordentlichen Portion Ungeduld zusammengefügt.

»Ja?«, sagte sie, nur noch eine Handbreit von seinen Lippen entfernt. »Was willst du mir sagen?« Ihr Herz klopfte unerträglich laut.

»Das weißt du«, sagte Matteo matt. »Vom allerersten Augenblick an, damals in der Küche des Hospitals.«

Sein Atem war warm und leicht scharf, und als er sie zart küsste, begann ihr Körper zu kribbeln.

»Das dürfen wir nicht«, sagte sie, als sie sich wieder von ihm löste. »Ich bin verheiratet.«

»Mit Lupo di Cecco, ich weiß.« Matteo stieß ein kurzes Lachen aus, das ihn allerdings schmerzlich zusammenzucken ließ. »Er hat mich so zurichten lassen. Weil ich dich *angesehen* habe.« Er versuchte, sich allein aufzurichten, musste dies aber aufgeben. »Er hat die Befehle erteilt. Die anderen haben sie lediglich ausgeführt.«

»Lupo? Aber das ist doch ganz und gar unmöglich!«, rief Gemma und wusste im gleichen Augenblick, dass jedes Wort wahr war.

Matteo zog sein Hemd mühsam ein Stück nach oben.

»Natürlich«, sagte Gemma. »Wir müssen es ausziehen. Sonst erkältest du dich obendrein noch.«

»Da siehst du seine Handschrift«, sagte er, während sie ihm das Hemd so behutsam wie möglich über den Kopf streifte. »Der beste Maler hätte die Farben nicht leuchtender mischen können! Dabei hat er sich seine Hände nicht einmal schmutzig gemacht. Meine aber will er mir brechen, falls ich dich nur noch einmal ansehe ...«

Jetzt war sie es, die ihn küsste, mit warmen, offenen Lippen, die sich gar nicht mehr von seinen lösen wollten. Sie hielt inne, schaute ihn liebevoll an.

»Ist es zu fest? Tu ich dir weh? Dann musst du es sagen!«

»Und ob du das tust, Gemma! In meinem Herzen brennt und sticht es schon wochenlang, schlimmere Qualen als nach diesen Prügeln. Jeder einzelne Pinselstrich hat mir neue Schmerzen verursacht, aber ich musste dich trotzdem malen, ich konnte einfach nicht anders.«

»Ich weiß«, sagte sie.

»Dann hast du mir also verziehen?« Seine Schmerzen erschienen ihm immer weniger bedeutsam.

»Was, Matteo?«, flüsterte sie.

Sie war so nah und so vertraut, und sie erwiderte seinen Blick so unbefangen, dass es ihm wie ein Wunder erschien. Was für ein Tag – erst die Vollendung des Freskos, dann di Cecco mit seinen Handlangern und nun sie. Sie, Gemma!

»Bleibst du bei mir?«, fragte er leise.

»Natürlich lasse ich dich nicht allein, in diesem Zustand!«

»Das meine ich nicht.« Er rang nach Worten. »Über Nacht. Bis morgen früh.«

»Das kann ich nicht«, sagte Gemma. »Und du weißt es.«

»Weshalb? Wegen ihm, deinem Mann? Aber du liebst ihn doch nicht, sonst ...«

Sie legte ihm einen Finger auf die Lippen.

»Sprich nicht so viel!«, sagte sie zärtlich. »Das strengt dich zu sehr an. Hast du zu essen im Haus? Und Wein?«

»Ich verstehe nicht ...«

»Lass mich in der Küche nachsehen!«

Gemma blieb eine Weile weg, und als sie zurückkam, hielt sie ein Glas in der Hand. Wieder half sie ihm behutsam, sich aufzurichten.

»Trink!«, sagte sie, und er tat es, an sie gelehnt.

»Es schmeckt irgendwie seltsam.« Matteo verzog seinen Mund.

»Rotwein mit einem verrührten Eidotter. Es gibt nichts Besseres, um schnell wieder zu Kräften zu kommen.«

Er ließ sich zurücksinken, sah sie nur an.

»Es ist wie ein Traum«, sagte er. »Viel zu schön, um wirklich wahr zu sein.«

»Ich weiß.« Gemma lächelte.

Und dann sagten sie beide sehr lange Zeit gar nichts mehr.

ZWEITES BUCH

Selva

Contrade des Waldes

Vier

Jetzt war Gemma froh, dass sie nach dem Aufstehen nicht mehr als ein Stück Brot gegessen und dazu nur einen Schluck Milch getrunken hatte, denn in der Zelle roch es streng. Zwischen den Holzlatten des Verschlages konnte sie knochige Schultern erspähen, zwei erbärmlich spitze Erhebungen unter dem groben Stoff sowie abgemagerte Hände, um die ein Rosenkranz aus schwarzen Perlen geschlungen war. Den weißen Schleier des Dritten Ordens hatte die Betende zu Hause offenbar abgelegt. Darunter waren ihre Haare raspelkurz geschoren wie bei einer Verbrecherin, das schmale Gesicht war von Pockennarben gezeichnet.

Das also sollte sie sein, jene geheimnisvolle junge Frau, von der ganz Siena in respektvollem Flüsterton bereits als neuer Stadtheiliger sprach?

Gemma hatte sie schon gekannt, als Caterina Benincasa noch ein kleines Mädchen mit runden Backen und braunen Locken gewesen war, das sich mit seinen zahllosen Geschwistern unbeschwert vor den großen Brunnen von Fontebranda vergnügt hatte, doch von dem fröhlichen Wildfang jener frühen Tage war nun beim besten Willen nichts mehr zu entdecken.

Es fiel Gemma immer schwerer, regungslos auf dem

179

Steinboden zu knien. Sie begann unruhig herumzurut-
schen, um sich Erleichterung zu verschaffen, was ihr einen
strengen Blick von Mamma Lina eintrug, die die halbe
Nacht nicht geschlafen hatte, so entzückt war sie gewesen, als eine der Mantellatinnen sie endlich zum Besuch
bei Caterina aufgefordert hatte. Inzwischen hatte Lina die
Augen wieder fest auf die Betende unter dem bunten
Christusbild gerichtet und sah dabei selber so andächtig
und hingebungsvoll aus, dass Gemma sich noch unbehaglicher fühlte.

Sie hatte munkeln hören, dass Caterina seit Jahren
weder Fleisch noch Eier berühre, dass sie selbst Brot nach
Möglichkeit meide und sich hauptsächlich von Wasser
und wilden Kräutern ernähre, um die Sündhaftigkeit des
Körpers zu bekämpfen. Auch dass sie sich stundenlang
mit einer nagelbestückten Geißel züchtige und ihren
Vater gezwungen habe, ihr Bett zu verbrennen, weil sie
sich auf bloßem Granit zur Ruhe legen wollte, als Fasten-
und Bußübung, um auch ja tagtäglich der heiligen Kommunion würdig zu sein. Aber war es zu alledem auch
noch nötig gewesen, diesen Verschlag errichten zu lassen,
der ihre ärmliche Zelle wie einen Stall erscheinen ließ?

Der Schmerz in den Knien war inzwischen so ste-
chend geworden, dass Gemma aufstand und so leise
wie möglich hinausschlich. Im Nebenraum traf sie auf
Lapa, Caterinas Mutter, die mit zwei ihrer jüngsten Enkel
am Rockzipfel in der Küche Brotteig knetete. Gemma
mochte die korpulente Färbersfrau mit dem freundlichen
Gesicht, die mehr Kinder zur Welt gebracht hatte als
sonst irgendeine andere in Siena. Die Große Pest und
andere Krankheiten hatten die Schar inzwischen drastisch
dezimiert, aber mittlerweile wuchs die Familie unverzagt

in der nächsten Generation weiter, was Lapa sehr zu gefallen schien.

»Du hast es nicht mehr ausgehalten?« Lapas Stimme war sanft. »Da bist du bei Gott nicht die Einzige! Ich selber habe Jahre gebraucht, um hinzunehmen, wie sie nun einmal ist. Und noch heute würde ich ihr manchmal am liebsten mit Gewalt etwas in den Mund stecken, so sehr sorge ich mich um sie.« Sie strich sich eine mehlbestäubte Strähne aus dem Gesicht. »Wie geht es deinem Vater? Den ehrenwerten Messer Santini hab ich schon eine halbe Ewigkeit nicht mehr in unserer Werkstatt gesehen.«

»Er ist wohlauf«, sagte Gemma und musste sich gegen das schmerzliche Gefühl wehren, das bei der Erwähnung seines Namens sofort in ihr aufstieg. »Im Gegensatz zu deiner Tochter, wie mir scheint. Caterina sieht leidend aus. Und sie ist so entsetzlich dünn geworden! Als ob ihr sogar die Kraft zum Atmen fehle.«

»Täusch dich da nicht!« Lapas kräftige Hände bearbeiteten unermüdlich weiter den Teig, während die Kleinen es ihr nachzumachen versuchten und auf dem Boden ungelenke Röllchen formten. »Mein Liebling hat mehr Kraft als wir beide zusammen. Und einen so starken Willen, dass er nur direkt vom Allmächtigen kommen kann. Die letzte Nacht hat sie bei den Sterbenden im Hospital verbracht, doch glaub ja nicht, dass sie bis heute Abend auch nur eine Stunde schlafen wird! ›Ich bin nicht geboren, um meine Zeit zu vergeuden.‹ Das ist die einzige Antwort, die du erhältst, wenn du sie zur Mäßigung mahnst.«

»Aber wieso diese hässlichen Bretter?« Jetzt hatte sie es doch gesagt!

»Zu ihrem Schutz natürlich, was denkst du denn! Ständig werden es mehr, die mit ihr beten wollen, und viele von ihnen begnügen sich nicht mit bloßem Schauen, sondern würden Caterina am liebsten berühren. Einige haben schon versucht, heimlich kleine Fetzen von ihrem Gewand zu schneiden, um sie als Andenken mit nach Hause zu nehmen. Was wäre wohl der nächste Schritt? Einer ihrer Finger? Ein Stück von ihrem Fleisch? Manche Menschen sind schlimmer als Tiere!«

Lapas Worte hatten Gemmas Neugierde geweckt. Was hatte dieses halb verhungerte Mädchen an sich, das ihre Mitwelt derart faszinierte? Selbst Mamma Lina hatte seit Tagen von nichts anderem mehr geredet und gesagt: »Sie ist so unschuldig, so fromm, so ganz bei Gott. Allein, sie zu sehen, in ihrer Nähe sein zu dürfen, wäscht dich von allen Sünden rein.«

Gemma entschloss sich, zu den anderen zurückzukehren. Denn vor dem Verschlag betete nicht nur Lina, sondern auch Caterinas *famiglia*, wie sie selber jene Mantellatinnen nannte, die sich am engsten um sie geschart hatten.

»Du willst es noch einmal versuchen?« Lapas Teig war inzwischen fertig und wurde jetzt zum Ruhen mit einem Tuch abgedeckt. »Bravo! Man muss sehr mutig sein, um sich meiner Tochter zu stellen.«

»Wieso mutig?«

»Weil Caterina niemandem nach dem Mund redet, sondern stets geradeheraus sagt, was der Allmächtige ihr gerade eingibt. Dabei kümmert sie weder Rang noch Geschlecht, weder Alter noch Besitz. Es gibt nichts und niemanden, vor dem sie sich scheut oder fürchtet. Was sie zu verkünden hat, wird verkündet!«

Gemma heimste gleich mehrere giftige Blicke ein, als sie sich erneut vor dem Verschlag einen Platz suchte. Sie kniete nieder, faltete die Hände und schloss die Augen, um die Präsenz Caterinas besser zu spüren. Nach einer Weile gelang ihr das tatsächlich. Es wurde heller, so empfand sie es jedenfalls, und gleichzeitig wärmer, als ob eine unsichtbare Kraft erwacht sei.

Plötzlich hörte sie eine überraschend kräftige und tiefe Frauenstimme, und es dauerte ein paar Augenblicke, bis sie begriff, dass es Caterina war, die zu ihnen sprach.

»Hütet euch vor diesen selbst ernannten Pfaffen, die umherziehen und so tun, als verkündeten sie das Himmelreich! Wie das Licht der Wahrnehmung bei Blinden und geistig Umnachteten verdunkelt ist, so erkennen sie die Seuche und das Elend nicht, in dem sie sich befinden.«

Redete sie von *padre* Bernardo und seinen räuberischen Engeln? Erstaunt öffnete Gemma die Augen, denn auf einmal begann Caterina regelrecht zu schreien.

»Dämonen sind es und keine Heiligen, die jenen ihre flammenden Worte eingeben, und den verderbten Worten folgen Taten, die noch um vieles schrecklicher sind. Sie reden von Sünde – und sind doch selber die verderbtesten Sünder, die die göttliche Ordnung infrage stellen. Und wie steht es um ihre Zuhörerschaft? Viele sind verblendet, sehnen sich nach Erlösung und saugen dieses Gift wie süßen Nektar in sich ein. Ich aber sage euch: Keiner von diesen Törichten wird jemals die Pforten des himmlischen Reiches durchschreiten, denn sie alle sind ausnahmslos Geschöpfe Satans.«

Erschöpft von ihrem überraschenden Ausbruch sank Caterina in sich zusammen. Schon waren zwei der älteren Mantellatinnen aufgesprungen, um ihr zu Hilfe zu eilen, da erhob sie sich wieder. Sie wandte den Kopf und sah nun Gemma direkt an, mit hellen, wachen Augen.

»Du kannst schreiben?«, fragte sie. »Flüssig und einigermaßen fehlerfrei?«

Gemma nickte, zu überrascht, um zu antworten.

»Der Rest meiner Woche ist wie immer dem Fasten und Beten vorbehalten. Aber komm heute in sieben Tagen um die Mittagszeit wieder! Pergament, Feder und Tinte sind im Haus. Zeit musst du mitbringen. Ein paar Stunden werden wir schon brauchen.«

Caterina senkte den Blick auf ihren Rosenkranz. Unmissverständlich, dass sie jetzt allein sein wollte.

»Sie hat dich als Sekretär erwählt, ausgerechnet dich, welch unvorstellbare Ehre!« Lina war kaum zu beruhigen, als sie Seite an Seite das Haus der Färberfamilie verließen.

Jetzt lief der junge Sommer dem Frühling immer mehr den Rang ab. Die Tage waren sonnig und lang; die Nächte lau, erfüllt vom Duft der Blumen, die in den unzähligen handtuchbreiten Gärten im Schatten der Steinhäuser zwischen Obstbäumen und Kräuterbeeten wucherten.

»Ich weiß nicht so recht.« Gemma zog die Brauen zusammen. »Irgendwie macht sie mir Angst.«

»Angst? Wieso denn Angst? Caterina ist schon jetzt eine Heilige!«

»Für mich ist sie eine junge Frau, die nichts isst, viel betet und merkwürdige Dinge sagt. Nicht mehr und nicht weniger.«

»Wie kannst du es nur wagen, derart respektlos über sie zu reden!« Mamma Lina war mitten auf der Gasse stehen geblieben. Wenn sie sich aufregte, verlor ihr anmutiges Gesicht jede Farbe. »Spürst du denn nicht, wie besonders sie ist? Wie ganz und gar einzigartig? Ich kann dich beim besten Willen nicht verstehen, Gemma!«

»Ich bin nicht respektlos«, sagte Gemma. »Ich werde nur gern zuvor gefragt, ob ich etwas tun möchte oder nicht. Das ist alles. Vom Kommandiertwerden habe ich nach den Jahren mit Lupo die Nase gründlich voll.«

»Das kannst du doch nicht miteinander vergleichen!« Lina war noch immer äußerst empört. »Dein Mann, vor dem du fliehen musstest – und diese reine, unbefleckte Frau!«

»Wenn es dir schon als solch ungeheure Ehre erscheint, Sekretär für Caterina Benincasa zu spielen, warum tust du es dann nicht selber?«

»Mich hat sie nicht beauftragt. Und außerdem hab ich niemals Schreiben gelernt.« Linas Schultern sackten herab, und sie schien sich langsam wieder zu beruhigen. »Ich musste mich früh alleine durchschlagen. Da war keine Zeit für Buchstaben, Tinte und Pergament.«

»Und *dein* Mann?« Gemma war entschlossen, die günstige Gelegenheit beim Schopf zu packen. »Hat er es dich nicht später irgendwann gelehrt, solange er noch am Leben war?«

Lina hatte plötzlich dringend etwas an ihrem Schleier zu nesteln und blieb stumm.

Eine Weile gingen sie schweigend weiter, bis sie einem Karren mit Häuten ausweichen mussten, die offenbar direkt aus der Gerberei kamen. In der warmen Vormittagssonne war der beißende Uringeruch, den sie verströmten, unerträglich. Beide wandten sich ab, doch der Gestank verfolgte sie noch eine ganze Weile.

»Ich könnte es dir doch beibringen«, schlug Gemma vor, als sie wieder einigermaßen frei atmen konnten. »Und ebenso den Kindern, wenn du willst.«

Lina fasste nach ihrem Arm. »Das würdest du für uns

tun?« Ihre Augen waren auf einmal feucht. »Den Mädchen auch?«

»Warum denn nicht? Meine kleinen Schwestern haben es auch recht schnell gelernt, und außerdem bin ich froh, wenn ich mich bei euch nützlich machen kann«, sagte Gemma mit einem Lachen. »Das bisschen Kochen, musst du wissen, füllt mich nämlich bei Weitem nicht aus.«

Lelio kam ihnen entgegengerannt, Mauro unerbittlich hinter sich herziehend. Die nackten Beinchen der Jungen unter den verblichenen Kitteln waren dünn und leuchteten weißlich wie frisch geschälte Weidenruten.

»Du willst wohl gleich wieder krank werden!«, schalt Lina den Älteren. »Jetzt, wo dein Husten endlich etwas besser geworden ist. Sofort zurück ins Haus, alle beide, und die Beinlinge wieder angezogen – sonst werdet ihr mich kennenlernen!«

Vor dem Eingang hielt sie Gemma zurück.

»Eines noch«, sagte sie. »Die Kinder müssen es nicht unbedingt hören. Ich weiß, dass du im Schutz der Dunkelheit nach drüben gehst. Zu ihm.« Ihr Kinn deutete auf Matteo Minuccis Haus. »Damit solltest du aufhören – uns zuliebe.«

Im ersten Augenblick glaubte Gemma, sich verhört zu haben. Dann spürte sie, wie Ärger in ihr aufstieg.

»Ich hab nichts Unrechtes getan«, sagte sie. »Und selbst wenn, wäre es dann nicht ganz und gar allein meine Sache?«

Von Lupos Überfall auf den Maler hatte sie Lina nichts erzählt. Inzwischen bereute sie ihre Verschwiegenheit. Musste Lina nicht unweigerlich auf seltsame Gedanken kommen? Auch hatte sie es nicht über sich gebracht, in Worte zu fassen, was sie für Matteo empfand. Denn sogar vor sich selber fiel es ihr noch immer schwer, diese Gefühle überhaupt zuzulassen.

»Jemand, der so lebt, wie wir es tun, hat strenge Regeln zu folgen. Viele Augen schauen auf uns, Gemma! Wir stehen unter ständiger Beobachtung und können es uns nicht leisten, etwas Ungebührliches zu tun. Nicht, solange wir von Santa Maria della Scala und dessen Zuteilungen abhängig sind.«

»*Du* willst Mantellatin werden, nicht ich.« Nur mit Mühe gelang es Gemma, ruhig zu bleiben. »Mich hat es niemals nach einem Schleier oder gar Ordenskleid gelüstet.«

»Aber du lebst jetzt bei uns! Damit gelten die Regeln auch für dich. Wirst du also meiner Bitte folgen?« Linas Stimme klang drängend.

»Das kann ich so nicht versprechen.«

»Wirst du wenigstens ernsthaft darüber nachdenken?«

Ein winziges Nicken, mehr brachte Gemma bei aller Anstrengung nicht zustande.

Lina sah sie zwingend an, als versuche sie, sie doch noch umzustimmen, dann jedoch schien sie sich für den Moment damit zufriedenzugeben.

❦

»Er ist da!«

Die fröhliche Stimmung der Tischgesellschaft erstarb schlagartig. Die Tafel war reich gedeckt gewesen, und äußerst zügig waren die Schüsseln geleert worden. Noch immer hing der Duft nach Rosmarinporchetta, geröstetem Kalbfleisch, Lamm in Sauce und vielen weiteren Köstlichkeiten im Raum. Auf den ersten Blick hätte man das Ganze für ein üppiges Festmahl unter Freunden halten können, jetzt aber zeigten die versteinerten Mienen und Gesten, unter welch starker Anspannung die Versammelten standen. Acht Männer saßen um den großen Tisch, aber es waren neun Gedecke aufgelegt – die geheiligte Zahl jenes alten Rates, der Siena mehr als sieben Jahrzehnte Ruhm, Reichtum und Ehre gewährleistet hatte.

»Führ ihn herein!«, befahl Rocco Salimbeni, der Gastherr dieser Runde. »Hat er uns nicht schon mehr als lange warten lassen?«

Der Diener zuckte unschlüssig die Schultern und gab deutlich zu erkennen, wie unbehaglich er sich fühlte.

»Er ist nicht allein. Bei ihm ist eine Horde verdreckter Kinder, wild wie junge Wölfe. Sie haben bereits ein paar Blumen aus den Kübeln gerissen, aber ich fürchte, das ist erst der Anfang. Wollt Ihr, Herr, dass ich die ebenfalls …«

Rocco Salimbeni erhob sich. Paolo Caggese, der reichste Seidenhändler der Stadt, folgte seinem Beispiel.

»Ich kann Euch beistehen«, sagte er. »Ein Wort von Euch genügt.«

»Nicht nötig.« Eine herrische Geste verwies ihn zurück an seinen Platz. »Mit Kindern, herausgerissenem Gestrüpp und zornigen Gottesmännern bin ich bislang noch immer ganz gut allein fertig geworden.«

Rocco ging hinaus, und wirklich dauerte es nur eine Weile, bis er mit dem Prediger zurückkehrte – ohne die Kinder, was allen als Erstes auffiel. Ein seltsames Paar, der muskulöse, elegant gekleidete Bankier, um dessen stramme Schenkel sich gelbseidene Beinlinge spannten und dessen Wams aus feinstem roten Damast geschneidert war, daneben *padre* Bernardo in seiner staubigen, zerschlissenen Kutte, mager und sehnig, die dunklen Augen tief in den Höhlen liegend.

»Ihr seid hungrig?« Roccos beringte Hand deutete auf die restlichen Köstlichkeiten der Tafel, immer noch mehr als genug, um eine gierige Dutzendschaft zu sättigen. »Oder durstig? Dann bedient Euch ungeniert!«

Eine gereizte Kopfbewegung, mehr hatte der Prediger für dieses Angebot nicht übrig.

»Du hast mich um eine Antwort gebeten«, sagte er. »Du sollst sie haben.«

Savo Marconi und der Domherr Carsedoni stießen sich unter dem Tisch an. Beide hatten Bernardo inzwischen predigen hören. Seitdem hielten sie ihn für ebenso wirkungsvoll wie gefährlich. Auch Antonio Mazzei, dessen Familie Mietshäuser in der Stadt und zahlreiche Ölmühlen und Weinberge in der Umgebung gehörten, wirkte äußerst besorgt.

Der Prediger schaute langsam in die Runde, und nicht jeder der anwesenden Männer brachte es fertig, seinem brennenden Blick standzuhalten.

»Ich soll *hier* sprechen?«, fragte er und nahm nun nicht minder streng den Tisch mit seinen abgegessenen Platten, die geschnitzten Truhen, bunten Teppiche und kostbaren Kandelaber ins Visier. Plötzlich wirkte der eben noch so noble Raum stickig und überladen. Das spezielle Interesse Bernardos jedoch schien das unberührte neunte Gedeck auf sich zu ziehen, von dem er seinen Blick kaum mehr lösen konnte. »Ist es das, was du willst?«

»Das alles sind Freunde«, sagte Rocco Salimbeni, und Enea di Nero wünschte, es hätte nicht ganz so großspurig geklungen. »Abgesandte der wichtigsten Contraden, mit denen ich eben den Ablauf des diesjährigen Palio besprochen habe. Welche Geheimnisse sollte ich vor ihnen haben?«

»Wer seine Zunge beherrscht, lebt ohne Streit.« Es klang wie ein tiefes Grollen. »Wer dagegen Gerede verbreitet, dem fehlt es an Verstand.«

Im fleischigen Gesicht Salimbenis zuckte es kurz, aber es gelang ihm, die Beherrschung zu wahren.

»Dann folgt mir nach nebenan!«, sagte er. »Signori« – eine angedeutete Verneigung zu seinen Gästen –, »ich bin in Kürze wieder bei Euch.«

Kaum hatte sich die Flügeltür hinter den beiden geschlossen, begann ein Teil der Gäste zu streiten.

»Jetzt kann er vereinbaren, was immer er möchte«, sagte Giordano Rivalto, dessen Vorfahren bereits als Fernhändler quer durch Europa gereist waren, und Domenico Carsedoni pflichtete ihm eifrig bei. »Und ich wette, genau das wird er auch tun!«

»Ich vertraue auf ihn«, rief der Rektor, »und vermag nicht zu begreifen, weshalb ihr immer gleich so misstrauisch seid.«

»Weil für uns jede Menge auf dem Spiel steht«, sagte Savo Marconi. »Vielleicht deswegen.«

»Bist du denn niemals zufrieden? Jetzt ist es uns nach langem Bemühen endlich gelungen, einen Salimbeni für unsere Sache zu gewinnen …«

»… aber welchen von ihnen? Rocco ist nur *ein* Mitglied dieser Familie, die mehr Köpfe besitzt als die giftige Hydra«, fiel der Apotheker ihm ins Wort. »Was ist beispielsweise mit seinem Bruder Cesare, der anfangs so aufgeschlossen und begeistert schien? Jetzt ist er auf einmal unerreichbar, jedenfalls für uns. Halten ihn tatsächlich unaufschiebbare Geschäfte ab – oder hat er längst die Seiten gewechselt, ohne uns in Kenntnis zu setzen?«

»Die Salimbeni haben stets für die Sache Sienas gekämpft.« Barna war aufgesprungen. »Siehst du nicht die *balzana*, die diese Wand ziert? Die Salimbeni gehören beinahe ebenso lang zur Stadt wie die Gründungszwillinge!«

Marconi stand nun neben ihm.

»Es gehört nicht besonders viel Mut dazu, sich für alle sichtbar ein schwarz-weißes Wappen an die Wand pinseln zu lassen, um patriotische Gefühle zu demonstrieren«, sagte er. »Allerdings schon ein ganzes Stück mehr, um hinter dem Rücken der Verbündeten heimlich Kontakt mit dem Kaiser aufzunehmen.«

»Woher willst du das wissen?« Der Apotheker genoss nun die ungetrübte Aufmerksamkeit des Rektors.

»Weil ich zum Glück hervorragende Verbindungen habe.« Eine mehr als bescheidene Geste. »Und diese im Dienst unserer Stadt seit Jahren pflege und ausbaue. Willst du alles hören?«

Nardo Barna nickte.

»Es heißt, Giovanni d'Agnolino sei nach Florenz geritten. Was mag wohl der Anlass dieser plötzlichen Reise sein, was meinst du? Um sich dort bei Kaiser Karl für unsere gerechte Sache einzusetzen, so ganz allein und ohne jeden Beistand? Eine Möglichkeit, wie ich durchaus zugestehe. Oder nicht vielmehr doch der Versuch, die Schäfchen der Salimbeni ins Trockene zu bringen, egal wie die Sache ausgehen mag? Die zweite Möglichkeit, wie du mir zugestehen wirst. Und jetzt darfst du dir die plausiblere von beiden auswählen.«

»D'Agnolino, das Oberhaupt der Familie Salimbeni? Du bist wirklich ganz sicher …«

Das Wort erstarb Barna im Mund, weil Rocco mit dem Prediger zurückkehrte. Salimbeni sah mitgenommen aus wie nach einem Kampf, das Gesicht noch stärker gerötet, die dünnen hellbraunen Haare zerzaust. Bernardo dagegen wirkte wie aus dunklem Erz gegossen.

»Wir sind Euch Dank schuldig«, sagte Rocco und schloss mit einer Handbewegung die Männer am Tisch mit ein. »Und überglücklich über Eure weise Entscheidung, ehrwürdiger Vater.«

Padre Bernardo verzog keine Miene.

»Lasst mich Euch noch hinausbegleiten ...«

»Ich kenne den Weg, bemüh dich nicht, mein Sohn!« Mit diesen Worten war der Prediger steifbeinig verschwunden.

»Was genau habt Ihr mit ihm vereinbart?« Sogar der Rektor schien allmählich beunruhigt.

»Das Ergebnis könnte besser nicht sein.« Rocco Salimbeni goss sich einen Becher Wein ein und leerte ihn in einem Zug. »Die Würfel sind gefallen. Künftig wird *padre* Bernardo unsere Sache unterstützen.«

»Das hat er gesagt?«, hakte der Apotheker nach.

»Sinngemäß – ja.«

»So lasst Euch doch nicht jedes Wort einzeln aus der Nase ziehen!«, mischte sich nun auch di Nero ein. »Wie will er das anfangen? Und vor allem: Was habt Ihr ihm alles von unserem geheimen Plan anvertrauen müssen?«

»So wenig wie möglich natürlich, was glaubt Ihr denn! Und wie er das anfängt? Indem er weiterhin das Wort Gottes auf den Gassen und Plätzen Sienas verkündet, auf seine spezielle Weise. Wer Ohren hat zu hören, der *wird* hören – und die entsprechenden Schlüsse ziehen.« Er begann zu lächeln. »In der Hitze des nahenden Sommers können sich die Gemüter sehr rasch entzünden. Das werden wir uns zunutze machen.«

»Die Toren haben ihr Herz auf der Zunge, die Weisen aber ihre Zunge im Herzen. So zumindest steht es in den Weisheitslehren des Alten Testaments geschrieben.« Die helle Stimme des Apothekers durchschnitt die träge Nachmittagsstimmung. »Was verlangt er dafür? Was genau habt Ihr ihm zusagen müssen?«

»Eine feste Unterkunft für seine Engel, diese Kinder, die ihm offenbar so sehr am Herzen liegen. Ich hab ihm unseren leer stehenden Palazzo bei San Donato angeboten, der ohnehin dringend renoviert werden muss. In dem baufälligen Gemäuer können sie keinen großen Schaden anrichten. Dazu bekommt er Essen, Kleidung und etwas Silber, damit er sich freier bewegen kann.«

»Aber der Palazzo liegt ja mitten in der Stadt!«, rief di Nero.

»Umso besser werden wir sie im Auge behalten können.« Rocco Salimbeni grinste noch eine Spur zufriedener.

»Das ist alles?« Marconis Stimme war schneidend geworden.

»Beinahe.« Jetzt fand Salimbeni die Sache nicht mehr so lustig. »Es gab da noch einen allerletzten Punkt, auf dem er bestanden hat.«

»Und der wäre?«, fragte Nardo Barna.

»Das neunte Gedeck, Ihr versteht? Könnte übrigens durchaus sein, dass *wir* es waren, die ihn damit auf diese Idee gebracht haben.«

Alle starrten ihn an, ebenso fragend wie ratlos.

»Einen Sitz im Rat. Warum auch nicht? Wenn alles anders wird, kann er beim Neuanfang durchaus nützlich sein. Natürlich erst, wenn diese Färber und ärmlichen Wollkratzer, die den Palazzo Pubblico mit ihrer Anwesenheit beschmutzen, endlich begriffen haben, dass die Macht in Siena einzig und allein in die Hände von Ehrenmännern wie uns gehört.«

☙

Ein kleiner Mauersegler hatte sich in die Kapelle verirrt und fand nicht mehr hinaus. Immer wieder flatterte er gegen die bunten Glasfenster, auf der Suche nach dem Licht, das ihm dort so verführerisch entgegenströmte, doch der Ausgang blieb ihm verschlossen. Gemma hörte sein hektisches, verzweifeltes Flügelschlagen und wäre am liebsten aufgesprungen, um ihn zu erlösen und ins Freie zu lassen, doch die Anwesenheit des Bischofs hielt sie davon ab. Sie war froh, als der Vogel endlich sein sinnloses Unterfangen aufzugeben schien und sich erschöpft auf dem Haupt der neuen Sebastiansstatue niederließ.

Gemmas Wangen brannten, denn ihr war, als würden ihr aus allen Ecken von den verschiedenen Darstellungen der himmlischen Jungfrau Matteos Madonnen entgegenschreien. Das bist du, schienen sie zu rufen – dein Gesicht, deine Stirn, deine Augen. Er hat uns deine Züge verliehen, obwohl du diese Ehre nicht wert bist.

Mamma Lina hatte es als selbstverständlich angesehen, dass Gemma die Kinder und sie zur Messe begleitete, die anlässlich der Enthüllung des Freskos in der Kapelle von Santa Maria della Scala abgehalten wurde. Um der Sache mit Matteo nicht noch mehr Gewicht zu geben, als sie ohnehin schon besaß, hatte Gemma eingewilligt. Jetzt freilich bereute sie diese Entscheidung und hielt den Kopf die meiste Zeit über gesenkt, in der Hoffnung, ihre innere Qual würde keinem der Anwesenden auffallen.

Waisenmütter und ihre Zöglinge füllten die Bänke, dazu viele Mantellatinnen und die Bediensteten des Hospitals, von denen keiner sich das feierliche Hochamt entgegen lassen wollte. Der Bischof, dessen Gallenkoliken stadtbekannt waren, schien in ausnehmend guter Verfassung. Seine Stimme war kräftig, er konnte ausgezeichnet singen und strahlte in seinem weißen, goldbestickten Messgewand Ruhe und geistliche Würde aus. Was für ein Unterschied zu dem schwarzen Prediger, der auf den Gassen und Plätzen der Stadt geiferte!

Plötzlich war Gemma dankbar für die mächtigen Quader der alten Kapelle, die sie und die anderen Gläubigen schützend umfingen.

Matteo habe ich bereits vergeben, dachte sie, jetzt muss ich nur noch mir selber vergeben. Der Gedanke an ihn machte sie augenblicklich unruhig. Natürlich wusste sie genau, wo er stand: neben einer der großen Säulen, als sei er ein ebenso bescheidener Besucher des Gottesdienstes wie alle anderen auch. Doch der Maler war aufgeregt; sie erkannte es daran, dass er von einem Fuß auf den anderen trat und seine Hände ständig etwas an der Kleidung zu nesteln hatten. Er trug Schecke und Beinlinge in Nachtblau, hatte sich das Silberhaar kürzen lassen und war frisch rasiert. Von den Verletzungen, die ihm Lupos Spießgesellen zugefügt hatten, war zumindest äußerlich nichts mehr zu sehen. Ein anziehender Mann, der die Blicke einiger Frauen auf sich zog, wie Gemma zum ersten Mal bemerkte. Ein Gedanke, der ihr gefiel, ihre Unruhe aber weiter wachsen ließ.

Rechts von ihm sein Gehilfe in sauberen, etwas zu kurzen Kleidern. Links hatte sich Celestina platziert, prunk-voll herausgeputzt in gelbem und rotem Damast, auf dem Kopf eine jener bunten Hörnerkappen, die jetzt immer mehr in Mode kamen. Während Celestina für Gemma nur ein frostiges Nicken übriggehabt hatte, betrachtete sie Matteo so liebevoll, als könne sie gar nicht genug von dem Anblick bekommen. Irgendwann berührte sie ihn sogar am Arm, scheinbar selbstverständlich und so besitz-ergreifend, wie es eigentlich nur einer Ehefrau zugestan-den hätte.

Es war nur ein kurzer Moment der Eifersucht, der Gemma durchzuckte, doch Lelio neben ihr schien sofort zu spüren, dass etwas nicht stimmte. Er griff nach ihrer Hand, drückte sie fest.

»Freu mich schon auf die neuen Buchstaben«, flüsterte er. »Was kommt eigentlich nach dem D?«

»Das E«, gab Gemma ebenso leise zurück.

»Wann ist endlich L an der Reihe? L wie Lelio?«

»Bald. Sehr bald.«

»Und dann kann ich schon richtig schreiben?« Seine riesigen Segelohren glühten, so aufgeregt war er.

»Beinahe.« Wieder einmal hatte er sie zum Lächeln gebracht.

Als der Junge weitertuscheln wollte, legte sie ihm einen Finger auf die Lippen, denn die Predigt des Bischofs hatte begonnen.

In schlichten Worten erzählte er die Geschichte von Anna und Joachim: ihr schier endloses Sehnen nach einem Kind, den Hohn, den eine schadenfreudige Rabbi-nerschaft über den Mann ausgoss, der keinerlei Nach-kommen vorzuweisen hatte, schließlich die Botschaft des Engels und endlich jener köstliche Moment der Begegnung an der Goldenen Pforte, wo beide begriffen, dass ihre Gebete erhört worden waren.

»Sie werden die Eltern der Gottesmutter, jener himmlischen Jungfrau, der die Schlüssel unserer geliebten Stadt gehören. Unter ihrer Obhut stehen auch die Kinder von Santa Maria della Scala, egal, ob sie hier im Hospital leben oder bei ihren Waisenmüttern in anderen Häusern. Messer Minucci, der Maler dieses Freskos, hat den wunderbaren Moment der Erlösung eingefangen, der uns alle tröstet und erhebt. In Namen des gesamten Domkapitels danke ich ihm dafür.«

Matteo schien zu wachsen und Nevio neben ihm vor Stolz fast zu platzen. Wie gerne wäre Gemma nach vorn gelaufen, um jetzt bei ihm zu sein, aber natürlich blieb sie, wo sie war.

Kaum wurde die Kommunion ausgeteilt, wozu die Gläubigen zum Altar strömten, nahm auch der Mauersegler seine vergeblichen Runden wieder auf, sichtlich geschwächter als zuvor. Sein kleiner Körper klatschte gegen das Glas, wieder und immer wieder. Es gelang Gemma kaum noch, sich auf die Messe zu konzentrieren, und auch Lelio verfolgte gebannt das verzweifelte Treiben hoch über ihren Köpfen.

Als der Bischof den Schlusssegen erteilte, schlug der Vogel hart gegen eine Säule, als sei er bereits zu matt, um ihr noch auszuweichen, und fiel wie ein Stein zu Boden.

Kaum war die Messe vorüber, rannte Lelio sofort zu ihm, hob ihn auf und brachte ihn zu Gemma.

»Warum hat er denn nicht gewartet?« In den Augen des Jungen standen Tränen. »Er hätte doch nur noch ein kleines bisschen länger warten müssen!«

»Manchmal kann man nicht warten«, sagte Gemma

sanft. »Auch, wenn man bitter dafür bezahlen muss. Und jetzt leg ihn behutsam beiseite. Er möchte schlafen.«

Lelios Unterlippe zuckte noch immer verräterisch, doch er gehorchte und ließ das leblose Federbündel behutsam auf die unterste Domstufe gleiten.

»Er war ganz nah bei Gott, als er gestorben ist«, fuhr Gemma fort. Ihre Hand lag tröstend zwischen seinen knochigen Schulterblättern. »Was könnte es Schöneres geben? Und jetzt komm, Lelio! Wir sollten uns beeilen, damit wir nicht die Allerletzten sind.«

Zur Feier des Tages gab es Sonderrationen für die *getatelli* und ihre Waisenmütter, die diese auf kleinen Leiterwägen verstauten. Der Bischof selber und die Domherren verteilten die Gaben, und der oberste Kirchenmann der Stadt ließ es sich bei dieser Gelegenheit nicht nehmen, einige der Frauen und Kinder persönlich anzusprechen.

Gemma war zur Seite getreten, nachdem Mamma Lina als eine der Ersten an die Reihe kam. Sie beobachtete, wie der Bischof freundlich mit ihr redete und dann Lelio, Mauro und schließlich auch noch Cata die Hand auf den Kopf legte, die ihm mit ihren Grimassen offenbar ein Lächeln entlockt hatte.

Ganz anders der füllige blonde Domherr, der daneben stand. Er starrte Lina fassungslos an, voller Abscheu und Entsetzen, als sei sie eine der Kreaturen Satans, direkt der Hölle entsprungen. Lina schien es nicht zu bemerken, so unbeteiligt schaute sie drein. Allerdings fiel Gemma auf, dass sie sich plötzlich so gerade hielt, als habe sie einen Stock verschluckt.

»Wie schön, dass Ihr gekommen seid!«, hörte sie eine vertraute Männerstimme sagen. »Für mich macht Ihr allein diesen strahlenden Morgen erst richtig golden.«

»Heute ist *Euer* Tag«, erwiderte Gemma, erleichtert, dass er in der Öffentlichkeit die Form wahrte und vor allem keine Fragen stellte, warum sie ihn nicht mehr besuchte. »Der Bischof hat voller Wärme über Euer Werk gesprochen. Und er hat recht. Die Begegnung an der Goldenen Pforte ist Euch wunderbar gelungen.«

»Mir persönlich gefallen, wie Ihr wisst, die Darstellungen aus dem Marienleben noch besser«, sagte Matteo. »Und auch der Bischof scheint gottlob dieser Ansicht zu sein. Deshalb hat er wohl bei mir ein großes Bild in Auftrag gegeben: Madonna mit dem Kind, so, wie das einfache Volk sie sieht und liebt. Der Bischof hat mich aufgefordert, unverzüglich mit der Arbeit zu beginnen. Und sagt selber: Darf man seinem Bischof eine solche Bitte abschlagen?«

Er zögerte, trat einen Schritt näher. Gemma spürte seinen warmen Atem in ihrem Nacken.

»Euch ist klar, was das bedeutet?«, fragte er leise.

»Nein«, sagte sie, innerlich bebend.

»Ihr müsst mir Modell sitzen, Monna Santini, sonst sehe ich mich leider gezwungen, den Auftrag seiner Exzellenz abzulehnen.«

»Ich hatte gehofft, Ihr hättet das inzwischen begriffen«, sagte Gemma. »Ich bin keine Mutter, und erst recht keine Madonna.«

»Woher wollt Ihr das wissen?«

Jetzt fuhr sie zu ihm herum, öffnete den Mund zu einer Entgegnung, doch als sie die Sehnsucht und das tiefe Verlangen in seinen Augen las, schloss sie ihn wieder.

»Kommst du, Gemma?«, rief Lina ungeduldig, mit einem weißen, zu allem entschlossenen Gesicht, wie sie es nie zuvor an ihr gesehen hatte. »Die Kinder und ich wollen endlich nach Hause!«

Hatte der Bischof sie gekränkt oder beleidigt? Oder waren es die hasserfüllten Blicke des Domherrn gewesen? Was immer es auch sein mochte, das Lina derart verstört hatte, Gemma würde ohnehin keine Antwort erhalten, sollte sie danach fragen, das wusste sie schon jetzt.

»Ich bin ja da!«, rief sie und zwang sich zu einem Lächeln. »Lasst uns aufbrechen!«

Den leeren Weidenkorb hatte sie der Magd regelrecht aus der Hand gerissen. »Gib her! Das ist heute meine Sache«, sagte Bice di Nero. »Ich werd noch verrückt, wenn ich nicht endlich wieder unter Menschen komme!«

Sie musste die Zähne zusammenbeißen, kaum war sie ein paar Schritte gegangen, denn noch immer waren die Krämpfe im Unterbauch, die sie tagelang nur auf der rechten Seite hatten liegen lassen, nicht ganz verschwunden. Jedes Wasserlassen wurde zur Qual. Ihre Augen waren gerötet, als hätte sie zu lange in grelles Licht geschaut. Wenigstens waren die beängstigenden Schwindelanfälle vorbei, seit sie regelmäßig Savo Marconis neue Pillen schluckte, auch wenn sie so bitter schmeckten, dass sie sie kaum hinunterwürgen konnte.

Die laue Frühsommerluft umfing Bice wie ein Schmeicheln, und der leichte Wind, der sich erhoben hatte, fuhr durch ihr zu weit gewordenes Kleid. Doch das prächtige Scharlach und Blau waren vergebens. Niemand musste ihr sagen, dass sie wie eine Leiche aussah, das Haar dünn und glanzlos, die Haut grau und schlaff. Solange sie aus dem Haus war, musste sie wenigstens nicht Eneas missbilligende Blicke ertragen. Er hatte sie niemals geliebt, das wusste Bice, sondern damals nur gefreit, um der Konvention zu genügen, zu der ein Eheweib und Kinder gehörten.

Von der ersehnten Nachkommenschar hatte sie sich innerlich längst verabschiedet. Ihnen beiden war einzig und allein Giovanni vergönnt gewesen, ihr kleiner, geliebter Giovanni, von dem sie nach endlosen Tagen und Nächten des Bangens und Hoffens eines Morgens lediglich einen schmuddeligen Pergamentfetzen auf der Schwelle vorgefunden hatte.

Hab mein Glück gefunden, stand da in seiner ungelenken Jungenschrift. *Sucht mich nicht länger! Meine Seele ist endlich bei Gott.*

Ihr Herz schlug schneller, als sie sich dem Markt vor San Francesco näherte, wo die Bauern der Umgebung stets die frischesten Waren anboten. Auch heute bogen sich die Stände unter Lauch, Zwiebeln, Artischocken, Spinat und Rauke. Hühner und Enten gackerten und schnatterten aus ihren Käfigen, an einem Spieß drehte sich ein mit Kräutern gefülltes Ferkel, von dem schon ein beachtliches Stück fehlte. Früher waren Giovanni und sie manchmal gemeinsam hier gewesen. Früher, als in ihrem Leben alles noch so gewesen war, wie es sein sollte.

Unentschlossen wanderte Bice zwischen den Ständen umher, als ihr plötzlich ein magerer Junge in einer grauweißen Kutte auffiel, der die Kapuze tief ins Gesicht gezogen hatte und viel zu dicht hinter zwei schwatzenden Frauen stand. Die beiden waren hingebungsvoll in ein Gespräch vertieft, was der Junge zu nutzen wusste. Er hatte ein Messer herausgezogen und schnitt in aller Seelenruhe zuerst die Tasche der einen, dann die der anderen ab. Er ließ die Beutel in seiner Kutte verschwinden, bevor er sich langsam und gemessen entfernte, als sei nichts geschehen.

»Halt!«, schrie Bice. »Ein Dieb – *Signore*, passt auf! Ihr seid von diesem kleinen Bastard in der Kutte gerade bestohlen worden.«

Die Frauen schraken auf, während der Junge plötzlich zu rennen begann. Er war nicht allein. Wie von Zauberhand erschienen auf einmal vier weitere Kuttenträger, die gleichsam auf Kommando in verschiedene Richtungen davonliefen. Ein paar der Marktleute verfolgten sie, doch gegen die jungen, geübten Beine hatten sie keine Chance.

Einem drahtigen Bauern aber gelang es schließlich doch, einen der Flüchtigen zu fassen. Er packte ihn am Genick wie eine Katzenmutter ihr Junges und zerrte ihn triumphierend zu seinem Stand zurück. Als der Gefangene sich wand und mit Händen und Füßen zu befreien versuchte, rutschte die Kapuze nach hinten – und Bice erkannte ihren Sohn.

»Giovanni!« Ihre Stimme zitterte. »Bist du jetzt unter Räubern und Dieben gelandet?«

Finster starrte er sie an. Offenbar hielt er jedes Wort für pure Verschwendung.

»So rede!« Sie schüttelte ihn. »Was machst du nur? Weißt du eigentlich, was du uns angetan hast?«

»Wer ist dieses Weib?«, sagte der Junge schließlich gedehnt. »Sie soll sofort ihre Finger von mir nehmen!«

»Hast du jetzt völlig den Verstand verloren?«, schrie Bice. »Ich bin es. Deine Mutter! Und du kommst jetzt sofort mit mir nach Hause!«

Inzwischen näherten sich zwei der geflohenen Kuttenträger wieder vorsichtig. Der mit den gestohlenen Taschen allerdings hatte sich offenbar in Sicherheit gebracht.

»Welches Zuhause? Ich hab kein Zuhause mehr. Das hier sind jetzt meine Mutter und meine Brüder!«, stieß Giovanni hervor, mit wildem, blassem Gesicht. »Diese beiden – und all die anderen Engel. Nur wer den Willen Gottes erfüllt, der ist für mich Bruder und Schwester und Mutter.«

»Er gehört zu dem Prediger«, sagte eine Frau zu Bice. »Weißt du das nicht? Die mit den hellen Kutten sind alle *padre* Bernardos Engel.«

»Und der stiftet sie zum Stehlen und Rauben an?« Bice rang nach Worten. »Soll vielleicht so das Reich Gottes auf Erden aussehen, das er uns verheißen will?«

»Vergiss es!«, sagte der größere der beiden Kuttenträger kopfschüttelnd zu Giovanni. »Sie wird es ohnehin niemals kapieren. Vermutlich kennt sie nicht einmal die Geschichte vom Reichen, dem Kamel und dem Nadelöhr.« Arrogant verzog er sein gut geschnittenes Gesicht. Er hatte blaue Augen, volle Lippen und zerzaustes dunkelblondes Haar. »Wir sind die Armee Gottes. Und niemand von diesen Idioten wird uns aufhalten. Siehst du, kleiner Bruder? Wir sind viel stärker als sie alle zusammen.«

Er versetzte dem Bauern einen kräftigen Stoß gegen die Brust, der ihn taumeln ließ. Plötzlich schaute der Mann ängstlich drein.

»Das reicht als Warnung, oder willst du mehr? Kannst du sofort haben, ein Wort genügt. Und jetzt lass unseren Bruder endlich in Frieden! Er hat nichts getan, gar nichts – verstehst du?«

Keiner rührte sich, so überrascht waren alle. Der Junge benutzte die Gelegenheit, um Giovanni wegzuziehen, während Bice ihnen fassungslos hinterherstarrte.

»Los!«, rief der Junge. »Mach schon! Sie werden nicht ewig so dastehen.«

Die beiden rannten los, in die nächste Gasse, dann rechts, links, wieder rechts, bis sie endlich schnaufend unter einem Torbogen innehielten. Giovanni hielt sich die Hand vor das Gesicht, doch dem unbarmherzigen Blick des anderen entging nichts.

»Es hört auf mit der Zeit«, sagte er. »Glaub mir, ich weiß das aus Erfahrung. Irgendwann spürst du nichts mehr. Und noch eine kleine Weile später kannst du dich nicht mal mehr daran erinnern, dass es sie jemals gegeben hat. Erst dann bist du richtig frei – frei und glücklich.«

»Aber *sie* hat so unglücklich ausgesehen, Michele, so elend!«

»Vergiss es!« Michele zögerte, dann legte er seinen Arm um Giovannis Schultern und zog ihn eng an sich. Er roch nach Schweiß, nach Sommer, nach den jungen rohen Zwiebeln, die er zuvor gierig verschlungen hatte. »Sie ist nichts als ein dunkler Traum, etwas, das längst vorüber ist. Dein Leben ist jetzt hier. Bei uns. Bei mir.«

Giovanni erschauderte, als ihre Schenkel sich berührten. Sie war so tröstlich, diese Nähe, so warm – so ungeheuer aufregend. Er bekam am ganzen Körper Gänsehaut. In seine Lenden schoss Blut. Sein Glied richtete sich auf, so wie er es bisher nur aus hitzigen Träumen kannte oder wenn er sich heimlich selbst berührte. Er schämte sich und war gleichzeitig so glücklich wie niemals zuvor. Am liebsten hätte er sich sinken lassen und sich in diesen starken Armen ganz verloren.

»Du bist jetzt einer von uns, kleiner Engel«, sagte Michele. »Und ich werde persönlich darauf aufpassen, dass du niemals in Versuchung gerätst, das zu vergessen.«

❦

Der Rektor hielt inne, als er den Mann auf den Altarstufen knien sah, scheinbar tief im Gebet versunken. Sollte er sich dezent zurückziehen?

Doch der andere hatte ihn bereits gehört, erhob sich rasch und drehte sich zu ihm um.

»Danke, dass Ihr mir Eure kostbare Zeit schenkt, Messer Barna.« Lupo di Ceccos Miene war undurchdringlich. »Ich weiß, welch schwierige Aufgaben auf Euren Schultern lasten.«

Er bückte sich, hob den Beutel auf, der neben ihm gelegen hatte, und reichte ihn Barna.

»Meine versprochene Spende«, sagte er. »Gott und die heiligste Jungfrau sind keine Gläubiger, die man warten lassen darf.«

Mit tiefer Befriedung spürte der Rektor, wie schwer der Beutel in seiner Hand wog. Alles Goldstücke, wenn di Cecco Wort gehalten hatte. Bald würde er Gewissheit haben. Schon jetzt konnte er es kaum noch erwarten, sie nacheinander durch seine Finger gleiten zu lassen.

»Dann ist Euer gefährliches spanisches Unternehmen also glücklich ausgegangen«, sagte er, »und man darf Euch von ganzem Herzen gratulieren?«

Lupos Miene verschloss sich noch mehr. »Leider scheinen dieses Mal die Heiligen unsere inbrünstigen Gebete nicht erhört zu haben«, sagte er. »Das Schiff, das unsere Waren an Bord führte, wurde von Piraten gekapert und in Brand gesteckt. Nur ein winziger Bruchteil des Salzes, das ein zweites Schiff eher zufällig geladen hatte, hat Pisa sicher erreicht. Anstatt Gewinn zu machen, mussten wir erhebliche Verluste hinnehmen.«

»Und da seid Ihr trotzdem so großzügig mit Almosen? Die heilige Jungfrau hätte bestimmt nichts dagegen, wenn Ihr angesichts Eurer momentan so misslichen Lage eine Weile später spenden würdet!«

Lupo di Cecco senkte den Kopf, scheinbar demütig. »Selber Verluste zu erleiden«, sagte er, »sollte uns alle doch nur noch empfänglicher machen für die Not anderer, meint Ihr nicht? Meinen Schwiegervater und mich werden die verlorenen Fässer gewiss nicht gleich in den Ruin treiben. Für Eure kleinen Schützlinge aber zählt jede Lira.«

»Ihr seid ein wahrer Ehrenmann!«, rief der Rektor. »Jemand, an dem andere sich ein Vorbild nehmen sollten. Gäbe es mehr Bürger von Eurer vornehmen Geisteshaltung, unsere schöne Stadt stünde um einiges besser da.«

»Wollen wir nun das Fresko betrachten?«, sagte Lupo. »Deswegen bin ich ja eigentlich hier.«

»Aber natürlich – schaut Euch alles nur in Ruhe an! Und danach lasst mich Euer Urteil hören! Ich bin schon sehr gespannt.«

Lupo di Cecco schien sich vor allem für die Mariendarstellungen in den Ecken zu interessieren, die er eingehend studierte. Ein paarmal runzelte er die Stirn, und seine Miene verfinsterte sich, dann aber glätteten sich wieder seine Züge. Das Hauptwerk, die Begegnung an der Goldenen Pforte, fesselte ihn offenbar kaum. Nur einmal schritt er es kurz ab, blieb jedoch plötzlich stehen und vertiefte sich abermals eine ganze Weile in eines der kleineren Fresken.

»Seht Ihr das auch, da unten links?«, sagte er, zum Rektor gewandt. »Dort, halb unter dem roten Mantel der Elisabeth? Ist Euch das schon aufgefallen?«

Barna trat näher, kniff die Augen zusammen. »Wie ich Euch gestehen muss, bemerke ich es gerade zum ersten Mal. Ein Reptil, oder nicht?«

»Ganz richtig. Ein Feuersalamander – und ausnehmend gut getroffen.« Lupos Stimme bekam etwas Lauerndes. »Ich kann mich allerdings nicht erinnern, dass in der Heiligen Schrift oder in späteren Legenden von einem Salamander die Rede wäre.«

»Natürlich nicht! Und mit mir abgesprochen war dieses Tier ebenfalls nicht.«

»Dann muss es einen anderen Grund geben, warum er es gemalt hat.« Um Lupos Mundwinkel zuckte ein Lächeln. »Vielleicht sogar einen gewichtigen. Könntet Ihr Euch vorstellen, geschätzter Rektor, welcher das sein könnte?«

»Da bin ich wirklich überfragt! Aber dass wir mit diesem Minucci Ärger bekommen würden, war mir von Anfang an klar. Kein Wunder – schließlich fällt er nicht zum ersten Mal unangenehm auf.«

Lupo di Ceccos Brauen stiegen fragend nach oben.

»Der Vorfall liegt Jahre zurück. Wenn ich mich recht erinnere, wart Ihr damals gar nicht in der Stadt. Sein kleiner Junge war ganz plötzlich an der Halsbräune gestorben, und Minuccis Weib hat deswegen vor Schmerz den Verstand verloren. Man musste sie schließlich von einem Balken schneiden. Allein das war schon Skandal genug, aber es war noch längst nicht alles. Denn zuvor war der Leichnam des Kleinen unter mysteriösen Umständen verschwunden, und er tauchte erst später in einem erschreckenden Zustand wieder auf. Viele Gerüchte entstanden. Manche behaupten bis heute, Minucci selber sei daran beteiligt gewesen, doch dafür fehlen leider Beweise. Zunächst jedenfalls sah es gar nicht gut für ihn aus. Einige, und es waren nicht gerade wenige, wie ich Euch versichern kann, hätten ihn am liebsten sofort am Galgen gesehen, doch dann wendete sich plötzlich das Blatt. Einflussreiche Fürsprecher meldeten sich zu Wort, allen voran der Bischof ...«

Er hielt inne, sah Lupo aufmerksam an.

»Hört Ihr mir überhaupt noch zu, Messer di Cecco?«

»Sie werden wahnsinnig, wenn sie ihre Kinder verlieren oder niemals welche gebären können«, sagte di Cecco versunken wie im Selbstgespräch. »Das scheint bei einigen Frauen tatsächlich so zu sein ...« Er schrak hoch. »Verzeiht, geschätzter Rektor! Ich wollte Euch nicht mit meinen privaten Sorgen behelligen.«

»Eure Frau, nicht wahr?« Barnas Stimme war voller Anteilnahme. »Ich hab läuten hören, Monna Gemma sei in ihr Vaterhaus zurückgekehrt.« Er verzog seinen Mund. »›Noch bitterer als der Tod ist die Frau.‹ Die Alten hatten durchaus recht, wenn sie das behaupteten. Was mich betrifft, so hat es mich niemals nach den Freuden und Leiden der Ehe gelüstet. Nicht in jungen Tagen – und erst recht nicht heute.«

»Wenn es das nur wäre – ihr Vaterhaus! Dann könnte ich um einiges ruhiger sein.« Lupo di Cecco schien plötzlich nach einem Halt zu suchen. »Aber dieses Leben jetzt, das sie sich zumutet, mit all den fremden, verwahrlosten Kindern ... Ich fürchte, sie wird sich übernehmen. Gemma ist nicht stabil genug für diese ungewohnte Herausforderung.«

»Ihr wollt damit sagen, dass sie ...«

»Ich hab mich längst abgefunden, dass Gott uns keine Kinder schenkt. Sie aber nicht. Von Jahr zu Jahr wird es schlimmer. Daher gibt es Anlass zu befürchten, jene neue Situation könnte ihrer zarten Gesundheit äußerst schlecht bekommen.«

»So liebt Ihr sie noch immer? Obwohl sie Euer Anse-hen öffentlich geschädigt hat?«

»Gemma ist mein Weib, Messer Barna. Und wird es bleiben bis zum Ende aller Tage.«

Der Rektor schien zu überlegen, dann zog er Lupo di Cecco zur Seite.

»Ich habe ein offenes Ohr für Eure Anliegen«, sagte er. »So war es bisher, und so wird es auch bleiben. Und auch das von vorhin war durchaus nicht nur so dahin geredet. Ein Mann von Eurem Format könnte in der Tat sehr hilf-reich für uns sein. Ganz im Vertrauen – es gibt da einen kleinen Kreis von ehrenwerten Männern, die …«

»Ihr wollt die Zustände in Siena verändern? Und das lieber heute als morgen?«

Barna erstarrte. »Aber woher wisst Ihr …«

»Meine Quellen sind vorzüglich. Nur so können mei-ne Geschäfte florieren. Und ich sage Euch: Ich bin dabei!«

»Das ist Euer Ernst, Messer di Cecco? Dann werde ich sogleich die anderen in Kenntnis setzen.«

»Gemach, gemach! Mir liegt nichts an öffentlichen Auftritten oder Ämtern. Ich tauge nicht für das grelle Sonnenlicht, sondern bin eher ein Mann für die zweite Reihe.«

Der Rektor nickte eifrig.

»Aber ich wäre durchaus bereit, Euch finanziell zu unterstützen – auch in erheblichem Maße, sollte sich das als nötig erweisen. Vorausgesetzt allerdings, ich kann wei-terhin hinter dem Vorhang bleiben. Einverstanden?«

Er streckte Barna die Hand entgegen. Der schlug sofort ein.

»Und was fangen wir jetzt mit diesem Minucci an?«, fragte der Rektor. »Sollen wir ihn zu einer Untersuchung vorladen lassen? Oder dazu bringen, den Salamander zu übermalen? Wenn nur der Bischof nicht so einen Narren an ihm gefressen hätte! Er hat sogar vor wenigen Tagen ein neues Bild bei ihm bestellt.«

»Wieso unnötig Staub aufwirbeln? Keiner außer uns wird den Salamander jemals bemerken. Und diesen Minucci, den überlasst ruhig mir!«, entgegnete Lupo di Cecco. »Mit Kreaturen seiner Kategorie weiß ich durchaus umzugehen.«

❦

Die ersten Unterrichtsstunden hatten Gemma einiges an Überraschungen gebracht. Mia war durch nichts in der Welt zu bewegen gewesen, den gespitzten Holzgriffel auch nur in die Hand zu nehmen. Sie machte sich stocksteif, ihre hellen Augen füllten sich mit Tränen, bis Mamma Lina sie schließlich tröstend umarmte und nach nebenan zum Lauchputzen schickte. Auch Raffi schien zunächst den seltsamen Zeichen nur wenig abgewinnen zu können, ließ sich aber immerhin dazu überreden, weiterzuüben. Dafür waren Lelio, Angelina und Mauro umso eifriger bei der Sache, und selbst die kleine Cata ließ es sich nicht nehmen, ungelenke Kringel und windschiefe Dreiecke zu fabrizieren.

Gemma war froh, dass die Dominikaner ein paar ihrer alten Wachstafeln an sie abgetreten hatten, in die die Kinder mit ihren Griffeln Buchstaben ritzen konnten. Reichlich ungewohnt freilich war es für alle. Jeder trug seinen eigenen kleinen Kampf aus.

»Du brauchst ihn nicht so fest zu umklammern. Er ist schließlich keine Waffe, mit der du auf einen Feind losgehst.« Sie löste Raffis Faust und zeigte ihm, wie man den Griffel lockerer und damit bequemer halten konnte. »Sonst tut dir nur viel zu schnell die Hand weh, und dann kannst du nicht mehr weiterschreiben.«

Lelio hatte sich bereits über den »Kinderkram«, wie er es nannte, beklagt und nach Tinte und Pergament verlangt. Gemma nahm sich vor, mit den Kindern zu den Gerbern zu gehen, damit sie vor Ort sehen konnten, wie aus Tierhäuten kostbares Schreibmaterial entstand. Ein Vorsatz, den sie freilich nicht mehr allzu lange aufschieben durfte, denn es wurde von Tag zu Tag heißer.

»Das werde ich niemals lernen!« Mamma Lina war am ungeduldigsten von allen. »Sieh dir doch nur mal mein G an – so schief und schepp, wie es ist!«

»Jeder kann es lernen – warte, ich zeig es dir!«

Gemma packte Linas Hand und führte sie behutsam, ein Fehler, wie sich alsbald herausstellte. Wie verbrannt zuckte Lina zurück, sprang auf und lief hinaus. Zuerst wollte Gemma ihr nach, sie fragen und beruhigen, dann jedoch entschied sie sich dagegen. Irgendwann würde Lina zu reden beginnen, darauf baute sie. Sie nahm sich vor, bis dahin geduldig zu sein und die Szene von eben wie vieles andere auch wortlos zu übergehen.

Die Kinder übten indes fleißig weiter, doch inzwischen strahlte die Sonne unbarmherzig in den Raum. Immer schwerer fiel es den schwitzigen kleinen Fingern, die Griffel zu halten.

»Eine letzte Zeile noch«, sagte Gemma, »dann bekommt ihr frische Limonade und könnt raus zum Spielen.«

»Ich mag schon jetzt nicht mehr.« Mauro kletterte auf ihren Schoß und lehnte seinen Kopf gegen ihre Brüste. »Und heiß ist mir auch.«

Erschrocken legte sie ihm die Hand auf die Stirn. Die war warm, doch zum Glück nicht heiß. Kein Rückfall also, vor dem sie alle große Angst hatten.

»Der Kopf kann einem zu rauchen beginnen, wenn man zu viel denkt«, sagte Gemma zärtlich. Das erste Mal, dass er nicht bis zum Schutz der Dunkelheit wartete, um sich an sie zu schmiegen. »Aber er kühlt auch wieder schnell ab, wenn man danach wieder genügend spielt und an der frischen Luft ist.«

Mauro machte keine Anstalten sich zu rühren, genoss weiterhin ihre Nähe. Erst als die Türe aufging, setzte er sich kerzengerade hin.

Kaum fünf Jahre alt und schon ein kleiner Mann, dachte Gemma voller Rührung. Dann nahm auch sie unwillkürlich Haltung an.

»*Madre*?«, sagte sie, als plötzlich Celestina im Zimmer stand. »Was führt Euch zu uns?«

»Du scheinst ja immer genau da zu sein, wohin man seinen Fuß setzt«, erhielt sie als barsche Antwort. »Wusste nicht, dass du jetzt auch noch Waisenmutter geworden bist.«

»Bin ich auch nicht«, sagte Gemma. »Ich wohne nur eine Zeit lang bei Mamma Lina und den Kindern. Ein paar von den Kleinen waren sehr krank ...«

»Wo ist sie?«, fiel Celestina ihr ins Wort. »Ich will sie sprechen.«

»Ich geh sie holen.«

Mauro hatte sich längst außerhalb des Zimmers in Sicherheit gebracht. Offenbar jagte ihm die Frau mit dem finsteren Krötengesicht Furcht ein. Gemma fand Lina in der Küche, wo sie Mia zeigte, wie man ein Messer an einem Schleifstein wetzt, ohne sich dabei zu verletzen.

»*Madre* Celestina vom Hospital«, sagte sie. »Kommst du?«

»Weshalb ist sie hier? Gibt es irgendwelche Beschwerden?« Linas Blick verriet, was sie eigentlich damit meinte. »Hat sie irgendetwas gesagt?«

»Ich war nicht mehr bei ihm«, sagte Gemma rasch, »falls du das denkst. Messer Minucci hat mich zwar gebeten, ihm Modell zu sitzen, doch bis jetzt habe ich mich weder dafür noch dagegen entschieden.«

Lina ging schnell hinaus, Gemma folgte ihr langsam.

»*Madre*!«, rief Lina. »Ihr beehrt mein bescheidenes Haus mit Eurer …«

»Spar dir die Förmlichkeiten! Ich bin hier, um nach dem Rechten zu sehen. Und genau das werde ich jetzt tun.« Wieder erntete Gemma einen grimmigen Blick. »Gehört sie jetzt etwa auch dazu?«

Während Gemma sich in ihr Kämmerchen verzog, um Celestina nicht noch mehr zu erzürnen, inspizierte diese das Haus von oben bis unten. Nichts entging ihren kritischen Augen. Sie schaute in jedes Zimmer, öffnete Truhen, zog Schubladen auf und steckte ihre neugierige Nase in nahezu jeden Sack. Unklar, wonach genau sie zu suchen schien, aber dass sie offensichtlich nichts fand, an dem etwas auszusetzen gewesen wäre, machte ihre Laune nicht besser.

Schließlich begann sie im Zimmer mit dem großen Tisch, Mamma Lina einem regelrechten Kreuzverhör zu unterziehen. Die ersten Fragen nach Alter und Geschlecht der Kinder beantwortete die Waisenmutter noch bereitwillig, als Celestina jedoch anfing, sie nach ihrem eigenen Herkunftsort und ihrer Familie zu befragen, wurde sie einsilbig.

»Das alles steht in den Unterlagen von Santa Maria della Scala«, lautete ihre knappe Antwort. »Dort könnt Ihr es jederzeit nachlesen.«

»Dir ist bewusst, welche Verantwortung du mit diesen jungen Leben auf dich genommen hast?« Das Krötengesicht verzog sich lauernd.

»Ich könnte sie nicht mehr lieben, wenn ich sie geboren hätte.«

»Aber das hast du nicht. Sie stehen lediglich unter deinem Schutz, und selbst das nur, solange wir es gutheißen. Du hast sie daher in unserem Sinn zu erziehen. Und wir von Santa Maria della Scala achten auch auf den entsprechenden Umgang.« Celestina war noch nicht am Ende angelangt. »Eine Frau beispielsweise, die ihrem rechtmäßig angetrauten Ehemann davongelaufen ist, passt in unseren Augen nicht unbedingt hierher.«

»Die Kinder hängen an Monna Santini, und mir ist sie eine zuverlässige Freundin. Sonst noch etwas?«

Steifbeinig erhob sich Celestina.

»Eines Tages wirst du die richtigen Freunde brauchen«, sagte sie. »Vorausgesetzt, dir sind dann noch welche geblieben.«

Gemma kehrte zurück, kaum dass Celestina das Haus verlassen hatte.

»Ich möchte dir keine Schwierigkeiten machen«, sagte sie. »Celestina kann mich nicht leiden. Hat sie verlangt, dass ich euch verlasse?«

»Schon gut.« Mamma Lina wirkte erschöpft. »Zum Schluss hab ich ihr gar nicht mehr richtig zugehört. Natürlich bleibst du. Ich hab dir ja bereits gesagt, wie du uns am besten unterstützen kannst.« Sie presste die Hände an die Schläfen. »Da drin hämmert und brummt es wie in einem wild gewordenen Räderwerk. Die alte Hexe hat mich ganz wirr im Kopf gemacht.«

»Warum legst du dich nicht ein paar Augenblicke hin? Ich komm inzwischen schon allein zurecht.«

Sichtlich erleichtert verzog Lina sich nach oben. In Gemma jedoch hatte der unerwartete Besuch Celestinas weitere Fragen aufgeworfen. War es ihr tatsächlich um die Kinder gegangen? Oder hatte sie sich nicht vielmehr davon überzeugen wollen, wie nah Gemma inzwischen Matteo gekommen war?

Sie nahm die Schüssel auf den Schoß und begann Erbsen zu lesen, um sich abzulenken. Da vernahm sie ein schüchternes Klopfen an der Tür.

Nachdem sie geöffnet hatte, stand zu ihrer Überraschung der kleine *tedesco* vor ihr.

»Ist etwas mit Vater?«, entfuhr es ihr. »Ist er krank? Hat er dich deshalb geschickt?«

»Darf ich erst mal reinkommen?«, fragte Mario.

Sie führte ihn die Küche.

»Das hier ist von ihm.«

Ein kleines weißes Säckchen lag auf dem Tisch. Gemma knüpfte es auf, steckte die Nase hinein. Dann schüttete sie sich eine winzige Prise des Inhalts auf die Handfläche, befeuchtete den Finger und kostete.

»*Fleur de sel*«, sagte sie. »Und zwar die allerbeste Qualität. Ich hab seine Schule schließlich auch einmal durchlaufen. Woher hast du es?« Über ihrer Nasenwurzel erschien eine tiefe Falte. »Und behaupte nicht noch einmal, er hätte es geschickt! Du hast es heimlich abgefüllt, stimmts? Also, was ist geschehen, Mario? Heraus mit der Sprache!«

»Du musst wieder nach Hause kommen. Bitte!« Marios feines Gesicht wirkte zerquält und müde. Aber er roch nun wesentlich besser, das war ihr gleich aufgefallen. »*Zio* Bartolo vermisst dich so sehr, auch wenn er es nicht sagt. Doch man kann es spüren, jeden einzelnen Tag. Und ich …«

»Du etwa auch?«

»Ich will nicht schuld daran sein, dass du fortgelaufen bist.« Seine Mundwinkel bebten. »Du bist doch seine Tochter!«

»Das alles hat nichts mit dir zu tun.« Gemma streckte eine Hand aus, legte sie auf seinen Arm. Der Junge zuckte leicht zusammen, ließ es aber geschehen. Ihr fiel auf, wie zierlich seine Gelenke waren. Bei der Arbeit mit den Fässern und schweren Säcken musste er sich bestimmt ganz schön anstrengen. »Und jetzt möchte ich endlich alles erfahren, verstanden?«

Während Mario redete, hatte sie ausreichend Gelegenheit, ihn zu beobachten. Alles in seinem Gesicht schien in Bewegung. Zunächst schien er noch zu zögern, ihr sein Herz ganz zu öffnen, doch als sie ihn nicht unterbrach, sondern nur ab und zu beistimmend nickte, wurde er zunehmend mutiger.

»Und ich will doch gar keine anderen Lehrjungen näher kennenlernen«, brachte er stöhnend hervor. »Dieser Remo, dieser Fabio und vor allem dieser Lorenzo, die mir *zio* Bartolo als Gefährten zugedacht hat, sind doch alles nur Grobiane, die einen Fremden wie mich fertigmachen wollen. Und erst ihre blöden Späße! Raufen, Ringen und Armdrücken mag ich einfach nicht!«

»Wird es dir denn nicht allmählich zu viel unter all den Weibern?«, fragte Gemma lächelnd. »Nonna Vanozza, Lavinia und dann noch die beiden Mädchen?«

»Aus Mädchen mach ich mir nichts!«, rief Mario. »Falls du das meinst.«

»Das wird sich auch noch ändern und wahrscheinlich sogar ziemlich bald«, sagte Gemma lächelnd. »Nicht mehr lange, und du bist ein junger Mann, der sich in der Welt auskennen muss. Und dazu gehört natürlich auch der richtige Umgang mit Frauen.« Marios Italienisch, stellte sie fest, war flüssiger und wesentlich sicherer geworden. Inzwischen schien er in Siena nicht mehr so fremd zu sein. »Warum sagst du Vater dann nicht einfach, dass du am liebsten allein bist?«

»Als ob ich das nicht schon getan hätte – mindestens hundertmal sogar! Aber dann fängt er immer wieder von Augsburg an. Von meinem Vater, von mein…« Mario verstummte abrupt.

»Sie fehlen dir, nicht wahr?«, sagte Gemma. »Besonders deine Schwester, könnte ich mir vorstellen. Du hast Maria sicherlich schon geschrieben?«

Eine unbestimmte Geste. »Du *musst* nach Hause kommen, Gemma, bitte!«, wiederholte er, drängender nun. »Erst recht jetzt, nachdem Bartolos Schiff mit der kostbaren Ladung in die Hände von Piraten gefallen ist.«

»Was redest du da? Bartolos und Lupos Schiff? Das mit dem besten Salz von den spanischen Inseln nach Pisa segeln sollte?«, rief sie entsetzt. »Das kann doch nicht wahr sein!«

»Ich war dabei, als Lupo es ihm vor ein paar Tagen so schonend wie möglich beigebracht hat. Aber selbst das hat nicht viel genützt. Seitdem sieht *zio* Bartolo ganz alt und grau aus.« Sein Blick wurde schmelzend. »Wirst du also kommen?«

Vielleicht sind seine Augen doch ein wenig golden, dachte Gemma für einen Augenblick. Zumindest wenn er die Brauen so zusammenzieht, wie auch Angelina es manchmal tut, könnte man es beinahe glauben.

❧

»Sie treibt es auf die Spitze!« Die Stimme des Kanonikus überschlug sich beinahe. »Provoziert uns mittlerweile ganz ungeniert. Jetzt stolziert sie bereits am helllichten Tag auf dem Domplatz umher und parliert dabei unter dem scheinbar so keuschen Schleier munter und unbefangen mit dem Bischof, als sei es die normalste Sache der Welt! Dabei tut sie, als sei ich gar nicht vorhanden. Was glaubst du, wie ich mich gefühlt habe? Wie mit dem blanken Hinterteil auf einen glühenden Rost geschnallt, das kann ich dir verraten. Am liebsten hätte ich mich auf der Stelle unter das Pflaster verkrochen.«

»Reg dich nicht auf! Das wird ohnehin nicht mehr lange so gehen.« Der Apotheker Marconi rührte weiter in seinem Mörser.

»Nicht mehr lange? Das, lieber Savo, hab ich inzwischen viel zu oft von dir gehört. Worte, immer nur Worte! Aber was *geschieht*? Nichts. Gar nichts!«

»Wenn Freund Barna uns den in Aussicht gestellten Gefallen bereits erwiesen hat, liegst du falsch. Er wird ihr Haus kontrollieren lassen. Wieder und wieder. Bis sie schließlich aufgibt. Das ist immerhin ein Anfang.«

»Du willst ihr die Kinder wegnehmen lassen?«

»Manchmal mangelt es dir leider an Fantasie, Domenico. Weitaus besser wäre es doch, etwas anderes würde geschehen: der Stadt verwiesen mit dem strikten Verbot, jemals im Leben wieder einen Fuß nach Siena zu setzen. Na, wie gefällt dir das?«

»Aber sie ist so schlau wie eine Natter, tückischer als jeder Fuchs. Sie wird sich zu wehren wissen«, klagte der Domherr.

»Du liebst sie noch immer, sei ehrlich! Du hast von Anfang an die stärksten Gefühle für sie gehabt.«

»Inzwischen hasse ich sie.« Das runde Gesicht Domenicos war rot angelaufen. »Abgrundtiefer als die teuflischen Heerscharen Satans zusammen, das kann ich dir versichern!«

»Eine Teufelin ist aus der Hölle gekrochen und macht Jagd auf den Straßen Sienas.« Savo Marconi ließ den Stößel sinken, ein ausnehmend schönes Exemplar, wie auch der Mörser aus hellem Alabaster gefertigt. »Gar kein so übles Bild, wie ich zugeben muss.«

»Über deine unangebrachte Heiterkeit kann ich mich nur wundern.« Domenico klang empört. »Vielleicht sollte ich mich lieber an Enea wenden. Der würde sicherlich mehr Ernst für unsere vertrackte Situation aufbringen.«

»Davon muss ich dir dringend abraten.« Marconi ging zu den Regalen und kam mit einem Glasgefäß zurück. »Das hier könnte unter Umständen sogar seine Frau zur Ruhe bringen. Weißt du denn nicht, in welch bedenklicher Verfassung sie ist, seit sie ihren Giovanni unter Bernardos Engeln entdeckt hat?« Er träufelte ein paar Tropfen von dem milchigen Saft zu der Paste im Mörser. »Ich halte gar nichts davon, im Haus Eneas für noch mehr Aufregung zu sorgen.«

»Was redest du da? Aber das ist doch nicht möglich!

Unser kleiner Giovanni…« Domenico sackte auf seinem Schemel zusammen.

»Er wird bald genug haben und wieder nach Hause kommen«, sagte der Apotheker. »Vorausgesetzt, er hat nicht erfahren, was seinen Vater und seinen Onkel wirklich nach Pisa geführt hat. Denn falls doch, könnte es leider anders ausgehen.«

»Was soll das schon wieder heißen?« Carsedonis Blick war furchtsam geworden. »Deine seltsamen Andeutungen machen mich noch ganz krank.«

»Dass der grimmige Prediger sich vermutlich alles zunutze machen wird, was er in Erfahrung bringt. Ich könnte mir durchaus vorstellen, dass er seine Engel eingehend nach ihren Familien und den hiesigen Verhältnissen ausfragt. Und sie werden reden, diese Jungen, glaubst du nicht auch? Auf diese Weise könnte der *padre* so einiges Interessante ans Licht befördern. Ich fürchte, wir alle werden uns noch zu wundern haben. Einen gefährlicheren Verbündeten hätten wir uns jedenfalls kaum aussuchen können.«

»Aber es muss doch nicht unbedingt so kommen!« Es war wie ein Flehen. »Vielleicht haben wir ja Glück …«

»Vielleicht«, sagte Savo Marconi, und es klang alles andere als überzeugt.

»Was soll das hier eigentlich werden?« Der Domherr starrte auf die grünliche Masse im Mörser. »Willst du jemanden vergiften?«

»Hast du nicht gerade lauthals Handlungen und energische Taten gefordert?«, konterte der Apotheker. »Ich werde Leo mit dieser neuen Medizin gleich losschicken!«

❦

Das Lachen, Giggeln und Juchzen wurde immer lauter. Zwischendrin ertönte Raffis keckerndes Kichern, das an einen übermütigen Ziegenbock erinnerte. Seit Langem hatte Gemma die Kinder nicht mehr so fröhlich und ausgelassen erlebt.

»Wird es dir denn noch immer nicht zu viel?«, fragte sie Leo, als sich nun auch noch Lelio an dessen linken Arm hängte, während am rechten bereits Cata, Raffi und Angelina übermütig schaukelten. »Sonst wirf sie alle einfach runter!«

Der Gehilfe des Apothekers schüttelte den Kopf, den Mund zu einem breiten Grinsen verzogen.

»Leo liebt sie«, sagte er. »Sind alles Leos Freunde.«

»Leo, du musst mein Pferd sein, bitte!« Das war Mauro, der nun auch seinen Anteil am Vergnügen einforderte.

Gutmütig setzte der Hüne sich den Jungen auf die Schultern, ließ zu, dass die mageren Beine heftig gegen seine breite Brust schlugen, und begann mit ihm wie wild durch das Zimmer zu galoppieren.

»Vorsicht!«, rief Gemma. »Ihr werdet euch noch alle Gliedmaßen wund stoßen. Hinaus mit euch beiden – auf der Straße könnt ihr euch viel besser austoben!«

Gewissenhaft folgte sie den beiden, damit auch draußen kein Unheil geschah, aber Leo spielte seine Rolle so umsichtig, dass sie schon bald beruhigt und belustigt zuschaute, wie er mit seiner Last die Gasse unermüdlich rauf und runter trabte.

»Und wie lautet nun deine Antwort?« Matteos Stimme traf sie unvorbereitet. Er musste mitten in der Arbeit stecken, wie sein farbenverschmierter Kittel und die frischen Kleckse an seinen Händen zeigten.

»Hab ich denn überhaupt eine Wahl?« Das Herz klopfte ihr bis zum Hals, während sie Leo und Mauro zuwinkte, die schon wieder kehrtgemacht hatten und an ihr vorbeiliefen.

Matteo lächelte. »Man hat immer eine Wahl«, sagte er. »Aber ich wünschte natürlich, du würdest die richtige treffen.«

Gemma spürte, wie Hitze in ihr aufstieg.

»Lina mag es nicht, wenn ich zu dir gehe«, sagte sie. »Schon allein ihretwegen müssen wir Rücksicht nehmen. Aber ich werde ihr die Wahrheit sagen, sie soll wissen, woran sie ist.« Gemma runzelte die Stirn. »Oft werde ich nicht kommen können, das solltest du gleich wissen. Du musst die Zeit gut einteilen.«

»Warum dann nicht gleich heute?« Seine Stimme war auf einmal nicht mehr ganz sicher.

»Meinetwegen«, erwiderte sie. »Sobald ich die Kinder gut versorgt weiß.«

»Gemma, Gemma – siehst du?« Jetzt stand Mauro in voller Größe auf Leos Schultern und strahlte dabei über das ganze Gesicht. »Ich bin ein Gaukler!«, schrie er.

»Der Beste von allen«, rief sie, beruhigt darüber, wie sicher die großen Hände Leos die kleinen Füße umklammert hielten. »Aber jetzt ist es langsam genug. Lass ihn vorsichtig wieder runter, Leo! Die anderen wollen schließlich auch was von dir haben.«

Um den großen Tisch hatten sich bis auf Mia die restlichen Kinder versammelt. In der Mitte stand eine angeschlagene Schüssel mit einem undefinierbaren gräulichen Brei. Irgendjemand hatte kleine Teller aufgedeckt und Holzlöffel ausgeteilt, die beschmiert daneben lagen.

»Wir spielen gerade Vatermutterkind«, rief Angelina. »Und alle müssen jetzt essen. Du auch, Leo. Komm, ich füttere dich!«

Der Hüne gehorchte, verzog aber angewidert das Gesicht, kaum hatte er einen Löffel Brei im Mund.

»Spuck ihn ruhig wieder aus!«, sagte Gemma. »Wer weiß, was sie alles hineingerührt haben.«

Er verdrehte die Augen, blies seine Backen dramatisch auf, schluckte aber den Brei.

»Was ist denn hier los?« Mamma Lina, die schon seit dem Morgen über Kopfschmerzen geklagt hatte, stand auf einmal im Raum. »Wer von euch ist für diese Sauerei zuständig?«

»Sie haben doch nur gespielt«, versuchte Gemma zu schlichten. »Und Leo musste …«

»Was hast du überhaupt hier zu suchen?«, fuhr Lina den Gehilfen an. »Hat er dich geschickt, der Apotheker?«

»Messer Marconi war so freundlich, uns neue Medizin bringen zu lassen, auf Vorrat gewissermaßen«, versuchte Gemma zu erklären. »Stell dir vor, wir müssen nicht einmal etwas dafür bezahlen!«

»Wir brauchen keine Almosen«, sagte Lina scharf. »Und ich möchte, dass du jetzt gehst.« Das war an Leo gerichtet. »Die Medizin kannst du gleich wieder mitnehmen.« Mit Nachdruck stellte sie das Gefäß vor ihn auf den Tisch.

»Sie meint es nicht so«, meinte Gemma versöhnlich, als sie Leo zur Türe brachte. Was hatte die Freundin nur auf einmal gegen den gutmütigen Riesen, der den Kleinen so viel Freude machte? »Lina hat böse Kopfschmerzen, da sagt man manchmal seltsame Sachen.« Behutsam nahm sie ihm das Gefäß aus den Händen. »Die Medizin kannst du ruhig hier lassen. Für alle Fälle.«

Er schaute sie an, mit Augen so blank, so leer. Verstand er überhaupt, was sie gesagt hatte?

»Ich gehe jetzt«, sagte er schließlich. »Der *padrone* wartet.«

»Dann richte ihm doch bitte meine besten Empfehlungen aus«, sagte Gemma, plötzlich erleichtert, ihn loszuwerden. »Bei nächster Gelegenheit werde ich mich persönlich bei Messer Marconi bedanken.«

❧

Gemma hatte das Haar gelöst, wie Matteo es erbeten hatte, und den dichten blauen Schleier darüber gelegt. Und sie saß auf dem Boden, wie er ebenfalls gewünscht hatte, eine Haltung, die ihr inzwischen allerdings reichlich unbequem geworden war.

»Meine Beine sind eingeschlafen«, sagte sie. »Und im Rücken brennt und sticht es scheußlich.«

Er lächelte kurz, ohne sich beim Zeichnen unterbrechen zu lassen.

»Ich hab niemals behauptet, dass Modellsitzen einfach ist«, sagte er. »Nur noch eine ganz kleine Weile, ja? Und weiter ganz still halten – bitte!«

Gemma gehorchte, ließ allerdings den Blick weiter im Raum umherschweifen. Mittlerweile war es draußen dunkel geworden. Im Zimmer verbreiteten zahlreiche Kerzen und Wachsstöcke ihr flackerndes Licht.

»Siehst du denn überhaupt noch etwas?«, wollte sie wissen. »Du wirst noch zum Maulwurf, wenn du deine Augen weiterhin so malträtierst.«

Mittlerweile könnte ich dich in so gut wie jeder Lebenslage blind porträtieren, hätte er am liebsten geantwortet. Dein Bild ist längst in meinem Herzen. Für alle Zeiten.

»Es geht«, sagte er stattdessen laut. »Noch geht es.«

»Und durstig bin ich auch«, sagte Gemma. »Bringst du mir etwas zu trinken?«

Jetzt stand Matteo auf, kam mit einem Weinkrug und zwei Bechern zurück.

»Wenn ich dir nah bin, fühle ich mich sofort wieder völlig hergestellt«, sagte er, nachdem sie getrunken hatten. »Nicht einmal die Quetschungen spüre ich dann noch.«

»Ist Lupo eigentlich noch einmal aufgetaucht?«, fragte Gemma. »Zuerst wollte ich ihn ja darauf ansprechen, aber dann schien es mir besser, lieber nichts zu sagen. Dieser Überfall lässt sich nicht mehr rückgängig machen. Aber in Zukunft hoffe ich, lässt er dich in Ruhe. Ein für alle Mal!«

»Das wird er gewiss nicht«, sagte Matteo. »Nicht, wenn er auch nur ahnt, was ich für dich empfinde.«

»Matteo, wir hatten doch …«

Er umarmte sie rasch.

»Nichts hatten wir«, flüsterte er an ihrem Ohr. »Das ist ja gerade das Schlimme daran.«

»Lupo ist nicht mehr mein Mann«, sagte sie leise. »Nicht mehr in meinem Herzen. Auch wenn Altar und Gesetz mich weiterhin an ihn fesseln. Für mich hat er dieses Recht für immer verwirkt. Das wollte ich dir sagen.«

»Was hat er dir angetan?«, fragte Matteo. »Willst du darüber reden?«

»Nein – niemals!«

Gemma stieß ihn weg und bereute im gleichen Augenblick, dass sie es getan hatte. Matteo ließ sich nicht beeindrucken, kam wieder langsam auf sie zu und streckte die Hand nach ihr aus.

Gemma schluckte, ihr Hals war wie zugeschnürt. Jetzt, da es beinahe so weit war, bekam sie Angst.

»Ich will mich nicht verlieben«, entfuhr es ihr. »Nicht einmal in dich. Das bringt doch nichts als Not und Schmerzen.«

»Ist es für diese Einsicht nicht ein bisschen spät?« Seine Stimme war weich, ein zärtlicher Hauch von Spott schwang darin.

Er hat ja recht, dachte sie. Es ist längst schon geschehen!

»Was sollen wir nun anfangen?« Sie klang verzagt wie ein Kind in der Dunkelheit.

»Das will ich dir gerne zeigen.« Er lächelte. »Du hast doch Vertrauen zu mir, Gemma?«

Sie nickte beklommen.

»Dann kannst auch du den Anfang machen«, sagte er. »Vielleicht ist das sogar leichter für dich. Und ich, ich werde dir folgen, mit allergrößter Freude.«

Als Gemma Matteos Hand nahm und ihn an sich zog, die Arme ganz fest um ihn schlang und ihr Gesicht an seinem Hals vergrub, konnte sie plötzlich wieder freier atmen. Sie spürte seine wachsende Erregung – und sie spürte gleichzeitig ihr eigenes Begehren, was sie glücklich und unsicher zugleich machte. Eine Welle von Scham drohte sie zu überfluten. Durfte sie überhaupt so empfinden, sich so weich, so offen, so zur Liebe bereit fühlen?

Lupos Kälte hatte alles in ihr erfrieren lassen.

Matteo tat genau das Richtige, ließ ihr Zeit, ohne sein Verlangen zu verbergen. Sie küssten sich lange und innig, und Gemma spürte, wie die Scham langsam verschwand und ihr Körper mehr und mehr auf seine Liebkosungen zu reagieren begann. Seine Hände waren sicher und fest, berührten sie an Stellen, wo sie viel zu lange niemand mehr zärtlich berührt hatte. Es war wie ein Erwachen aus tiefem Schlaf, wie ein Sonnenkuss nach einem langen, eisigen Winter. Sie hätte weinen mögen und lachen in einem, vor alles aber schob sich dieses tiefe, erfüllte Staunen.

Sie war lebendig, sie liebte und wurde geliebt! Alles schien so richtig, so vollkommen, genau so, wie es sich gerade abspielte.

Schließlich sanken sie auf das Bett, einander noch immer so fest umklammernd, als würden sie sich nie mehr loslassen wollen. Die Luft im Zimmer war schwer, nicht vom leisesten Windhauch bewegt. Es schien wie selbstverständlich, dass ihre Körper einen langsamen genussvollen Tanz aufnahmen, bald schon nass vor Schweiß. Einfacher wurde es, als sie die Kleider endlich losgeworden waren und ihre Körper ineinanderflossen.

Gemma war froh, dass Matteo nichts sagte, nur ihren Namen flüsterte er wie eine Anrufung immer wieder in ihr Ohr. Es gab nichts anderes zu sagen, nichts, was hätte gesagt werden müssen, keine Worte mehr, nur noch Fühlen, Spüren und eben dieses glückliche, tief erfüllte Staunen.

Plötzlich stieß Matteo unerwartet einen rauen Ton aus, der sie durchfuhr, ein dunkler, schmerzlicher Laut, der von weit unten zu kommen schien, und für einen Augenblick war es, als würde ein schwerer Vorhang sich öffnen. Die Schreckensbilder ihrer Hochzeitsnacht waren mit einem Mal zurück: Lupos starres Gesicht, sein stoßweises Ächzen, vor allem jedoch die kalten Worte, unablässig wiederholt, während er roh in sie stieß: »Beweg dich nicht, beweg dich nicht, du verdammte kleine Hure …«

Dann aber spürte sie wieder Matteos warme Lippen auf ihrem Mund, und der Vorhang schloss sich gnädig wieder. Matteo sah sie fragend an, sie aber schüttelte nur kurz den Kopf und überließ sich aufs Neue seinen wissenden Berührungen.

»Ich hatte keine Ahnung, dass die Liebe so schön sein kann«, flüsterte Gemma, als sie später erschöpft nebeneinanderlagen. Jubeln hätte sie mögen, so glücklich fühlte sie sich. Ihre Augen konnten sich nicht an ihm sattsehen, die Finger mussten ihnen kaum weniger unersättlich folgen. Da waren die Narbe rechts unter seinem Kinn, der ausdrucksvolle Mund, die kleinen Falten um die Augen und die beiden steilen zwischen den Brauen, die ihn so ernst und traurig aussehen lassen konnten. Doch jetzt schienen sogar sie zu lächeln. Da waren seine starken, geschmeidigen Hände, der zart behaarte Brustkorb, die schlanken Hüften, die sehnigen Schenkel und sein bräunliches Geschlecht, das ihr so große Lust bereitet hatte.

»Sie könnte noch schöner werden, das liegt allein an dir, meine wunderbare Prinzessin der Nacht!« Matteo zog sie erneut voller Leidenschaft an sich. »Für mich müsste es niemals mehr Morgen werden.«

Irgendwann waren sie dennoch eingeschlafen, und als Matteo erwachte, lauschte er gelöst eine Weile dem fröhlichen Lied der Vögel. Gemma schlief noch fest, die Hände zu Fäusten geballt, die Knie angezogen, als müsse sie sich im Traum verteidigen.

Er stand auf, betrachtete sie lächelnd. Bald schon würde er sie wecken müssen, damit sie rechtzeitig nach gegenüber schleichen konnte, bevor Lina und die Kinder es merkten, doch er wollte ihr die letzten Augenblicke der Ruhe nicht nehmen. Da seine Kehle wie ausgetrocknet war, alle Wassereimer sich jedoch als leer erwiesen, schlüpfte er in seine Malerkleider und machte sich auf den Weg zum nahen Brunnen. Die Gasse lag noch in tiefem Schlaf, aber im Osten zeigte sich bereits rötliches Licht. Leise summte Matteo vor sich hin. Wie warm sein Körper sich anfühlte, lebendig und geschmeidig bis in die Fingerspitzen! Heute würde er sicherlich so inspiriert malen wie schon lange nicht mehr.

Er hatte den Brunnen fast erreicht, als ein leises Wimmern ihn innehalten ließ. Da lag etwas zusammengekrümmt auf dem Boden, das man auf den ersten Blick für ein Lumpenbündel hätte halten können. Doch es war kein Bündel, denn es bewegte sich.

Matteo kniete nieder und erschrak.

Ein Kind! Der kleine Junge aus Mamma Linas Schar, den er noch gestern so fröhlich hatte spielen sehen. Wie war noch einmal sein Name gewesen? Wie hatten die anderen Kinder ihn gerufen? Jede Erinnerung daran war wie weggeblasen.

Die Haut des Kleinen glühte. Seine Augen waren weit aufgerissen. Er starrte Matteo an, schien ihn jedoch nicht zu sehen.

»Was ist geschehen?« Der Maler spürte, wie die altbekannte Angst in ihm hochkroch. »Bist du krank?«

Ja, das Kind war sehr krank, womöglich sogar in größter Gefahr. Was aber konnte er tun, um ihm schnell zu helfen?

Immer verzweifelter rang der Junge nach Atem. Dazwischen schnellte seine Zunge heraus, mit der er versuchte, die aufgerissenen Lippen zu befeuchten. Matteo stützte behutsam den Kopf des Kleinen, strich ihm über die schweißnassen Haare.

»Durst!«, stieß der Junge schließlich mühsam hervor. »Durst! Wollte nicht essen, aber er hat … Ich musste … alles so sa… Wasser!« Sein Kopf fiel kraftlos zur Seite.

»Ja, trinken sollst du, das ist eine gute Idee! Warte, ich bin sofort wieder bei dir!«

Matteo bettete den Kopf des Kindes vorsichtig auf das Pflaster, füllte einen Becher mit dem saubersten Wasser aus dem ersten Bassin und wollte es dem Kleinen einflößen, als er plötzlich stutzte.

Etwas war anders als zuvor.

Er legte sein Ohr an die Brust des Kindes. Kein Herzschlag mehr, nicht ein Ringen oder Keuchen. Alles still. Viel zu still. Genauso wie damals bei Giuseppe, seinem geliebten Sohn. Er und seine Frau hatten schon gehofft, der Junge habe die Nacht überstanden, die Rechnung aber ohne den Todesengel gemacht. Noch vor Sonnenaufgang war er in majestätischer Schrecklichkeit erschienen, um Giuseppe für immer in sein dunkles Reich zu holen.

Tränenblind schaute Matteo nach Osten, wo soeben die ersten Strahlen den Horizont färbten. Das Kind in seinen Armen war tot.

Fünf

*T*euerste Brüder in Christo, dem süßen Jesus! Gedenket mir an die tiefe Liebe, die unser lieber Erlöser empfand, da er sich unseretwegen dem Tod hingab, um uns damit das Leben der Gnade wiederzuschenken …« Caterina hielt inne. »Hast du ›schenken‹?«, fragte sie mit besorgtem Blick.

»Hab ich.« Gemmas Antwort klang gepresst.

»Gut. Dann kann ich ja weiterdiktieren.« Sie musste nur einen Augenblick überlegen, schon begannen die Worte erneut wie aus einer unsichtbaren Quelle zu sprudeln:

»Vergesst dabei jedoch eines niemals, auch wenn wir es durch die Arbeit unseres lieben Vaters zu Ansehen und bescheidenem Wohlstand gebracht haben und ihr jetzt sogar als Ratsherrn über das Wohl Sienas zu entscheiden habt: Wir waren immer populani, *sind also Leute aus dem einfachen Volk, die neben der Gottesliebe stets ihre Arme, vor allem jedoch ihren scharfen Verstand zu gebrauchen wussten …«*

Der Griffel in Gemmas Hand schien zu glühen, so flog er über die Wachstafel. Sie konnte nicht jedes Wort, das Caterina von sich gab, ganz ausschreiben, sondern musste sich immer wieder mit provisorischen Abkürzungen behelfen, die sie später hoffentlich noch würde entziffern können. Zum Glück hatte sie vor der Zeit ihrer Ehe im väterlichen Kontor regelmäßig Schreibarbeiten übernommen, sonst wäre sie jetzt hoffnungslos verloren gewesen. Aber es war auch so schwierig genug, denn inzwischen prasselten Caterinas Sätze einem Sturzbach gleich auf sie nieder. Bis jetzt war es ihr halbwegs gelungen, die Fassung zu bewahren, obwohl sie sich innerlich so traurig und zerschlagen fühlte, dass sie den Weg zum Färberhaus nur mit größter Anstrengung hatte bewerkstelligen können. Doch von Zeile zu Zeile wuchsen ihre Zweifel, ob sie auch die Kraft besitzen würde, bis zum Ende durchzuhalten.

»Deshalb hütet euch vor jenem Antichristen, welcher derzeit in den Gassen und auf den Plätzen unserer Stadt seine gotteslästerlichen Worte ausgießt. Meine geliebten Brüder in Christo, dieser Bernardo, wie er sich nennt, ist kein Prediger des Herrn, sondern lediglich ein Scharlatan, der uns durch seine verderbte Rede ins Unglück stürzen will. Ihm geht es nicht um Gottesfurcht noch um Reue oder Buße; das Einzige, was ihn interessiert, ist Macht. Folglich müsst ihr alles nur Mögliche dafür tun, damit er sie niemals erlangen wird. Aber seid weder furchtsam noch ängstlich, sondern zeigt Mut! Wenn wir demütig um die Hilfe des Allmächtigen flehen, wird uns das reine, für uns Sündiger vergossene Blut des Erlösers auch vor diesem Ausbund der Hölle erretten …«

»Träumst du?« Caterinas Stimme riss Gemma aus ihren Gedanken. »Dann kann ich nur hoffen, dass es wenigstens schöne Träume sind!«

Der Druck in der Kehle wurde immer schlimmer, und auf einmal gab es kein Halten mehr. Tränen liefen Gemma über das Gesicht.

Jetzt wirkte Caterina erschrocken. »Was ist mir dir?«, fragte sie. »Ist etwas geschehen?«

»Das fragst du noch? Wo doch ganz Fontebranda von nichts anderem redet!«

Aufgerissene, erstaunte Augen, die Gemma plötzlich zornig machten. Wenn man sich bei lebendigem Leib in einer Zelle vergrub wie diese junge Frau – wie sollte man dann erfahren, was draußen in der Welt vor sich ging?

Es wunderte sie ohnehin, dass Caterina sich um jenen Bernardo und sein dreistes Treiben scherte und sogar ihre Brüder im Rat vor ihm warnen wollte. Sie dagegen konnte nur noch an den reglosen kleinen Körper in Matteos Armen denken, der den Zauber ihrer Liebesnacht abrupt beendet hatte.

»Unser kleiner Mauro ist tot«, fuhr sie schluchzend fort, »eines von Mamma Linas Waisenkindern. Nacht für Nacht kam er in mein Bett. Das war unser Geheimnis, etwas, das wir keiner Menschenseele verraten haben. Manchmal wurde es dann sehr eng, weil er am liebsten quer lag, sodass ich mich kaum noch rühren konnte. Und jetzt werde ich nie wieder Platz für ihn machen können.«

»Der Würgeengel der Kinder?«, fragte Caterina. »Hat er auch ihn zu sich geholt?«

»Mauro hatte niemals Halsbräune! Nein, Matteo … ich meine, Messer Minucci hat ihn im Morgengrauen gefunden, unten am großen Brunnen, da lag er schon im Todeskampf. Kurz darauf ist er vor seinen Augen gestorben.«

»Manchmal erleiden sie einen Rückfall«, gab Caterina zu bedenken. »Oftmals gerade dann, wenn man denkt, sie hätten bereits alles gut überstanden. Doch seine Seele ist jetzt bei Gott. Was könnte es Schöneres geben für ein Menschenkind?«

»Verstehst du denn gar nichts?« Gemma sprang auf, so aufgebracht war sie. Mit dem Ärmel wischte sie sich die Tränen aus dem Gesicht. »Mauro wollte leben, jetzt, da er endlich wieder eine Mamma und viele neue Geschwister gefunden hatte.«

»Es steht uns nicht zu, Gottes unergründliche Ratschlüsse begreifen zu wollen. Das irdische Ende wird uns Menschen stets ein Geheimnis bleiben. Aber was spielt das für eine Rolle? Wo es doch ohnehin nur der Übergang zu unserem ewigen Leben in Gott ist.«

»Ein fröhliches, gesundes Kind, das am liebsten Tag und Nacht übermütig herumgetobt hätte! Wie kann ein gnädiger Gott ein so junges Leben jäh beenden? Und welchen Sinn soll solch ein nutzloses Sterben haben? Kannst du mir das bitte erklären, Caterina?«

Ruhelos begann Gemma, in der Küche umherzulaufen, die Lapa für die Zeit des Diktats freigemacht hatte. Überall standen einfachste Gerätschaften, Töpfe, Teller, Reiben, Kasserollen, alles vielfach gebraucht und dementsprechend abgenutzt. Reiche Gönner hatten der Färberfamilie angeboten, für ein würdevolleres Domizil zu sorgen, doch Lapa und ihr Mann Jacopo hatten alle Umzugsangebote abgelehnt. Die Familie Benincasa war entschlossen zu bleiben, wo sie schon seit Generationen gelebt hatte.

Caterinas Augen folgten Gemma unentwegt.

»Ich höre dich Gott anklagen«, sagte sie. »Und dabei ist deine Stimme dunkel vor Schmerz. Könnte es sein, dass du dir selber etwas vorzuwerfen hast?«

Gemma starrte sie verblüfft an.

»Willst du darüber reden, Gemma?«, fragte Caterina.

»Ich war nicht da gestern Nacht«, brach es aus Gemma heraus. »*Das* ist es, wenn du es schon so genau wissen willst. Nur ein einziges Mal in all der Zeit, seit ich bei ihnen bin, war ich fort. Vielleicht ist Mauro ja aufgewacht, hat nach mir gesucht und nur deshalb das Haus verlassen, um mich zu finden. Wäre ich dort geblieben, er würde noch leben, denn ich hätte ihn niemals im Dunkeln alleine rausgelassen. Das werde ich mir nie verzeihen, verstehst du? Niemals!« Inzwischen schrie sie beinahe. »Und soll ich dir auch sagen, weshalb ich nicht da war?« Gemma ließ Caterina keine Zeit zu antworten. »Weil ich bei einem Mann war. Mit ihm habe ich die Nacht verbracht – in seinem Haus. In seinen Armen.«

Eine Weile blieb es still. Das Aroma von Mandeln und Honig begann die Küche zu erfüllen, so tröstlich und süß, dass Gemma trotz ihrer Trauer spürte, wie Appetit sich in ihr regte. Lapa hatte ein großes Blech mit *panforte* in den Backofen geschoben, das langsam gar wurde.

»Erwartest du von mir Absolution?«, fragte Caterina schließlich. »Die kann dir einzig und allein ein Priester gewähren. Allerdings erst, nachdem du zuvor gebeichtet hast und bereit bist, deine Buße auf dich zu nehmen.«

Besaß diese Asketin gar kein Herz? Jetzt von Beichte und Buße zu reden, wo bittere Schuldgefühle Gemma doch ohnehin halb um den Verstand brachten! Sie verspürte plötzlich Lust, auf Caterina einzuschlagen, so wild machte sie die unerschütterliche Ruhe, die diese ausstrahlte. Gemma schüttelte den Kopf, um den Gedanken zu verscheuchen. Vielleicht würde die weltabgewandte junge Frau es ja besser begreifen, wenn sie ihr mehr über Mauro erzählte.

»Im Nacken, da hat er nach Vanille gerochen. Und dieser lustige Haarwirbel, der ihn wie einen kampflustigen Wiedehopf aussehen ließ! Es konnte auch noch vorkommen, dass sein Daumen in den Mund wanderte, aber nur dann, wenn er sich ganz und gar unbeobachtet fühlte. Er hat es geliebt, sich in mein Haar zu wickeln, und hat dabei ›Mamma‹ geflüstert, während ich so tat, als ob ich es nicht gehört hätte …« Jetzt waren es ihre Worte, die wie ihre Tränen unablässig strömten.

»Du hast ihn sehr lieb gehabt.« Caterina sagte es mit einem Unterton, der Gemma aufhorchen ließ. Das Mitgefühl klang echt. Vielleicht dachte sie gerade an ihre Brüder und Schwestern, die im Kindesalter gestorben waren. »Und jetzt vermisst du ihn, und das tut dir sehr weh. Doch die Toten verlassen uns nicht, das weißt du doch, Gemma! Solange wir sie lieben, bleiben sie bei uns.«

»Ich hab sie alle lieb«, sagte sie. »Mauro ebenso wie die fünf anderen, die uns noch geblieben sind.«

»Wo ist er jetzt, dein kleiner Mauro?«

»Nicht einmal das kann ich dir sagen. Sie haben ihn abgeholt, noch bevor wir uns richtig von ihm verabschieden konnten. Das war das Allerschlimmste. Lina hat sich verzweifelt über die Bahre geworfen, aber sie lassen keinerlei Ausnahme zu. Sie sagten, als *getatelli* gehöre er im Tod zurück nach Santa Maria della Scala.«

Caterina erhob sich steifbeinig. Im Stehen schien sie in ihrer Zerbrechlichkeit unter dem groben weißen Gewand regelrecht zu verschwinden.

»Wir hören auf für heute«, sagte sie. »Der Brief an meine Brüder ist ohnehin so gut wie fertig. Kannst du die Reinschrift für mich erledigen und ihn anschließend zum Palazzo Pubblico bringen?«

Gemma nickte.

»Es wird gehen, trotz allem?« Caterina musterte ihre Schreiberin aufmerksam.

»Du kannst dich auf mich verlassen«, sagte Gemma.

»Ich bin sogar ganz froh, wenn ich wenigstens für eine Weile an etwas anderes denken kann.«

»Gut.« Es klang abschließend. »Es ist wichtig, dass sie den Brief bestimmt erhalten, jetzt, wo sie den Rat nicht verlassen dürfen und sich folglich kein eigenes Bild darüber machen können, was in der Stadt vor sich geht. Dieser Bernardo ist gefährlich für Siena. Wir sollten keine kostbare Zeit verlieren.«

»Ich kann ohnehin nicht verstehen, was die Leute an ihm finden«, sagte Gemma. »In mir zieht sich alles zusammen, sobald er nur den Mund aufmacht.«

Caterina ging wieder zu ihrer Zelle. An der Schwelle hielt sie noch einmal kurz inne und wandte sich mit ernster Miene zu Gemma um.

»Die Wahrheit macht unsere Seele demütig«, sagte sie. »Die Lüge aber hochmütig. Man darf nicht lügen, wenn man die Wahrheit weiß. Nicht einmal zurückhalten darf man sie. Doch dazu braucht man Mut – manchmal sogar sehr großen Mut. Und glaub mir, Gemma, ich weiß, wovon ich spreche.«

Was wollte sie ihr damit sagen?

Eine Weile hing Gemma in Gedanken noch Caterinas rätselhaften Worten nach, dann aber setzte sie sich an den sauber gescheuerten Tisch mit seinen unzähligen Kerben und Schrammen und nahm ihre Aufzeichnungen zur Hand. Es war einfacher, Caterinas drängende Sätze zu rekapitulieren, als sie befürchtet hatte. Pergament, Federn und Tinte standen in ausreichender Menge bereit.

Sie tauchte den Gänsekiel ein und begann zu schreiben.

Nach einer Weile hörte sie Lapa hereinkommen, die den Kuchen aus dem Ofen holte. Plötzlich stand ein warmes, duftendes Stück *panforte* neben ihr. Unwillkürlich schüttelte sie den Kopf, da spürte sie Lapas schwere Hand auf ihrem Scheitel.

»Du musst essen, Mädchen«, sagte sie. »Wem wäre schon damit gedient, wenn du deine Kraft und all deinen Mut verlierst? Damit machst du den armen Kleinen auch nicht wieder lebendig!«

Die Geste war so schlicht und mütterlich zugleich, dass Gemma sich geborgen fühlte wie schon seit Langem nicht mehr. Trotzdem wurden ihre Augen erneut feucht. Und während Lapas Enkel sich in der hintersten Küchenecke lautstark um den Rest des Mandelkuchens balgten, nahm der Brief an die Gebrüder Benincasa langsam Gestalt an.

❧

Ein Sonnenstrahl fiel durch das Fenster auf das Fresko und ließ das Gesicht des Vaters aufleuchten. Überwältigende Freude war darin zu lesen, aber auch ebenso tiefe Ungläubigkeit darüber, dass er den verlorenen Sohn tatsächlich wieder in seinen Armen halten konnte. Nardo Barna beobachtete, wie der Blick der Frau jenseits des Tisches abermals zu dem Wandgemälde glitt, beinahe, als würde sie von dem Bild Trost und Stärkung erwarten.

Oder wich sie lediglich seinem Blick aus? Er beschloss, seine Befragung noch strenger zu gestalten.

»Der Junge war gerade mal vier Jahre«, fuhr er fort. »Wie konnte es da angehen, dass er …«

»Mauro war fast fünf«, unterbrach ihn Mamma Lina. »Auch wenn er für sein Alter klein und zart war und daher vielleicht jünger wirkte. Aber er war aufgeweckt und konnte sogar schon die ersten Buchstaben schreiben.«

Eine steile Falte durchschnitt Barnas Stirn.

»Ob nun vier oder fünf, in diesem Alter gehört ein Kind nachts an einen einzigen Ort – nämlich in sein Bett.« Sein Tonfall verriet die wachsende Verärgerung. »Ihr nennt Euch Mamma Lina und wollt ein Haus mit Kindern führen, die alle unter der Obhut von Santa Maria della Scala stehen. Doch was seid Ihr für eine Waisenmutter, wenn Ihr nicht einmal *dafür* zu sorgen wisst?«

Lina senkte den Kopf. »Glaubt Ihr nicht, ich hätte mich das selber nicht schon tausendmal gefragt?«, sagte sie leise. »Ich *hab* ihn natürlich ins Bett gebracht. Danach haben wir noch zusammen gebetet wie jeden Abend, vielleicht etwas kürzer als sonst, denn Mauro war todmüde, weil er tagsüber so hemmungslos herumgetobt hatte. Als ich ihn verließ, war er bereits eingeschlafen.«

»Doch irgendwann muss er ja aufgestanden sein und das Haus verlassen haben. Und davon willst du nichts bemerkt haben? Keine Schritte? Keine ungewöhnlichen Geräusche? Nicht einmal das Öffnen und Schließen der Tür?«, schaltete sich nun Celestina ein, die Lina gegenüber neben dem Rektor saß. »Dann musst du ja wie eine Tote geschlafen haben!«

Mamma Lina schüttelte den Kopf.

»Für gewöhnlich hab ich einen leichten Schlaf«, sagte sie. »Aber da war nichts zu hören, ich bin mir sicher. Und die Kinder können sich ebenfalls nicht erinnern, etwas wahrgenommen zu haben. Ich hab sie alle gefragt.«

»Vielleicht konntest du nichts hören, weil du stockbetrunken warst«, sagte Celestina lauernd. »Du wärst nicht die erste unserer Waisenmütter, die sich einen solchen Vorwurf gefallen lassen müsste. Die Wahrheit, Lina! Weitere Lügen würden deine Situation nur verschlimmern.«

»Wie kommt Ihr dazu, so etwas zu behaupten, *madre*?« Linas Empörung wirkte echt. »Ich lüge nicht. Jedes meiner Worte ist wahr! Außerdem wird Wein in meinem Haus stets großzügig mit Wasser verdünnt. Und gestern Abend habe ich nicht einmal zwei Becher getrunken.«

»Wie viele Kinder hattet Ihr denn in ihre Obhut gegeben?« Enea di Nero wandte sich direkt an den Rektor, als befände Lina sich gar nicht im Raum. Er schwitzte, schien sich äußerst unbehaglich zu fühlen. Sein markantes Gesicht war von roten Flecken verunstaltet.

»Sechs. Drei Jungen und drei Mädchen unterschiedlichen Alters«, erwiderte Barna, nachdem er in seinen Unterlagen geblättert hatte. Die Anwesenheit des Richters zu seiner Rechten schien ihm willkommen zu sein. »Wir achten nach Möglichkeit darauf, dass jeder neue Haushalt mit Waisen einer echten Familie ähnlich ist, und geben uns daher Mühe bei der Zusammenstellung.«

»Sechs auf einen Schlag? Nicht gerade wenig, wie mir scheint. Könnte das nicht bedeuten, dass es zu viele Kinder auf einmal waren? Vor allem, wenn man bedenkt, dass die Aufgabe offenbar etwas ganz Neues für sie ist?« Di Neros unverblümte Fragen schienen die Luft im Raum zu vergiften.

»Es waren nicht zu viele«, erwiderte Mamma Lina und mied noch sorgfältiger als bisher, in Enea di Neros Richtung zu schauen. »Von mir aus hätten es sogar noch mehr sein können. Ich komme sehr gut mit meinen Kindern zurecht.«

»*Deine* Kinder?«, begehrte Celestina auf. »Hab ich dir nicht erst neulich ausführlich dargelegt, dass sie lediglich eine Leihgabe des Hospitals sind? Eine äußerst kostbare

Leihgabe freilich, die du nach bestem Wissen und Gewissen zu hüten hast ...«

»Das reicht, Celestina!« Barnas schmale Hand schnitt ihr mit einer knappen Geste das Wort ab. »Wir brauchen Ergebnisse, keine Predigten.«

Lautes Stimmengewirr vor dem Uffizium. Dann sprang die Tür auf und der Apotheker kam herein, gefolgt von seinem Gehilfen.

»Eure übereifrigen Mantellatinnen wollten mich erst gar nicht zu Euch vorlassen«, rief er, schon halb im Raum. »Aber Ihr hattet mich doch gerufen!« Er nickte di Nero kurz zu, dann glitt sein Blick zu Mamma Lina, die allerdings durch ihn hindurchschaute, als bestünde er aus Glas. »Aber entschuldigt, geehrter Rektor! Wir scheinen ja in der Tat zu stören.«

»Nehmt Platz, Messer Marconi, samt Eurer Begleitung!«, befahl der Rektor. »Ihr stört keineswegs, sondern kommt gerade zur rechten Zeit.« Erneut wandte er sich an Mamma Lina. »Ihr habt vorhin ausgesagt, der Kleine sei vor einiger Zeit krank gewesen. Und deshalb hättet Ihr Medizin bei Messer Marconi geholt. Was genau hat ihm denn gefehlt?«

»Es war ein hartnäckiger Husten, der mich anfangs sehr beunruhigt hatte, weil ich Angst hatte, es könne vielleicht Halsbräune sein. Aber das war es offenbar nicht, sonst wären die Beschwerden anders gewesen, und inzwischen war Mauro auch längst wieder gesund. Zudem ist diese Medizin bezahlt. Was also sollen all diese Fragen?« Linas Atem ging rasch. Inzwischen vermied sie es nicht nur, in Richtung Fenster zu schauen, wo der Richter saß, sondern auch zur Türe, wo der Apotheker und sein Gehilfe Platz genommen hatten.

»Das müsst Ihr schon mir überlassen!« Barna klang ungehalten. »Schließlich habe ich den Tod des kleinen Mauro aufzuklären.«

»Mauro – tot?« Leo war aufgesprungen und stieß dabei ein tiefes, fast tierisches Heulen aus. »Mauro nicht tot! Leo ist sein Pferdchen.« Er vollführte im Stehen ein paar ungelenke Sprünge. »Mauro muss sauber sein, ganz rein und ganz sauber. Das hat der *padrone* gesagt …«

»Halt den Mund, Leo! Es ist jetzt wirklich genug mit deinem Unsinn«, herrschte der Apotheker seinen Gehilfen an, und der Hüne schwieg, fiel in sich zusammen und ließ den Kopf auf die Brust sinken. Er begann mit den Fingern zu knacken, ein fürchterlicher Ton, der allen durch und durch ging. Ein Klaps von Marconi ließ ihn innehalten.

»Er gerät außer sich, wenn einem Kind etwas zustößt«, fuhr der Apotheker entschuldigend fort. »Für Fremde mag es merkwürdig wirken, aber ich bin längst daran gewöhnt. Er nennt sie seine kleinen Freunde, die ihm alles bedeuten. Und wenn er so aufgeregt ist wie jetzt, dann weiß er gar nicht mehr, was er sagt.«

»Mauro …«, setzte der Gehilfe noch einmal an. Jetzt schlug Savo Marconi ihm kurzerhand auf den Schädel, und Leo verstummte endgültig.

»Dann hat Mamma Lina also neulich Medizin bei Euch gekauft?«, vergewisserte sich der Rektor.

Der Apotheker nickte. »Ich hatte bei dieser Gelegenheit einige der Kinder persönlich in Augenschein genommen und danach eines meiner wirkungsvollsten Medikamente empfohlen. Es scheint geholfen zu haben, denn seither habe ich nicht mehr von ihnen gehört. Meine Besorgnis freilich hielt an; deshalb hab ich ihr erst gestern durch Leo einen weiteren Vorrat davon zukommen lassen. Dieses Mal unentgeltlich. Wenn ich helfen kann, bin ich stets gern dazu bereit.«

»Aber wir brauchen Eure Hilfe nicht«, sagte Mamma Lina barsch. »Deshalb hab ich die Medizin diesem ungeschlachten Kerl auch wieder zurückgegeben.«

Marconi tat, als hätte er sie gar nicht gehört.

»Ihr wisst ja, Messer Barna«, fuhr er fort, »wie sehr mir die Waisenkinder von Santa Maria della Scala am Herzen liegen.« Eine angedeutete Verneigung. »Gleichgültig, ob sie nun im Hospital oder irgendwo außerhalb leben.«

Unschlüssig schaute der Rektor wieder zu Mamma Lina.

»Der Kleine war also wieder gesund«, sagte er. »Dafür gibt es mehrere Zeugen. Doch dann ist er plötzlich gestorben. Wie und vor allem woran? Genau das haben wir hier aufzuklären.« Er schien nachzudenken. »Womöglich ist in Eurem Haus etwas vorgefallen, das Ihr wohlweislich verschweigt. Habt Ihr den Kleinen gezüchtigt oder anderweitig misshandelt? Gab es Streit? Mit Euch? Oder den anderen Kindern? Ist er deshalb weggelaufen? Es muss doch einen plausiblen Grund geben!«

»Gegen keines der Kinder hab ich jemals die Hand erhoben«, sagte Mamma Lina. »Das schwöre ich im Namen der allerheiligsten Jungfrau. Ich liebe sie alle, als hätte ich sie selber geboren.«

»Fragt sie doch einmal nach der anderen!«, meldete sich nun wieder Celestina zu Wort. »Nach jener verheirateten Frau, die vor einiger Zeit bei ihr eingezogen ist. Vielleicht weiß die ja was über Mauros plötzlichen Tod zu erzählen.«

Erneut richteten sich Barnas helle Augen fragend auf Mamma Lina.

»Das ist richtig«, räumte diese ein. »Gemma lebt bei uns ... Gemma Santini. Sie hilft mir beim Kochen. Und bringt den Kindern Lesen und Schreiben bei.« Sie nestelte an ihrem Schleier. Trotz des schwülen Nachmittags trug sie ein hochgeschlossenes Kleid und darüber einen dunklen Wollumhang.

»Gemma Santini?« Barnas rötliche Brauen zogen sich zusammen. »Wer soll das sein? Redet Ihr etwa von Monna di Cecco?« Seine Stimme hob sich wie bei einem Lehrer, der ungehorsame Kinder zu maßregeln hat. »So lautet nämlich ihr rechtmäßiger Name. Ihr Gatte ist ein Kaufmann mit makellosem Ruf und einem mehr als großzügigen Herzen, dem Santa Maria della Scala viel zu verdanken hat.«

»Für uns ist sie einfach nur Gemma.« Lina klang angestrengt. »Wir haben uns alle sehr an sie gewöhnt.«

»Dann sollten wir diese Gemma di Cecco ebenfalls befragen«, schlug der Richter vor und vermied nach wie vor peinlichst jeglichen Blickkontakt mit Mamma Lina. »Vielleicht erhalten wir durch sie neue Aufschlüsse.«

Wieder hörte man, wie der Rektor geräuschvoll in den Pergamenten blätterte.

»Ich will außerdem Minucci dazu hören, der den Kleinen aufgefunden hat«, sagte Barna. »Hat man ihn eigentlich schon benachrichtigt?«

»Das kann ich gerne für Euch besorgen. Aber meint Ihr wirklich, dass das nötig ist? Messer Minucci hat gewiss nichts damit zu schaffen.« Vor Aufregung klang Celestinas Stimme schrill. »Er wäre niemals fähig, einem Kind auch nur ein Haar zu krümmen. Dafür lege ich jederzeit meine Hand ins Feuer.«

»Dann pass bloß auf, dass du sie dir nicht verbrennst ...«

Lauter Trommelwirbel ließ die Versammelten zusammenfahren. Vor allem Mamma Lina starrte wie gebannt zum Fenster.

»Bedeutet das Krieg?«, stieß sie hervor. »Sind die Trommeln eine Warnung vor dem Feind?«

Rektor und Apotheker tauschten ein wissendes, überlegenes Lächeln.

»Die Contraden üben für den Palio«, sagte Barna. »Unser Pferderennen, das alljährlich zu Ehren der Gottesmutter stattfindet. Manche von ihnen neigen allerdings zur Übertreibung und fangen schon Wochen davor an. Das alles mag neu und ungewohnt für Euch sein. Denn Ihr stammt ja ursprünglich aus … aus …« Abermals Blättern und Rascheln. »Wo hab ich es denn gelesen?«

Im Uffizium war es plötzlich sehr still.

»Zuletzt hab ich in Venedig gelebt.« Linas Stimme hatte ihre frühere Festigkeit wiedererlangt. »Dort allerdings kennt man solche Gebräuche nicht.«

»Unsere der allerheiligsten Jungfrau geweihte Stadt ist eben anders«, sagte der Rektor stolz, »in vielerlei Hinsicht. Es ist nicht immer leicht für Fremde, das zu begreifen. Deshalb bleiben wir Sieneser ja auch so gern unter uns.«

Die Abfuhr hätte deutlicher kaum ausfallen können, doch Mamma Lina ließ sich nicht einschüchtern. Noch immer stand sie sehr aufrecht vor dem großen Tisch, das Gesicht blass, die Züge gefasst. Nur die geröteten Augen verrieten, wie viel sie geweint hatte.

»Kann ich ihn noch einmal sehen?«, fragte sie. »Es ging alles viel zu schnell.«

»Möglicherweise.« Der Rektor hatte sich ebenfalls erhoben. »Allerdings erst, wenn alle Untersuchungen abgeschlossen sind.«

»Wo... liegt er jetzt?«

»Im Eiskeller. Wie wir es auch sonst handhaben.«

Lina gab einen dumpfen Laut von sich.

»Aber dort ist es doch viel zu kalt«, flüsterte sie. »Mein kleiner Liebling hat immer so leicht gefroren und konnte es niemals warm genug haben.«

»Wo sonst sollten wir ihn aufbewahren? Und auch so müssen wir zusehen, dass wir ihn möglichst rasch unter die Erde bringen, denn es wird jetzt mit jedem Tag wärmer.« Barna verzog keine Miene. »Doch begraben können wir ihn erst, wenn keine Fragen mehr offen sind.«

Mamma Lina zog den Umhang enger um sich, als würde sie in der Schwüle des sonnendurchfluteten Uffiziums plötzlich einen eisigen Hauch verspüren.

»Kann ich jetzt gehen?«, fragte sie. »Die Kinder warten auf mich.«

»Für den Augenblick – ja«, erwiderte der Rektor. »Doch haltet Euch weiterhin zu unserer Verfügung! Möglich, dass wir Euch noch einmal ausgiebig befragen müssen.«

Sie nickte kurz, vermied es aber aufzusehen. Dann verließ sie gesenkten Hauptes das Uffizium.

❦

Wie schön die Stadt war, wie strahlend und prächtig!

Zum ersten Mal seit Mauros Tod hatte Gemma wieder einen Blick dafür. Sie genoss jeden Schritt, spürte das unebene Pflaster unter ihren abgelaufenen Sohlen, den Wind, der ihren Rock bauschte, die Sonnenstrahlen, die ihr den Rücken wärmten. Über ihr ein wolkenloser Himmel, dessen makelloses Blau den Ziegelton der Häuser und Palazzi noch verstärkte.

Sie war lediglich bis zur Pforte des Palazzo Pubblico vorgedrungen, wo ein übellauniger Alter Caterinas Brief an ihre Brüder in Empfang nahm. Nachdem er sich geweigert hatte, sie auch nur einen Schritt weiter vorzulassen, hatte Gemma zunächst Lust zum Streiten verspürt.

»Wer sagt mir denn, dass sie ihn auch tatsächlich erhalten werden? Ich hab den Auftrag, ihn den beiden Ratsherren persönlich auszuhändigen.«

»Sagt mir nicht, was ich zu tun oder zu lassen habe! Ich hab hier schon Dienst geschoben, als Ihr noch in den Windeln gelegen seid, *Signorina*«, erwiderte der Alte bärbeißig. »Und jetzt macht, dass Ihr wieder nach Hause kommt! Das hohe Haus der Politik ist nicht der richtige Ort für Euer neugieriges Geschlecht!«

Für einen Augenblick musste sie über seine herzerfrischende Unfreundlichkeit schmunzeln. Die Ratsherren hatten es wirklich nicht einfach – monatelang beim Regieren eingesperrt zu sein, ohne zu ihren Familien zu dürfen! Dann fiel ihr wieder Mauros bleiches, stilles Gesicht ein, und sie hatte erneut gegen Tränen anzukämpfen.

Wie es wohl Mamma Lina im Hospital ergangen sein mochte? Gemma hatte ihr angeboten, sie dorthin zu begleiten, war jedoch auf strikte Ablehnung gestoßen.

»Ich bin es, die die ganze Verantwortung trägt. Deshalb muss ich ihnen auch allein Rede und Antwort stehen.« Kein Lächeln, nicht ein versöhnlicher Blick. Die Nacht in Matteos Haus hatte sich wie eine dunkle Wand zwischen ihnen aufgetürmt.

Gemma hatte den Campo überquert und blieb jetzt am oberen Rand stehen. Viele sagten, er sei wie eine Muschel, die sich in die natürliche Mulde schmiegt, Symbol der

Schönheit und des Stolzes der Stadt mit dem schwarz-weißen Banner. Für Gemma jedoch war der Campo seit jeher der ausgebreitete Mantel der allerheiligsten Jungfrau, der Siena und seinen Menschen Schutz und Schirm versprach.

Matteo hatte ihre Gesichtszüge seiner Madonna gegeben und war drauf und dran, das in einem größeren Werk zu wiederholen. Beinahe hatte er sie schon mit seinem leidenschaftlichen Drängen, dass es so und nicht anders sein müsse, überzeugt. Doch der Tod des Kleinen nach jener einzigartigen Nacht hatte alles verändert. Seitdem fühlte Gemma sich schuldig, dieser Ehre absolut unwürdig, und die altbekannte Angst vor Lupo war erneut zu ihrer Begleiterin geworden.

Bestimmt musste sie deshalb an ihr Hochzeitskleid mit der überlangen Schleppe denken, an die Brautkrone, die ihr während der Hochzeitsmesse in die Stirn geschnitten hatte, an die prall gefüllten Aussteuerkisten voller Linnen, Tuche und Damaste. Sogar der weiche Futterpelz aus Murmeltier stand wieder vor ihrem inneren Auge, ebenso wie der kostbare Hermelinkragen, der ihrem Hals geschmeichelt hatte – wie hätte sie da schon ahnen können, welch Abgründe hinter dieser Pracht auf sie lauerten!

Und doch hatte sie schon am Hochzeitstag ein ungutes Gefühl beschlichen.

»Wozu all diese Dinge?«, hatte sie damals ihren Vater gefragt. »Man könnte fast denken, du hättest mich verkauft. Wo doch Liebe aus einem unsichtbaren Stoff besteht und weder Rauwerks noch gefüllter Kisten bedarf.«

»Pelze und volle Truhen können die Liebe aber haltbarer machen«, hatte seine Antwort gelautet. »Es fällt leichter, jemanden zu schätzen und zu achten, der einem wertvoll erscheint. Das wirst auch du noch lernen, mein ungestümes Mädchen!«

Jetzt waren die Gefühle und Ängste jener schier endlosen Folgezeit plötzlich wieder in Gemma lebendig. Ja, sie war tatsächlich nahe daran gewesen, verrückt zu werden, aus Trauer und aus Scham, und ihr Körper erinnerte sich noch deutlich an jene Bleischwere. Nacht für Nacht hatte sie die Madonna um Rat und Hilfe angefleht, um irgendein Zeichen, das ihr helfen sollte, diesen unerträglichen Zustand zu beenden.

Und dann, eines Tages, hatte sie plötzlich den Mut gefunden, Lupo wegzustoßen und den Weg in die Freiheit zu wagen. Angesichts der schlanken Mauersegler, die hoch über ihrem Kopf ihre tollkühnen Flüge vollführten, wurde Gemma mit einem Mal bewusst, wie viel sich seitdem für sie verändert hatte.

Sollte Lupo die Schätze aus dem Besitz der Santinis doch bis in alle Ewigkeit behalten! Solange noch ein Funken Leben in ihr war, würde sie niemals wieder in sein düsteres Haus zurückkehren, das schwor sie sich in diesem Augenblick. Und der nächste Schritt stand auch schon fest: Sie musste mit dem Vater reden, ihre Scham beiseiteschieben und sich ihm endlich frei offenbaren, damit Bartolo einsah, warum es nur diese und keine andere Entscheidung für sie geben konnte.

Innerlich um einiges zuversichtlicher, setzte sie ihren Weg fort. Mehr und mehr Menschen kamen aus ihren Häusern; inzwischen schien es, als sei halb Siena auf den Beinen. Wohin strömten sie nur alle? Schon nach ein paar Schritten erhielt Gemma eine Antwort auf ihre

Fragen. Sie hörte den Prediger bereits, noch bevor sie ihn sah.

»Wünsch dir nicht schöne Kinder, wenn sie nichts taugen, und freu dich nicht über Söhne, sie könnten missraten sein!« Die geifernde Stimme Bernardos erschien Gemma an diesem strahlenden Sommertag wie eine Gotteslästerung. »Mögen sie auch zahlreich sein, freu dich nicht über sie, wenn sie keine Gottesfurcht besitzen.«

Neben Gemma hatte sich eine magere Frau in einem aufwendig verzierten grünen Gewand gedrängt, die so heftig atmete, als schnüre ihr etwas die Luft ab. Mit weit aufgerissenen Augen starrte sie den Prediger an, der von der Schar seiner Engel in ihren schmutzigen grauweißen Kutten umringt war.

»Verlass dich nicht auf ihre Lebensdauer, und setz kein Vertrauen in ihre Zukunft …«

»Soll das heißen, er will sie alle sterben lassen?« Schmale Augen unter schön gewölbten Brauen sahen Gemma flehentlich an. »Er hat meinen Jungen in seiner Gewalt, versteht Ihr, meinen einzigen Sohn, Gott steh mir bei!«

»…besser als tausend ist einer, der Gottes Willen tut. Besser kinderlos sterben, als schlimme Nachkommen zu haben …«

Einige klatschten begeistert, doch in der Zuhörerschaft begann sich auch heftiger Widerspruch zu regen.

»Kinder sind das Salz der Erde!«, rief ein Mann mit grauem Bart. »Sie allein sind unsere Zukunft. Wer bist du, Prediger, um so zu sprechen?«

»Und was ist mit dem armen Kleinen, den sie drunten in Fontebranda gefunden haben?«, schrie eine Frau, die nur noch einen Schneidezahn hatte. »Gehört der deiner Meinung nach etwa auch zu jenen, die es nicht verdient haben zu leben?«

Padre Bernardo drehte sich langsam in ihre Richtung.

»Mir war bereits vielerorts zu Ohren gekommen, dass diese Stadt verderbt sein soll.« Seine Stimme glich einem Donner, so grollend, so mächtig ertönte sie. »Doch ich wusste nicht, dass Siena mit Fug und Recht einen neuen Namen verdient hat – und zwar den schrecklichen Namen Sodom!«

Jetzt begannen viele der Lauschenden zu murren.

»Das wagt ein Fremder zu behaupten, jemand, der niemals länger hier gelebt hat ...«

»Hört nicht auf ihn, wenn er uns und unsere Kinder verunglimpft ...«

Der Prediger übertönte sie alle.

»Begreift ihr denn nicht, wer dieses Leben auf dem Gewissen hat? Seid ihr zu blind und zu taub, um zu sehen und zu hören? Es sind jene, die gegen Anstand und Moral verstoßen, jene, die huren und sich schamlos der Wollust des Fleisches hingeben, als sei Jesus Christus niemals für uns Sünder am Kreuz gestorben.«

Jetzt war es auf dem Platz totenstill geworden. Kein Einziger wagte mehr zu widersprechen.

»Denn die schlimmste aller Sünden ist die verfluchte Sünde gegen die Natur. Und noch um vieles verabscheuungswürdiger, wenn sie sich gegen ein unschuldiges Kind richtet.« Es war, als sei der Prediger plötzlich ein ganzes Stück gewachsen. Seine dunklen Augen sprühten.

»Willst du damit sagen, dass Sodomiten den Kleinen umgebracht haben?«, rief der Bärtige. »Dass sie ihn getötet haben, nachdem er für ihre abartigen Lüste herhalten musste? Woher willst du das alles wissen, *padre?* Hast du denn auch Beweise für deine kühnen Behauptungen?«

»Denn Gott hasst die Bösen«, gellte Bernardo zurück, »und den Frevlern vergilt er ihre schlimmen Taten mit Strafen. Allein die Gottesfurcht hält schlimme Sünden fern. Nur wer in ihr verbleibt, kann seine Seele retten.«

»Ja, er hat recht. Ich glaube ihm. Nieder mit diesen verdammten Sodomiten! Brennen sollen sie!«, schrie eine jüngere Frau. »Brennen bis zum Jüngsten Tag. Für diese Höllenbrut ist sogar ein lodernder Scheiterhaufen noch zu schade.«

»Es liegt an euch, an euch allein, ob sie ihre gerechte Strafe erhalten. Öffnet Augen und Ohren – seid wachsam! Sie können sich überall verbergen, nah und fern, vielleicht sogar in eurem eigenen Haus. Es liegt allein an euch, sie …«

Die Menge war nicht mehr zu halten. Immer enger schob sie sich nun an den Prediger heran, als lechze sie, seine Nähe zu spüren. Noch gelang es den jugendlichen Kuttenträgern, ihn mit ihren Leibern wie mit einer lebendigen Mauer abzuschirmen, doch die Menschen drängten unaufhaltsam weiter vorwärts.

Auf ein Zeichen des Predigers hin fassten einige der Engel unter ihre Kutten, zogen Stöcke heraus und begannen auf die Umstehenden einzuschlagen. Von diesen wichen ein paar sofort erschrocken zurück, andere jedoch begriffen offenbar zunächst nicht, was gerade vor sich ging, und bekamen reichlich Prügel ab.

»Aus dem Weg!«, schrien die Engel dabei. »Macht Platz für den ehrwürdigen *padre*!«

Sie achteten nicht darauf, wen sie trafen. Einigen der Jugendlichen schien es sogar Spaß zu bereiten, wenn jemand schmerzerfüllt aufjaulte, zusammenzuckte oder niedersank. In Gemmas Nähe waren es zwei, die besonders eifrig am Werk waren, ein muskulöser Blonder, der den schlankeren Dunkelhaarigen neben sich anfeuerte.

»Mach schon, kleiner Bruder! Zeig es ihnen, mein Giovanni! Jeder von ihnen hat es mehr als tausendmal verdient.«

Ihr brutales Vorgehen war durchaus erfolgreich: Zwischen den sich drängenden Leibern öffnete sich eine schmale Gasse, durch die der Prediger schlüpfen konnte.

Gemma, mitgerissen vom Strom derer, die ihm zu folgen versuchten, stemmte sich zunächst vergeblich dagegen. Schließlich nahm sie ihren Mut zusammen und duckte sich unter dem Arm eines dicken Mannes hindurch. Doch dessen Hintermann war schon viel zu dicht aufgerückt. Unvermutet zwischen zwei Körper eingeklemmt, spürte sie, wie ihr die Luft knapp wurde, und sie ruderte wie wild mit den Armen, um wieder aufzutauchen. Sie musste noch einen Tritt gegen das Schienbein und einen derben Rempler in den Rücken einstecken und hackte selber mit dem Absatz auf einen Fuß ein, der sich ihr dreist in den Weg stellte – dann hatte sie sich endlich befreit.

Während sie noch nach Atem rang und ihr Kleid ordnete, sah sie ein Stück entfernt eine Gestalt auf dem Boden liegen. Es war die Frau im grünen Kleid. Sie hatte die Augen geschlossen und rührte sich nicht. Aus einer Wunde auf der Stirn rann Blut über ihr blasses Gesicht.

Gemma kniete neben ihr nieder. »Hört Ihr mich? Könnt Ihr Euch bewegen?«

Ein dumpfer Laut drang aus dem Mund der Frau. Dann sah Gemma, wie sie ihren rechten Arm ein winziges Stück hob. Er sank erschöpft wieder herab, doch nach einer Weile folgte ihm der linke, schließlich bewegten sich nacheinander auch beide Beine.

Gemma beugte sich tiefer über sie.

»Das ist schon mal gut«, sagte sie. »Aber was ist mit Eurem Kopf? Könnt Ihr klar sehen? Oder ist alles eher verschwommen?«

»Wo ist er …«, glaubte sie zu hören. »Mein Kopf! Mein Kopf … tut so weh … Er hat mich getötet …«

»Nein, Ihr lebt!«, rief Gemma. »Aber Ihr blutet, und mit einer Kopfverletzung, wie Ihr sie habt, ist niemals zu spaßen.«

Was konnte sie nur tun? Unschlüssig schaute sie sich um. Der eben noch überfüllte Platz leerte sich zusehends. Und die wenigen Frauen und Männer, die noch in Rufweite waren, schienen nur noch darauf bedacht, so schnell wie möglich unbehelligt fortzukommen. Gemma überlegte nicht mehr lange, griff unter ihren Saum und riss entschlossen ein Stück von ihrem Unterkleid ab. Sie drückte den Stoff gegen die Wunde, um die Blutung zu stillen.

»Wer seid Ihr?«, hörte sie die Frau murmeln. »Ein Engel?«

»Das glaub ich kaum«, sagte Gemma. »Bislang ist mir jedenfalls noch niemand begegnet, der dieser Ansicht gewesen wäre.«

Der Stoff färbte sich rasch dunkel, aber es kam Gemma doch so vor, als lasse die Blutung allmählich nach.

»Danke«, flüsterte die Frau. »Ich dachte eben, ich müsse sterben: diese Verachtung in seinem Blick und dann seine Hand, die sich gegen die eigene Mutter gerichtet hat …«

»Euer Sohn gehört zu Bernardos Engeln?«, fragte Gemma.

Die Frau schien sich langsam zu erholen. In ihr langes, mageres Gesicht kehrte eine Spur von Farbe zurück.

»Er hat ihn verdorben«, sagte sie in bitterem Ton. »Der schwarze Prediger hat mir meinen Giovanni gestohlen.«

»Seid nicht undankbar!«, sagte Gemma. »Euer Junge lebt immerhin noch, es gibt also noch Hoffnung. Wir dagegen haben heute Morgen für immer ein Kind verloren.«

Jetzt waren die Augen der Frau ernst und fragend auf Gemma gerichtet.

»Der kleine Tote von Fontebranda«, fuhr Gemma erklärend fort. »Ihr habt sicherlich schon von ihm gehört.« Sie löste vorsichtig den Stoff von der Wunde. »Das kann eine ordentliche Narbe geben, wenn Ihr Pech habt«, sagte sie.

»Wen kümmert das? Mein Mann sieht mich schon lange nicht mehr an.« Überraschend zupackende Finger schlossen sich um Gemmas Handgelenk. »Warum tut Ihr das für mich? Ihr kennt mich doch gar nicht!«

»Hätte ich Euch vielleicht hilflos liegen lassen sollen?« Gemma strich der Frau das blutverklebte Haar aus der Stirn. Sie gehörte gewiss nicht zu den Armen, das Kleid und die Art, wie sie redete, verrieten, dass sie zu den wohlhabenden Leuten gehörte. »Ich werde jetzt versuchen, Euch aufzuhelfen, um Euch nach Hause zu bringen. Dort solltet Ihr aber auf alle Fälle einen Medicus rufen lassen.«

»Das wird nicht nötig sein ... Ich frage einen Freund, der sich auskennt. Savo wird mir helfen.«

Trotz ihrer Magerkeit war die Verletzte schwer auf die

Beine zu bekommen, doch schließlich gelang es. Sie stand unsicher, schwankte leicht, und Gemma befahl ihr, sich auf sie zu stützen.

»Wir gehen langsam«, sagte sie. »Schritt für Schritt. Und wenn es Euch zu viel wird, bleiben wir stehen und ruhen uns aus. Einverstanden?«

Die Frau nickte, offenbar zu geschwächt für weitere Einwände.

»Jetzt muss ich nur noch wissen, wohin«, sagte Gemma.

»Zum Haus des Richters di Nero in der via delle Vergine. Und ich bin seine Frau Bice.«

❦

»Geht das nicht wesentlich besser?«

Nevio ließ den Pinsel entmutigt sinken und beugte sich tiefer über die beiden Böcke, auf denen der Spannrahmen ruhte.

»Die Masse *ist* doch rahmig und gut streichfähig.« Seine Unterlippe bebte unmerklich. »Also alles genau so, wie du es mir gesagt hast.«

»Aber du hast sie viel zu dick aufgetragen, Junge … Das ist doch nur die Grundierung, nicht das Bild selber. Sollen meine Farben in deinem Pfusch absaufen wie ein Haufen verzweifelter Schiffbrüchiger in rauer See?«

»Kann man das später nicht ausgleichen?« Jetzt zitterte der ganze Mund des Jungen. »Mit irgendeinem Trick vielleicht?«

»Unmöglich!« Matteo packte die aufgespannte Leinwand und legte sie beiseite. »Da lässt sich nichts machen. Wir müssen noch einmal ganz von vorne anfangen! Die nächste Leinwand, die du zum Glück schon eingespannt hast, wird zeigen, was du kapiert hast. Und merk dir dabei gleich eines, bevor ich meine Geduld verliere: Wir haben nichts zu verschenken, auch wenn der Bischof uns dieses Mal einen anständigen Vorschuss bezahlt hat, verstanden? Also geh künftig gefälligst sorgfältiger mit unseren Materialien um!«

Nevio stand da mit hängenden Schultern.

Matteo gab zu der Kreide im hohen Gefäß noch einen ordentlichen Schuss Leimwasser und rührte kräftig um, bis die Masse vollkommen klumpenfrei war.

»Dünn auftragen«, sagte er, während er den Pinsel benetzte und mit sicheren Strichen die neue Leinwand grundierte, »das ist das Allerwichtigste. Nur so kannst du später luftige Töne und eine schöne Mattigkeit der Farben erzielen. Wenn es nicht gleich beim ersten Auftrag deckt, so mach dir darüber keinen Kopf! Dann streichst du die Leinwand – selbstredend ebenso dünn – ein zweites und sogar ein drittes Mal. Natürlich erst, wenn du sicher sein kannst, dass die vorhergehende Schicht gründlich getrocknet ist.«

»Das werde ich niemals lernen!«, sagte Nevio seufzend.

»Und ob du das wirst, und zwar schnell, das kann ich dir garantieren! Ich hab nämlich ganz andere Dinge mit dir vor. Was ist eigentlich mit jenen geheimnisvollen Zeichnungen, die du mir schon lange zeigen wolltest? Bekomme ich die endlich einmal zu Gesicht?«

Nevio wurde blass, dann errötete er heftig. »Hab sie leider vergessen«, murmelte er. »Vielleicht ein anderes Mal.«

»Warum nur kann ich dir das nicht glauben?«, sagte Matteo. »Also, her damit – nur Mut!«

Nevio schlich zu der Ecke, in der er seine Sachen aufbewahrte.

»Katzen sind ein schwieriges Motiv«, sagte er, während er mit ein paar Blättern zurückkehrte. »Denn sie tun niemals, was du willst. Da hast du es mit deinen *Damen* schon leichter, die einfach brav sitzen bleiben, wenn du es befiehlst.«

Matteo tat, als hätte er den zweiten Satz nicht gehört, und konzentrierte sich auf Nevios Kreideskizzen.

»Für den Anfang nicht einmal so schlecht«, sagte er beim Umblättern. »Die Bewegung hier zum Beispiel hast du schon mal sehr schön eingefangen. Das dagegen« – sein Finger deutete auf die nächste Zeichnung – »wirkt noch ziemlich steif. Als ob Nachbars Mieze beim Springen einen Stock verschluckt hätte. Das muss weicher werden, viel lebendiger.« Er griff nach einem Kreidestummel, zog ein paar neue Linien. »Siehst du, was ich meine?«

Nevio nickte voller Begeisterung. »Ich bin also nicht ganz und gar unbegabt?«, fragte er.

»Du hast ein scharfes Auge«, sagte Matteo, »das ist eine gute Voraussetzung. Außerdem kannst du Kritik einstecken, ohne beleidigt zu sein, und bemühst dich zudem, aus deinen Fehlern zu lernen, zwei weitere entscheidende Punkte. Was allerdings dein lausiges Gedächtnis betrifft …«

»Ich hab die Eier doch mitgebracht!«, rief der Junge. »Auch wenn du dir kaum vorstellen kannst, welche Überredungskünste mich das gekostet hat.«

»Ornela grollt mir also noch immer?« Matteo kniete sich neben den Rahmen, um die Grundierung von allen Seiten zu überprüfen.

»Du hast Mutter sehr gekränkt«, sagte der Junge. »Womit eigentlich? Mir wollte sie nichts verraten, aber ich hab sie kaum je zuvor derart nachtragend erlebt.«

»Das ist eine Angelegenheit zwischen ihr und mir«, sagte Matteo. »Aber deine Mutter fehlt mir, das kannst du ihr gelegentlich ausrichten.« Sein Blick glitt über die Unordnung im Raum, die Ornelas lange Abwesenheit aufs Deutlichste widerspiegelte.

»Das wird nicht viel bewirken. Sie wird nicht wiederkommen, bis du dich nicht ausdrücklich bei ihr entschuldigt hast. Ich kenne sie genau. Sie kann stur sein bis zum Jüngsten Tag.«

Nevio begann im Leimtiegel zu rühren. Dann jedoch zog etwas anderes seine Aufmerksamkeit auf sich.

»Du hast ja mit den Skizzen schon begonnen!«, rief er, ließ Leim Leim sein und lief zu Matteo. »Aber die neue Madonna ist ja unsere alte!«

»Es kann für mich keine andere Madonna geben«, sagte Matteo und ließ das Blatt sinken. »Für mich wird sie stets Gemmas Gesicht tragen. Was immer auch geschieht!«

»Du meinst die Sache mit dem Kleinen von gegenüber?« Die Stimme des Jungen verriet sein Mitgefühl. »Die Leute auf der Straße reden von nichts anderem. Das ganze Viertel ist außer sich, und die Mütter lassen ihre kleinen Kinder nicht mehr alleine aus dem Haus.«

»Warum hab ausgerechnet ich ihn finden müssen?« Matteos Hände vollführten einen unvollendeten Kreis. »Und ihm dann nicht einmal helfen können! Aber woher sollte ich auch wissen, dass es so schlecht um ihn bestellt ist?«

»Er war noch nicht tot?«

»Leichenblass war er im Gesicht, matt wie ein welkes

Blatt, und er hat über Durst geklagt. Dabei war er so schwer zu verstehen! Und als ich ihm dann Wasser einflößen wollte – da ist er einfach in meinen Armen gestorben.«

»Er war eines ihrer Kinder, nicht wahr?« Nevios leimbeschmierter Zeigefinger deutete auf die Skizzen mit der Madonna.

»Nein, Mamma Lina führt den Haushalt mit den Waisen. Gemma wohnt dort nur und geht ihr zur Hand. Du kannst dir vorstellen, wie entsetzt sie war, als ich ihr den toten Kleinen bringen musste.«

»Was soll nun geschehen?«, fragte der Junge.

»Woher soll ich das wissen? Ich hatte ja bislang in der ganzen Aufregung nicht einmal Gelegenheit, ausführlicher mit Gemma zu reden!«

Herrisches Klopfen an der Tür. Ein Nicken von Matteo genügte, und schon setzte der Junge sich in Bewegung.

»Ich bin nicht zu sprechen«, rief Matteo ihm hinterher. »Für niemanden!«

»Das wage ich zu bezweifeln.« Celestina, im strengen Habit des Hospitals, ließ sich nicht aufhalten. »Du kannst froh sein, dass ich gekommen bin, Matteo, und niemand anderer. Und jetzt lass uns allein, Junge! Wir haben zu reden.«

»Geh nach nebenan, Nevio«, sagte Matteo, »und warte dort!«

»Geh nach Hause, Nevio!«, widersprach Celestina. »Er wird dich heute gewiss nicht mehr brauchen.«

Nevios Blick flog zu dem Maler, der bestätigend nickte. Trotzdem verrieten die widerstrebenden Bewegungen des Jungen, wie wenig ihm Celestinas Aufforderung passte. Als die Tür hinter ihm ins Schloss gefallen war, ließ Matteo seiner Verärgerung freien Lauf.

»Meinetwegen kannst du das ganze Hospital herumscheuchen, solange du willst«, sagte er. »Doch in meinem Haus bestimme immer noch ich.«

»Red keinen Unsinn!« Celestina stand so nah neben ihm, dass es ein Leichtes für sie gewesen wäre, die Hand auszustrecken und ihn zu berühren, wie sie es schon mehr als tausendmal in ihren Träumen getan hatte. Sie wusste genau, wie seine Haut sich anfühlen würde, welche Wärme sie ausstrahlte – und alles in ihr zog sich voller Sehnsucht zusammen. Zum Glück ahnte er nicht, welche Überwindung es sie kostete, darauf zu verzichten. »Du weißt, dass ich immer zu dir halte, Matteo. Sogar jetzt.«

»Was soll das heißen?«

»Dass der Rektor dich wegen des toten Kindes befragen will. Barna mag dich nicht, wie du sicherlich weißt. Du wirst dir also gute Argumente zurechtlegen müssen.«

»Aber ich hab den Kleinen doch lediglich gefunden! Barna kann mir folglich gar nichts anhaben.«

»Da wäre ich an deiner Stelle nicht so sicher. Denn der Rektor ist offenbar nicht der Einzige, der es auf dich abgesehen hat.« Sie legte eine wirkungsvolle Pause ein. »Du kennst Lupo di Cecco?«

»Flüchtig.« Er wandte sich rasch ab.

»Der hat Barna aufgesucht, als ich gerade am Gehen war. Glücklicherweise war ich noch lang genug anwesend, um mitzubekommen, dass auch er offenbar wenig Sympathien für dich hegt.«

Celestina öffnete das Fenster. Ein Schwall warmer Luft strömte herein. Sie stieß ein tiefes Seufzen aus und kehrte zum Tisch zurück.

»Wenn ich mir dies hier ansehe«, fuhr sie fort, »weiß ich allerdings auch, weshalb.« Ihr Blick war auf die Madonnenskizzen gefallen. Missbilligend schüttelte sie den Kopf. »Musst du immer alle Welt vor den Kopf stoßen – und dann ausgerechnet noch wegen ihr? Diese Frau wird dir nichts als Unglück bringen!«

Matteo warf ein Tuch über die Blätter. Seine Miene war finster geworden.

»Ich male, was ich malen muss«, sagte er heftig. »Und dabei lass ich mir von keinem dreinreden, nicht einmal von dir!«

»Ich will dir doch nur helfen«, sagte sie sanft. »Das kann ich aber nur, wenn du mir Gelegenheit dazu gibst. Sie suchen einen Schuldigen, Matteo. Und wenn du dich nicht vorsiehst, könnten sie womöglich dich dazu stempeln. Ist es das, was du willst?«

»Nein.« Er ließ den Kopf sinken. »Natürlich nicht.«

»Dann schau mich bitte an!«, bat sie. »Was siehst du?«

Er hob den Blick. Die blanke Sehnsucht in ihren Augen ließ ihn sich noch elender fühlen. Er konnte diese Sehnsucht nicht stillen, nicht einmal mit einer freundlichen Lüge.

Eigentlich wussten sie das alle beide.

»Eine kluge Freundin, die bislang immer einen Ausweg wusste«, erwiderte er ausweichend.

»Das klingt doch schon sehr viel besser.« Ein scheues Lächeln verschönte für einen Augenblick Celestinas Gesicht. »Und jetzt hör mir ganz genau zu, was ich vorzuschlagen habe!«

»Es gibt keinen besseren Zeitpunkt, darin müsst Ihr mir zustimmen!«

Rocco Salimbenis breites Gesicht war schweißnass. Sie hatten sich wiederum in seinem Palazzo versammelt, aber ihm war klar, dass beileibe nicht alle Teilnehmer gerne hierhergekommen waren. Bislang hatte es sich bei der Verschwörung um einen Pakt unter Gleichrangigen gehandelt; nun aber maßte er sich an, die Führung zu übernehmen, was viele vor den Kopf stoßen musste. Doch er war trotz allem entschlossen, sich durch nichts und niemanden von seinem Vorhaben abbringen zu lassen.

»Wäre das nicht ein Sakrileg und deshalb von Anfang an ein durch und durch negatives Omen? Das Fest der Madonna für unsere Zwecke missbrauchen zu wollen?« Die Stimme des Domherrn verriet seine tiefe Skepsis.

»Wie könnt Ihr nur solche Ungereimtheiten von Euch geben, Monsignore Carsedoni!«, schnappte der Angegriffene zurück. »Wo doch ganz Siena ohnehin der Muttergottes gehört! Folglich wäre sie die Erste, die sich über eine neue, eine vernünftige Regierung freuen würde.«

»Und die Contraden, die ein ganzes Jahr diesem Datum entgegenfiebern?«, kam als Einwand von Fernhändler Rivalto. »Sie würden es uns niemals verzeihen, wenn wir sie um ihren großen Auftritt brächten!«

»Wer redet denn davon?«, erwiderte Salimbeni. »Sie sollen ihren Auftritt haben – wie in jedem Jahr. Allerdings mit leicht verändertem Ausgang. Es liegt allein an uns, die Leute aus unseren Stadtvierteln entsprechend zu führen.«

»Rivalto hat nicht ganz unrecht«, mischte sich nun Enea di Nero ein. »Der Tag des Palio ist in der Tat ein Ausnahmetag. Die ganze Stadt auf den Beinen, alle freudig-festlicher Stimmung, niemand wird Lust haben, sich mit Umsturzplänen zu befassen …«

»… vor allem ist der Palazzo Pubblico ohne Wachen, denn nicht einmal die wollen sich bekanntlicherweise das Pferderennen entgehen lassen. Was also hindert uns daran, unbemerkt mit unseren Gefolgsleuten dort einzudringen und mit einem Streich wiederherzustellen, was schon längst bereinigt gehört?« Rocco Salimbeni schienen die Argumente nicht auszugehen.

»Hält sich Euer Vetter Giovanni d'Agnolino eigentlich noch in Florenz auf?«, fragte der Apotheker unvermittelt dazwischen. Seine Hand fuhr in die Schale mit dem kandierten Rosenkonfekt, von dem er sich ein Stück in den Mund schob. Das Resultat war überraschend: süß, aber keinesfalls überzuckert. Eine Quelle, die aufzutun sich durchaus lohnen würde. Nicht einmal sein bester Lieferant verstand es, ihm solche Qualität zu bieten.

»Giovanni? Woher soll ich das wissen?« Rocco Salimbenis rasch hochgezogene Schultern verrieten, dass er es vermutlich nicht ganz genau mit der Wahrheit nahm. »Er pflegt sich weder bei mir an- noch abzumelden, *amici*!«

»Nun, es wäre durchaus nicht uninteressant zu erfahren, was der Kaiser von unserem Vorhaben hält.« Savo Marconi hatte sich festgebissen. »Und ob wir mit seiner Unterstützung rechnen können.«

»Wozu brauchen wir den Kaiser?«, brüstete sich Salimbeni. »Etwa, um ein paar lausigen *populani* klarzumachen, wer die eigentlichen Herrn von Siena sind?«

»Und Ihr würdet Euch die schwierige Last der Führung freiwillig auf die Schultern laden wollen?« Domenico Carsedonis volles Gesicht war offen und freundlich.

»Einer muss es ja schließlich tun. Warum also nicht ich?«

»Weil wir mit unserem Aufstand alte Missstände beseitigen wollen – und nicht im gleichen Atemzug neue einführen«, erwiderte der Apotheker. »Siena kann nur stark und mächtig sein, wenn seine Ratsherren zusammenarbeiten. Dazu gehört als Voraussetzung, dass wir ein Kreis von gleichermaßen Mächtigen und gleichermaßen Wissenden bleiben. Jeder von uns besitzt die gleichen Rechte. Nur auf dieser Grundlage kann es eine glückliche und wohlhabende Zukunft für die Stadt geben!«

»Ich möchte mich beileibe nicht aufdrängen.« Rocco Salimbeni kehrte an den Tisch zurück. »Und würde es sehr bedauern, sollte bislang dieser Eindruck entstanden sein. Es war lediglich ein Angebot, was ich Euch unterbreitet habe, eine Art Entlastung, wenn Ihr so wollt.«

»Dann ist es ja gut.« Richter di Nero musterte die anderen am Tisch. »Es gibt noch ein anderes Thema, das mir auf der Seele brennt. Euch allen sind gewiss die Ausschreitungen jener Engel zu Ohren gekommen? Bernardos Jugendliche greifen grundlos unsere Bürger an, bedrohen sie oder schlagen sie sogar nieder. Das kann nicht in unserem Sinn sein!«

Antonio Mazzei runzelte die Stirn. »Die Betroffenen werden es schon verdient haben«, sagte er. »Wollten wir denn nicht erreichen, dass der *padre* mit seinen Methoden Zweifler und Verstockte aufrüttelt?«

»Mit Worten, das hatten wir vereinbart, aber doch nicht mit Stöcken! Sie haben meine Frau attackiert«, rief Enea di Nero. »Bice kam mit einer klaffenden Stirnwunde nach Hause und ist seitdem vollkommen durcheinander. Wir müssen so schnell wie möglich mit Bernardo reden, ihn zur Vernunft bringen ...«

»So ängstlich? So mutlos? Mit dieser Haltung werdet Ihr das Kräfteverhältnis in Siena niemals verändern.« Rocco Salimbeni schien abermals ein neues Argument gefunden zu haben. »Es tut mir aufrichtig leid, was Eurem Weib widerfahren ist, aber müssen wir nicht alle Opfer bringen in dieser Zeit des Umbruchs? Nur wenn der Pöbel merkt, dass die Regierung zu schwach ist, um solchen Ausschreitungen Herr zu werden, wird er geschlossen auf unsere Seite wechseln. Sorgt also künftig lieber dafür, dass Eure Frau dort bleibt, wo ihr Platz ist – in Eurem Haus. Dann ist sie auch vor weiteren Gefährdungen sicher.«

»Er hat recht«, sagte der Domherr, als sie später in kleinen Gruppen den Stadtpalast verließen, um keinen Verdacht zu wecken. »Bice sollte in der Tat vorsichtiger sein. Kannst du meine geschätzte Base nicht dazu überreden?«

»Das stellst du dir zu einfach vor! Seit Giovanni diesem Prediger anhängt, lässt sie sich von mir gar nichts mehr sagen«, erwiderte der Richter. »Manchmal glaube ich, ihre Krankheit frisst sich unaufhaltsam in ihr Gehirn.« Er verzog den Mund. »Und dann befürchte ich jedes Mal, dass ich auch bald dran sein werde.«

»Man wird ja auf der Stelle schwermütig, wenn man dir zuhört!«, rief der Apotheker. »Der Junge kommt sicher bald nach Hause zurück. Jugendsünden haben es nun mal an sich, dass sie zeitlich begrenzt sind, da macht dein Sohn keine Ausnahme. Und Bice hab ich bislang doch noch immer wieder auf die Beine bekommen. Außerdem läuft es doch gar nicht schlecht für uns. Wir müssen einfach nur abwarten und weiter zusehen. La Salamandra ...«

Er hielt erschrocken inne, weil dieses Mal er es war, der das verbotene Wort ausgesprochen hatte.

»Den ersten kräftigen Schuss vor den Bug hat sie jedenfalls bereits abbekommen«, fuhr er leiser fort. »Unser Freund Barna hat sie an der Angel. Und wer einmal an der zappelt, kommt so schnell nicht wieder los.«

»Noch aber bewegt sie sich frei in der Stadt und kann dabei jede Menge Ärger anrichten«, gab der Richter zu bedenken. »Sie ist so glatt, als hätte sie sich von Kopf bis Fuß in Seife gewälzt. Nicht ein einziges Mal hat sie mich während der gesamten Vernehmung angesehen. Dabei muss sie doch innerlich vor Angst halb vergangen sein!«

»Aber der Kleine von Fontebranda ...«

Der Apotheker ließ Domenico nicht ausreden: »In schwierigen Zeiten wird es immer Opfer geben«, sagte er. »So lautet nun mal das ungeschriebene Gesetz – und daran lässt sich nichts ändern.«

»Warum nicht lieber gleich sie, statt des unschuldigen Kindes?«

»Was willst du, mein Freund? Du wirst sie niemals ändern! Sie ist und bleibt ein Reptil«, sagte Marconi. »Ein seelenloses Krötenwesen mit kaltem Blut, das sich nur erhitzt, wenn man das Tier ins Feuer wirft. Und genau das, meine Freunde, wird sie nur allzu bald erleben.«

🌶

Noch nie zuvor waren sie beim Essen so still gewesen. Keines der Kinder hatte seinen Teller geleert, obwohl

Mamma Lina sich mit der kräftigen Hühnersuppe ganz besondere Mühe gegeben hatte.

»Ich muss immer an Mauro denken.« Lelio war der Erste, der das bedrückte Schweigen brach. Seine schmutzigen Finger zerkrümelten das Brot zu winzigen Bröckchen.

»Ich auch«, rief Angelina. »Lieber, lieber Mauro!« Sie legte ihre Stirn in sorgenvolle Falten. »Jetzt bist du nicht mehr da!«

»Im Himmel gibt es bestimmt jeden Tag Hühnersuppe. Und noch viel besseres Essen, wie Braten und Mandelmus«, sagte Raffi. »Und davon kriegt er, so viel er nur will.«

Mia schossen Tränen in die Augen. »Wenn man tot ist, braucht man gar nichts mehr zu essen«, sagte sie schluchzend. »Das weiß ich ganz genau. Dann kommt man nämlich in einen Sarg und verfault ganz langsam. Und die Würmer essen dich auf.«

Mamma Lina legte ihr einen Arm um die Schulter.

»Mauro muss keine Angst vor Würmern haben«, sagte sie. »Er ist bei Gott und wird ein kleiner Engel. Ihr könnt euch das so vorstellen, dass er auf einer Wolke sitzt und euch beschützt. Jeden Einzelnen von euch – Cata, Angelina, Mia, Raffi und Lelio. Ihr alle habt jetzt einen Engel zum Bruder. Daran solltet ihr denken! Und nicht mehr weinen.«

Cata starrte sie mit fettglänzendem Mund an. »Dann kommt jetzt auch nich mehr der swarze Mann zu Mauro«, sagte sie. »Oder doch?«

»Welcher Mann?«, fragte Gemma.

»Der Mann in der Nacht.« Catas plumpe kleine Finger fuhren in den Teller und fischten sich mit erstaunlichem

Geschick ein Stück Karotte heraus. Sie begann genüsslich zu kauen.

»Der Mann in der Nacht?«, wiederholte Gemma. »Was meinst du genau damit?«

»Lass sie doch!« Linas Stimme klang scharf. »Sonst fängt sie nur wieder zu weinen an und hört nicht mehr auf.«

»Du hast einen Mann gesehen, Cata?« Gemma ließ sich nicht abbringen. »Wann genau? Bei Mauro? In der Nacht, bevor er gestorben ist? Einen schwarzen Mann?«

Das Mädchen nickte.

»Swarzer Umhang«, sagte sie. »Ist mit Mauro gegangen. Hab ich gesehen.«

»Sie hat nur wieder schlecht geträumt«, sagte Mamma Lina. »Und jetzt wird ihr die ganze Aufregung einfach zu viel. In ihrer Fantasie spinnt sie sich das alles zusammen.« Sie zog die Kleine auf ihren Schoß, befühlte ihre Stirn. »Und ganz heiß ist sie auch. Wir müssen noch viel besser auf sie aufpassen. Sie darf ihren Kopf nicht zu sehr anstrengen, wie oft hab ich euch das schon gesagt! Nicht, dass sie mir jetzt auch noch krank wird!«

»Cata ist nicht dumm«, widersprach Lelio. »Sie ist nur anders. Aber sie sieht viele Dinge. Das weiß ich ganz genau.«

»Lelio hat recht«, sagte Gemma. »Wir sollten Cata noch einmal fragen, ob sie …«

»Ihr geht jetzt alle ins Bett!«, fiel Lina ihr ins Wort. »Und zwar ohne Widerrede, verstanden? Es war ein langer, anstrengender Tag – für uns alle. Ich komme später noch zum Beten hinauf. Mia und Lelio, ihr kümmert euch um die Kleinen. Und jetzt will ich nichts mehr hören!«

Leise murrend, aber gehorsam zogen die Kinder ab. Jetzt saßen nur noch die beiden Frauen am Tisch. Stille senkte sich über den Raum, eine lastende, unerträgliche Stille, die das Atmen schwer machte.

»Weshalb hast du mich eben zum Schweigen gebracht?«, sagte Gemma schließlich. »Ich wollte doch nur …«

»Ist denn nicht schon mehr als genug passiert?« Auf Linas sonst so blassem Gesicht brannten rote Flecken. »Ich wünsche mir so sehr, dass wir alle endlich zur Ruhe kommen.«

»Genau deswegen sollten wir Catas Beobachtung ernst nehmen. Wenn sie wirklich einen Mann gesehen hat, könnte das doch ein erster Anhaltspunkt sein.«

»Wofür?«

»Das fragst du noch? Mauro ist quicklebendig ins Bett gegangen – und am anderen Morgen war er tot! Und wenn er nicht auf natürliche Weise gestorben ist? Dieser Gedanke lässt mich schon seit Stunden nicht mehr los!«

»Mauro hat noch gelebt, als er ihn gefunden hat«, sagte Lina dumpf. »Das hat dein Liebhaber dir doch bestimmt erzählt.«

»Du willst doch damit nicht etwa andeuten, dass Matteo etwas mit Mauros Tod zu haben könnte!« Gemma sprang auf, so erregt war sie. »Du weißt doch, dass er …«

»Gar nichts weiß ich!«, rief Lina. »Nur, dass ich dich herzlich und in aller Freundschaft gebeten hatte, nicht mehr zu ihm zu gehen, um den Ruf dieses Hauses zu schützen. Und was hast du getan? Die nächstbeste Gelegenheit ergriffen, um dich erneut zu ihm zu schleichen – *das* weiß ich!«

»Es tut mir unendlich leid, Lina«, sagte Gemma. »Das musst du mir glauben! Aber wie hätte ich denn ahnen können, was passieren würde? Könnte ich alles wieder rückgängig machen, ich würde es auf der Stelle tun.«

»Davon wird Mauro auch nicht wieder lebendig.« Lina begann zu weinen. »Mein süßer Kleiner – liegt jetzt mutterseelenallein im Eiskeller des Hospitals. Und mir wollen sie die Schuld an seinem Tod anlasten. Fragen über Fragen haben sie gestellt. Bis ich kaum mehr ein noch aus wusste. Aber ich lasse mich nicht in die Ecke treiben – weder von einem dieser Männer noch von ihnen allen zusammen!«

Gemma ging auf sie zu, um sie zu trösten, doch Lina wich zur Seite, bevor sie sie berühren konnte.

»Das haben sie getan?«, fragte Gemma erschrocken. »Dich beschuldigt? Aber wie kommen sie nur auf diesen verrückten Einfall? Ausgerechnet dich, wo du doch die Kinder wie deine eigenen liebst!«

»Und du sollst dich auch nicht in Sicherheit wiegen«, sagte Lina mit seltsamem Unterton. »Von dir war auch schon die Rede. Deine Freundin Celestina hat nichts ausgelassen, um dich in ein merkwürdiges Licht zu stellen. Könnte es sein, dass sie davon weiß, was du mit diesem Maler treibst?«

Ihre Augen funkelten angriffslustig; das Gesicht war hart und schmal geworden. Sogar die Stimme klang plötzlich anders. Gemma kam es vor, als stehe eine Fremde vor ihr. Und vielleicht verhielt es sich ja tatsächlich so. Was wusste sie eigentlich von dieser Frau? Bislang hatte Lina es stets verstanden, jeder Nachfrage geschickt auszuweichen.

»Ich möchte nicht, dass du so über ihn sprichst.« Gemma dachte an das, was Caterina am Morgen gesagt hatte, und nahm ihren ganzen Mut zusammen. »Ich verbiete es dir sogar. Matteo ist ein wunderbarer Mann, und was uns beide verbindet, ist viel mehr als ...«

»Dann geh doch ganz zu ihm!«, schrie Lina. »Und vollzieh deinen dreisten Ehebruch vor den Augen der gesamten Stadt. Oder bist du dazu zu feige? Ich jedenfalls hab keine Lust, länger den Ruf meines Hauses aufs Spiel zu setzen, nur weil du glaubst, dich wie eine läufige Hündin aufführen zu müssen.«

»Das nimmst du zurück!« Gemmas Stimme war sehr ruhig. »Und zwar sofort!«

»Weil du die Wahrheit nicht ertragen kannst? Willst du hören, Gemma, was ich denke: Ich verabscheue Frauen wie dich, die sich Männern unterwürfig anbieten und dabei nicht einen Funken Stolz besitzen.«

Gemma stolperte aus dem Haus, ohne recht zu sehen, wohin sie eigentlich ging. Die laue Abendluft, die sie umfing, erschien ihr wie ein Hohn, so aufgewühlt fühlte sie sich. Wie hatte sie sich derart in Lina täuschen können? Zu glauben, sie habe eine treue Freundin gefunden, mit der sie Kummer und Freude teilen könne – und dann das!

Wie blind ging sie weiter, als sie plötzlich Schritte hinter sich hörte. War das Lupo, der ihr wieder aufgelauert hatte?

Mit einem Schrei fuhr sie herum. »Du?«

Matteo sah sie besorgt an. »Was ist mit dir?«, fragte er. »Was ist geschehen, Gemma? Du zitterst ja.«

Sie fuhr sich mit der Hand über das Gesicht, aber Linas hässliche Worte ließen sich nicht so einfach wegwischen.

»Wir hatten einen scheußlichen Streit«, sagte sie. »Mamma Lina kann mir nicht verzeihen, dass ich gestern zu dir gegangen bin. In ihren Augen trage ich die Schuld an Mauros Tod.«

»Die wollten sie mir auch gerade anhängen«, sagte Matteo. »Weißt du, dass ich erst jetzt dem Uffizium des Rektors entkommen bin? Stundenlang haben sie mich dort in die Mangel genommen. Schließlich hat Celestina sich für mich eingesetzt, sonst säße ich gewiss noch immer dort. Denn wäre es nach Barna gegangen, er hätte mich am liebsten die ganze Nacht über dabehalten, um mir bis zum Morgengrauen immer wieder die gleichen bohrenden Fragen zu stellen.«

Zärtlich wollte er Gemmas Arm berühren, doch sie trat einen Schritt zurück.

»Nicht jetzt«, sagte sie. »Und erst recht nicht hier.«

»Bereust du etwa, was zwischen uns geschehen ist?« Matteo klang verletzt. »Bitte sag mir auf der Stelle, Gemma, dass das nicht zutrifft!«

»Es war schöner als jeder Traum, aber wir hätten es dennoch niemals tun dürfen. Das weißt du ebenso gut wie ich. Wenn uns irgendjemand gesehen hätte – nicht auszudenken!«

Sein Gesicht war offen und weich. »Wir mussten es tun, Liebste«, sagte er. »Und niemand hat uns gesehen. Diese Nacht gehört uns beiden ganz allein.«

»Aber wir müssen vorsichtig sein, noch viel vorsichtiger als bisher. Ich möchte Lina und den Kindern nicht noch mehr Schwierigkeiten machen – aber ich werde nicht mehr in ihr Haus zurückkehren.«

»Willst du bei mir bleiben? Dort wird dich keine Menschenseele entdecken, dafür kann ich sorgen. Nicht einmal Ornela kommt noch zum Saubermachen vorbei. Und für Nevio wird mir schon noch eine gute Ausrede einfallen.«

»Bist du wahnsinnig geworden?«, fuhr sie ihn an. »Du

hast doch gehört, was ich eben gesagt habe. Ich gehe zurück zu meinem Vater – und sonst nirgendwohin!«

Trotz der einsetzenden Dämmerung las Gemma in seinen Augen eine Art erstaunten Schmerz, und sie schämte sich im gleichen Augenblick wegen ihrer übertriebenen Heftigkeit.

»Es tut mir leid«, sagte sie. Wie oft hatte sie diesen Satz heute schon in den Mund genommen? »Aber ich bin so durcheinander, dass ich kaum noch klar denken kann. Erst Mauros unfassbarer Tod, dann die Schlägerei bei Bernardos Predigt, schließlich die kleine Cata, die etwas von einem schwarzen Mann angedeutet hat, und zu guter Letzt auch noch der Streit mit Lina …«

»Von welchem Mann?«, unterbrach er sie.

»Damit hat unser Disput ja überhaupt erst begonnen! Cata, die Kleine mit den seltsamen Augen, hat plötzlich von einem ›swarzen Mann‹ erzählt, der gestern Nacht bei Mauro gewesen sein soll. Manche denken, sie sei etwas dumm im Kopf, andere halten sie sogar für eine Idiotin. Aber sie irren sich. Sie ist aufmerksam und hat ein gutes Gedächtnis. Es geht bei ihr alles eben nur ein ganzes Stück langsamer als bei anderen.«

»Du glaubst ihr?«, fragte Matteo.

Gemma nickte. »Lelio tut es auch«, sagte sie. »Und auf seine Meinung gebe ich sehr viel.«

»Aber das hieße ja …«

»… dass es durchaus jemanden geben könnte, der Mauro auf dem Gewissen hat«, sagte Gemma. »Der schwarze Mann. Stell dir das nur einmal vor! Dann wäre der Kleine keines natürlichen Todes gestorben, sondern ermordet worden. Nur, wie sollen wir die Wahrheit je herausfinden?«

Er trat zu ihr, packte ihren Arm und zog sie in einen überdachten Durchgang. Mit den Lippen streifte er über ihre Augen.

»Du vertraust mir?«, flüsterte er.

Etwas Heißes flackerte über ihre Haut.

»Das tue ich«, gab sie ebenso leise zurück.

»Egal, was immer auch geschieht?« Matteo spürte, wie Gemma innerlich zögerte, und war erleichtert, als sie schließlich nickte. »Dann wirst du sehr bald von mir hören!«

Er ließ sie so plötzlich los, dass sie taumelte, warf ihr noch eine Kusshand zu und war um die nächste Biegung verschwunden.

Sie starrte ihm noch hinterher, als schon lange nichts mehr von ihm zu sehen war. Am liebsten hätte sie kehrtgemacht und wäre auf der Stelle zurück zu Mamma Lina gelaufen, um sich mit ihr zu versöhnen. Aber sie wusste, dass sie zunächst etwas anderes tun musste.

Ratlos schaute sie an sich hinunter. In dem angeschmutzten, zerrissenen Kleid hatte sie große Ähnlichkeit mit einer Bettlerin, was Lavinia und Nonna Vanozza gewiss zu neuen Sticheleien Anlass geben würde – aber was machte das schon aus? Schließlich war und blieb es das Haus ihres Vaters, in das sie jetzt zurückkehrte.

Die Beine trugen sie sicher und schnell, aber als sie vor dem Haus mit den schönen Fenstern und den breiten Simsen stand, pochte ihr Herz heftig vor Aufregung. Der Klopfer schlug hart gegen das Holz, dann hörte sie schnelle Schritte.

Als die Tür aufging, schaute sie in Marios ernstes Gesicht.

»Du?« Sein Mund verzog sich zu einem zunächst

ungläubigen, dann aber fröhlichen Grinsen. »Wie er sich freuen wird, der liebe *zio* Bartolo!«

Gemma folgte ihm, noch immer leicht beklommen. Die ganze Familie hatte sich um den Tisch versammelt; auch Luca fehlte nicht. Sie verzehrten gerade Hühner, die unter einer dicken Salzkruste gegart worden waren, und die Gerüche von Fett, Geflügel und Wein erfüllten den Raum.

Luca fiel sein Hühnerbein schier aus der Hand. »Monna Gemma!«, rief er. »Dass Ihr nur wieder da seid!«

Gemmas Blick flog zu Lavinia, die den Mund zusammenkniff und sich dann weiterhin hingebungsvoll ihrem Geflügel widmete, als sei nichts geschehen. Mario ließ Gemma nicht einen Augenblick aus den Augen, sondern nickte ihr immer wieder aufmunternd zu, als habe er Angst, sie könne es sich doch noch anders überlegen.

Dann sah sie ihren Vater an.

»Willkommen zu Hause, mein Mädchen!«, sagte Bartolo. »Ich dachte eigentlich, du würdest ...« Er legte seine Stirn in Falten, ganz ähnlich, wie es die kleine Angelina zuvor an Mamma Linas Tisch getan hatte, und räusperte sich ausgiebig. Seine Hände nahmen ihr nervöses Spiel wieder auf. »Nun ja, mit dem Wiederkommen hast du dir reichlich Zeit gelassen. Aber nun bist du ja gottlob endlich wieder da.«

»Es tut mir leid ...« Gemma verstummte. Nicht schon wieder dieser Satz! Aber was sonst sollte sie jetzt sagen? Dass er sie an ein kleines Waisenkind erinnerte, das sehr traurig war?

»Hast du Hunger?« Lucias helle Kinderstimme klang fröhlich. »Das Huhn schmeckt köstlich!«

Gemma musste an Mauro denken, an die bedrückten

Kinder, an Linas hartes weißes Gesicht und schüttelte den Kopf.

»Macht auch nichts!«, rief Teresa. »Dann bleibt mehr für uns übrig.«

»Setz dich zu uns, Kind!«, ließ sich nun Nonna Vanozza vernehmen. »Was stehst du denn so förmlich herum wie eine Fremde? Das muss doch wirklich nicht sein! Obwohl du schrecklich aussiehst, Gemma, das muss ich schon sagen. So durch die Stadt zu laufen! An deine Familie denkst du wohl nicht. Du solltest wahrlich besser auf dich achten! Gibt es dort, wo du herkommst, weder Wasser noch Seife?«

Jetzt musste Gemma trotz allem lächeln.

Sie war wieder zu Hause, und nichts, aber auch gar nichts hatte sich verändert.

Er musste lange an die kleine Nebenpforte klopfen, bevor Celestina ihm öffnete, doch er war entschlossen zu warten, und wenn es die ganze Nacht dauern würde. Matteo verlagerte das Gewicht von einem Bein auf das andere. Seine Gerätschaften hatte er fest in Leinen gewickelt und unter mehreren Tüchern in einem Korb verborgen. Doch viel mehr als dieser wog die bedrückende Last dessen, was vor ihm lag.

»Was willst du?« Die Öllampe in Celestinas Hand bewegte sich. An ihrem Gürtel klirrten die Schlüssel. Wenn sie überrascht war, ihn zu sehen, so ließ sie es sich nicht anmerken.

»Lass mich eintreten, dann wirst du es erfahren!«

Zu seinem Erstaunen gehorchte sie wortlos. Der Gang,

in dem sie beide standen, war schmaler, als er ihn in Erinnerung hatte, aber ebenso dunkel.

»Du kommst spät am Abend, Matteo«, sagte sie. »Aber doch sicherlich nicht meinetwegen? Oder …«

Er ließ sie nicht ausreden. »Du hast mir schon einmal sehr geholfen, Celestina«, sagte er, »damals, als mein Sohn gestorben war. Heute muss ich dich abermals um deine Hilfe bitten.«

»Du musst den Verstand verloren haben!«, flüsterte sie erschrocken. »Das kann nicht dein Ernst sein, Matteo! Schon damals war es eine Bitte zu viel. Anstatt dich so zu verhalten, wie ich es dir geraten habe, verlangst du …«

»Lass mich zu dem Kleinen!«, bat Matteo. »Ich muss herausfinden, was ihn getötet hat – bitte!«

»Das kann ich nicht. Geh, Matteo, geh sofort!«

»Doch, du kannst. Du musst sogar! Wie sollen wir alle sonst jemals Ruhe finden?«, widersprach er.

Sie kam ihm ganz nah. Erst jetzt fiel ihm auf, dass sie wohl schon am Schlafengehen gewesen war. Er sah die Konturen ihres Körpers durch das dünne Leinen, die vollen Brüste, die dunkleren Spitzen. Ein schwacher süßlicher Duft stieg in seine Nase. Wieder klirrten die Schlüssel, als sie sich bewegte.

»Ihretwegen?«, flüsterte Celestina. »Und wenn du mich jetzt anlügst, dann verlässt du das Hospital auf der Stelle!«

»Auch«, sagte er, »aber nicht nur. Ich bin auf der Suche nach einer Antwort. Ich kann nicht anders!«

»Die hast du schon einmal gesucht – und bist doch nur enttäuscht worden.«

»Das ist richtig, aber ich muss es noch einmal probieren. Vielleicht liegen die Dinge dieses Mal anders«, sagte er. »Wenn ja, geht es darum, einen Mörder dingfest zu machen.«

»Und wenn sie uns erwischen?«, sagte Celestina. »Mich? Oder dich? Denn was du tust, hinterlässt ...« Er hörte, wie sie schluckte. »... erhebliche Spuren. Wie stellst du dir das eigentlich vor?«

»Du bist es doch, die ihn wäscht und in sein Toten-hemdchen kleidet. Solange du den Mund hältst, wird niemand etwas erfahren.«

Celestina wandte sich ab, und er glaubte schon, er habe verloren. Dann jedoch drehte sie sich jäh wieder um.

»Einverstanden«, sagte sie. »Allerdings nur unter einer Bedingung.«

Matteo nickte ungeduldig.

»Ich will deine Frau sein.« Im ersten Augenblick glaubte er, sich verhört zu haben. Langsam wurde ihm bewusst, was sie verlangte. »Wenigstens ein einziges Mal. Du kannst die Augen schließen und dir vorstellen, ich wäre *sie*, das soll mir gleichgültig sein, aber du wirst *mich* in den Armen halten. Eine ganze Nacht lang – vom Einbruch der Dämmerung bis zum Morgengrauen.«

Sie legte die Hand auf seinen Arm und schob sie bis über die Beuge des Ellenbogens hinauf. Da legte er seine Hand auf ihre und hielt sie fest.

»Also?« Ihre Stimme zitterte leicht.

»Einverstanden.« Hatte er das tatsächlich gesagt? In seinen Ohren war auf einmal ein Brausen, und alles erschien ihm wie ein finsterer Traum.

»Dann komm!«

Sie ging ihm die vielen Stufen abwärts voran, plötzlich leichtfüßig wie ein junges Mädchen. Matteo folgte ihr beklommen. Vor der Tür des Eiskellers blieb sie stehen, zog einen Schlüssel heraus und sperrte auf.

»Du hast ausreichend Licht mitgebracht?«, fragte sie.

»Meine Wachsstöcke brennen ungefähr sechs Stunden«, erwiderte er, während er diese aus dem Korb holte und darauf wartete, dass Celestina die Dochte nacheinander mit ihrer Lampe entzündete. »Das weiß ich vom Malen.«

»Gut«, sagte sie. »Denn bevor es dämmert, musst du verschwunden sein. Der Tag in Santa Maria della Scala beginnt sehr früh. Und dir ist klar, was es bedeutet, würde dich jemand hier zu Gesicht bekommen.« Ihr Blick wurde weicher. »Die allerheiligste Muttergottes steh dir bei!«, fuhr sie fort. »Du wirst ihre Hilfe dringend brauchen können, Matteo!«

»Augenblick noch!«, rief er, als sie sich zum Gehen wandte. »Wo finde ich Wasser?«

»Im Vorraum stehen mehrere Eimer. Damit musst du auskommen.«

Er wartete, bis sie draußen war, dann erst wagte er, sich dem Toten zu nähern. Der kleine Körper schien unter dem Tuch fast zu verschwinden. Matteo fröstelte, und es lag weder an der Kälte in dem Raum, der tief unter der Erde lag, noch an den säuberlich zwischen Strohlagen aufgeschichteten Eisbarren entlang der Wände, Vorrat für einen langen, heißen Sommer.

Behutsam zog Matteo das Tuch herunter.

Wie eine Puppe lag der Junge vor ihm, auf merkwürdige Weise unbeseelt. Vor Kurzem noch hatte er ihn lachen und spielen gesehen. Jetzt jedoch war Mauro reglos, eine fleischliche Hülle, aus der alles Leben gewichen war.

Aber durfte er sich tatsächlich an ihm zu schaffen machen?

Die schlimmsten Strafen drohten seinem Vorhaben, und dennoch wusste er – wie schon damals auch – keinen anderen Ausweg. Er bekreuzigte sich. Danach zeichnete er das heilige Symbol der Dreieinigkeit auf die Stirn, den Mund und die Brust des Jungen.

Spätestens jetzt war er machtlos gegen die Bilder seines toten Sohnes, die abermals in ihm emporstiegen.

»Das ist ein Gottesdienst«, flüsterte er. »Und ich gelobe, ihn in Demut und Hingabe zu zelebrieren. Du bist für mich der Bruder meines geliebten Giuseppe, kleiner Mauro. Vielleicht begegnet ihr euch ja im ewigen Reich Gottes.«

Von damals wusste er noch, was an Werkzeugen notwendig war, doch zuerst musste er den Kleinen entkleiden. Es war schwieriger, als er angenommen hatte, denn die Totenstarre hatte bereits vollständig eingesetzt, und Mauro war steif wie ein Brett. Glücklicherweise hatten sie ihn in ein Hemd gekleidet, das am Rücken offen war und sich daher verhältnismäßig einfach abstreifen ließ.

Sobald der Kleine nackt war, untersuchte er ihn eingehend. So nah er sein Licht auch an ihm entlangführte, er konnte nichts Auffälliges entdecken – bis auf einen Bluterguss an der rechten Hand, der ihm nicht aufgefallen war, als er den Jungen am Brunnen gefunden hatte. Ein eigenwilliger Geruch ging von dem Toten aus, der Matteo lebhaft an im Wasser verfaulende Blumen erinnerte, aber glücklicherweise keinerlei Ekel in ihm auslöste.

So enden wir alle, dachte er. Ausnahmslos. Der Tod ist das letzte Geheimnis, das uns Menschen miteinander verbindet.

Er musste ihn streicheln, er konnte nicht anders. Mauros Haut fühlte sich ganz anders an als bei einem lebendigen Kind, sie war spröde und spannungslos, als sei jede Flüssigkeit aus ihr verschwunden. Als Matteo den Leichnam am rechten Arm zog, eher aus Zufall als aus Überlegung, bildete sich eine steile Falte, die nicht mehr verschwinden wollte.

Er zog auch am linken Arm, dann am Bein: gleiches Resultat. Die Haut schmiegte sich nicht mehr wie zuvor um die Knochen und Muskeln, sondern blieb leicht erhöht stehen, was Matteo ausgesprochen seltsam erschien. Bei einem alten Menschen mochte das so sein, aber bei einem kleinen Kind?

Was jedoch hatte es zu bedeuten? Und war das bei Giuseppe ähnlich gewesen? Matteo begann sein Hirn zu martern, doch jene Nacht der Schrecken und Schmerzen lag viel zu lange zurück, als dass er sich noch hätte genauer erinnern können. Vielleicht hatte er damals gar nicht darauf geachtet.

Möglicherweise würde der Rücken mehr Aufschlüsse bringen. Behutsam drehte Matteo den Kleinen um. Dunkle Flecken unter Aussparung der Liegeflächen an Schulterblatt und Gesäß. Ähnliches hatte er auch damals bei Giuseppe und Fiona entdeckt. Dieses Mal war er sich ganz sicher.

An das Liebste, das er verloren hatte, in diesem Augenblick zu denken, ließ ihm die Augen feucht werden. Für dich, Fiona, meine Liebste, dachte er. Für dich, Giuseppe, mein Sohn, der mich viel zu früh verlassen hat. Für dich, Gemma, Königin meines Herzens.

Und für dich, mein armer, kleiner toter Mauro!

Er wartete, bis sein Atem wieder ruhiger ging, und

drehte den Kleinen zurück in die Ausgangsposition. Dann griff er in seinen Korb, zog unter den Tüchern das scharfe Messer hervor. Und während seine Lippen die Worte des Vaterunsers flüsterten, setzte er das Messer an den kleinen Körper, um mit erstaunlich ruhiger Hand den ersten Einschnitt zu wagen, von der Brust hinab bis in die Leistengegend.

Sechs

Morgensonne fiel durch das geöffnete Fenster und kitzelte Gemmas Nase, doch sie hielt die Lider fest geschlossen, um das Aufwachen noch länger hinauszuzögern. Für ein paar köstliche Augenblicke schien alles so wie früher: geschäftiges Treppauf, Treppab, von unten aus der Küche das verheißungsvolle Klappern des Geschirrs, untermalt vom schrillen Trällern der Magd, das auch im Lauf langer Jahre kein bisschen melodischer geworden war. Jetzt fehlten nur noch die weichen Lippen der Mutter, die sie jeden Morgen mit einem Kuss geweckt hatte, und der zarte Magnolienduft, den sie bis heute mit der Verstorbenen verband.

Kurz darauf hörte sie Teresa maulen, die partout ein anderes Kleid anziehen wollte, danach setzte Lavinias gewohntes Gekeife ein, während Nonna Vanozzas Stock im vertrauten Rhythmus die Stufen hinunterpochte und die kleine Luc... jeden ihrer schwerfälligen Schritte mit fröhlichem Ge...pper begleitete – die Wirklichkeit hatte Gemma zurück! Sie zog sich die Decke über den Kopf und rollte sich auf die andere Seite. Dennoch schien in diesem lichtblauen Zimmer mit seinen schlichten, aber liebevoll gestalteten Möbeln die Welt noch halbwegs in Ordnung. Bald jedoch gewannen andere Gedanken in ihr die Oberhand, drängend, schwer, viel zu lang schon aufgeschoben. Sie konnte es sich nicht leisten, den halben Tag faul im Bett herumzuliegen, dazu musste viel zu Wichtiges erledigt werden.

Gemma stand auf, wusch sich und wählte danach mit Bedacht eines ihrer besten Kleider aus. Es war aus leuchtend blauer Baumwolle gefertigt, und eine luftige *cotta* mit geprägten weißen Damastlilien gehörte dazu, die sie besonders frisch wirken ließ. Das dichte braune Haar bändigte sie nicht ohne Mühe mithilfe des silbergewirkten Netzes, das schon ihre Mutter getragen hatte.

Der halb blinde Spiegel warf ein Bild zurück, das ihr einigermaßen gefiel. Viel wichtiger aber war heute, dass der Vater Gefallen an seiner Ältesten finden würde. Wie sehr sie sich danach sehnte, ihm endlich alles zu offenbaren!

Doch als sie am Fuß der Treppe angekommen war, wurde Bartolos Aufmerksamkeit von etwas anderem in Anspruch genommen. Die Eingangstüre war offen, und Mario stand mit hängenden Mundwinkeln da. Keine Spur mehr von dem kleinen, wortkargen Fremdling in schmutzigen Reisekleidern. Heute sah er aus wie ein echter *signore*, denn er trug zum ersten Mal das festliche Gewand der Contrade *Selva*, zu der die Familie Santini seit Generationen gehörte. Rote Beinlinge umschlossen seine schlanken, erstaunlich gut geformten Schenkel; die Schecke aus feinster schwarz-roter Seide reichte bis zur Hüfte und gab den Blick auf ein gleichfarbiges Wams frei, unter das ein weißes Batisthemd gehörte. Mitten auf der Brust prangte das gestickte Wappen: ein Nashorn in leuchtendem Violett, das sich an einem ausladenden Laubbaum rieb.

War er nicht gewachsen? Gleichzeitig kamen Gemma seine Hüften eine Spur runder vor, als sie es noch vor einigen Wochen waren, was eigentlich gar nicht zusammenpasste. Aber er fing offenbar an, sich in der neuen Heimat nicht nur wesensmäßig, sondern auch körperlich zu verändern. Wenigstens kann er sich bei uns gründlich satt essen, dachte Gemma, was bei ihm zu Hause wohl nicht die Regel war. Und vielleicht wird ja eines Tages doch noch ein richtiger Kerl aus ihm.

»Sieht er nicht prächtig aus?« Bartolos Lächeln war voller Stolz. »Und was unser Junge erst beim Palio für eine blendende Figur abgeben wird!«

»Ich weiß nicht so recht«, stieß Mario hervor. »Ich glaub, das mit dem Trommeln ist nicht so ganz meine Sache. Kann ich nicht lieber etwas anderes machen?« Er schielte nach dem Abakus, und wie zum Beweis sanken seine schmalen Hände mit den hölzernen Schlägeln mutlos herunter.

»Was für ein Unsinn!« Bartolo war in seinem Überschwang kaum zu bremsen. »Deine Mutter hat den Rhythmus schon als kleines Mädchen im Blut gehabt. Wie sollte es dann bei ihrem Sohn anders sein?«

Er riss ihm die Trommel regelrecht vom Hals und hängte sie sich selber um. Danach nahm er ihm die Schlägel aus der Hand. Die Türe bekam einen kräftigen Tritt und sprang ganz auf. Schon war Bartolo mitten auf der Straße und begann laut trommelnd auf und ab zu marschieren. Dazu schmetterte er aus voller Brust das alte Lied seiner Contrade:

>*»Nel nostro cuor, vibra l'amor,*
>*Che trepidar ci farà.*

Si vincerà, lo sento già, e festa grande sarà!
O selva, selvina va …«

»Was bist du nur für ein Kindskopf, Bartolo!« Lavinia kam ihm keuchend nachgelaufen. Ihr voller Busen hüpfte, und das helle Haar befand sich wieder einmal in Auflösung, was sie, wie Gemma wusste, ganz besonders hasste. Ihr Gesicht war schweißnass. Die späteren Jahre der Weiblichkeit machten ihr sichtlich zu schaffen. »Musst du dich unbedingt zum Gespött der ganzen Nachbarschaft machen? Komm jetzt sofort wieder ins Haus, und führ dich gefälligst so auf, wie es deinem Alter und deinem Stand entspricht!«

»Ich werd mich doch noch freuen dürfen!«, begehrte er auf, folgte ihr aber doch gehorsam. »Jahrzehnte ist es her, seit ein Santini beim Einzug der Reiter die Contradentrommel schlagen durfte. Was glaubst du, Frau, hat mich dieses unerwartete Entgegenkommen der *contradaioli* gekostet? Nicht gerade wenig, das kann ich dir sagen! Aber dieses köstliche Vergnügen ist mir jede ausgegebene Lira dreifach wert.«

Die Schlägel wanderten zurück in Marios Hände.

»Jetzt weißt du, wie es geht«, sagte Bartolo augenzwinkernd. »Also einfach nachmachen!«

»Kann ich nicht lieber rüber ins Kontor?«, fragte der Junge. »Die Bücher …«

»… werden sich schon nicht gleich in Luft auflösen, wenn du sie dir mal einen einzigen Tag nicht vornimmst. Sei also ganz unbesorgt, mein Junge! Jetzt wird ordentlich geübt, damit du mir später im Kreis der anderen Trommler keine Schande machst.«

»Noch hat das Losverfahren nicht stattgefunden«, wandte Lavinia schmallippig ein. »Und auch danach ist das noch lange keine Garantie, wie du selber ganz genau weißt. Was, mein über alles geschätzter Gatte, wenn unsere Contrade in diesem Jahr gar nicht an den Start darf? Dann hättest du all das schöne Geld ganz umsonst verschwendet.«

»*Selva* wird antreten, das kann ich dir versichern!«, herrschte Bartolo sie ungewohnt heftig an. »Unsere Contrade des Waldes müsste längst wieder einmal an der Reihe sein. Und hat außerdem mit diesem Reiter, den wir unter unzähligen Bewerbern ausgesucht haben, die allerbesten Aussichten zu gewinnen, so wahr uns die allerheiligste Jungfrau beschützt!«

Er beäugte den Jungen von Kopf bis Fuß.

»Du wirst nicht nur mit den Trommlern, sondern auch mit den Fahnenwerfern tüchtig üben müssen«, sagte er. »Damit ihr nicht aus dem Takt kommt. Denn ein Zug ohne Takt ist eine mehr als traurige Angelegenheit und verdient es nicht, den Sieg zu erringen. Hast du die Burschen schon kennengelernt? Bruno und Gaetano haben mir in die Hand versprochen, dir alles ganz genau beizubringen.«

»Allerdings.« Marios Gesicht wirkte plötzlich noch trübseliger. »Aber ich mag sie nicht, wenn ich ehrlich sein soll. Die sind auch nicht anders als deine rohen Remos und Lorenzos! Einen Faustkampf wollten sie mit mir auf der Stelle anzetteln, einfach so, aus schierem Übermut. Dabei hatte ich nicht die geringste Lust, mich grundlos mit ihnen zu prügeln.«

»Ein bisschen Mühe musst du dir schon geben, mein kleiner *tedesco*, wenn du ein echter Sieneser werden willst!« Bartolos Stimme klang plötzlich streng. »Memmen sind nämlich so gar nicht nach meinem Geschmack. Was ist denn schon dabei, sich unter Freunden zu balgen? Das haben wir schließlich alle gemacht, als wir jung waren!«

»Aber die beiden haben mich sofort …«

Bartolo ließ ihn nicht ausreden.

»Ich verlange ja nicht von dir, dass du als *fantino* der Contrade als Erster mit dem sattellosen Ross über die Zielgerade preschst! Du sollst dich nur wie ein angehender Mann benehmen, mehr will ich gar nicht. Könnte es vielleicht sein, dass du daheim in eurem Augsburg zu oft mit deiner jüngeren Schwester zusammengesteckt hast?«

»Hab ich nicht! Und außerdem ist Mari…« Tiefes Rot ergoss sich über die Wangen des Jungen.

»Auf jeden Fall ist es jetzt genug mit diesem weibischen Gehabe! Man könnte ja fast denken, du seist eine meiner Töchter, die auch immer etwas zu meckern und zu maulen haben. Du übst heute fleißig, deine Trommel zu schlagen – und fertig! Denn du weißt ja, Mario, wir beide müssen schon sehr bald fort.«

Erst jetzt schien Bartolo Gemma richtig wahrzunehmen.

»Und du, mein Mädchen?«, sagte er. »Ich hoffe nur, ich bekomme keine neuerlichen Hiobsbotschaften zu hören.«

Ihr Herzschlag schien einen Moment auszusetzen, dann ging er schnell und regelmäßig weiter.

»Ich muss dich sprechen, Vater«, sagte sie. »Allein.«

»Aber ich muss jetzt dringend rüber ins Kontor.« Er klang ausweichend. »Du hast ja keine Ahnung, wie viel vor unserer Abreise noch zu erledigen ist!«

»Bitte!« Gemma legte die Hand auf seinen Arm. »Es ist wichtig.«

Jetzt konnte Bartolo nicht mehr aus. Unter dem argwöhnischen Blick Lavinias, die sofort den Hals reckte, aus Angst, es könne ihr auch nur das Geringste entgehen, schien er regelrecht zu schrumpfen.

»Also gut. Komm mit!«, sagte er schließlich. »Dann bin ich wenigstens zur Stelle, falls wichtige Kunden mich noch sprechen wollen.«

Lavinia blieb nichts anderes übrig, als Mann und Stieftochter ziehen zu lassen, schaute ihnen aber beleidigt hinterher. Auf der anderen Straßenseite riss Luca die Ladentür auf, kaum hatte er die beiden erblickt, und begrüßte Gemma überschwänglich. Bartolo Santini jedoch ließ ihn kaum ausreden.

»Keine Störung innerhalb der nächsten Stunde!«, befahl er. »Monna Gemma und ich wollen in Ruhe gelassen werden.«

Nachdem sie endlich zu zweit waren, breitete sich zunächst Schweigen aus. Womit sollte sie beginnen, damit er ihr auch zuhörte? Wieder einmal rang Gemma um die richtigen Worte.

»Das mit eurem verlorenen Schiff tut mir sehr leid«, sagte sie schließlich. »Das wollte ich dir schon viel früher sagen. Ich weiß, welch große Hoffnungen du gerade in dieses Geschäft gesetzt hast. Und jetzt war alles umsonst!«

Bartolo machte eine Handbewegung, die sie zunächst nicht verstand.

»Lass uns erst einmal abwarten!«, sagte er mit seltsamem Unterton. »Vielleicht sieht die Angelegenheit nach meiner Rückkehr ja schon ganz anders aus.«

»Du willst verreisen?«

»Höchste Zeit, dass ich Mario einmal die Salzgärten in natura zeige. Und bei dieser Gelegenheit werde ich mich auch an der Küste umsehen müssen.«

»Weswegen?«

»Du kannst schweigen, Gemma?«

»Weißt du das nicht, Vater?«

»Nun, immerhin ist er dein Mann.« Er räusperte sich. »Wenngleich du ihm fortgelaufen bist.« Bartolo begann an seinem olivgrünen Damastwams zu zupfen, das an der Brust abgeschabt war, weil er sich immer wieder an der gleichen Stelle zu schaffen machte, wenn ihm nicht ganz wohl zumute war.

»Da war so ein bärtiger Seemann bei mir«, fuhr er schließlich fort. »Vor ein paar Tagen. Zunächst wollte ich ihn nicht einmal anhören, weil ich mir nicht vorstellen konnte, was ein Kerl wie er mir zu sagen hätte, aber er war hartnäckig, ließ sich nicht abweisen. Und so hab ich mich schließlich überreden lassen. Im Nachhinein war es wohl keine schlechte Entscheidung. Er hat mir näm- lich eröffnet, unser Schiff sei auf der Heimreise von den Balearen gar keinen Seeräubern zum Opfer gefal- len.« Seine Hände flatterten. »Natürlich wollte er eine Belohnung für seine Informationen, und die hab ich ihm dann auch gegeben. Schätze mal, sie ist nicht übel ange- legt.«

»Und was soll mit dem Schiff wirklich geschehen sein?«, fragte Gemma atemlos.

»Er behauptet, man habe die Ladung anderswo ge- löscht. Nicht in Pisa, sondern in einem der kleineren Häfen. Von dort aus konnte man sie unauffällig wegbrin- gen. Und mittlerweile dürfte sie ihren neuen, mir bislang unbekannten Ankunftsort wohl auch erreicht haben. Der

Kerl hat durchblicken lassen, dass dieses Manöver nicht zum ersten Mal stattgefunden hat.«

»Aber Lupo? Was hat er …«

»Seitdem hockt der Kleine, der dabei war und alles mitbekommen hat, über den Büchern und rechnet und rechnet«, fuhr Bartolo fort. »Weder mit Schelte noch mit guten Worten ist er davon abzubringen. Mario scheint regelrecht besessen davon, weitere Unregelmäßigkeiten aufzudecken. Doch jedes Mal, wenn ich ihn frage, ob er schon etwas gefunden hat, zieht er lediglich die Stirn kraus und rollt bedeutungsvoll mit seinen goldenen Augen.« Er schaute sie von der Seite an. »Was meinst du dazu, Tochter? Macht das alles einen Sinn für dich?«

»Aber das hieße ja …« Gemmas Augen suchten die des Vaters, der bedächtig nickte. »Lupo hätte dich abscheulich und vorsätzlich betrogen? Ob das einen Sinn für mich macht? Allerdings! Ich traue ihm alles zu. *Alles*!«

»Noch ist nichts bewiesen. Bevor man derartige Beschuldigungen äußert, empfiehlt es sich, die entsprechenden Beweise in Händen zu halten. So jedenfalls hab ich es in meinem langen Geschäftsleben stets gehalten und bin dabei niemals schlecht gefahren. Bezichtigungen sind so schnell ausgesprochen und nur schwer wieder aus der Welt zu schaffen, das hat mich schon mein verstorbener Vater gelehrt.« Lang anhaltendes Hüsteln. »Allerdings ist mir auch nicht bang vor Auseinandersetzungen, die zu Recht geführt werden müssen. Wenn ich kämpfen muss, dann bin ich auch bereit dazu! Aus all diesen Gründen habe ich mich entschlossen, Erkundigungen vor Ort einziehen, Gemma, sehr gründliche Erkundigungen, wie ich dir versichern kann. Und sollte sich bewahrheiten, was ich vermute …«

»Er ist ein Teufel, Vater.« Sie hatte sich vorgenommen, unter keinen Umständen zu weinen, aber jetzt flossen die Tränen ganz ohne ihr Zutun. »Lupo ist Beelzebubs leibhaftiger Bruder! Ja, ich wollte ihn damals heiraten, unbedingt sogar, aber wie hätte ich da ahnen sollen, wer er wirklich ist?«

Bartolo schaute sie so entsetzt an, dass sie schlucken musste. Die Kehle wurde ihr eng, wie immer bei diesem Thema. Aber wenn sie nicht jetzt den Mut dazu aufbrachte, wann dann?

»Er hasst Frauen, wusstest du das? Sie sind ihm widerwärtig, ekeln ihn regelrecht an. Liebe, Achtung und Wertschätzung? Kennt er nicht. Nur wenn er triumphieren kann, erwacht in ihm die Lust, wenn die Frau vor ihm hilflos und erniedrigt winselt, kein menschliches Wesen mehr ist, sondern bestenfalls ein Stück Vieh, das er nach seinem Gutdünken benutzen kann. Weißt du, was das für mich bedeutet hat? Wie ein Stück Dreck bin ich mir vorgekommen, als gehörte ich in die schmutzigste Gosse, denn das und Ähnliches mehr hat er bestimmt tausendmal zu mir gesagt …«

»Habt ihr deshalb bis zum heutigen Tag keine Kinder bekommen?«

Der empfindlichste Punkt, den Bartolo ohne Umschweife getroffen hatte. Aber weshalb sollte nicht gleich alles auf den Tisch kommen? Gemma machte einen tiefen Atemzug.

»Wie sollst du ein Kind empfangen, wenn dein Mann dir nicht mehr beiwohnt? Ich konnte nicht schwanger werden, denn seine widerlichen Spiele treibt er längst mit käuflichen Frauen. Dass das Geld kostet, trifft ihn sicherlich, weil sein immenser Geiz dabei aufjault, aber bleibt ihm eine andere Wahl? Und vielleicht macht ihn diese unbändige Wut nur noch geiler – und unberechenbarer.«

Bartolo wischte sich ausgiebig mit einem Leinentuch über Gesicht und Hals. »Hat er dich etwa auch gezüchtigt?«, fragte er leise. »Ich muss die Wahrheit wissen.«

Gemma nickte.

»Anfangs ja, und das mehr als einmal, aber ich hatte offenbar nicht genügend Angst dabei gezeigt, und das hat ihm den Spaß daran bald verdorben. Doch es gibt weitaus Schlimmeres als Weidenruten oder eingeweichte Lederschnüre, die auf nacktes Fleisch klatschen. Lupo hat mich herabgesetzt, Tag für Tag, mit Worten, Blicken, mit seinem eisigen Schweigen, das tiefer schneidet als das schärfste Messer. Schließlich hab ich mich nur noch minderwertig und hässlich gefühlt, als etwas, das es gar nicht anders *verdient* hat, derart abscheulich behandelt zu werden …« Gemma schluchzte laut auf. »Er hatte mich schon beinahe so weit, verstehst du, Vater? Denn das war sein perfider Plan. Nicht er würde mich töten, das würde ich schon ganz allein besorgen. Nicht mehr lange – und ich hätte mich aus schierer Verzweiflung von der Bauruine des Doms in den Tod gestürzt.«

Bartolo trat zu seiner Tochter, hob die Hände und ließ sie wieder sinken.

»Man kann es kaum glauben«, sagte er schließlich. »Nach außen hin wirkt er stets so ehrsam und beherrscht …«

»Beherrscht genug, um nicht nur die Tochter zugrunde zu richten, sondern auch gleichzeitig in eiskalter Ruhe den Vater um seinen Anteil zu betrügen.« Gemmas Stimme klang bitter. »Denn darauf hatte Lupo es von Anfang an abgesehen.«

Bartolos Gesicht war wie versteinert. Lehnte er sie nun auch ab, jetzt, da er alles wusste? War sie ihm nach ihrem freimütigen Geständnis widerlich geworden, war seine Liebe zu ihr verflogen? Genau aus diesem Grund hatte sie so lange geschwiegen. Aus schierer Angst, sich beim Aufzeigen dieses Abgrundes selbst zu beschmutzen. Ihre Augen flehten um eine Antwort, um die richtige Antwort.

Doch der Vater ließ sich reichlich Zeit.

»Sieht so aus, als hätten wir einen großen Fehler gemacht«, sagte er schließlich. »Einen Fehler, an dem wir schwer und lange zu tragen haben werden, mein Mädchen. Ich hätte besser nicht auf Lavinia hören sollen. Denn sie war es, die mir diese Verbindung erst richtig schmackhaft gemacht hat. Und dann auch deine Begeisterung! Damals war ich überzeugt, dir den allergrößten Gefallen zu tun. Da siehst du, wie sehr man sich täuschen kann!« Zögernd und vorsichtig berührte er ihren Kopf. »Weshalb hast du niemals etwas gesagt, nicht ein einziges Wort? Du hättest mit mir reden sollen – viel früher schon!«

»Ich hab mich so bitterlich geschämt«, flüsterte Gemma. »Hab mich besudelt und beschmutzt gefühlt und dachte zunächst, alles sei allein meine Schuld. Aber Lupo meint gar nicht mich, das weiß ich inzwischen. Sein Hass und seine Wut sind irgendwie … unpersönlich. Das Böse steckt tief in ihm und hat sich lediglich an mir entladen.« Sie nahm Bartolos Hand, presste sie gegen ihre Wange. »Er darf mich nicht zwingen, zu ihm zurückzukehren. Niemals! Das musst du mir versprechen, Vater! Ich habe mich gegen ihn aufgelehnt, ihn seiner Meinung nach vor der ganzen Stadt herabgewürdigt. Das wird er niemals vergessen. Seine Rache an mir würde schrecklich ausfallen – vielleicht sogar tödlich.«

Wenn du dieses Haus verlässt, bist du tot.

Da war er wieder, jener Satz, den sie am liebsten für alle Zeit vergessen hätte. Die Worte lagen ihr schon auf der Zunge, aber Gemma wollte sie jetzt nicht aussprechen, um ihnen nicht noch mehr Gewicht zu geben. Ungeduldig wartete sie auf Bartolos Nicken, und als sie es schließlich wahrnahm, durchflutete sie eine Welle der Erleichterung.

»Das alles hast du in dir getragen.« Er klang tief erschüttert. »Und bist damit lieber zu fremden Menschen gelaufen, als dich deinem alten Vater anzuvertrauen. Weißt du, dass mich das sehr traurig macht, Gemma? Wir sind doch eine Familie!«

»Ich wollte es dir ja sagen, viele, viele Male, aber ich konnte es nicht. Und die Menschen, von denen du sprichst, sind längst Freunde für mich geworden – und keine Fremden mehr.« Gemma schaute ihn mit leuchtenden Augen an. »Du musst sie ganz bald kennenlernen. Du wirst sie mögen, alle miteinander, das weiß ich: Mamma Lina, die so tapfer ihr kleines Haus mit den Waisen führt, Lelio und Mia, die beiden Ältesten, die schon so viel durchgemacht haben, Cata, die manche zu Unrecht für dumm halten, die aber in Wirklichkeit alles spürt und alles sieht, Raffi mit seinen wirren Locken, Angelina, die die Stirn fast wie du krauszieht, wenn ihr etwas nicht passt. Und dann war da natürlich auch Mauro, unser lieber, kleiner Mauro, den wir für immer verloren haben …«

Sie hielt inne, weil Bartolo einen seltsamen Ton von sich gegeben hatte. Die eben noch frische Farbe seines

Gesichts war verflogen; jetzt wirkte es ungesund und fahl.

»Diese Kinder«, brachte er mühsam hervor, »sie leben alle bei jener Frau?«

»Das tun sie.«

»Seit wann? Weißt du das auch?«

»Erst seit ein paar Monaten. Zuvor waren die meisten von ihnen im Hospital untergebracht. Es sind alles *getatelli*. Aber bei Mamma Lina geht es ihnen sehr viel besser.«

Wieso interessierte ihn das eigentlich alles? Gemma wurde zunehmend verwirrter, weil sie keine plausible Antwort fand. Doch Bartolo war mit seinen Fragen noch nicht zu Ende.

»Wie alt sind sie?«

»Lelio und Mia? Elf, vielleicht auch zwölf, vermute ich. Raffi dürfte sechs oder sieben sein, Cata und Angelina schätze ich auf ungefähr fünf. Aber was ist auf einmal mit dir?«, rief sie. »Bist du so außer dir, weil du von Mauros plötzlichem Ableben gehört hast? Ich für meinen Teil glaube nicht mehr an einen natürlichen Tod, Vater! Da steckt etwas anderes dahinter. Cata hat etwas gesagt, dass ich nicht mehr vergessen kann. Vielleicht hat dem Kleinen jemand etwas angetan. Dann allerdings muss dieser Mörder unbedingt gefasst werden!«

Bartolo nickte geistesabwesend und Gemma wusste genau, dass diese Geste nichts mit dem zu tun hatte, was sie soeben gesagt hatte. Er hatte ihr nicht einmal richtig zugehört, so tief schien er in Gedanken versunken. Mit hängenden Schultern schlurfte er hinüber zu seinem Pult, schlug den obersten Folianten auf und begann darin zu blättern, als sei sie nicht mehr anwesend.

»Vater?«, sagte sie. »Ist alles in Ordnung mit dir?«

Keine Antwort.

»Soll ich jetzt gehen?«

Bartolo blieb stumm.

Sie konnte auf keine Antwort mehr hoffen. Es war besser, ihn jetzt allein zu lassen. Ihre Fragen und Zweifel aber nahm Gemma mit sich.

❧

Wie sehr er sie vermisste!

Ihre Stimme, ihre Haut, ihren Duft. Ihr Lachen. Die Art, wie sie beim Gehen die Hüften bewegte – einfach alles an ihr. Am liebsten wäre Matteo auf der Stelle zu Gemma gelaufen, um sie in die Arme zu nehmen und ihr zuzuflüstern, was er inzwischen alles erlebt hatte. Doch er wagte nicht, das Haus ihres Vaters zu betreten. Welch einigermaßen plausible Ausrede hätte er auch vorbringen können? Das Bild, an dem er arbeitete? Einen glaubwürdiger klingenden Vorwand? Lieber strengte er sich an, es noch eine Weile ohne sie auszuhalten, und in der Zwischenzeit hoffte er auf ein zufälliges Treffen mit der Geliebten.

Wir müssen vorsichtig sein, hatte Gemma ihm beim letzten Treffen eingeschärft, *noch vorsichtiger als bisher.* Wie recht sie damit gehabt hatte!

Matteo konnte Celestinas Gesichtsausdruck nicht vergessen, die ihm beim Verlassen des Hospitals in der ersten Dämmerung aufgelauert hatte, um ihn an seinen Schwur zu erinnern. So gierig hatte sie ihn dabei mit ihrem Krötengesicht angesehen, so verzweifelt und gleichzeitig drängend, dass er sich hatte abwenden müssen. Inzwischen bedauerte er, dass er sich dieses seltsame Versprechen jemals hatte abringen lassen, weniger, weil er sich vor dem Akt der Einlösung ekelte, sondern weil ihm klar geworden war, dass ihre Freundschaft sich dadurch unweigerlich in Feindschaft verwandeln würde.

Vor allem Gemma durfte niemals etwas davon erfahren, das hatte er sich geschworen. Vielleicht fiel ihm ja noch ein Ausweg ein, sodass sich niemand verletzt fühlen würde. Doch es war schwer für Matteo, all diese widersprüchlichen Empfindungen ausschließlich mit sich selber auszumachen.

Nach seiner Rückkehr hatte er die besudelte Kleidung sofort verbrannt und sich so lange von Kopf bis Fuß geschrubbt, bis seine Haut geprickelt hatte. Die neuen Zeichnungen hatte er zu den alten ganz unten in der Truhe gelegt und war danach in einen tiefen, traumlosen Schlaf gefallen. Nach dem Aufwachen war er noch immer kaum in der Lage gewesen, etwas Essbares hinunterzubringen, und hatte sich mit einem Kanten Brot und einem halben Napf Ricotta begnügt. Fleisch anzurühren war ihm gänzlich unmöglich geworden; allein der Gedanke daran verursachte ihm unüberwindbaren Ekel.

Erst heute fühlte er sich halbwegs in der Lage, einen ersten Vergleich anzustellen, und selbst das fiel ihm noch immer sehr schwer. Nicht einmal der halbe Krug Wein, den er geleert hatte, brachte ihm Entspannung. Müde war er und hellwach zugleich, hatte sich einige Male vergewissert, ob die Tür auch wirklich verschlossen war, und die Fensterläden mehrfach kontrolliert. Jetzt gab es nichts mehr, was er noch hätte tun können.

Mit einem tiefen Seufzer öffnete Matteo die Eichentruhe. Die alten Kleider und die gefaltete Leinwand, die alles verdeckte, leerte er ungeduldig aus, bis seine Hand

Pergamente ertastete: Die geheimen Aufzeichnungen des Alchemisten!

Eigentlich hätte er die Pergamente sorgfältig durchzählen sollen, um sich zu vergewissern, dass sie wirklich noch vollständig waren, doch dazu war er jetzt viel zu ungeduldig. Er packte sie beiseite, weit genug entfernt von seinen Wachsstöcken, die er in ungewohnt verschwenderischer Zahl aufgestellt hatte, um ausreichend Licht zu haben.

Dann legte er die Blätter mit den alten und neuen Zeichnungen auf dem Boden aus und versuchte, eine Art Ordnung in die Abfolge zu bekommen. Die ersten Zeichnungen zeigten Mauros Lunge, in hastigen Kreidestrichen auf die Unterlage geworfen. Das Durchtrennen der Rippen war Matteo wie schon beim ersten Mal besonders nahe gegangen, ein leises, aber durchdringendes Geräusch wie das Knacken kleiner Zweige, das noch jetzt hässlich in seinen Ohren klang. Vielleicht hatte er deswegen zu wenig Sorgfalt auf die Darstellung der Lunge verwendet. Offenbar ein Fehler, wie er nun feststellen musste, da er sie so nicht direkt mit der seines Sohnes vergleichen konnte, die er damals mit ihrer netzartigen Zeichnung um vieles genauer dargestellt hatte.

Den Nieren hatte er nicht allzu viel Aufmerksamkeit geschenkt. Beide Zeichnungen wirkten rudimentär, waren eher Skizzen als sorgfältige Kreidezeichnungen, was er nun bedauerte. Er nahm sich als Nächstes die beiden Abbildungen der Leber vor und verglich sie miteinander. Auf den ersten Blick hätte man die Leber für die kleiner Schweine halten können, wie sie in den Geschäften der Metzger ausgestellt waren. Er schämte sich sofort für diesen ketzerischen Gedanken, spürte abermals die Unzulänglichkeit seiner hastigen Skizzen.

Wie in aller Welt sollte sich jemals etwas Auffälliges feststellen lassen, wenn er, der Not der knappen Zeit gehorchend, derart nachlässig gearbeitet hatte? Der Tod ließ sich nicht so leicht auf die Schliche kommen, das hatte er ihm schon bei Giuseppes Sterben eindrucksvoll bewiesen. Und offenbar schien der Meister der Sense entschlossen, Matteo bei diesem neuerlichen Versuch alle Hilf- und Machtlosigkeit noch eindrucksvoller vorzuführen.

Der Maler spürte, wie seine innere Zerrissenheit zunahm, griff zum Weinbecher, schob ihn dann aber wieder weg. Es half nichts, sich zu betäuben! Er wollte und musste etwas finden – falls es da etwas zu finden gab.

Er blätterte die Zeichnungen weiter durch, legte sie nebeneinander, erwog, verglich. Die Größe der Organe erschien nahezu gleich, da die Kinder bei ihrem Tod beinahe gleich alt gewesen waren. Zwei kleine Mägen, die er beide geöffnet hatte. Das Innere hatte er beide Male nur andeutungsweise wiedergegeben, doch jetzt erinnerte er sich plötzlich: Ja, bei Giuseppe war alles rosa und faltig gewesen, das wusste er noch genau. Bei Mauro dagegen hatte er im Magen und dem anschließenden Darmstück, das sich zuerst hartnäckig dahinter versteckt hatte und das er mühsam hervorholen musste, unregelmäßige, teils schwarze, teils tiefgrüne Ablagerungen entdeckt, die sich nicht hatten entfernen lassen. Da ihm die entsprechende Kreidefarbe fehlte, hatte er diese Farbabweichung am Rand der Zeichnung in fahriger Schrift notiert, todmüde und so überreizt von all den Eindrücken, dass er auf der Stelle hätte losschreien mögen.

Aber was hatte das zu bedeuten?

Ein Gift, das man dem Kleinen verabreicht hatte, um ihn zu töten? Hing damit der entsetzliche Durst zusammen, über den Mauro kurz vor seinem Ende geklagt hatte? Oder lag genau hier das Geheimnis eines natürlichen Todes begründet, das Matteo nur nicht verstand? Es gab niemanden, den er dazu hätte befragen können, ohne sein strengstens verbotenes Treiben zu offenbaren. Auch an den Apotheker konnte er sich nicht wenden, der dazu sicherlich noch am meisten gewusst hätte.

Wieder langte er nach dem Becher, und jetzt leerte er ihn in einem Zug. Verzweiflung breitete sich in ihm aus, gemischt mit jener bitteren Traurigkeit, die er von damals kannte. Was er getan hatte, war vergeblich gewesen, das tat besonders weh. Er hatte die Leichenruhe des Kleinen gestört, ohne auch nur einen einzigen brauchbaren Hinweis zu erhalten. Mechanisch schichtete Matteo die Blätter zu einem Stapel und legte sie zurück in die Truhe. Darüber breitete er eine Stoffschicht, und schon wollte er als Nächstes die alchemistischen Schriften darüberlegen, da fiel ihm plötzlich eines der Pergamente aus der Hand.

Im warmen Schein der Wachsstöcke wirkte der sorgfältig gezeichnete Salamander fast lebendig. Als er das Blatt aufhob, begann er unwillkürlich zu lesen.

Der Salamander ist ein Türöffner und Wandler zwischen den Welten, das uralte Symbol der Transformation. Nichts ist so, wie es scheint. Geschlecht ist in allem, alles hat weibliche und männliche Prinzipien. Geschlecht offenbart sich auf allen Ebenen. Seine Himmelsrichtung ist der Süden, doch er vereint alle Elemente in sich. Stirb und werde! Sein tiefes Geheimnis trägt der Salamander bis zur Stunde seines Todes in sich …

Matteo verstand diese geheimnisvollen Sätze um keinen Deut besser als damals, als er sie zum ersten Mal las. Dafür standen ihm abermals jene schwülen Nächte vor Augen, in denen der Meister und er die Kopien in nahezu besessener Hast gefertigt hatten, ständig in Angst, aufgeschreckt und entdeckt zu werden. Nach des Meisters Tod hatte Matteo die Unterlagen an sich genommen, bevor dessen habgierige Neffen sie entdecken konnten, die am liebsten jeden Ziegel des Hauses zu Geld gemacht hätten. Inzwischen bereute er, was er getan hatte, denn er wurde die Pergamente nicht so einfach wieder los.

Er musste weiterlesen, er konnte nicht anders:

Die Hermitici Adepti haben den Gebrauch der Jugend zu erneuern gelernet, von dem Meervogel Halycon, dem Adler, Krebs, den Schlangen und dem Salamander, allen dergleichen Thieren, die fast alle Jahre ihre alte Haut ablegen und ihr Alter erneuern, gleichsam wieder jung werden …

Ein endloser lateinischer Text schloss sich an, den damals ein anderer aus dem engeren Kreis der Werkstatt kopiert hatte, weil Matteos lückenhafte Kenntnisse dieser Sprache dazu bei Weitem nicht ausgereicht hätten. Er überflog ihn rasch in der Hoffnung, zufällig ein Wort oder einen Begriff zu entdecken, der ihm mehr sagen würde. Plötzlich wurde er fündig:

Die Hauptingredienzen der Mittel zur Lebensverlängerung und zum Schutz gegen tödliche Krankheiten sind Quecksilber, Gold und Pflanzenextrakte. Aurum potabile wird es genannt, das gewaltige Remedium, das stärker ist als viele Gifte. Dazu freilich gehört auch noch der Schwefel, in minimalen Portionen, und als drittes das Salz, der Vater der Natur, denn von ihm wird erzeuget der Sulfur und der Merkur …

Matteos Hand sank herab. Ihm war schleierhaft, wovon hier genau die Rede war. Und für dieses krause Geschreibsel den Kopf riskieren? Er musste den Verstand verloren haben!

Weshalb hatte er nicht alles zusammen mit seinen besudelten Kleidern in den Ofen geworfen und verbrannt? Damit wäre ihm endlich die Last von seinen Schultern genommen, die ihn so schwer drückte. Doch er hatte es einfach nicht über sich gebracht, nicht, solange die Erinnerung an Meister Ambrogio und sein Lebenswerk noch in ihm lebendig war. Beinahe glaubte er wieder dessen heisere, zumeist alkoholgetränkte Stimme zu hören.

»Aus allem eines und aus einem alles, verstehst du, mein Junge? Und wenn du das erst einmal begriffen hast, dann ist kein Geheimnis mehr vor dir sicher. Drei Dinge sind es, aus denen alle Stoffe dieser Erde bestehen: Quecksilber, Schwefel und Salz, die heilige Dreifaltigkeit der alchemischen Kunst, wie man sie auch nennt. Salz aber ist ein gut Ding, sagt schon Christus, der Mund der ewigen Wahrheit, und er weiß wie kein anderer, dass ...«

Matteo hielt plötzlich inne. Vielleicht wäre es ja klüger, zwei unterschiedliche Aufbewahrungsorte für diese geheimen Unterlagen zu wählen, für den Fall, dass einer von ihnen entdeckt werden würde. Er schaute sich im Raum um, berücksichtigte dabei Ornelas Neugierde, falls sie überhaupt je wieder einen Fuß über seine Schwelle setzen würde, und schließlich fiel ihm ein, was er zu tun hatte. Er schlug die alten Pergamente sorgfältig in ein Leinentuch ein. Danach lockerte er mit einem Stemmeisen, das er für gelegentliche Bildhauerarbeiten verwendete, das oberste Schwellenbrett zwischen Arbeits- und Schlafraum. Der schmale Hohlraum darunter hatte ihm schon einmal als passables Versteck gedient.

Er hatte Glück. Sein Bündel passte exakt hinein. Er legte die Schwelle darüber, holte einen Hammer und fixierte sie mit einigen Nägeln. Probeweise trat er noch einmal darauf. Das Brett knarzte zwar unter seinem Gewicht, aber alles schien wie bisher.

Matteo setzte sich auf den Boden und starrte eine ganze Weile blicklos in den erkalteten Ofen. Mit einem Mal zeigte sich inmitten der Asche ein imposanter Feuersalamander, pechschwarz mit brennend gelben Flecken, der sich mit dem Maul in den Schwanz biss. Matteo zwinkerte, rieb sich die Augen, bis sie tränten, doch die Erscheinung hielt sich hartnäckig. Erst als er einen derben Fluch ausstieß und so ungestüm aufsprang, dass der Tonkrug neben ihm umfiel und ein Schwall dunklen Weines sich auf den schmutzigen Boden ergoss, war sie verschwunden.

❦

Jetzt fanden fast täglich im Hof Faustkämpfe statt, als würden Bernardos Engel geradezu darauf brennen, überschüssige Energien im Zweikampf loszuwerden. Anfangs hatte Giovanni noch geglaubt, der Prediger missbillige diese oftmals blutigen Wettkämpfe, weil er dabei niemals in Erscheinung trat. Dann jedoch belehrte ihn Micheles ausgestreckter Zeigefinger eines Besseren.

Giovanni schaute nach oben – und begriff.

Vom Balkon des ersten Stockwerks aus wohnte der *padre* den Kämpfen bei und schien jeden einzelnen in ganzer Länge zu genießen. In Giovanni dagegen zog sich alles zusammen, wenn die Kontrahenten gegeneinander antraten, nicht nur wegen der Wunden und Knochenbrüche, die oftmals Resultat des sogenannten Spiels waren. Er hasste es, dabei zusehen zu müssen, wenn geballte Fäuste gegen empfindliche Körperteile wie Zähne, Ohren und Nasen prallten, wenn Magenschwinger den Gegner zum Aufjaulen brachten und der Unterlegene schließlich gurgelnd und blutend zu Boden ging.

Es war noch schlimmer geworden, seit die Engel an eine Partie scharfkantiger Lederriemen gekommen waren, die beim Kampf großzügig eingesetzt wurden und massive Verletzungen hervorriefen. Doch die jungen Männer schienen wie im Blutrausch, und selbst der Prediger, der bislang eher Zurückhaltung geübt hatte, feuerte nun die Kämpfenden lauthals an.

Die heutige Partie missfiel Giovanni ganz besonders, denn der Herausforderer war Michele, der zunächst versucht hatte, ihn als Gegner zu gewinnen, wogegen Giovanni sich allerdings erfolgreich zur Wehr gesetzt hatte. Dem Freund mutwillig ein Leid zufügen? Für ihn ein Ding der Unmöglichkeit.

Stattdessen trat nun Albano gegen Michele an, ein stämmiger, nicht sonderlich intelligenter Junge, der zum Ausgleich die Kräfte eines jungen Bären besaß. Drei Runden wurde bereits gekämpft, und noch immer zeichnete sich keinerlei Vorteil ab. Schläge freilich waren schon ausreichend gefallen; Micheles Stirn verunzierte eine hässliche Platzwunde, und der Bär hatte in einem Schwall von hellem Blut zwei Zähne ausspucken müssen, was seine Kraft zunehmend in rohe Raserei verwandelte.

Die beiden waren nackt bis auf ein Lendentuch, ihre

muskulösen Leiber glänzten vor Schweiß. Mit der Anmut eines jungen Hengstes umtänzelte Michele Albano, der immer wieder mit seinen kräftigen Armen ausholte und vergeblich versuchte, ihn mit einem kapitalen Treffer zu erledigen. Die faszinierten Zuschauer gerieten mehr und mehr in Rage. Dieser Kampf zweier so unterschiedlicher Temperamente zog jeden in seinen Bann.

Jetzt schwang der Bär abermals die Fäuste, doch Michele entwand sich ihnen durch eine geschickte Drehung, griff Albano seitlich an und ließ ihm dabei mit einer unerwarteten Vorhand die Rechte direkt auf die Nasenwurzel krachen. Der Getroffene stöhnte auf und sank in sich zusammen. Der Schiedsrichter, ein blasser hellblonder Hänfling, dem überdeutlich die Erleichterung anzusehen war, sich nicht selber am Kampfgeschehen beteiligen zu müssen, begann langsam zu zählen.

Michele konnte sich eine kurze Verschnaufpause gönnen und benutzte sie, um Giovanni anzugrinsen. Zwei Finger zum frechen Siegeszeichen gespreizt – wie ein junger, erhitzter Faun sah er aus, quicklebendig, voller Übermut. Zu seiner Bestürzung spürte Giovanni, wie sein Glied plötzlich hart wurde. Zum Glück verbarg die obligatorische Kutte diese Peinlichkeit, und dennoch hatte der Junge das Gefühl, als wisse die gesamte Runde Bescheid und starre ihn angeekelt an. Er wandte sich ab, tat, als sei ihm etwas zu Boden gefallen, und begann schleunigst die ersten Verse des schmerzhaften Rosenkranzes zu beten. Seiner Erektion freilich schien diese fromme Eingebung vollkommen einerlei; er hatte im Gegenteil das Gefühl, als wachse sie erst recht weiter. Was sollte er tun? Er war inzwischen so erregt, dass es nur noch wehtat.

Der Bär hatte sich währenddessen mühsam wieder hochgerappelt und setzte noch tapsiger als bisher den Kampf fort. Schließlich jedoch gelang es ihm, Michele einen mächtigen Kinnhaken zu verpassen, der diesen zu Boden trieb.

Jetzt vergaß Giovanni seine Erektion, so sehr bangte er um den niedergestreckten Freund.

»Sieben, acht, neun, zehn …«

Michele blieb kraftlos liegen, mit eingerissener, blutiger Unterlippe, Albano riss die Arme empor. Der Kampf war entschieden, der Bär überraschender Sieger der Partie.

Später dann, als sie sich nebeneinander auf den verwanzten Strohsäcken zur Nachtruhe ausgestreckt hatten, fand Giovanni keinen Schlaf. Die inzwischen schorfig angetrockneten Blessuren an Stirn und Lippe hatte Michele mit einem lässigen Schulterzucken übergangen, als seien es lediglich Kleinigkeiten, die ihn nicht weiter berührten, genau so, wie der Prediger es ihnen eingeschärft hatte.

»Meine Engel kennen keinen Schmerz, denn sie sind wahre Männer. Ihr Herr ist Christus, doch sie sind alle meine Söhne. Als treuer Diener des Herrn bin ich ihr wahrer liebender Vater. Einem Vater gehorcht man ohne Widerrede. Wer sich gegen ihn zu erheben wagt, wird die Rute zu spüren bekommen …«

Was hatte all das zu bedeuten? Unzählige Gedanken schossen Giovanni durch den Kopf.

Der Vater war niemals besonders freundlich zu ihm gewesen, soweit Giovanni sich erinnern konnte, ganz anders als der Kanonikus Domenico, Mutters jüngerer Vetter, der stets ein aufmunterndes Wort für ihn übrig gehabt hatte. Enea verhielt sich, als sei der Sohn ihm eher lästig, bis auf ein paar spontane Backpfeifen allerdings, die nicht wirklich schlimm gewesen waren, hatte er Giovanni niemals ernsthaft gezüchtigt. Beim Gedanken an ihn stieg beinahe so etwas wie Heimweh in dem Jungen auf, das er freilich zu unterdrücken versuchte. Er wälzte sich auf dem harten Lager hin und her, ohne eine bequemere Stellung zu finden, und dachte wehmütig an sein weiches Bett zu Hause und an die köstlichen Mahlzeiten, die die stets um ihn besorgte Mutter ganz nach seinen Vorlieben hatte zubereiten lassen.

Inzwischen tat es ihm leid, dass er auf dem Platz die Hand gegen sie erhoben hatte. Natürlich hatte er gesehen, dass sie gefallen war, und auch, dass sie heftig geblutet hatte. Aber wie hätte er es wagen können, sich dort um sie zu kümmern – vor den Augen Micheles und all der anderen Engel?

Denn dort, wo er jetzt lebte, herrschte das Gesetz der Wölfe. Die Stärkeren dominierten die Schwächeren und nahmen ihnen rücksichtslos alles ab, was nicht schon zuvor der Prediger konfisziert hatte. Zu Ersteren gehörte auch Michele, weniger wegen seiner körperlichen Überlegenheit, sondern weil er unter den Jungen als einer der Klügsten galt. Erzengel, so lautete der Spitzname, den sie ihm verliehen hatten, und er trug ihn mit Würde und elegantem Selbstvertrauen.

Was offenbar auch dem Prediger nicht entgangen war. Vielleicht rief der *padre* ihn deshalb öfter zu sich als andere. Stunden konnten verstreichen, bis Michele irgendwann in der Nacht neben Giovanni auf das Stroh zurückkehrte, müde, sichtlich zerschlagen und trotzdem zum Streiten aufgelegt, wenn er ihn nicht in Ruhe ließ.

Auf neugierige Fragen hatte er bislang stets unwirsch reagiert.

»Was soll ich dir schon erzählen?«, sagte Michele mit patzigem Unterton. »Wir sind zusammen. Das ist alles.«

»Aber was macht ihr die ganze Zeit? Beten?«

»Glaubst du vielleicht, ich bin ein elendes Klatschweib? Eines Tages wirst du es selber erfahren – oder auch nicht. Bis dahin musst du dich gefälligst gedulden.«

Es stank bestialisch im ganzen Gebäude, denn die beiden Abtritte, die der ehemalige Palazzo der Salimbeni besaß, hätten längst vor dem Einsetzen der Sommerhitze geleert gehört, was versäumt worden war. Inzwischen benutzten die meisten Engel kurzerhand die nächste Zimmerecke, um sich zu erleichtern. Auch das restliche Mobiliar hatte stark unter den neuen Bewohnern gelitten. Truhen waren kurzerhand in Kleinholz verwandelt und zum Feuermachen verwendet worden, ein Großteil des Geschirrs war zerschlagen, wertvolle Teppiche hatte man von den Wänden gerissen und zertrampelt. Tagsüber wirkte das große Gebäude gotterbärmlich heruntergekommen; nachts freilich erinnerte manches noch an die einstige Pracht.

Michele hatte sich im Schlaf auf den Rücken gewälzt. Der Mondschein, der durch die leeren Fenster hereinfiel, teilte sein ebenmäßiges Gesicht in zwei Hälften, eine dunkle und eine, die im Licht war.

Wie schön er war – wie ein echter Engel!

Für Giovanni der Einzige unter all den hier Schlafenden, der diesen Namen wirklich verdiente. Die Haut glatt und gebräunt, die Brauen zwei stolze, dunkelblonde Kurven, die Nase leicht gebogen, die Lippen, die auch die Verletzung nicht entstellen konnte, fest und doch voller

Schmelz. Wie herrlich seine Haare schimmerten, in denen sich alle nur denkbaren Abstufungen von Weizenblond, Braun und frechem Rot mischten. Am meisten angetan jedoch hatte es Giovanni die straffe Linie von Micheles Kinn, die etwas Kühnes, beinahe Herrisches an sich hatte, und die Halskuhle, die dagegen so zart und verletzlich wirkte. Am liebsten hätte Giovanni sich an ihn geschmiegt oder sich wie ein Liebender über ihn gebeugt und ihn inniglich geküsst.

Da war sie wieder, diese gottverdammte Erektion, härter und unnachgiebiger sogar als während des erbitterten Kampfes! Giovanni starrte an sich hinab, als entdecke er ein widerliches Reptil. Er war ein Mitglied der heiligen Familie Bernardos, der nichts so verachtete wie sodomitische Triebe – und war selber einer der Verdorbensten! Keine Predigt, bei der der Prediger nicht das schändliche Tun jener Verlorenen auf das Schärfste geißelte. Nicht auszudenken, was geschehen würde, sollte der *padre* seine satanische Veranlagung jemals herausfinden!

Peccatum mutum, dachte Giovanni. Das kann, das *darf* nicht sein! Ich bin doch keiner dieser Widerlinge, die verbrannt gehören, sondern der einzige Sohn des Richters Enea di Nero und seiner Frau Bice, die beide fromme, rechtschaffene Leute sind. Das musst du doch wissen, Heiligste der Heiligen – natürlich weißt du das! Verschone mich vor dem Scheiterhaufen, barmherzige Muttergottes, und befreie mich Unwürdigen von all meinen Sünden und Gelüsten! Darum flehe ich aus tiefstem Herzen zu dir. Zum Dank dafür gelobe ich, dir treu und ergeben zu dienen bis zum Ende meiner Tage.

Er wartete auf ein Zeichen, doch nichts geschah. Die göttliche Hilfe, derer er gerade jetzt so dringlich bedurfte, blieb aus. Sein Glied war weiterhin lüstern und steif, bis zum Platzen gespannt. So wusste er schließlich keinen anderen Ausweg, als unter der kratzigen Pferdedecke, die er in wachsender Verzweiflung über sich gezogen hatte, selber Hand an sich zu legen, um sich endlich zu erlösen.

❧

Dumpfe Unruhe erfüllte Gemma schon seit dem Erwachen. Sie schrieb sie zunächst dem häuslichen Wirbel zu, den Lavinia jedes Mal veranstaltete, wenn Bartolo sich anschickte, zu einer seiner Reisen aufzubrechen. Oftmals hatte sie seine Anordnungen, was das Packen betraf, so umständlich ausführen lassen, dass er erst später als geplant hatte aufbrechen können. Auch heute schien sie alles daranzusetzen, ihren Mann nach Möglichkeit aufzuhalten, doch ihr Plan misslang. Bartolo Santini kümmerte sich diesmal selber um die Dinge, die er mitnehmen wollte.

»Viel ist es ja ohnehin nicht. Ich werde doch kein halbes Jahr unterwegs sein, Lavinia!«, sagte er stirnrunzelnd und starrte auf seine prall gefüllten Satteltaschen, in die nicht einmal das dünnste Pergament mehr gepasst hätte. »Du tust ja geradezu, als wolle ich zu einer lebensgefährlichen Expedition durch die Wüste aufbrechen!«

»In gewisser Hinsicht ähnelt die Küste durchaus der Wüste.« Ihre Stimme klang schrill. »Und genau aus diesem Grund ist mir auch so bang vor dieser Reise. Denn hie wie dort gibt es gefährliche Reptilien, die dich attackieren können. Manch braver Ehemann ist schon mit ihrem Gift getränkt nach Hause zurückgekehrt – und musste es anschließend teuer büßen. Von seiner armen Frau ganz zu schweigen.«

Jeder im Haus wusste, wie eifersüchtig Lavinia war. Normalerweise tat Bartolo, als bemerke er es nicht, und überging ihre wortgewaltigen Anfälle mit einem Lächeln oder einer launigen Bemerkung. Heute jedoch schien er in der Stimmung, dagegen aufzubegehren.

»Falls du auf die dortigen Hurenhäuser anspielst …«

»Doch nicht vor dem Jungen!«, fiel sie ihm rasch ins Wort. »Ich hoffe, du bist dir der Verantwortung bewusst, wenn du ihn schon unbedingt mitnehmen musst. Die Augen eines unschuldigen Kindes sehen alles. Merk dir das, und handle gefälligst danach!«

Mario lief dunkelrot an und rannte aus dem Zimmer, Teresa brach in einen ihrer albernen Kicheranfälle aus, und Gemma war mehr als erleichtert, das Haus mit einer guten Ausrede verlassen zu können.

Doch die seltsame Schwere auf ihrer Brust hatte sich den ganzen Weg über gehalten und wollte selbst jetzt im Färberhaus nicht von ihr weichen. Der stets aufmerksamen Lapa war sie sofort aufgefallen.

»Was ist mit dir, Gemma?«, fragte sie. »Du kommst mir heute vor wie ein Kälbchen beim allerersten Blitz. Bist du hungrig? Ich hätte da noch eine Schüssel voll köstlicher Nudeln …«

Gemma wehrte schnell ab. So lieb und einfühlsam Lapa auch war, nicht alle Probleme des menschlichen Daseins ließen sich mit Essen lösen! So ging sie lieber zu Caterina hinüber, die in ihrer Zelle bereits ungeduldig auf sie wartete.

»Da bist du ja endlich!«, rief sie und streckte Gemma

einen Brief entgegen. »Der kam heute Morgen, von meinen beiden Herrn Brüdern. Sag mir sofort, was drinsteht! Ich hasse es, wenn du es genau wissen willst, dass ich nicht selber lesen kann.«

»Wieso lernst du es dann nicht?«, erwiderte Gemma. »Und das Schreiben gleich mit dazu?«

Caterina starrte sie ungläubig an. »Ist das nicht sehr schwierig?«

»Wenn es jedem Kind gelingt, weshalb dann nicht auch dir? Ich verstehe ohnehin nicht, dass du so lange damit gewartet hast.«

»Wir sind *populani*«, sagte Caterina, »vergiss das nicht, keine reiche Kaufmannsfamilie wie ihr, in der sogar die Mädchen gut erzogen werden. Die meisten von uns sind Färber geblieben und können ebenso wenig lesen und schreiben wie meine Eltern oder ich. Nur Stefano und Puccio hatten das Glück, die Klosterschule der Dominikaner besuchen zu dürfen – und sieh nur, was aus ihnen geworden ist: feine Ratsherren! Also, was steht in ihrem Brief?«

Gemma hatte schon begonnen, die nachlässig hingeworfenen Zeilen zu überfliegen, und ließ das Pergament sinken.

»Ich fürchte, die Antwort wird dir nicht besonders gefallen«, sagte sie. »Ich glaube sogar, du wirst richtig …«

»Lies endlich vor!«

Geliebte Schwester im Herrn!
Wir danken Dir für Deine Zeilen, wissen wir doch, dass sie Deinem treuen und besorgten Herzen entsprungen sind. Freilich müssen wir Dir erwidern, dass es Dir nicht ansteht, uns solchermaßen maßregeln zu wollen. Politik in Siena wird vom

Rat betrieben, der all seine Entscheidungen nach bestem Wis-
sen und Gewissen fällt. Du dagegen bist nur ein unwissendes
Weib, das abgeschieden und in keuscher Zurückgezogenheit im
väterlichen Haus lebt, wie es bei uns der Brauch ist, und daher
keine Kenntnis haben kann von den Dingen dieser Welt. Des-
halb bist Du auch kaum in der Lage, zu begreifen …

»Das reicht!«, fiel Caterina Gemma ins Wort. »Die beiden
Ratsherren halten mich also für eine dumme Gans, die
nichts von Politik versteht und deshalb lieber den Mund
halten soll.« Auf ihrer Stirn zeigte sich eine steile Falte.
»Steht sonst noch etwas von Belang in diesem Traktat?
Oder hat sich die Botschaft meiner liebenden Brüder
damit erschöpft?«

»Sie wünschen dir noch die allerbeste Gesundheit und
freuen sich, wenn du sie in deine frommen Gebete mit-
einschließt – Amen.«

»Darauf können sie sich verlassen – auch wenn dies
etwas anders aussieht, als sie es sich vielleicht vorgestellt
haben.« Das blasse Gesicht Caterinas hatte sich leicht
gerötet, was ihr ausnehmend gut stand. »Sie wollen mich
mundtot machen, als habe eine Frau keinerlei Recht zu
denken. Wieso hat Gott dann beiden Geschlechtern Kopf
und Gehirn gegeben? Doch wohl genau dazu!« Ihre aus-
gezehrten Finger, die Gemma an Hühnerklauen denken
ließen, krampften sich um die Stuhllehne. »Die beiden
denken, damit sei die Sache vorbei und erledigt? Da täuschen sie sich aber gewaltig!«

»Ich kann deinen Ärger gut verstehen«, sagte Gemma.
»Und mehr noch, Caterina, ich teile ihn sogar. Denn dieser Bernardo *ist* gefährlich, das habe ich erst neulich am
eigenen Leib erfahren müssen.«

In kurzen Zügen schilderte sie ihre Erlebnisse während der Predigt und die anschließende Massenhysterie und erzählte auch von Bice di Nero, die im Gewühl niedergeschlagen und am Kopf verletzt worden war.

»Vom eigenen Sohn, stell dir das vor!«, sagte Gemma. »Er hatte keinerlei Skrupel, brutal mit dem Stock auf seine Mutter einzuprügeln. Der Prediger hetzt seine Engel gegen alles, was sie an ihre Herkunft erinnert. Und sie gehorchen ihm blindlings, tun, was immer er von ihnen verlangt. Stell dir nur einmal vor, er lässt sie eines Tages gezielt gegen uns alle antreten! Sie wären zu allem fähig, das weiß ich.«

»Ich möchte diese Frau kennenlernen«, sagte Caterina. »Kannst du sie nicht zu mir bringen?«

»Bice? Sie wäre sicherlich froh, wenn du sie rufen lässt. Sie kam mir sehr einsam und verzweifelt vor.«

Caterina war vor ihrem winzigen vergitterten Fenster niedergekniet, der einzigen Verbindung nach draußen, solange sie ihre Zelle nicht verließ. Die Augen waren geschlossen, die Hände gefaltet. Die kindlich anmutende Brust hob und senkte sich langsam. Es sah aus, als sei sie in eine ihrer oft stundenlangen Versenkungen gefallen.

»Soll ich dich jetzt allein lassen?«, fragte Gemma leise. »Ich kann später noch einmal wiederkommen.«

»Untersteh dich!« Caterina wandte sich ihr zu. »Ich musste nur kurz nachdenken, um wieder Klarheit und Ordnung in meinen Kopf zu bekommen. Ich soll mich also nicht einmischen? Das könnte ihnen so passen! Wir schreiben meinen Brüdern eine Antwort, die sich gewaschen hat – und du wirst sie auf der Stelle zu Stefano und Puccio tragen. Versprichst du mir das?«

»Das kann ich gern tun. Aber wir müssen uns damit

beeilen«, sagte Gemma, »denn ich will unbedingt zu Hause sein, bevor mein Vater zu seiner Reise aufbricht.«

»Worauf wartest du dann noch?« Ein Lächeln erhellte Caterinas Gesicht. »Lass uns anfangen!«

Sie begann zu diktieren, doch lange nicht so hastig und atemlos wie beim letzten Mal, sondern überlegter, mit vielen Pausen und zahlreichen Korrekturen. Als der Brief fertig war, ließ sie ihn sich von Gemma dreimal vorlesen, wobei sie beim Zuhören mehrmals ihre Sitzhaltung änderte.

»Er soll sie in jeder Hinsicht berühren«, erklärte sie, als sie Gemmas fragenden Blick spürte. »Damit sie ihn nicht gleich wieder als weibisches Geschwätz abtun können.«

»Das sind sehr kluge Worte, die du mir diktiert hast«, sagte Gemma. »Kein Mann hätte sie besser formulieren können. Ich hoffe, sie treffen direkt in ihr Herz.«

Wieder errötete Caterina, und dieses Mal war es aus reiner Freude. »Du erledigst die Niederschrift gleich nebenan in der Küche?«, fragte sie. »Es wäre mir sehr wichtig.«

»Vorausgesetzt, Mamma Lapa ist nicht schon wieder am Backen oder Brutzeln«, erwiderte Gemma mit einem Lächeln. »Dann dürfte es etwas schwierig sein.«

»Das werden wir ebenfalls ändern.« Caterina klang sehr ernst. »Wir lassen ein Tischchen und einen zusätzlichen Stuhl in meine Zelle bringen. Damit du künftig genügend Platz zum Arbeiten hast. Denn du wirst doch wiederkommen, um für mich zu schreiben, Gemma?«

Gemma nickte.

»Und wirst du mir auch beibringen, wie man die Buchstaben nacheinander setzt?«, fuhr Caterina leise fort. »Und man sie anschließend lesen kann? Dies alles mit einer großen Portion Geduld, um die ich dich herzlichst im Namen der allerheiligsten Gottesmutter bitte, sollte ich mich vielleicht doch dumm oder ungeschickt dabei anstellen.«

»Du wirst es blitzschnell begreifen, das weiß ich. Aber jetzt muss ich mich wirklich sputen.«

Gemma erledigte die Niederschrift in ungewöhnlicher Hast. Sie verschrieb sich einige Male, was sie normalerweise gestört hätte, doch heute war keine Zeit, um auf solche Kleinigkeiten zu achten. Mit dem fertigen Brief in der Hand trat sie auf die sonnendurchflutete Gasse. Am liebsten wäre sie auf der Stelle zu Mamma Lina gelaufen, um endlich den dummen Streit zu begraben und die Kinder wiederzusehen, und unmittelbar danach zu Matteo, den sie so sehr vermisste, dass es kaum auszuhalten war. Doch dazu war heute Abend noch Zeit oder auch morgen, wenn Bartolo und Mario längst auf ihrem Weg zur Küste waren. Gemma seufzte tief auf, dann drehte sie sich auf dem Absatz um und machte sich auf den Weg zum Palazzo Pubblico, um Caterinas zweite Botschaft an die Brüder abzuliefern.

Verschwitzt und durstig gelangte Gemma schließlich zu Hause an. Diesmal hatte kein Predigerauflauf ihren Weg gestört, nur ihre quälenden Gedanken, die sich nicht verjagen ließen, und diese seltsame Schwere auf der Brust, die noch stärker als am Morgen auf ihr lastete. Auch ohne eine Straßenpredigt waren die Gassen und Plätze übervoll gewesen, als brodle die Stadt innerlich, bereit, jeden Augenblick zu explodieren. Alles schien mehr und mehr aus den Fugen zu geraten, so wenigstens erschien es Gemma. Oder war es ihr aufgewühltes Inneres, das sie Siena auf einmal mit solchen Augen sehen ließ?

Teresa empfing sie vor der Tür, als habe sie bereits auf sie gewartet. »Luca und Vater sind schon die Pferde holen gegangen«, sagte sie statt einer Begrüßung. »Mario wollte nicht mit. Vielleicht hat er ja Angst, was meinst du? Neulich hat er jedenfalls mal fallen lassen, ein Pferd sei doch sehr groß. Wie er damit wohl über die Alpen gekommen ist?« Beim Gedanken daran musste sie kichern. »Ich dagegen mag Pferde, sehr gern sogar. Und Angst vor ihnen hab ich kein bisschen. Doch was nützt mir das? Deshalb nimmt Vater mich noch lange nicht mit an die Küste. Alles nur, weil ich kein Junge bin.« Ihre aufgesetzte Lustigkeit war verschwunden, jetzt schaute sie bedrückt drein.

»Jeder Mann wünscht sich einen Sohn«, sagte Gemma, »der eines Tages sein Erbe antreten kann. Das solltest du nicht persönlich nehmen, denn es liegt nun mal in der Natur der Dinge. Und jetzt lass mich vorbei, Kleine! Ich will mich noch schnell frisch machen, bevor ich mich von den beiden verabschiede.«

Teresa bewegte sich keinen Deut, sondern starrte ihre Schwester erwartungsvoll an. Jetzt erst fiel Gemma auf, wie verändert sie aussah. Die Unreinheiten, die in letzter Zeit ihr Gesicht verunziert hatten, waren abgeheilt, die glatten braunen Haare geflochten und so geschickt aufgesteckt, dass sie den Hals länger und schmaler erscheinen ließen. Auch das blassgrüne Kleid, das sie heute mit einer cremefarbenen *cotta* trug, war Gemma unbekannt, aber es stand Teresa ausnehmend gut. Sie war offenbar dabei, die letzten Eischalen abzustreifen und zu einem eleganten jungen Schwan zu werden. War etwa der kleine *tedesco* Anlass dieser erstaunlichen Wandlung?

Gemma beugte sich zu ihr und hauchte ihr einen Kuss auf die Wange. »Er kommt ja wieder!«, flüsterte sie. »Ganz gewiss sogar. Und manchmal öffnet einem die Fremde ja erst richtig die Augen für die Schönheiten daheim. Nach all dem vielen Salz wird er sehr durstig sein und nach der Klarheit deiner grünen Augen lechzen. Darauf solltest du bauen, meine große Kleine!«

Teresas strahlendes Lächeln begleitete Gemma wie ein warmer Sonnenstrahl, während sie hinauf in ihr Zimmer lief. Als Erstes setzte sie den Krug mit Zitronenlimonade an, der für sie bereit stand, und trank gierig. Dann riss sie sich das Kleid vom Leib, wusch sich mit dem Wasser, das von der Morgentoilette übrig geblieben war, und schlüpfte danach in ein leichteres Gewand, das dem heißen Tag angemessen war. Sie beschäftigte sich noch mit Bändern und Schleifen, als sie ein zaghaftes Pochen hörte.

»Nur herein mit dir!«, rief sie. »Ich bin eigens …«

Doch nicht Bartolo stand plötzlich im Raum, sondern Mario. Die sommerliche Reisekleidung ließ ihn größer und erwachsener wirken. Dazu kam, dass sein hellbraunes Haar bis auf Kinnlänge gekürzt war, was ihm das Aussehen eines hübschen Pagen verlieh.

»Ich wollte nur …«, begann er zu stottern.

»Vielleicht auf Wiedersehen sagen?«, half sie ihm weiter und dachte an Teresas beglücktes Jungmädchenlächeln. Vielleicht gar keine schlechte Idee, dass die beiden eines Tages ein Paar werden könnten. »Wie aufmerksam von dir! Wir können gemeinsam hinuntergehen, damit du keinen im Haus vergisst, was meinst du, Junge?«

»Einen Augenblick!« Mario war zögernd näher gekommen. Sein Blick verweilte auf ihrem Mieder, und unwillkürlich zog Gemma die Schultern ein. In ihren Augen war er bislang stets noch ein halbes Kind gewesen. Aber vielleicht hatte sie auch einfach nicht genau genug hingesehen. »Es gibt da etwas, was ich mit dir besprechen muss.« Er schien nach Worten zu suchen wie während seiner Anfangszeit in Siena. »Kennst du eine Frau namens Fiamma?«, stieß er plötzlich hervor. »Fiamma Baglioni?«

Gemma schüttelte den Kopf. »Diesen Namen hab ich noch nie gehört«, sagte sie. »Wer soll das sein?«

»Und auch kein Kind namens Angelina? Angelina Baglioni? Das ist dir ebenfalls nicht bekannt?«

»Ich kenne eine kleine Angelina, allerdings nicht ihren Nachnamen. Sie ist eines von Mamma Linas Kindern. Was sollen diese Fragen, Mario?«, sagte sie. »Heraus mit der Sprache!«

»Ich hab diese Namen in diversen Rechnungsbüchern gefunden«, sagte Mario. »Und zwar in denen, die *zio* Bartolo und Lupo di Cecco über gemeinsame Geschäfte führen. Darin sind Summen vermerkt, die laufend bezahlt werden. Keine großen Beträge, wie ich zugeben muss, aber doch sehr regelmäßig, monatlich …«

»Alimente!« Das Wort war heraus, noch bevor Gemma nachgedacht hatte. Alles stand plötzlich glasklar vor ihren Augen. »Lupo bezahlt monatliche Alimente für ein Kind namens Angelina, das ihm eine gewisse Fiamma geboren hat. Ist es das, was du mir sagen wolltest?«

Der Junge schien auf einmal nicht mehr zu wissen, wohin mit seinen Händen. »So ungefähr«, sagte er. »Ich dachte nur, du solltest es wissen.«

»Lebt diese Frau in Siena?« Es kam kläglicher heraus, als Gemma es sich gewünscht hätte.

»Fiamma ist tot«, sagte Mario. »Offenbar schon seit mehr als drei Jahren. Es scheint, als ob sie …« Sogar die Art zu hüsteln hatte er bereits Bartolo abgeschaut! »… nicht ganz ehrbar gewesen sei.«

»Sie war eine Hure? Willst du das sagen?«

Ein kurzes, eher geschäftsmäßiges Nicken.

»Seitdem gehen die monatlichen Zahlungen direkt an Santa Maria della Scala.« Er schaute Gemma erschrocken an, weil sie plötzlich aschfahl geworden war. »Soll ich dir etwas zu trinken holen?«

»Nicht nötig«, brachte sie mühsam hervor. »Mein Vater – er weiß ebenfalls davon?«

»Anzunehmen«, sagte Mario, und sie war froh um seine ungekünstelte Offenheit.

Deshalb also hatte Bartolo sie gezielt nach Kindern ausgefragt, jenen, die Lupo und ihr versagt geblieben waren, und jenen, die bei Mamma Lina lebten! Um herauszubekommen, wie viel sie von allem wusste. Und als ihm aufgegangen war, wie ahnungslos sie war, hatte er es schleunigst aufgegeben. Um sie zu schonen? Um ihr nicht mehr aufzuladen, als sie womöglich ertragen konnte? Aber warum war er nicht offener gewesen, nachdem sie ihm ihr Herz ausgeschüttet hatte?

Eine große Schwäche überfiel Gemma, fuhr in sie hinein und rollte sich in ihrer Magengegend zusammen wie eine fette Schlange. Plötzlich war ihr speiübel – egal, was zwischen Lupo und ihr auch vorgefallen war, ihr Ehemann hatte sie demütigen wollen, und mit einem Hurenkind war es ihm auf das Trefflichste gelungen, allein das zählte. Ihr Vorsatz, dem Vater einen heiteren Abschied zu bereiten, hatte sich verflüchtigt. Mindestens bis zu Bartolos Rückkehr war sie nun mit diesen quälenden Gedanken allein.

»Ich danke dir, Mario«, sagte sie. »Und jetzt geh bitte! Pass gut auf dich auf und komm mir gesund zurück! Die heiligste Muttergottes sei mit euch!«

In Marios Augen schlich sich bei ihren Worten ein sehnsüchtiger Ausdruck, den sie nicht recht zu deuten wusste. Fiel ihm der Aufbruch wirklich so schwer? Oder war ihm nur bang vor der Reise? Er öffnete den Mund, als wolle er noch etwas sagen, schloss ihn aber wieder. Das Letzte, was Gemma von ihm zu sehen bekam, war sein schmaler Rücken, der in einer neuen grünen Schecke aus feinstem Kattun steckte.

Der Abschied vollzog sich dann in fast unziemlicher Eile, als könne es Bartolo auf einmal gar nicht schnell genug gehen, sein Haus voller Frauen hinter sich zu lassen und mit dem Jungen an seiner Seite loszureiten. Wenigstens hinderte der rasche Aufbruch Lavinia daran, in ihr übliches Wehklagen auszubrechen, denn bis sie richtig begriffen hatte, waren die beiden ungleichen Reiter schon hinter der nächsten Straßenecke verschwunden.

Jetzt wurde der Druck auf Gemmas Brust noch unerträglicher, und sie zog sich auf ihr Zimmer zurück. Doch auch dort fand sie keine Ruhe. Sie legte sich auf das Bett, starrte zur Decke – und musste irgendwann doch eingeschlafen sein, denn plötzlich fuhr sie aus wirren Träumen hoch.

Lavinia beugte sich über sie, allein schon das eine Seltenheit, denn normalerweise vermied sie es, Gemmas Zimmer zu betreten.

»Da ist Besuch für dich. *Madre* Celestina. Sie wartet

unten«, sagte sie. »Eine Angelegenheit, die keinen Aufschub dulde, so hat sie sich ausgedrückt.«

»Celestina?«, fragte Gemma. »Was will sie von mir?«

»Der Rektor erwartet dich. Sie soll dich auf der Stelle zu ihm bringen. Mehr weiß ich auch nicht.« Zum ersten Mal, seit Gemma die zweite Frau ihres Vaters kannte, entdeckte sie echte Besorgnis in deren Blick. Besorgnis, die *ihr* galt, und das erschreckte sie mehr als alles andere.

»Ich komme!«, sagte sie. »Sag ihr, ich bin gleich da!«

Das Bleigewicht auf der Brust raubte ihr schier den Atem, als sie aufstehen wollte. Und im nächsten Augenblick glaubte sie zu spüren, wie die Schlange in der Magengrube sich züngelnd aufrichtete. Gemma suchte nach einem Halt, bekam den Bettpfosten zu fassen und klammerte sich daran, als sei er die einzige Stütze, die ihr noch geblieben war.

❧

»Du musst uns helfen, bitte, Mamma, du musst!«

Wenn Nevio diesen flehenden Gesichtsausdruck aufsetzte, war es schwierig, ihm etwas abzuschlagen, doch Ornela war fest entschlossen, sich nicht umstimmen zu lassen.

»Er hat mich beleidigt. *Schwer* beleidigt! Er muss sich entschuldigen, das ist das Mindeste, was ich verlange. Mehr habe ich dazu nicht zu sagen. Schlimm genug, dass du ihm heimlich meine Eier zugesteckt hast, einem unverschämten Kerl wie diesem Matteo!«

»Aber wir ersticken allmählich im Dreck.« Der Junge ließ sich nicht abwimmeln. »Der Fußboden, die Tische – alles ist voller Leim und Farbe. Du hast ja keine Vorstellung, in welch feinen Partikeln geriebener Lapislazuli sich verteilen kann! Überall findest du dieses verdammte blaue Zeug – unter den Nägeln, in den Ohren, sogar zwischen deinen Hinterbacken!«

»Und weshalb nimmst du dann nicht einen Eimer und einen Lappen und wischst alles gründlich auf? Soll ich es dir sagen? Weil du dir dafür zu schade bist – aber deine arme alte Mutter soll sich die Hände ruhig schmutzig machen!«

Sie schnaubte gekränkt, wie es nun mal ihre Art war, hatte aber bereits angebissen. Der Junge war sich beinahe sicher. Doch es würde nicht schaden, noch etwas nachzulegen. Seine Mutter war keine Frau der leisen Töne. Wie ihre Augen jedes Mal leuchteten, wenn beim Palio die Trommeln geschlagen wurden! Etwas kräftigere Musik wäre also gewiss eher nach ihrem Geschmack.

»Ich kann es einfach nicht so gut wie du«, sagte Nevio zerknirscht. »Ganz ehrlich! Putzen ist eben auch eine Kunst. Ganz ähnlich wie Malen. Und außerdem bin ich bei ihm doch als Lehrling, damit er mich in allem unterweist, oder etwa nicht? Soll ich dir etwas zeigen?«

Ohne ihre Antwort abzuwarten, lief er hinaus und kam kurz darauf mit einigen Blättern zurück, die er so vorsichtig in seinen Händen hielt, als bestünden sie aus purem Gold. Er musste sie in dem winzigen Verschlag versteckt gehabt haben, in dem er schlief. Kein ganz einfaches Unterfangen, wie Mutter und Sohn wussten.

»Papier!« Nevios Stimme bebte. »Ein völlig neues Material, kostbar und überaus selten. Matteo hat mir ein paar Blätter davon überlassen. Er sagt, ich sei es ihm wert. Ist das nicht schön, dass er so viel von mir hält? Und schau nur, Mamma, was ich daraus gemacht habe!«

Die erste Zeichnung zeigte zwei Spatzen, die sich mit geplustertem Federkleid um eine Pfütze balgten, ein Moment, den er mit seiner Kreide knapp und treffend festgehalten hatte. Auf den nächsten Blättern waren Mauersegler zu sehen, mitten im Flug, anmutige, pfeilschnelle Segler der Lüfte. Ihre schlanken Körper glichen Wurfgeschossen, aber dennoch zeigte jede einzelne Feder, die Nevio festgehalten hatte, dass es lebendige Vögel waren.

Der Spott erstarb Ornela auf den Lippen. Das sollte von ihm stammen, dem letzten und einzigen ihrer fünf Kinder, das überlebt hatte? Nevio war mit den Füßen voraus geboren worden, was eigentlich als schlechtes Zeichen galt, und beim Eintritt in die Welt noch magerer und verschrumpelter gewesen als die anderen vier vor ihm. Aber er erwies sich als ungemein zäh, das hatte sie schon in den ersten Tagen seines jungen Daseins bemerkt. Es war beinahe, als sei die Kraft der anderen, die bei keinem zum Überleben gereicht hatte, in diesen winzigen Körper geflossen, um sich dort zu behaupten.

Einer für alle. Alle für Nevio.

Ornela war plötzlich so gerührt, dass sie nicht mehr sprechen konnte. Doch es kam noch besser. Auf den letzten beiden Blättern hatte Nevio ein Kaninchen dargestellt, das er einmal an einer Karotte mümmelnd und einmal im Schlaf gezeichnet hatte. Sie konnte jedes einzelne Härchen sehen, den Strich des Fells, die langen, zarten Ohren, das kleine Maul und die langen Zähne, die den ihren so ähnlich waren. »*Coniglio*« hatten ihr die anderen Kinder in der Gasse hinterher gerufen, »*coniglio brutto!*«. Da war sie gerade mal fünf gewesen. Hässliches Kaninchen – bis zum heutigen Tag hatte es sie jedes Mal mit grimmiger Freude erfüllt, wenn sie einem dieser Tiere das Fell über die Ohren ziehen konnte.

Doch mit diesem Tierchen hier verhielt es sich ganz anders. Alles war so lebensecht, so exakt und gleichzeitig berührend dargestellt, dass es sie nicht verwundert hätte, wäre das kleine Wesen mit einem Satz aus dem Bild gesprungen und vor ihren Augen munter durch das ärmliche Haus gehoppelt.

Ornela legte die Blätter vorsichtig auf den Tisch. Dann sah sie ihren Sohn eine ganze Weile schweigend an. Schließlich begann sie den Kopf zu schütteln, und es gelang ihr nur mit Mühe, damit wieder aufzuhören. Nevio fing an, sich unter ihrem Blick zu winden.

»Ich weiß, es ist noch lange nicht perfekt!«, stieß er hervor. »Und natürlich gar kein Vergleich mit *seinen* Skizzen. Wie Matteo es immer nur anstellt – fünf, sechs Striche, sehr viel mehr sind es nämlich gar nicht, und schon beginnt alles wie aus eigener Kraft zu leben. Aber wenn du mir nur noch ein kleines bisschen Zeit gibst, werd ich auch noch dahinterkommen, versprochen! Und ich weiß auch schon genau, wie man es machen muss: Man muss sich nämlich das Innere eines Lebewesens ganz genau ansehen, dann versteht man erst, wie man sein Äußeres von außen her darzustellen hat. Wenn du also das nächste Mal schlachtest, musst du mich unbedingt dabei zuschauen lassen! Dann werde ich die Eingeweide zeichnen, verstehst du?«

Ornela blieb stumm.

»Aber so ganz miserabel ist es nicht, oder?« Stimme und Augen ein einziges Flehen. »Und falls doch, dann solltest du bedenken, dass wir Panizzi niemals einen Maler in der Familie hatten. Bäcker, Schuster, Gerber,

Färber, Weber, Zimmerer – das ja. Aber einen echten Maler …«

Ihr nasser Kuss traf Nevio unvorbereitet mitten auf den Mund. Erschrocken sprang er zur Seite und wischte sich die Lippen mit dem Handrücken ab.

»Was soll das denn?«, fragte er unwirsch. Sein schmales Gesicht war glutrot angelaufen. »Ein Wickelkind, das man so einfach abknutschen kann, bin ich schon lange nicht mehr, das solltest du eigentlich wissen. Und dein Mitleid kannst du dir auch sparen, damit du schon gleich mal Bescheid weißt! Dass ich in deinen Augen lediglich ein elender Stümper bin und besser …«

»Mein Sohn ist ein Genie!« Ornelas Augen glänzten, so leicht und übermütig war ihr auf einmal zumute. Da war ihr Kleiner all die Jahre neben ihr herangewachsen, ohne dass sie ihn richtig erkannt hatte! Aber das würde sich nun ändern, das hatte sie soeben beschlossen. Nevio sollte merken, wozu er es noch bringen konnte, jetzt, da seine Mutter als engste Verbündete an seiner Seite kämpfte. »Für das ich alles tun würde. *Alles*!«

Angriffslustig stemmte sie die Arme in die fleischigen Hüften. »Wann also brechen wir zu deinem Meister auf? Von mir aus sofort. Ich kann es nämlich kaum erwarten, diesem verbohrten, durch und durch ungerechten Minucci endlich ins Gesicht zu grinsen.«

❧

»Ich fürchte, selbst das alles wird noch nicht reichen – bei Weitem nicht!« Das schmale Gesicht des Rektors war sorgenzerfurcht. In seinem Uffizium herrschte eine drückende Hitze. Irgendjemand hatte die Fenster weit aufgerissen, anstatt sie wie sonst schon am frühen Morgen mit blauen Tüchern gegen die Hitze zu verhängen. Allen Anwesenden rann der Schweiß herunter. Selbst das Wasser in den Tonkrügen, das eigentlich zur Erfrischung gedacht war, schmeckte inzwischen brackig und lau. »Damit werden wir gegen die bewaffneten Milizen der Ratsherren keinesfalls ankommen.«

»Im Normalfall magst du ja durchaus recht haben«, sagte Enea di Nero. »Doch vergiss eines nicht, lieber Freund: Der Tag des Palio ist eine Ausnahme. Da wirst du in ganz Siena weit und breit keine Milizen finden, sondern nur begeisterte *contradaioli*, die die Farben ihres Viertels tragen.« Er beugte sich wieder über seine Notizen. »Sieht doch gar nicht so übel aus: zweihundert Speere, ebenso viele Lanzen, fünfzig Armbrüste – und jede Menge Knüppel für das einfache Volk, das unterwegs zu uns stoßen wird. Wie soll der Zwölferrat da noch dagegenhalten können?«

»Was mir daran missfällt, ist, dass der Großteil der Waffen von den Salimbeni stammt. Damit begeben wir uns ganz in Roccos Hand. Und er ist wahrlich nicht der Mann, um daraus keinen Vorteil zu ziehen«, wandte Savo Marconi ein. »Dessen solltet ihr alle euch bewusst sein!«

Barna musterte den Apotheker mürrisch. »Dein Argwohn gegen diesen Ehrenmann ist ja geradezu krankhaft«, sagte er. »Rocco ist auf unserer Seite – und damit Schluss!«

»Schluss wird erst sein, wenn *wir* zu Füßen der ›Guten und der schlechten Regierung‹ im Palazzo Pubblico sitzen, um die Regierungsgeschäfte der Stadt zu führen, und keinen Augenblick früher«, konterte Marconi. »Bis dahin können wir gar nicht argwöhnisch genug sein.«

»Ich stimme dir zu, Savo«, ließ sich nun der Domherr vernehmen. »Mir sind diese hochnäsigen Salimbeni ebenso suspekt wie dir. Und ich wünschte von ganzem Herzen, wir könnten den Umsturz ohne sie wagen. Aber offenbar haben wir leider keine andere Wahl.« Gedankenvoll strich er über sein Doppelkinn. »Wie sieht es denn mit unseren finanziellen Mitteln aus? Sind in letzter Zeit noch weitere Spenden hinzugekommen?«

Der Rektor nickte. »Mehrere kleinere und gottlob eine, die sich durchaus sehen lassen kann«, sagte er. »Allerdings zieht der Geber es vor, sich ganz im Hintergrund zu halten. So lautete seine Bedingung, und ich hab ihm mein Wort darauf gegeben.«

»Einen Namen wird er doch wohl haben!«, rief der Apotheker.

»Allerdings. Doch es dürfte wohl genügen, wenn er *mir* bekannt ist.« Barna runzelte die Stirn. »Sonst noch Fragen?«

»Diese Heimlichtuerei, die sich da einschleichen will, gefällt mir nicht«, sagte der Apotheker. »Ist es nicht genau das, wogegen wir unter anderem antreten: kein Gemauschel mehr von Männern, die nicht den Mut aufbringen, ihre Gesinnung zu zeigen? Wie sollen wir als neue Regierung andere und bessere Wege gehen, wenn wir uns schon vor Amtsantritt derart in Misskredit bringen?«

»Meinst du nicht, dass du jetzt etwas übertreibst?« Domenico Carsedoni warf ihm beredte Blicke zu. »Außerdem geht es doch gar nicht darum, sich öffentlich zu entblößen, wir wollen lediglich im Sinne der Stadt handeln – für unser geliebtes Siena.«

Der Rektor erhob sich, sichtlich angespannt. »Wir müssen diese Unterredung ohnehin vertagen«, sagte er.

»Denn ich möchte endlich Monna di Cecco befragen. Sie wartet seit Stunden. Ich werde Celestina jetzt bitten, sie zu uns heraufzubringen.«

»Du hast sie unten in einer Zelle warten lassen?«, rief der Apotheker. »Hast du sie denn ernsthaft in Verdacht?«

»Da käme die andere doch viel eher in Betracht«, schaltete sich nun auch der Richter di Nero ein. »Diese Mamma Lina, die mit der Vielzahl der Kinder, die sie aufgenommen hat, ganz offenbar nicht zurechtkommt. Nichts von dem, was sie vor dem Gremium vorgebracht hat, konnte mich wirklich überzeugen. Wolltest du sie nicht ohnehin nochmals ausführlich vernehmen?«

Der Apotheker und er tauschten einen raschen Blick. Der Domherr zog die Schultern hoch, als ob er trotz der Schwüle plötzlich fröstle.

»Das werde ich, sobald ich Monna di Cecco gehört habe. Ihr könnt euch gleich eure eigene Meinung bilden.« Barna ging zur Türe, öffnete sie und rief einen knappen Befehl nach draußen. Dann kehrte er zu den anderen Männern zurück.

»Mich ruft die heilige Messe«, sagte der Domherr. »Ihr müsst mich also leider entschuldigen.« Er war so schnell verschwunden, dass es beinahe wie eine Flucht wirkte.

Gemma war blass, als sie an der Seite von Celestina das Uffizium betrat. In der Zelle war es muffig und kalt gewesen; jetzt traf sie die Hitze wie eine glühende Wand.

»Ich muss mich sehr wundern, Messer Barna«, sagte sie, nachdem man ihr einen Stuhl angeboten hatte. Celestina setzte sich neben den Rektor auf die andere Seite des Tisches. Dort erkannte sie auch den Apotheker und einen mittelgroßen Mann mit verlebten Zügen, der ihr fremd war. »Ihr hattet mich um eine Unterredung gebeten, eine Bitte, der ich gerne gefolgt bin. Und plötzlich fand ich mich wie eine Verbrecherin in einen fensterlosen Verschlag eingesperrt. Behandelt Ihr so Eure Gäste?«

Der Rektor steckte den Kopf in seine Aufzeichnungen und tat, als habe er sie nicht gehört.

»Durstig bin ich ebenfalls«, fuhr sie fort. »Darf ich um etwas Wasser bitten?«

»Später!«, lautete seine schroffe Antwort. »Jetzt wollen wir uns erst einmal auf die Fakten konzentrieren, damit wir endlich Licht in diese obskure Angelegenheit bringen.« Er befeuchtete seinen Finger, begann umzublättern. »Ihr seid die Ehefrau von Messer Lupo di Cecco?«, fragte er.

»Ich bin die Tochter von Messer Bartolo Santini und seiner verstorbenen Gattin Francesca und Euch als Bürgerin dieser Stadt seit meiner Kindheit bekannt«, erwiderte Gemma.

Barnas Blick war kalt. »Aber Ihr lebt derzeit nicht im Haus Eures Ehemannes, ist das richtig?«

»Meine Stiefmutter Lavinia war sehr krank und brauchte Hilfe. Aus diesem Grund bin ich auf die Bitte meines Vaters hin in mein Elternhaus zurückgekehrt, um sie zu pflegen.« Das war die Version, auf die Bartolo und sie sich geeinigt hatten – jedenfalls vorläufig.

»Was hattet Ihr dann im Haus einer gewissen Mamma Lina zu schaffen – und leugnet nicht, dass Ihr Euch dort aufgehalten habt, denn Celestina hat Euch dort höchstpersönlich angetroffen!«

Die Männer hinter dem Tisch starrten sie an. Gemma begann am ganzen Körper zu schwitzen.

»Weshalb sollte ich das leugnen? Einige der Kinder von Mamma Lina waren sehr krank. Ich habe lediglich bei ihrer Pflege geholfen, nachdem ich zuvor in der Küche des Hospitals zur Hand gegangen war.«

»Auch bei der Pflege des kleinen Mauro?«, fragte der Rektor.

»Mauro litt an Halsschmerzen. Aus diesem Grund haben wir die Apotheke von Messer Marconi aufgesucht und bei ihm eine Arznei erstanden.« Sie fasste den Apotheker scharf ins Auge. »Er wird Euch sicherlich bestätigen, dass wir bei ihm waren.«

»Das ist richtig.« Marconi nickte. »Woher kennt Ihr diese Mamma Lina?«, fragte er.

Tausend mögliche Antworten schwirrten Gemma durch den Kopf, dann aber entschied sie sich doch für die Wahrheit, auch wenn diese vielleicht unwahrscheinlich klingen mochte.

»Wir haben uns im Dom kennengelernt«, sagte sie einfach, »beim Beten. Eines ihrer Kinder hat mich in der Marienkapelle angesprochen.«

»Beim Beten!«, schnappte der Apotheker. »Im Dom. Zwei so ehrbare, fromme Frauen – und ein toter kleiner Junge! Wie soll das zusammenpassen?« Er fixierte Gemma unfreundlich. »Könnte es nicht sein, dass Ihr diese Lina schon sehr viel länger kennt?«

»Ich verstehe nicht …«

»Ich denke, Ihr versteht mich sehr gut. In mir regt sich der Verdacht, dass sich hinter dieser scheinbar so harmlosen Begegnung weit mehr verbirgt, und genau das werden wir auch herausfinden.«

»Lina und ich sind Freundinnen geworden«, sagte Gemma. »Mir gefällt, wie gut sie zu den Kindern ist, die so viel mitmachen mussten.«

»So gut, dass sie ihren Tod billigend in Kauf nimmt?«,

mischte sich nun der dritte Mann ein. »Oder ihn sogar herbeiführt?«

Obwohl ihr immer unbehaglicher zumute wurde, gelang es Gemma, nach außen gelassen zu bleiben.

»Ich weiß gern, mit wem ich es zu tun habe«, sagte sie. »Darf ich also Euren Namen erfahren, bevor ich antworte?«

»Richter di Nero«, antwortete Enea, sichtlich widerwillig.

Bice di Neros Mann! Gemma betrachtete ihn mit neu erwachtem Interesse. Ob er wusste, wie unglücklich seine Frau war?

»Lina würde niemals einem Kind etwas zuleide tun«, sagte sie. »Dafür kann ich mich verbürgen.« Sollte sie Catas Beobachtung erwähnen? Doch das müsste sie zunächst mit Lina klären. Außerdem würden diese Männer, die sie so feindlich beäugten, Catas Aussage sicher als kindisches Geplapper einer Idiotin abtun.

»Dann kennt Ihr sie also doch sehr gut?«, mischte sich nun wieder der Apotheker ein. »Womöglich schon aus der Zeit, da sie noch gar nicht in Siena lebte?«

»Ich habe Lina zum ersten Mal im Dom getroffen, zusammen mit ihren Kindern. Über ihr früheres Leben weiß ich nichts«, sagte Gemma. »Kann ich jetzt endlich Wasser bekommen? Meine Kehle ist wie ausgetrocknet.«

Auf ein knappes Nicken des Rektors hin, schob Celestina einen Becher über den Tisch. Gemma leerte ihn in einem Zug. Sein Inhalt kam ihr wie ein einziger Tropfen vor. Ihr ganzes Inneres schien in Flammen zu stehen.

»So kommen wir nicht weiter«, sagte Nardo Barna missmutig. »Wir bewegen uns im Kreis. Und obwohl der

Kleine längst unter der Erde ist, liegt noch immer im Dunkeln, auf welche Weise er zu Tode kam.«

»Ihr habt ihn beisetzen lassen, ohne Mamma Lina Bescheid zu geben?«, rief Gemma. »Eine Mutter, die nicht einmal Abschied von ihrem Kind nehmen darf? Wie herzlos und grausam von Euch!«

»Sie war nicht seine Mutter«, unterbrach Celestina sie scharf. »Und wenn sie es sich hundertmal einbildet. Das Hospital gestattet ihr lediglich, die Kinder für eine gewisse Zeit bei sich aufzunehmen. Doch nach diesem bedauerlichen Vorfall wird auch darüber neu entschieden werden müssen.«

»Ihr wollt Ihr die Kinder wegnehmen?«, entrüstete sich Gemma. »Wo doch Mauros Tod ohnehin so schrecklich für sie ist. Aber das dürft Ihr nicht!«

»Was wir dürfen und was nicht, bestimmen noch immer die Statuten des Hospitals und nicht Ihr!« Die Stimme des Rektors hätte eisiger nicht sein können. »Kommen wir noch einmal zu jener Nacht zurück, an deren Ende der kleine Mauro sterben musste. Wo habt Ihr Euch damals aufgehalten, Monna di Cecco?«

Da war sie, die Frage, vor der Gemma sich schon die ganze Zeit gefürchtet hatte! Hilfe suchend glitt ihr Blick zu dem alten Fresko, auf dem der Vater seinen verlorenen Sohn umarmte. Wie jener war auch sie reumütig und erleichtert unter Bartolos Dach zurückgekehrt. Wo sie aber in jener Nacht gewesen war, konnte sie nicht sagen. Was in aller Welt sollte sie jedoch antworten?

»Ich habe tief und fest geschlafen«, erwiderte sie schließlich, was nicht einmal eine Lüge war.

»In Linas Haus?«, fragte Barna.

Gemma konnte nicht nicken, geschweige denn die

Frage bejahen, obwohl es klug gewesen wäre. Sie brachte es einfach nicht über sich. Sehnsüchtig dachte sie an Matteo, an seine starken, zärtlichen Arme, in die sie sich am liebsten auf der Stelle geflüchtet hätte. Sie musste alles vermeiden, um ihn in Gefahr zu bringen, und das konnte sie nur, wenn sie ihn ganz aus dem Spiel ließ.

»Im Haus Eures Vaters?« Barnas Stimme klang in ihren Ohren wie Donnerhall: »Wo wart Ihr in jener Nacht, Monna di Cecco? Ich warte auf Eure Antwort.«

Schweigend starrte sie den Rektor an, mit zusammengezogenen Brauen, wütend und hilflos zugleich.

»Ihr wollt nicht antworten? Oder könnt Ihr nicht, weil Ihr Euch sonst selber belasten würdet – oder Eure Komplizin?«

Gemma blieb stumm.

»Ist Euch bewusst, dass Ihr Euch mit diesem Verhalten verdächtigt macht?«, bohrte Barna nach. »Äußerst verdächtig sogar. Denn wer sagt mir, dass nicht Ihr es wart, die den Kleinen weggelockt hat ...«

»Mit Mauros Tod habe ich nicht das Geringste zu tun«, stieß Gemma hervor. »Das müsst Ihr mir glauben!« Aber er könnte noch leben, fügte sie stumm hinzu, wäre ich damals bei ihm geblieben. Das ist es, was ich mir niemals verzeihen werde.

»Bring sie hinaus, Celestina!«, befahl der Rektor. »Wir werden uns jetzt beraten.«

❧

Es war schon dunkel, als Gemma abermals aus der Zelle geholt wurde. Dieses Mal reichte Celestina ihr einen angeschlagenen Wasserkrug, bevor sie darum bitten musste, und sie trank, soviel sie hinunterbekommen konnte. Zu Gemmas Überraschung aber brachte Celestina sie danach nicht die breiten Steinstufen hinauf zum Uffizium des Rektors, sondern zu einem kleinen Seitenausgang, den sie aufschloss.

Draußen nahmen Gemma zwei Männer in Empfang, die sie in der mondlosen Nacht nicht sofort erkannte, weil sie ihre Öllampen bedeckt hielten. Sie füllte als Erstes ihre Lunge mit der frischen, duftgetränkten Sommerluft und hätte am liebsten vor Erleichterung geweint. Die Aussicht, bis zum Morgen in diesem stinkenden Loch ausharren zu müssen, war schrecklich gewesen. Nun würde sie sich bald zu Hause von all diesen Fragen und Blicken erholen können.

Der große Mann machte eine Bewegung – und plötzlich erkannte sie ihn. Leo! Und der kleinere neben ihm war Savo Marconi, sein Dienstherr.

»Wir werden Euch jetzt begleiten, Monna di Cecco«, sagte der Apotheker. »Und es liegt ganz an Euch, ob diese Begleitung eher einem Spaziergang entspricht oder einer Überführung.«

»Wohin bringt Ihr mich?«, fragte sie beklommen.

»Dorthin, wo jede ehrbare Frau um diese Uhrzeit sein sollte«, lautete seine Antwort. »Nach Hause natürlich. Dort werde ich Euch dann ein Schriftstück des Rektors aushändigen, das Ihr gründlich studieren solltet, denn Ihr müsst wissen, diese vorläufige Freilassung ist mit strengen Auflagen verbunden.«

»Vorläufige Freilassung?«, wiederholte sie ungläubig. »Was soll das heißen?«

»Es ist Euch leider nicht gelungen, Rektor Barna von Eurer Unschuld am Tod des kleinen Mauro zu überzeugen. Euer verstocktes Verhalten hat sogar schlimmste Vermutungen geweckt. Wir sehen uns gezwungen, weitere Erkundigungen einzuziehen und weitere Verhöre anzuberaumen. In der Zwischenzeit ist es Euch strikt untersagt, das Haus zu verlassen. Handelt Ihr der Anordnung zuwider, werden wir Euch auf der Stelle in Haft nehmen müssen.«

Gemma konnte nicht glauben, was sie da hörte. Betäubt von Marconis Worten, ging sie ein ganzes Stück weiter, ohne auf den Weg zu achten.

Plötzlich blieb sie stehen. »Wir nehmen die verkehrte Richtung«, sagte sie. »Das Haus meines Vaters liegt auf der anderen Seite des Doms.«

Der Apotheker versetzte ihr einen kleinen Stups, als wolle er sie zum Weitergehen veranlassen, und als sie nicht gleich reagierte, bekam sie von Leo einen ordentlichen Stoß in die andere Seite.

»Denkt bloß nicht daran, wegzulaufen«, sagte Marconi. »Leo und ich haben versprochen, Euch sicher und heil abzuliefern, und wir wären mehr als untröstlich, sollte uns das nicht gelingen.«

Schweigend gingen sie weiter, bis in Gemma auf einmal ein schrecklicher Verdacht keimte. Das konnte, das durfte nicht wahr sein! Die Beine versagten ihr plötzlich den Dienst. Sie stolperte, wäre beinahe gefallen, hätte Leo sie nicht im letzten Moment aufgefangen.

»Wohin bringt Ihr mich?«, wiederholte sie und hasste es, wie dünn und ängstlich ihre Stimme jetzt klang.

»Wisst Ihr das nicht? Nur noch ein wenig Geduld, Monna di Cecco, und Ihr werdet es wissen!«

Es war wie in ihren beklemmendsten Albträumen: die nur allzu gut bekannte Straße mit den prächtigen Anwesen zu beiden Seiten, schließlich das Haus mit der reich gegliederten Fassade, dessen Bogenfenster hell erleuchtet waren wie zu einem großen Fest. Jetzt flatterte die bunte Fahne der Contrade nicht im Wind wie damals, als sie an einem kalten Vorfrühlingstag weggelaufen war, sondern hing schlaff herab, was das Einhorn zu einer hässlichen Kreatur entstellte.

Die Eingangstüre war weit geöffnet. Als dunklen Umriss erkannte Gemma eine Männergestalt, die sich langsam vom Hintergrund löste und ihr mit ausgebreiteten Armen entgegenging.

»Willkommen zu Hause, *tesoro!*«, sagte Lupo, während er sie an sich presste, dass sie kaum noch atmen konnte. »Und gebe die gütige Madonna, dass sich ab jetzt unsere Wege niemals wieder trennen werden!«

DRITTES BUCH

Oca

Contrade der Gans

Sieben

Erst beim Näherkommen konnte man erkennen, dass die Salzarbeiter dreieckige Kappen aus schmutzigweißem Leinen auf dem Kopf trugen, die bis weit hinunter in den sonnenverbrannten Nacken reichten. Aus größerer Entfernung hätte man auf die Idee verfallen können, es seien lauter alte Männer, die dort im seichten Wasser bei der Salzernte waren. Mario hatte ihn gar nicht danach gefragt, was Bartolo äußerst verwunderte. Zu Hause in Siena hätte der Junge ihn sicherlich schon nach ein paar Augenblicken mit seinen neugierigen Erkundigungen bestürmt, doch seit sie unterwegs waren, schien vieles zwischen ihnen verändert.

Der Kaufmann warf ihm einen prüfenden Blick zu, einen weiteren aus einer ohnehin schon unendlichen Reihe, und ihm fiel auf, dass Mario plötzlich noch schiefer auf dem Pferd zu hängen schien. Der Junge war ein lausiger Reiter, der es einfach nicht hinbekam, mit dem Tier unter sich zu einer Einheit zu werden. Dies während des gesamten Ritts mitansehen zu müssen und doch nichts dagegen unternehmen zu können, machte Bartolo immer unruhiger. Deshalb war er mindestens so erleichtert wie Mario, als sie mit dem winzigen Küstenort Albinia endlich das erste Ziel ihrer Reise erreichten. Zudem hatten ihnen unterwegs dichte Mückenschwärme zugesetzt, die altbekannte Plage dieser Sumpfregion. Vor allem Marios Gesicht war von Stichen übersät, von denen er einige aufgekratzt hatte, sodass sie bluteten.

»Absitzen!«, sagte Bartolo und spürte, als er sich vom Pferd schwang, das Alter wie eine eiserne Kralle im Rücken. Mit meinen Jahren sollte ich besser im Kontor über den Büchern hocken und solch ermüdende Unternehmungen längst an einen Jüngeren delegiert haben, dachte er, während er sich vorsichtig reckte und streckte, um das Blut wieder in den Gliedmaßen zirkulieren zu lassen. Doch wer hätte ihm dafür schon zur Verfügung gestanden? Viel zu lang hatte er sich in der trügerischen Hoffnung gewiegt, sein Schwiegersohn Lupo di Cecco würde eines Tages dieser Jüngere sein. Jetzt freilich sah es ganz so aus, als sei diese Option verspielt und sein Großneffe Mario die einzige Hoffnung, die ihm geblieben war. Aber dann würde er noch viele Jahre intensiver Ausbildung in den Jungen investieren müssen, bevor er ihn ernsthaft als Nachfolger in Erwägung ziehen konnte.

»Bist du hungrig?«, fragte er, als sie hintereinander auf dem sandigen Weg die Pferde zu der einzigen Herberge weit und breit führten, wo sie übernachten würden. »Sicher hast du doch Durst.«

Es war kein richtiges Dorf, sondern eher eine zufällige Ansammlung niedriger, wind- und wettergebeutelter Häuser, deren rauer Tuffstein vom Meersalz angefressen war. Mario schüttelte den Kopf und starrte wieder auf die flachen Wasserbecken, die durch schmale Lehmpfade voneinander getrennt waren.

»Ich kann gar kein Salz sehen.« Seine Stimme klang

brüchig. »Nur überall diese seichten Wasserfelder, die mich irgendwie an ein Schachbrett erinnern.«

»Noch etwas Geduld«, sagte Bartolo. »Dann werde ich dir die ganze Anlage ausführlich erklären.« Er wandte sein Gesicht zum Wasser und leckte sich über die Lippen. Da war er wieder, jener Geschmack, den er schon seit Jugendtagen kannte! Eine Mischung aus Herbem und Bitterem, etwas, das auf der Haut brannte und an die Sehnsucht erinnerte, die sich niemals zur Gänze erfüllte und dennoch gleichzeitig so guttat.

Zu seiner Überraschung ahmte der Junge ihn nach, konzentriert, beinahe hingebungsvoll. »Jetzt müsste mein Vater bei uns sein«, sagte er. »Das hier würde ihm gefallen! Mein armer Vater, der das Salz so sehr …« Er verstummte, wirkte plötzlich verlegen.

»Dein Vater kennt diese Anlage«, sagte Bartolo. »Und viele andere dazu, darauf möchte ich wetten! Aber was hat ihm das schon geholfen, wo ihr jenseits der Alpen das weiße Gold doch aus dem tiefsten Inneren der Berge holt? Ulrich hat sich gründlich an der Küste umgesehen, bevor er nach Siena ritt und auf die unselige Idee verfiel, mir meine Nichte zu rauben. Es kam mir damals vor, als suche er mit aller Macht nach einer Möglichkeit, um in den hiesigen Salzhandel einzusteigen. Dabei hätte ich ihm gleich sagen können, dass dies für einen Fremden an unserer Küste nahezu unmöglich ist. Es gibt nicht nur das altverbriefte Privileg der verschiedenen Städte, sondern darüber hinaus ein äußerst kompliziertes System von Einzelvereinbarungen, das man kaum versteht, auch wenn man sein ganzes Leben hier verbracht hat.«

Er verstummte. Zu stark war auf einmal die Macht der Erinnerung. Wie abgrundtief er diesen *tedesco* gehasst

345

hatte, der die großzügig gewährte Gastfreundschaft dazu missbraucht hatte, um sich insgeheim an die blutjunge Alba heranzumachen! Jahrelang waren Groll und Ablehnung in Bartolo stark und lebendig geblieben. Dann aber hatte Ulrich Lauinger seinen Sohn Mario als Friedensengel über die Alpen geschickt, der mit Zahlen so behände umzugehen wusste wie andere mit Jonglierbällen. Diesen außergewöhnlichen Jungen mit den goldenen Augen und den unbeholfenen Gesten, die Bartolo inzwischen so rühren konnten, dass er manchmal fast schon Angst bekam.

Wie ernst er jetzt schon wieder dreinschaute! Und wie erbärmlich verschwollen sein Gesicht war, auf dem als dicker, gräulicher Belag Staub klebte! Doch vermutlich sah er selber kein bisschen besser aus. Bartolo sehnte sich nicht umsonst nach einem Bad und frischer Kleidung.

»Als Erstes werden wir warmes Wasser bestellen«, sagte er, »um uns den Schmutz von Körper und Seele zu spülen. Du wirst sehen, wie gut das tut! Und anschließend machen wir uns über die würzige Fischsuppe her – das ist nämlich die hiesige Spezialität.«

Wieder einer dieser waidwunden Blicke.

Mario war ungewöhnlich schamhaft, das war Bartolo unterwegs stets aufs Neue aufgefallen. Trotz der Wärme behielt er hartnäckig Wams und Schecke an, anstatt wie sein Großonkel hemdsärmelig zu reiten, wenn die Sonne auf sie herunterbrannte. Standhaft weigerte er sich, sein Wasser am Wegrand abzuschlagen, wie alle anderen Reisenden es unterwegs taten, sondern er rannte jedes Mal bis weit hinter die Böschung, um sicherzugehen, dass auch niemand ihm zusehen konnte.

Ob sie in diesem schwierigen Alter alle so waren, bevor

sie richtige Männer wurden? Bartolo konnte sich nicht entsinnen, dass er selber jemals solche Anstalten gemacht hätte. Und bei anderen Lehrlingen, die früher bei ihm gewohnt hatten, waren ihm derartige Eigenheiten ebenfalls nie aufgefallen. Doch keiner von ihnen war schließlich Mario gewesen, *sein* Mario, den er inzwischen wie einen Sohn liebte.

Er beschloss, Marios Verhalten wie bisher zu übergehen, sorgte jedoch dafür, dass der Junge in der Herberge ein eigenes Zimmer bekam, was diesen ungemein zu erleichtern schien. Sogar dann noch, als sich der Raum bei genauerer Betrachtung als winziger, gluteheißer Verschlag entpuppte. Plötzlich begann Mario wieder zu lächeln und zu reden, verschwand blitzschnell, als hätte er nur darauf gelauert, und kehrte nach einer Weile fröhlich und sichtlich sauberer zurück. Bartolo drängte ihm noch einige Becher Wasser auf, dazu ein dickes Stück Brot, satt mit dem grünlichen Olivenöl der Küstenregion getränkt, damit er bei Kräften blieb.

Seite an Seite machten sie sich anschließend auf den Weg zu den Salinen. Die flirrende Mittagshitze, die Wasser und Himmel ineinanderfließen ließ, als seien sie in untrennbarer Liebe verbunden, hatte sich inzwischen gelegt. Es war noch immer sonnig und sehr warm, doch jetzt war eine sanfte Brise aufgekommen, die Erfrischung brachte.

Der Junge starrte gebannt auf die leise gekräuselten Wellen, die zum Ufer hin in zartem, an manchen Stellen fast bis ins Weißliche gehendem Türkis ausliefen, während weiter draußen ein sattes Azur dominierte. Ungeduldig wollte Bartolo ihn schon zum Weitergehen auffordern, da fiel ihm ein, dass es ja für Mario das erste Mal war, dass er diese Pracht zu sehen bekam, und er ließ den Jungen in Ruhe schauen und staunen.

»Bist du jemals zur See gefahren?«, hörte er ihn nach einer ganzen Weile murmelnd fragen.

»Allerdings! Und ich kann dir verraten, es war ganz und gar nicht meine Sache. Tagelang auf diesen schwankenden Brettern, Sonne, Wind und Regen schutzlos ausgeliefert – was hab ich jedes Mal der Madonna für inbrünstige Dankgebete gewidmet, wenn ich endlich wieder festen Boden unter den Füßen hatte!«

»Aber man ist doch auch den Sternen ganz nah, wenn man nichts als Wasser unter sich hat«, sagte Mario mit nachdenklichem Gesicht. »Das jedenfalls stelle ich mir sehr schön vor.«

»Den Sternen – und jeder Menge gefräßiger Fische, die nur darauf warten, dich zwischen ihre hungrigen Kiemen zu bekommen! Zum Seefahrer muss man geboren sein. Diese Leidenschaft saugt man spätestens mit der Muttermilch ein. Lass deshalb lieber auch künftig die Leute aus Pisa und Genua die weiten Meere befahren! Echte Sieneser wie du und ich gehören zur Kategorie der Landmenschen.«

Mario schaute ihn strahlend an. Es schien ihm zu gefallen, dass Bartolo sie beide in einem Atemzug genannt hatte.

»Siehst du die kleinen Schleusen?«, fragte Bartolo, der sich nun wieder den nützlichen Dingen zuwenden wollte. »Mit ihrer Hilfe wird der Zulauf von Meereswasser in die Salzfelder reguliert. Jedes der Becken ist übrigens mit einer kompakten Tonschicht ausgelegt, die Frühling für Frühling kontrolliert und meistens leider auch ausgebessert werden muss. Hierbei sparen zu wol-

len könnte sich schon im Herbst als sehr teuer herausstellen.«

Mario kniff die Augen zusammen. »Da besteht ein
leichtes Gefälle zwischen den einzelnen Becken«, sagte
er. »Oder täusche ich mich?«

»Gut beobachtet!« Bartolos Brust weitete sich voller
Stolz. Aufmerksam auf Einzelheiten einzugehen, gehörte
zum Handwerkszeug eines guten Kaufmanns. Nur wer
sich dafür nicht zu schade war, konnte es dauerhaft zu
etwas bringen. »Damit regelt man die Wasserzirkulation.
Ansonsten bleibt nur, auf gutes Wetter zu warten, das
heißt, viel Sonne, wenig Regen und eine leichte Brise.
Wenn das Wasser verdunstet, kann sich das verbleibende
Salz in Kristallform ablagern.«

»So ist also der liebe Gott verantwortlich dafür, wie
groß deine Salzernte ausfallen wird«, sagte Mario.

Zu welchen erstaunlichen Schlüssen dieser Junge immer wieder kam! Gerührt wandte Bartolo sich ihm zu.
»Wenn du so willst – ja. Er sorgt schließlich auch dafür,
dass der Weizen wächst, dass die Trauben reif werden und
dass wir saftige Früchte zu essen bekommen. Weshalb
sollten dann das Meer und die Ernte daraus nicht zu seinen Obliegenheiten gehören?«

»Und wenn er es doch versehentlich einmal zu viel
regnen lässt?«, wollte Mario wissen. »Was dann?«

»Dann allerdings verringert sich die Ernte auf dramati-
sche Weise. Denn das Salzwasser wird durch den Regen
verdünnt und die Ausbeute verringert sich entsprechend.
Siehst du diese langstieligen Holzschieber, die die Männer
so gleichmäßig über den Boden führen? Höllisch achtsam
müssen sie dabei sein, sonst finden sich später winzige
Tonpartikel im Salz – und niemand will es essen.«

Mario nickte.

»Die Schieber nennt man *ghevar*. Damit recht man das Salz zusammen«, fuhr Bartolo fort. »Dafür braucht man Fingerspitzengefühl, und es geht mächtig auf die Augen, weil die Sonne die weißen Kristalle noch gleißender macht. *Panira* heißt der Holzkorb, der mit ihnen gefüllt wird. Sobald er voll ist, laden ihn die Männer sich auf den Kopf, und dann nichts wie ab damit zum Salzkegel, der immer höher und höher wächst. Siehst du, wie schnell sie laufen?«

Abermals ein fast andächtiges Nicken.

»Sie werden nach der Anzahl der abgelieferten Körbe bezahlt, und jeder beeilt sich, denn die Ernte dauert nur ein paar Monate und ist vorbei, sobald die Herbststürme einsetzen.«

Onkel und Großneffe waren vor zwei verschieden großen Haufen stehen geblieben.

»Der hohe graue Kegel ist das grobe Salz, mit dem man auch das Vieh füttert. Mit dem kannst du keine Reichtümer erzielen«, sagte Bartolo. »Mit dem kleineren weißen Kegel dagegen verhält es sich anders. Koste einmal!«

Mario benetzte seinen Finger und nahm eine kleine Probe.

»Es schmeckt fast süßlich«, sagte er. »Aber bei Weitem nicht so rein wie das feine *fleur de sel* von den spanischen Inseln, das du mich schon probieren hast lassen.« Anstatt Bartolo anzusehen, starrte er nun auf seine staubigen Stiefel. »Meinst du, du wirst deine verlorene Ladung wiederbekommen?«, fragte er leise. »Hoffst du noch immer darauf?«

»Nach dem Treffen mit unserem Gewährsmann aus Pisa sind wir sicherlich um einiges klüger«, lautete Bartolos vorsichtige Antwort. »Und jetzt muss ich dringend mit Enzo sprechen, der für mich die Saline verwaltet. Zwanzig Jahre dauert es, bis du einen Salzgarten zum ersten Mal ernten kannst. Wir haben beide viel Geduld aufbringen müssen, ich als Pächter und er als Verwalter, das verbindet.«

Zu seiner Überraschung wich der Junge nicht von seiner Seite, obwohl Enzos Report weitschweifig ausfiel. Die Salzleute, wie sie sich selber nannten, galten in der Regel als wortkarg, weil sie während ihrer harten Arbeit kaum Gelegenheit zum Reden hatten. Bartolo kam es vor, als bräuchten sie erst einen Fremden, um endlich all das loszuwerden, was sich in ihnen aufgestaut hatte – selbst wenn es der *padrone* war, vor dem Rechenschaft abzulegen war.

Enzo war der Einzige in der Saline, der halbwegs lesen und schreiben konnte, wenngleich seine krakelig geführte Buchhaltung dem Betrachter einiges an Fantasie und Konzentration abverlangte. Doch er war ein redlicher Mann, der da unter heftigem Blinzeln seine Aufzeichnungen vorlegte. Bartolo hatte sich in langen Jahren davon überzeugt, und Mario, der die Zahlenkolonnen schnell im Kopf überschlagen und für korrekt befunden hatte, konnte sich dieser Meinung nur anschließen.

Enzos Frau, die schwarzhaarige Silva, die schwanger war wie in jedem Sommer, ließ es sich anschließend nicht nehmen, die Besucher zum Essen zu bitten, und Bartolo schien auf diese freundliche Aufforderung nur gewartet zu haben.

Eines freilich schien den Jungen zu erstaunen. Allerdings rückte er erst damit heraus, als sie vor der dampfenden Fischsuppe saßen, die so heiß war, dass sie kräftig blasen mussten, bevor sie den Löffel zum Mund führen konnten.

»Du bist also bloß der Pächter dieser Saline«, sagte er plötzlich. »Dabei dachten wir immer, sie sei dein Eigentum.«

»Wer dachte das?«, wollte Bartolo wissen, der angesichts dieser unvergleichlichen Verbindung von Knoblauch, Meerbarben und ausgelösten Muscheln am liebsten ins Schwärmen geraten wäre. Er riss kleine Stücke von dem ungesalzenen Brot ab und tunkte es ungeniert wie ein einfacher Bauer in seinen Napf.

»Vater. Und ich natürlich auch«, setzte Mario schnell hinzu. »Wir beide eben.«

Bartolos Blick verriet sein Erstaunen. »Ihr habt euch im fernen Augsburg ausgerechnet über meine Saline unterhalten?« Mit halb geschlossenen Augen genoss er einen kräftigen Bissen.

»Haben wir. Auf Vater muss sie sehr großen Eindruck gemacht haben. Deshalb fand er ja auch die Idee gut, dass ich zu dir nach Italien gehen sollte, um alles über das Salz zu lernen.«

»Dann bist du eigentlich als eine Art Kundschafter hier? Und ich dachte bislang, du seiest als Friedensbote gekommen. Um den letzten Wunsch deiner seligen Mutter zu erfüllen.«

Marios Wangen hatten sich schon wieder leicht gerötet. Jedes Wort aus Bartolos Mund zu diesem Thema schien ihm zunehmend peinlich zu sein.

»Das natürlich auch. Mamma wollte so gern, dass ihre Familie sich wieder versöhnt. Wie oft hat sie davon geredet! Aber das mit dem Salz ist doch auch wichtig, oder?«

»Wichtig?« Bartolo schob den Napf ein Stück beiseite. »Menschen müssen Salz essen, sonst würden sie sterben. Man sagt, in früheren Zeiten hätten sie Tierblut getrunken, um den Mangel auszugleichen. Da haben wir es heutzutage doch sehr viel besser.«

Angeekelt verzog der Junge die Lippen.

»Und was geschähe erst mit all unserer Nahrung?«, fuhr Bartolo fort. »Fisch und Fleisch, Milch und Käse – alles würde binnen Kurzem verderben. Nicht umsonst heißt das Salz daher ja auch weißes Gold. Ohne Salz – kein Leben.«

Er holte seinen Napf wieder heran, löffelte eine Weile schweigend. Mario saß ihm zusammengekauert gegenüber, mit hochgezogenen Schultern, und rührte seine Suppe nicht an.

»Schmeckt es dir nicht?«, fragte Bartolo kauend. »Du hast Silvas Suppe ja noch nicht einmal versucht!«

»Schon. Ich esse nur nicht so gerne etwas, von dem ich nicht genau weiß, was es ist«, erwiderte der Junge leise. »Und das hier sieht in meinen Augen ziemlich merkwürdig aus.«

»Merkwürdig? Das, was vor dir steht, sind Köstlichkeiten, die das Meer uns schenkt«, sagte Bartolo. »Probier einfach – du wirst es mögen!«

Mario spielte weiterhin unentschlossen mit seinem Löffel. Dann tauchte er ihn ein und führte schließlich ein winziges Stück Muschel zum Mund.

»Oder ist es eigentlich etwas ganz anderes, das dir nicht schmeckt?«, fragte Bartolo. »Dass du deinen Vater erwähnt hast, beispielsweise? Seitdem schaust du nämlich so seltsam drein. Wieso habt ihr über meine Saline geredet?«

Abwehr und Angst mischten sich in Marios Zügen.

Jetzt hielt er den Kopf tief gesenkt, wagte nicht mehr, Bartolo in die Augen zu sehen.

»Ich darf nicht darüber reden«, brachte er schließlich hervor. »Ich hab es ihm versprechen müssen.«

»Wem? Deinem Vater?«

Der Löffel vollführte einen unsicheren Bogen.

»Worüber darfst du nicht reden? Sieh mich an, Junge! Und jetzt endlich heraus mit der ganzen Wahrheit – und zwar auf der Stelle!«

Die goldenen Augen waren mit Tränen gefüllt. Aber über Marios Lippen kam kein einziger Laut.

»Soll ich es dir sagen? All seine Bemühungen sind fehlgeschlagen, ist es nicht genau so gewesen? Ulrich Lauinger konnte nicht in den Salzhandel einsteigen, so wie er es sich immer erträumt hatte. Vielleicht ja auch, weil Albas Mitgift fehlte, mit der er zunächst gerechnet und die sie durch ihre heimliche Flucht aus Siena verwirkt hatte. Er hat sich angestrengt und angestrengt, aber es wollte ihm nicht gelingen. Zum Schluss war er so verbittert, dass er dem Handel mit anderen Waren gar keine Bedeutung mehr zumaß.«

Ein winziges Nicken, mehr nicht. Man hätte man meinen können, der Junge sei zu einer Salzsäule erstarrt.

»Das hat sie langsam umgebracht, meine kluge, wunderschöne Alba«, sagte Bartolo. »Diese andauernde Trostlosigkeit – und nicht erst das dritte Kind, das auch nicht leben wollte. Ganz langsam ist sie gestorben in dieser düsteren Enge, jeden Tag ein bisschen mehr, weil ihr das Licht und die Weite und der tiefblaue Himmel Sienas gefehlt haben. Dein Vater hat sie sicherlich betrauert. Das sei ihm durchaus zugestanden, denn geliebt hat er meine Alba wohl. Was ihn freilich nicht gehindert hat, flugs nach ihrem Ableben eine neue Frau zu freien – und weiterhin seinem Wahn nachzujagen.« Mit funkelnden Augen sah er Mario an. »Das Salz hat ihn zerstört, habe ich recht? Das Salz hat ihn fast an den Bettelstab gebracht. Regelrecht besessen ist dein Vater davon, so besessen, dass er sogar seinen einzigen Sohn opfert, um nur endlich an das zu kommen, was er …«

Mario sprang auf, presste die Hand vor den Mund und stürmte hinaus.

❦

Die Lider konnte sie zusammenkneifen, damit kein Lichtstrahl dahinterdrang, doch sich die Ohren zuhalten, das konnte Gemma nicht, denn ihre Arme und Beine waren gefesselt, und sie war zudem noch mit einem Strick an die Füße eines Stuhls gebunden. Anfangs, als sie versuchte, vor Empörung zu schreien, hatte Lupo ihr einen Knebel in den Mund gestopft, einen widerlichen Lumpenball, an dem sie beinahe erstickt wäre. Ihre hervorquellenden Augäpfel jedoch hatten ihn offenbar beunruhigt, und so hatte er sie schließlich wieder davon befreit.

»Sie kommen ohnehin nicht.« Sein blasses, flächiges Gesicht war schweißnass. »So laut du auch brüllst, niemand wird kommen und dir helfen. Du bist ganz in meiner Gewalt – besser, du gewöhnst dich so schnell wie möglich an diesen Gedanken, denn so wird es bleiben bis zum Ende deiner Tage!«

Dass inzwischen die gesamte Dienerschaft ausgetauscht worden war, hatte Gemma gleich am Morgen nach ihrer unfreiwilligen Ankunft im Haus bemerkt.

Nicht ein bekanntes Gesicht, stattdessen lauter Fremde, die sie zurückhaltend, ja fast furchtsam beäugten, als sei sie ihnen unheimlich. Und noch etwas war ihr aufgefallen: Es gab im ganzen Haus keine offene Türe mehr. Keine Klinke, an der sie rüttelte, gab nach. Sie war in einem Gefängnis gelandet, das gerade dabei war, zur Folterkammer zu werden.

Gemma hörte Lupos gutturales Stöhnen, dann einen schrillen Schrei, wie ihn auch ein furchtsames Kind ausstoßen konnte. Doch es war kein Kind, das Lupo ungeniert in ihrer Gegenwart auf dem ehelichen Bett malträtierte, sondern eine blutjunge Hure mit wirren, rotblonden Haaren, mageren Hüften und spitzen kleinen Brüsten, die offenbar nicht geahnt hatte, welche Grausamkeiten sie innerhalb dieser prächtigen Mauern erwarten würden.

»*Aua!*«, schrie sie, während Gemma das Klatschen der Peitsche hörte, das nicht aufhören wollte. »Du bringst mich noch um. Hör sofort damit auf! So war das nicht vereinbart.«

»Wie geil du mich machst, du miese kleine Fotze! Komm, schrei und heule noch ein bisschen lauter – dann wird es viel schöner!«

Weinen, Stöhnen, Klatschen, dazu ein Schwall widerlichster Obszönitäten. Was hätte Gemma darum gegeben, ihre Ohren verschließen zu können! Doch sie konnte sich nicht rühren, und so blieb ihr nichts anderes übrig, als sich mit aller Macht vorzustellen, sie sei nicht hilflos an einen Stuhl gefesselt, sondern sitze im warmen Sonnenlicht unter einem alten Olivenbaum, der sein silbrig-grünes Blätterdach über sie und Matteo breitete.

Matteo – Matteo!

Warum war er jetzt nicht da, um sie vor diesem Wahnsinnigen zu retten? Doch der Liebste konnte ja nicht einmal ahnen, dass sie hier war und noch dazu verdammt auszuharren, solange der Rektor den Arrest nicht aufgehoben hatte.

Jetzt quiekte die junge Frau auf dem Bett wie ein Ferkel vor dem Abstechen. »Ich will nicht mehr! Hör endlich auf, du geiler alter Bock! Lass mich sofort los!«

Und wenn er sie umbrachte, hier, in ihrer Gegenwart? Gemma wehrte sich gegen die schier übermächtige Versuchung, die Augen doch zu öffnen. Dann nämlich hätte Lupo sein Ziel erreicht, eine Genugtuung, die sie ihm unter keinen Umständen gönnen wollte.

Er schien ohnehin nicht auf seine Kosten zu kommen, trotz allem. Sie hörte es an dem schleppenden, verärgerten Tonfall, in den er jetzt verfiel: »Du taugst weniger als ein Stück Scheiße. Zieh dich an und dann verschwinde! So eine wie dich kann ich nicht gebrauchen.«

»Das werde ich, und nur allzu gerne, aber so billig kommst du mir nicht weg. Ich will mehr Geld«, hörte Gemma die Kleine sagen. »Es steht mir zu. Denn es war nicht ausgemacht, dass du …«

»Kannst gleich was auf dein freches Maul bekommen!«, schrie Lupo. »Bezahlt wird nur für erstklassige Leistung. Und was du hier geboten hast, war alles andere als erstklassig. Also, mach jetzt, dass du rauskommst, bevor ich es mir anders überlege und dir so lange in dein dummes Gesicht schlage, bis nicht einmal die eigene Mutter dich wiedererkennt!«

Er schien sie grob nach draußen zu bugsieren. Gemma hörte eine Weile ihr empörtes Schimpfen und Zetern auf der Treppe, dann war es plötzlich still. Erst jetzt wagte sie, die Augen zu öffnen.

Lupo, inzwischen wieder zurück, schien nur darauf gewartet zu haben. Nackt bis auf sein zerknittertes Hemd, beugte er sich über sie. Stechenden Schweiß roch Gemma, die Säfte der fremden Frau, abgrundtiefen Hass. Eine Mischung, wie sie ekelhafter kaum hätte sein können.

»Freu dich nicht zu früh!«, zischte er. »Wir beide sind noch nicht miteinander fertig. Ich hab längst begriffen, was du im Schilde führst. Verhexen willst du mich, mich durch deinen Spott meiner Manneskraft berauben, damit ich mir auch anderswo nicht holen kann, was du mir seit Jahren versagst. Aber das wird dir nicht gelingen. Und weißt du auch, was das Allerbeste daran ist, *tesoro*?« Er griff in ihre Haare und riss ihren Kopf grob nach hinten. »Zwei Dinge: Wir haben alle Zeit der Welt. Und außerhalb dieser Mauern wird dir niemand auch nur ein einziges Wort glauben, solltest du es jemals wagen, den Mund aufzumachen.« Ein keckerndes Lachen, das sie wie einen Magenhieb empfand. »Denn dazu müsstest du diese Mauern ja erst einmal lebend wieder verlassen. Was leider, leider nicht der Fall sein wird.«

Er packte ihr Gesicht mit beiden Händen, hielt es fest wie in einer Zwinge und presste seinen nassen Mund auf ihre Lippen. Seine Zunge schnellte nach vorn, giftiger und widerlicher als die jeder Natter, so jedenfalls empfand Gemma es in diesem Augenblick. Angeekelt schlug sie ihre Zähne hinein, so fest sie nur konnte. Mit einem gellenden Schrei ließ Lupo von ihr ab. Erst schüttelte er sich, um den Schmerz loszuwerden, dann holte er aus und versetzte ihr eine harte Ohrfeige. Ihr Kopf flog zur Seite. Blut rann aus ihrem Mund.

»Du willst noch immer nicht zur Vernunft kommen?«, schrie er. »Nach allem, was schon geschehen musste, damit du deine Fehler einsiehst? Was noch soll ich anstellen, damit du endlich kapierst, wohin du gehörst, kannst du mir das verraten? Eine Madonna willst du sein? Dass ich nicht lache! Dieser dämliche Maler versteht nichts, aber auch gar nichts von Weibern. Eine Sünderin bist du, ganz und gar keine Heilige, und um keinen Deut besser als all die anderen dreckigen Huren.«

»Binde mich los«, forderte Gemma mit zitternden Lippen. »Es ist genug, Lupo! Mehr als genug! Ich verlange, dass du mich sofort losbindest!«

»Du *verlangst* – hab ich da richtig gehört? Du willst mich wohl erst richtig wütend machen. Kannst du haben, mein Engel!« Wieder packte er ihre Haare, riss noch grober an ihnen als zuvor.

»Ich bin keines deiner billigen Weiber«, schrie Gemma. Sie hatte Angst vor diesem Wahnsinnigen, riesengroße Angst sogar, aber das würde sie ihm nicht zeigen, solange noch ein Funken Leben in ihr war. »Mit mir kannst du nicht so umgehen wie mit ihnen.«

»Und ob ich das kann! Alles kann ich mit dir machen, *alles*, denn du bist meine Frau – und damit mein Eigentum.«

»Da täuschst du dich! Mein Vater wird das niemals zulassen. Mein Vater wird dich zur Rechenschaft ziehen und ...«

»Dein Vater ist ein feiger alter Mann, der dich an mich verkauft hat. Basta! Und jetzt gehörst du mir. *Mir*!«

Entsetzt starrte Gemma auf seine stramme Erektion, die sie weit mehr erschreckte als all sein wüstes Schimpfen und Toben. Im Lauf ihrer Auseinandersetzung schien

Lupo immer erregter geworden zu sein. Unter seinen wütenden Griffen zerriss der dünne Stoff ihres Rocks wie eine Handvoll welker Blätter. Schon lag sie halb nackt vor ihm, im nächsten Augenblick würde er sich auf sie stürzen, um sie …

Das durfte nicht geschehen!

»Hör auf!«, schrie sie, zunehmend verzweifelt. »Lass mich sofort in Ruhe – mir ekelt vor dir!«

»Ja, komm schon, weiter so! Vielleicht werden wir beide ja doch noch eine schöne Zeit miteinander haben!«

»Fass mich nicht an, du Widerling!« Sie hasste es, wie sie vor ihm liegen musste, entblößt, hilflos, seinen gierigen Blicken ausgeliefert. Was konnte sie nur tun, um ihm endlich Einhalt zu gebieten? »Ich weiß alles von dir!«, stieß sie schließlich hervor.

Er ließ so jäh von ihr ab, dass sie erschrak.

»Was weißt du?« Seine Stimme klang plötzlich flach. Gemma hatte ihren Zweck erreicht. Auch Lupos Erektion war fast verschwunden.

»Über Fiamma und Angelina – dein Hurenkind, das jetzt bei Mamma Lina lebt. Denkst du, ich bin so dumm, dass ich das nicht herausbekomme? Wo man doch nur Bartolos und deine Rechnungsbücher aufschlagen und lesen muss!«

»Du hast *mein* Hurenkind in unseren Rechnungsbüchern gefunden?«

»Spar dir deine Lügen! Ich weiß alles.«

Außerstande, seinen Anblick weiterhin zu ertragen, schloss sie die Lider. Ein Fehler, wie sich sogleich herausstellte, denn bevor sie sich noch versah, hatte er ihr die Finger in den Mund gezwängt, um ihn aufzubekommen und den widerlichen Knebel hineinzustopfen.

Gemma riss die Augen auf, weil sie keine Luft mehr bekam, und sah gerade noch, wie Lupo sein Folterinstrument packte und zur Tür hinausging. Dann hörte sie, wie von außen zweimal sorgfältig zugesperrt wurde.

Nun war sie in ihrer Not allein.

🍏

Sie brauchten Geld, dringend sogar, denn die Schar der Engel schien sich von Tag zu Tag auf wundersame Weise zu vermehren, obwohl es in letzter Zeit auch einige gegeben hatte, die den alten Stadtpalazzo in der Morgendämmerung hatten verlassen müssen. Nur zufällig und weil er in letzter Zeit ohnehin kaum noch schlafen konnte, war Giovanni Zeuge einer solchen Szene geworden: der Prediger, der mit drohender Geste einige Jungen aus dem Haus wies – und diese, die wie Geschlagene ohne Hab und Gut in eine ungewisse Zukunft ziehen mussten. Warum hatte er sie hinausgeworfen? Weil man sie der gleichen Todsünde bezichtigt hatte, die auch Giovanni unentwegt quälte?

Er kämpfte ja dagegen an, Tag und Nacht, mied die Nähe Micheles, soweit sich das einrichten ließ, um durch seine irritierende Gegenwart nicht noch mehr in Versuchung zu geraten, was ihm allerdings bereits missbilligende Blicke und bissige Bemerkungen des Freundes eingetragen hatte.

»Wenn du glaubst, du schaffst es inzwischen alleine, Kleiner«, sagte Michele säuerlich, »dann soll es mir auch recht sein. Aber komm bloß nicht wieder angerannt, sobald du in neuerlichen Schwierigkeiten steckst!«

»Aber ich wollte doch nur …«, versuchte Giovanni sich

zu verteidigen und verstummte, weil er merkte, wie lahm und kindisch es klang. »So hab ich das nicht gemeint, Michele!«

»Was wir beide meinen und wollen, ist ganz und gar unwichtig. Wir sind die Engel des Predigers. Und allein *sein* Wort gilt!«

Daran musste Giovanni denken, als der Junge neben ihm mit einem Stemmeisen die Tür des Versammlungsraumes der Contrade *Onda* bearbeitete. Der Engel war zwar größer und um einiges stärker als Giovanni, aber kein bisschen geschickter; immer wieder glitt das Werkzeug aus seinen schweißnassen Händen – und die Türe blieb nach wie vor verschlossen.

Als er abermals ansetzte, öffnete sie sich jedoch plötzlich. Die beiden jugendlichen Einbrecher erstarrten und sahen sich mit einem schlanken, gut gekleideten Mann konfrontiert, dessen Züge blanke Wut entstellte. In seiner Rechten hielt er ein Messer, und alles deutete darauf hin, dass er im nächsten Augenblick damit auf einen von ihnen einstechen würde.

Plötzlich jedoch weiteten sich seine Augen, und er ließ die Waffe sinken. »Giovanni!«, rief er. »Ausgerechnet du?«

Der Junge neben Giovanni nutzte die günstige Gelegenheit, um abzuhauen, während Letzterer wie erstarrt verharrte. Vor ihm stand Savo Marconi, der engste Freund seines Vaters.

»So weit ist es schon mit dir gekommen!« Der Apotheker schüttelte den Kopf. »Dabei hab ich dich bisher stets gegenüber deiner Mutter verteidigt. Das seien nichts als Jugendtorheiten, hab ich Bice versichert, die sicherlich bald vergehen würden. Dein Sohn wird schon noch zur

Vernunft kommen! Und jetzt besitzt du die ungeheure Dreistigkeit, mit einem Komplizen ausgerechnet im Haus meiner Contrade einzubrechen ...«

Giovanni spürte Micheles geschmeidige Gegenwart in seinem Rücken mehr, als dass er den Freund wirklich bewusst gesehen hätte. Doch dessen Knüppel sauste jetzt mit aller Wucht auf Marconi herab und fällte ihn wie einen jungen Baum. Der Apotheker blieb reglos auf dem Lehmboden liegen; Blut floss aus einer Platzwunde über dem linken Auge.

»Wir müssen ihm helfen!«, sagte Giovanni verzweifelt. »Ich kenne ihn. Mein ganzes Leben war er für mich so etwas wie ein Onkel. Sieh doch nur – er ist schwer verletzt und bewegt sich nicht mehr!«

»Vergiss diese Lappalie!«, befahl Michele, der in den Raum stürmte und sich überall umsah. Er riss die Truhen auf, bückte sich, um unter die Bank zu schauen. »Daran stirbt man nicht gleich. Kümmere dich lieber um das einzig Wichtige: Wo haben sie das verfluchte Geld versteckt? Wenn das fast so etwas wie dein Onkel ist, musst du dich doch hier gut auskennen!«

Auch ohne Giovannis Hilfe, der kein Glied zu rühren vermochte, entdeckte er rasch die Holzkassette, die unter einem Tuch in einer Nische verborgen gewesen war.

»Du nimmst sie in Verwahrung!«, befahl er und klemmte sie Giovanni unter den Arm. »Und liefere sie ja zuverlässig ab, sonst kannst du was erleben! Ich sichere inzwischen unseren Rückzug.«

Welchen Rückzug?, wollte Giovanni noch fragen, da sah und hörte er sie bereits kommen, die anderen *contradaioli*, die der ungewohnte Tumult offenbar aus den umliegenden Häusern getrieben hatte. Sie hatten wohl zur Bewaffnung alles zusammengerafft, was ihnen in den Weg gekommen war, denn sie waren mit Stöcken und Knüppeln bewaffnet, und einer hatte sogar eine Lanze in der Hand.

»Nimm deine Beine unter die Arme – und lauf!«, schrie Michele. »Jetzt kannst du zeigen, was du bei uns gelernt hast, Kleiner!«

Giovanni gehorchte, ohne nachzudenken, und rannte so schnell wie noch nie zuvor in seinem Leben. Die Kassette spürte er schon nach einigen Schritten nicht mehr, obwohl sie schwer wie ein Felsbrocken war, so dankbar war er, dass die Meute der Verfolger sich offenbar Michele an die Fersen heftete und nicht ihm.

In einem kleinen Innenhof blieb er schließlich keuchend stehen. Was sollte er tun? Abwarten, bis es dunkel geworden war, und erst dann versuchen, sich im Schutz der Nacht zu den anderen Engeln durchzuschlagen? Aber würde ihm das nicht als Feigheit ausgelegt werden?

Er wartete, bis das Seitenstechen verflogen war, dann streckte er vorsichtig die Nase um die Ecke. Alles schien ruhig, kein Verfolger weit und breit zu sehen. Er trat auf die Gasse und machte sich auf den Weg zum Quartier.

Dort fand er Michele vor, den es schlimm erwischt hatte. Der Freund hatte die Kutte abgestreift, um seine Verletzungen zu untersuchen, und schien sich seiner Nacktheit nicht zu schämen. Seine Lippe war aufgeplatzt und geschwollen, der muskulöse Oberkörper und die schlanken Schenkel von blauen Flecken übersät. Besonders übel sah eine Kniewunde aus, in die offenbar Schmutz geraten war. Große Schwierigkeiten bereitete Michele das Atmen; seine Brust hob und senkte sich stoßweise. Offenbar hatte er erhebliche Schmerzen beim Luftholen.

»Hast du das Geld?«, war alles, was er hervorbrachte, als Giovanni umständlich sein Mitgefühl äußern wollte. »Da links sticht es zum Verrücktwerden. Ich fürchte, diese geizigen Schweine haben mir doch glatt zwei Rippen gebrochen.« Ächzend ließ er sich auf das Stroh sinken.

»Alles bereits beim Prediger abgeliefert«, sagte Giovanni. »*Padre* Bernardo hat übrigens nach dir gefragt. Kann ich irgendetwas für dich tun?«

»Mit einem Muttersöhnchen wie dir hat man doch nichts als Ärger!«, brummte Michele. »Lass mich einfach in Ruhe!«

Was leichter gesagt war als getan. Denn die Bilder überfielen Giovanni unbarmherzig aufs Neue, sobald er sich schweigend neben Michele gelegt hatte. Er schloss die Augen, um den nackten Freund nicht länger ansehen zu müssen, und war sich dessen Präsenz dennoch mit jedem Atemzug bewusst. In seinem Kopf verschwammen Micheles Verletzungen mit der Kopfwunde seiner Mutter. Dann wieder sah er den blutenden Savo vor sich, wie er ohnmächtig dagelegen hatte. Und wenn er inzwischen gestorben war? Dann wären sie zu Mördern geworden – und müssten bis zum Ende aller Zeiten in der tiefsten Hölle braten.

Vergib mir, heiligste Muttergottes!, betete Giovanni in stummer Verzweiflung, weil er nicht wagte, auch nur einen Ton von sich zu geben. Wir haben einen schrecklichen Fehler begangen. Aber wir sind nicht schlecht. Nicht in unseren Herzen. Das musst du mir bitte glauben! Ich nicht – und mein lieber Freund Michele erst recht nicht.

In einer jähen Gefühlsaufwallung wandte er sich

Michele zu und streifte dabei versehentlich mit dem Arm dessen nackten Schenkel. Der Verletzte fuhr wie verbrannt hoch, dabei schrie er laut auf, weil er bei der heftigen Bewegung offenbar nicht an seine malträtierten Rippen gedacht hatte.

»Was fällt dir ein, du Vollidiot!« Micheles anmutiges Gesicht war schmerzverzerrt. »Erst muss ich schon wieder den Kopf für dich hinhalten, und dann besitzt du auch noch die Frechheit, mich ausgerechnet jetzt anzugrapschen! Such dir gefälligst einen anderen für deine schmierigen Gelüste, verstanden? Ich hab wirklich Besseres zu tun!«

»Nein!« Giovanni war leichenblass geworden. »Das wollte ich doch nicht! Niemals! Das verstehst du alles vollkommen falsch.«

»Hau ab! Hau endlich ab!« Michele drehte sich stöhnend zur Wand. »Ich hab dich so satt, dass ich kotzen könnte. Such dir gefälligst einen andern Schlafplatz! Ich kann deinen Anblick nicht länger ertragen.«

Micheles abgewandter muskulöser Rücken erschien Giovanni wie eine einzige fleischgewordene Anklage. Der Freund hasste ihn. Er ekelte den Freund nur noch an. Michele hatte ihn endgültig durchschaut und wusste, was wirklich in ihm vorging.

Tränenblind stolperte Giovanni hinaus.

Die Last auf seiner Brust war so schwer, dass nun auch er heftig nach Luft ringen musste. In seinen Ohren rauschte es, und seine Beine waren wie aus flüssigem Blei. Aber jetzt wusste er wenigstens, was er tun musste, um nicht für immer in die tiefste Hölle abzusteigen: zum Prediger gehen und endlich seine schwere Sünde eingestehen.

Wut hinderte Gemma am Ersticken, denn sie hielt sie vom Weinen ab und brachte sie zudem dazu, nach und nach eine Methode zu entwickeln, wie sie trotz des widerlichen Knebels mühsam weiteratmen konnte. Arme und Beine spürte sie schon lange nicht mehr, so taub waren sie durch die festgezurrten Stricke geworden. Eine ganze Weile hatte sie versucht, zusammen mit dem Stuhl in die Nähe des kleinen Tisches zu rücken, auf dem zwei Becher und ein Krug standen. Vielleicht konnte es ja gelingen, den Tisch leicht anzuheben und das Geschirr zum Herunterfallen zu bringen, um dann mit den Scherben die Fesseln zu zerschneiden – doch irgendwann hatte sie aus schierer Erschöpfung aufgegeben.

Sie fror, obwohl es im Zimmer stickig war, und wusste genau, dass diese Kälte nichts mit dem sommerlichen Abend zu tun hatte, der sich inzwischen langsam über Siena senkte. Ob er sie bis zum Morgen hier so gefesselt lassen würde – oder sogar noch länger?

Inzwischen hielt Gemma nichts mehr für unmöglich. Lupo hatte endgültig seine Maske abgelegt, und die widerlichen Fratzen, die sich dahinter nach und nach offenbarten, waren in ihrer Scheußlichkeit kaum noch zu überbieten.

Es war so still, dass sie den eigenen Herzschlag überdeutlich hörte, ebenso das schnelle Keuchen ihres Atems. Hatte er die ganze Dienerschaft weggeschickt? Oder hockten sie irgendwo hinter einer der verschlossenen Türen und wagten nur nicht, sich zu rühren?

Als sie Schritte auf der Treppe vernahm, die immer näher kamen, versteifte sie sich unwillkürlich noch mehr. Dann ein undefinierbares Kratzen und Schaben am Schloss, bis die Türe unversehens aufsprang.

Mit ein paar Sätzen war die Gestalt neben ihr, verhüllt von einem schwarzen Umhang, der bis zu den Knöcheln reichte. Mantellatinnen trugen für gewöhnlich solche Kleidungsstücke, schoss es Gemma durch den Kopf, aber obwohl sie wenig erkennen konnte, war sie aufgrund der stattlichen Größe und der Art, sich zu bewegen, überzeugt, einen Mann vor sich zu haben.

Zu ihrer Überraschung bedeckte er als Erstes ihre entblößten Beine mit den Fetzen ihres Rocks, so gut es eben ging. Danach schnitt er sie mit einem Messer vom Stuhl los und durchtrennte im nächsten Augenblick geschickt ihre Fesseln an Hand- und Fußgelenken. Schließlich erlöste er sie von dem Knebel.

Aus Scham wandte Gemma sich ab, keuchte und würgte, erst dann wandte sie sich ihrem Befreier zu. Das letzte Tageslicht war am Erlöschen, reichte aber gerade noch, dass sie ihn erkannte.

»Leo – du?« Ihre Stimme klang brüchig. »Wasser!«

Er brachte den Krug, und sie trank in gierigen Schlucken.

»Wie hast du mich gefunden?«, fragte Gemma. »Woher wusstest du, dass ich eingeschlossen war?«

Der Gehilfe Marconis zuckte die plumpen Schultern. »Leo kennt viele Häuser«, sagte er. »Und viele Eingänge. Leo kennt die ganze Stadt.«

»Aber wie bist du hier hereingekommen?« Jedes Wort bedeutete eine Anstrengung, weil die Zunge noch immer wie ein Fremdkörper geschwollen im Mund lag. Aber dennoch musste Gemma weiterfragen. »Wer hat dich reingelassen? Einer der Diener?«

»Mein Freund.« Ein breites Grinsen, das Leo auf der Stelle wieder zum kleinen Jungen machte. Er hatte ein

Stück gebogenen Draht aus seinem Ärmel gezogen und schwenkte es vor Gemma hin und her. »Kann alles aufmachen. Alles!«

Sie versuchte ihre verbliebenen Kräfte zusammenzunehmen und rappelte sich mühsam hoch. Beinahe wäre sie sofort wieder hingefallen, weil jegliches Gefühl aus Beinen und Füßen geschwunden war. Doch Leo stützte sie im letzten Moment.

»Du musst mich auf der Stelle hinausbringen«, sagte sie hastig. »Du siehst doch, was mit mir passiert ist. Sperr für mich die Haustüre auf, Leo! Bring mich hier weg! Du musst mir helfen! Sonst werde ich sterben.«

Jetzt sah er plötzlich trübsinnig drein. »Hat der *padrone* verboten. Und Leo tut, was der *padrone* sagt.«

»Marconi? Dann hat der Apotheker dich zu mir geschickt?«

Aber welchen Sinn ergab das? Und wie konnte Marconi ahnen, was ihr in Lupos Haus zustoßen würde, in dem er sie selber erst vor Kurzem wie ein Stück Vieh abgeliefert hatte? Tat ihm inzwischen leid, dass er den Befehl des Rektors ausgeführt hatte?

Leo zuckte schweigend die Schultern. Sein Gesicht war so leer und glatt wie eine weiße Wand. Gemma wurde immer ängstlicher zumute. Was begriff dieser kindliche Hüne überhaupt? Überstieg nicht alles, was sie zu ihm sagte, sein winziges Restchen Verstand? Aber Leo war ihre einzige Chance, und die war sie gezwungen zu nutzen.

»Muss gehen«, brummte er. »Leo muss fort.«

»Kannst du mir nicht wenigstens für eine Weile deinen Freund dalassen?«, bat sie, so eindringlich sie nur konnte. »Nur geliehen. Ich gebe ihn dir später auch bestimmt wieder zurück – versprochen!«

Er schüttelte den Kopf. »Hat der *padrone* verboten. Freund bleibt bei Leo. Immer!« Er strebte der Türe zu.

»Noch nicht abschließen!«, rief Gemma in jäh aufsteigender Panik. »Warte, nur noch einen winzigen Augenblick!«

Leo blieb stehen.

Fieberhaft suchte sie nach einer Lösung. Bartolo und Mario waren noch an der Küste; Lavinia würde keinen Finger für sie rühren. Den Liebsten wollte sie mit aller Macht heraushalten, denn Lupo würde Matteo umbringen, sollte der Maler sich einmischen, soviel war gewiss. Dann blieb nur noch eine Einzige: Mamma Lina!

»Dann musst du für mich wenigstens jemandem eine Nachricht überbringen«, sagte sie. »Bitte, Leo! Nur eine kleine, unschuldige Nachricht, dagegen kann doch auch dein *padrone* nichts einzuwenden haben.«

Hatte er genickt?

Es war inzwischen so dunkel, dass sie sich nicht sicher war. Atemlos sprach sie trotzdem weiter: »Du weißt doch, Mamma Lina, die Frau in Fontebranda mit den vielen Waisenkindern, mit denen du so schön gespielt hast. Geh zu ihr und sag ihr, dass ich wieder bei Lupo sein muss. Bei Lupo!«

»Ich gehe jetzt?«

Was hatte diese seltsame Frage zu bedeuten? Sie wurde einfach nicht schlau aus ihm.

»Ja, du gehst«, sagte Gemma in bestimmtem Ton. »Und zwar zu Mamma Lina und sagst ihr, dass Gemma wieder bei Lupo sein muss. Kannst du dir das merken? Bitte sag es noch einmal für mich, Leo!«

»Gemma muss wieder bei Lupo sein«, wiederholte er gehorsam. »Leo geht zu Mamma Lina.«

»Ausgezeichnet!« Ihre Beine zitterten inzwischen so sehr, dass sie sich auf das Bett fallen ließ, obwohl ihr vor der Berührung des besudelten Lakens grauste. Sie konnte nicht fliehen, nirgendwohin, nicht in diesem Zustand. Aber sie konnte auf die Klugheit Linas bauen, die hoffentlich sofort verstehen würde, was diese Nachricht bedeutete. Ob sie auch die Größe besaß, Matteo in Kenntnis zu setzen, trotz der Abneigung, die sie bislang gegen ihn gezeigt hatte?

Gemma konnte nur beten, dass Leo die Botschaft überbringen würde. Denn der Gehilfe des Apothekers war inzwischen ebenso leise verschwunden, wie er gekommen war.

Die Türe war wieder verschlossen, wie sie es zuvor gewesen war. Was aber, wenn Lupo zurückkehrte und sie von den Fesseln befreit vorfinden würde? Gemma fielen die Tonbecher wieder ein. Im Dunkeln tastete sie nach ihnen. Keine unbedingt überzeugende Lösung, aber immerhin eine halbwegs glaubhafte.

Sie griff nach ihnen, wog sie kurz in der Hand, um sie nacheinander auf den Fußboden zu schmettern, wo sie laut in Scherben zerbrachen. Sie bückte sich, hob eine davon auf und zog sie sich beherzt über die Innenseite des linken Handgelenks. Als sie das Blut auf den Stein tropfen hörte, nickte sie zufrieden.

Genau so hatte sie es sich vorgestellt.

❧

»Hier also soll es sein?« Bartolo wischte sich mit dem Hemdsärmel den Schweiß von der Stirn. Hinter ihnen lag ein anstrengender Ritt durch dichte Korkeichen- und

Pinienwälder, die schließlich in niedrigere üppig grüne Macchia übergegangen waren, als sie sich immer mehr dem Ufer näherten.

Der Mann, der sie zu der sichelförmigen Bucht geführt hatte, nickte. »Der Golf von Baratti. Ein uralter Hafen«, sagte er. »Manche behaupten, es habe ihn schon immer gegeben.«

»Aber da ist ja so gut wie gar nichts zu sehen!«, rief Mario, der den Mann, der sie begleitete, noch immer mit dem allergrößten Misstrauen beäugte. »Nur diese halb verrottete Mole. Und da sollen große Schiffe festmachen können?«

Der Bärtige schüttelte den Kopf.

»Sie ankern ein ganzes Stück weiter draußen«, sagte er. »Auch wenn sie von Elba herüberkommen. Das ist sicherer, um sich vor den Piraten zu schützen, die die ganze Küste kontrollieren. Im ersten Morgengrauen legen dann kleine Boote an und bringen die Ladung ans Ufer. Kommt! Ich will Euch etwas zeigen.«

Er führte sie ein Stück weiter, wo hinter wirrem Gestrüpp tatsächlich mehrere kleine Boote kieloben versteckt waren.

»Seht Ihr die Spuren auf dem Boden?«, fuhr er fort. »Sie stammen von diesen Booten, die mühsam an Land gezogen werden. Seit vielen, vielen Jahrzehnten haben sie sich eingegraben, sonst wären sie nicht so tief.«

Es fiel schwer, sich das Verbrechen vorzustellen, von dem der Mann berichtet hatte, so windstill und makellos war dieser Tag. Ein blanker, hoher Himmel, der mit dem Meer um die Tiefe des Blaus zu wetteifern schien; das Schrillen unzähliger Zikaden, der Duft nach Kräutern, den die heiße Sonne erst richtig hervorbrachte.

»Und hier ist all mein kostbares Salz gelandet?«, fragte Bartolo. »Hier, in dieser verschwiegenen Bucht?«

»Euer Salz wie so manches andere davor und danach. Von hier aus ist es nur ein Katzensprung zur alten Römerstraße, die nach Grosseto führt und von dort weiter nach Siena und Florenz in den Norden. Wenn man die Fässer erst einmal an Land geschafft hat, liegt die schlimmste Arbeit bereits hinter einem.«

Mario zupfte Bartolo verstohlen am Hemd und zog ihn beiseite.

»Ich traue ihm nicht«, flüsterte er. »Das alles hier kommt mir so verlassen vor – beinahe wie versunken. Was, wenn dein Schwiegersohn Lupo ihm Geld gegeben hat, damit er uns genau diesen Bären aufbindet?«

Bartolo legte ihm beschwichtigend die Hand auf die Schulter. »Dass es scheinbar so verlassen wirkt, macht die Sache für mich umso glaubhafter«, sagte er. »Was könnte es Besseres geben, als einen verlassenen Hafen und ein paar schlaue Füchse, die sich das zunutze machen?«

»Aber der Ort dort drüben auf dem Felsen sieht winzig aus«, sagte Mario, dem der Schweiß in Bächen über Stirn und Wangen lief, so heiß war es. »Und er liegt so hoch!«

»Der ideale Aussichtspunkt, um die Bucht zu beobachten und zu kontrollieren«, sagte Bartolo. »Für mich hat die Geschichte dieses Mannes Hand und Fuß.« Er ging ein paar Schritte und betrachtete dabei eingehend den sandigen Boden.

»Salz werdet Ihr hier kaum finden«, sagte der Bärtige, »dafür aber jede Menge alter Gräber. Und seht Ihr die alten Schlacken dort drüben?«

Bartolo nickte, die Augen auf den unregelmäßigen, gräulichen Belag gerichtet.

»Da haben sie ihr Erz geschmolzen! Manche sagen, darunter schlafen die Alten, bis endlich der Tag kommt, an dem die Etrusker wieder die Herrschaft über das Land übernehmen. Dann wird es kein Pisa mehr geben, kein Siena, kein Florenz. Dann ist es wieder ihr Land. Das Alte Land.«

»Ich glaube, er hat zu viel getrunken«, flüsterte Mario, als sie später den steilen Weg nach Populonia hinaufritten, das wie ein Adlerhorst auf einer Felsnase errichtet war. »Oder er ist nicht ganz richtig im Kopf. Vielleicht aber ist er ja selber einer dieser Piraten, von denen er dauernd labert. Sag, *zio*, können wir ihn nicht endlich loswerden?«

»Das werden wir, mein Junge«, versprach Bartolo. »Ich denke, er hat alles gesagt, was er wusste.«

Und so erhob er auch keinen Einwand, als der Mann seinen Esel bestieg und sich auf den Weg nach Hause machte. Inzwischen stand die Sonne tiefer. Bartolo beschloss, die Nacht noch hier zu verbringen und erst am nächsten Morgen den Heimweg anzutreten.

Leise Beklommenheit machte sich zwischen dem Jungen und ihm breit, als sie sich beim einfachen Mahl in einer Taverne gegenübersaßen. Das Thema Ulrich Lauinger war noch nicht zwischen ihnen geklärt, doch keiner der beiden verspürte offenbar Lust, erneut daran zu rühren. Mario schien entschlossen, einen möglichst guten Eindruck zu machen. Er zuckte nicht einmal zusammen, als ihnen Tintenfische in einer dicken schwarzen Sauce aufgetischt wurden, sondern tunkte tapfer sein Brot hinein. Bartolo ließ ihn nicht aus den Augen, bis er den ersten Bissen versucht hatte. Erst als sich Marios Gesicht zu einem erlösten Lächeln verzog, weil es ihm offenbar schmeckte, begann auch er zu essen. Dann hielt er plötzlich inne.

»Mehr Salz!« Gebieterisch winkte er den dicken Wirt herbei.

Der brachte nach einer kleinen Weile ein irdenes Schälchen, gefüllt mit weißen Kristallen. Bartolo tauchte seinen Finger hinein, kostete.

»Jetzt du!«, sagte er, und der Junge gehorchte.

»Aber das ist ja unser *fleur de sel*!« Die Augen des Jungen waren groß geworden. »Ich schmecke es ganz genau!«

»Brauchst du noch weitere Beweise?«, fragte Bartolo.

Mario schüttelte den Kopf.

»Jetzt wissen wir also, dass meine Ladung in dieser Bucht gelandet ist«, fuhr Bartolo fort. »Sollen wir wetten, dass sich beim Weitertransport ganz zufällig eines der Fässer herauf in dieses Felsennest verirrt hat?«

»Willst du den Wirt nicht in die Zange nehmen?«, fragte Mario. »Ich kann schon von hier aus sehen, dass er ein schlechtes Gewissen hat.«

Bartolo winkte den Mann zum zweiten Mal heran.

»Dein Salz ist ausgezeichnet«, sagte er. »Verkauf mir davon! Soviel du kannst. Ich zahle gut.«

Die fleischigen Gesichtszüge des Wirts wirkten plötzlich unsicher. »Das geht nicht«, sagte er.

»Weshalb? Bist du so reich, dass du kein Geld nötig hast?«

»Nein, aber ich hab nur ganz wenig davon. Und das brauche ich für die Küche.«

»Und wo hast du es her?« Bartolos Blick war zwingend auf den Dicken gerichtet.

Eine vage Geste, die Himmel und Meer mit einschloss.

»Wer hat mein Salz gestohlen?«, fragte Bartolo. »Und keine Märchen, sonst wirst du mich kennenlernen!«

»Woher soll ich das wissen? Da war ein Fremder, der

Leute aus dem Dorf brauchte, um eine Menge Fässer abzuladen. Jeder hier kann ein paar Lira zusätzlich gut gebrauchen. Und für mich fielen zum Schluss als Entgelt ein paar Säckchen ab.«

»Hatte dieser Fremde auch einen Namen?« Bartolo war aufgesprungen und packte den Wirt am Kragen. »Wie hieß er? Rede!«

»Lasst mich los, *padrone*!«, begann Letzterer zu winseln. »Woher soll ich das wissen? Ich bin nur ein einfacher Mann und hab Euch schon alles gesagt, was ich weiß.«

Bartolo ließ sich auf den Schemel fallen.

»Verzieh dich!«, sagte er müde. »Es reicht! Und dein Salz hier nehme ich mit, damit du nur Bescheid weißt.«

Atemlos hatte Mario die ganze Szene verfolgt.

»Ob er die Wahrheit gesagt hat?«, fragte er. »Angst hast du ihm jedenfalls gemacht, aber ob das gereicht hat?«

»Bestenfalls einen Teil der Wahrheit. Er schont seinen eigenen Buckel oder den eines anderen, dem er verpflichtet ist. Aber es ist mein exzellentes spanisches Salz, das er uns hier aufgetischt hat, und allein das ist mir schon Beweis genug.«

»Aber was hat Lupo danach mit deinem Salz gemacht? Wo kam es hin?«

»Genau das werde ich ihn fragen, sobald wir wieder in Siena sind.« Bartolos Stimme hatte plötzlich etwas Drohendes. »Und ich garantiere dir, mein Junge, er *wird* mir eine Antwort geben, wenn ich ihm das hier vor die Nase halte!«

Mario legte seinen Löffel beiseite. »Du hast schon recht gehabt mit dem, was du neulich über das Salz gesagt hast.« Er sprach so leise, dass Bartolo ihn kaum verstehen konnte. »Es *kann* die Menschen verrückt machen. Bei meinem Vater war es beinahe so. Aber ich habe sogar noch einen schlimmeren Fall erlebt.«

Es schien ihm schwerzufallen fortzufahren, und als er es schließlich tat, wirkte er noch bedrückter.

»In Augsburg, da gab es einen Mann, der war regelrecht süchtig nach Salz. Er musste es essen, verstehst du, in immer größeren Mengen. So lange, bis eines Tages etwas Schreckliches geschehen ist.« Der Junge starrte auf den Holztisch.

»Was war das?«, fragte Bartolo. »Erzähl es mir!«

»Er hat sich im Dachstuhl unseres Hauses aufgehängt. Weil wir doch genau gegenüber vom Salzstadel wohnen.« Mario schluckte, schien plötzlich mit den Tränen kämpfen zu müssen. »Mein ... meine Schwester hat ihn gefunden. Danach hatte sie Angst, abends einzuschlafen, weil sie immer dachte, er käme des Nachts aus dem Speicher, um auch sie in das Totenreich zu holen. Wir haben uns eine ganze Weile ein Bett geteilt, und ich hab ihr versprechen müssen, auf sie aufzupassen, damit ihr nichts geschieht. Erst dann wurde es langsam besser.«

»Salz des Todes«, sagte Bartolo. »Anstatt Leben zu schenken, hat es diesem Unglücklichen den Tod gebracht. Was für eine traurige Geschichte!« Er zögerte, dann langte er quer über den Tisch und ergriff die Hand seines Großneffen. »Ich hasse es, wenn zwischen uns beiden nicht alles stimmt«, sagte er und ließ die Hand nicht mehr los. »Es macht mich ganz krank. In unserer Familie ist schon viel zu viel an Leid und Unglück geschehen. Aber ich hasse auch Lügen, von ganzem Herzen sogar. Keine soll je zwischen uns stehen, einverstanden?«

Mario starrte ihn schweigend an.

»Lass uns stets aufrichtig zueinander sein, denn wenn die Wahrheit manchmal auch schmerzt und brennt, so ist sie doch das Beste, was wir haben, meinst du nicht auch, mein Junge?«

Über Marios schmales Gesicht huschte ein flüchtiger Schatten. Dann jedoch schien er sich zu besinnen und begann so eifrig zu nicken, als wolle er gar nicht mehr damit aufhören.

❧

»Und sie haben dich einfach an der Schwelle überfallen? Ohne jegliche Vorwarnung? Unser Giovanni und ein anderer dieser … Engel?« Allein das Wort auszusprechen, schien für den korpulenten Domherrn die reinste Zumutung.

»Wie oft soll ich es noch wiederholen?« Savo Marconi versuchte vergeblich, auf dem hölzernen Stuhl eine bequemere Haltung einzunehmen. »Ich hörte Geräusche an der Türe, ergriff ein Messer, und dann standen die beiden plötzlich vor mir. Bevor ich noch richtig wusste, was hier vorging, hatten sie mir schon brutal den Knüppel übergezogen.« In schmerzlicher Erinnerung verzog er das Gesicht. »Seitdem brummt mir der Schädel, was immer ich auch dagegen unternehme«, fuhr er in leidendem Tonfall fort. »Veilchenkraut in Alkohol destilliert, mit lauwarmer Hennenbrühe genossen oder in Weinessig aufgelöst – nichts hat mir bisher auch nur die geringste Erleichterung gebracht. Ich werde es mit Johanniskraut versuchen, sonst treiben mich diese Kopfschmerzen noch in den Wahnsinn.«

»Ich kann es noch immer kaum glauben.« Domenico Carsedoni rutschte unruhig auf seinem Schemel hin und her. »Das passt doch gar nicht zu dem Jungen!«

»Dieser Bernardo hat ihre Seelen verführt und sie ganz und gar in der Hand.« Die Stimme des Apothekers verriet seinen tief sitzenden Widerwillen. »Ich hab euch ja von Anfang an vor diesem Scharlatan gewarnt. Aber keiner wollte mir glauben, unser Freund Barna am allerwenigsten.«

Ächzend kam er hoch und machte ein paar Schritte zum Tisch, auf dem eine halb volle Glaskaraffe stand.

»Auch ein Schlückchen Birnenwein?«, fragte er. »Das ist das Einzige, was ich momentan mühelos bei mir behalten kann.«

Der Domherr schüttelte den Kopf.

»Hast du seine Eltern schon benachrichtigt?«, fragte er. »Meine Base und vor allem Enea, unseren Verbündeten – sie müssen doch zu allererst Bescheid wissen!«

»Wozu?«, fragte Marconi. »Damit ihre Sorgen noch größer werden? Dein junger Verwandter hat doch bereits die eigene Mutter attackiert, ohne auch nur ein Fünkchen Reue zu zeigen. Was sollte ihn da abhalten, mich zum Invaliden zu machen?« Er leerte das Glas in einem Zug. »Und das ist erst der Anfang, glaube mir!«, fuhr er fort. »Binnen Kurzem werden diese Engel unsere schöne Stadt stürmen wie ein Schwarm gefräßiger Heuschrecken die reifen Kornfelder – und wir werden uns später vorzuwerfen haben, auch noch diejenigen gewesen zu sein, die einen saftigen Köder ausgelegt haben.«

»Aber was sollen wir nur dagegen tun, Savo?« Auf den runden Wangen des Domherren hatten sich brandrote Flecken gebildet. »Wir müssen mit den Verbündeten reden, versuchen, sie so schnell wie möglich umzustimmen …«

»Meinst du, das würde zu Erfolg führen?« Der Apotheker hatte damit begonnen, in seiner Offizin auf und ab zu gehen, wobei er aufpassen musste, nicht bei jedem Schritt an etwas zu stoßen, so überfüllt war es hier inzwischen. Auf den Truhen standen Mörser und bauchige Destillierkolben, selbst der kleinste Platz schien mit Schüsseln und Näpfen vollgestellt. »Ich jedenfalls glaube nicht daran.«

»Aber einfach abwarten und tatenlos zusehen? Das geht doch nicht!«

»Siehst du nicht die Zeichen meiner ruhelosen Tätigkeit?« Marconis Arm wies auf all die verschiedenartigen Gerätschaften. »Kaum eine Mütze Schlaf gönne ich mir noch jede Nacht – und komme doch nicht zum Allerwichtigsten.«

»Du willst sie mithilfe von Arzneien zur Umkehr zwingen?« Der Domherr schien langsam zu begreifen. »Aber wie willst du das anstellen?«

»Was, Domenico, wenn eine plötzliche Krankheit diese Engel schachmatt setzen würde? Dann stünde der Prediger auf einmal sehr viel schlechter da – und die Meute, die ihm jetzt die Worte wie süßen Honig von den Lippen saugt, wäre nur allzu rasch in alle Winde zerstreut. Glaubst du nicht auch?«

»Du willst sie also wissentlich krank machen? Aber das ist doch allein die Sache Gottes!«

»Manchmal kann es nicht schaden, wenn man Gottes Werken etwas nachhilft«, sagte der Apotheker. »Bei jener gewissen Person zum Beispiel …«

»Du redest von ihr? *Ihr*?« Der Monsignore schien nach

Luft zu ringen. »Sag lieber nichts mehr darüber! Denn trotz all unserer schönen Pläne sind wir doch noch keinen Fußbreit weitergekommen.«

»Das sehe ich ganz anders. Barna hat zwar vor Kurzem diese Gemma di Cecco unter Arrest gestellt, doch früher oder später könnte sich herausstellen, dass sie nichts mit dem Tod des Kleinen zu tun hat. Dann, mein Lieber, wird sein Verdacht erneut und stärker als je zuvor auf unsere Waisenmutter fallen.« Ein feines Lächeln spielte um Marconis Lippen. »Und ich werde mir erlauben, ihn in dieser Annahme nachhaltig zu bestätigen.«

»Bislang hat er sie nicht ein zweites Mal vorladen lassen, geschweige denn etwas gegen sie unternommen. Sie kann die Kinder behalten und weiterhin hoch erhobenen Hauptes in Siena herumstolzieren, als sei sie eine ehrbare Witwe, wo doch wir drei …« Der Domherr wandte sich rasch ab.

»Deine Leidenschaft für dieses Miststück wird dich eines Tages noch ins Grab bringen.« Savo Marconis beißender Spott war nicht zu überhören. »Lass uns die Dinge doch lieber weiterhin gelassen angehen! Erst werden Bernardos Engel eine bedauerliche Unpässlichkeit erleiden – und danach nehmen wir gemeinsam das Problem in Angriff, das uns dreien schon so lange Kopfzerbrechen bereitet. Einverstanden?«

Er hielt ihm mit großer Geste die Hand entgegen. Doch er musste sich gedulden, bis der Domherr sich ihm wieder zuwandte.

»Ich bin bereit, bei diesem Kampf harte Methoden in Kauf zu nehmen«, sagte Carsedoni. »Sehr harte sogar, wenn es sein muss. Aber es dürfen dabei keine Menschen zu Schaden kommen – vor allem keine Kinder! Vergiss das nicht, Savo! Sonst könnten wir beide in Zukunft sehr rasch geschiedene Leute sein.«

»Wovon sprichst du eigentlich? *Davon* war niemals die Rede!«, sagte der Apotheker.

»Dann ist es ja gut!« Erst jetzt schlug der Domherr ein.

❧

Die Madonna saß auf einem kleinen roten Bodenkissen. Ihr Kopf neigte sich ein wenig zur Schulter, das rechte Bein war leicht höher gelagert als das linke. Das Jesuskind hielt sie nah am Körper. Es griff nach der Brust der Mutter, um zu trinken, während es gleichzeitig das Gesicht von ihr abwandte und den Betrachter anschaute.

»Es sieht mich ja an!«, rief Nevio voller Begeisterung. »Das hat es gestern Abend noch nicht getan, als ich weggegangen bin! Wie ist dir das nur wieder gelungen, Meister? Du hast sicher die ganze Nacht durchgearbeitet.«

Matteo musste trotz seiner Müdigkeit lächeln. »Malen ist immer noch besser, als sich schlaflos auf dem Stroh herumzuwälzen. Außerdem wird der Bischof langsam ungeduldig, wenn ich ihm nicht endlich brauchbare Ergebnisse präsentiere.«

Der Junge runzelte die Stirn. »Dann musst du dir mit der Madonna aber noch viel Mühe geben«, sagte er. »Denn im Gegensatz zum Kind, das schon ganz echt und lebendig wirkt, ist ihr Gesicht noch nicht viel mehr als ein Umriss.«

Nevio lief hinaus in die Küche, wo Matteo ihn eine Weile hantieren hörte. Als er wieder zurückkam, balancierte er zwei bis oben gefüllte Näpfe auf einem Brett.

»Kutteln mit Tomaten und Sellerie«, sagte er. »Mit einem Extragruß von meiner Mutter. Wenn du die gegessen hast, geht das Malen wie von selber!«

»Moment noch«, sagte Matteo. »Stell sie noch einmal kurz beiseite. Ich will dir etwas zeigen.«

Der Junge kam näher.

»Was siehst du?«, fragte der Maler. »Schau ganz genau hin!«

»Zu ihren Füßen hast du eine zarte Mondsichel gemalt«, sagte Nevio. »Mit silbernen Strahlen, fein wie Spinnweben in der allerersten Morgensonne. Das war gestern auch noch nicht da.«

»Gut. Und weshalb hab ich das wohl getan?«

Der Junge zog die Nase kraus wie immer, wenn er scharf nachdachte.

»Weil alle Frauen veränderlich wie der Mond sind und sie die Königin aller Frauen ist?«, sagte er dann.

Matteo lachte. »Keine schlechte Antwort«, sagte er. »Obwohl der Bischof sie dir so sicherlich nicht durchgehen lassen würde. Die Muttergottes hat den launischen Mond durch ihre Reinheit und Heiligkeit besiegt, so lautet die offizielle theologische Auslegung. Deshalb liegt er jetzt zu ihren Füßen, manchmal steht sie sogar auf der Sichel. Aber wenn ich ehrlich sein soll, gefällt mir deine Version viel besser.«

»Doch das ist noch nicht alles.« Nevio war noch näher an das Bild getreten. »Es sieht aus, als würde sich in den untersten Falten des Mantels etwas verstecken. Ein Tier vielleicht, das nur mit dem Kopf herausspitzt?« Er kniff die Augen zusammen. »Ein Salamander. Da ist ein kleiner Salamander in den Mantel der allerheiligsten Jungfrau gekrochen.«

»Sehr gut«, sagte Matteo. »Gefällt mir, dass du so aufmerksam bist.«

»Aber was tut er da? Ich meine, weshalb hast du ihn gerade an diese Stelle gemalt?«

»Jedes Bild braucht ein Geheimnis«, sagte Matteo. »Sonst besitzt es keinen Duft, keine Atmosphäre. Bilder ohne Geheimnis sind leblos und vordergründig. Nur wenn der Betrachter nachzudenken beginnt, entfaltet sich die ganze Wirkung des Gemäldes – und jetzt lass uns gemeinsam Ornelas legendäre Kutteln genießen!«

Sie hatten ihre Mahlzeit gerade beendet, als es an der Türe klopfte. Nevio ging aufmachen und kam mit so betroffener Miene zurück, dass Matteo gar nicht erst fragen musste, wer der Besuch war.

»Lass uns allein, Junge!« Celestina begann herumzuwedeln, als sei Nevio ein lästiges Insekt, das es zu verscheuchen galt. »Ich hab mit deinem Meister zu reden.«

»Tu, was sie sagt!«, befahl Matteo. »Du könntest die Unterbrechung nutzen, um unsere Wasservorräte am Brunnen aufzufüllen. Und lass dir ruhig Zeit dabei!«

Sie begann neugierig im Zimmer umherzustolzieren, so selbstverständlich, als sei es ihr angestammtes Terrain. Natürlich erregte das Bild auf der Staffelei ihr besonderes Interesse. Sie beäugte es mit unverhohlener Neugierde.

»Du hast deine Meinung geändert?«, fragte sie.

Wieder fiel ihm auf, wie aufwendig sie sich angezogen hatte. Ein lichtblaues Kleid mit weißer Borte, über das sie ein helles Überkleid gestreift hatte. Und parfümiert war sie ebenfalls. Matteo brauchte nicht zu fragen, weshalb sie sich all diesen Mühen unterzogen hatte, ihr unsteter, um Anerkennung ringender Blick verriet es ihm.

»Was meinst du?«, sagte er.

»Die Madonna wird nicht ihr Gesicht tragen?« Es klang wie eine Bitte. »Dieses Mal nicht?«

»Ich rede ungern über halb fertige Arbeiten.« Matteo nahm ein Tuch und warf es über die Staffelei. »So gut müsstest du mich inzwischen eigentlich kennen.« Er zwang sich zur Freundlichkeit. Celestina unnötig vor den Kopf zu stoßen, würde alles nur noch schwieriger für ihn machen. »Welchem Anlass verdanke ich deinen Besuch?«

»Braucht es denn unbedingt einen Anlass, um einen alten Freund zu sehen?«, erwiderte sie spitz. »Früher jedenfalls war ein solcher zwischen dir und mir nicht nötig, und das hat mir sehr viel besser gefallen.« Sie suchte nach einer Antwort in seinen Zügen, schien aber nichts von dem zu entdecken, was sie erhofft hatte. »Also gut«, sagte sie schließlich. »Ich bin hier, um dir etwas mitzuteilen, was dich interessieren könnte.«

Eine kalte Hand umklammerte Matteos Magen. Sie hatten entdeckt, was er verbotenerweise im Eiskeller des Hospitals getan hatte, irgendwelche Spuren ... Er war unvorsichtig gewesen. Jemand hatte ihn gesehen. Sie waren hinter ihm her!

»Ja?«, fragte er und erschrak, wie dünn und klein seine Stimme auf einmal klang.

»Sie haben den Kleinen inzwischen begraben«, erwiderte Celestina und verfolgte aufmerksam, wie Matteos Gesicht sich bei ihren Worten veränderte. »Niemand hat irgendetwas bemerkt, dafür habe ich gesorgt. Was übrigens nicht einfach war. Denn der Rektor wollte ihn plötzlich noch einmal inspizieren. Günstigerweise hat sein Apothekerfreund ihm dann aber klargemacht, dass eine Leiche in den warmen Monaten möglichst schnell unter die Erde muss. Wir haben also Glück gehabt, alle beide. Aber es hätte auch anders ausgehen können, und das weißt du.«

»Ich danke dir«, sagte er. »Nun stehe ich noch tiefer in deiner Schuld.«

»Hast du eigentlich gefunden, wonach du gesucht hast?«, fragte Celestina.

»Ich bin mir nicht sicher ... Wir alle wissen viel zu wenig über den menschlichen Körper. Es sollte nicht verboten sein, Leichen aufzuschneiden, das würde uns alle klüger machen. Nicht nur den Medicus.«

Schweigend sahen sie sich an.

»Da ist noch etwas«, sagte Celestina. »Diese Gemma ...« Sie ließ eine wohldosierte Pause folgen, die ihn von Neuem erschrecken ließ. »Schätze mal, du hast sie eine ganze Weile nicht mehr gesehen?«

Was konnte er preisgeben, ohne die Liebste zu verraten? In Matteos Kopf schossen die Gedanken wie Pfeile hin und her. Schließlich zuckte er lediglich die Achseln und stieß so etwas wie ein zustimmendes Brummen aus.

»Ich kann dir auch sagen, weshalb.« Das Krötengesicht verzog sich zu einem scheelen Lächeln. »Weil sie nämlich dort ist, wo sie hingehört. Sie lebt jetzt wieder bei Messer Lupo di Cecco. In seinem Haus.«

Es gelang ihm nicht länger, die Gefühle zu verbergen. Unglauben, Enttäuschung und Erschrecken spiegelten sich auf seinem Gesicht.

Celestinas Lächeln wurde breiter. »Vergiss sie!« Sie kam ihm ganz nah. Sogar ihr Haar hatte sie eigens für diesen Tag präpariert. Matteo konnte den schweren Rosenduft riechen, der den sorgfältig aufgesteckten Flechten entströmte. »Sie bringt dir nichts als Kummer und Unheil, das hab ich dir schon immer gesagt! Und haben kannst du sie ohnehin nicht, denn sie gehört längst einem anderen. Ich dagegen, Matteo, ich bin die, die dich immer ...«

»Sei still!«, schrie er. »Sei endlich still!« Er presste die Hände auf die Ohren. »Ich will das alles nicht hören.«

Celestina trat sofort ein paar Schritte zurück. Ihre Haut war fahl geworden, das Kinn bebte leicht, aber es gelang ihr auf bewundernswerte Weise, sich zu beherrschen.

»Ganz, wie du willst«, sagte sie sehr kühl. »Doch wir beide haben noch eine Abmachung offen, vergiss das nicht! Und ich verlange, dass du dein Versprechen noch vor dem nächsten Vollmond einlöst.«

Damit stolzierte sie hinaus.

Matteo ließ sich auf einen Schemel sinken und stierte blicklos vor sich hin. So fand ihn Nevio vor, als er mit den Wassereimern zurückkam.

»Ist etwas passiert?«, rief er sofort. »Hat die alte Kröte dich verhext? Ich kann sie nicht ausstehen, damit du es nur weißt!«

Matteo schüttelte den Kopf. Dann stand er auf, ging zur Staffelei und schlug das Tuch zurück.

»Malen muss ich«, flüsterte er. »Malen, malen – bis ich alles vergesse.«

❦

Der Raum, den der Prediger bewohnte, lag im ersten Stock des alten Palazzo, und Giovanni hatte ihn noch niemals betreten, seit er hier lebte. Jetzt wollten ihm auf der Treppe die Beine beinahe den Dienst versagen, so aufgeregt war er. Stundenlang hatte er die Stadt durchstreift, weil ihn zwischendrin immer wieder der Mut verlassen wollte, nun aber war er endlich zu allem entschlossen. Er würde gestehen. Und seine Buße auf sich nehmen.

Natürlich war die Türe nicht unbewacht. Zwei der älteren Engel lungerten auf der Brüstung herum und beäugten ihn misstrauisch, als er sich zögernd näherte.

»Hat er dich rufen lassen?«, fragte der Bulligere von beiden, der den Eindruck machte, als könne er ohne Weiteres einen Kinderschädel zwischen seinen Handflächen zerquetschen.

Giovanni schüttelte den Kopf.

»Dann verpiss dich gleich wieder!« Der Zweite war größer und schlank, mit blonden, zerzausten Locken, die ihm beinahe etwas Mädchenhaftes gaben.

»Ich muss trotzdem zu ihm!«, stieß Giovanni hervor. »Lasst mich durch – es geht um Leben und Tod.«

Der Stoß des Bulligen, den ihm dieser fast beiläufig versetzte, ließ ihn straucheln. »Hilfe!«, schrie Giovanni und klammerte sich an die Brüstung. »*Padre* Bernardo – zu Hilfe!«

Plötzlich stand der Prediger in der geöffneten Türe, mager und stoppelig, in seiner schwarzen Kutte, die er scheinbar niemals ablegte, als sei sie inzwischen mit seinem Leib verwachsen.

»Der Kleine hier wollte Ärger machen ...«

Eine einzige Handbewegung brachte den Bulligen zum Schweigen.

»Ich brauche euch nicht mehr«, sagte Bernardo. »Und du, mein Sohn, komm!« Jetzt war seine Stimme überraschend sanft. »Der Vater empfängt dich.«

Dann war Giovanni plötzlich mit ihm allein.

»Wie heißt du?«, fragte Bernardo.

»Giovanni, Giovanni di ...«

Die gleiche Geste wie vorhin.

Der Junge verstand und schwieg. Familiennamen waren unwichtig geworden. Er war jetzt einer von ihnen, ein Engel allerdings, der schwere Schuld auf sich geladen hatte.

Weil es so still blieb, sah er sich verstohlen um. Er hatte eine karge Zelle erwartet, wie Mönche sie im Kloster bewohnten, mit einer Pritsche, einem Kreuz, erbaulichen Schriften. Doch das Zimmer war überraschend groß, ausgestattet mit diversen Truhen, einem Tisch und bequemen Stühlen, und das Bett des Predigers breit, mit kunstvoll geschnitzten Füßen, bedeckt mit einem roten, glänzenden Überwurf, der zerknittert war und ganz und gar nichts Asketisches an sich hatte.

Eine glühende Welle fuhr in Giovannis Körper. Ihm war speiübel. Nicht ein Wort würde er herausbekommen.

»Ich höre, mein Sohn.« Die dünnen Lippen teilten sich zu einem Lächeln.

»Ich ... ich ... bin ein Sünder.« Tränen der Scham schossen Giovanni in die Augen. Selbst jetzt war er zu feige, die ganze Wahrheit auszusprechen! »Ich habe Schuld auf mich geladen – schwere Schuld, *padre*.«

»Wer ohne Schuld ist, der werfe den ersten Stein«, sagte der Prediger. »Ich vermag nicht recht zu glauben, dass du dieses tröstliche Jesuswort noch nie zuvor gehört hast.«

Giovanni brachte so etwas wie ein Nicken zustande. »In der Messe«, flüsterte er dann. »Mit meiner Mutter. Als ich noch ganz klein war ...«

Die Hand Bernardos hielt auf einmal seinen Nacken umklammert. Der Junge konnte sich nicht mehr rühren. Es fühlte sich an, als wäre er unversehens in ein scharfzahniges Fangeisen geraten.

»Ich fürchte, du hast nichts verstanden, mein Giovanni. *Gar nichts*«, sagte der Prediger. »Wer ist dein Vater?« Er drückte noch fester zu.

»Gott im Himmel«, stieß Giovanni hervor.

»Richtig! Und wer noch?«

»Ihr. *Ihr*!«, schrie er, weil der eiserne Griff, in dem er gefangen war, auf einmal zu glühen schien.

Der Prediger ließ ihn los. Erst jetzt begann das Blut in Giovannis Kopf wieder zu strömen.

»Na also«, sagte Bernardo. »Du bist mein Sohn. Und ich bin dein Vater. Und den Vater soll man lieben, das weißt du doch?«

»Ja, *padre*«, flüsterte der Junge.

»Knie nieder!«

Giovanni gehorchte. Der Steinboden, ideal für die heißen Monate, die bereits eingesetzt hatten, war kühl, aber sehr schmutzig. Überhaupt hing im ganzen Raum ein strenger Geruch, der Giovanni zunächst gar nicht aufgefallen war.

»Schließ die Augen!«, hörte er den Prediger sagen.

Wollte der *padre*, dass er sich ganz auf seine Reue konzentrierte? Aber wie konnte er das, wenn doch so unterschiedliche Gefühle in ihm stritten?

Giovanni hörte, wie Bernardo im Zimmer umherging, irgendetwas gerade rückte. Dann Rascheln und ein dumpfes Geräusch, das er nicht einordnen konnte. Der Geruch wurde intensiver, fast unerträglich.

»Streichle mich! Küsse mich!«

Im ersten Augenblick glaubte Giovanni, sich verhört zu haben. Solche Worte konnten nur seiner überhitzten Fantasie entsprungen sein, und genau deswegen war er ja hier. Er schüttelte den Kopf, um zur Besinnung zu kommen. Seine Seele bedurfte der Läuterung. Aber vielleicht war ja noch nicht alles zu spät.

»Küsse mich!«, verlangte der Prediger. »Streichle mich! Sage: ›Ich liebe dich‹! Oder liebst du deinen Vater nicht?«

Giovanni öffnete die Augen. Bernardo hatte seine Kutte mit einem Strick hochgebunden. Darunter war er nackt – und mehr als erwartungsvoll, wie der Junge in tödlichem Erschrecken erkannte. Das bräunliche Glied war bereits leicht aufgerichtet. Es gab keinen Zweifel, was der Prediger von ihm erwartete.

»›Ich liebe dich‹ – worauf wartest du noch?« Jetzt klang die Stimme strenger. »Sag es endlich!«

»Aber das ist doch … die schlimmste aller Todsünden!«, flüsterte Giovanni. »Die Sünde gegen die Natur, wie Ihr sie genannt habt, und so widerlich und abscheulich, dass alle Geschöpfe sich in Grausen …«

»Den Vater zu lieben?«, unterbrach ihn Bernardo. »Hast du den Verstand verloren, mein Sohn? Das ist keine Sünde, sondern deine Pflicht und Schuldigkeit.«

Der Junge war aufgesprungen. Alles in ihm war in hellstem Aufruhr. Das würde er nicht tun – nicht mit ihm. Niemals!

»Aber die Predigten!«, rief er und wich schrittweise zurück. »All das, was Ihr immer gesagt habt über die Hölle und die ewige Verdammnis … Über Siena und Sodom. Über diejenigen, für die es keine Gnade gibt vor dem Angesicht des Allmächtigen Vaters!«

Die Augen des Predigers brannten. »Ich bin der Einzige, der Gottes reines Wort auf dieser sündigen Welt verkündigt – und ihr alle seid meine Söhne. Den Vater liebt man. Liebe mich, mein Sohn, liebe mich!« Er kam näher, mit einem lüsternen Lächeln, das dem Jungen noch um vieles schrecklicher erschien als all das Drohen zuvor.

Giovanni war mit dem Rücken an der Wand angelangt. Was würde jetzt geschehen? Würde der *padre* ihm Gewalt antun?

»Ich hätte mich früher um dich kümmern sollen«, sagte Bernardo, inzwischen so nah, dass der Junge jede einzelne Pore erkennen konnte. Die Zähne gelb wie die von Pferden. Der Atem säuerlich. Allein die Vorstellung, ihn im nächsten Augenblick küssen zu müssen, war mehr als unerträglich. »Dann wüsstest du bereits, wie schön die Liebe des Vaters sein kann.«

Er streckte die Hand nach Giovanni aus, griff nach dessen Kutte, die so mürbe vom ständigen Tragen war, dass sie zerriss, als der Junge zur Seite sprang. Mit einem weiteren Satz war Giovanni an der Tür und rannte hinaus. Die Treppe nahm er fast im Flug, die letzten Stufen übersprang er und kam beidbeinig unten auf.

Er raste durch den Innenhof, wo in einer Ecke bereits die Vorbereitungen für den nächsten Faustkampf getroffen wurden, und langte dann am großen Tor an. Er schob den schweren Riegel zurück, riss sich dabei die Haut am Handgelenk auf und spürte es kaum, obwohl es heftig zu bluten begann. Endlich erreichte er die Straße.

Weiter lief er, immer weiter, vorbei an der Basilika San Francesco, die Gassen entlang, quer über die kleinen Plätze, ohne ein einziges Mal innezuhalten oder nach links und rechts zu schauen, bis endlich, endlich jenes Haus in Sicht kam, das ihm nun als einziger Schutz erschien.

Keuchend ließ er den Türklopfer gegen das Holz donnern. Nun sah er sich immer wieder um. Kamen sie schon, um ihn zu holen? Aber dann müssten sie ihn töten, denn lebendig ließe er sich nicht mehr an jenen Ort zurückschleppen!

Eine junge Dienerin öffnete ihm und riss erschrocken den Mund auf, als sie ihn in seinem ungewohnten Aufzug erkannte. Er schob sie beiseite, lief die Treppe hinauf.

»Mutter!«, schrie er, als er aufgebracht in ihr Zimmer sprang. »Mutter!«

Bice, die am Fenster gesessen hatte, wie sie es jetzt fast den ganzen Tag tat, erhob sich jäh und ließ den Stickrahmen fallen. Blass wurde sie, dann rot.

»Mein Junge!« Sie wollte ihn in die Arme schließen, er aber stieß sie grob zur Seite.

»Rühr mich nicht an!«, keuchte er. »Ich bin besudelt!«

Jetzt erst wurde ihr richtig bewusst, wie elend er aussah: das Haar schmutzig und voller Sporen, Arme und Beine mit blutigen Schrammen übersät, die Kutte in Fetzen.

»Was ist geschehen? Was haben sie mit dir gemacht?« Die Stimme drohte ihr zu versagen.

»*Peccatum mutum*«, stieß Giovanni hervor. »Am liebsten möchte ich auf der Stelle tot sein!«

❦

»Ich will sie nicht sehen«, rief Matteo. »Sag ihr, sie soll wieder gehen – sofort!« Sein Pinsel fuhr so ungestüm in die Farben auf der Palette, dass Nevio unwillkürlich zurückwich.

Der Junge suchte nach den richtigen Worten: »Du irrst dich, Meister! Es ist gar nicht dieses Krötenge…«

»Niemand soll mich stören – *niemand*!« Matteo ließ ihn nicht ausreden. »Hast du mich verstanden?«

»Verzeiht!« Die Stimme war ruhig und klangvoll. »Ich

weiß, dass ich störe, doch ich konnte nicht anders. Ihr seid Messer Minucci?«

Er starrte auf die schlanke, hochgewachsene Frau, die trotz der sommerlichen Wärme den dunklen Umhang der Mantellatinnen trug. Sie war nicht allein gekommen. Ein magerer Junge stand neben ihr, mit den abstehendsten Ohren, die Matteo je gesehen hatte. An seiner Hand hielt er ein pummeliges kleines Mädchen, das leicht abwesend wirkte.

»Ich bin Mamma Lina.« Die Spur eines Lächelns erschien um die fein geschnittenen Lippen der Frau. »Und nehme doch an, Gemma hat Euch von mir und den Kindern erzählt? Die beiden neben mir sind übrigens Lelio und die kleine Cata.«

»Was wollt Ihr?«, sagte Matteo ungehalten. »Ihr stehlt lediglich meine Zeit.«

»Nichts läge mir ferner, aber ich habe eine Nachricht von Gemma erhalten, die mich äußerst beunruhigt hat.«

»Diese Angelegenheit ist für mich erledigt.« Er drehte ihr den Rücken zu.

»Aber es geht doch um unsere Gemma!«, rief der Junge mit den Segelohren. »So darfst du nicht reden!«

»Der Gehilfe des Apothekers ist plötzlich bei mir aufgetaucht«, sagte Mamma Lina. »Zuerst wollte ich ihn nicht einmal einlassen, denn der Kerl wird mir immer unheimlicher. Dann aber hab ich es doch getan – und bin inzwischen froh darüber. ›Gemma muss wieder bei Lupo sein‹, hat er mindestens dreimal wiederholt und ganz seltsam dabei gegrinst. Das solle er mir von ihr ausrichten.«

Sie kam näher, legte ihre Hand auf Matteos Arm. »Dieser di Cecco muss sie dazu gezwungen haben«, sagte sie.

»Denn aus freien Stücken wäre Gemma niemals zu ihm zurückgekehrt, das weiß ich.«

»Darüber hat man mir bereits berichtet.« Matteo tunkte den Pinsel in das Näpfchen mit dem Lapislazuli und arbeitete scheinbar ungerührt weiter. »Aber was geht mich das alles an?«

»Das fragt Ihr noch?«, sagte Lina. »Sie ist in Gefahr, nichts anderes kann diese Nachricht doch zu bedeuten haben. Aus irgendeinem Grund konnte sie nicht deutlicher werden, aber ich hab es auch so gleich begriffen. Wir müssen ihr helfen – und ich weiß auch schon, wie.« Sie legte dem Jungen die Hand auf den runden Kopf.

»Geh mit der Kleinen ein Weilchen nach draußen, Lelio«, sagte sie, »und pass gut auf dein Schwesterchen auf, bis wir hier fertig sind!« Dann glitt ihr Blick zu Nevio, der bislang alles mit halb offenem Mund angehört hatte.

Matteo verstand sofort. »Du wirst die beiden ein Weilchen begleiten«, sagte er. »Ich rufe dich, sobald ich dich wieder brauchen kann.«

»Was habt Ihr vor?«, wollte er wissen, sobald sie alleine waren.

»Ich fürchte, ich habe Gemma großes Unrecht angetan«, sagte Lina. »Wir haben uns sogar gestritten, denn ich wollte zunächst nicht glauben, was Cata gesagt hat, und bin zornig geworden, als Gemma darauf bestanden hat, dass es wahr sein könnte.«

Etwas in seinem Blick ließ sie innehalten.

»Ihr wisst bereits davon«, sagte Lina. »Sie hat Euch davon erzählt?«

Matteo nickte.

»Ich hätte besser auf sie hören sollen! Denn die Kleine

ist wie besessen. ›Swarzer Mann‹ – das hab ich inzwischen so oft von ihr gehört, dass ich es beinahe singen könnte. Sie muss in jener Nacht jemanden gesehen haben, der etwas mit Mauros Tod zu tun haben könnte.« Sie schien zu zögern. »Euch ist aufgefallen, dass sie … anders ist?«, fragte sie.

»Anders ja, aber damit nicht unbedingt dümmer«, erwiderte Matteo. »Menschen ihrer Art haben oft besonders feine Sinne.«

»Man hat mich erneut beim Rektor vorgeladen«, sagte Mamma Lina mit einem Seufzer. »Und genau dort hat man Gemma auch vernommen, das habe ich in Erfahrung bringen können. Die Befragung scheint allerdings nicht allzu günstig für sie ausgegangen zu sein, denn sie suchen nach einem Schuldigen und werden langsam unruhig, weil sie einen solchen offenbar nicht finden. Ich werde der Vorladung also Folge leisten müssen, obwohl es keinen Ort auf der ganzen Welt gibt, an dem ich mich unwohler fühle. Doch die dort versammelten *signori* müssen hören, was Cata zu sagen hat.«

»Ihr solltet das Kind mitnehmen«, sagte Matteo. »Aus seinem Mund wird es noch überzeugender klingen.«

»Wenn Ihr meint …« Sie schien zu zögern. »Dann werde ich das vielleicht tun.«

»Aber was soll das alles Gemma helfen?«, fragte der Maler.

Große graue Augen musterten ihn aufmerksam.

Sie sollte ihr Haar nicht färben, dachte Matteo unwillkürlich. Vor allem nicht in diesem stumpfen, viel zu dunklen Braun, wie es nur Walnüsse abgeben, aus denen man das Letzte an Farbpigmenten herauspresst. Dann könnte sie eine Schönheit sein.

»Ihr liebt sie«, sagte Mamma Lina. Keine Frage, sondern eine Feststellung. »Dann wird Euch die richtige Antwort sicherlich bald einfallen, Matteo Minucci.«

Das war seine Stimme – Bartolos tiefe, schöne Stimme, unten in der großen Diele!

Gemmas Herz schlug hart gegen die Rippen, so aufgeregt war sie auf einmal. Er war also gekommen, um sie zu holen, genauso, wie sie es Lupo immer prophezeit hatte!

»Gebt meine Tochter heraus! Ich vermag nicht zu glauben, dass Ihr sie gegen ihren Willen festhaltet.«

»Eure Tochter lebt endlich wieder im Haus ihres Gatten, genauso, wie das Gesetz es bestimmt«, hörte sie Lupo antworten. »Und daran wird sich auch künftig nichts ändern.«

Sie war schon halb auf der Treppe, als sie plötzlich innehielt. Seit ihrer Befreiung von den Fesseln, über die Lupo zu ihrer Überraschung kein Wort verloren hatte, war seine Taktik offenbar eine andere. Den Schnitt an ihrem Handgelenk hatte er sehr wohl registriert, aber mit keinem Laut erwähnt. Allerdings schien er ihr seitdem eine Art widerwilliger Achtung zu zollen. Anstatt sie weiterhin zu bedrohen und zu beschimpfen, behandelte er sie nun mit eisiger Gleichgültigkeit. Außerdem waren nicht mehr alle Türen verschlossen – mit Ausnahme derer allerdings, die nach draußen in die Freiheit führten.

»Und das hier? Was ist das?« Gemma sah von oben, wie der Vater in ein plumpes Gefäß griff und Lupo etwas entgegenschleuderte. Der wich zurück, begann sich die Augen zu reiben.

»Seid Ihr wahnsinnig geworden?«, zischte er. »Was soll das?«

»Das ist mein Salz, mein Salz, das Ihr mir gestohlen habt«, schrie Bartolo. »Und leugnet nicht, denn alle Helfershelfer haben längst gestanden. Unser Schiff ist weder gekapert worden noch gesunken. Es wurde in den Golf Baratti umgelenkt und die Ladung dort in aller Ruhe gelöscht.«

Jetzt gab es kein Halten mehr für Gemma.

»Vater!«, rief sie und lief nach unten. »Du konntest ihn überführen – endlich! Ich bin so stolz auf dich!«

Bartolo drückte sie fest an seine Brust. »Wir gehen gleich nach Hause, mein Mädchen!«, sagte er. »Sobald ich mit diesem Dieb und Verbrecher hier fertig bin.«

Lupos Gesicht war kalkweiß geworden, doch er verzog keine Miene.

»Mit derlei Anschuldigungen sollte man sehr vorsichtig sein, werter Schwiegervater«, sagte er. »Besonders, wenn man keinen einzigen Beweis in Händen hat.«

»Ist das hier nicht Beweis genug?«, rief Bartolo. »Oder seid Ihr scharf auf eine neue Ladung Salz in Euren Augen?«

Lupo zeigte ein dünnes Lächeln. »Gemeinhin gelten ja Kinder als das Salz der Erde«, sagte er. »Vor allem Töchter. Ich denke, Ihr habt diese Erfahrung bereits zur Genüge machen können, Messer Santini, oder irre ich mich? Und was wohl erst Eure werte Gattin Lavinia dazu sagen würde, die Erbin so vieler prächtiger Weinberge und Ländereien? Ob auch sie sich dieser alten Weisheit anschließt, was meint Ihr?«

»Lasst gefälligst meine Frau aus dem Spiel!« Bartolo sah plötzlich verfallen aus.

Lupo warf Gemma einen raschen Blick zu. »Liebend gern! Diese Angelegenheit ließe sich ohnehin am besten unter vier Augen besprechen«, sagte er glatt. »Ich denke, das wäre durchaus auch in Eurem Sinn.«

»Vor meiner Tochter habe ich keine Geheimnisse«, sagte Bartolo, aber es klang in Gemmas Ohren, als meine er genau das Gegenteil.

»Überlegt lieber noch einmal in aller Ruhe! Ihr werdet mir dankbar sein.«

Bartolo schien plötzlich noch unsicherer geworden zu sein. Gemma erkannte es daran, wie er an seinem Wams herumzuzupfen begann.

»Ich kann kurz nach nebenan gehen, Vater«, bot Gemma an, um ihm aus der Verlegenheit zu helfen. »Du rufst mich, sobald ich zurückkommen soll.«

Der Vater wirkte plötzlich auf so seltsame Weise erleichtert, dass Gemma noch nachdenklicher wurde. Die Küche, in die sie sich schließlich zurückzog, um zu warten, war ausnahmsweise leer und ordentlich aufgeräumt, wie sie es noch nie zuvor gesehen hatte. Nebenan war die Kammer, in der die Vorräte gelagert wurden. Von der Decke hing ein mächtiger geräucherter Schinken, Lupos Lieblingsspeise, die er mit gierigen Bissen zu verschlingen pflegte.

Selbst die wenigen Mahlzeiten, die sie miteinander teilten, waren für Gemma ein einziger Albtraum, weil ihr schon elend wurde, wenn sie dabei zusehen musste, wie er alles in sich hineinstopfte. Doch zum Glück würde das alles bald Vergangenheit und sie wieder frei sein!

Sie setzte sich auf einen Schemel und begann mit einem Fuß zu wippen, wie sie es schon als kleines Mädchen getan hatte, wenn sie sich die Zeit vertreiben musste.

Irgendwann hörte sie Schritte, dann ein schnappendes, metallisches Geräusch, das sie zunächst nicht einordnen konnte. Erst nach einer Weile wurde ihr bewusst, was es gewesen war.

Sie rannte aus der Küche. Die Diele war leer. Aus mehr als einer Ahnung heraus begann sie an der Haustüre zu rütteln. Sie war versperrt wie bisher.

Ihr wurde so elend, dass sie zu taumeln begann. Der Vater war gegangen – und hatte sie bei Lupo zurückgelassen!

Wie betäubt schlich sie in die Küche zurück. Lupo musste irgendeinen entscheidenden Trumpf ausgespielt haben, von dem sie nichts wusste, anders ließ sich diese unerwartete Wendung nicht erklären. Doch es fiel ihr immer schwerer, jetzt noch logisch zu denken, mit jedem Atemzug wurde sie verzweifelter.

Ihr Blick glitt über die Messer, die Löffel und Schüsseln, alles in Reih und Glied gestapelt, als sollte ihr aufgelöstes Inneres mit dieser peinlichen Ordnung noch mehr verhöhnt werden. Schließlich blieb er an etwas hängen, was nicht hierher gehörte.

Neben einem Korb voller Kirschen auf der kleinen Anrichte sah sie etwas Metallisches blinken, das ganz offensichtlich nicht hierher gehörte.

Gemma wusste, was es war, noch bevor sie es in der Hand hielt: Leos Freund!

Der Gehilfe des Apothekers hatte einen Weg gefunden, um ihn ihr auf diese Weise zurückzulassen.

Noch einmal die Diele zu betreten und dort womöglich Lupo unter die Augen zu kommen, wagte sie nicht. Zum Glück gab es ja noch den engen Küchenausgang, der eigentlich für die Dienerschaft vorgesehen war.

Gemma strengte sich an, mit dem gebogenen Draht im Schloss zu hantieren und musste ihr Vorhaben immer wieder abbrechen, weil ihre Hände zu sehr zitterten. Schließlich jedoch gelang es. Sie wagte kaum weiterzuatmen, Die Türe ließ sich öffnen. Vor ihr lag die Gasse – die Freiheit!

Gemma sog die laue Sommerluft tief in ihre Lunge und begann um ihr Leben zu laufen.

Acht

Langsam entstand über den mit verdünnter Tusche skizzierten Umrissen schichtenweise ihr Gesicht: die hohe, gewölbte Stirn, die den weiblichen Zügen Kraft und Grazie verlieh, die dunklen, weit geschwungenen Brauen, die eine eigene Sprache zu sprechen schienen. Oval geschnittene Augen, deren Farbe sich am besten mit Waldhonig vergleichen ließ; feste Lippen, die sich beim Lachen oder Küssen sanft öffnen konnten; das energische Kinn, das einiges an Eigensinn versprach. Nur die Nase bereitete Matteo ungeahnte Schwierigkeiten, weil ihm ihre Form einfach nicht naturgetreu genug gelingen wollte. Wieder und wieder hatte er die Leinwand an dieser Stelle behutsam angefeuchtet und die Grundierung übermalt, ohne bislang das gewünschte Resultat erzielt zu haben.

Er war so in seine Arbeit versunken, dass er das anhaltende Klopfen zunächst überhörte. Als er schließlich doch öffnen ging, unwirsch und mit einem halben Fluch auf den Lippen, weil er draußen Nevio vermutete, der in seiner Schusseligkeit wieder einmal etwas vergessen hatte, stieß er einen halblauten Schrei aus.

Gemma war so schnell hereingeschlüpft, dass ihm erst, als sie schon im Zimmer stand, Zeit blieb, sie eingehender zu betrachten. Ihr Haar war aufgelöst und hing lose herab wie bei einem jungen Mädchen, feine Schweißperlen bedeckten ihr Gesicht. Auch die Kleidung befand sich in Auflösung; der Gürtel war verrutscht, die *cotta* zerknittert, und sie trug abgewetzte Schuhe, die ihre besten Tage schon hinter sich hatten. Am meisten jedoch beunruhigte Matteo der lange Schnitt an ihrem Handgelenk, über dem sich dicker, dunkelroter Schorf gebildet hatte.

»Ich hätte niemals kommen dürfen«, stieß sie hervor. »Aber ich musste!«

»Mamma Lina war hier«, sagte er, »mit einer seltsamen Botschaft, die mich seitdem nicht mehr zu Ruhe kommen ließ. Was ist geschehen, Gemma? Und was hat diese hässliche Wunde an deinem Arm zu bedeuten? Ich will sofort alles erfahren!«

»Das ist doch nichts als ein dummer Kratzer!«, rief Gemma. »Sie hat dich also besucht? Genauso, wie ich es wollte.«

Sie fiel ihm um den Hals und fühlte sich in seinen Armen so warm und lebendig an, dass Matteo unvermutet mit den Tränen zu kämpfen hatte.

»Der Rektor hat mich wegen Mauros Tod verhört«, sagte sie, das Gesicht an seinen Hals geschmiegt. »Zusammen mit dem Apotheker und Richter di Nero. Zuerst erschienen mir ihre Fragen noch ganz harmlos. Plötzlich aber war es, als hätten sich alle im Raum gemeinsam gegen mich verbündet. Was sollte ich tun? Antwort um Antwort wollten sie mir abringen, aber ich konnte ihnen doch nicht verraten, dass ich die ganze Nacht vor Mauros Tod bei dir war! Da haben sie mich als verstockte Lügnerin hingestellt und zur Strafe mit strengem Arrest belegt. In Lupos Haus!«

»Und er hat dich schließlich freigelassen?« Matteos Stimme verriet sein Erstaunen.

»Wo denkst du hin!« Gemma löste sich aus seinen Armen. »Eingesperrt hat er mich, gefesselt und gezwungen, mit anzuhören, wie er ...« Sie stockte. »Ich will nicht länger an diese Scheußlichkeiten denken. Lupo ist krank, im Kopf und im Herzen, erfüllt von einer Bösartigkeit, die einen erfrieren lässt. Aber dann kam endlich mein Vater, mein lieber, guter Vater ...«

»... und hat dich befreit?«

Jetzt waren Gemmas Augen dunkel vor Schmerz.

»Eben nicht«, sagte sie. »Und genau das ist es, was ich bis jetzt nicht verstehe. Er hat Lupo gedroht, denn der hat ihn um eine ganze Schiffsladung kostbaren Salzes betrogen, das habe ich mit eigenen Ohren gehört, und er hat gesagt, dass er mich mitnehmen wird. Schließlich bat er mich, Lupo und ihn für einen Augenblick allein zu lassen. Und bevor ich mich noch richtig versah, war er verschwunden – und die Türe wieder verschlossen.«

»Aber wie konntest du dann entfliehen?«

Sie legte die Hand an seine Wange, sah ihn lange an.

»Ich habe Glück gehabt«, sagte sie mit Nachdruck und spürte dabei das gebogene Drahtstück zwischen ihren Brüsten. »Einfach nur Glück.« Sie trat einen Schritt zurück, runzelte die Stirn. »Aber Lupo wird mich suchen, damit muss ich rechnen. Und wenn er mich hier findet, in deinem Haus, dann haben wir beide unser Leben verwirkt, das weiß ich.«

»Ich lasse dich trotzdem nicht mehr gehen. Schon gar nicht in diesem Zustand.« Matteo zog sie wieder an sich. »Du bist erschöpft. Du zitterst. Und siehst halb verhungert aus. Soll er nur kommen! Ich fürchte ihn nicht. Schon einmal hab ich seinen hinterlistigen Anschlag überstanden. Ich werde für uns beide kämpfen.«

Seine Streitbarkeit und sein Mut rührten sie.

»Nur ein wenig Atem holen«, sagte sie, »einfach zur Ruhe kommen – das wäre schön!«

»Ja, natürlich, du machst es dir bequem, und ich hole inzwischen etwas zu essen für dich.«

Als Matteo mit gebratenen Eiern, Brot und einem Krug Wein zurückkehrte, fand er sie ganz vertieft in das halb fertige Gemälde. Die Schuhe hatte sie abgestreift. In einem von ihnen, Matteos Blicken entzogen, lag jetzt Leos metallener Freund.

»Warum sitzt sie auf dem Boden?«, fragte Gemma mit schräg gelegtem Kopf. »Hat sie keinen Thron?«

»Weil sie eine schlichte Madonna ist, eine Muttergottes des einfachen Volkes. Sie braucht keinen Thron, um ihre Herrlichkeit zu zeigen. Ihre Güte und Grazie kommen von innen. Das Kind auf ihrem Arm ist ihr größter Schatz, der sie überglücklich macht – und dennoch weiß sie tief im Herzen schon jetzt um den unfassbaren Schmerz, den der Gottessohn ihr einmal zufügen wird.«

Sollte er ihr sagen, dass er schon lange an eine Pieta dachte, die eben diesen Schmerz verkörpern würde? Aber solange ihm dazu noch der geeignete Auftraggeber fehlte, war es sicherlich klüger, den Mund zu halten.

»Dann ist es gut, dass deine Madonna so schön ist«, sagte Gemma. »Denn die Menschen werden sie nicht nur anbeten, sondern zudem lieben, und auch uns beiden erweist du damit einen großen Gefallen. Denn so wird mich niemand je in ihr wiedererkennen.«

»Aber es ist dein Gesicht«, widersprach er, »bis in die allerkleinste Einzelheit!«

»Ich glaube, du hast du mich noch nie genau angesehen.« Mit einem verlegenen Lächeln schielte Gemma nach den Eiern. »Ist das alles für mich? Ich bin nämlich so hungrig, dass ich fast schon über einen Heuballen herfallen könnte.«

»Bedien dich! Und wenn du noch mehr willst, musst du es nur sagen.«

Es gefiel ihm, wie ruhig und konzentriert sie aß und dass sie anschließend sogar noch den Teller mit einem Stück Brot sauber wischte. Danach trank sie ihren Becher aus und ließ sich mit einem zufriedenen Seufzer tiefer in den Stuhl sinken.

»Und jetzt nur noch schlafen!«, sagte Gemma. »Dann bin ich sicher wieder wie neugeboren.«

Er nahm ihre Hand, zog sie hoch. »Das Bett wartet schon auf dich«, sagte er. »Komm!«

»Du weißt aber, dass ich nicht bleiben kann?«

Da war er wieder, der ängstliche Ausdruck, der sein Herz so rührte.

»Ich weiß. Leg dich hin, Gemma! Ich werde deinen Schlummer wie ein Erzengel bewachen.«

Kaum hatte ihr Gesicht das Kissen berührt, atmete sie schon tief und gleichmäßig wie ein erschöpftes Kind. Matteo blieb eine ganze Weile neben ihr sitzen und sog den lang entbehrten Anblick in sich auf. Schließlich erhob er sich, ging zu seiner Truhe und nahm behutsam Tarnschicht um Tarnschicht heraus.

Als Gemma erwachte, war es dunkel geworden und der ganze Fußboden mit seinen verbotenen Zeichnungen bedeckt.

»Was ist das?«, fragte sie, noch immer schlaftrunken. »Und wozu hast du all diese Kerzen angezündet?«

»Schau selber!«, sagte Matteo. »Dann wirst du vieles verstehen.«

Sie ließ sich auf die Knie sinken, rutschte von einer Zeichnung zur anderen. Es wunderte ihn nicht, dass sie zu weinen begann, kaum war sie bei der Hälfte angelangt, aber sie schonte sich nicht und setzte ihre Runde bis zur letzten Zeichnung fort, obwohl er sehen konnte, wie schwer es ihr fiel.

»Du hast ihn heimlich aufgeschnitten und dann alles Stück für Stück abgezeichnet?«, fragte sie und wischte die Tränen weg. »Wie mutig von dir, wo es doch strengstens verboten ist! Aber warum hast du das getan?«

»Ich musste«, sagte Matteo. »Deine Worte über den schwarzen Mann und sein geheimnisvolles Erscheinen in jener Nacht haben mir einfach keine Ruhe gelassen. Die beiden Kinder, die du hier abgebildet siehst, waren zum Zeitpunkt ihres Todes ungefähr gleich alt. Ich dachte also, wenn ich die alten und die neuen Zeichnungen sorgfältig miteinander vergleiche, erhalte ich womöglich einen Hinweis, woran Mauro gestorben sein könnte.« Er starrte auf seine farbverschmierten Hände. »Ich hab ihn natürlich zuvor um Vergebung gebeten, dass ich seine Totenruhe stören musste. Und ich hoffe aus ganzem Herzen, der Kleine hat mir verziehen.«

»Aber wie konntest du überhaupt …«

»Es gibt da jemanden im Hospital, der mir dabei geholfen hat«, sagte er schnell. »Frag bitte nicht weiter, Gemma! Besser, du weißt so wenig wie möglich darüber.«

Jetzt hielt sie eine der alten Zeichnungen in der Hand.

»Und der andere?«, fragte sie. »Wer ist das?«

»Giuseppe, mein Sohn. Der Würgeengel der Kinder hat ihn uns genommen, da war er kaum älter als vier. Ein schreckliches Unglück, das meine Frau in den Wahnsinn getrieben hat. Fiona hat sich aus Verzweiflung umgebracht, und als man sie vom Balken schnitt, hab ich ihr im Namen der allerheiligsten Jungfrau gelobt, alles zu versuchen, um Giuseppes Tod auf die Schliche zu kommen. Doch leider ist es mir nicht gelungen, damals ebenso wenig wie jetzt bei dem armen kleinen Mauro.«

Sollte er ihr von seinen Beobachtungen am Magengewebe erzählen? Aber das waren nichts als vage Mutmaßungen. Etwas wirklich Aussagekräftiges hatte er zu seinem Bedauern nicht zu bieten.

Gemma hörte, wie er schwer schluckte.

»Ich hab es vor allem für dich versucht«, fuhr Matteo fort. »Damit deine Seele Ruhe findet.«

»Sie sehen so schön aus«, flüsterte sie. »So unschuldig. Als würden sie nur schlafen.«

»Und auch ihre inneren Organe sind wunderschön, denn der Mensch ist ein vollendetes Kunstwerk, Gemma, ein Kunstwerk, das aus Gottes Hand stammt.«

Sie legte ihre Hand auf seine, schaute ihn innig an.

»Das werde ich dir nie vergessen«, sagte sie. »Du hast dein Leben riskiert, Matteo. Wenn sie dich dabei erwischt hätten …« Sie fuhr sich mit der Hand über die Augen. »Ich darf gar nicht daran denken!«

»Das musst du auch nicht, denn keine Menschenseele hat mich dort gesehen. Und womöglich nimmt ja die ganze Angelegenheit ohnehin eine andere, eine bessere Wendung.« Matteo verbannte energisch jeden Gedanken an Celestina und an sein leidiges Versprechen. In Kürze berichtete er Gemma, was Mamma Lina ihm über ihre neuerliche Vorladung erzählt hatte. »Ich denke, damit könnte dein Arrest aufgehoben werden. Dann musst du nicht mehr zu ihm zurück.«

»*Dorthin* würde ich ohnehin nie mehr gehen – nicht, solange noch ein letzter Funken Leben in mir ist!«, rief Gemma heftig. »Und Mamma Lina will das tun?« Jetzt klang sie erstaunt. »Um mich zu entlasten? Das hat sie gesagt? Aber werden sie ihr denn auch glauben?«

»Diese junge Frau trägt ein großes Geheimnis mit sich«, sagte Matteo. »Wie eine Riesenlast liegt es auf ihrer Seele, das kann ich spüren. Sie kämpft für sich. Und für ihre Kinder. Ob sie ihr im Hospital glauben werden? Wir müssen wohl abwarten. Aber ich denke, deine Freundin ist stark und kann durchaus überzeugend auftreten.«

»Ich hab solche Sehnsucht nach ihnen!«, sagte Gemma. »Die Kleinen fehlen mir – jedes auf seine ganz spezielle Art. Aber am allermeisten vermisse ich Lelio, mein kleines, kluges Schlitzohr, der immer das letzte Wort behalten möchte.«

»So sehr, dass du es nicht einmal bis zum Morgengrauen ohne ihn aushalten kannst?« In Matteos Gesicht mischten sich Hoffen und Bangen.

Gemma beugte sich vor, küsste ihn und genoss, wie leidenschaftlich und zärtlich zugleich er ihren Kuss erwiderte.

»Diese Nacht gehört uns«, sagte sie und freute sich über das immer noch ungläubige Strahlen, das seine Züge mit einem Mal erhellte. »Nur dir und mir.«

Matteo faltete die Zeichnungen zusammen und legte sie wieder zuunterst in die Truhe. Als er die Stofflappen zur Tarnung darüber schichtete, sorgsam, als handle es sich um das kostbarste Material, liebte Gemma ihn so sehr, dass es beinahe wehtat.

Sie streckte die Arme nach ihm aus, fühlte wohlig, wie er sie voller Begehren umfing, und atmete seinen unverwechselbaren Geruch ein, nach dem sie sich so sehr gesehnt hatte. Sie ließ nicht zu, dass er noch einmal aufstand, um die letzte Kerze zu löschen.

»Lass uns erst schlafen, wenn sie heruntergebrannt ist!«, sagte sie. »Versprochen?«

Jetzt war es Matteo, der sich an sie drückte und sie mit Armen und Beinen umschlang, als wolle er sie niemals wieder loslassen.

❦

»›Dieses Kind ist ein Idiot‹- das haben sie zunächst über meine süße Cata gesagt. Aber wir beide haben es ihnen gezeigt – nicht wahr, kleiner Liebling? – und uns von ihnen nicht unterkriegen lassen.«

Cata drückte sich enger an Mamma Lina und barg ihren struppigen Kopf in ihrem Schoß. Nichts und niemand schien sie dazu bewegen zu können, sich wieder aus dieser sicheren Lage zu lösen, nicht einmal Gemmas Hand, die sie ihr beruhigend auf den Rücken gelegt hatte.

»Der Schrecken sitzt ihr noch tief in den Knochen.« Linas Stimme war voller Anteilnahme. Aber noch etwas anderes schwang darin – eine Art grimmiger Stolz, sich vor den männlichen Widersachern in Barnas Uffizium behauptet zu haben. »Und welch unnötige Angst sie ihr eingejagt haben, der Richter und dieser dicke, aufgeblasene Domherr! Immer wieder sollte sie ihren Satz wiederholen, so lange, bis ihr Gesichtchen schon ganz weiß vor Anstrengung geworden war. Als schließlich zu allem auch noch der Apotheker und sein Gehilfe aufgetaucht sind, hat sie fürchterlich zu weinen begonnen und war kaum wieder zu beruhigen.«

Alles war beinahe, als sei Gemma niemals fort gewesen. Die Kinder hatten sich wie jeden Tag um den großen Tisch versammelt, auf dem sich in zwei Tonschüsseln nun nur noch die kümmerlichen Reste des Hühnerragouts befanden, das sie heißhungrig verschlungen hatten. Lelio wich nicht mehr von Gemmas Seite, so glücklich schien er, sie endlich wiederzuhaben; Raffi schnitt eine Grimasse nach der anderen, und sogar die scheue Mia, von der man sonst kaum ein Wort zu hören bekam, suchte ihre Nähe. Einzig Angelina schien ganz mit sich selber beschäftigt und spielte so hingebungsvoll mit ihrer Flickenpuppe, als sei sie allein auf der Welt.

Immer wieder glitt Gemmas Blick zu Angelina, und jedes Mal stritten sich dabei die widersprüchlichsten Gefühle in ihrer Brust. Das sollte Lupos Hurenkind sein? In dem rosigen Kindergesicht vermochte sie nicht einmal den Hauch einer Ähnlichkeit mit diesem Teufel zu entdecken. Aber vielleicht ähnelte sie ja auch ganz der Mutter. Angelina sah jedenfalls genauso aus wie viele kleine Mädchen in Siena und erinnerte Gemma mit den glatten, dunkelblonden Haaren, der runden Stirn und ihren meist fröhlich geschürzten Lippen eher an ihre Schwestern, als sie noch jünger gewesen waren.

Irgendwann hob die Kleine den Kopf, als könnte sie Gemmas Gedanken lesen, und sandte ihr einen langen Blick, dann jedoch fuhr sie erneut in ihrem Spiel fort.

»Aber was ist denn genau herausgekommen?«, wollte Gemma wissen, um die quälenden Überlegungen endlich wieder loszuwerden. »Werden sie nun nach dem schwarzen Mann suchen, von dem Cata gesprochen hat?«

»Woher soll ich das wissen? Dazu haben sie sich mir gegenüber nicht weiter geäußert. Aber der Rektor scheint mir zu glauben, und das ist schließlich das Wichtigste. ›Für mich spricht die Stimme Gottes aus diesem unschuldigen Kindermund‹ – mit diesem Machtwort hat Barna die anderen drei schließlich zum Schweigen gebracht. ›Dieses kleine Wesen wäre gar nicht imstande zu lügen, das kann jeder sehen, der Augen im Kopf hat, und deshalb befinden wir das, was es aussagt, als wahr und nehmen es ganz offiziell zu Protokoll.‹«

Mamma Linas Wangen wirkten eingefallen, unter ihren Augen lagen Schatten. Man sah ihrem blassen Gesicht die Anstrengungen an, die hinter ihr lagen.

»Zum Glück war keine Rede mehr davon, dass man mir die anderen Kinder wegnehmen will, wenngleich Celestina mindestens dreimal wiederholt hat, dass man weiterhin ein scharfes Auge auf dieses Haus haben müsse. Auch dein strenger Arrest ist aufgehoben. Du kannst wieder gehen, wohin du willst, aber das hast du ja offenbar bereits getan.«

Spielte sie schon wieder auf Matteo an? Gemma hatte kein Geheimnis daraus gemacht, dass sie gerade von ihm kam. Eigentlich hoffte sie, dass die Spannungen zwischen ihm und Lina endgültig der Vergangenheit angehörten. Wenn die Freundin nur ahnen könnte, welch immenses Risiko er auf sich genommen hatte, um Mauros Tod aufzuklären! Doch Gemma wollte weiterhin Schweigen darüber bewahren, um den Kreis der Mitwisser so klein wie möglich zu halten, das hatte sie dem Liebsten versprochen.

»Bleibst du jetzt für immer bei uns, Gemma Santini?«
Wieder war es Lelio, der laut aussprach, was die anderen
wohl nur zu denken wagten. »Bitte – du musst! Ich lasse
dich einfach nicht mehr gehen.«

Gemma wandte sich ihm lächelnd zu. »Ich hab euch
sehr lieb«, sagte sie. »Egal, wo ich gerade bin. Vergesst das
niemals!« Und dich ganz besonders, fügte sie stumm
hinzu. Das musst du doch spüren!

»Aber wirst du jetzt auch wieder bei uns wohnen?« Der
Junge war zu schlau, um sich mit vagen Worten abspeisen
zu lassen. »Ganz oben, unter dem Dach? So wie früher?«

Wieder musste Gemma zu Angelina schauen, und
wieder erwiderte das Kind ihren Blick, als hätte es ihn bereits erwartet.

»Mal sehen«, sagte sie. »Warum geht ihr nicht alle zusammen draußen spielen? Ich habe noch etwas mit Mamma Lina zu bereden.«

»Lelio, du weißt, was du zu tun hast!«, rief Lina ihnen
noch hinterher, da waren sie schon halb aus dem Zimmer
gerannt. »Gut aufpassen!« Jetzt sah sie Gemma an, so
durchdringend, dass dieser unbehaglich zumute wurde.
»Wie bist du ihm überhaupt entkommen? Deine Nachricht klang so dringlich, dass mir angst und bange geworden ist. Da kann ich mir kaum vorstellen, dass er dich freiwillig gehen ließ.«

»Reines Glück.« So ähnlich hatte sie es auch schon
Matteo erklärt. »Ein Moment der Unachtsamkeit, den ich
zu meinen Gunsten nutzen konnte.« Etwas, das Gemma
sich selber nicht näher erklären konnte, hielt sie davon ab,
Leos überraschendes Auftauchen, vor allem aber seinen
Freund zu erwähnen, den sie noch immer in ihren Kleidern verborgen hielt.

»Er wird doch Maßnahmen ergreifen«, sagte Lina, »und Anstalten machen, dich wieder zurückzuholen? Was glaubst du?«

»Das ist mehr als wahrscheinlich. In Lupos Augen bin ich sein Eigentum, und meine anhaltende Weigerung, mich entsprechend zu verhalten, wird seinen Zorn noch weiter anheizen. Deshalb möchte ich auch zurück zu meinem Vater, damit ich nicht euch alle hier in Gefahr bringe.«

»Die Kinder werden sehr enttäuscht sein«, sagte Mamma Lina. »Aber ich muss sagen, dass ich deine Entscheidung begrüße. Es gibt einige Leute hier in Siena, die diesem Haus alles andere als wohlgesonnen sind. Ich darf mir keinen Fehler leisten – nicht den allergeringsten. Dabei müssten gerade diese Leute eigentlich Grund haben, ängstlich zu sein. Vielleicht macht sie ja gerade das so bösartig.« Ihr Gesicht hatte sich bei diesen Worten verschlossen. Älter sah sie plötzlich aus, hart und verschlossen.

»Was willst du damit sagen?«, fragte Gemma. »Kannst du nicht etwas deutlicher werden?«

Lina schien sie nicht zu hören. Die Augen in eine imaginäre Ferne gerichtet, sprach sie weiter wie zu sich selber.

»Du schleppst immer mit, was früher einmal war, davor bewahrt dich kein Gott, kein Schicksal, nicht einmal der allerbeste Freund. Die Vergangenheit lässt dich niemals los. Und selbst wenn du noch so vorsichtig bist, kann es doch sein, dass sie dich eines Tages …« Sie verstummte, als hätte sie bereits zu viel preisgegeben.

Gemma kam in den Sinn, was Matteo über das Geheimnis gesagt hatte, das Lina offenbar belastete. Unwillkürlich streckte sie die Hand aus, um die Freundin tröstend zu berühren.

Wieder zuckte Lina zurück, ließ es nicht geschehen.

»Wenn ich dir irgendwie helfen kann«, sagte Gemma. »Was immer in meinen Kräften steht ...«

»Schon gut.« Lina hatte sich abrupt erhoben. »Ich hoffe, das Schlimmste liegt jetzt hinter uns. Wann wirst du eigentlich Caterina Benincasa besuchen? Sie hat schon einige Male voller Ungeduld nach dir gefragt.«

»Sehr bald«, sagte Gemma. »Und ich werde ihr einen Besuch mitbringen, der ihr viel Freude bereiten wird.«

Lina räumte die Teller zusammen und türmte sie zu einem ordentlichen Stapel. Sie schien so vertieft in ihre Arbeit, als sei Gemma gar nicht mehr anwesend.

»Aber ich kann doch wiederkommen?«, fragte Gemma, die sich plötzlich sehr überflüssig fühlte. »Auch, wenn ich nicht mehr unter einem Dach mit euch lebe. Die Kleinen sind mir so ans Herz gewachsen, und ich ...«

»Du möchtest doch etwas wissen, Gemma Santini.« Es war, als schauten die sprechenden grauen Augen auf einmal mitten in Gemmas Herz.

Sie nahm all ihren Mut zusammen. »Gibt es eigentlich Unterlagen über die Kinder? Ich meine, ist irgendwo festgehalten, wer ihre Eltern sind?«

»Meines Wissens, ja. Aber du weißt, wie kläglich es um mein Lesen und Schreiben bestellt ist«, sagte Mamma Lina mit einem unsicheren Lächeln. »Wird höchste Zeit, dass dein Unterricht bei uns wieder beginnt. Barna hat irgendwelche Folianten aus einem Nebenraum in sein Uffizium geholt, als ich mich als Waisenmutter bei ihm vorgestellt habe, daran erinnere ich mich noch genau. Ich denke, in ihnen müsste alles Wichtige verzeichnet sein.«

Mein Freund kann jede Türe öffnen, schoss es Gemma durch den Kopf. So ähnlich hatte Leo gesagt. *Jedes Haus in Siena.* Aber traf das auch für das riesige Areal von Santa Maria della Scala und seine unzähligen Türen zu, in dem man sich wie in einem Labyrinth vorkommen konnte?

»Du weißt also nicht, woher sie stammen, wo sie früher gelebt haben und wer ihre Eltern sind?«, fragte Gemma weiter. »Auch nicht von den Kindern, die nun bei dir sind?«

»Nur von Mia, ihre Geschichte hab ich dir ja bereits erzählt. Die anderen habe ich vom Hospital übernommen, wo sie zuvor untergebracht waren. Aber weshalb willst du das alles auf einmal so genau wissen?«, fuhr Mamma Lina fort. »Jetzt jedenfalls sind sie alle zusammen *meine* Kinder, und allein das zählt für mich.«

»Ganz genau!«, pflichtete Gemma ihr rasch bei, um sie nicht noch misstrauischer zu machen. Doch der wachsame Ausdruck wollte eine ganze Weile nicht mehr aus Linas Gesicht weichen.

❦

Ein kleiner Trupp von Trommlern und Fahnenschwenkern versperrte Enea di Nero den Weg, und er musste stehen bleiben, um den jungen Burschen in der engen Gasse den Vortritt zu lassen. Als hätten sie nur auf williges Publikum gelauert, machten sie keinerlei Anstalten sich zu beeilen, sondern zelebrierten nun erst recht in aller Ausführlichkeit ihre Vorführung. Es war die *alzata*, bei der der Fahnenträger zunächst das Banner blitzschnell um den Stiel wirbeln muss, um es anschließend in die Höhe zu werfen.

Leider war der Junge, der das Kunststück ausführte, zu langsam gewesen oder zu ungeschickt. Er griff knapp daneben, und die Fahne der *Contrade Lupa* landete im Staub. Mit blutrotem Kopf bückte der Unglücksrabe sich, um sie aufzuheben. Denn dicht hinter ihm erschallte das höhnische Gelächter einer anderen Jungengruppe, deren leuchtende Farben sie als Mitglieder der *Contrade* auswiesen. Niemand wusste mehr weshalb, doch »Wölfin« und »Stachelschwein« galten seit Langem als verfeindet und nutzten besonders die letzten Tage vor dem Palio, um diese alte Zwietracht genüsslich auszuleben. Und tatsächlich schien sich aus dem Nichts eine stattliche Balgerei zwischen den Jugendlichen zu entspinnen. Jetzt bahnte der Richter sich energisch seinen Weg; die übermütigen Bilder jedoch ließen ihn nicht mehr los.

Wie kampfeslustig und vergnügt die Jungen ausgesehen hatten! Ganz im Gegensatz zu seinem Sohn, der seit Tagen das Bett nicht mehr verlassen hatte. Giovanni fieberte, verweigerte die Nahrung und schien in einer Welt versunken, zu der er keinem anderen den Zugang erlaubte. Natürlich hatten sie Savo Marconi zu Hilfe geholt, der ihm fiebersenkenden Tee und geheimnisvolle Pastillen einflößte; entscheidende Besserung freilich war bis jetzt nicht eingetreten. Deshalb hatte Enea sich schließlich schweren Herzens Bices Forderung gebeugt, den Prediger aufzusuchen.

»Er muss ihm etwas Schreckliches angetan haben, und ich verlange von dir als seinem Vater, den *padre* zur Rechenschaft zu ziehen!« Wie eine Furie hatte sie sich vor ihm aufgebaut, mit blitzenden Augen und wirrem Haar. »Und wenn du zu feige dazu bist, dann werde eben ich gehen!«

Di Nero hatte triftige Gründe, Letzteres zu verhindern, und eben diese Gründe hatten ihn auch veranlasst, allein aufzubrechen, ohne die Unterstützung der Freunde, wie Bice zunächst vorgeschlagen hatte.

»Ich kann euch Männer nicht verstehen!« Die Arme über der flachen Brust verschränkt, hatte sie ihm aufgebracht den Weg verstellt. »Früher seid ihr viele Male gemeinsam nach Pisa gereist, als könnte einer ohne die Unterstützung der anderen keinen einzigen Schritt tun – und bei so einer wichtigen Angelegenheit bist du dann plötzlich ganz allein auf dich gestellt. Soll das etwa Freundschaft sein? Da weiß ich mir wahrlich Besseres!«

Er konnte seine Frau kaum noch ertragen, weder ihren von Tag zu Tag reizloseren Anblick noch ihre Worte, die wie eine vergiftete Quelle der Bitternis aus ihrem Mund flossen. Doch er gab sich alle Mühe, seinen Abscheu zu verbergen. Der Palio und damit auch das Datum des Umsturzes rückten immer näher. Natürlich hatte er Bice gegenüber kein Wort über die geheimen Pläne der Verschwörer verlauten lassen, und dennoch kam es ihm vor, als ahne sie etwas, als könne sie geradezu wittern, dass etwas Außergewöhnliches bevorstand.

Je näher er dem alten Stadtpalazzo der Salimbeni kam, desto häufiger mischten sich die schmutzigen weißgrauen Kutten der Engel unter die bunte Kleidung der restlichen Passanten. Savo hat recht, dachte er, es ist eine kleine Armee, angeführt von einem General, in dessen Hände wir allzu leichtsinnig unser künftiges Schicksal gelegt haben.

Das Tor war fest verschlossen; das ganze Gebäude erschien ihm schon von außen äußerst unwirtlich. Der Gedanke an eine uneinnehmbare Festung tauchte in seinem

Kopf auf. Er musste mehrmals klopfen, bis ihm endlich einen Spaltbreit geöffnet wurde und er einem schlecht gelaunten Jüngling mit strähnigem Haar sein Anliegen vortragen konnte.

»Warte!« Mehr ein Brummen als eine Antwort, dann war der Riegel wieder zugeschnappt.

Der Richter stellte sich bereits auf eine Geduldsprobe ein, wurde aber überraschenderweise früher als befürchtet eingelassen. Innenhof und Treppenaufgang starrten vor Schmutz, das fiel ihm beim raschen Durchschreiten als Erstes unangenehm auf, und auch der Geruch, der über dem gesamten Anwesen hing, war schwer erträglich. Zudem wurde Enea bewusst, dass viele der Knaben und jungen Männer, die hier offenbar hausten, ausgesprochen mitgenommen, ja sogar elend aussahen. Manche lagen auf verfilzten Decken, andere wieder hockten zusammengekrümmt herum, als ob ein schweres Leiden sie plage.

Salimbeni wird nach ihrem Abzug ein wahres Vergnügen haben, dachte di Nero nicht ohne eine gewisse Schadenfreude. Sein schöner Palazzo ist unversehens zur Kloake verkommen. Anstatt das Gebäude lediglich zu renovieren, wie ursprünglich geplant, kann er es wohl oder übel bis auf die Grundmauern niederreißen lassen, so halt- und maßlos haben diese jugendlichen Belagerer hier gewütet.

Der Prediger empfing ihn in einem kargen Gemach im ersten Stock, in dem nur noch ein gewebter Wandteppich von der einstigen Pracht des Gebäudes und dem soliden Reichtum seiner Bewohner zeugte.

»Du beweist Mut, dich ausgerechnet hierher zu wagen!«, zischte er dem Richter entgegen, bevor dieser auch nur den Mund aufmachen konnte. »Oder sollte ich es eher Dreistigkeit nennen? Was hast du heute in deinen Taschen, um meine geliebten Söhne noch elender zu machen?«

Enea di Nero starrte ihn verständnislos an.

»Soll ich dich gründlich filzen lassen? Ist es das, was du willst? Oder rückst du freiwillig damit heraus?«

»Ich habe nicht die geringste Ahnung, wovon Ihr redet, *padre.*«

»Dann willst du allen Ernstes behaupten, du wüsstest nichts von dieser infamen Lieferung verdorbener Eier, die alle so krank gemacht hat?«

Verständnisloses Schulterzucken.

»Einer von euch Verbrechern hat körbeweise Eier hierherschicken lassen, auf die meine Söhne sich hungrig gestürzt haben. Wenige Stunden später – und nahezu alle haben über scheußliche Schmerzen geklagt. Die meisten litten unter Erbrechen und Durchfall; zwei von ihnen ringen noch mit dem Tod. Welch feiger, hundsgemeiner Anschlag!«

Der Prediger sah aus, als wolle er sich im nächsten Augenblick auf den ungebetenen Besucher stürzen.

»Doch alle Hinterlist und Tücke werden euch auf Dauer nichts nützen.« In seinem langen Bart hatten sich Essensreste und silbrige Speichelfäden verfangen. Angewidert wich der Richter zurück. »Denn ich allein bin der Prediger des Herrn. Und jene Auserwählten sind alle meine geliebten Söhne.«

»Genau deswegen bin ich hier. Um mit Euch über meinen Sohn Giovanni zu reden …«

»Giovanni! Einer der Besten, wie ich einmal dachte. Doch er hat mich bitter enttäuscht. Ich kenne keinen

Giovanni mehr. Und jetzt geh! Das Gebet ruft nach mir.«

»Mein Junge ist krank, seitdem er bei Euch war. Er redet von Sünde, von schwerer Schuld. Er fiebert, die schlimmsten Worte kommen über seine Lippen ...«

Padre Bernardo hatte den Arm des Richters wie mit Eisenkrallen umklammert und zerrte ihn unbarmherzig nach draußen.

»Sieh hinunter!«, befahl er. »Was siehst du da?«

Enea schaute auf die Köpfe der Engel, eine Horde verlauster, hungriger Kinder, die kein Zuhause mehr hatten.

»Verlorene«, entfuhr ihm unwillkürlich, und genau das meinte er auch.

»Verlorene? Was redest du für wirres Zeug? Das sind Auserwählte, du Dummkopf, Söhne des wahren Vaters. Lichtgestalten! Meine Liebe macht sie stark. Und da wagst du, ihre Reinheit anzuzweifeln?« Die brennenden Augen schienen di Nero regelrecht zu durchbohren. »Oder tust du das, weil bei ihrem Anblick lüsterne Begierde in dir erwacht ist? Weil du begehrst, was lediglich dem Vater zusteht? Bist du einer jener Verdammten, für die es niemals Gnade und Erlösung geben wird? Dann gestehe und büße auf der Stelle!«

Es war, als würden diese Worte in seinem Kopf explodieren. Eneas Gesicht wurde fahl, die Beine begannen zu zittern. Unwillkürlich tastete er nach einem Halt. Wieso war er überhaupt hier? Er hätte Bices unsinnige Forderungen gleich ablehnen sollen. Sich diesem Wahnsinnigen auszusetzen – er musste selber dem Wahnsinn nahe sein!

»Ich verwahre mich gegen diese haltlosen Behauptungen.« Die Worte waren halbwegs gut formuliert, seine Stimme jedoch klang brüchig. »Ihr begreift wohl nicht, wen Ihr vor Euch habt. Ich bin Richter di Nero – ein Ehrenmann dieses ehrenwerten Siena!«

Die Ader an Bernardos Stirn schwoll an. »Du weißt genau, dass ich die Wahrheit sage. All eure Masken und Verkleidungen werden sinnlos, sobald der Tag des Gerichts angebrochen ist. Dann gibt es nur noch die reine, die ungeschminkte Wahrheit – die Wahrheit des Allmächtigen.«

Er sank in sich zusammen, als habe ihn sein Ausbruch zutiefst erschöpft. Sofort waren zwei der Engel an seiner Seite, um ihn links und rechts zu stützen.

»Verschwinde!«, zischte der Prediger, als er sich wieder halbwegs aufgerichtet hatte. »Und komm nie wieder hierher, sonst werde ich dein Geheimnis schon in meiner nächsten öffentlichen Predigt lüften!« Blanke Bosheit funkelte in seinen Augen. »Oder soll ich deinen Kumpanen lieber schon heute Bescheid geben? Beim nächsten Anschlag auf meine Söhne jedenfalls bist du fällig, hast du mich verstanden?«

Der Richter drehte sich wortlos um und machte, dass er so schnell wie möglich davonkam. Johlen und Pfiffe begleiteten seinen unrühmlichen Abgang.

Ursprünglich sind wir Verschwörer angetreten, um die Dämonen aus unserer schönen Stadt zu vertreiben, dachte Enea di Nero, innerlich noch immer halb betäubt, als das Tor sich hinter ihm geschlossen hatte. Aber leider haben wir dazu ausgerechnet Beelzebub als Verbündeten gerufen. Inzwischen sitzt der Teufel uns allen im Genick wie eine haarige Krake. Und es sieht nicht so aus, als ließe er sich so einfach wieder vertreiben.

»Ich danke Euch, Messer di Cecco, dass Ihr meiner Einladung so rasch gefolgt seid. Und greift doch bitte zu – ich habe eigens für Euch eine bescheidene Erfrischung bringen lassen.«

Ungewohnt üppig die Silberplatte, beladen mit geschnittenem Wildschweinschinken, Feigen und Pecorino; dazu eine edle Karaffe, in der rubinroter Wein im späten Sonnenlicht funkelte, das durch das Fenster fiel. Allerdings schien der Gastgeber ebenso wenig Interesse daran zu haben wie sein Besucher, der von den angebotenen Köstlichkeiten bislang nicht einmal Notiz genommen hatte.

Der Blick des Rektors glitt abermals zu dem halben Dutzend prall gefüllter Säckchen, die ebenfalls auf seinem Tisch standen.

»Und Ihr kommt noch dazu mit solch offenen Händen. Ihr seid ein echter Wohltäter, mein Freund!«

»Wohl und Segen von Santa Maria della Scala und seinen Schutzbedürftigen liegen mir sehr am Herzen, wie Ihr ja wisst. Und was die andere Angelegenheit betrifft, so könnt Ihr ebenfalls nach wie vor ganz und gar auf meine Unterstützung zählen.«

»Ihr habt Eure Meinung geändert?« Barna begann zu strahlen. »Und seid jetzt doch bereit, Euch aktiv an unserem Vorhaben zu beteiligen? Welch trefflicher, welch wunderbarer Entschluss!«

»Nein, nein, das kann und will ich nicht.« Lupo di Cecco hob beschwichtigend die Hände, bevor er sich in einer müden Geste über die Stirn strich. »Schon gar nicht jetzt … nach allem, was mir widerfahren ist.«

Eine Antwort, die Barna gründlich missfiel. Doch er war nicht bereit, klein beizugeben. Das risikoreiche Projekt konnte noch immer fehlschlagen, selbst im allerletzten Augenblick. Einen Mann wie di Cecco als öffentlichen Verbündeten zu gewinnen, was ließe sich Besseres vorstellen?

»Der strenge Arrest Eurer Frau ist mit sofortiger Wirkung aufgehoben, das hab ich Euch bereits in meinem kurzen Schreiben mitgeteilt. Mittlerweile haben sich vollkommen neue Anhaltspunkte ergeben, die den Verdacht gegen sie als haltlos erscheinen lassen«, sagte er.

»Seid Ihr Euch da sicher?« Lupo di Cecco stützte sich schwer auf die Tischplatte, als hätten ihn plötzlich alle Kräfte verlassen.

»Was wollt Ihr damit sagen? – Braucht Ihr einen Stuhl? Ihr seht mit einem Mal so elend aus.«

Ein schwaches, kaum sichtbares Nicken.

Der Rektor schob ihm die nächstbeste Sitzgelegenheit unter, und di Cecco ließ sich ächzend wie ein Schwerkranker auf ihr nieder.

»Ich muss Euch um Verschwiegenheit bitten«, flüsterte er. »Das zu allererst. Denn was ich Euch anzuvertrauen habe, darf niemals in falsche Ohren gelangen.«

Der Rektor legte die Hand aufs Herz. »Ihr könnt Euch auf mich verlassen, Messer di Cecco«, versicherte er. »In allem! Meine Lippen sind versiegelt.«

»Sie hat es schon wieder getan«, stieß di Cecco hervor. »Beinahe, als ob höllische Dämonen oder sogar Satan selbst sie verführt hätten! Wo ist die Gemma, die ich einst vor Gottes Angesicht zum Weib genommen habe? Eine Heilige habe ich damals gefreit – und sehe mich jetzt einer Sünderin gegenüber.«

»Was hat sie getan?«

»Heimlich mein Haus verlassen – unser schönes Haus,

in dem wir so glücklich miteinander gelebt haben.« Er stieß ein Seufzen aus. »Und das, noch bevor Ihr den Arrest aufgehoben hattet, geschätzter Rektor. Ich vermag mein Weib nicht länger zu halten, das muss ich voller Scham vor Euch eingestehen. Mein Einfluss auf sie scheint ganz und gar erloschen. Gemma hat sich verändert, schert sich nicht länger um Recht, Anstand oder Moral. Beinahe, als würden keine Gesetze und Regeln mehr für sie gelten, als sei sie vielmehr bestrebt, all das, was uns stets wert und wichtig war, blindlings mit Füßen zu treten.«

»Sie lebt wieder bei ihrem Vater?«

»Woher soll ich das wissen? Vielleicht ist sie ja auch bei einer dieser Waisenmütter untergekrochen, wie sie es schon einmal getan hat. Oder sie trifft sich ganz ungeniert mit einem Liebhaber, um weiterhin nach Herzenslust zu huren und zu sündigen. Ich halte alles für möglich.«

»Das kann nicht Euer Ernst sein, Messer di Cecco! Mäßigt Euch doch bitte – Ihr redet immerhin von Eurer Frau!«

Lupos Schultern sackten noch tiefer herab.

»Meine Frau!«, jaulte er auf. »Ich erkenne diese Frau kaum wieder, die sogar meinen ehrbaren Namen ablehnt. Gemma hat sich geweigert, mir die Kinder zu schenken, nach denen ich mich so sehr gesehnt habe. Sie hasst Kinder – habt Ihr jemals in Eurem Leben eine Frau so etwas sagen hören? Sie muss krank sein – oder verrückt, und ich weiß nicht einmal, was das Schlimmere wäre.« Er barg das Gesicht in seinen Händen.

»Ihr seid verletzt und betrübt«, rief der Rektor. »Denn das Verhalten vom Monna Gemma ist in der Tat unverzeihlich. Doch Ihr könnt sie zwingen zurückzukehren und zu tun, was ihre Pflicht ist, das wisst Ihr. Das Recht ist auf Eurer Seite.«

»Was würde das schon nützen? Wenn ihr Verstand nicht länger klar ist und sie dazu bringt, Dinge zu tun, die man sich lieber gar nicht vorstellen mag? Ich sorge mich um sie, Messer Barna. So sehr, dass ich Tag und Nacht kein Auge mehr zumachen kann. Was, wenn sie sich insgeheim noch tiefer in Schuld verstrickt hat, als wir beide es hier und jetzt zu erahnen vermögen?«

Barna räusperte sich verlegen. Diesen stets so beherrschten Mann jetzt verzweifelt vor sich zu sehen, derart aufgelöst und ohne Hoffnung, bereitete ihm tiefes Unbehagen. Er musste Mittel und Wege finden, um ihn zu ermutigen. Vielleicht wäre di Cecco dann doch noch zu bewegen, aktiv auf der Seite der Verschwörer mitzukämpfen.

»Was den Tod des kleinen Mauro betrifft, so gibt es seit Neuestem die Aussage eines anderen Kindes, das in der betreffenden Nacht einen Mann im dunklen Umhang vor dem Haus gesehen hat.« Der Rektor bemühte sich, ruhig und klar zu reden. Das müsste seiner Erfahrung nach auch sein Gegenüber besänftigen. »Wir haben Anlass, anzunehmen, dass er etwas mit dem Ableben des Kleinen zu schaffen haben könnte.«

Di Cecco hob den Kopf. Seine Züge wirkten wie erloschen.

»Das Kind hat ihn gesehen?«, fragte er. »Tatsächlich *gesehen*? Das hat es ausgesagt?«

»Ja, das hat es, da müsst Ihr gar nicht so ungläubig dreinschauen! Die kleine Cata, die im Haus jener Mamma Lina lebt, ist zwar nicht ganz richtig im Kopf, wie jeder in Siena weiß, dafür aber unschuldig wie ein Lämmchen. Ich hab sie wieder und wieder streng befragt. Und stets lautete ihre Antwort gleich: Sie habe den schwarzen Mann gesehen. *Den swarzen Mann!* Eine Spur, die wir weiterverfolgen müssen.«

»Ich wünschte so sehr, ich könnte Euch Glauben schenken.« Lupo di Ceccos helle Augen blickten flehentlich. »Und wünschte weiterhin aus tiefster Seele, die guten Geister unserer Vergangenheit würden Gemma zur Umkehr bewegen. Klar soll sie wieder werden, fröhlich und unbefangen, wie sie einst war – nichts anderes hab ich im Sinn.«

»So liebt Ihr sie noch immer?« Der Rektor war voller Anteilnahme. »Ihr seid ein wahrhaft großer Mann, Messer di Cecco, ein Mann, mit einem Herzen aus purem Gold!«

»Kann ich denn anders?« Verzweifeltes Kopfschütteln, das nicht enden wollte. »Was sie auch tut, sie ist und bleibt doch ein Teil von mir. Könntet Ihr Euch vorstellen, ohne Euren Kopf weiterzuleben? Ohne Eure Schultern? Oder Euren Rumpf? Genauso verhält es sich auch mit Gemma und mir. Keiner vermag uns beide jemals zu trennen – nicht einmal der Tod.«

❦

Anfangs hatte Gemma Lavinias schrille Keiftirade geflissentlich überhört, aber als diese gar nicht mehr aufhören wollte, ging sie doch nachsehen. Sie war offenbar nicht die Einzige, die neugierig geworden war. Vor der offenen Tür, die zu dem kleinen Raum führte, in dem Mario schlief, standen Seite an Seite bereits Lucia und Teresa, die sich kein Wort der Auseinandersetzung zwischen ihrer

Mutter und dem rot angelaufenen *tedesco* entgehen lassen wollten.

»Hast du vollkommen den Verstand verloren, Mario? Klatschnasse Kleidung einfach zuunterst zu den trockenen Sachen in die Truhe stopfen! Das gibt doch lauter Schimmel und Stockflecken – jetzt können wir dein neues Wams und deine Schecke nur noch verbrennen!«

»Und wenn schon!« In Marios Gesicht stritten sich Scham und Trotz. »Das ist doch nur Stoff – und nichts weiter.«

»Nur Stoff?«, schäumte Lavinia. »Hast du vielleicht eine Ahnung, wie hart dein geliebter *zio* dafür arbeiten muss? Wir sind keine reichen Leute, Junge, auch wenn du das vielleicht glaubst. Niemand in diesem Haus darf so nachlässig mit seinen Sachen umgehen, auch du nicht!«

»Wie bist du überhaupt so nass geworden?« Lucia gelang es nicht, ihr Kichern zu unterdrücken. »Hast du den Brunnen etwa mit der Gasse verwechselt?«

»Oder hat dich jemand reingeworfen? Weil du vielleicht zu aufdringlich geworden bist?«, fragte Teresa, die den kleinen Fremden noch immer insgeheim anschmachtete.

Mario starrte auf seine Schuhe.

»Da sind ja noch mehr verdorbene Kleidungsstücke!« Lavinia bückte sich und kam mit verdrückten Beinlingen in der Hand wieder hoch, die sie eingehend inspizierte. »Blutbeschmiert – und das nicht zu knapp!« Ihre Stimme vibrierte vor Genugtuung, weil sie Bartolos Liebling endlich bei etwas Verbotenem ertappt hatte. »Prügelst du dich etwa heimlich mit anderen Raufbolden herum?«

Mario wollte ihr die Beinlinge entreißen, sie aber hielt sie fest umklammert und schwang sie wie eine Trophäe über dem Kopf.

»Da wirst du dir für deinen *zio* aber eine ausführliche Erklärung zurechtlegen müssen!«, rief Lavinia. »Und ich kann dir nur raten, lass sie auch überzeugend genug ausfallen!« Die beiden Mädchen begannen zu kichern. Sofort traf sie der eisige Blick der Mutter, und sie verstummten. »Du bringst das alles sofort hinunter in die Küche!«, erging der Befehl an Teresa. »Die neue Magd soll Wasser aufsetzen und sich auf der Stelle darum kümmern, sonst verkommt hier ja noch alles!«

»Immer ich«, maulte Teresa, wagte aber nicht, sich der Anordnung zu widersetzen. Die beiden Mädchen folgten Lavinia, die beim Hinuntergehen weiter empört vor sich hin murmelte.

Gemma musterte den Jungen, der ganz verstört schien. »Willst du nicht wenigstens mir erzählen, was geschehen ist?«, sagte sie leise. »Manchmal ist es hilfreich, wenn man sein Herz erleichtert.«

Mario zuckte die Schultern. Deutlich zu sehen, dass er am liebsten im Erdboden versunken wäre.

»Ich hab mich ja gewehrt, das musst du mir glauben!«, stieß er hervor. »Aber es waren einfach zu viele. Was sollte ich da schon tun, gegen solch eine Übermacht? ›Dir fehlt noch die Taufe‹, haben sie gegrölt. ›Eine schöne, nasse Taufe!‹ Dann haben sie mich in den großen Brunnen geworfen und solange untergetaucht, bis ich dachte, ich müsste sterben.«

»Die jungen *contradaioli*?«

Ein Nicken.

»Ausziehen wollten sie mich noch, diese Teufel, nackt bis auf die Haut, um noch üblere Spiele mit mir zu treiben. Aber das hab ich zum Glück verhindern können, hab um mich geschlagen und gebissen, bis sie die Lust daran verloren haben. Und auch ihr widerliches Wettpinkeln hab ich nicht ...« Die Stimme schien ihm zu versagen.

»Ich hab schon von solchen Scherzen und Mutproben gehört«, sagte Gemma. »Scheint irgendwie zu den Vorbereitungen für den Palio zu gehören.«

»Ich hasse euren Palio!«, spie er ihr entgegen. »Von mir aus müsste er nie mehr abgehalten werden. *Zio* Bartolo hat darauf bestanden, dass ich zu den Proben gehe. Dabei hab ich ihm doch gleich gesagt, dass ich nichts vom Trommeln verstehe und dass die anderen mich nicht leiden können. ›Ein Fremder wie du hat bei uns nichts verloren‹ – er müsste sie nur mal prahlen hören, diese Feiglinge! Die werden nie meine Freunde, niemals!«

»Und weil du das, was dir zugestoßen ist, vor uns nicht zugeben wolltest, hast du die klitschnassen Sachen einfach unter der trockenen Wäsche versteckt?« Gemma lächelte. »Was für ein Kindskopf du doch noch bist, kleiner *tedesco*!«

»Ich mag es nicht, wenn ihr mich so nennt.« Das schmale Gesicht war sehr ernst geworden. »Besonders von dir nicht. Ich fühl mich ohnehin schon fremd genug hier, in eurem Siena. Ihr müsst mich nicht noch ständig daran erinnern!«

»Aber ich dachte, du hättest dich inzwischen gut bei uns eingelebt.« Sein offensichtlicher Kummer rührte Gemma. »Und nach der Reise mit meinem Vater ...«

»Du hast ja keine Ahnung!« Jetzt überschlug Marios

Stimme sich beinahe. »Die Reise hat alles nur noch schwieriger für mich gemacht. Das lange Reiten, die vielen Mücken, die kümmerlichen Herbergen, wo man nie richtig für sich sein konnte. Und seit wir zurück sind, nimmt *zio* Bartolo mich gar nicht mehr zur Kenntnis. Stundenlang sagt er kein einziges Wort, sondern brütet nur noch verbissen über seinen Büchern. Gäbe es nicht den alten, treuen Luca, der mir wenigstens ab und zu noch etwas erklärt, ich könnte ebenso gut tot und begraben sein!«

Der Junge hatte recht. Ihr selber erging es ja kaum anders. Bartolo hatte gleichsam hohe, glatte Wände um sich errichtet, an denen alle abrutschten. Jeder ihrer Versuche, den Vater über sein seltsames Verhalten in Lupos Haus zu befragen, war bislang gescheitert. Entweder tat Bartolo, als verstehe er nicht, worauf sie hinauswollte, oder er gab unaufschiebbare Geschäfte vor, die ihn nötigten, auf der Stelle das Kontor aufzusuchen. Es schien ihn nicht einmal zu interessieren, wie sie ohne seine Hilfe entkommen war, jedenfalls hatte er seine Tochter bislang kein einziges Mal danach gefragt.

»Wir müssen Geduld haben«, sagte Gemma mehr zu sich als zu Mario, »wir beide, fürchte ich. Er brütet etwas aus, das kenne ich schon von früher, und irgendwann wird er schon darüber reden, das liegt ebenfalls in seiner Natur. Aber du solltest damit aufhören, dich mit anderen Jungen herumzuraufen, bis sogar Blut fließt! Hältst du das etwa für eine gute Idee, um Freunde zu finden?«

Erst Kopfschütteln, dann begannen Marios Mundwinkel verräterisch zu zucken.

»Du vermisst deine Familie, habe ich recht?«, fuhr

Gemma fort. Hatte sie nicht schon einmal etwas ganz Ähnliches zu ihm gesagt? »Deinen Vater, deine Schwester, vielleicht sogar deine Stiefmutter – du vermisst sie alle. Wir hier sind nur ein ungenügender Ersatz für das, was du zurücklassen musstest. Ich kann dich gut verstehen, Mario, besser vielleicht, als du ahnst. Ich weiß, wie es ist, wenn man sich einsam und von allen verlassen fühlt, die man liebt.«

Marios goldene Augen waren auf sie gerichtet, als hinge von dem, was sie sagte, sein Leben ab. Wie lange Wimpern er doch hat, dachte Gemma unwillkürlich, und wie fein und zart seine Haut ist, noch ganz ohne Andeutung des ersten männlichen Flaums!

»Es ist nicht so, wie du denkst«, flüsterte der Junge. »Ganz im Gegenteil! Du musst wissen, dass ich …«

»Gemma!«, ertönte Lavinias schrilles Rufen von unten. »Komm sofort runter! Da ist eine gewisse Monna di Nero, die dich sprechen möchte.«

Marios zutiefst verstörtes Gesicht ließ Gemma nicht los, auch nicht, als sie kurz danach an der Seite von Bice di Nero schnellen Schritts den Weg hinunter nach Fontebranda ging. Die Frau an ihrer Seite redete ohne Unterlass, und aus jedem ihrer Worte sprach die Sorge um ihren Sohn. Gemma begnügte sich mit zustimmendem Nicken und ein paar knappen Kommentaren.

»Das alles solltest du Caterina erzählen«, sagte sie, als Bice einmal Atem holen musste. »Sie hegt ohnehin größte Vorbehalte gegen diesen Prediger, und jedes deiner Worte wird ihr gelegen kommen.«

Doch als sie schließlich das Färberhaus erreicht hatten und Lapa ihnen schon beim Eintreten besorgt mitteilte, wie schwach Caterina sei, die seit Tagen keinerlei feste

Nahrung mehr zu sich genommen habe, schien die Frau des Richters der Mut zu verlassen.

»Ich sollte besser wieder gehen.« Unruhig begann Bice auf der Stelle hin und her zu trippeln. »Wer bin ich schon, eine heilige Frau wie Caterina mit meinen dummen Sorgen behelligen zu wollen?«

»Es geht nicht nur um deinen Giovanni«, sagte Gemma. »Er hat Dutzende von solchen Jungen bei sich, die eigentlich nach Hause gehören, anstatt weiteres Unheil anzurichten. Kneif jetzt nicht davor, Bice, sondern sag Caterina, was du zu sagen hast!«

Lapa, die in die Zelle gegangen war, um ihrer Tochter die Besucherinnen anzukündigen, ließ sie lange warten. Als sie schließlich zurückkam, sah es aus, als habe sie heftig geweint.

»Sie schont sich nicht«, flüsterte sie. »Egal, wie sehr ich sie auch darum bitte. Wie eine Kerze, die an zwei Enden gleichzeitig brennt, verzehrt sie sich ohne Unterlass. Ich fürchte, wir werden dieses helle Licht nicht mehr lange bei uns haben, wenn sie sich weiterhin so verausgabt.«

»Sollen wir lieber ein anderes Mal wiederkommen?«, fragte Gemma.

»Untersteh dich!« Caterinas Stimme, die aus der Zelle drang, war überraschend kräftig. »Du solltest nicht auf meine Mutter hören – du weißt doch, wie Mütter manchmal sind!«

Gemma trat als Erste ein, gefolgt von Bice. Caterina kniete mit nackten Knien auf dem Steinboden. Zwar ließ sie den rauen Rock schnell darübergleiten, aber Gemma hatte doch gesehen, dass beide Knie offen waren, bedeckt mit schwärenden Wunden.

»Die Last des Fleisches«, sagte Caterina wegwerfend, »wenn sie mich doch endlich nicht länger heimsuchte! Geist möchte ich sein, Feuer, ganz und gar Liebe. Ich werfe mich flach auf die Erde, sobald die Versuchungen kommen, und verharre so lange im Gebet, bis ich mich ganz befreit fühle.« Nicht ohne Mühe erhob sie sich und ließ sich auf den Schemel sinken. »Du hast mich sehr lange warten lassen«, sagte sie. »Weshalb?«

»Ich konnte nicht früher kommen«, sagte Gemma. »Man hat mich gegen meinen Willen festgehalten.«

Caterinas Blick wurde fragend, dann aber schien sie die andere Frau wahrzunehmen. Ihr ohnehin blasses Gesicht war wie weiß gekalkt; sie rang nach Luft.

»Wer ist sie?«, flüsterte sie. »Wen hast du da zu mir gebracht?«

»Bice di Nero. Eine …«

»… Verdammte!«, rief Caterina mit weit aufgerissenen Augen. »Weh mir, Satan, jetzt führst du deine verderbten Geschöpfe schon in meine Zelle!«

Die Frau des Richters brachte kein Wort heraus, sondern starrte ihrerseits auf die zerbrechliche Gestalt in der überweiten Kutte, aus deren viel zu weitem Halsausschnitt ein magerer Hals ragte, darüber ein frisch geschorener Kopf, der an eine Verbrecherin erinnerte.

Eine ganze Weile bewegten sich Caterinas Lippen in stummem Gebet, dann entspannten sich ihre Züge, und der Schatten eines Lächelns war zu entdecken.

»Vergib mir!« Sie streckte die Arme nach Bice aus, die sie mit ungläubiger Miene musterte. »Ich bin schwach geworden und habe gezweifelt. Doch jetzt sind Stärke und Zuversicht in mich zurückgekehrt. Nicht Satan hat dich mir geschickt, sondern mein himmlischer Geliebter, auf dass ich an seinen schwächsten Geschöpfen Demut und Liebe erlerne.«

Sie umschlang Bice, drückte sie innig an sich.

»Geliebte Schwester!«, flüsterte sie. »Du sollst ab jetzt immer ganz nah bei mir sein. Lass dich nicht länger niederdrücken von der hässlichen Sünde des Fleisches.«

Die Frau des Richters machte sich steif in Caterinas Armen. »Aber was sagt sie da?« Ihr verzweifelter Blick suchte Gemma, die die ganze Szene stumm verfolgt hatte. »Wovon redet sie denn?«

»Du weißt, was ich sagen will«, fuhr Caterina fort, ohne sie loszulassen. »Ich spüre die Sünde, die dich vergiftet hat, wie eine offene Wunde in meinem eigenen Körper, doch du selber bist ohne Schuld. Jemand anderer hat dir großes Unrecht angetan, dein Herz aber ist stark und rein geblieben. Es ist jemand aus deiner unmittelbaren Nähe, Bice, jemand, der sich mit seinem schändlichen Tun an dir zutiefst versündigt hat.«

Die Frau des Richters hatte hemmungslos zu weinen begonnen. »Aus Pisa hat er das Übel mitgebracht«, rief sie. »Von seinen schrecklichen Reisen, schon vor langer Zeit. Er hat mich damit krank und elend gemacht, mein eigener Mann! Ich wollte es lange Zeit nicht wahrhaben, immer wieder hab ich darauf gehofft, irgendein Mittel oder eine Medizin könnte mich eines Tages wieder ganz gesund machen. Doch ich werde niemals wieder genesen, das weiß ich jetzt. Es ist in mir – und frisst mich langsam von innen her auf.«

Caterinas magere Hand streichelte zärtlich Bices Rücken. »Weine!«, sagte sie. »Lass den Tränen freien Lauf! Doch die Zeit wird kommen, da du sie wieder trocknen kannst. Dann wirst du siegen – und er muss sühnen!

Denn der Geist ist soviel stärker als das Fleisch. Wenn du im Geist lebst, kann dir die Vergänglichkeit des Fleisches nicht länger etwas anhaben. Wenn du willst, meine Bice, dann gehörst du ab jetzt zu mir. Der schwarze Umhang dort auf dem Boden ist deiner! Ich schenk ihn dir zur Erinnerung an diesen ganz besonderen Tag.«

Innig umschlungen, wiegten die beiden Frauen sich eine ganze Weile hin und her, bis Bice sich schließlich aus Caterinas Armen löste.

»Ich danke dir!«, sagte sie unter Tränen. »Am liebsten würde ich mich noch heute in die Gemeinschaft deiner frommen Schwestern einreihen und für immer den keuschen Umhang der Mantellatinnen tragen. Doch das kann ich noch nicht, nicht, bevor ich für meinen kranken Jungen gesorgt habe.«

»Dann nimm du den Umhang an ihrer Stelle!«, sagte Caterina zu Gemma. »Bewahre ihn für meine Schwester auf, bis sie sich reif genug fühlt, ihn für immer anzulegen.« Sie befeuchtete ihre trockenen Lippen. Wahrscheinlich hatte sie sich den ganzen Morgen über nicht einmal Flüssigkeit gegönnt, doch ihr eiserner Wille schien ungebrochen. »Was ist geschehen, Bice?«, erkundigte sie sich voller Anteilnahme. »Wieso ist dein Junge so krank?«

»Mein Sohn Giovanni war ein Gefangener dieses Mannes, der sich *padre* Bernardo nennt und in meinen Augen kein Prediger ist, sondern ein Teufel. Wenn man ihn nicht zu Fall bringt, wird er die ganze Stadt zu einem Pfuhl der Sünde machen. Er hat ihn berührt, meinen Kleinen, auf die allerschändlichste Weise, sein Herz und wohl auch seinen Körper. Zumindest scheint er das vorgehabt zu haben.«

Bice zögerte, warf einen kurzen Blick zu Gemma, als

bereue sie plötzlich, nicht mit Caterina allein zu sein, dann erst sprach sie stockend weiter.

»Ich hab meinen Mann zu Bernardo geschickt, um ihn zur Rechenschaft zu ziehen, doch Enea ist unverrichteter Dinge nach Hause zurückgekehrt. Man habe ihn gar nicht zu Bernardo vorgelassen, hat er behauptet, doch ich glaube ihm kein einziges Wort. Nichts als Lügen – nur noch mehr Lügen!«

»Der Brief!«, sagte Caterina, als sei ihr gerade etwas sehr Wichtiges eingefallen, und Gemma nahm das gerollte Pergament, das auf dem Tisch gelegen hatte. »Die letzte Nachricht von meinen Brüdern – lies!«

Gemma überflog die Zeilen, dann ließ sie den Brief sinken. »Du kennst den Inhalt bereits?«, fragte sie.

»Ich hab meinen Beichtvater um Hilfe gebeten. Ich wusste doch nicht, wann und ob ich dich wiedersehen würde.« Leiser Vorwurf klang aus dieser Antwort.

»Sie schreiben von einem Umsturz, der uns allen droht, eine gemeine Revolte, die den Rat stürzen soll«, rief Gemma. »Sie flehen dich an, das Haus nicht zu verlassen, um jegliche Gefahr auszuschließen. Sie sorgen sich um dich.«

»Als ob ich in meinem Zustand das Haus verlassen könnte!« Caterinas Lächeln war schwach. »Doch das werde ich bald ändern. Ich will mich einmischen in diese Welt, anstatt mich weiterhin in dieser Zelle einzuschließen. Ich werde sogar essen, ausnahmsweise, damit ich neue Kraft gewinne. Hast du auch gelesen, was sie über den Prediger schreiben?«

»*Trau jenem Mann nicht, geliebte Schwester!*«, las Gemma vor. »*Es scheint, als würden deine Befürchtungen wahr werden. Niemand darf ihm trauen! Er ist wie eine Schlange, die sich stets dreht und windet. Wir dachten, er sei auf unserer Seite, doch er hat uns lediglich benutzt und verraten und sorgt offenbar nur für sich selber und jene jungen Männer ...«* Gemma sah ihr Gegenüber fragend an. »Keinerlei Entschuldigung«, sagte sie. »Nirgendwo. Nicht einmal ganz am Ende. Ich finde, das zumindest wäre durchaus angebracht gewesen!«

»So sind sie, seit ich denken kann.« Jetzt klang Caterinas Lachen offen und fröhlich. »Schon als wir noch Kinder waren. ›Du magst deinen Mandelkuchen nicht, kleine Schwester? Das macht nichts! Wir werden dir helfen und ihn an deiner Stelle aufessen.‹ Auch damals haben sie sich nur allzu bereitwillig geopfert, wenn es zu ihrem Vorteil war.«

»Immerhin haben sie den *padre* endlich durchschaut!«, rief Bice aufgeregt. »Während andere in der Stadt diesem Menschen noch immer blindlings nacheifern. Was für kluge Brüder Ihr doch haben müsst, edle Caterina!«

Die Heilige von Fontebranda furchte die Stirn. »So allerdings würde ich es nicht nennen«, sagte sie. »Aber immerhin scheinen Stefano und Puccio Benincasa allmählich wieder halbwegs zur Vernunft zu gelangen.«

»Aber was können wir tun?«, fragte Bice. »Womit fangen wir an, um diesen Wüstling so schnell wie möglich zu Fall zu bringen?«

»Genau das werde ich euch jetzt sagen.« Caterina klang auf einmal erfrischend kämpferisch. »Doch unser Plan muss vorerst geheim bleiben, versprecht mir das!«

»Ich schwöre!«, sagte die Frau des Richters mit feierlicher Miene.

»Ich schwöre!«, wiederholte nun auch Gemma.

❦

Da waren zwei schwere Hände, die sich immer enger um seinen Hals schlossen, bis er zu keuchen begann und kaum noch Luft bekam. Ein widerwärtiger Druck auf seiner Kehle, als wolle ihm jemand die Zunge tief in den Rachen drücken. Schließlich auch noch ein mächtiges Knie, das sich so schwer in seinen Brustkorb bohrte, dass er glaubte, die Rippen würden gleich brechen wie ein Bündel dürrer Zweige …

Schweißnass fuhr Lelio in die Höhe. Durch die Fensteröffnung sah er im Osten das erste Rot des Morgens, und er hörte, wie die Vögel zu singen begannen. Nicht zum ersten Mal, dass er schlecht geträumt hatte, doch so schlimm und beängstigend wie heute war es niemals zuvor gewesen.

Ich muss aufpassen.

Dieser Satz erfüllte Lelio auf einmal ganz. Er trieb ihn aus dem Bett, ließ ihn auf der Stelle Müdigkeit und Albtraum vergessen. Was er neben sich sah und hörte, ließ ihn ein Stück ruhiger werden. Raffi hatte wie schon so oft die Bettdecke einer zweiten Haut gleich um sich gewickelt. Wie eine kleine Raupe lag er da, selig schlummernd.

Ich muss aufpassen.

Der Befehl wirkte weiterhin in ihm. Barfüßig verließ er das Zimmer, öffnete die Türe zum nächsten Raum, der den Mädchen gehörte. Angelina lag zusammengekringelt am Kopfende ihres Bettes und schnarchte. Catas zerwühltes Bettchen aber war leer.

Der Schreck, der ihn durchfuhr, war so schneidend, dass sein ganzer Körper sich plötzlich wie taub anfühlte. Da *war* ein merkwürdiges Geräusch gewesen, mitten in der Nacht, daran erinnerte er sich nun dunkel, doch er war viel zu müde gewesen, um es richtig wahrzunehmen. Am liebsten hätte er jetzt den Daumen in den Mund gesteckt, um an ihm zu lutschen, wie Mauro es manchmal noch heimlich getan hatte, aber er war doch der Große, der, der sich um die Kleinen kümmern sollte!

Dabei hatte er sich noch selten zuvor im Leben so hilflos, so verlassen gefühlt. Lelio zwang sich zum Nachdenken, und auf einmal war da ein Gedanke, der ihn wieder beruhigte.

Natürlich – warum hatte er nicht gleich daran gedacht? Cata hatte vielleicht auch schlecht geträumt und war wieder einmal zu Mia gelaufen, um sich neben ihr einzukuscheln. Neben der großen Schwester, deren Nähe sie liebte, würde die Kleine schon bald gut gelaunt aufwachen. Er brauchte sich also keine Sorgen zu machen.

Lelio wollte schon umkehren, um sich wieder aufs Ohr zu legen, als ihn etwas stutzig machte. Irgendwie roch es anders als gewöhnlich. Da war ein neuer Geruch auf der Treppe, nach etwas Herbem, Bitterem und leicht Seifigem, ein fremder Geruch, der seine Angst augenblicklich aufs Neue entfachte.

Dennoch zwang er sich, halbwegs ruhig weiterzugehen und öffnete die Tür, hinter der Mia schlief, stets in ihren Kleidern, wie er wusste, als sei ihr der Anblick ihres nackten Körpers unerträglich. Er musste nicht einmal eintreten, um ihren gleichmäßigen Atem zu hören. Mia schlief, aber sie war allein, nur das zählte.

Die Angst in Lelio wurde größer, war plötzlich wieder überall.

Nun kam nur noch ein einziges Zimmer infrage, das größte im ganzen Haus, in dem Mamma Lina sich eingerichtet hatte. Ohne sich jemals untereinander abgesprochen zu haben, wussten alle Kinder, dass man es nicht betreten durfte. Jetzt blieb ihm nichts anderes übrig, als dieses ungesagte Gebot zu brechen.

Seine Hand lag eine ganze Weile auf der Klinke, bis er sie schließlich herunterdrückte. Lina musste ihn gehört haben, noch bevor er im Raum stand.

»Wer ist da?«, fragte sie scharf.

»Ich. Lelio.« Seine Zunge schien am Gaumen zu kleben. »Ich suche Cata. Ist sie bei dir?«

»Cata? Nein. Weshalb? Ist sie denn nicht in ihrem …«

Sie war bei ihm, bevor er noch antworten konnte, gehüllt in ein weites weißes Gewand, das bis zu den Knöcheln reichte, und schüttelte ihn unsanft.

»Wo ist sie, Lelio? Du solltest doch aufpassen!« Jetzt klang die Stimme schrill.

»Hab ich ja! Aber doch nicht die ganze Nacht. Da muss ich auch schlafen«, versuchte er sich zu verteidigen und fühlte sich doch bei jedem Wort nur noch elender.

»Wir müssen sie suchen!«, rief Mamma Lina. »Warst du schon oben, bei Gemma? Vielleicht steckt sie ja dort.«

»Nein«, sagte der Junge. »Aber ich kann sofort nachsehen.«

Und obwohl ihm eine hässliche innere Stimme zuraunte, dass es ebenfalls vergeblich sei, rannte er doch die schmale Treppe nach oben.

Das Bett war leer; von Cata weit und breit nichts zu sehen.

»Da ist sie auch nicht!«, schrie er und eilte wieder hinunter.

Mamma Lina hatte sich inzwischen ein Kleid übergeworfen und trug Schuhe an den Füßen.

»Weck die anderen!«, befahl sie. »Wir werden sie gemeinsam suchen.«

Keines der Kinder beschwerte sich, als er sie alle aus dem Bett zerrte; jedem standen Angst und Erschrecken ins Gesicht geschrieben, nachdem sie gehört hatten, dass Cata verschwunden war.

»Mia und Angelina, ihr lauft die Gasse hinauf und sucht die nächsten Straßen ab. Vielleicht ist sie ja zum Dom gegangen, um die Madonna zu besuchen!«, befahl Mamma Lina.

»Und wir?«, fragte Raffi mit blauen Lippen. »Was sollen wir tun?«

»Zum großen Brunnen«, sagte Lina zu ihm und Lelio, der die Antwort bereits kannte, obwohl er sich aus ganzem Herzen eine andere ersehnt hätte. »Dorthin, wo der Maler unseren Mauro gefunden hat.«

Es war wie in jenen schrecklichen Träumen, wo man auf einmal glaubt, keinen Arm mehr bewegen, kein Bein mehr rühren zu können. Man weiß, was geschehen wird, obwohl man es eigentlich noch nicht wissen kann. Sie entdeckten die kleine, leblose Gestalt bereits aus einiger Entfernung. Cata lag auf dem Rücken, beide Arme weit ausgestreckt. Ihr Hemdchen war nach oben verrutscht und entblößte schrammenbedeckte, stämmige Beinchen. Die Augen waren weit aufgerissen, die Lippen verzerrt. Sie hatte sich besudelt, ihre kindliche Brust bedeckte eine dünne Spur von Erbrochenem.

Mamma Lina beugte sich über das Kind und lauschte an seinem Herzen. Danach hob sie es auf, nahm es in die Arme und begann es zärtlich zu wiegen.

»Schlaf, kleiner Liebling, schlaf!«, flüsterte sie. »Du musst keine Angst mehr haben. Jetzt bin ich ja bei dir und niemand kann dir mehr wehtun. Schlaf, meine süße Cata, schlaf!«

Raffi, der halbwegs verstand, was er da sah, und es doch nicht verstehen wollte, begann loszuweinen.

»Ist sie tot?«, schniefte er. »Sie ist doch nicht tot?«

»Doch«, sagte Lelio. »Cata ist tot.«

In seinem Kopf war nur noch ein weißes Rauschen, das immer lauter wurde. Wahrscheinlich würde ihm über lang oder kurz der Kopf wie eine mürbe Eischale platzen, aber selbst das war ihm in diesem schrecklichsten aller Augenblicke ganz und gar gleichgültig.

Mamma Lina schaute ihn mit großen Augen an, als würden erst seine Worte das Geschehen wirklich wahr machen. Dann begann sie gellend zu schreien.

❧

Am Tag der Auslosung wehten die Fahnen der sieben Contraden, deren Teilnahme bereits feststand, vom Palazzo Pubblico. *Si corre* – selbst das kleinste Kind in Siena wusste, was mit diesen beiden schlichten Worten gesagt war, die über Glück und Unglück so vieler Menschen entschieden. »Laufen!« Das konnte große Freude für die einen bedeuten und gleichzeitig unvorstellbaren Schmerz für andere.

Im großen Sitzungssaal hatten sich seit den frühen Morgenstunden die *capitani* der siebzehn Contraden versammelt. Ein für diesen Tag eigens gewählter Zeremonienmeister zog nun aus einer Urne drei weitere Lose. Damit würde feststehen, welche Contraden am 16. August den diesjährigen Palio bestritten.

Immer mehr füllte sich der Campo mit Menschen, die erwartungsvoll der kommenden Ereignisse harrten. Frauen vergaßen ihr Wäsche und ließen sogar ihre Kochtöpfe für eine Weile unbeaufsichtigt zurück; Männer stahlen sich aus den Kontoren und Geschäften, um Zeuge des Spektakels zu werden, mit dem Jahr für Jahr die heiße Phase des Palio eröffnet wurde. Kinder rannten herum, bunte Bänder an ihrer Kleidung, die zeigten, in welcher Contrade sie heimisch waren.

Auch Bartolo, Gemma und Mario standen mit den vielen anderen in der Senke der wunderschönen Muschel aus rötlichem Stein, die Siena so große Ehre machte, und hielten sich zum Schutz gegen die höher steigende Sonne die Hand über die Augen.

»Schau hin, mein Junge – dort oben an den Fahnenmasten siehst du die Embleme der Glücklichen, die im letzten Jahr die Unglücklichen waren. Zähl sie mir nacheinander auf! Ich möchte sehen, wie viel du schon über deine neue Heimat gelernt hast.«

»*Onda, Lupa, Nicchio, Bruco, Oca, Aquila* und *Pantera*«, sagte Mario gehorsam und fügte anschließend leiser in seiner Muttersprache hinzu: »Welle, Wölfin, Muschel, Raupe, Gans, Adler und Panther.« Er war zufrieden; er hatte sie ausnahmslos an den Farben und Symbolen der Banner identifizieren können.

»Ausgezeichnet!« Bartolos vibrierende Stimme verriet seine Begeisterung. »Aus dir wird doch noch ein echter *contradaiolo*, Mario! Jetzt müssen wir nur noch fest die Daumen drücken, dass auch unser geliebtes *Selva* …«

Ein Fanfarenstoß ließ ihn innehalten. Trompeter waren an die Fenster des Palazzo Pubblico getreten. Die Menge auf dem Campo versank in gespanntes Schweigen. Dann ein kurzer, kräftiger Tusch. Eine neue Fahne erweiterte den bisherigen Reigen.

»*Tartuca!*« Dicht neben ihnen brach wilder Jubel los.

»Das ist ihnen zu gönnen«, kommentierte Bartolo die Wahl großzügig. »Denn der Reiter der Schildkröte wurde im letzten Jahr aus nicht ganz einsehbaren Gründen vorab disqualifiziert. Möge die Madonna ihnen dieses Mal mehr gewogen sein!«

»Aber gewinnen muss doch *Selva*, oder nicht, *zio*?«, sagte Mario und fing sich als Antwort von Bartolo einen spielerischen Nasenstüber ein.

»Damit scherzt man nicht, Mario«, sagte Gemma augenzwinkernd. »Schon gar nicht mit meinem palioverrückten Vater!«

Der nächste Tusch. Jetzt wurde die Fahne *Torre* ausgehängt. Wieder Rufen, Pfeifen und begeistertes Klatschen, dieses Mal aus einer anderen, weiter entfernten Ecke.

»Das wiederum wäre nicht unbedingt nötig gewesen.« Bartolos Stirn war gerunzelt. »Die Contrade des Turms ist die mit den meisten Siegen innerhalb der letzten zwanzig Jahre. Da hätte es ganz andere gegeben, die weit vor ihr wieder einmal an der Reihe gewesen wären!«

Bange Augenblicke verstrichen. Bartolo ließ die bunte Fahnenreihe nicht mehr aus den Augen, und auch Gemma und Mario starrten sie gebannt an.

Der dritte Tusch. Das rot-grüne Banner wurde aufgehängt.

»*Selva!*« Bartolo sprang in die Höhe, drückte erst seine Tochter an sich, dann den Jungen, der einen dicken Schmatz auf beide Wangen bekam. »*Selva* – wir sind endlich wieder dabei! Unser geliebtes Nashorn wird es ihnen zeigen, wer der echte Sieger ist!«

Überall in ihrer Umgebung fielen die Menschen sich

in die Arme. Manche weinten vor Freude. Jene Bewohner aber, deren Contrade leer ausgegangen war, wendeten sich ab, zogen finstere Gesichter oder stießen Flüche aus. Ein junger Mann neben Mario machte seiner maßlosen Enttäuschung, dass seine Contrade leer ausgegangen war, Luft, indem er mit einem Stock die Luft zerhackte.

Plötzlich legte sich der Lärm wieder. Am Fenster des Palazzo zeigten sich nun zwei der Ratsherrn.

»Die Gebrüder Benincasa«, erklärte Bartolo leise, und Gemma starrte neugierig nach oben zu den beiden, deren Briefe und Antwortschreiben sie nun schon einige Male hin und her getragen hatte.

»Bürger von Siena!«, begann Stefano, der ältere der beiden. Die Ähnlichkeit mit Caterina war unverkennbar, wenngleich sein wohlgerundetes Gesicht zeigte, dass er den Vorzügen der Tafel keineswegs abgeneigt schien. »Dieser Tag der Freude wird seit dem Morgen von einem tragischen Ereignis überschattet, dessen Kunde wir euch nicht vorenthalten wollen. Wir haben abermals eine Tote zu beklagen.«

»Sie wurde am Brunnen von Fontebranda gefunden«, fügte Puccio Benincasa hinzu, der schmal und klein war wie Caterina und dessen wirrer blonder Lockenschopf ihm etwas Weibisches gab. »Genau an der Stelle, wo schon einmal ein unschuldiges Kind sein Leben lassen musste.«

Etwas Kaltes rührte an Gemmas Herz. Plötzlich war es, als strömte flüssiges Eis durch ihre Adern. Lass es nicht schon wieder eines von ihnen sein!, betete sie stumm. Heilige Maria, Muttergottes, ich flehe dich an: Mach, dass es keines von Mamma Linas Kindern ist!

»Ein kleines Mädchen«, ergriff nun wieder Stefano das

Wort. »Keine fünf Jahre alt. Wer auch immer dieses schreckliche Verbrechen begangen hat, wird hart bestraft werden …«

Es blieb Gemma keine Zeit, weiterhin auf seine Worte zu achten, denn unmittelbar neben ihr war Bartolo mit einem dumpfen Gurgeln kraftlos in sich zusammengesackt und zu Boden gestürzt.

Seine Lippen waren bläulich angelaufen. Er rührte sich nicht mehr.

Jetzt erst, nachdem es langsam still wurde in Santa Maria della Scala, wagte sich Gemma aus der engen Wäschekammer, in der sie sich bislang versteckt gehalten hatte. Wie viele Stunden sie neben den ordentlich geschichteten Kleiderbündeln gekauert hatte, wusste sie nicht, doch die Zeit war ihr vorgekommen wie eine Ewigkeit.

Nun erhob sie sich mit steifen Gliedmaßen und hüllte sich wieder in den dunklen Umhang der Mantellatinnen, den Caterina ihr für Bice anvertraut hatte. Es ist bestimmt in Caterinas Sinn, sagte sich Gemma, während sie die Treppe zum ersten Stock nahm und danach den endlos langen, nur schwach beleuchteten Flur betrat, wo nur ab und zu eine Öllampe an der rau verputzten Wand für spärlichste Beleuchtung sorgte. Schließlich geht es bei der ganzen Unternehmung ja einzig und allein um die reine Wahrheit.

Wie hatten sie sich um Bartolo gesorgt, der erst nach einigen Augenblicken der Ohnmacht wieder zu Bewusstsein gekommen war! Zusammen mit Mario hatte sie veranlasst, dass ihn zwei starke Männer auf einer Bahre nach

Hause trugen, eine Maßnahme, gegen die er allerdings auf dem gesamten Weg leise gewettert hatte. Lavinia war bleich geworden, als sie so ankamen, hatte ihren Mann sofort nach oben in den Alkoven bringen lassen und war die nächsten Stunden nicht mehr von seiner Seite gewichen. Sie war es auch gewesen, die darauf bestanden hatte, dass man den Apotheker rufen müsse, und so war schließlich Savo Marconi mit seiner schwarzen Tasche bei ihnen erschienen.

Hatte sich Gemma das lediglich eingebildet, oder vermied er wirklich, in ihre Richtung zu schauen? Jedenfalls durfte keiner dabei sein, während der Apotheker den Geschwächten untersuchte, das hatte er sich ausbedungen. Schließlich diagnostizierte er eine mittelschwere Insuffizienz des Herzens und verordnete die tropfenweise Anwendung einer Lösung aus Fingerhut und Sonnentau, die er selber zusammengestellt hatte.

»Keinerlei Aufregungen!«, hatte er die verängstigte Familie beschworen. »Sonst wird die Schwäche weiter zunehmen, und das könnte dann wirklich gefährlich für ihn werden.«

Bartolo schien es recht zu sein, dass er sich im Augenblick um nichts kümmern musste; schläfrig und schwer blinzelnd lag er unter seiner Decke, allen Fragen entzogen.

Er war genau in dem Augenblick zu Boden gestürzt, als von dem toten kleinen Mädchen beim Brunnen die Rede gewesen war! Dieser Gedanke hatte Gemma seitdem nicht mehr losgelassen. Inzwischen wusste sie, dass die kleine Cata mit dem süßen Lächeln das Opfer war – also doch wieder eines von Mamma Linas Kindern. Matteo hatte ihr die schreckliche Nachricht in einem kleinen Brief zukommen lassen. Matteo, in dessen zärtliche

Umarmung sie sich flüchten würde, sobald dieses halsbrecherische Unterfangen endlich hinter ihr lag.

Die Tür zum Uffizium des Rektors. Und gleich nebenan musste der Raum liegen, von dem Mamma Lina gesprochen hatte. Wie schrecklich sie sich jetzt fühlen musste, nachdem sie ein weiteres ihrer Waisenkinder verloren hatte! Gemma wollte zu ihr gehen, sie fest in die Arme nehmen und zu trösten versuchen, das hatte sie sich vorgenommen, obwohl es, wie sie gleichzeitig wusste, für diesen neuerlichen Verlust keinen wirklichen Trost geben konnte.

Und wenn der schwarze Mann, den die Kleine als Einzige gesehen hatte, nun auch Cata geholt hatte? Ein Gedanke, der sich nicht zum ersten Mal an diesem Tag in Gemmas Gehirn einnisten wollte. Vielleicht fand sie ja auch darauf eine Antwort, wenn sie hier erst einmal entdeckt hatte, wonach sie suchte.

Das Drahtstück in ihrer Hand fühlte sich auf einmal heiß an, aber das rührte wohl eher von der Hitze, die ihr Körper abstrahlte. Sie steckte es in das Schlüsselloch und drehte es langsam nach rechts. Das Schloss bewegte sich. Leos Freund bewies auch an dieser Tür seine Wunderkraft.

Sie zog das Öllämpchen aus der Tasche, die sie sich umgehängt hatte, gewann mit Zunder und Feuerstein geschickt einen Funken und brachte damit den Docht zum Brennen. Jetzt konnte sie sich umsehen. Dicke Folianten standen Rücken an Rücken in den einfachen Regalen aus Pappelholz. Ihr Finger glitt an den Beschriftungen entlang. Vieles war unleserlich und in Kürzeln verfasst, die ihr nichts sagten. Auf gut Glück zog sie einen Band heraus, trug ihn zu dem kleinen Tisch, der am Fenster stand, setzte sich auf den Klapphocker, den jemand dort abgestellt hatte, und begann zu blättern.

Die Ordnung war verblüffend, wie Gemma schon nach der Lektüre weniger Eintragungen feststellen konnte. Auch das, was nicht bekannt war, hatte man fein säuberlich notiert: *Mutter: Aurelia Boldoni, Vater: unbek., Kind: Angelo * 4. 5. 1357 zu Siena ...*«

Gemmas Finger glitt weiter. Namen um Namen, alles Kinder, die schließlich zu *getatelli* und damit Schützlingen von Santa Maria della Scala geworden waren.

Plötzlich hielt sie inne. *Mutter: Romana Cescolini, † 1362, Vater: Roberto Cescolini, † 1360, Kind: Lelio * 7. 12. 1357; Kind: Cecilia * 3. 3. 1360, † 3. 4. 1361 ...*

Da war er, ihr Liebling, und die wenigen Daten seines jungen Lebens, die sie im schwachen Schein entziffern konnte, sprachen ihre eigene Sprache. Sein Vater war gestorben, da war Lelio drei gewesen, die Mutter nur zwei Jahre später. Sein Schwesterchen hatte nur ein Jahr gelebt. Lelio war als Waisenkind im Hospital untergekommen, bis Mamma Lina ihm und den anderen Kindern ein neues Zuhause gegeben hatte, sechs Kindern, von denen inzwischen zwei nicht mehr am Leben waren ...

Gemma schlug das Buch zu und stellte es zurück an seinen Platz. Sie durfte ihr Ziel nicht aus den Augen verlieren. Sie musste über Angelina herausfinden, was sie wissen wollte, sonst würde sie niemals innerlich Ruhe finden.

Zwei weitere Bücher musste sie durchsehen, dann war sie endlich im richtigen Jahr angelangt: 1363 war das Jahr, in dem Angelina wahrscheinlich geboren wurde. Jetzt galt es, halbwegs Ruhe und Geduld zu bewahren. Doch je näher sie dem gesuchten Datum kam, desto seltsamer wurde Gemma zumute. Ihr Hals war wie zugeschnürt, kalte Schauer liefen ihr über die Haut, dann wieder schwitzte sie. Sollte sie sich nicht doch von dem schweren Umhang befreien?

Dazu würde immer noch Zeit sein, wenn sie erreicht hatte, was sie sich vorgenommen hatte. Ihr Finger fuhr entlang der Eintragungen weiter nach unten – und plötzlich stockte sie.

Das musste es sein! *Mutter: Fiamma …*

Sie schrak zusammen, als die Tür mit einem kräftigen Ruck aufgerissen wurde. Auf der Schwelle stand Celestina, in der Rechten eine brennende Kerze, deren unruhiger Schein ihr Krötengesicht zu einer wahrhaft satanischen Maske verzerrte.

»Da ist sie – die Mörderin!«, schrie sie. »Hierher, Messer Barna! Ich habe sie gleich neben Eurem Uffizium gestellt.«

»Ich wollte doch nur …« Gemma stand abrupt auf.

»Keine Bewegung!« Celestina hielt ihr die tropfende Kerze wie ein Flammenschwert drohend entgegen. »Was hat das arme kleine Ding gesagt, bevor es sterben musste? *Der swarze Mann!* Ich erinnere mich an jedes einzelne Wort. Die Kleine hat sich nur in einem getäuscht: Schwarz war ganz richtig, wie wir jetzt wissen, aber es war kein Mann, der hinter den Kindern her war und sie getötet hat, sondern eine Frau. Diese Frau!«

Barna kam in das Zimmer gestürmt, begleitet von mehreren Wachen.

»Das hättet Ihr niemals tun dürfen!«, rief er aufgeregt. »Sich unbefugt Zutritt zu unserem Archiv zu verschaffen. Niemand darf das tun!« Sein Blick glitt über das aufgeschlagene Buch, dann entdeckte er daneben Leos Freund, den Gemma auf dem Tischchen abgelegt hatte. »Und dazu mit tüchtigem Einbruchswerkzeug versehen! Euer Mann hat recht: Ihr seid wahrhaft von Dämonen besessen. Habt Ihr Euch deswegen an diesen unschuldigen Seelen vergangen?«

»Welchen Seelen? Und wieso mein Mann? Was hat Lupo mit alldem zu tun? Nur einen Augenblick, bitte! Ich kann Euch alles erklären, geehrter Rektor«, rief Gemma, die vor Angst plötzlich kaum noch schlucken konnte. »Ich bin nur hier, um …«

»Bindet sie!«, rief Barna. »Und dann ab in die Zelle, bis sie ihre schändlichen Taten gestanden hat!« Er straffte sich, wirkte plötzlich um einiges größer und stattlicher. »Gemma di Cecco, im Namen von Santa Maria della Scala klage ich Euch an des Mordes an den Kindern Mauro Porretta und Caterina Naddo, genannt Cata. Ihr werdet Euren Richtern vorgeführt werden.«

Jegliche Antwort blieb Gemma im Hals stecken. Zwei Männer rissen ihr grob die Hände auf den Rücken und schnürten sie mit einem Strick zusammen. Danach trieb man sie unter Schlägen aus dem Raum, den dunklen Gang entlang, die Stufen hinunter bis in den Keller, wo eine modrige Zelle die Gefangene aufnahm.

Neun

Angst hatte ihre klamme Hand auf das stattliche Haus der Santini gelegt, und all seine Bewohner bekamen ihren eisigen Hauch von Tag zu Tag deutlicher zu spüren. Trotz der eindringlichen Warnungen des Apothekers hatte Bartolo das Bett in dem Augenblick verlassen, in dem ihn die Schreckensnachricht erreicht hatte, und nach heißem Wasser für eine Rasur sowie seinen besten Kleidern verlangt. Seitdem war er rastlos in der Stadt unterwegs, von seinem Kummer zu sehr in Anspruch genommen, als dass er wie sonst jedes Jahr auf die vielen bunten Fahnen hätte achten können, die nun zu Ehren des anstehenden Palio vor zahlreichen Fenstern flatterten. Sein Hauptbestreben war, wie er immer wieder betonte, »zumindest das Schlimmste abzuwenden«. Wie er das anstellen wollte, behielt er für sich; nicht einmal Lavinia wusste, wen er nacheinander alles aufsuchte, um Gnade für die älteste Tochter zu erflehen, doch leider waren seine Anstrengungen bislang vergeblich geblieben.

»Sie sagen alle, sie könnten mir nicht helfen«, klagte er, als er am dritten Tag grau vor Erschöpfung zu Hause anlangte, zu entmutigt und ausgelaugt, um sich noch an der leichten Gemüsesuppe und dem Kalbsbraten zu laben. »Nicht in so einem heiklen Fall. Wer sich mit Santa Maria della Scala anlege, der müsse ein Idiot sein oder zumindest eine gehörige Portion Tollkühnheit besitzen. Das und noch Ärgeres musste ich mir anhören. Dabei dachte ich bislang, ich hätte in meiner Heimatstadt viele Bekannte und einige sehr gute Freunde. Doch wo sind sie jetzt allesamt geblieben? Wenn der Himmel seine Hand von dir abgezogen hat, stehst du auf einmal ganz allein da, das zumindest weiß ich jetzt.«

»Und Barna selber?«, fragte Lavinia. »Warum wendest du dich nicht direkt an ihn?«

»Bist du von Sinnen?«, herrschte er sie an. »*Er* ist doch derjenige, der mein Mädchen verhaften ließ!«

»Letztlich hat Gemma sich alles selber zuzuschreiben.« Lavinia hatte dicke Lider, die von anhaltender Schlaflosigkeit zeugten. Aber sie plagte weniger die Sorge um die Eingesperrte, sondern die Frage, wie es mit der restlichen Familie nun weitergehen solle. »Wieso musste sie ihrem Mann auch davonlaufen? Damit hat das ganze Übel erst angefangen.«

Bartolo warf ihr einen schneidenden Blick zu. »Du enttäuschst mich zutiefst, Lavinia! Allenfalls könnte ich dir noch zugute halten, wie wenig du Bescheid weißt. Denn dieser Lupo di Cecco ist in Wahrheit ein Teufel in Menschengestalt – und keineswegs der Ehrenmann, den er uns vorgegaukelt hat.«

»Wollest du ihn damals nicht unbedingt zum Schwiegersohn haben?«

»Bring die Dinge nicht durcheinander!« Die dicke Ader an Bartolos Stirn zeigte, wie wütend er geworden war. »*Dir* konnte es seinerzeit doch nicht schnell genug gehen, meine Älteste an ihn zu verschachern. Ein unverzeihlicher Fehler, wie ich nicht erst seit heute weiß. Denn er hat mich nicht nur um eine stattliche Schiffsladung Salz betrogen, sondern Gemma schlimmer behandelt als ein Stück Vieh. Sie hatte allen Anlass, das Weite zu suchen.«

»Und beides willst du hinnehmen«, keifte sie zurück, »ohne dich gegen di Cecco zu wehren?«

»Natürlich nicht! Ich hab die Unterlagen und Beweise schon alle zusammengetragen. Sobald der Palio vorbei ist, werde ich den Rat in Kenntnis setzen.« Seine Hand zitterte leicht, als er den Becher an die blassen Lippen setzte und trank. Seine Stimme jedoch war fest. »Aber zuerst gibt es Wichtigeres zu tun! Natürlich sind die Beschuldigungen gegen Gemma haltlos, das kann doch jeder erkennen, der einen Funken Verstand besitzt. Gemma liebt Kinder. Niemals hätte sie einem dieser unschuldigen Wesen etwas angetan!«

»Und wieso hat man sie dann angeklagt?«, fragte Lavinia in spitzem Tonfall. »Dazu muss es doch triftige Gründe geben! Immerhin hat man sie nachts im Hospital ertappt, wo sie sich heimlich eingeschlichen hat, um in amtlichen Unterlagen zu wühlen. Was in aller Welt hatte sie da zu suchen, frage ich dich, anstatt am Bett des kranken Vaters zu wachen, wie jede andere besorgte Tochter es an ihrer Stelle getan hätte?«

»Weil sie den wahren Schuldigen noch nicht gefunden haben oder ihn vielleicht gar nicht finden wollen.« Bartolo schien wenig daran interessiert, auf das Thema der Unterlagen einzugehen. »Und der aufgebrachten Meute schnell eine Mörderin präsentieren wollen, um sie zu beruhigen, auch wenn Gemma es gar nicht gewesen sein kann?« Er wiegte seinen Kopf, der in den letzten Tagen noch grauer geworden war. »Mein Mädchen muss Feinde haben, von denen wir bis jetzt nichts gewusst haben. Nur so kann ich es mir überhaupt erklären. Einflussreiche Feinde, die offenbar entschlossen sind, sie zur Strecke zu bringen.«

»Muss Gemma jetzt sterben?«, rief Teresa, die bislang nur mit verweintem Gesicht zugehört hatte.

»Gemma darf nicht sterben!« Lucia begann lauthals zu schluchzen, klammerte sich an die ältere Schwester und war nicht mehr zu beruhigen. »Sonst will ich auch nicht mehr weiterleben!«

»Da siehst du, was du schon wieder angerichtet hast!«, rief Lavinia erbost. »Deine Kinder – kennst du denn gar kein Erbarmen? Wie werden unsere Mädchen nun dastehen mit einer Halbschwester, der man die schwersten Verbrechen anlastet? Kein junger Mann aus guter Familie wird sie mehr zur Frau haben wollen, nicht einmal nach vielen Jahren!«

Sie schniefte und versuchte, die beiden an sich zu drücken, doch Teresa und Lucia rissen sich los und liefen aus dem Zimmer.

»Ich hab nicht nur diese beiden Töchter«, entgegnete Bartolo dumpf. »Ich muss auch an ...«

»An *sie* hast du doch schon viel zu viel verschwendet! Hochzeitsfeier, Mitgift und Aussteuer – und jetzt auch noch all das schöne Silber, das du für deine sinnlosen Bestechungsversuche aufbringst. Einmal muss Schluss sein! Schluss, verstehst du, Bartolo? Mein Vater wusste schon, weshalb er unbedingt auf einem Vertrag für diese Ehe bestanden hat!« Jetzt schrie Lavinia. »Und ich danke ihm noch heute dafür. Denn es ist schließlich auch mein Vermögen, von dem du so bedenkenlos zehrst, vergiss das nicht! Ich könnte von dir, wenn ich wollte, verlangen, dass du über jede einzelne Lira Rechenschaft ablegst.«

»Noch bin ich das Oberhaupt dieser Familie, und so lange ich zu sagen habe, was …«

»Seid still!«, schrie Mario, der den Streit mit immer ängstlicherem Gesichtsausdruck verfolgt hatte. »Seid endlich still, alle beide! Gemma sitzt im Kerker, und ihr keift euch an wie Marktweiber. Wieso versucht ihr nicht lieber, ihr zu helfen? Sie braucht unsere Hilfe jetzt doch so dringend!«

Mit schmerzverzerrter Miene presste er sich die Hände auf die Ohren, während Bartolo und Lavinia ihn verdutzt anstarrten. Nachdem aber keine tröstende Antwort kam, auf die er so sehnsüchtig gewartet hatte, drehte er sich um und rannte ebenfalls aus dem Zimmer.

»Wo willst du hin, Mario?«, hörte er Teresa rufen, da hielt er bereits die Klinke der Haustüre in der Hand. »Nimm mich mit! Wie kann ich ohne dich noch hierbleiben?«

Doch es gab schon mehr als genug, was Mario allein mit sich auszumachen hatte. Denn da war es wieder, dieses scheußliche Stechen im Unterbauch, beinahe, als schneide ein scharfes Messer durch die Eingeweide. Was danach kommen würde, wusste er inzwischen nur allzu gut, und tatsächlich spürte er es auch schon wieder, dieses verräterische warme Tröpfeln, das sein baldiger Untergang sein konnte, sobald jemand es bemerkte.

Wohin nur sollte er sich wenden? Wen um Hilfe bitten? Auf der Gasse schaute Mario verzweifelt nach links und rechts. Gemma, die einzige Zuflucht weit und breit, steckte selber in allergrößten Schwierigkeiten und war unerreichbar. Aber es gab ja noch ihre Freundin Mamma Lina!

Die schlanken Beine setzten sich wie von selber in

Bewegung. Er lief nicht zu schnell, damit die provisorische Einlage, zu der er in seiner Not gegriffen hatte, bloß nicht verrutschte.

Vor Mamma Linas Haus angekommen, ließ er den Klopfer so hart gegen das Holz krachen, dass er selber erschrak. Dennoch dauerte es eine ganze Weile, bis sie ihm öffnete. Ganz in Schwarz gekleidet, das Gesicht schmal vor Kummer, die Augen stark gerötet. Die gebeugte Gestalt vor ihm besaß kaum noch Ähnlichkeit mit der schönen, strahlenden Frau seiner Erinnerung.

»Ihr seid meine allerletzte Hoffnung!«, stieß Mario hervor. »Ich bin Gemmas junger Verwandter aus Augsburg, der schon einmal hier war. Verzeiht, ich weiß, dass Ihr gerade einen schrecklichen Verlust erlitten habt. Doch steht mir trotzdem bei, ich flehe Euch an bei allen Heiligen, ich stecke in größten Schwierigkeiten.«

Lina starrte auf den verschwitzten mageren Jungen, der sich beim Reden offenbar vor Schmerzen krümmte. Schließlich fiel ihr Blick auf seine Beinlinge, die sich an der Schenkelinnenseite dunkel färbten.

»Komm herein!«, sagte sie und führte ihn in den Raum mit dem großen Tisch. »Was ist geschehen?«

Jetzt kämpfte Mario mit den Worten, doch die Wahrheit musste heraus – endlich. »Könnt Ihr nicht abschließen?« Mehr ein hilfloses Krächzen als eine Bitte.

»Sie trauern alle um ihre kleine Schwester«, sagte Lina. »Keiner wird uns jetzt stören. Also?«

Statt einer Antwort zog Mario seine Schecke aus, danach das Wams. Als er auch noch sein Hemd abstreifen wollte, hielt Lina ihm abwehrend die Hand entgegen, um ihm Einhalt zu gebieten. Doch er schüttelte nur kurz den Kopf und ließ sich von seinem Tun nicht abbringen.

Lina verschlug es den Atem, was sie zu sehen bekam: breite Leinenbinden, fest um den Oberkörper gewickelt, damit dieser unter dem Hemd möglichst flach wirkte. Mario löste sie ungeduldig, Schicht um Schicht, bis er schließlich nackt vor ihr stand.

Zarte, mädchenhafte Brüste mit rosigen Spitzen, so makellos, wie sie nur in der ersten Jugendblüte sein können.

»Du bist ein Mädchen!«, entfuhr es Lina. »Ein junges, wunderschönes Mädchen!«

Das Mädchen nickte, begann zu weinen. »Ich heiße Maria«, sagte es. »Und ich blute.«

Tapfer versuchte sie, sich die Tränen aus dem Gesicht zu wischen, und musste schließlich doch kapitulieren vor der Flut, die sich jetzt unaufhaltsam Bahn brach.

»Ich wusste nicht, an wen ich mich wenden sollte«, schluchzte sie. »Gemma, der ich als Einziger vertraue, haben sie eingesperrt, und *zio* Bartolo darf es doch nicht erfahren ...«

»Zieh dein Hemd wieder an, Maria!«, sagte Lina. »Und dann lass mich sehen, wie ich dir helfen kann.«

Sie ging hinaus und kam nach einiger Zeit mit einem Krug Wasser, einer Waschschale, Tüchern und einem Stapel geschnittener Leinenstreifen zurück, die sie dem Mädchen reichte.

»Die hab ich eigentlich für unsere Mia vorbereitet«, sagte sie. »Zum Glück ist unser Vorrat groß genug. Was hast du dir bei dieser Maskerade nur gedacht? Die Natur lässt sich nicht dauerhaft belügen. Du hättest doch wissen müssen, dass deine Verkleidung früher oder später auffliegt!«

Marias Gesicht hatte sich dunkelrot gefärbt. »Lasst Ihr mich ein paar Augenblicke allein?«, fragte sie.

Mamma Lina kam der Bitte nach und betrat das Zimmer erst wieder, als das Mädchen suchend den Kopf herausstreckte.

»Jetzt fühle ich mich viel besser«, sagte Maria. Sogar die Beinlinge hatte sie halbwegs säubern können. »Habt tausend Dank, Mamma Lina! Nur eine Frau konnte mich aus dieser Not erlösen, und Lavinia hätte ich niemals zu fragen gewagt.«

»Aber damit ist dein Problem noch nicht gelöst«, sagte Lina. »Du wirst einige Tage lang stark bluten und danach Monat für Monat von Neuem, solange, bis du eines Tages …«

»Ich weiß«, sagte Maria. »Und ich weiß auch, dass alles ohnehin bald aufkommen muss.« Sie zog die Schultern fast bis zu den Ohren. »Ich bin nur nach Siena gekommen, weil mein Bruder plötzlich verstorben ist. Die Halsbräune – es ging so schnell, dass wir alle es nicht fassen konnten. Was sollte Vater tun? Er hatte es Mamma am Sterbebett geloben müssen, dass Mario eine Lehre bei *zio* Bartolo machen würde, um die Familie endlich wieder zu versöhnen. Und jetzt war sein einziger Sohn tot und diese Gelegenheit scheinbar für immer vertan. Da hab ich mich bereit erklärt, an seiner Stelle zu gehen, hab mir die Haare abgeschnitten und einfach seine Kleider angezogen. Aus Maria wurde Mario – alles schien so einfach. Doch mein Körper hat mir einen Streich gespielt, wahrscheinlich auch durch das gute Essen, das ich hier bekommen habe, nachdem wir zu Hause oft hungrig vom Tisch aufstehen mussten, weil das Geld so knapp war. Mein Körper hat sich, schneller als gedacht, verändert, ohne dass ich etwas dagegen tun konnte, ist immer runder, voller und weiblicher geworden. Und nun auch noch das! Schon seit zwei Monaten geht das so.« Sie deutete auf ihren Schoß. »Ich will *zio* Bartolo ja endlich die Wahrheit sagen, aber erst, wenn Gemma wieder frei ist. Wie könnte ich ihn jetzt damit belasten, sagt selber!«

Linas Züge hatten sich verhärtet. »Es sieht schlecht für Gemma aus«, sagte sie. »Sehr schlecht sogar.«

»Ihr glaubt doch nicht, dass sie …«

»Gemma könnte niemals Mauro oder Cata wehtun, geschweige denn ein Kind töten, das wissen wir beide. Aber es scheint Leute in dieser Stadt zu geben, die die Öffentlichkeit genau das glauben machen wollen. Gemma muss einflussreiche Feinde haben. Dabei dachte ich bislang immer, man habe es auf mich abgesehen, um mich zum Schweigen …«

»Aber wir können doch nicht einfach abwarten«, fiel Maria ihr ins Wort. »Egal, was auch immer dahintersteckt – wir müssen etwas unternehmen!«

»Genau das habe ich vor«, sagte Mamma Lina. »Ich werde nicht zulassen, dass sie eine Unschuldige bestrafen und dafür einen Mörder laufen lassen.«

»Aber wie wollt Ihr das anstellen?«

»Je weniger du darüber weißt, Mädchen, desto besser.« Linas Gesicht hatte sich abermals verschlossen, war wieder hart und fremd geworden. »Es gibt gewisse Dinge, die sollten so junge Wesen wie du gar nicht erfahren.«

»Weiß man, woran die beiden Kinder gestorben sind?«, fragte Maria. »Waren sie krank?«

Mamma Lina zuckte müde die Schultern. »Nein, das waren sie sicherlich nicht. Ich weiß nur, man hat beide vor dem großen Brunnen gefunden, beinahe an der gleichen Stelle. Als ob übergroßer Durst sie dorthin getrieben hätte. Doch in meinem Haus musste niemals ein Kind hungern oder Durst leiden, das kannst du mir glauben. Ich hab stets für alle gesorgt, so gut ich nur konnte.«

Ihre Tränen begannen zu fließen, und jetzt war es Maria, die ihr tröstend die Hand auf den Arm legte.

»In Augsburg, meiner Heimatstadt«, sagte sie nachdenklich, »da lebte ein Mann, der war geradezu verrückt nach Salz. Nicht so wie mein Vater Ulrich, der Tag und Nacht davon geträumt hat, in den Salzhandel einzusteigen, und der alles dafür getan hätte. Dieser andere Mann war regelrecht besessen vom Salz. Immer mehr hat er davon gebraucht und hat auch, wie sich später herausstellte, seine Kinder dazu genötigt, Salz in übergroßen Mengen zu essen.«

»Wieso erzählst du mir diese seltsame Geschichte?« Linas graue Augen waren voller Abwehr. »Was bezweckst du damit?«

»Wartet, Ihr werdet es gleich verstehen! Sein jüngster Sohn hat sich geweigert, weil ihm vor dem vielen Salz ekelte, da hat der Vater ihn dazu gezwungen, es doch zu essen. Hans, so sein Name, kam zu uns gelaufen, zitternd, elend, halb verwirrt, als würde er auf einmal nicht mehr wissen, wer er eigentlich war, hat um Wasser gebettelt, und die Stiefmutter hat ihm auch welches gegeben. Aber es war wohl schon zu spät. Plötzlich ist er zusammengebrochen und hat unsere halbe Küche vollgespien. Schließlich sah man nur noch das Weiße seiner Augen – er war tot.«

»Salz«, wiederholte Mamma Lina nachdenklich. »Viel zu viel Salz! Und der Kleine hat sich wüst erbrochen, sagst du? Aber wie kann man Kinder dazu zwingen, Salz zu essen?«

»Indem man ihnen droht, es ihnen gewaltsam einflößt oder es heimlich unter die Speisen mischt? Wenn sie klein sind, ist es schwierig für sie, sich dagegen zu wehren«, sagte Maria. »Der Vater von Hans hat sich später übrigens erhängt. In unserem Speicher, weil wir doch gegenüber dem Salzstadel wohnen, als ob er noch im Tod diesem verfluchten Salz so nah wie möglich sein wollte. Mein Bruder Mario hat ihn dort am Balken entdeckt und sich über den Anblick derart erschrocken, dass er wochenlang nicht mehr einschlafen konnte und Nacht für Nacht ...« Sie hielt inne. »Was ist mit Euch?«, fragte sie. »Ihr seht auf einmal so seltsam aus.«

»Nichts«, sagte Lina rasch. »Ich muss nur nachdenken.« Sie strich sich mit der Hand über das Gesicht, als wolle sie einen Gedanken verscheuchen. »Was stellen wir nun mit dir an?«, sagte sie dann. »Hierbehalten, wie du es vielleicht erwartet hast, kann ich dich nicht, erst recht nicht jetzt. Das musst du verstehen.«

Maria stieß einen Seufzer aus. »Am liebsten würde ich gar nicht mehr zurückgehen. Schon gar nicht als Junge. Doch vorerst muss ich wohl wieder zu Mario werden, zumindest bis der Palio vorüber ist, wo ich den Trommler abzugeben habe. Etwas Besseres fällt mir im Augenblick nicht ein.« Sie zögerte. »Aber ich darf doch wiederkommen, falls ich noch einmal Eure Hilfe brauchen sollte?«

Mamma Lina nickte. »Jederzeit«, sagte sie. »Mein Haus ist ein Haus der Verlassenen und soll es auch künftig bleiben.«

Matteo schwitzte. Seine Augen brannten, und sein Herz fühlte sich so wund an, dass er sich wunderte, wie es überhaupt noch regelmäßig weiterschlagen konnte. Noch ein Kind hatte sterben müssen, ein hilfloses kleines Mädchen – und Gemma war eingesperrt, des Mordes an Cata verdächtigt!

Er hatte es zunächst nicht glauben können, als Celestina ihm die Nachricht überbracht hatte, doch die ganze Stadt sprach von nichts anderem mehr. Vor allem in Fontebranda, wo die toten Kinder gelebt hatten, schlug die Aufregung über dieses Verbrechen so hohe Wellen, dass sogar der Palio und all seine festlichen Vorbereitungen in den Hintergrund gerieten.

»Ich muss sie sehen!«, hatte er gerufen. »Sie ist unschuldig, das weiß ich. Du musst mich zu ihr bringen – bitte!«

»Ausgeschlossen.« Das Krötengesicht war voller Abwehr. »Wie stellst du dir das vor? Gemma ist eine Gefangene des Hospitals. Ich darf ihr Essen und Trinken bringen, und das ist auch schon alles. Der Rektor hat angekündigt, dass sie der peinlichen Befragung unterzogen wird, um die Sache endlich aufzuklären. Aber natürlich erst, sobald der Palio vorüber ist.«

Das bedeutete: nicht mehr als achtundvierzig Stunden Aufschub. Danach würden sie die Liebste foltern, um ein Geständnis von ihr zu erpressen. Es gab wenige, die dieser Tortur standhielten. Wem erst einmal die eisernen Gerätschaften angelegt wurden, der konnte in aller Regel jegliche Hoffnung fahren lassen.

Das durfte mit seiner Liebsten nicht geschehen!

Daher hatte Matteo es kaum erwarten können, dass Celestina endlich sein Haus verließ, und gleich darauf auch

Nevio weggeschickt, der allerdings nur unter Murren zum Gehen zu bewegen war.

Jetzt, endlich allein, setzte er das Stemmeisen an und lockerte die Schwelle. Fieberhaft holte er seine Schätze aus dem Versteck, breitete sie um sich herum aus und begann zu lesen. Wenn diese Schriften schon das Geheimnis aller Geheimnisse bargen, nach dem so viele Weise überall vergeblich suchten, dann musste in ihnen doch auch eine Antwort für ihn, eine Lösung verborgen sein!

Seine Augen glitten über die eng beschriebenen Blätter, aber viel zu bald stellte sich das vertraute Gefühl von Hilflosigkeit ein, das er bereits nur allzu gut kannte. Wer auch immer der Verfasser dieser Texte war, er musste entweder ein Genie gewesen sein – oder ein Wahnsinniger. An verschachtelte Sätze, deren Wendungen Matteo kaum zu folgen vermochte, schlossen sich kurze Begriffe an, dann wieder seltsame Formeln, mit denen der Maler ebenso wenig etwas anzufangen wusste.

Schließlich, innerlich bereits verzweifelt, stieß er auf eine Passage, die ihm einigermaßen bekannt vorkam.

Aurum potabile … das Mittel, mit dem *die Hermetici Adepti den Gebrauch der Jugend zu erneuern gelernet* …

Das kannte er! Diese Zeilen hatte er bereits früher einmal gelesen. Matteos Finger flog über die krakeligen Zeichen, um sich besser zu orientieren.

… Hauptingredienzen dieses Mittels zur Lebensverlängerung und Lebenserneuerung sind Zinnober, rotes Quecksilber, Gold, Soma und Salz. Man muss es trinken und dann einiges an Geduld bewahren. Haare können ausfallen, Zähne sich lockern. Doch der Körper wird gereinigt. Alles dreht sich um, neues Leben schießt ein.

Die Haare wachsen nach, die Haut wird jung und straff, und sogar die Zähne bilden sich erneut ... Denn dieses Elixier ist nichts anderes als der Schlüssel zum Ewigen Leben ...

Da war ein seltsames Geräusch am Fenster gewesen! Matteo schrak zusammen, ließ das Blatt sinken. In seiner fiebrigen Betriebsamkeit hatte er ganz vergessen, die Läden zu schließen, wie er es bislang stets getan hatte, wenn er sich an diesen verbotenen Blättern zu schaffen gemacht hatte. Jetzt aber hatte ihm jeder von draußen in aller Ruhe zusehen können. Sein Schweiß floss mit einem Mal noch heftiger. Wie hatte er nur so unvorsichtig sein können!

Ohne sie in die alte Ordnung zu bringen, packte er die Blätter zusammen und legte sie wieder unter die Schwelle, die er darüber in bewährter Weise befestigte. Sein Puls raste. Das Herz schlug ihm bis zum Hals. Nie wieder im Leben hatte er den Eiskeller von Santa Maria della Scala noch einmal betreten wollen, das hatte er sich in jener Nacht geschworen. Nun aber wusste er, dass er seinem Schwur untreu werden musste. Doch dieses Mal würde er nicht allein gehen und sich später nur auf seine Zeichnungen verlassen können. Obwohl es eigentlich unmöglich schien, hatte er sich entschlossen, eine Zeugin mitzunehmen. Nun galt es erneut, den Zerberus in Frauengestalt gefügig zu machen, der die Schwelle zu diesem Totenreich grimmig bewachte.

Matteo kühlte sein glühendes Gesicht mit Wasser, zog alte Beinlinge an und eines seiner geflickten Hemden. Der Korb mit den notwendigen Gerätschaften war schnell gepackt und sogar mit einigem ergänzt, was ihm schon beim letzten Mal gute Dienste hätte leisten können. Er war bereit, aufzubrechen.

Matteo ließ die Haustür ins Schloss fallen und ging mit großen Schritten quer über die Straße zu dem Nachbarhaus mit den blauen Fensterläden, aus dem seit Tagen kein fröhliches Kinderlachen mehr nach draußen gedrungen war.

🍂

Die Gestalt im schwarzen Umhang löste sich von der abendlich aufgeheizten Häuserwand, an der sie bislang wie ein riesiges Reptil geklebt hatte, das die letzten warmen Strahlen in sich aufnimmt, bevor es abermals in Starre verfällt. Einsetzende Dunkelheit machte das Vorhaben leichter, doch der Mann war daran gewöhnt, sich sogar im Hellen unsichtbar zu machen.

Einfache Schlösser wie dieses konnten ihn keinen Augenblick abhalten; nach einem Lidschlag und einer raschen Umdrehung war er bereits in Matteos Haus eingedrungen. Er hatte lange genug von draußen zugesehen, um sich auch drinnen bestens auszukennen. Ein paar Schritte, schon hielt er das Stemmeisen in der Hand, ein paar weitere Bewegungen, und die Schwelle war gelöst.

Das Versteck lag offen vor ihm. Geschmeidiges Niederknien, Rascheln, und alle Blätter, die es geborgen hatte, waren im Nu unter dem weiten schwarzen Umhang verschwunden.

Die Schwelle wurde wieder zugenagelt.

Die dunkle Gestalt trat einen Schritt zurück und begutachtete das Werk. Alles war wie bisher. Niemand würde bemerken, dass jemand sich hier zu schaffen gemacht hatte.

Jetzt erst spielte ein kleines Lächeln um die fleischigen Lippen des Mannes. Der *padrone* würde zufrieden sein, allein das zählte.

❧

Jemand vor ihr musste ein Loch in das oberste Stück der Wand gebohrt haben, das den Blick auf ein winziges Stück Himmel freigab. Daher wusste Gemma, dass es inzwischen zweimal Nacht und zweimal Tag geworden war. Immer wieder drehten sich ihre Gedanken um jene unbekannten Person, die das Loch hinterlassen hatte und die sehr groß oder mehr als verzweifelt gewesen sein musste, denn die Öffnung befand sich unerreichbar über Gemmas Kopf, selbst wenn sie sich auf der hölzernen Pritsche auf die Zehenspitzen stellte und sich streckte, so weit sie nur konnte.

An diese Person zu denken, half ihr, den Verstand nicht zu verlieren und auch nicht das letzte Restchen Mut, selbst wenn es immer schwieriger wurde, je mehr trostlose Stunden verrannen. Manchmal nützte es auch, sich die sorgfältig geführten Register von Santa Maria della Scala in Erinnerung zu bringen, bei deren Durchsicht man sie so jäh aufgestört hatte. Jetzt wusste sie endlich Bescheid über jenes Geheimnis, das so lange auf ihrer Seele gebrannt hatte – doch was half ihr das noch, in dieser scheinbar ganz und gar ausweglosen Situation, in der sie sich befand?

Alles, was nur irgendeine Ablenkung oder Unterbrechung bedeutete, war ihr mehr als willkommen. Sogar der Anblick von *madre* Celestina zählte dazu, die ihr morgens und abends Wasser und Essen brachte und danach mit steinerner Miene den Abtritteimer leerte. Leider war es Gemma bis jetzt nicht gelungen, das verstockte Krötengesicht zum Reden zu bringen, egal, wie schlau sie es jedes Mal auch anstellte.

Nur ein einziges Mal hätte Gemma es beinahe geschafft.

»Hat Matteo Euch eigentlich schon eine Nachricht für mich übergeben?« Es gelang ihr, diese Worte auszusprechen, ohne dass ihre Stimme zitterte.

Es war noch hell genug gewesen, um den seltsamen Ausdruck zu erkennen, der daraufhin in Celestinas Augen trat. Dann aber wandte sie sich rasch ab und stieß eine Art Brummen aus, was Gemma als Antwort genügen musste.

Sie war also bei ihm gewesen. Matteo wusste, dass sie hier gefangen saß. Warum kam er dann nicht, um sie zu befreien?

Eine halbwegs vernünftige innere Stimme raunte Gemma zu, dass Matteo gar nicht die Möglichkeit dazu hatte, dass ihm die Hände gebunden waren oder er nicht wusste, wie er es anfangen sollte, doch all ihr Sehnen, all ihre Wünsche behaupteten genau das Gegenteil.

Vielleicht liebte er sie nicht mehr, hatte sie niemals wirklich geliebt, sondern nur begehrt – solch dunkle Gedanken machten sich immer häufiger in ihr breit und drohten, sie mit dem ätzenden Gift des Zweifels zu überschwemmen. Wenn es besonders unerträglich wurde, kniff sie die Augen so lange zusammen, bis das Schwarz verschwand und leuchtende Farben sich zeigten. Dann konnte es geschehen, dass mit einem Mal das Bild der toten Mutter vor ihr erschien, die sie freundlich anlächelte. Verharrte Gemma lange genug in diesem

Zustand, verschwammen Francescas Züge mit denen der gemalten Madonna – ein Frauengesicht, so sanft, so aufmunternd, so voller Liebe, dass sie zumindest ein Fünkchen an Zuversicht zurückgewann.

Ihre Ankläger mussten doch herausgefunden haben, dass sie nichts mit Catas Tod zu tun haben konnte!

Mamma Lina würde es besser wissen, auch Bartolo und natürlich erst Matteo, der sie nach wie vor schätzte und liebte. Einer von ihnen oder besser noch alle zusammen mussten zum Rektor gehen und ihn bestürmen, sie endlich freizulassen. Niemand durfte eine Unschuldige wie sie auf so schreckliche Weise bestrafen.

Doch nichts geschah. Gemma blieb in ihrer Zelle gefangen, konfrontiert mit diesem stinkenden Eimer, dessen Anblick allein ihr schon Übelkeit bereitete, mangelhaft versorgt mit ungewürzter Suppe, ein paar Scheiben Brot und zwei nachlässig gefüllten Krügen Wasser, die jedes Mal viel zu schnell aufgebraucht waren. Man hatte ihr zwar die Fesseln gelöst, nachdem man sie hier eingesperrt hatte – ein Privileg, das sie angesichts der Schwere ihres Verbrechens eigentlich nicht verdiente, wie Celestina mit spitzer Stimme anmerkte –, und dennoch fühlte Gemma sich nach wie vor an Händen und Füßen gebunden, einer unsichtbaren Macht ausgeliefert, die nach Belieben über sie und ihr künftiges Schicksal verfügen konnte.

Als sich zum dritten Mal Dunkelheit über das modrige Kellerloch senkte, stieg abgrundtiefe Verzweiflung in ihr auf, so rabenschwarz und überwältigend, dass keine Ablenkung mehr helfen wollte. Gemma barg ihr Gesicht in den schmutzigen Händen und begann bitterlich zu weinen.

❦

»Du willst es noch einmal wagen? Du musst in der Tat wahnsinnig sein!« Celestina hatte die schmale Nebentüre nur einen winzigen Spalt geöffnet. »Ihr zuliebe willst du abermals dein Leben aufs Spiel setzen – und meines dazu, wenn man dich entdeckt. Aber was soll das nützen? Gemma di Cecco ist schuldig und wird für ihre Taten bestraft werden.«

Wie Matteo es hasste, wenn sie Lupos Namen mit der Liebsten in Verbindung brachte! Und dennoch hatte sie in gewisser Weise recht. Gemma war noch immer Lupos Frau, zumindest vor dem Gesetz.

»Mir geht es nicht in erster Linie um sie, sondern um eine unglückliche Mutter.« Er versuchte, nahe bei der Wahrheit zu bleiben, so gut es eben ging, und dabei allen Schmelz, über den er verfügte, in seine Stimme zu legen. »Kannst du dir nicht vorstellen, wie Mamma Lina sich fühlen muss? Zwei ihrer Kinder sind tot, ermordet, wie es aussieht, und sie weiß nicht, wie es geschehen ist.«

»Und selbst wenn du etwas herausfindest – würde das die Kleinen wieder lebendig machen? Außerdem ist diese Lina keine Mutter«, widersprach Celestina. Aber die Türe war während des Gesprächs doch ein wenig weiter aufgegangen, das registrierte Matteo sofort. »Das hab ich ihr schon viele Male erklärt. Sie ist lediglich …«

»Liebste Celestina, ich flehe dich an!« Matteo war vor ihr auf der obersten Stufe niedergekniet. »Erlöse diese Frau! Du allein hast die Macht dazu. Bitte, sei gnädig!«

Er schien einen entscheidenden Nerv getroffen zu haben. Offenbar begann sie ernsthaft zu überlegen. Dann aber schüttelte sie energisch den Kopf.

»Was hätte *ich* schon davon?« Ihre Stimme klang trotzig. »Wo du ja noch nicht einmal deinen Verpflichtungen nachgekommen bist! In wenigen Nächten ist Vollmond, aber du ...«

»Was willst du?«, flüsterte Matteo. »Sag es! Ich bin zu allem bereit.«

»Das weißt du bereits, Matteo. Und wenn es dir ernst wäre, wie du jetzt vorgibst, dann würdest du dein Versprechen nicht nur aus freien Stücken um zwei weitere Nächte aufstocken, sondern freiwillig eine Art Anzahlung darauf leisten – und zwar hier und jetzt.« Celestina hielt sich die Hand vor den Mund, als sei sie mit einem Mal erschrocken über ihren eigenen Mut.

»Ich bin bereit«, wiederholte Matteo. »Lass mich hinein! Dann werde ich dir beweisen, *wie* bereit ich bin.«

Die Türe ging weiter auf, er hielt geschickt den Fuß dazwischen, und während er Celestina scheinbar folgte, drückte er rasch mit der Ferse einen seiner Holzspatel zwischen Schwelle und Türe. Wenn er Glück hatte und niemand ihn entfernte, war der Zugang nun für eine ganze Weile offen. Dennoch fühlte Matteo sich reichlich beklommen. Für das, was er so rasch versprochen hatte, hätte er nur allzu gern einen Stellvertreter gehabt, aber er war entschlossen, alles zu versuchen, was Gemma retten konnte.

Celestina hatte die nächstbeste Türe geöffnet und zog ihn ungeduldig mit sich. Erst am Geruch nach Seife und Veilchen erkannte Matteo, dass sie in einer Wäschekammer gelandet sein mussten. Celestina drängte sich an ihn, brünstig, voller Ungeduld. Ihre Hände schienen überall zu sein, neugierig und kundig, und zu seiner eigenen Überraschung spürte Matteo, dass auch er erregt wurde.

»Küss mich!«, flüsterte sie. »Fass mich endlich an! Und,

wie gesagt, selbst wenn du dir vorstellst, ich sei sie, so soll es mir in diesem Augenblick ganz egal sein!«

Er presste seinen Mund auf ihren Hals und zerrte an ihrem Mieder, weil er nicht recht wusste, wo er sonst beginnen sollte. Celestina schien indessen die Bänder bereits vorsorglich gelockert zu haben, und plötzlich hielt er mit der Rechten eine feste, kleine Brust umschlossen, die ihm überraschend mädchenhaft und zart erschien.

»Die beiden sind mein ganzer Stolz«, hörte er sie kichern. »Und keiner, der sie bislang zu sehen bekam, hat sich jemals darüber beschwert. Dabei wollte ich sie eigentlich ganz allein für dich aufheben. Aber wie hätte ich denn nach all der Zeit des vergeblichen Wartens und Hoffens ahnen können, dass du mich eines Tages doch noch erhören würdest?«

Ihre Hände machten sich einstweilen an seinem Hosenlatz zu schaffen. Sie rieb sein Glied durch den Stoff, hingebungsvoll und geschickt.

»Ich will dich spüren!«, keuchte sie. »Nicht nur deine Hände. Auch deinen Mund und deinen Schwanz. Überall! Mach mit mir, was immer du willst! Du sollst endlich mein Mann sein, Matteo, mein geliebter, geiler, wunderschöner Mann …«

Da waren plötzlich laute Schritte vor der Türe, die nach genagelten Stiefeln klangen. Celestina presste Matteo die Hand auf den Mund, bis sie vorüber waren.

»Das müssen die neuen Wachen des Rektors sein«, flüsterte sie, als endlich alles wieder still war. »Er hat sie bestellt, damit der Vorfall mit Gemma eine Ausnahme bleibt. Aber sie sind langsam und faul, das hab ich schon herausgefunden. Ihre erste Runde ist zu Ende. Nun werden sie sich eine Weile schlafen legen, bis sie dann zur zweiten…«

Matteo hatte sich behutsam aus ihrer Umarmung gelöst. »Dann sollte ich besser keine Zeit verlieren«, sagte er, beugte sich über Celestina und küsste sie auf den Mund. Sie hielt ganz still in seinen Armen, ließ es zunächst nur geschehen, ohne seinen Kuss zu erwidern. Dann erst spürte er ihre Zunge – und ihre abgrundtiefe Einsamkeit, und er begann sich zu schämen wie noch nie zuvor in seinem Leben.

»Davon hab ich immer geträumt.« Er glaubte, ihren Gesichtsausdruck vor sich zu sehen, obwohl es dunkel war. »Seit ich denken kann. Mich einmal wie eine schöne, begehrte Frau zu fühlen!« Er spürte die zärtliche Berührung ihrer Hand an seiner Wange und von Neuem ergriff ihn die Scham, so gerührt und gleichzeitig fröhlich klang sie. »Lass mich nicht zu lange warten, Liebster, bis ich dich wieder spüren darf!«

»Die kleine Tote wartet auch, Celestina«, erwiderte er leise, weil ihm nichts Besseres einfiel. »Ich finde, ihr sollten wir zunächst den Vortritt lassen.«

❦

Im Schein der Wachsstöcke sah sie sehr klein aus, wie sie da auf der hölzernen Bahre lag in ihrem schlichten weißen Hemdchen, sehr klein und sehr verloren. Das Lächeln war aus dem breiten Gesicht mit der leicht aufgeworfenen Nase verschwunden, und tiefer Ernst hatte sich über dieses einst so fröhliche Kindergesicht gelegt.

Mamma Lina beugte sich über Cata und streichelte sie.

»Von dir kann ich mich wenigstens verabschieden, kleiner Liebling«, flüsterte sie. »Was hat man dir nur angetan? Wo du doch nichts als Liebe warst dein ganzes kurzes Leben lang, nichts als reinste, hellste Liebe!«

»Wird es gehen?«, fragte Matteo leise. »Ich meine, wirst du auch aushalten können, was ich dir zumuten muss? Du kannst dich noch immer anders entscheiden. Jetzt ist es noch nicht zu spät.«

»Ich hab schon andere Dinge in meinem Leben ausgehalten«, lautete ihre Antwort. »Schlimmere, wenn du so willst. Und jetzt lass uns gemeinsam nach der Wahrheit suchen!«

Zusammen streiften sie ihr das Hemdchen ab.

»Vergib uns, kleine Cata!«, sagte Matteo. »Wir untersuchen dich im Namen deines Brüderchens Mauro und der unschuldigen Gemma, die dich sehr lieb hatte. Nur wenn wir herausfinden, was dir so wehgetan hat, können wir vielleicht verhindern, dass so etwas wieder passiert!«

»Vergib uns Sündern, barmherzige Muttergottes«, flüsterte Lina, »jetzt und in der Stunde unseres Todes – Amen.«

»Siehst du die dunklen Totenflecken auf ihrem Rücken?«, fragte Matteo nach eingehender Betrachtung. »Wenn du darauf drückst, verschwinden sie zwar kurz, aber sie treten schneller wieder auf, als es in meiner Erinnerung bei Mauro der Fall gewesen ist. Wahrscheinlich, weil Cata schon etwas länger hier liegt als er damals. Oder kommt es daher, dass der Sommer fortgeschritten und es draußen inzwischen noch wärmer geworden ist? Lauter Fragen, auf die ich keine schlüssige Antwort weiß.«

Vorsichtig begann er an der Haut von Catas linkem

Arm zu zupfen, die auch nach der Berührung leicht erhöht stehen blieb.

»Siehst du das? Beinahe, als wäre sie gestärkt. Das hab ich bei Mauro auch festgestellt. Allerdings hatte der auch einen ordentlichen Bluterguss am Arm, was ich bei Cata nirgendwo entdecken kann.«

»Das wundert mich gar nicht!«, sagte Lina. »Mauro hat sich, so wie ich ihn kenne, sicherlich gewehrt, wenn ihm etwas nicht gepasst hat und jemand ihn festhalten wollte. Cata dagegen hat immer alles mit sich anstellen lassen, weil sie sich gar nicht vorzustellen vermochte, jemand könne hässlich oder gemein sein. Vielleicht hat genau das es ihrem Mörder leicht gemacht. Denn an einen natürlichen Tod der beiden glaube ich schon lange nicht mehr.«

»Ebenso wenig ich«, sagte Matteo. »Genau deshalb sind wir ja jetzt beide hier.«

Seine Instrumente lagen säuberlich aufgereiht am Rand der Bahre. Ihm entging nicht, wie schwer Mamma Lina schlucken musste, als sie das scharfe Messer und die vorbereiteten Holzspatel erblickte.

»Ich schneide längs auf«, sagte er. »Das wird am schnellsten gehen. Du brauchst keine Angst zu haben«, setzte er unwillkürlich hinzu. »Sie kann es ja nicht mehr spüren.«

Flüchtiges Nicken. Die Frau neben ihm schien plötzlich kleiner geworden zu sein, so sehr hatte sie die Schultern eingezogen.

Matteo setzte das Messer an. Dieses Mal musste er nicht gegen das Brustbein als feste Sperre kämpfen, wie damals bei Mauro, sondern es gelang ihm, beiderseits die Ansätze der Rippen zu durchtrennen, was das Öffnen einfacher machte. Zusätzlich hatte er mit Bedacht das Messer gut geschärft. Sein Schnitt war sauber und reichte von der Drosselgrube bis hinunter zur Schamregion.

»Und nun die Spatel!«, sagte er und spreizte diese an den Rippenbögen ein, nachdem Mamma Lina sie ihm mit unsicherer Hand gereicht hatte. Die Bauchhöhle blieb damit für die Dauer seiner Untersuchung geöffnet.

Mamma Lina starrte angespannt in das Innere des Kindes. »So sehen wir alle aus?«, flüsterte sie.

»Ich denke, unsere inneren Organe sind um einiges größer und bestimmt nicht mehr alle in so gutem Zustand. Sieh nur, die Lunge, wie zart und fein sie ist! Und hier die kleine, gut durchblutete Leber!«

Er hatte ein Blatt herausgezogen und begann, alles Nötige mit schnellen Strichen abzuzeichnen.

»Wieso tust du das?«, wollte sie wissen.

»Das erkläre ich dir später«, sagte Matteo und warf ihr einen besorgten Blick zu. »Setz dich, ich bitte dich! Du siehst aus, als würdest du jeden Moment umfallen – und das können wir uns jetzt nicht leisten.«

»Ich werde durchhalten.« Linas Gesicht war weiß und hart. »Mach dir darüber keine Gedanken! Es ist nur dieser laue, süßliche Geruch, dem man nicht entkommen kann ... wo meine kleine Cata doch immer wie frisches Brot geduftet hat!«

Matteo legte das Blatt und die Kohle beiseite, wandte sich mit dem Messer wieder Catas Eingeweiden zu. Plötzlich stieß er einen halblauten Fluch aus. Beim Versuch, den Magen zu öffnen, dem nach allem, was er bislang herausgefunden hatte, sein Hauptaugenmerk galt, war er offenbar abgerutscht und hatte dabei eine Ader erwischt. Blut rann heraus, eine beachtliche Menge, die seine Hände dunkel färbte.

»Jetzt brauche ich deine Hilfe!«, rief er. »Schnell!«

Sofort war Lina mit einem Lappen zur Hand und reinigte ihn sorgfältig.

»Noch mehr Tücher!«, verlangte Matteo. »Sonst kann ich nichts mehr sehen.« Behutsam tupfte er den Bauchraum wieder einigermaßen trocken, dann setzte er das Messer erneut an. »Das Licht muss näher her!«, befahl er. »Ich möchte ganz sicher sein.«

Sie hielt den Wachsstock unmittelbar über die Öffnung.

»Siehst du diese dunklen, unregelmäßigen Stellen hier im Gewebe?«

Sie nickte.

»Nicht einmal mit dem Fingernagel lassen sie sich verschieben oder gar lösen. Das Gleiche hab ich neulich auch bei Mauro gefunden. Es scheinen irgendwelche Ablagerungen oder Schäden zu sein. Im Magen, verstehst du? Es muss etwas mit dem Essen zu tun haben!«

»Du meinst, man hat ihnen …«

Matteo ließ sie nicht ausreden. »Es muss sich um ein und denselben Täter handeln, das steht für mich nach diesem auffälligen Wiederauftreten so gut wie fest. Und um das gleiche Gift, das er deinen beiden Kindern offenbar eingeflößt hat.«

»Kein Gift.« Mamma Lina schüttelte den Kopf. »Inzwischen denke ich, es könnte auch etwas anderes gewesen sein. Etwas, das eigentlich harmlos ist, jedoch in erheblichen Mengen genossen, durchaus zum Tod führen kann. Mauro hat über schrecklichen Durst geklagt, bevor er starb, erinnerst du dich?«

»Glaubst du, das könnte ich jemals vergessen?« Matteos Züge waren schmerzlich verzerrt.

»Es könnte Salz gewesen sein«, fuhr Lina fort. »Eine übergroße Dosis Salz, die man ihm eingeflösst hat. Ihm ebenso wie Cata. *Das* hat sie getötet.«

»Salz? Welch abwegige Idee!«

»Nur auf den ersten Blick. Mari… – der kleine *tedesco*, der bei den Santini lebt, hat mir da eine überaus merkwürdige Geschichte erzählt. Du sollst sie hören, sobald wir hier fertig sind.«

Matteo griff nach einem neuen Blatt und begann, Catas Magen und das anschließende Darmstück sorgfältig abzuzeichnen. Dann legte er die Blätter zusammen und löste die Holzspatel. Die Bauchwand klaffte nicht mehr auf, war damit aber noch lange nicht wieder geschlossen.

»Welcher Satan tut unschuldigen Kindern so etwas an?«, fragte er. »Und weshalb?«

»Vielleicht galt der Anschlag ja eigentlich gar nicht ihnen«, erwiderte Lina mit abgewandtem Kopf, »sondern vielmehr ihrer Waisenmutter. Sie wurden nur getötet, um *mir* unbeschreibliches Leid zuzufügen. Man will mich in die Knie zwingen, zum Aufgeben drängen. Ich soll nicht länger frei und sicher in Siena leben. Sie haben alles Mögliche erwogen, um mich dazu zu bringen, und sind schließlich auf diese Idee verfallen.« Ihr Nicken wurde stärker. »Ja, so muss es sich verhalten! Je länger ich darüber nachdenke, desto wahrscheinlicher erscheint es mir.«

Wieder hatte Matteo den Eindruck, dass ein schweres Gewicht auf ihrer Seele lastete. Irgendwann würde Lina zu reden beginnen und alles erzählen, was sie bedrückte, das wusste er.

Aber noch nicht jetzt und hier.

»Und Gemma? Warum hat man sie dann beschuldigt,

wenn es sich so verhält, wie du eben gesagt hast?«, fuhr er fort. »Dann hat sie mit alldem gar nichts zu tun!«

»Gemma? Sie war am falschen Ort, allein das hat sie schon verdächtig gemacht. Und ganz in meiner Nähe, das könnte zusätzlich den Ausschlag gegeben haben. Doch wir beide wissen, dass sie unschuldig ist. Und das werden wir auch beweisen!«

Matteo wandte sich wieder dem toten Kind zu.

»Wir müssen den Schnitt wieder zunähen«, sagte er, »und können nur inständig hoffen, dass auch dieses Mal außer Celestina niemand genauer nachsieht. Willst du das nicht als letzten Liebesdienst für Cata übernehmen? Eine Frau hat dafür zudem sicherlich die geschickteren Hände.«

Lina wich zurück. »Das sagt ausgerechnet ein Mann, dessen kundigen Hände Tag für Tag Schönheit erschaffen? Ich könnte es nicht über mich bringen, ihr noch einmal wehzutun. Auch wenn meine Kleine jetzt nichts mehr davon spürt. Du musst es machen – bitte, Matteo!«

Nicht ganz überzeugt, nahm er dennoch Ahle und Zwirn zur Hand, fädelte ein und trieb danach die Nadel viele Male so gleichmäßig wie möglich durch die Haut. Als er endlich fertig war und Cata wieder ihr weißes Hemdchen trug, sah sie völlig unversehrt aus.

Mamma Lina beugte sich über die Tote und küsste sie zum Abschied auf die Stirn.

»Jetzt bist du da, wo du hingehörst, kleiner Liebling«, sagte sie. »Die Madonna hat ihre goldene Leiter für dich heruntergelassen, und du bist auf ihr hinauf in ihren himmlischen Schoß gekrabbelt. Dort sitzt du, lächelnd und für immer fröhlich, so wie der Allmächtige dich geschaffen hat. Bete für uns, kleine Cata! In unseren Herzen wirst du immer so in Erinnerung bleiben.«

»Wir müssen los!«, drängte Matteo. »Celestina darf niemals erfahren, dass ich hier unten nicht allein war ...«

»Ich komme.« Sie zögerte kurz, dann beugte sie sich vor und küsste seine Wange. Sie war beinahe so groß wie er, das fiel Matteo auf, und musste sich dazu nicht besonders recken. »Ich werde dir niemals vergessen, was du heute Nacht für mich riskiert hast«, sagte sie. »Ich kenne niemanden in Siena und anderswo, der zu diesem Opfer bereit gewesen wäre. Wenn du jemals meine Hilfe brauchst, Matteo, so lass es mich wissen!«

»Gemma!«, sagte er. »Gemma ...«

»Ich werde tun, was in meiner Macht steht. So wahr die Madonna mir beistehe.«

❦

Jetzt hockten sie alle draußen an den langen Holztischen unter einem wolkenlosen Sternenhimmel, aßen, tranken, lachten, klopften große Sprüche oder rissen Witze und fieberten doch innerlich nichts anderem entgegen als dem kommenden Morgen des Pferderennens. Nur in Bartolos Haus herrschte lähmende Stille. Sogar Lavinia schien inzwischen die Lust am Schimpfen verloren zu haben und hatte sich mit beleidigter Miene in das Schlafgemach zurückgezogen. Teresa und Lucia steckten irgendwo und versuchten sich gegenseitig zu trösten. Auch Mario war in seinem Zimmer, aus dem ab und zu dumpfe, in den Ohren Bartolos noch immer reichlich ungelenke Trommelschläge drangen.

Natürlich hätte der Junge an diesem Abend an die

Seite der anderen *contradaioli* gehört, die morgen hoffentlich den Sieg der Contrade *Selva* einläuten würden, aber wie hätte er dem kleinen *tedesco* zumuten können, sich einer neugierigen Meute zu stellen, vor der sogar er selber beinahe Angst empfand?

Irgendwann zu später Stunde hielt Bartolo es nicht länger aus in dieser gespenstischen Stille und trat hinaus auf die Gasse. Der Mond hoch über ihm war eine blasse Goldkugel; nur eine winzige Delle verriet, dass er erst in zwei Tagen vollkommen gerundet sein würde. Es war noch immer sehr warm, doch die drückende Schwüle des Tages war einer lauen, duftgetränkten Nachtluft gewichen, die Bartolo begierig einsog.

Nur wenige Schritte trennten ihn von der ausgelassenen Feier seiner Contrade, bei der er zum ersten Mal seit Jahren fehlte, denn selbst seine zahlreichen Reisen hatte er stets so einzuteilen gewusst, dass er an jenem speziellen Tag zurück in Siena sein konnte. Heute aber wollte er keinen von den Nachbarn sehen, weder ein mitleidiges Lächeln oder einen geheuchelten Gruß riskieren, erst recht aber kein verlegenes Wegschauen, als sei er plötzlich mit einer ansteckenden Krankheit behaftet – alles Reaktionen, mit denen er rechnen musste, seit man seine Tochter offiziell des Mordes verdächtigte.

Bartolo hätte gar nicht sagen können, dass er ein bestimmtes Ziel ansteuerte, doch als er sich schließlich auf der Gasse wiederfand, die hinunter nach Fontebranda führte, wusste er auf einmal, dass es nur einen einzigen Ort in der ganzen Stadt gab, zu dem es ihn in dieser Nacht zog. Schon nach wenigen Schritten waren seine Schuhe gelblich verfärbt, denn das rutschige Kopfsteinpflaster bedeckte bereits jener spezielle Belag aus Sand und Tuff, der die sattellos gerittenen Pferde in den engen Gassen vor dem Ausgleiten und vor Stürzen bewahren sollte. Tagelang würde er auf den Straßen und Plätzen Sienas zurückbleiben, an unzähligen Sohlen in die Häuser getragen werden und so noch lange nach dem Palio die Erinnerung an jenen Tag wachhalten.

Die Stimmen der Menschen, die auch hier in der Sommernacht vor ihren Häusern an langen Tischen aßen und zechten, hörte er schon aus einiger Entfernung. Vereinzelte Lachsalven, die sich ab und an daruntermischten, erschienen ihm eher verhalten, doch das konnte ebenso gut an seiner bedrückten Stimmung liegen. Auch wenn ein zweites Kind aus dem Viertel gestorben war, so hatten die Bewohner doch allen Grund, um ausgelassen zu sein. *Oca* war die Contrade, die unter allen anderen im Lauf der Jahre die meisten Siege davongetragen hatte, und nachdem hier auch Caterina Benincasa lebte, trotz ihrer jungen Jahre von vielen schon jetzt für eine Heilige gehalten, rechneten sich die *contradaioli,* die seit jeher eine weiße Gans im Wappen führten, auch für dieses anstehende Rennen zu Ehren der Madonna die besten Aussichten aus. Caterina Benincasa, die Bartolo schon kannte, seitdem sie laufen konnte! Warum nur war sie ihm nicht schon längst als Rettung eingefallen?

Lavinia hatte vor einiger Zeit eher beiläufig erwähnt, dass Gemma einige Male bei ihr gewesen sei und Schreibarbeiten für sie erledigte, auch dass sie sich sogar bereit erklärt habe, der Färbertochter Lesen und Schreiben beizubringen, was diese bislang nicht erlernt hatte. Wenn Caterina also sein Mädchen kannte und ihr offensichtlich vertraute – vielleicht konnte sie sich dann bei Barna für Gemma verwenden.

Plötzlich fiel ihm das Gehen um einiges leichter, und auch die zentnerschwere Last, die seit Tagen auf seine Schultern drückte, war mit einem Mal leichter zu tragen. Gemma konnte nicht verurteilt und hingerichtet werden! Sie war unschuldig, und mit der Hilfe passender Bundesgenossen musste es ihm auch gelingen, das zu beweisen.

Inzwischen war er dem Färberhaus so nah gekommen, dass er seine Schritte unwillkürlich verlangsamte. Was tat er hier eigentlich? Er war losgegangen, aus diesem inneren Drang heraus, ohne lange zu überlegen. Aber er hatte sich keine ganz einfache Nacht für sein Vorhaben ausgesucht. Die Fehden und Querelen zwischen den einzelnen Contraden erreichten genau um diese Zeit traditionellerweise ihren Höhepunkt. Es war schon mehr als einmal vorgekommen, dass ein *fantino* haltlos betrunken gemacht wurde, um ihn anderentags als Konkurrenten auszuschalten, dass Pferde verletzt oder die Wachen des Rennstalls niedergeschlagen wurden, sodass sie sich am Morgen mit einer leeren Box konfrontiert sahen und beim Palio nicht antreten konnten.

Zwischen *Selva* und *Oca* bestand glücklicherweise keine dieser alten Feindschaften, doch Bartolo war und blieb ein Fremder hier, der an die festlich gedeckte Tafel seiner eigenen Contrade gehört hätte.

»Messer Santini!« Es war zu spät, um sich noch unbemerkt zurückzuziehen. Jacopo Benincasa, Caterinas Vater, hatte ihn bereits erspäht und winkte ihn heran. »Esst und trinkt mit uns! In dieser Nacht ist uns jeder Freund als Gast willkommen.«

Vorsichtig ließ Bartolo sich am äußersten Ende der Bank nieder. Er hatte Jacopo einige größere Aufträge zukommen lassen, doch das lag Jahre zurück. Inzwischen hatte er sich von der Tuchproduktion weitgehend zurückgezogen und anderen Geschäftssegmenten zugewandt, aber dennoch schien Benincasa sich noch immer deutlich zu erinnern. Seine Offenheit wärmte Bartolo das Herz. Es lag Tage zurück, dass jemand nur halb so freundlich zu ihm gewesen war wie dieser Färber, das rührte den Kaufmann. Und auch, wie verschwenderisch diese einfachen Leute aufgetischt hatten, kein bisschen anders als noble Contraden wie *Torre* oder *Aquila*, zu denen hauptsächlich Notare und reiche Fernhändler gehörten.

Dazu hatten sie, so wie sie es mit Nudeln und Fleisch getan hatten, auch mit den Öllichtern auf der langen Tafel nicht gegeizt, und in deren Schein erschrak Bartolo, als er Jacopos Gesicht näher betrachtete. Die Haut des Färbers war von einem ungesunden, fleckigen Gelb, seine Züge wächsern, nur die tief liegenden braunen Augen blickten so neugierig und offen, wie der Kaufmann es in Erinnerung hatte.

»Ihr seid wohlauf, Messer Jacopo?«, fragte Bartolo vorsichtig. »Und die werte Familie auch?«

»Na ja, der Magen will in letzter Zeit nicht mehr so recht seinen Dienst tun.« Jacopos Rechte, in deren Rillen Krapp und Waid unauslöschlich ihre Spuren hinterlassen hatten, strich über den eingefallenen Bauch. »Aber das wird sich irgendwann sicherlich schon wieder einrenken. Wir werden eben alle nicht jünger. Und unsere Sorgen nicht gerade kleiner.«

»Wem sagt Ihr das?« Jemand hatte Bartolo einen Becher mit Wein hingestellt, den er durstig leerte. Sofort wurde ihm von seinem Nebenmann neu eingeschenkt.

»Es sind immer die Töchter, die uns die Nachtruhe kosten, obwohl auch die Söhne uns manchmal um den Schlaf bringen können.« Die Augen des Färbers ließen Bartolo nicht mehr los. »Mein jüngstes Kind ernährt sich nur noch von Luft und Wasser, und Eure Tochter Gemma …«

»… ist natürlich unschuldig«, sagte Bartolo. »Und jeder, der das Gegenteil zu behaupten wagt, wird mich noch kennenlernen!«

»Das sagt Caterina auch. Sie betet seit Tagen für Eure Tochter. Das zu wissen, macht Euch vielleicht ruhiger, Messer Santini.«

»Wesentlich ruhiger würde es mich machen, wenn Eure fromme Caterina diese Überzeugung nicht für sich behalten, sondern sie Rektor Barna persönlich kundtun würde. Dann hätte Gemma vielleicht …« Bartolo hielt mitten im Satz inne.

Das musste sie sein!

Sie sah aus wie eine jüngere Lucia, eine winzige Teresa. Gemma zum Verwechseln ähnlich, wie diese als kleines Mädchen gewesen war. Tränen schossen in Bartolos Augen, während er auf das Kind starrte, das ganz vertieft in das Spiel mit seiner Flickenpuppe schien.

»Angelina?«, hörte er eine Frau rufen, die trotz der warmen Nacht in den dunklen Umhang einer Mantellatin gehüllt war. »Nicht so weit weg von uns! Was hab ich dir dazu erst zu Hause gesagt? Lelio, hol sie sofort zurück!«

Die Kleine zog den Kopf ein und ging zu der Frau, während ein magerer Junge mit erstaunlich abstehenden Ohren aufsprang und diesen Prozess beschleunigen wollte, indem er sie fest am Ärmchen packte. Sie wehrte sich dagegen, trat ihn sogar.

»Aua! Du tust mir ja weh, Lelio!«, rief sie mit heller Kinderstimme, die Bartolo durch und durch ging. »Ich hör doch schon!« Wie zur Bekräftigung stampfte sie auf.

»Du musst gehorchen, Angelina«, sagte der Junge ernst. »Du weißt doch, was sonst passieren kann! Hat jemand Fremder dir etwas zu essen gegeben?«

»Nein.« Sie schüttelte den Kopf. »Niemand! Wir dürfen doch gar nichts annehmen, hat Mamma Lina gesagt. Aber kann ich jetzt endlich wieder mit meiner Puppe spielen?«

Ihr temperamentvolles Auftreten erinnerte Bartolo an die junge Hure, die er ab und zu aufgesucht hatte, nachdem feststand, dass Lavinia nach Lucias Geburt niemals mehr schwanger werden durfte. Ein scheues Mädchen vom Land, wortkarg und in sich gekehrt, das allerdings zu überraschenden Wutausbrüchen neigen konnte. Als er Fiamma Baglioni zum letzten Mal besucht hatte, hatte sie ihn in knappen Worten über ihre bereits fortgeschrittene Schwangerschaft unterrichtet, was für ihn Grund genug war, diesen ohnehin gefährlichen Kontakt auf der Stelle abzubrechen. Obwohl er nicht sicher sein konnte, dass er der Vater dieses Bankerts war, hatte er seitdem regelmäßig für das Kind gezahlt, auch nach Fiammas frühem Tod, denn er wollte auf keinen Fall in Schwierigkeiten geraten. Noch eine Tochter – die vierte, und das auch noch von einer jungen, bettelarmen Hure! Nicht auszudenken, wenn Lavinia jemals davon erfahren hätte.

So ähnlich jedenfalls hatten in jenen Tagen seine Überlegungen gelautet. Heute aber, in dieser seltsamen Nacht voller Schmerzen und Wunder, schien alles, was er je gedacht und geglaubt hatte, ganz unerheblich. Worum ging es eigentlich im Leben? Dass seine Töchter leben konnten, dass sie gesund, froh und glücklich waren, die Älteste ebenso wie die Kleinste, der er gerade mit aufkeimendem Vergnügen zuschaute.

»Messer Santini?« Der Färber war aufgestanden und beugte sich besorgt über ihn. »Seid Ihr krank? Ihr habt ja ganz nasse Augen und wirkt auf einmal so …«

»Krank? Ganz im Gegenteil! Ich fühle mich äußerst gesund und glaube, langsam zu verstehen«, rief Bartolo. »Ich war blind und taub, jahrelang, wenn Ihr versteht, was ich damit sagen will.«

Jacopo Benincasa setzte ein höflich-unbestimmtes Lächeln auf und schwieg.

»Ich werde Eure Tochter aufsuchen«, fuhr Bartolo fort. »Gleich übermorgen, nach dem Palio. Entbietet Monna Caterina einstweilen meine tiefste Verehrung. Und sagt ihr auch, dass Gemmas Leben von ihrer Gunst abhängt! Das werdet Ihr doch nicht vergessen, geschätzter Jacopo?«

Er war im Reden aufgesprungen, schaute noch einmal zu Angelina, die, ihre Puppe auf dem Schoß, jetzt artig neben Mamma Lina auf der Holzbank Platz genommen hatte.

Dort drüben saß seine Zukunft, das begriff Bartolo in diesem Augenblick, Fleisch von seinem Fleisch, egal, welch sündiger Profession Angelinas verstorbene Mutter auch nachgegangen sein mochte. Doch wenn er sich am Heranwachsen dieser Tochter erfreuen wollte, musste es ihm zuerst gelingen, sein ältestes Kind vor dem Tod zu erretten.

❦

Der kräftige Fuchs äpfelte während des Segens, was allgemein als Glück verheißendes Omen galt. Die schmale Hand des *fantino* strich anerkennend über das Fell, das er solange gestriegelt hatte, bis es wie rötliches Gold glänzte, und der Hengst gab gleichsam als Antwort ein lautes Wiehern von sich. Der einzige Tag im Jahr, an dem ein Tier in die Kirche durfte, und was sich hier vor den Augen der Gläubigen in San Sebastiano vollzog, geschah zur gleichen Zeit an neun anderen Orten in der Stadt.

Die Frühmesse für die Reiter, mit der der Tag des Palio herkömmlicherweise begann, war schon vorüber, doch bei dieser zweiten Zeremonie erhielt der *fantino* der Contrade *Selva* einen zusätzlichen kirchlichen Segen. In den Holzbänken vibrierten die Männer, Frauen und Kinder vor Aufregung.

»Geh – und kehre als Sieger zurück!«

Nach diesem Schlachtruf des *camerlengo*, des Schatzmeisters der Contrade, gab es kein Halten mehr. Alle stürmten hinaus auf den kleinen Platz, wo Trommler und Fahnenschwinger nun ihre Künste zeigten.

Trotz aller Bedenken hatte Bartolo sich schließlich doch zur Teilnahme entschlossen, auch wenn er sich bewusst dezent im Hintergrund hielt. Aus der Entfernung konnte er Mario beobachten, der die Trommel schlug wie ein Alter, als seien alle früheren Einwände und jegliche Schüchternheit plötzlich vergessen.

Erfreut von diesem Anblick, den er sich schon unzählige Male zuvor in seiner Vorstellung ausgemalt hatte, reihte Bartolo sich als einer der Letzten in den Zug ein, der nun zum Domplatz aufbrach. Dies war der Ort, von dem aus die Reiter schließlich für den Palio *alla lunga* an den Start ritten. Der erfolgte an der Stadtmauer, und jeder Reiter wollte möglichst als Erster den heiligen Platz als Ziel erneut erreichen.

Schon jetzt waren die Straßen von Menschen gesäumt, aber es würden in den nächsten Stunden noch mehr werden, die hier jubelnd Schulter an Schulter standen, bis sich schließlich ganz Siena auf den Beinen befand und nur noch Kranke, Hochschwangere und Gebrechliche in den Häusern zurückblieben. Dann wurde es allmählich Zeit für den durchdringend hellen Klang der *Sunta*, der Hauptglocke des Rathausturms am Campo, die den Beginn des jährlichen Rennens einläutete.

Die zwölf Ratsherren im Saal des Friedens hatten gerade ihre Sitzung beendet, als ein lauter Knall sie aufschreckte. Mit einem provisorischen Rammbock hatte man die Türe gesprengt, die nun beidflügelig aufflog. Bevor der Zwölferrat sich noch von dem Schreck erholen konnte, waren die Verschwörer in den Saal gestürmt, allen voran Nardo Barna, eine Armbrust schwenkend. Ihnen folgte die Rotte ihrer provisorischen Truppen, die sich seit Tagesanbruch in Häusern, Kellern und Innenhöfen bereitgehalten hatten, bis der Campo sich leerte und nahezu alle Menschen in Richtung Dom gezogen waren.

»Im Namen der allerheiligsten Muttergottes, der Schutzherrin von Siena!«, rief der Rektor. »Ergebt euch ohne Gegenwehr, dann wird euch nichts geschehen! Wir erklären euch hiermit für abgesetzt. Eure Regierung hat schwer gefehlt und nichts als Armut, Bestechung und

Unrecht über unsere schöne Stadt gebracht. Die Zeit der *dodicini* ist hiermit zu Ende. Es lebe der neue alte Rat der *nove*. Ergreift und bindet sie, Männer!«

Ein Befehl, den der aufgebrachte Pöbel sich nicht zweimal sagen ließ. Die letzten Predigten von *padre* Bernardo hatten die wachsende Unzufriedenheit in der Stadt gründlich geschürt, und was lange unter der Oberfläche gegärt hatte, brach nun in voller Vehemenz aus.

»Hattet wohl gedacht, ihr könnt euch auf unsere Kosten satt fressen, solange, bis der fette Bauch euch platzt?«, schrie einer der Männer und versetzte Puccio Benincasa, der ganz vorne stand, einen kräftigen Stoß. »Jetzt werdet ihr bei Wasser und Brot ausgiebig Gelegenheit erhalten, über eure Gier und euer Prassen auf unsere Kosten nachzudenken!«

Klugerweise hatten sich die Aufständischen nicht allein auf die Wut und Unterstützung der einfachen Sieneser verlassen. Zu den Hundertschaften, die sie aufgetrieben hatten, um ihren Putsch erfolgreich durchzuführen, gehörten viele Söldner aus den umliegenden Orten, die im Lauf der letzten Monate so unauffällig wie möglich angeworben worden waren.

»Ihr werdet doch nicht wagen, uns in den Kerker zu stecken!«, schrie jetzt Niccolo Strozzi, der damals mit dem Prediger verhandelt hatte und nicht glauben konnte, was er jetzt erleben musste. »Damit verstoßt ihr gegen das geltende Recht! Wir allein sind die einzig legitime Regierung von Siena …«

Zum Schweigen brachte ihn die schallende Ohrfeige eines wütenden Knüppelträgers, dem allerdings sofort Richter di Nero den Arm nach hinten riss.

»Keinerlei Gewalttätigkeiten gegen diese Männer!«,

rief di Nero. »So und nicht anders lautet unser Befehl, und wer sich nicht daran hält, wird selber den Kerker kennenlernen. Wir werden ihnen einen ordentlichen Prozess machen. Bis dahin werden die Abgesetzten eingesperrt bleiben, wie es sich für Angeklagte gehört. Bringt sie hinunter!«

Die engen Zellen des Palazzo Pubblico galten als besonders gefürchtet. Unzählige Schauergeschichten rankten sich um die modrigen Verliese, die angeblich Beschuldigte allein durch ihre Widerwärtigkeit zu Geständnissen veranlasst hatten.

Binnen Kurzem waren die zwölf ehemaligen Ratsherren gefesselt und aus dem Saal des Friedens nach unten in die Kellergewölbe getrieben worden. Savo Marconi, der sich bislang im Hintergrund gehalten hatte, ordnete an, dass die alte Fahne des Rats eingerollt und an ihrer Stelle eine neue gehisst wurde. Sie zeigte neben der *balzana*, dem schwarz-weißen Stadtwappen, das Symbol des Campo, eingeteilt in neun gleich große Felder. Nun flatterte sie neben den Bannern der diesjährigen Contraden vom Palazzo Pubblico.

»Welch ein Tag der Freude und des Triumphes – wir haben es geschafft!« Der Rektor strahlte. »Und bislang so gut wie ohne Blutvergießen. Wenn das kein gutes Vorzeichen für unseren Neuanfang ist ...«

»Der Tag ist noch lange nicht zu Ende«, gab der Apotheker zu bedenken. »Hast du irgendwo die Leute von Salimbeni gesehen? Würde mich nicht wundern, wenn er wieder einmal eine Extratour fahren oder uns sogar in den Rücken fallen würde.«

»Du kannst es einfach nicht lassen, Savo!«, rief der Rektor. »Doch nicht zum ersten Mal sind deine Befürchtungen völlig unbegründet. Rocco Salimbeni erwartet uns mit seinen Männern am Dom. Das hat er mir gestern Abend noch einmal mitteilen lassen. Zusammen können wir dort dem Volk von Siena den neuen Rat präsentieren.« Er strahlte über das ganze Gesicht. »Worauf wartet ihr noch, Freunde? Lasst uns gehen und es ihnen allen endlich verkünden!«

Der Seidenhändler Giordano Rivalto und Domherr Carsedoni waren mit ihren bewaffneten Männern für die Sicherung des Palazzo Pubblico zuständig. Nach ihren Befehlen bezogen die Milizen in allen Stockwerken Aufstellung. Nun waren die restlichen Anführer der Revolte bereit, sich Barna auf dem Weg zum Domplatz anzuschließen.

»Und der Prediger?«, fragte Enea di Nero halblaut seinen Freund Marconi, als sie auf dem Campo angelangt waren. »Wo steckt Bernardo?« Sie hatten auf Pferde verzichtet, um kein Aufsehen zu erregen und den Palio nicht zu stören, der jeden Augenblick beginnen musste.

»Wir haben ihm noch einmal dringend eingeschärft, seinen Unterschlupf nicht zu verlassen, bevor alles vorüber ist. Ihm und seinen Engeln. Aber ob sie sich auch daran halten werden?« Der Apotheker zuckte die Achseln. »Sein Treiben ist längst aus dem Ruder gelaufen. Als eine unserer ersten Amtshandlungen werden wir uns eingehend mit ihm beschäftigen müssen. Und es wird alles andere als einfach werden, das kann ich dir schon jetzt verraten.«

»Wir müssen ihn wieder loswerden, so schnell wie möglich. Aber wie sollen wir das anstellen, wo er doch noch immer auf den freien neunten Stuhl im Rat spekuliert?« Die Augen des Richters verrieten Besorgnis. »Salimbeni hat ihn ihm fest zugesagt ...«

»Vergiss es!«, erwiderte Marconi scharf. »Mit diesem Teufel als Bundesgenossen werden wir als neuer Rat keinen einzigen Tag lang regieren!«

❦

Vielleicht wäre sie mit den Kindern besser doch zu Hause geblieben, aber wie hätte sie das anstellen sollen, an diesem Tag der Tage, da ganz Siena auf den Beinen war? Immerhin hatte Mamma Lina allen strikte Verhaltensregeln eingeschärft und die Kinder sie so lange wiederholen lassen, bis sie endlich halbwegs zufrieden sein konnte.

»Niemals alleine gehen! Immer zu zweit bleiben! Stets kurzen Abstand zu mir halten! Sich von keinem Fremden ansprechen lassen! Nichts in den Mund stecken! Alles Essen und Trinken von unbekannten Personen zurückweisen ...«

Sie konnte nur hoffen, sie hatte an alles gedacht.

Und als sie jetzt die wachsende Aufregung in den Gesichtern der Mädchen und Jungen sah, war sie doch sehr froh, dass sie sie nicht eingesperrt hatte. Der Strom der Menschen trieb sie dem Dom entgegen, und die Straßenränder auf dem Weg dorthin waren von Schaulustigen bereits dicht besetzt.

»Sollen wir uns nicht schon jetzt ein geeignetes Plätzchen suchen?«, rief Lelio. »Hier zum Beispiel wäre die Sicht noch ganz wunderbar!«

»Unmöglich«, sagte Lina besorgt. »An dieser Stelle ist die Straße so eng – da braucht nur eines der Pferde auszuscheren, und ihr könntet verletzt werden oder sogar auf der Stelle tot sein. Dieses Risiko werde ich niemals in Kauf nehmen! Wir gehen ein Stück weiter, da wird es breiter …«

»… und wir sind noch näher am Ziel.« Das kam von Mia, die so viel redete wie sonst kaum. »*Oca* muss gewinnen. *Oca* hat schon so oft gewonnen – und wird es heute bestimmt wieder tun. Da will ich so nah wie möglich sein!«

Sie hob Raffi hoch und schwenkte ihn übermütig herum.

»*Oca*«, sang sie, »*Oca, Oca.* Unsere schöne weiße Gans wird heute Abend die Königin des Palio sein.«

Trotz ihrer Trauer musste Lina lächeln. Sie waren und blieben Kinder und sollten trotz all des Belastenden, das sie schon durchgemacht hatten, auch Gelegenheit haben, sich endlich wie Kinder zu fühlen.

Wie nah Freude und Leid bei ihnen zusammenlagen! Noch heute Morgen hatten alle gemeinsam Tränen wegen Mauro und Cata vergossen, die diesen Tag nicht mehr mit ihnen erleben konnten, jetzt aber fieberten sie vor freudiger Erwartung, dass das Rennen endlich beginnen würde.

Sorgfältig schaute Lina sich nach allen Seiten um. Der Domplatz war nur mehr ein paar Schritte entfernt und damit auch das Ziel in allerbester Sicht. Hinter ihnen bog talwärts eine schmale Gasse ab, die ihnen notfalls als Fluchtweg dienen konnte, sollte es doch zu voll werden.

»Hier bleiben wir!«, verkündigte sie und erntete als Antwort ein Strahlen aus vier glücklichen Kindergesichtern. »Jetzt können die Pferde kommen!«

Es tat so gut, den Jungen neben sich zu spüren, seinen heißen, schlanken Körper, dessen Hitze er durch die Seide von Wams und Schecke spüren konnte. Am liebsten hätte Bartolo ihm die Hand auf den Kopf gelegt und sie nicht mehr fortgenommen, damit jeder seinen Stolz sehen konnte, doch das wagte er heute nicht. Genug hässliche Blicke hatten ihn bereits getroffen, von Menschen, die nur allzu bereit waren, Gemmas angebliche Schuld als erwiesen zu betrachten, und den Vater gleich mit zu bestrafen. Aber er hatte auch Mitgefühl erlebt, ungläubiges Kopfschütteln und aufmunterndes Schulterklopfen.

Es gelang ihm, das alles mit unbewegtem Gesicht hinzunehmen. Niemand ging schließlich an, was sich in ihm abspielte, und er vertraute auf den morgigen Tag, da mit dem Besuch bei Caterina alles hoffentlich eine günstige Wendung nehmen würde.

»Wieso sind die Männer in Waffen, *zio*?« Marios Stimme holte ihn aus seinen Gedanken.

Wieso Waffen?, wollte Bartolo schon sagen, da sah er noch einmal genauer hin. Etwas war anders als sonst, das erfasste er mit einem Blick. Hinter den Schaulustigen, die sich auf dem Domplatz drängten, entschlossen, nicht zu weichen, weil sie die besten Plätze ergattert hatten, waren tatsächlich bewaffnete Männer aufgezogen. Er sah Lanzen, Speere, Armbrüste, dazu viele Knüppel, auch wenn sich ihre Träger bemühten, sie nicht zu auffällig zur Schau zu stellen.

War also doch wahr, was in der Stadt seit Wochen als Gerücht umlief? Dass eine Gruppe von Aufständischen plane, den Rat zu stürzen und die Macht in Siena zu übernehmen?

In der Mitte der Bewaffneten entdeckte Bartolo die stämmige Gestalt von Rocco Salimbeni, und sofort verdichtete sich seine Vermutung zur Gewissheit. Kaum eine der eingesessenen Familien hatte so vehement gegen den amtierenden Zwölferrat gekämpft wie die des Bankiers. »Salimbeni haben es nicht nötig, sich von Färbern und Gerbern regieren zu lassen« – seine respektlosen Sprüche kursierten seit Langem in Siena.

Jetzt sah Bartolo den Rektor kommen, weit ausschreitend im Gestus eines römischen Imperators, gefolgt von Savo Marconi und Richter di Nero. Auch das passte ins Bild; jeder wusste, wie eng diese Männer einander verbunden waren. Aber bildeten sie auch das Herz der Revolte?

Die Situation konnte jedenfalls brenzlig werden, und vielleicht wäre es besser, sich mit Mario einen sichereren Platz zu suchen. Zum Glück hatte Lavinia auf den Palio verzichtet, um nicht von der halben Stadt scheel angestarrt zu werden, wie sie ihm spitzzüngig an den Kopf geworfen hatte. Die Mädchen waren wohl oder übel bei ihr geblieben – und damit in Sicherheit. Jetzt war Bartolo mehr als froh darüber.

Mario ..., wollte er gerade sagen, da sah er, wie der Junge den Arm hochriss und zu winken begann.

Auf der anderen Seite stand die hochgewachsene Frau im dunklen Umhang, umgeben von ihren Kindern, und die winkte zurück. Natürlich fiel Bartolos Blick zuerst auf Angelina, die sich, ihre unvermeidliche Flickenpuppe im Arm, schutzsuchend an ihre Waisenmutter drückte. Ein wehes, sehnsüchtiges Gefühl überflutete ihn, gemischt mit Angst, denn auch sie konnte in allergrößte Gefahr geraten, sollte es tatsächlich zu Kämpfen kommen. Aber wie würde er es fertigbringen, den Jungen und die Kleine gleichzeitig zu schützen, ohne sich auf der Stelle zu verraten?

Mario rief etwas zu Mamma Lina hinüber, das Bartolo nicht verstand, weil die Menge zu johlen, pfeifen und ungeduldig zu klatschen begonnen hatte, als könne sie damit den Start des Palio beschleunigen. Und bevor Bartolo es sich versah, war der Platz neben ihm leer und Mario auf die gegenüberliegende Seite zu Mamma Lina und den Kindern gerannt.

※

Das Donnern der Hufe klang wie bei einer Schlacht. Die engen Gassen verstärkten den Klang auf gespenstische Weise. Man hätte glauben können, eine Armee sei im Anzug.

»Sie kommen, sie kommen!«

Sand und Tuff spritzten auf, denn die Pferde ritten eng beieinander. Jetzt machten einige der Reiter von ihren Ochsenziemern Gebrauch, die sie gegen die Flanken der gegnerischen Rosse oder auf den Rücken eines Konkurrenten klatschen ließen.

Ein Aufschrei! Ein Schimmel hatte seinen *fantino* abgeworfen und lief alleine weiter. Er konnte noch immer gewinnen, selbst wenn er reiterlos die Ziellinie riss.

»*Oca, Oca, Oca!*« Eine Gruppe aus Fontebranda brüllte so laut sie nur konnte, und Mia nebst Raffi mit ihnen. Weil alle dabei die Arme hochrissen und sich heftig bewegten, fing Angelina zu weinen an. Lelio verzog sich mit ihr ein Stück nach hinten, was der Kleinen aber auch nicht zu passen schien, weil sie jetzt nichts mehr sehen konnte.

»Hör endlich auf zu quengeln!«, sagte er ungeduldig. »Ich will doch auch mitbekommen, ob unsere Gans das Rennen macht!«

Unschlüssig starrte sie zu ihm empor, um herauszufinden, wie ernst er es meinte, aber Lelio wandte sich einfach ab.

Selva, die einen wunderschönen Fuchs hatten, war *Oca* dicht auf den Fersen. Aber *Oca* musste doch gewinnen!

»*Oca, Oca, Oca!*« Jetzt schrie auch Lelio aus Leibeskräften, viel zu aufgeregt, um noch mitzubekommen, was hinter ihm vorging. Der Gestalt im schwarzen Umhang war es gelungen, sich unbemerkt an die beiden Kinder heranzuschleichen. Sie holte kurz aus. Das Eisen traf Lelio genau an der Schläfe. Lautlos sackte er in sich zusammen und fiel zu Boden. Dann packte die Gestalt das Mädchen, hob es hoch und setzte es sich auf die Schulter.

»Kleines Pferdchen!«, rief Angelina. »Warte, meine Puppe! Ich hab meine Puppe verloren!« Doch im laut einsetzenden Siegesjubel ging ihre Stimme unter.

Oca hatte auch in diesem Jahr wieder das Rennen gewonnen. Während die einen sich gegenseitig in die Arme fielen und andere sich enttäuscht abwendeten, war die dunkle Gestalt mit Angelina im Gewühl verschwunden.

»Lelio? Angelina?« Mamma Lina drängte sich entschlossen durch die Menge. »Wo steckt ihr beiden?«

Sie stolperte über den leblosen Lelio und wäre beinahe selber gefallen. Neben ihm lag die verlassene Flickenpuppe. Lina bewegte die Lippen. Doch sie brachte keinen einzigen Ton heraus.

Zehn

Durch die Gassen liefen sie, quer über die Plätze, atemlos rufend und immer wieder laut schreiend, bemüht, keine Stelle auszulassen, keinen noch so versteckten Winkel zu übersehen: Lelio, der nach seiner kurzen Ohnmacht wieder erwacht war, sofort die verlassene Flickenpuppe gepackt, an sich gedrückt und seitdem kein einziges Mal über die hämmernden Schmerzen in seiner rechten Schläfe gejammert hatte; Mamma Lina mit Mia und Raffi, die trotz ihres tödlichen Erschreckens die Kinder nicht einen Moment aus den Augen ließ; Bartolo und Mario, die sich nach ein paar flüchtigen Sätzen zur gegenseitigen Verständigung ebenfalls der verzweifelten Suche angeschlossen hatten.

Wo war Angelina?

Keiner von ihnen hatte auch nur ein Ohr für die Verkündigung der Männer auf dem Domplatz, die nach der Vergabe der glänzenden Trophäe mit dem aufgemalten Bildnis der Madonna an die siegreiche Contrade *Oca* den Sturz des Zwölferrates zugunsten der neuen Regierung der neun bekanntgegeben hatten. Den beiden Erwachsenen fiel freilich nahezu gleichzeitig auf, dass die Stadt bedrohlich zu brodeln schien. Keine Spur von der unbeschwerten Ausgelassenheit, wie sie sonst nach dem alljährlichen Rennen herrschte, auch wenn es immer nur einen Sieger und neun Verlierer gab. Etwas anderes lag in der Luft, eine schwelende, ungute Stimmung, zu der auch die Bewaffneten passten, die vielerorts zwischen den festlich gekleideten Passanten auftauchten.

Natürlich war der Brunnen von Fontebranda ihr erstes, gefürchtetes Ziel gewesen, und als sie dort am Fuß der steinernen Anlage keine leblose kleine Gestalt entdeckten, stieß Lina einen inbrünstigen Seufzer der Erleichterung aus.

»Aber das heißt noch gar nichts!« Lelio hatte ein winziges weißes Gesicht, so überwältigend war seine Furcht. »Sie kann bei einem anderen Brunnen liegen – es gibt so viele in der Stadt!«

»Und du hast bestimmt nicht gesehen, wer dich niedergeschlagen hat?«, fragte Bartolo bestimmt schon zum fünften Mal. »Denk noch einmal gründlich nach! Selbst der kleinste Hinweis könnte nützlich sein.«

Der Junge schüttelte den Kopf. »Ich weiß es nicht«, murmelte er. »Aber Angelina darf nicht sterben, nicht auch noch sie!«

»So kommen wir nicht weiter«, sagte Mario. »Wir sind zu langsam, viel zu schwerfällig. Lasst uns lieber kleinere Gruppen bilden. Dann können wir an mehreren Orten zugleich suchen.«

»Das ist doch viel zu gefährlich!«, rief Mamma Lina. »Wenn ich noch einen von ihnen verliere …«

»Wir werden die Kleine finden.« Bartolos Stimme klang so fest, dass alle neuen Mut schöpften. »Und Marios Vorschlag ist sehr gut. Ihr geht mit dem Mädchen los, Monna Lina, ich kümmere mich um den Kleinsten, während Mario und der Junge …«

»Lelio«, warf dieser schnell ein.

»... Mario und Lelio sich in meiner Nähe halten, damit ihnen nichts passiert. Und nur, wenn ich es ausdrücklich erlaube, können sie selbstständig suchen.«

Sie trennten sich und zogen in zwei verschiedene Richtungen los: Mamma Lina und Mia nahmen sich das restliche Terrain von Fontebranda vor, während die anderen zum Campo eilten.

»Es muss ein Brunnen sein«, murmelte Lelio, der sich anstrengen musste, um mit den um einiges längeren Schritten Marios mitzuhalten. »Irgendein Brunnen ...«

»Woher willst du das wissen?«, fragte Mario im raschen Weiterlaufen.

»Weil ich es eben weiß! Mauro und Cata sind tot am Brunnen gelegen, und Angelina ...« Er verstummte.

»Und ich weiß etwas ganz anderes.« Marios helle Stimme klang auf einmal richtig grimmig. »Wenn jemand Angelina entführt hat, dann kann es auf keinen Fall Gemma gewesen sein, das werden selbst sie einsehen müssen. Jetzt müssen sie sie ganz schnell wieder freilassen!«

»Aber zuerst müssen wir Angelina finden.« Lelio begann zu keuchen. »Sie ist doch meine kleine Schwester!«

»Das werden wir auch!«, rief Bartolo, der nicht zeigen wollte, wie tief ihn die atemlos hervorgestoßenen Sätze der beiden Jungen gerührt hatten. Auf seiner Schulter saß Raffi, dessen ungekämmter Lockenkopf vibrierte.

Das Menschengewühl wurde dichter, je näher sie dem Campo kamen. Aus allen Richtungen strömten Männer, Frauen und Kinder der rötlichen Muschel zu, angezogen wie von einem Magneten.

»Bleibt ja ganz nah bei mir!«, rief Bartolo besorgt. »Sonst verliere ich euch noch aus den Augen.«

Die beiden Jungen vor ihm nickten und ließen sich trotz ihres Eifers leicht zurückfallen. Am liebsten hätte er sie wie Kleinkinder links und rechts an der Hand geführt, aber da das nicht möglich war, bemühte er sich, ihnen wenigstens ganz nahe zu bleiben.

Zwei junge grauweiße Kuttenträger versperrten ihnen mit gebieterischer Geste den Weg.

»Durchgang verboten!«, sagte der eine von ihnen, der schlank war und ein schmales rötliches Fuchsgesicht hatte. »Hört ihr nicht, ihr verstocktes Sünderpack, dass *padre* Bernardo schon mit seiner Predigt begonnen hat?«

»Aber wir *müssen* durch!«, rief Bartolo. »Es geht um Leben und Tod.«

»Ihr werdet ohnehin alle in der Hölle braten«, entgegnete der zweite, kräftigere Engel mit breitem Grinsen. Eiterpusteln blühten auf seinen Wangen und sein Atem stank, als ernähre er sich ausschließlich von rohen Zwiebeln. »Was macht es da schon aus, ob es etwas früher oder später geschehen wird?« Sein Blick wurde scheel. »Wen hast du denn da alles Leckeres dabei, Alterchen? Etwa einen heimlichen Vorrat für trübe Tage und einsame Nächte?«

»Was fällt dir ein, *zio* Bartolo derart unverschämt anzugehen?« Furchtlos funkelte Mario die beiden Jugendlichen an. »Er weiß, was er sagt, und ihr seid …«

»Wie niedlich er sich aufspielt – und wie mutig er ist! Könnte dem *padre* gefallen, was meinst du?« Das Fuchsgesicht grinste seinen Kumpan vielsagend an. »Sollen wir den Kleinen gleich mitnehmen?«

»Kommt!«, befahl Bartolo, der weitaus Schlimmeres

befürchtete als ein paar verbale Rüpeleien. Raffis Gewicht auf der Schulter ließ ihn schwitzen und ächzen, aber er trug diese ungewohnte Last gerne. »Zum Streiten fehlt uns die Zeit. Wir suchen eben einen anderen Weg.«

Doch in welche der schmalen, dunklen Gassen sie auch bogen, überall hinderten sie schon nach wenigen Schritten Bernardos dreiste Engel am Weiterkommen.

»Was sollen wir nur machen?« Lelio begann vor Angst und Erschöpfung zu weinen. »Sie lassen uns nicht durch. Nirgendwo! Was, wenn wir wieder zu spät kommen?«

»Das werden wir nicht!«, keuchte Bartolo. »Dann müssen wir eben ganz außen herum. Manchmal bringt einen nur der weiteste Weg ans Ziel.«

❧

»Ein weiser Herrscher festigt sein Volk, und die Regierung seiner Ratgeber ist wohlgeordnet. Wie der Herrscher des Volkes, so seine Beamten, wie das Haupt der Stadt, so ihre Bewohner.«

Die tiefe Stimme des Predigers schallte über den Campo, doch die Zuhörerschaft lauschte ihr längst nicht mehr so geduldig und andächtig wie bei früheren Auftritten.

»Manche sagen, auch er habe seine Hände bei der Revolte mit im Spiel gehabt«, rief ein jüngerer Mann. »Und sie sich dabei sehr, sehr schmutzig gemacht.«

»Ein frommer Mann sollte sich gar nicht um Politik scheren«, sagte ein anderer. »Und wenn er es doch tut, so ist er eben gar nicht so fromm.«

»Und ich hab sogar läuten hören, dass der neue Rat diesem Bernardo jedes einzelne Wort in barer Münze aufgewogen hat«, meldete sich ein Dritter. »Jetzt ist er so reich geworden, dass er auf seinem Abtritt dicke goldene Lira scheißen kann!«

Zustimmendes Lachen, vereinzeltes Johlen.

»Ein König ohne Zucht richtet die Stadt zugrunde, aber volkreich wird die Stadt erst durch kluge Fürsten …«

»Das haben wir Sienesen bislang auch schon ganz gut allein gekonnt!«, rief ein Weißbart. »Dazu brauchen wir keine fremden Pfaffen, die uns dazu erst noch anleiten wollen.«

»Wenn aber die Machthaber nicht edel und stark sind, so wird kein Heil über der Regierung liegen …«

»Für uns wird sich doch ohnehin nichts ändern, egal, ob unsere Ratsherren nun Marconi oder Benincasa heißen.« Eine Aussage, die ringsum mit frenetischem Klatschen belohnt wurde. »Was macht das schon für einen Unterschied? Wir müssen weiterhin schuften, bis die Knochen ächzen, während sie fett und faul auf ihren Pfeffersäcken hocken und behaglich ihr Gold zählen.«

»Für mich hat der Prediger längst seinen Biss verloren«, ließ eine schrille Frauenstimme sich vernehmen. »Und seine Engel gehören ohnehin zu den sieben Plagen, wie sie schon die Alte Schrift beschrieben hat. Wisst ihr, was sie anstellen, während wir in aller Unschuld unseren Palio feiern? Diese verdammten Frettchen steigen in unsere Häuser ein, durchwühlen sie vom Keller bis zum Speicher und stehlen alles, was nicht niet- und nagelfest ist.«

Ein gellender Aufschrei der Empörung, der bis zu *padre* Bernardo drang. Sein bärtiges Gesicht verzog sich unwillig, dann jedoch näherte sich ihm einer der Engel und flüsterte ihm etwas ins Ohr.

»Brüder und Schwestern im Herrn!«, rief der Prediger,

nachdem der Junge mit gesenktem Kopf an seinen ursprünglichen Platz zurückgekehrt war. Beschwichtigende Gesten, wie man sie nie zuvor von ihm gesehen hatte, begleiteten seine Worte. »Ich beschwöre euch: Lasst euch nicht einlullen vom Odem des Bösen. Arglistige Zungen sind es, die Schändliches über mich und meine unschuldigen Söhne behaupten, doch das sind nichts als dreiste Lügen und haltlose Anschuldigungen …«

Ein überreifer Pfirsich traf Bernardo am Kopf. Für einen Moment verwirrt, hielt er im Reden inne und betastete seinen so überraschend malträtierten Schädel. Schon flogen Eier und die nächsten matschigen Früchte, verfaulte Kohlköpfe zerplatzten auf seiner Brust, seinem Bauch, den Schenkeln. Innerhalb weniger Augenblicke hatte sich die eben noch schwarze Kutte in ein triefendes, schmieriges Etwas verwandelt.

»Sieh dich vor, Bernardo!«, schrie ein Junge mit Hakennase, der drohend die Fäuste erhoben hatte. »Denn beim nächsten Mal sind es vielleicht nicht mehr nur Eier und faulige Früchte!«

Der Prediger stieß einen lauten Schrei aus. Seine dünnen Arme schossen in einer dramatischen Geste nach oben, als wolle er den Himmel um Hilfe anflehen.

»Wo bleibt ihr denn? Seht ihr nicht, was sie eurem geliebten Vater antun?«, begann er angstvoll zu bellen. »Rettet mich, meine Söhne! Worauf wartet ihr noch?«

Erst jetzt setzten die Engel sich in Bewegung, stürmten aus allen Richtungen auf ihn zu und schirmten ihn wie ein Kegel aus Menschenleibern vor der Menge ab.

❦

Wasser sprudelte aus dem Maul des steinernen Delfins und plätscherte in den kleinen Brunnen, der vor dem Versammlungshaus der Contrade *Onda* stand. Mario, der vorangelaufen war, blieb stehen und presste die Hand in die Seite, die vom schnellen Laufen so heftig stach, dass er nach Atem ringen musste.

Dann erst entdeckte er das Mädchen.

»Da liegt sie!«, schrie er, während er neben ihr niederkniete, ohne auf die feinen seidenen Beinlinge zu achten, die er heute zu seinem festlichen Aufzug trug. »Kommt schnell! Ich hab Angelina gefunden.«

Bartolos Herz machte einen so heftigen Satz, dass er schon befürchtete, es wolle ihm im nächsten Moment aus der Brust springen. Er setzte Raffi ab, der vor Schreck stumm blieb, und stieß Mario regelrecht zur Seite, damit er sich über die Kleine beugen und an ihrem Brustkorb lauschen konnte.

»Sie hat gespuckt!«, jammerte Lelio, der die Puppe umklammert hatte, als ob sie ihm Trost spenden könnte. »Wie Cata, aber noch viel, viel mehr. Schaut doch nur, da ist eine riesige Pfütze und ihr Kleidchen ...«

»Aber sie lebt!«, rief Bartolo in maßloser Erleichterung. »Ihr Herz schlägt. Angelina lebt!«

Behutsam schob er seinen Arm unter ihren Kopf. Unvermittelt schlug das Mädchen die Augen auf. Im gleichen Moment schoss ein Schwall einer hellen, übel riechenden Brühe aus ihrem Mund und benetzte seine Beine. Ohne sich darum zu scheren, brachte Bartolo Angelina zum Sitzen. Abermals ein tüchtiger Schwall, dieses Mal knapp neben ihn.

»Sie muss trinken!«, rief er. »Wasser, Mario! Schnell!«

Der hölzerne Eimer flog über die Brüstung, und

Mario legte sich ins Zeug, damit er so schnell wie möglich gefüllt war. Weil ein Becher fehlte, bildete Bartolo mit seinen Händen eine provisorische Schale und ließ die Kleine daraus trinken, Schluck für Schluck. Irgendwann schloss Angelina die Augen und schüttelte den Kopf.

»Ich glaube, sie kann nicht mehr«, rief Lelio, dessen Gesicht langsam wieder Farbe annahm.

»Kann nicht mehr«, echote nun auch Raffi. »Angelina kann nicht mehr.«

»Willst du dich lieber wieder hinlegen?«, fragte Bartolo besorgt. »Ist dir noch übel?«

»Sitzen«, flüsterte Angelina. »Meine Puppe?«

Lelio streckte sie ihr entgegen, und sie griff sofort danach. Bartolo ließ sich neben Angelina auf dem feuchten Boden nieder, ohne die Nässe zu spüren. Ihr kleiner Kopf sank erschöpft an seine Schulter. Ihre Lider flatterten. Jetzt erst schien das Mädchen halbwegs zu begreifen, wer um sie herumstand.

»Lelio.« Die Spur eines Lächelns. »Und Raffi. Wo ist …«

»… Mamma Lina wartet schon auf dich. Wie sie jubeln wird, wenn sie erfährt, dass es dir wieder gut geht!«, sagte Bartolo. »Wir bringen dich zu ihr und zu deiner großen Schwester, sobald du dich ein wenig erholt hast.« Seine Stimme wurde noch zärtlicher. »Was ist geschehen, Angelina? Wer hat dich fortgebracht? Magst du uns das erzählen?«

»Leo«, sagte sie, ohne auch nur einen Augenblick zu zögern. »Er war mein Pferdchen, hat mich hoch oben getragen, damit ich alles sehen konnte. Aber ich hab doch meine Puppe verloren und wollte zurück. Ich hab so weinen müssen. Da ist er böse geworden und hat mich in einen Stall gesteckt.«

»Sie meint den Gehilfen des Apothekers«, rief Lelio dazwischen. »Mamma Lina sagt immer, der ist nicht ganz richtig im Kopf. Wir spielen gern mit ihm, aber sie will es nicht.«

»Lass jetzt erst einmal Angelina erzählen!«, sagte Bartolo. »Weiter, meine Kleine! Was war dann?«

»Der Brei. Ich musste ihn trinken, um sauber zu werden, aber der hat so scheußlich geschmeckt, ganz salzig, und ich wollte nicht. Da hat Leo mich gehauen. Mir wurde schlecht, da hat er mich rausgebracht, hierher zum Brunnen …«

Sie hielt inne, sah Bartolo aufmerksam an. »Wer bist du?«, fragte sie. »Auch ein böser Mann?«

Bartolo schluckte, aber jetzt war endlich der Moment der Wahrheit gekommen. »Ich bin dein Vater«, sagte er. Die großen Kinderaugen waren fragend auf ihn gerichtet. »Und das dort drüben ist Mario.« Sein Kinn wies in die Richtung des Jungen. »Dein Vetter aus Deutschland. Er war es, der dich entdeckt hat, meine Kleine.«

»Das stimmt nicht!«, entfuhr es dem Angesprochenen, und endlich, endlich war es heraus: »Ich hab dich zwar gefunden, Angelina, aber ich bin kein Mario, obwohl ich Männerkleider trage. Ich bin ein Mädchen und heiße Maria.«

Bartolos Kinnlade fiel herunter. Tausend verschiedene Empfindungen durchzuckten ihn wie ein heftiges Gewitter. Schließlich veränderten sich seine Gesichtszüge, der Mund begann zu zittern, die Nasenflügel bebten, und er brach in lautes, befreiendes Gelächter aus.

»Ein Mädchen!«, rief er. »Maria. Ich glaub es nicht!

Deshalb deine Scham, dein seltsames Verhalten, als könne dir jemand etwas wegschauen. Da hast du uns ja alle zusammen ordentlich an der Nase herumgeführt!«

»Ich musste«, rief sie. »Ich wollte nicht, aber ich konnte doch nicht anders, weil …«

»Ich nehme an, du wirst deine Gründe gehabt haben, Maria«, fiel Bartolo ihr ins Wort. »Und die will ich auch ganz genau wissen, aber erst, sobald wir wieder zu Hause sind.«

»Du bist mir nicht … böse, *zio* Bartolo?« Marias Stimme zitterte, aber die ungeheure Erleichterung war dennoch unüberhörbar. »Und schickst mich nicht gleich weg, jetzt, da du alles weißt?«

»Wie könnte ich?« Bartolo zuckte mit den Schultern und strich dabei der Kleinen auf seinem Schoß über den zerzausten Blondschopf. Sein Blick fiel auf die besudelte Kleidung, und wieder lachte er. »Wo Töchter doch offenbar mein Schicksal sind!«

❦

Sie ergriffen Leo noch in den späten Abendstunden, und er ließ sich ohne jegliche Gegenwehr festnehmen, als habe er bereits darauf gewartet. Ort der Verhaftung war ganz in der Nähe von Fontebranda einer der Eingänge zu dem Dutzende von Meilen langen Netz unterirdischer Gänge, das die Brunnen der Stadt mit Wasser von außerhalb versorgte. Den bewaffneten Männern, die der Rektor zur Suche ausgesandt hatte, nachdem Bartolo ihn über Angelinas Aussage in Kenntnis gesetzt hatte, kam zugute, dass Leo noch nicht über die steile Leiter hinuntergekrochen war, sonst hätten sie ihn vielleicht niemals gefunden.

Man brachte ihn auf der Stelle nach Santa Maria della Scala, wo Barna ihn persönlich verhörte. Dazu hatte er eiligst den Palazzo Pubblico und seine Mitverschwörer verlassen müssen, die sich dort zu einer ersten Sitzung zusammengefunden hatten. Zur Unterstützung hatte er sich die Anwesenheit von Enea di Nero erbeten, der ihn begleitete.

»Sollten wir nicht auch noch Savo mitnehmen?«, fragte der Richter. »Immerhin steht diese Kreatur in seinen Diensten.«

»Genau aus diesem Grund möchte ich lieber auf Savo verzichten. Wir werden seinen Gehilfen zuerst allein befragen«, sagte Barna.

Leo leugnete keinen Augenblick, beantwortete aber jede Frage auf seine Art. So dauerte es einige Zeit, bis die beiden erfuhren, was sie wissen wollten, aber Leo gestand ohne Einschränkung, als sei er sich gar nicht bewusst, was das für ihn zu bedeuten hatte.

Ja, er habe sich zweimal nachts Zutritt zum Haus von Mamma Lina verschafft, jedes Mal ein Kind herausgeholt und ihm an einem anderen Ort »Wasser des Lebens« zu trinken gegeben. Wie zum Beweis hielt er dem Rektor den Drahtbügel, seinen Freund, entgegen, der alle Türen der Stadt öffnen könne. Davon besitze er mehrere Exemplare, für den Fall, dass eines verloren gehe.

»Was soll das sein: ›Wasser des Lebens‹?« Barna begann allmählich die Geduld zu verlieren. »Hast du dieses Gebräu auch der kleinen Angelina eingeflößt?«

Leo nickte. »Mädchen muss sauber werden. ›Wasser des Lebens‹ macht alle Kinder rein.«

»Sie sagt, es sei überaus salzig gewesen. Hast du sie denn dazu gezwungen?«

Der Hüne zog die Schultern hoch. »Wollten erst nicht trinken, sie nicht und die anderen auch nicht. Aber mussten doch! Der *padrone* hat gesagt, sie müssen. Und Leo macht immer, was der *padrone* verlangt. Leo geht jetzt?«

»Du wirst noch eine sehr lange Zeit hierbleiben müssen«, sagte der Rektor. »Bringt ihn nach unten, in die hinterste Zelle!«

Als man Leo hinausgeführt hatte, tauschten Barna und di Nero einen besorgten Blick.

»Er meint Savo«, sagte der Rektor halblaut, »denn Savo ist sein Dienstherr. Meinst du, unser Freund könnte etwas mit diesen hässlichen Kindermorden zu tun haben? Denn dieser Halbidiot scheint ja kaum zu begreifen, was er sagt. Und jenes ›Wasser des Lebens‹, von dem er ständig faselt, was soll das sein? Kannst du dir davon einen Begriff machen?«

Enea di Nero wollte zuerst energisch den Kopf schütteln. Dann aber kamen ihm die zahlreichen Drohungen in den Sinn, die der Apotheker in Bezug auf Mamma Lina ausgestoßen hatte. Und auch die schmerzverzerrten Gesichter der Engel, denen jemand verdorbene Eier hatte zukommen lassen. Vom Domherrn wusste er, dass dafür eigentlich nur Savo infrage kam. Was also konnte er preisgeben, ohne sich selber in Gefahr zu bringen, jetzt, nachdem endlich der Umsturz gelungen war und sie die ersehnte Macht in Siena errungen hatten?

»Ich weiß es nicht«, sagte er schließlich. »Wenn du eine ehrliche Antwort von mir hören willst, Nardo: Ich weiß es wirklich nicht!«

»Für mich steht fest, dass wir Savo ebenfalls eingehend befragen müssen.« Barna war sehr blass geworden. »Denn leider lenken die Aussagen Leos schweren Verdacht auf ihn. Unsere neue Regierung darf nicht schon in den allerersten Stunden mit der Mauschelei und der alten Vetternwirtschaft fortfahren, derer wir die Abgesetzten angeklagt haben. Wer schuldig ist, muss bestraft werden, selbst wenn es einer aus unserem Kreis sein sollte.« Er strich sich mit der Hand über die Stirn, wirkte auf einmal sehr niedergeschlagen. »Und das ausgerechnet an diesem Tag der Tage, der eigentlich ein strahlender Triumph für uns alle hätte sein sollen! Das hatte ich mir ganz anders vorgestellt.«

»Was ist nun mit Monna di Cecco?«, fragte der Richter. »Sieht aus, als hättest du eine Unschuldige eingesperrt.«

»Sie kommt natürlich frei.« Die Stimme des Rektors klang mühsam beherrscht. »Ihr Vater erwartet sie bereits.«

❦

Gemma konnte das Kerzenlicht im Uffizium des Rektors kaum ertragen, so entwöhnt jeglicher Helligkeit waren ihre Augen nach den endlosen Kerkertagen. Sie musste blinzeln, die Augen ständig reiben, und es fühlte sich dabei an, als wären Sandkörner oder winzige Splitter in ihnen. Fast angeekelt, wies sie Wein, Brot und Käse zurück, die man ihr zur Stärkung offeriert hatte, und beschränkte sich allein auf Wasser, das sie allerdings in großen, durstigen Zügen trank. Es schien ihr nichts auszumachen, dass sie in ihren verdreckten, stinkenden Kleidern inmitten dieses schönen Raumes saß. In gewisser Weise schien sie sogar zu genießen, wie peinlich und schier unerträglich den anderen Anwesenden ihr Anblick offenbar war.

»Wir müssen uns bei Euch entschuldigen«, sagte Barna mit einem gezwungenen Hüsteln. »Wir wissen jetzt, dass Ihr unschuldig seid. Denn inzwischen wurde der Mörder gefasst, der auch bereits umfassend gestanden hat.«

»Ich hätte niemals heimlich hier eindringen dürfen.« Gemma griff abermals nach dem Wasserbecher. »Das war ein großer Fehler, und dafür möchte *ich* mich entschuldigen. Doch dass ich keine Mörderin bin, hättet Ihr trotzdem wissen müssen. Dabei habt Ihr mir ja nicht einmal die Möglichkeit …«

»Wir alle sind sterblich und daher nicht unfehlbar!«, unterbrach Barna sie. »Nehmt also die Entschuldigung an, Monna di Cecco, ich bitte Euch!«

Langsam wandte Gemma ihm ihr Gesicht zu, das fleckig von Staub und Tränen war.

»Ich bin Gemma Santini«, sagte sie und griff nach der Hand von Bartolo, der sich wie ein aufmerksamer Wächter hinter ihrem Stuhl postiert hatte. »Oder hat etwa bei Euch während meiner Haft ein gewisser Messer di Cecco auch nur ein einziges Mal als besorgter Ehemann vorgesprochen?«

Barna schüttelte den Kopf. »Nicht, dass ich wüsste«, entgegnete er, sichtlich unangenehm berührt. »Nein, bei mir war er nicht.«

»Dann vielleicht bei Euch, Richter di Nero?«, fragte Gemma weiter. »War Lupo di Cecco bei Euch, um sich für mich zu verwenden?«

Auch di Nero musste ihre Frage verneinen.

Gemma hielt die väterliche Hand noch immer fest umklammert. Bartolo spürte, wie wichtig sie für sie war.

»Ihr habt da etwas gesagt, Rektor Barna, als Ihr mich verhaftet habt«, fuhr sie fort. »Dass Ihr jetzt verstehen könntet, was mein Mann über mich gesagt habe. Lupo hat also mit Euch über mich gesprochen?«

Ein zaghaftes Nicken.

»Und Euch dabei vielleicht sogar glauben gemacht, ich sei zu derartigen Untaten fähig?«

Nardo Barna starrte Gemma stumm an, was ihr als Antwort genügte.

»Und ist er wenigstens jetzt erschienen, hier und heute, frage ich Euch, da meine Unschuld feststeht, um mich endlich nach Hause zu bringen?«

Das Schweigen im Uffizium wurde immer lastender.

»Lass uns gehen, Vater!« Gemma erhob sich mühsam und spürte dabei, wie schwach sie wirklich war. »In all diesen endlosen Kerkerstunden hab ich immer wieder darüber nachgegrübelt, wer nur die mächtigen Feinde sein könnten, die meinen Tod so sehr herbeiwünschen. Dabei lag die Antwort doch so nah.«

Ihr Blick war dabei zwingend auf den Rektor gerichtet.

»Mein eigener Mann!« Ihre Stimme zitterte. »Lupo ist mein allerschlimmster Feind, so schrecklich das auch klingen mag. Jetzt wisst Ihr, werte Herren, weshalb ich niemals mehr seinen Namen führen werde, geschweige denn jemals wieder sein Haus betreten kann.«

❦

Und wenn jemand sie beobachtete?

Keine andere Frau aus den angesehensten Familien der Stadt würde wagen, was sie jetzt vorhatte. Aber war ihr nicht ohnehin schon alles zugestoßen, wovor die anderen sich fürchteten? Was konnte ihr jetzt noch geschehen, da sie die Pforten der Hölle endlich hinter sich gelassen hatte?

Gemma schaute zu den Drillingsfenstern hoch, doch zum Glück waren noch alle Läden geschlossen. Siena musste den Tag des Palio und des Umsturzes erst verdauen, das machte sie sich zunutze. Noch in der Dunkelheit war sie aus dem Haus geschlichen, aber nicht mehr verdreckt und stinkend wie eine Verbrecherin, sondern nach einem ausgiebigen, herrlichen Bad duftend und angetan mit ihren besten Kleidern. Maria war ihr dabei schüchtern und gleichzeitig zuvorkommend zur Hand gegangen, die kleine große Maria, die niemals ein Junge gewesen war.

Wie hatten sie alle nur so blind sein können!

Es hatte mehr als eine Gelegenheit gegeben, die Identität zu erkennen, doch keiner von ihnen hatte es genutzt. Es erfüllte Gemmas Herz mit Stolz und Freude, wie offen Bartolo auf die erstaunliche Wendung reagiert hatte, er, der mit der kleinen Angelina auf einmal ohnehin noch eine weitere, eine vierte Tochter hatte. Maria würde in Siena bleiben, alles lernen dürfen, was sie über das Kaufmannsgeschäft wissen wollte, und ihm mit ihrem Rechentalent auch weiterhin zur Hand gehen. Jetzt waren es künftig also sozusagen fünf Töchter, was seine Sorgen sicherlich nicht kleiner machen würde. Gemma wusste, noch lag Schweres vor ihm, denn Lavinia war bislang noch nicht in die Geschichte mit Angelina eingeweiht. Aber er hatte fest versprochen, dies so bald wie möglich zu ändern.

Jetzt sehnte sich alles in Gemma nach Matteos liebenden Armen, doch sie wusste, sie konnte erst zu ihm gehen, wenn vollendet war, was sie sich im Kerker geschworen hatte. Sie lugte nach oben. Der Tag war nicht mehr fern; bald schon würde sich ein wolkenloser Himmel über ihr wölben. Das machte für alle Zeiten Siena aus, egal, welcher Rat die stolze Stadt auch regierte: das kräftige Rot seiner Häuser und das klare Blau des Himmels, die ewigen Farben der Muttergottes. Und der Campo, den viele für eine Muschel hielten, war natürlich nichts anderes als ihr ausgebreiteter Mantel.

In der Mulde angekommen, drehte Gemma sich einmal langsam um die eigene Achse. Sie spürte die Macht und Größe der Gebäude, fühlte sich von ihnen aber nicht eingeschüchtert, sondern ermutigt und bestärkt. Der Palazzo Pubblico mit der schwarz-weißen *balzana*, der Fahne des neuen Rates und der der siegreichen Contrade *Oca* stand hinter ihr. Die Fassaden der reichen Häuser gegenüber würden bald von den ersten Strahlen der aufgehenden Sonne erleuchtet werden.

Ihre Lippen bewegten sich lautlos, während sie langsam auf die Knie sank. Dann legte sie sich bäuchlings auf den Backstein, die Beine geschlossen, die Arme weit ausgebreitet.

»In deinen Schoß begebe ich mich, Maria, heiligste Muttergottes.« Tränen begannen zu fließen, aber sie merkte es nicht. »Du hast mich aus Not und tiefster Verzweiflung errettet. Du hast mein Flehen erhört. Ich, dein Kind, bin hier, um dir aus vollem Herzen für deine Güte zu danken.«

Alles blieb still, sie hörte nur das Flattern der Fahnenseide im aufkommenden Morgenwind und das schnelle Schlagen ihres Herzens. Und noch etwas kam dazu, ein helles, durchdringendes Pfeifgeräusch, das sich schnell hintereinander wiederholte, ohne dass sie gewusst hätte, was es sein könnte.

Sie wollte schon aufstehen, um ihre Danksagung zu beenden, da war auf einmal eine leichte, helle Wärme, die sie im ganzen Körper spüren konnte und die sich in ihr auszubreiten begann, bis sie sich schließlich wie von einer sanften Woge getragen fühlte. Sie war so verblüfft, dass sie beinahe zu atmen vergaß.

»Gemma? Liebste?«

Das war *seine* Stimme, jeder Zweifel ausgeschlossen! Es konnte nicht sein, sagte sie sich, es ist nur ein Traum, aber es war ebenso wahr wie das Wunderbare, das sie gerade empfunden hatte.

Gemma öffnete die Augen und blinzelte zu Matteo hinauf.

Über seinem Kopf hatten Dutzende von Mauerseglern ihr morgendliches Spiel begonnen, schlanke, pfeilartige Jäger in halsbrecherischen Flugmanövern. Es war, als ob die Vögel sie begrüßen wollten, um ihr an diesem jungen Tag eine ganz besondere Botschaft zukommen zu lassen.

»Du bist frei?« Er half ihr auf und drückte sie an seine Brust, so behutsam, als sei sie zerbrechlich. »Man hat dich also gehen lassen, mein Herz? Ich bin der glücklichste Mann der Welt!«

»Ja«, sagte Gemma lächelnd. »Frei und in Gedanken schon halb auf dem Weg zu dir. Woher wusstest du, dass du mich hier finden würdest?«

»Ich bin plötzlich wach geworden, glaubte, deine Stimme zu hören, und wusste, ich muss auf der Stelle zum Campo«, erwiderte er. »Du bist immer in mir, Gemma, im Wachen, im Träumen. Und deshalb bin ich hier.«

»Ich hab dir so viel zu erzählen, Matteo – du ahnst ja nicht, was noch alles geschehen ist! Aber lass uns zuerst zu Mamma Lina gehen und nach der kleinen Angelina sehen! Ich denke, sie erwarten uns bereits.«

❦

An die Zellentüre hatte er geschlagen, hatte gepoltert und geschrien, bis ihm die Stimme versagte. Seine Knöchel bluteten, ein Alb lastete auf seiner Brust, der ihn zu ersticken drohte, doch niemand erschien, um ihn aus seiner Not zu erlösen. Irgendwann ließ der Apotheker sich auf die hölzerne Pritsche fallen und barg verzweifelt das Gesicht in den Händen.

La Salamandra musste geredet haben – und die anderen beiden hatten ihn als Bauernopfer erkoren, nur so ließ sich dieser unerträgliche Zustand erklären. Irgendwann legte er sich hin und sank in einen unruhigen, erschöpften Schlaf, aus dem er hochschreckte, als die Türe sich öffnete.

Vor ihm stand Enea di Nero, der ihn finster ansah. »Ich wollte unbedingt mit dir reden, bevor Barna dich vernehmen wird. Was hast du dir dabei nur gedacht, Savo?«

»Das fragst ausgerechnet du? Du warst doch ebenso dabei wie unser Freund, der fromme Domherr!« Er sprang auf, funkelte den anderen giftig an. »Auch euch beiden haben diese kleinen Ausflüge an die Küste sehr viel Spaß bereitet, obwohl du eine eifersüchtige Frau zu beschwichtigen hattest, die viele unangenehme Fragen stellte, und Domenico auf seine Gemeinde Rücksicht nehmen musste. Mein Part war dabei der beste. Vielleicht habt ihr mich insgeheim sogar um meine Freiheit beneidet, doch ich sage dir, wenn ihr mich jetzt fallen lasst, dann reiße ich euch beide mit in den Abgrund!«

Der Richter schüttelte den Kopf. »So sehr hasst du sie, dass du nicht einmal davor zurückschreckst, Kinder töten zu lassen, nur um den Verdacht auf sie zu lenken? Wir wollten sie aus Siena vertreiben, das ja, aber doch nicht um diesen schrecklichen Preis!«

»Bist du wahnsinnig geworden?«, schrie Savo. »*Damit* hab ich doch nichts zu tun!«

»Deine Kreatur, dieser Leo, sagt etwas anderes. Seine Aussage belastet dich schwer. Und was das Schlimmste ist, Barna glaubt ihm.«

»Ich soll Leo angestiftet haben, diese Kinder zu töten? Aber das ist blanker Unsinn, Enea! Niemals im Leben hab ich ihm das aufgetragen. Wir haben nicht einmal über die Kinder geredet.«

»Du hast ihn doch oft ins Hospital mitgenommen. Dort könnte er sehr leicht etwas aufgeschnappt haben. Jedenfalls hat er ihnen ein gewisses ›Wasser des Lebens‹ eingeflößt, das sie getötet hat. Auf deinen Befehl hin, wie er wieder und wieder sagt. Es sieht schlecht für dich aus, Savo. Sehr schlecht!«

Der Apotheker war grünlich vor Angst geworden.

»Du glaubst einem stadtbekannten Idioten mehr als deinem alten Freund?«, fragte er. »Du enttäuschst mich, Enea! Ich weiß von keinem ›Wasser des Lebens‹. Diesen Schwachsinn hab ich niemals zuvor gehört. Und Leo hat auf meine Anweisungen hin lediglich Arzneien in der Stadt ausgeliefert – niemals Gift. Ich weiß nicht, weshalb er sich das alles in seinem kranken Hirn zusammenspinnt, aber er lügt. Ich hab jedenfalls damit nichts zu tun! Das schwöre ich bei allen Heiligen.«

Der Richter verschränkte die Arme vor der Brust. »Und was ist mit den faulen Eiern, mit denen du Bernardos Engel beglückt hast?«, fragte er. »Ein paar von ihnen sind so krank geworden, dass sie auf Leben und Tod lagen. Hattest du damit auch nichts zu tun?«

»Doch, die Eier stammten tatsächlich von mir. Um die Horde für eine Weile außer Gefecht zu setzen, das war doch nur in unserem Sinn. Keiner ist daran gestorben; ihnen war ein paar Tage elend, nichts weiter. Du selber hast gesagt, wie gefährlich dieser Prediger ist – und seine jungen Burschen erst recht! Hast du schon vergessen, was er deinem Sohn angetan hat? Du solltest mir dankbar sein, anstatt solche haltlosen Anwürfe gegen mich ins Feld zu führen!« Seine Stimme überschlug sich beinahe. »Hol mich hier raus, Enea! Das bist du mir schuldig nach allem, was uns verbindet. Barna kann mich meinetwegen befragen, aber nicht in diesem Loch. Ich will zurück in mein Haus, zurück in den Palazzo Pubblico …«

»Du weißt, dass das unmöglich ist, Savo. Die Anklage wegen Mordes lastet auf dir, und Barna wird ein Geständnis von dir haben wollen, ob mit peinlicher Befragung oder ohne liegt allein bei dir.«

»Jetzt wollt ihr mich auch noch foltern lassen!«, schrie der Apotheker. »Um unter Qualen aus mir herauszupressen, was in euer Konzept passt? Sieh dich vor, Enea! Denn sollte das geschehen, werde ich alles gestehen. *Alles!* Dann fahrt ihr mit mir zusammen in die tiefste Hölle.«

❦

Sie hatte den Einbruch der Dunkelheit abgewartet, um diesen Gang anzutreten, den sie niemals hatte gehen wollen. Und wäre nicht Gemma bei den Kindern geblieben, hätte Lina nicht einmal jetzt das Haus verlassen. So aber wusste sie alle in bester Obhut.

Von fern hatte sie das Haus des Richters schon einige Male betrachtet, doch als sie jetzt davorstand, kam es ihr größer und feindlicher vor als je zuvor. Sie straffte sich, überprüfte den Sitz von Umhang und Schleier und ließ den Klopfer gegen das Holz krachen.

»Ich bin Mamma Lina«, sagte sie zur älteren Dienerin, die öffnen kam, »und muss den Richter dringend sprechen – in einer wichtigen Angelegenheit.«

Die Dienerin rührte sich nicht, starrte sie nur stumm an.

»Es ist schon spät«, sagte Lina, »ich weiß. Aber es geht nicht anders. Wenn die Hausfrau …«

»Monna Bice wohnt jetzt im Haus der Mantellatinnen. Zusammen mit dem jungen Herrn.« Endlich kam Bewegung in die Frau. »Wartet hier! Ich gehe Bescheid sagen.«

Lina begann zu schwitzen, und die Zeit, bis die Türe sich wieder öffnete, erschien ihr unendlich lang. Doch die Dienerin kam schließlich zurück und ließ sie ein. Sie führte die Besucherin in ein Zimmer mit einem langen Tisch und freundlichen Fresken, das der Familie di Nero offenbar als Speiseraum diente. Wandlichter sorgten für eine angenehme Beleuchtung.

»Der Richter wird gleich hier sein«, sagte sie und zog sich zurück.

An seinen Schritten erkannte Lina ihn sofort, auch wenn er sich damals immer Rocco genannt hatte. Diese raschen, ungeduldigen Schritte, als könne es ihm gar nicht schnell genug gehen, endlich zu bekommen, wonach es ihn verlangte.

»Was willst du?«, herrschte er sie an, kaum hatte sich die Türe hinter ihm geschlossen. »Und welcher Teufel reitet dich, ausgerechnet hierherzukommen, in mein Haus?« Sein Blick war schneidend.

»Sie hat dich also verlassen?«, entgegnete Lina langsam. »Hat sie endlich herausgefunden, dass du es warst, der sie so krank gemacht hat?«

Sein Gesicht verfärbte sich dunkel. »Wer hat dir davon erzählt?«, zischte er.

»Wer schon? Dein lieber Freund, Domherr Domenico Carsedoni. Oder sollte ich ihn lieber noch immer Franco nennen, wie damals in Pisa? Wie lang das alles doch her ist! Jetzt hat jeder von uns einen neuen Namen – und ein neues Leben.«

»Andere kannst du mit deinen schlecht gefärbten Haaren und deiner ehrenwerten Aufmachung vielleicht täuschen. Mich nicht, merk dir das! Ich hab dich sofort erkannt – und zurück in die Hölle gewünscht, in die du gehörst.«

»Ich täusche niemanden«, sagte sie. »Und mit der Hölle hab ich nichts mehr zu tun. Ich bin Mamma Lina und führe ein kleines Waisenhaus. Die Person, die einst La Salamandra war, ist tot und begraben.«

»Du spielst mit dem Feuer. Ein gefährliches Spiel, bei dem viele sich schon hässlich verbrannt haben.«

»Genug der Artigkeiten!« Lina ordnete abermals ihren Schleier. »Ich will, dass du mich zu diesem Leo bringst. Ich muss erfahren, weshalb er meine Kinder getötet hat, sonst werde ich niemals Ruhe finden.«

»Selbst, wenn ich wollte, wie stellst du dir das vor? Er sitzt im Kerker des Hospitals und kann keinen Besuch erhalten.«

»Du wirst mich zu ihm bringen – sofort.« Linas Stimme klang fest.

Enea machte einen Schritt auf sie zu. »Ich könnte dich auf der Stelle festnehmen lassen«, sagte er. »Das weißt du. Und du weißt auch, was dich dann erwartet.«

»Nichts anderes als dich – und deine Kumpane. Einer von ihnen sitzt bereits im Kerker. Ihr beiden könntet ihm dort sehr bald Gesellschaft leisten, bevor ihr zum Richtplatz geführt werdet.« Kein Muskel zuckte in Linas Gesicht, nur die großen hellen Augen sprühten Blitze.

»Was willst du von mir?«, wiederholte Enea zornig.

»Bist du taub? Ich möchte mit Leo sprechen. Körperlich ist er ein Riese, im Geiste aber ein kleines Kind. Er kann nicht selbstständig gehandelt haben. Also muss jemand ihn angeleitet haben. Ich möchte wissen, wer oder was dahintersteckt. Das ist mein gutes Recht. Also?«

Enea di Nero zögerte noch immer.

»Den Tod fürchte ich nicht«, fügte Lina hinzu. »Damit kannst du mich nicht schrecken. Aber für einen frisch gekürten Ratsherren wie dich wäre vielleicht ...«

»Spar dir weitere Reden!«, unterbrach er sie schroff. »Wir gehen. Aber meine Bedingung ist, dass du weiterhin den Mund hältst.«

»Von mir hat bislang keine Menschenseele ein Sterbenswörtchen erfahren«, erwiderte sie. »Und das kann auch so bleiben – vorausgesetzt, du erfüllst meine Forderung.«

❧

Es gelang Gemma nicht, sich von Angelinas Bettchen zu lösen, obwohl die Kleine schon eine ganze Weile tief schlief. Sie lag auf dem Rücken, die Ärmchen angewinkelt, das Leintuch halb weggestrampelt, weil die Sommernacht warm war. Ab und zu kamen kleine Schnarchtöne aus ihrem Mund. Dann kräuselte sich ihre Nase, und auf der Stirn erschien eine angestrengte Falte.

»Du gehörst jetzt zu uns«, sagte Gemma leise und strich ihr eine Strähne aus der Stirn. »Am liebsten würde ich dich auf der Stelle mitnehmen. Aber Vater muss dich erst noch Lavinia gestehen. Ich hoffe nur, er lässt sich nicht mehr allzu viel Zeit damit.«

Nebenan schliefen Lelio und Raffi, und Mia, die bislang stets allein bleiben wollte, hatte gestern ihr Bett zu ihnen gestellt. Die schrecklichen Erlebisse der letzten Zeit hatten die Kinder noch enger zusammenrücken lassen. Und dennoch ertappte Gemma sich immer öfter bei dem Gedanken, wie es wäre, wenn künftig nicht nur Angelina, sondern auch der kluge Junge mit den Segelohren bei ihr leben könnte.

Sie streckte sich, weil ihr seit den Tagen im Kerker immer wieder der Rücken wehtat, und begann herzhaft zu gähnen. Danach löste sie ihr Haarnetz und schüttelte den Kopf, um sich freier zu fühlen. In diesem Augenblick hörte sie gedämpfte Schritte auf der Treppe. War Lina schon zurück?

Sie erhob sich, um ihr entgegenzugehen. Als sie die Türe öffnete, stand Lupo vor ihr.

»Kein Laut!«, sagte er. Gemma sah den gekrümmten Dolch in seiner Hand, den er auf ihre Halsgrube gerichtet hatte. »Die Klinge ist mit Blut gehärtet und so scharf, dass ich dir in einem Zug die Kehle durchschneiden könnte – oder einem von ihnen.«

Sie sah, wie er zu Angelina äugte, und ließ die Türe zufallen.

»Du wirst ihnen nichts antun«, sagte sie. »Keinem von ihnen, verstanden? Sie haben schon mehr als genug gelitten. Was willst du, Lupo?«

»Weißt du das denn nicht?« Sein Mund verzog sich zu einem dünnen Lächeln. »Ich bin gekommen, um dich endlich nach Hause zu holen. Und dieses Mal wirst du für immer bei mir bleiben, *tesoro*, das verspreche ich dir!«

❦

Der Hüne mit dem leeren Kindergesicht starrte Lina so stumpf an, dass sie beinahe die Fassung verlor. Wieder und wieder hatte sie ihn mit ihren Fragen bestürmt, nur um jedes Mal aufs Neue die immer gleichen Antworten zu bekommen. Am liebsten hätte sie ihm die Öllampe an den Kopf geschleudert, um wenigstens irgendeine Reaktion von ihm zu erhalten.

»Wusstest du, dass dieses ›Wasser des Lebens‹ Salz war?«, fragte sie mindestens zum dritten Mal.

»›Wasser des Lebens‹ macht Kinder rein. Leo macht Kinder rein.«

»Es macht sie nicht rein, sondern hat zwei von ihnen umgebracht und ein drittes beinahe! Warum hast du das getan, Leo?«

»Macht Kinder rein. ›Wasser des Lebens‹ macht sie rein«, sagte er stumpfsinnig und schielte dabei zu Richter di Nero, der sich an der Türe postiert hatte.

»Er scheint Angst vor dir zu haben«, sagte Lina. »Vielleicht sagt er mehr, wenn ich mit ihm allein bin.«

»Ausgeschlossen! Er ist gefährlich …«

»Du könntest doch mehr als froh sein, wenn er mich aus dem Weg räumt«, erwiderte sie scharf. »Ich will mit ihm allein sein. Wenigstens ein paar Augenblicke.«

Widerwillig verließ der Richter die enge Zelle. Lina stieß einen tiefen Seufzer aus, dann wandte sie sich erneut an den Gefangenen.

»Du musst jetzt ganz fest nachdenken, Leo«, sagte sie. »Versprichst du mir das? Dann werde ich dich in Frieden lassen. Doch zuvor brauche ich ehrliche Antworten.«

Er schien zu überlegen, schließlich nickte er zögerlich.

»Ich weiß, dass du meinen Kindern nichts tun wolltest«, begann sie noch einmal ganz von vorn. »Du magst sie. Du spielst gerne mit ihnen.«

»Kinder, ja!« Er begann zu grinsen. »Leo macht Pferd-chen. Kinder spielen.«

»Und dennoch hast du ihnen dieses ›Wasser des Le-bens‹ eingeflößt, das sie so krank gemacht, sie getötet hat. Warum, Leo? Warum hast du das getan?«

Seine niedrige Stirn legte sich in Falten. »Leo muss. Der *padrone* hat gesagt, Kinder müssen rein werden. Erst Junge, dann Mädchen. Aber wollten nicht …« Er ver-stummte.

»Dann hat der *padrone* dir den Auftrag gegeben, den Kindern das salzige Gebräu einzuflößen?« Sie ließ sein Gesicht nicht aus den Augen. »Dein Herr Savo Marconi, der Apotheker?«

Zunächst schien er nicht zu begreifen, dann aber schüt-telte er den Kopf.

Jetzt verstand sie gar nichts mehr. »Du hast aber doch gerade gesagt, dass der *padrone* …«

»Der *padrone*, ja. Nicht Apotheker.«

Lina rang nach Luft. Jetzt schien sie der Lösung des Rätsels ganz nah zu sein.

»Es gibt also zwei Männer«, sagte sie. »Einer ist der Apotheker, der andere der *padrone*. Ist das richtig?«

Er nickte.

»Und wie heißt der *padrone*?«, fragte sie weiter. »Wie lautet sein Name?«

Leos Augen waren so blank wie ein polierter Spiegel. Nichts war in ihnen zu lesen, weder Angst noch Mitge-fühl oder Sorge.

Er zuckte die Achseln und schwieg.

»Leo?«, sagte Lina. »Ich hab dich etwas gefragt!«

»Der *padrone* heißt … *padrone* … Hat Leo aus seinem Dorf geholt, als Leo noch klein war. So klein.« Die plumpen Hände deuteten in Brusthöhe.

»Dann war dieser *padrone* dein früherer Herr?«

»Nicht Herr. *Padrone* ist *padrone*.« Es klang abschließend. Leo schien allmählich die Lust an dieser Fragerei zu verlieren. Lina schaute zur Türe. Jeden Moment konnte der Richter wieder hereinkommen, spätestens dann konnte sie jede Hoffnung fahren lassen, doch noch etwas halbwegs Brauchbares aus Leo herauszubekommen.

»Wie heißt er, Leo?«, wiederholte sie. »Er muss doch einen Namen haben! Denk bitte jetzt ganz fest nach! Ich weiß, du kennst den Namen!«

Die Schultern waren schon wieder in Richtung Ohren halb in Bewegung, da ließ er sie unvermittelt sinken, hob den Kopf und stieß einen Heullaut aus, der verblüffend tierisch klang.

»Der *padrone* ist ein Wolf?«, fragte Lina. »Willst du mir das sagen?«

»Ja.« Der Hüne schien erfreut, dass sie ihn endlich verstanden hatte. »Löwe und Wolf. Beide groß und sehr stark. Beide oft allein. Hat der *padrone* immer gesagt.«

Plötzlich waren alle Nebel verschwunden. Bei der allerheiligsten Jungfrau – es lag so klar, so eindeutig auf der Hand, und kein Mensch war bis jetzt darauf gekommen!

»Der *padrone* heißt Lupo, nicht wahr? Lupo di Cecco. Er hat dich aus deinem Dorf geholt, als du noch ein Kind warst. Bei ihm hast du vor dem Apotheker gedient. Aber er ist für dich bis heute der *padrone* geblieben. Und Lupo war es auch, der dir die Morde befohlen hat.«

Sie drehte sich um, schlug mit der Faust an die Türe.

»Aufmachen!«, schrie sie. »Öffne auf der Stelle! Ich hab etwas herausgefunden, das alles verändert.«

»Hast du den Verstand verloren?«, herrschte der Richter sie an. »Was führst du dich hier so auf?«

»Ihr habt den Falschen eingesperrt. Lasst den Apotheker frei! Der Mörder heißt Lupo di Cecco und läuft noch immer frei herum!«

🍓

Mit gerafften Röcken rannte Lina, so schnell sie nur konnte, durch die Gassen, um die dumpfe Luft des Kerkers hinter sich zu lassen, das fassungslose Gesicht des Richters, vor allem Leos leeren Blick.

Gemma musste alles erfahren!

Gemma, die bei den Kindern wachte und noch nicht ahnen konnte, was ihre Freundin inzwischen herausgefunden hatte.

Im Haus des Malers drang aus einem Fenster Licht. Lina zögerte kurz, dann blieb sie stehen und klopfte gegen die gewölbte Scheibe. Matteo, den Pinsel in der Hand, erkannte Lina, nickte und lächelte.

»Lass alles stehen und liegen!«, rief sie, als er an die Türe kam. »Wir müssen sofort zu Gemma!«

Er legte seine Utensilien auf einen Stuhl und folgte ihr.

»Es ist Lupo«, rief sie im Laufen. »Lupo, verstehst du? Ihr Mann steckt hinter all diesen schrecklichen Dingen. Und dieser Leo ist seine Kreatur.«

Der Schlüssel zitterte in ihrer Hand, so aufgeregt war sie.

»Gemma!«, rief sie, kaum hatten sie mit Matteo das

Haus betreten. »Gemma, komm schnell herunter! Ich weiß jetzt, wer der Mörder ist! Es ist ...«

Lelio kam ihr mit verweinten Augen entgegengelaufen.

»Sie ist weg!«, schluchzte er. »Gemma ist nicht mehr da. Nur noch das hier!« Er hielt Lina ein Haarnetz entgegen. »Das lag auf dem Boden. Wo ist meine Gemma?«

Matteo und Lina tauschten einen schnellen Blick.

»Er muss hier gewesen sein«, sagte Lina. »Er wusste, dass man Leo eingesperrt hat, und seine Zeit nun knapp wird. Irgendwann würde Leo reden. Sicher hat er Gemma geholt und in sein Haus gebracht. Bevor sie kommen, um ihn zu holen, wird er ...«

»Sei still!«, rief Matteo. »Ich werde nicht zulassen, dass er ihr etwas antut. Ich bringe sie zurück. Nach Hause. In Sicherheit.« Er war schon an der Türe.

»Allein und unbewaffnet?«, rief Lina. »Wie willst du das anstellen? Dieser Mann kennt keine Skrupel und schreckt vor nichts zurück.« Sie rannte in die Küche, kam mit einem Messer zurück. »Nimm wenigstens das mit!«, sagte sie. »Ich werde loslaufen und Hilfe holen.«

Jetzt erst kroch die Angst eiskalt in Gemma hoch, jetzt, während Lupo mit dem seltsamen Glasgefäß hantierte. Bei dem atemlosen Lauf durch die schlafende Stadt, wo sie ständig die kalte Klinge am Hals gespürt hatte, war es ihr noch gelungen, halbwegs ruhig zu bleiben.

Doch damit war es jetzt vorbei.

Vielleicht lag es an dem flackernden Blick, mit dem er sie immer wieder betrachtete. Vielleicht an den straff gezogenen Fesseln an Armen und Beinen, die sie so hilf-los machten. Vielleicht aber auch daran, dass er das Zimmer mit Dutzenden von Kerzen erleuchtet hatte, als wäre es für ein großes Fest gerüstet. Er hatte sogar den Kamin mit Holz bestückt und ein kräftiges Feuer entfacht, als hätten sie einen kalten Herbstabend und keine warme Sommernacht.

»Was tust du da?«, sagte sie. »Was hast du vor?«

Vielleicht gelang es ihr, Zeit zu gewinnen, wenn sie ihn zum Reden brachte. Kostbare Zeit, die Lina nutzen konnte, um ihr zu Hilfe zu kommen. Sie konnte nur hoffen, dass die Freundin verstanden hatte, was das zurückgelassene Haarnetz auf dem Boden bedeutete, das einzige Zeichen, das sie in ihrer Not hatte hinterlassen können.

Aber konnte Lina dann auch wissen, wo sie sich befand?

»Wir werden uns vereinigen, *tesoro*«, erwiderte er, ohne sich in seinem Tun unterbrechen zu lassen. »Für eine lange, lange Zeit.«

Gemma sah, wie er in alten Schriften blätterte, die er auf dem Tisch ausgebreitet hatte.

»Was ist das?«, fragte sie. »Was sind das für Aufzeichnungen?«

Lupo warf den Kopf zurück und lachte.

Für einen Augenblick sah er wieder aus wie der Mann, an den sie einst ihr Herz verloren hatte, jung, fröhlich, ausgelassen, gesegnet mit einem wachen Verstand, der ihr besonders imponiert hatte. Dann aber machte er eine Bewegung, die Züge veränderten sich, und nun leuchtete das Kerzenlicht in eine wahre Fratze.

»Er hat sie dir gar nicht gezeigt, dein windiger Maler?«, fragte er. »Schade – denn damit hat er das Beste, was er besaß, sehr eigennützig für sich behalten. Ich hab sie in seinem Haus gefunden, aus einem lächerlichen Versteck, das ich natürlich gleich entdeckt habe. Ist es nicht rührend, dass ausgerechnet er zu unserem ewigen Glück beitragen wird?«

Aus verschiedenen Krügen goss er seltsame Flüssigkeiten in das Glasgefäß, und sie sah, wie die Farbe schließlich rötlich glühte, um dann fast ins Bläuliche umzuschlagen.

»Willst du gar nicht wissen, warum ich es getan habe? Der erste Kleine musste sterben, um dich zu bestrafen. Sie sollten dich verdächtigen, so hatte ich es mir vorgestellt. Niemand verlässt einen Lupo di Cecco – sag nicht, ich hätte dich nicht gewarnt! Leo war dabei nichts als mein Werkzeug, ein äußerst nützliches Werkzeug, bevor es zu reden begann. Das war auch der Fehler der kleinen Idiotin. Sie hatte ihn gesehen: ihr Todesurteil.« Er redete immer schneller. »Deine kleine Hurenschwester stand nicht auf meiner Liste. Leo muss da etwas durcheinandergebracht haben, obwohl die Idee gar nicht übel war ...«

»Schweig!«, schrie Gemma. »Halt endlich deinen bösen, sündigen Mund!«

»Die Sünderin bist du, *tesoro*. Damit wir uns da richtig verstehen. Und dafür werde ich dich hart bestrafen ...« Er wandte sich wieder dem Gefäß zu. »Bist du denn gar nicht neugierig, woraus das Elixier besteht? Zinnober, rotes Quecksilber, Gold, Soma und Salz, sehr viel Salz, das wird das Trinken etwas schwierig machen. Und Geduld musst du haben, Gemma, sehr viel Geduld. Haare können ausfallen, die Zähne sich lockern. Vielleicht bleibt sogar das Herz stehen. Doch das sind vorübergehende Zustände. Alles dreht sich um, neues Leben schießt ein.«

Er schaute wieder konzentriert auf die Pergamentblätter.

»So jedenfalls steht es hier geschrieben. Das Herz beginnt zu schlagen, die Haare wachsen wieder nach, die Haut wird jung und straff …«

»Du bist wahnsinnig!«, flüsterte sie. »Lass mich mit deinem Teufelszeug in Frieden!«

»Diesen Gefallen werde ich dir leider nicht erweisen können«, sagte Lupo. »Unsere Reise ist lang, und wir beide gehen sie Hand in Hand.«

❦

Wie nur sollte er in dieses verdammte Haus gelangen?

Matteo stand vor dem Gebäude und wusste nicht mehr weiter. Alle Fenster im ersten Stock waren hell erleuchtet wie bei einem Fest, doch sie waren geschlossen. Alle Türen fest verriegelt, nirgendwo auch nur die kleinste Ritze, durch die er hätte schlüpfen können. Er sah sich um, zunehmend verzweifelt. Wie hatte er nur zu glauben vermocht, so einfach hier eindringen zu können?

Schließlich packte er in seiner Not den eisernen Klopfer und ließ ihn voller Wut mehrmals gegen das Holz krachen. Zuerst geschah eine ganze Weile nichts, schließlich aber öffnete sich die Türe, und er sah sich Lupo di Cecco gegenüber.

»Du?« Der Hausherr packte ihn grob am Ärmel, zog ihn hinein und zielte dabei mit einem Dolch auf seinen Hals. Matteo war zunächst perplex, doch schnell kehrte seine Reaktionsfähigkeit zurück. Er tat, als würde er stolpern, und schlüpfte dabei aus seinem Schuh, den er in die Türe schob, bevor sie wieder ins Schloss fallen konnte.

Lupo, der nichts bemerkt hatte, trieb ihn mit teuflischem Grinsen durch die Halle, dann die Treppe hinauf bis in den Raum, in dem sich Gemma befand.

»Er möchte uns Gesellschaft leisten!«, rief er. »Warum auch nicht? Es ist genug für uns drei da.«

»Was hat er mit dir gemacht, mein Herz?«, fragte Matteo. »Hat er dich verletzt?«

Gemma schüttelte den Kopf. »Aber er wird uns töten«, sagte sie. »Er sagt, du hättest ihm die Grundlagen dazu geliefert.«

Der Tisch, die Pergamente, das Glasgefäß. Matteo konnte kaum glauben, was er hier zu sehen bekam.

»Du hast mir die Aufzeichnungen gestohlen«, schrie Matteo. »Aus meinem Haus. Dafür sollst du büßen!«

Er griff in sein Wams, um Linas Messer herauszuziehen, Lupo aber war um vieles schneller. Seine Klinge fuhr dem Maler über die linke Hand. Das Blut floss aus einem langen geraden Schnitt.

»Das nächste Mal ist es deine Rechte«, sagte Lupo, als Matteo vor Schmerz aufschrie. »Obwohl sie dir in der Hölle ohnehin nicht mehr viel nützen wird. Aber es macht Spaß, dich schreien zu hören, bevor das Elixier des Lebens durch deine Kehle rinnt.«

Er hatte drei Becher bis zum Rand gefüllt. Mit einem davon ging er nun zu Gemma.

»Trink!«, befahl er und hielt ihn ihr an die Lippen. »Ich hab mir immer gewünscht, dass ein Engel mir auf meinem Weg vorausgeht.« Er griff in ihre Haare, riss ihren Kopf nach hinten. »Mach den Mund auf, Gemma! Es ist gleich vor…«

Die Türe sprang auf, eine Horde Mantellatinnen in schwarzen Umhängen drängte herein und füllte das Zimmer.

»Lass sie sofort los!«, schrie Mamma Lina, die in der vordersten Reihe stand. »Die Männer des Rektors sind schon an der Haustüre, doch wir werden ihnen zuvorkommen. Bice, schlag zu – es trifft einen Teufel in Menschengestalt!«

Bice di Nero hob den Arm, um den kräftigen Knüppel in ihrer Rechten auf Lupos Schädel sausen zu lassen. Doch der hatte blitzschnell den Becher, der für Gemma bestimmt gewesen war, an den eigenen Mund gesetzt und in einem Zug geleert.

»Ich muss vorausgehen.« Er sackte in sich zusammen. »Jetzt ist es …« Arme und Beine begannen zu zucken, Schaum trat aus seinem Mund. Er röchelte.

»Er stirbt!«, rief Gemma, während Matteo ihre Fesseln löste.

Lupo riss die Augen auf, seine Lippen bewegten sich mühsam wie zu einer letzten Erwiderung.

Dann rührte er sich nicht mehr.

❦

»Du willst Siena verlassen?« Gemma wollte nicht glauben, was Mamma Lina gerade gesagt hatte, aber noch während sie nachfragte, wusste sie, dass es wahr war. Das Haus schien ganz verändert, alles leer geräumt und leblos, als wohnten schon jetzt keine Menschen mehr darin. »Aber das darfst du nicht!«, schickte sie noch mutlos hinterher.

»Doch, ich darf.« Lina begann zu lächeln. »Ich muss sogar. Nach allem, was geschehen ist, ist kein Platz mehr für mich in dieser Stadt.« Sie berührte Gemmas Wange. »Du aber wirst sehr glücklich werden mit Matteo. Er liebt dich und wird noch viele wunderbare Bilder malen. Ich wünschte, ich könnte bei der Messe zu Ehren der neuen Madonna noch dabei sein ...«

»So schnell willst du weg?« Gemma spürte, wie ihre Augen feucht wurden. »Aber weshalb?«

»Das Haus ist bereits verkauft. Wir werden das Geld gut gebrauchen können. Was sollte mich hier noch halten, unter der neuen Regierung?«

»Die Kinder. Und ich ...«

»Ihr beide habt Angelina, die ihr großziehen könnt, und Lelio wird auch bei euch bleiben. Ihn hätte man niemals von dir trennen können, ohne ihm sehr wehzutun. Ich werde ihn vermissen. Aber Mia und Raffi werden mich in ein neues Leben begleiten. In eine neue Stadt. Zunächst soll es das kleine Lucignano sein, hoch oben auf einem Berg, von einer dicken Mauer umgeben, wo Santa Maria della Scala eine große Ölmühle und viele Weinberge besitzt. Barna hat sich bereit erklärt, uns auch dort mit den nötigen Zuwendungen zu unterstützen. Und was die weitere Zukunft bringt, wird sich erweisen.«

So gerne hätte Gemma die Freundin umarmt, sie wenigstens einmal fest an sich gedrückt, aber etwas an Linas Haltung nahm ihr auch jetzt den Mut, es zu tun.

»Vielleicht findest du ja eines Tages einen neuen Mann«, sagte sie. »Schließlich bist du schon lange genug Witwe. Und vielleicht hast du dann sogar eigene Kinder.«

»Ich bin keine Witwe.« Linas Stimme klang hart. »Ebenso wenig wie ich jemals verheiratet war. Kinder kann ich niemals haben. Ich denke, dir bin ich die Wahrheit schuldig. Du sollst als Einzige mein Geheimnis kennen.« Sie wies auf einen der wenigen Stühle. »Setz dich, Gemma! Du wirst es nötig haben.«

»Aber du hast doch immer gesagt …«

»Ich hab sehr wenig darüber geredet, und das mit gutem Grund, denn es ist keine schöne Geschichte. Der Großteil meines Vermögens stammt von einem Seemann, der nach besten Empfehlungen la Salamandra aufsuchte, die damals im Hafenviertel von Pisa viele Kunden hatte. Vielleicht hatte er sogar sein ganzes Leben auf diesen Tag gewartet, denn er ging zu keiner der üblichen Huren. Er war erregt, und er hatte diesen seltsamen Husten, der irgendwann in Röcheln überging. Plötzlich hat er nicht mehr geatmet. Im Gepäck des Toten war einen Sack mit goldenen Münzen. An jenem Tag ist la Salamandra für immer gestorben.«

Gemma schaute sie mit festem Blick an. »Dafür hätte ich mich nicht eigens hinsetzen müssen«, sagte sie. »Solche Frauen gibt es auch in Siena, und du weißt ja, dass Vater Angelina von einer …«

»Warte!« Linas gebieterische Geste brachte Gemma zum Schweigen. »Ich bin noch nicht zu Ende.« Sie löste den Schleier, entblößte ihr Haar. »Am Ansatz ist es schon wieder ganz rötlich«, sagte sie. »Ich kann mir die Walnussfarbe künftig sparen. La Salamandra war für ihren Feuerkopf berühmt. Da sollte Mamma Lina besser braves dunkles Haar haben.«

Dann raffte sie ihre Röcke und hob sie bis über die Hüften.

»Sieh ganz genau hin!«, sagte sie. »Dann weißt du, wer ich wirklich bin.«

Gemmas Mund öffnete sich staunend.

»Du … du bist ein Mann?«, sagte sie. »Aber warum …«

»Ich war ein Waisenjunge, aber so weich, so weiblich. Mit langen roten Locken und zarter Haut. Männer waren hinter mir her, seit ich denken kann. Aber es gibt ja diese schlimmste aller Sünden, die mit dem Scheiterhaufen bestraft wird und die so schrecklich ist, dass sie keinen Namen besitzt: *peccatum mutum*. Eine tüchtige Freudenhausbesitzerin kam als Erste auf die Idee, und so wurde aus dem kleinen Jungen Lino ein Mädchen, um es den Kunden einfacher zu machen. So konnten sie ihre sündige Lust befriedigen, aber sie mussten nicht die Gesetze und die ewige Verdammnis fürchten, denn sie hatten es ja mit einer Frau getan. Als ich erwachsen wurde, gab ich mir schließlich selber den Namen la Salamandra. Mit ihm hab ich es zu Wohlstand und einiger Berühmtheit gebracht.«

Linas Gesicht hatte sich verdunkelt.

»Doch wie sehr hab ich mir schon bald gewünscht, dieses Leben für immer hinter mir zu lassen! Ich hab zurückgelegt, was ich nur konnte, aber es wollte nicht schnell genug mehr werden, und als dann eines Tages dieser Seemann mit dem Goldsack bei mir starb, erschien mir dies als Zeichen des Himmels. Ich wollte frei sein, endlich ein anständiges Leben führen.«

Sie warf Gemma einen langen Blick zu.

»Viele Jahre war ich eine Frau gewesen. Ich konnte kein Mann mehr werden, wie ein Mann denken oder fühlen. So wurde ich zu Mamma Lina. Den Rest der Geschichte kennst du.«

»Und wirst du jetzt auch so bleiben?« Gemma suchte nach den richtigen Worten.

»Bis zu meinem Tod – und noch darüber hinaus. Ich werde Mia einweihen, sobald sie älter ist, damit sie eines Tages meine Totenwäscherin wird. Nicht einmal dann soll jemand Fremder mein Geheimnis entdecken.«

Gemma stand langsam auf, ging auf Lina zu und schloss sie fest in die Arme. Jetzt endlich ließ diese es geschehen.

»Für mich wirst du immer eine Schwester bleiben«, flüsterte Gemma. »Die große Schwester, die ich liebe und bewundere.«

❧

San Domenico war bis zum letzten Platz gefüllt, als der Bischof von Siena das feierliche Hochamt anlässlich des neuen Mariengemäldes beendete. In der vordersten Bank Matteo und Gemma, die von Lelio, Maria und Angelina begleitet wurden. Ganz in ihrer Nähe Nevio und Ornela, die ein seliges Lächeln auf den Lippen trug.

»Die Madonna sieht so lebendig aus, als würde sie im nächsten Moment aufstehen und zu uns kommen«, hörte Gemma eine Frau andächtig flüstern. »Wie schön sie ist! Und wie einfach sie wirkt. Sie wird unsere Nöte verstehen.«

»Was ist das für ein Tier, das unten aus dem Mantel hervorschaut?«, sagte das kleine Mädchen, das neben ihr saß.

»Ein Salamander«, erwiderte die Mutter. »Gott liebt alle Tiere. Also auch ihn.«

Nach dem Schlusssegen erhob sich aus der Gruppe der Mantellatinnen eine zarte Gestalt.

»Das Weib schweige in der Kirche«, sagte Caterina Benincasa mit fester Stimme. »So hat Paulus es gefordert, und wir Frauen sind angehalten, dem großen Lehrer in Liebe und Demut zu folgen. Doch manchmal darf man dennoch nicht länger schweigen, vor allem nicht, wenn großes Unrecht geschieht.« Sie breitete die Arme weit aus. »Zum ersten Mal will ich mich einmischen in die Dinge dieser Welt, denn mir ist sehr bang geworden um das Volk von Siena. Seid ihr wirklich so verblendet, dass ihr den Lehren eines Scharlatans glaubt? Hier steht er, euer Oberhirte, der Bischof der Stadt, Gottes Diener. Jener andere aber, der in den Straßen brüllt und geifert, ist lediglich ein Knecht Satans. Kommt endlich zur Vernunft, Brüder und Schwestern in Christi! Zeigt Mut, sagt euch von ihm los und von seinen Irrlehren! Lasst keine Spaltung in euer Herz, denn nur die wahre, reine Liebe des Gottessohnes kann euch eines Tages das Tor zum Paradies öffnen!«

Caterina sank in sich zusammen, als habe der öffentliche Auftritt sie zutiefst erschöpft. Doch als zwei der frommen Frauen sie beiderseits stützten, leuchteten ihre Augen wieder.

»Das war wunderbar«, sagte Gemma, als sie Caterina draußen inmitten ihrer Anhängerinnen traf. »Du hast mir ganz aus dem Herzen gesprochen!«

»Ich hoffe nur, du kommst morgen wieder zum Unterricht«, sagte Caterina. »Ich zähle auf dich. Dann kann ich bald schon meine eigenen Briefe verfassen.«

»Ich werde da sein, Caterina, solange du mich brauchst.«

❦

Der Aufruf der frommen Frau war zu spät gekommen. Im Morgengrauen entdeckten zwei Männer Barnas, dass das Tor zum ehemaligen Palazzo der Salimbeni offen stand. Im Hof fanden sie den leblosen Prediger in einer Lache zerbrochener Eier, die bereits zu faulen begannen. Neben seinem Kopf lag ein Pflasterstein. Seine Augen waren gebrochen. Ratten hatten sich an seinen Waden zu schaffen gemacht.

Sie verscharrten ihn außerhalb der Stadtmauer in einem namenlosen Grab, dort, wo auch die Mörder unter die Erde kamen. Seine Engel waren und blieben spurlos verschwunden, ein Spuk, der Siena niemals mehr heimsuchen sollte.

Eine Woche später kamen die Truppen des Kaisers aus Rimini und setzten die neue Regierung ab. Es hieß, Vertreter der Familie Salimbeni hätten dabei ihre Hand im Spiel gehabt.

Historisches Nachwort

Eine Stadt zwischen Mittelalter und Renaissance, zwischen wirtschaftlichem und kulturellem Aufschwung und den Abgründen der großen Pest. An kaum einem anderen Ort, in kaum einer anderen Zeit kulminierten Entwicklungen wie hier. Die Siedlung römischen Ursprungs hatte besonders seit dem 10. Jahrhundert ein starkes Wachstum erlebt. Die Siedlungen der drei Hügel – Camollia, San Martino, Città –, aus denen Siena noch heute besteht, wuchsen zusammen. Bereits im 12. Jahrhundert war der Stadt durch Friedrich Barbarossa ein eigenes Münzrecht und eine eigene Gerichtsbarkeit zugestanden worden, Voraussetzungen dafür, eine freie Stadt zu werden (1236). Stadtmauern wurden gebaut, in immer weiteren Ringen. Nachdem die Sienesen im Jahr 1260 ihren stärksten Gegner, die Stadt Florenz, in der Schlacht von Monteaperti besiegt hatten, stand einer Blüte nichts mehr im Wege: In der kaisertreuen Stadt entwickelte sich eine fast modern anmutende Demokratie, die ihren glorreichen Ausdruck in der »Regierung der Neun« fand.

Von 1287–1355 bescherte diese Siena Frieden und unter dem Motto: beltà, armonia e onore della repubblica – Schönheit, Harmonie und Ehre der Republik – eine städtebauliche Entwicklung, deren Folgen die Besucher noch heute bewundern können. Vorrangiges Baumaterial war der rote Backstein, gebrannt aus der lehmigen Erde der südlich sich erstreckenden Crete, aber je reicher die Stadt wurde, desto öfter verwendete man auch wertvolles Gestein und weißen oder schwarzen Marmor.

Zentrales Zeugnis für die politische Entwicklung war der Palazzo Pubblico, das monumentale Rathaus, ein wahrer Palast der weltlichen Macht. Obwohl sein Turm, der Torre del Mangia, neben dem Rathaus am tiefsten Punkt der Stadt steht, musste er so hoch gebaut werden, dass er mit dem des Domes konkurrieren konnte. 102 Meter hoch wurde er, aber keinen Zentimeter höher und somit genauso hoch wie der Glockenturm des Domes, mit dem die geistliche Macht sich am höchsten Punkt der Stadt ein Zeichen gesetzt hatte.

Im Innern des Rathauses fertigte Ambrogio Lorenzetti seine berühmten Fresken zu Ehren der Stadtregierung, auf denen er die sichtbaren Folgen der »guten Regierung« denen einer »schlechten« anschaulich gegenüberstellte: frühe Zeugnisse einer selbstbewussten weltlichen Malerei, die Aufschluss geben über das alltägliche Leben der Zeit – im Guten wie im Bösen.

Auch der muschelförmige Campo, der sich vor dem Rathaus erstreckt, erlangte seine heutige, mit rotem Backstein gepflasterte Form unter der »Regierung der Neun«. Er war Treffpunkt der Bürger aller drei Stadtteile, die hier auch ihre bunten Feste und Kampfspiele austrugen – bis Letztere im Jahr 1325, nachdem es bei dem traditionellen Faustkampf der Bewohner der Stadtteile zu mehreren Toten gekommen war, verboten wurden. Weiterhin jedoch inszenierte die Bevölkerung bunte Aufmärsche und

Prozessionen, speziell am 15. August, dem Tag der Schutzherrin Sienas, der Muttergottes.

Schmuckstück des Platzes wurde die Fonte Gaia, der erste Trinkwasserbrunnen mitten in der Stadt. Ein 25 Kilometer langes unterirdisches Kanalsystem garantierte die Versorgung der wasserarmen Stadt – ein wahrer Segen für die Bevölkerung –, und seine Einweihung wurde im Jahr 1346 entsprechend gefeiert. Von 1408–1411 wurde der Brunnen von Iacopo della Quercia verziert, seine lebendigen Skulpturen gelten als frühe Zeugnisse des selbstbewussten Menschenbildes der Renaissance.

Die politische Entwicklung ging einher mit der wirtschaftlichen und kulturellen: Die Stadt wuchs heran auf circa 60 000 Einwohner. Ein Drittel davon lebte von der Wollwirtschaft. Die Kaufleute handelten mit Stoffen und Gewürzen. Banken wurden gegründet; eine der ältesten Banken überhaupt ist die Monte di Paschi von Siena. Die Waren kamen größtenteils von der damaligen Hafenstadt Pisa, teilweise auch vom kleineren Hafen Talamone südlich von Grosseto. Aus Grosseto selbst kam das sehr begehrte und hoch besteuerte Salz. Die sienesische Stadtregierung förderte ständig den Bau und Ausbau der Straßen und Wegenetze, die für ihren Reichtum unabdingbar waren, denn es mangelte der Stadt an der früher wohl elementarsten Verkehrsverbindung: einem Fluss. Zum Glück jedoch führte eine der wichtigsten Fernstraßen, die Via Franchigena, direkt an Siena vorbei. Nicht nur Händler kamen hier des Wegs, sondern auch zahlreiche Pilger auf dem Weg nach Rom. Die neu gegründete Universität zog Studenten und Gelehrte an.

So war die Stadt immer auch ein Treffpunkt von Reisenden, die Geld, aber auch neue Ideen und Kenntnisse mitbrachten. Im Register der Wirtshäuser von 1288 sind bereits 88 Gastwirte aufgeführt, doch die meisten Pilger suchten und fanden Aufnahme im Pellegrinaio, dem großen Pilgersaal des städtischen Hospizes von Santa Maria della Scala.

Das Hospiz ist seit dem 10. Jahrhundert direkt gegenüber den Treppen des Doms nachgewiesen, hatte sich aber besonders im 14. Jahrhundert durch zahlreiche Schenkungen von angrenzenden Wohnhäusern zu einem weitläufigen Komplex entwickelt, in dem Laienbrüder und -schwestern (!) sich nicht nur der durchziehenden Pilger, sondern vor allem auch der Armen und Kranken der Stadt annahmen. Zudem war das Hospiz das Waisenhaus der Stadt, wo auch Neugeborene problemlos Aufnahme fanden. Die vielfältigen Aufgaben der Caritas erfüllte das Hospiz aufs Vortrefflichste. Für die medizinische Versorgung gab es einen Medicus, einen Chirurgen sowie einen Apotheker und offensichtlich keinerlei Mangel an Pflegepersonal. Jeder Kranke hatte ein Anrecht auf ein mit frischem Leintuch bezogenes Bett. Nur Pest- und Leprakranke konnten nicht aufgenommen werden – für sie gab es ein Hospiz außerhalb der Stadtmauern. Täglich wurden die Armen gespeist, Pilger bekamen ein Mahl und eine Bettstelle. Das Hospiz entwickelte sich zur größten wirtschaftlichen Macht der Stadt, mit zahlreichen Landgütern, Mühlen und Herbergen. Der Besitz gehörte der Kirche, aber die Verwaltung lag bei den Laienbrüdern und -schwestern, vertreten durch ihren Rektor.

Besondere Aufmerksamkeit widmete man der Aufnahme und Erziehung der Waisenkinder. Die Neugeborenen wurden bestimmten Ammen zugeteilt, die gegen Bezahlung für die ersten drei Lebensjahre des Kindes

Sorge trugen. Danach übernahm das Hospiz die Pflege und Erziehung der Kinder. Sie lernten hier Lesen und Schreiben, die Jungen ein Handwerk, die Mädchen Haushaltsführung und Pflege. Wenn sie groß waren, konnten sie als Arbeitskraft im Hospiz oder in einem der ihm untergeordneten Güter verbleiben. Wer das Hospiz verlassen wollte, bekam eine Abfindung, junge Frauen in Form einer Mitgift, die es ihnen ermöglichte, sich gut zu verheiraten. Alle diese Aktivitäten des Hospizes sind wunderbar dargestellt in den Fresken des Pilgersaales.

Die kirchliche Macht präsentierte sich parallel zur weltlichen, aber zwischen den beiden Institutionen herrschte eine Art friedliche Koexistenz. So beschenkte die »Regierung der Neun« die Kirche als Dank für die Hilfe der Muttergottes beim Sieg von Monteaperti mit einer prächtigen Altartafel für den Dom, gemalt im byzantinischen Ikonenstil von Duccio di Buoninsegna. Sie wurde zum Stolz der Stadt, die sich seit der siegreichen Schlacht unter dem besonderen Schutz der Muttergottes wähnte.

Während die weltliche und die kirchliche Macht der Stadt miteinander harmonierten, tobte hingegen ein ständiger Machtkampf mit Florenz, der großen Rivalin von Siena. Aus diesem Grund sollte auch der hohe marmorne Dom, kaum fertiggestellt, noch weiter wachsen – so groß wie der florentinische sollte er werden. Enorme Erdbewegungen schufen Platz für die geplante Erweiterung, die allerdings auf technische Schwierigkeiten stieß. Man hatte sich übernommen, und dann kam die Pest.

1348. Das Schreckensjahr für Siena: Kaum die Hälfte der Bevölkerung kam mit dem Leben davon. Unter den Überlebenden war ein kleines Mädchen, Caterina Benincasa, 25. Kind eines Färbers, geboren 1347. Es ist die spätere heilige Katharina von Siena, Schutzpatronin der Stadt und des Landes. Als Kind schon spürte sie ihre Berufung, suchte den Kontakt mit den Dominikanermönchen und in der Einsamkeit die Nähe zu Jesus, ihrem mystischen Bräutigam. Als junge Frau beeinflusste sie die große Politik ihrer Zeit, indem es ihr durch unzählige Briefe und Besuche gelang, den im Exil lebenden Papst Gregor XI. aus Avignon auf den Heiligen Stuhl nach Rom zurückzurufen.

Das Klima im Siena jener Zeit war stark beeinflusst von religiösen Fragen und Bewegungen. Bettelmönche und Wanderprediger in der Tradition des heiligen Franziskus prägten das Stadtbild. Caterina starb im Jahr 1380. Im selben Jahr wurde San Bernardino geboren. Seine täglichen Predigten, in denen er weltlichen Besitz und irdisches Streben verurteilte und zum wahren Glauben aufrief, gehörten ebenso zu Siena wie die ausschweifenden Bankette und Festgelage der reichen Kaufleute. Hier *memento mori,* dort *carpe diem* – über allem Denken und Handeln lag das Trauma der Pest, die Angst vor dem Schwarzen Tod, der jederzeit wiederkehren konnte.

Zwanzig Jahre später, der Zeitraum, in dem mein Roman angesiedelt ist, hat sich Siena halbwegs wieder von dieser Katastrophe erholt, die aber dennoch im Bewusstsein der Überlebenden ständig mitschwingt. In der Stadt herrscht ein Klima der allgemeinen Unzufriedenheit mit dem »Rat der Zwölf«, der von reichen Kaufleuten und ein paar aufgestiegenen Handwerkern, vor allem aus dem Weber- und Färbermilieu, gestellt wird. Die Adligen fühlen sich von dieser Regierung entmachtet; das niedere Volk, zu dem viele Handwerksverbände, interessanterweise aber auch Richter und Notare gezählt werden, klagt ebenfalls seine Rechte ein. Besonders die Familie Salimbeni steht Kaiser Karl IV. nahe und versucht, mit seiner Hilfe einen Umsturz herbeizuführen. Eine erste Verschwörung im Frühjahr 1368 (im Roman nur angedeutet) wird aufgedeckt, aber am 2. September 1368 gelingt es dann den Verschwörern, die Stadtregierung aus dem Palazzo Pubblico zu vertreiben. Die neue Regierung rekrutiert sich aus Adligen und Volksvertretern.

Schon drei Wochen später wird diese Regierung allerdings gestürzt: 800 Reiter der Malatesti aus Rimini erstürmen die Stadt und setzen die neue Regierung wieder ab. Darauf verlassen viele der adligen Familien für einige Jahrzehnte Siena und siedeln sich auf ihren Landgütern an.

Ein permanenter »Rat der Reformatoren« wird gegründet, in dem das Volk mit über 60 Vertretern fast zur Hälfte beteiligt ist. Auch in der Stadtregierung sind 5 der 7 Vertreter aus dem Volk. Als großer Sieger der gesamten Aktion geht die Familie Salimbeni hervor, die Immunität und zahlreiche Schlösser und Burgen vom Kaiser verliehen bekommt.

Am 22. Dezember 1368 zieht Kaiser Karl IV. mit 2400 Reitern als Gast der Salimbeni in Siena ein.

Dichtung und Wahrheit

REVOLTE UND PALIO

Ich habe mir erlaubt, diesen Aufstand etwas vorzuverlegen, und zwar auf den 16. August 1368, den Tag, an dem auch schon im 14. Jahrhundert der Palio zu Ehren der Muttergottes abgehalten wurde, die ja Stadtpatronin von Siena war und ist. Diese Wahl habe ich aus dramaturgischen Gründen getroffen – was könnte spannender sein, als das Zusammenfallen dieser Ereignisse an einem einzigen Tag?

Allerdings gab es damals noch nicht den Palio auf dem Campo (verschiedene Quellen legen seinen Beginn in die Zeitspanne zwischen 1583 und 1632), der noch heute Tausende von Neugierigen aus aller Welt anzieht, aber auch für die Bewohner Sienas *das* Ereignis des Jahres darstellt. (Inzwischen feiert man noch einen Palio am 3. Juli, ebenfalls mit Bezug zur Marienverehrung.)

Im 14. Jahrhundert gab es den *palio alle lungha*, der von einem Startpunkt an/vor den Stadtmauern durch die engen Gassen der Stadt führte und auf dem Domplatz endete. Nicht geklärt ist, wie viele der Contraden daran teilnehmen konnten, ja nicht einmal, wie viele Contraden es im Mittelalter überhaupt gab. Manche Autoren

sprechen von über 80. Ich habe mich in meinen Anga-
ben an die bemerkenswerte Dissertation von Anna-
Kathrin Warner gehalten (siehe auch meine Literatur-
empfehlungen) und bin bei der auch schon stattlichen
Zahl von 17 Contraden geblieben, wie wir sie noch heute kennen.

BERNARDOS ENGEL

Bernardos Engel haben Siena niemals historisch bezeugt
heimgesucht – hätten dies aber durchaus tun können. Die
Wanderpredigerbewegung war ein Phänomen des 13. und
14. Jahrhunderts. Mancherorts wurden diese wandernden
»frommen Männer« als Heilige behandelt, manchmal
auch als Verbrecher aus den Städten gejagt. Natürlich gab
es unter ihnen durchaus ernst zu nehmende Christen,
aber eben auch viele Scharlatane, die den Wunsch der
Menschen nach Erlösung und Buße für eigene Interessen
zu nutzen wussten. Ich habe mir die Freiheit genommen,
einen aus dieser zweiten Kategorie zu verwenden. Wem
beim Lesen gewisse Parallelen zu Savonarolas Gewalt-
herrschaft in Florenz in den Sinn kommen, der liegt bestimmt nicht falsch.

SALZ DES LEBENS – SALZ DES TODES

Salz, »der Lebensstoff«, wie ihn schon die Antike und später auch die Alchemie voller Hochachtung beschrieben
haben, weil er als wesentliches Mittel zur Haltbarmachung
aus dem Alltag der Menschen nicht wegzudenken war,

kann zum Gift werden, wenn er in zu hoher Menge zuge-
führt wird. Bei kleinen Kindern bis zu 20 Kilogramm
Körpergewicht genügen rund 30 Gramm Salz, um den
Tod herbeizuführen, ein Gift, das in früheren Zeiten so
gut wie nicht nachweisbar und damit umso perfider war.

Ein auf diese Weise vergiftetes Kind wird Symptome
entwickeln, die zum Teil auf einen erhöhten Natrium-
wert im Blut und zum anderen auf eine allgemeine Aus-
trocknung von Körperzellen zurückzuführen sind (siehe die Szene im Roman, wo bei Matteos verbotener
Obduktion die Haut der kleinen Toten »stehen bleibt«).
Das können Verwirrtheit, Lethargie, Spastik, Koma, Fieber, manchmal sogar epileptische Anfälle sein. Natürlich
ist auch übermäßiger Durst (siehe Roman!) ein wesentliches Symptom. Die moderne Gerichtsmedizin kann eine
solche Überdosis mit ihren Methoden heute nachwei-
sen – was im 14. Jahrhundert, abgesehen von dem grund-
legenden Verbot anatomischer Studien an Menschen –
nicht möglich war. Was aber auch damals zu sehen war,
selbstredend nur »in situ«, also wenn die Leiche geöffnet
war, waren dunkle Nekrosen an der Magenwand und im
Zwölffingerdarm, die ich im Roman aus naheliegenden
Gründen nicht mit diesem medizinischen Fachterminus
bezeichnen konnte. Dem aufmerksamen Maler Matteo
aber fallen sie durchaus als »Abweichungen« auf, weil er
ja bereits vor Jahren die Leiche seines toten Kindes verbotenerweise geöffnet hatte.

Heute versteht man unter Sodomie nur noch den sexuellen Verkehr mit Tieren. Demgegenüber fasst das Mittelalter ganz verschiedene »widernatürliche« Praktiken unter diesem Begriff zusammen, vor allem jedoch sexuelle Kontakte unter Männern. Dieses »Laster« hieß auch »die stumme Sünde«, »die Sünde ohne Namen« oder »jene Sünde, die unter Christen nicht genannt werden darf«.

Als Substantiv taucht Sodomie erstmals Mitte des 11. Jahrhundert in einer kirchlichen Streitschrift auf: In seinem *Liber Gomorrhianus* ruft der Benediktinermönch Damianus Papst Leo IX. dazu auf, das sodomitische Laster aus der Kirche zu tilgen, indem man diejenigen, die sich dessen schuldig gemacht haben, ihrer geistlichen Würden enthebt.

Dennoch war Sodomie bis zum 13. Jahrhundert in den meisten Ländern Europas nicht strafbar, sondern lediglich eine unter zahlreichen anderen Sünden in den kirchlichen Bußbüchern. Das änderte sich im Zug der Kreuzzugspropaganda gegen den Islam, die den Begriff der Sodomie politisierte. Mohammed, der »Feind der Natur«, habe diese Sünde unter seinen Anhängern popularisiert, hieß es in zeitgenössischen Pamphleten. Die Sarazenen würden Bischöfe vergewaltigen und christliche Knaben für ihre schändlichen Begierden missbrauchen. Nur wenig später gehörte Sodomie auch zu den Standardvorwürfen gegen die Häretiker, sodass *ketzern* im Mittelhochdeutschen zum Synonym für »sodomitisch verkehren« wurde.

Im Rahmen dieser Hetze wandelte sich zwischen 1250 und 1300 die Sodomie von einer zwar sündigen, aber legalen Praxis zu einer Handlung, die fast überall in

Europa mit der Todesstrafe belegt wurde. Meistens drohte den Verurteilten der Scheiterhaufen. Die Sodomie war jedoch weiterhin vor allem ein Werkzeug der Denunziation und der politischen Intrige, das dementsprechend benutzt und eingesetzt wurde. Ein besonders drastisches Beispiel lieferte die Stadt Florenz. Nachdem wiederholte Pestepidemien die Einwohnerzahl auf ein Drittel reduziert hatten, wurde dort 1432 »die Behörde der Nacht« geschaffen, die sich ausschließlich der Bekämpfung der Sodomie widmete und immerhin siebzig Jahre lang bestand. Es gelang ihr, ein Netz aus Überwachung, Denunziation und Angst aufzubauen, das mit einer Kronzeugenregelung arbeitete. Bis zu seinem dreißigsten Lebensjahr lenkte jeder zweite männliche Florentiner statistisch wenigstens einmal den Verdacht dieser Behörde auf sich, bis sie schließlich wieder eingestellt wurde. Die »Sodomiterverfolgung« aber endete in Europa erst in der späten Neuzeit. In manchen besonders rückständigen Köpfen findet sie leider – so befürchte ich wenigstens – noch heute statt.

Ausgewählte
Literaturempfehlungen

Doerner, Max: Malmaterial und seine Verwendung im Bilde. Stuttgart 1980

Halbing, Hanno: Katharina von Siena. Mystik und Politik. München 2000

Hergemöller, Bernd-Ulrich: Sodom und Gomorrha: Zur Alltagswirklichkeit und Verfolgung von Homosexuellen im Mittelalter. Hamburg 2000

Katharina von Siena: Ich will mich einmischen in diese Welt. Engagierte Briefe des Glaubens. Zürich und Düsseldorf 1997

Meiss, Millard: Malerei in Florenz und Siena nach der großen Pest. Künste, Religion und Gesellschaft in der Mitte des 14. Jahrhunderts. Princeton 1991

Origo, Iris: In Namen Gottes und des Geschäfts. Lebensbild eines toskanischen Kaufmanns aus der Frührenaissance. München 1985

Schmitz, Rudolf: Mörser, Kolben und Phiolen. Aus der Welt der Pharmazie. Stuttgart 1966

Treml, Manfred u.a. (Hg.): Salz macht Geschichte. Ausstellungskatalog, 2 Bände. Regensburg 1995

Warner, Anna-Kathrin: Die Contraden von Siena. Lokale Traditionen und globaler Wandel. Frankfurt/Main 2004

Danksagung

Ein großes, herzliches Dankeschön geht an die Historikerin Dr. Stefanie Risse, Anghiari, Italien, meine »Gewährsfrau« vor Ort, die mich den ganzen Prozess der Entstehung des Romans über mit Rat, Information und kritischer Liebe begleitet hat.

Danke auch an die Kunsthistorikerin Susanne Mordhorst, Italien, der ich wunderbare und sehr erkenntnisreiche Tage in Sienas Kunst und Geschichte verdanke.

Ich bedanke mich bei dem Historiker Michael Behrendt, der mich wie schon so viele Male zuvor als wissenschaftlicher Mitarbeiter auch bei diesem Projekt in nimmermüder, immer freundlicher Art begleitet und unterstützt hat.

Mein besonderer Dank geht an Dr. Fabio Monticelli, Gerichtsmedizin Salzburg, sowie an Dr. Oliver Peschel, Institut für Gerichtsmedizin der Universität München, meine beiden wunderbaren Berater zum Thema Leichen und Salzmorde.

Und last but not least mein Dank an Dr. Sabine Albers, die beste Plotterin nördlich und südlich des Äquators – *grazie mille per tutto, carissima Sabine!*

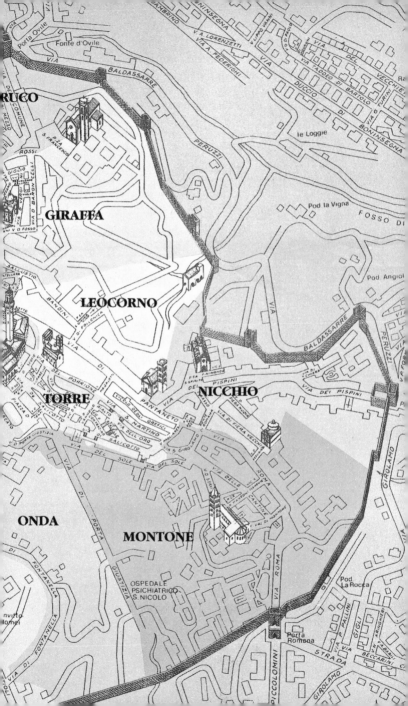

Diana Verlag

BRIGITTE RIEBE

Pforten der Nacht

So farbenprächtig wie das Mittelalter selbst!

Köln im Jahre 1338: Als Kinder schworen sie sich
ewige Freundschaft: Esra, Neffe eines Rabbiners
und Johannes, Sohn eines wohlhabenden Kaufmanns. Beide begehren gegen ihre Familien auf.
Esra wehrt sich gegen die engen Fesseln des
Ghettos, Johannes will Mönch werden. Aber die
Freundschaft droht zu scheitern – denn beide
kämpfen um die Liebe derselben Frau: Anna, die
Halbwaise aus dem Färberviertel. Doch die Pest
bricht aus und das Schicksal kettet die Rivalen auf
tragische Weise aneinander...

978-3-453-35226-1

www.diana-verlag.de